L'OPIUM DES ÉLITES

DU MÊME AUTEUR

L'ABDICATION, Grasset, 2017.

AQUILINO MORELLE

L'OPIUM DES ÉLITES

Comment on a défait la France
sans faire l'Europe

BERNARD GRASSET
PARIS

ISBN 978-2-246-81528-0

À Laurence.

I

DÉCOMPOSITION FRANÇAISE

« Appuyé sur la finance et la presse, le régime des "notables" n'était pas si "fini" que cela. »

Marc Bloch, *L'Étrange Défaite*

« Si d'un mort qui pourri repose
Nature engendre quelque chose
Et si la génération
Se fait de la corruption [...]. »

Pierre de Ronsard, *Épitaphe de François Rabelais, Le Bocage*

CHAPITRE 1

« *Comme une évidence...* »

Tout avait si bien commencé.

Au terme d'une élection inédite, la jeunesse, le talent, l'audace, le charme, l'habileté, la chance – célébrés par tous, à juste titre, bien au-delà du raisonnable, toutefois –, mais aussi la ruse, l'illusion, la dissimulation, l'ambiguïté, l'esquive, le calcul – ignorés ou occultés par la plupart, alors aveuglés ou complices – l'avaient donc emporté. Avec ce mélange de *fortuna* et de *virtù* que beaucoup se plurent à souligner complaisamment pour rappeler que le nouveau chef de l'État avait été, en ses vertes années, un lecteur attentif de Machiavel, Emmanuel Macron s'était imposé, face à un monde politique d'abord goguenard et incrédule, puis inquiet et enfin hébété. Président de la République, il l'était devenu en faisant preuve de ce « coup d'œil » – clairvoyance des rapports de forces, des hommes, de leurs faiblesses et de leurs craintes, une forme d'intelligence de surplomb permettant de discerner, au-delà des apparences et du tumulte des événements, la vérité d'une situation – que Max Weber désignait comme la vertu cardinale de l'homme politique.

Prouesse remarquable, il avait su « saisir par les cheveux » l'éphèbe aux épaules et aux chevilles ailées, au crâne et à la nuque rasés, allégorie de l'instant fugace dans laquelle la statuaire grecque conserve l'image du plus jeune fils de Zeus, Kairos, le dieu du juste moment et de l'à-propos, du temps propice et de l'action opportune – de l'occasion favorable[1]. Lorsque celle-ci s'était présentée, il ne l'avait pas laissée filer ; il s'était porté candidat, licorne sauvage et rapide laissant le troupeau des prétendants officiels sidéré ; il avait été élu. Stupéfaction et soulagement mêlés, en Europe comme partout à l'étranger, et avec une admiration qui ne fut pas chichement comptée, une fois n'est pas coutume, à notre vieille nation, chacun salua, comme il se devait, le « coup d'arrêt » ainsi porté à la « vague populiste ».

La France était donc encore capable de cela, de surprendre son monde en élisant un « jeune homme si parfait[2] », surgi providentiellement des limbes politiques pour délivrer la France du Mal et les Français d'une classe politique dont ils ne voulaient plus, dans une forme de chamboule-tout féroce et jubilatoire. Une performance qui lui vaudrait de la part de ses concitoyens une année d'indulgence et de mansuétude, en dépit des vraies fautes politiques commises dès la campagne et, à compter de septembre 2017, des premières révélations sur la nature véritable du macronisme.

Le populisme du centre

Tout avait vraiment commencé le dimanche 8 mai 2016, à Orléans.

La matinée était belle quoiqu'un peu fraîche ; la capitale du Centre – tout un symbole politique – s'était apprêtée comme chaque année, la Loire alanguie lui faisant un collier scintillant, afin d'honorer Jeanne, la Pucelle, sa patronne. Pour célébrer ce millésime des fêtes johanniques, le choix s'était porté sur « le ministre de l'Économie, de l'Industrie et du Numérique », comme l'avait annoncé à une foule un peu distraite le maire de la ville. Derrière le pupitre, devant les édiles rassemblés, ses feuillets menacés à chaque instant de se voir disperser par un vent récalcitrant, l'orateur avait buté, à plusieurs reprises, sur les paroles pourtant sages d'un texte qu'il lisait plus qu'il ne le prononçait, d'un ton appliqué.

Ce ne fut pas son meilleur discours ; dans une campagne présidentielle qui ne disait pas encore son nom, ce fut toutefois le plus important, celui où, par calcul comme par sincérité, il allait, avec l'alibi de rappeler le destin de la sainte, livrer une part de sa vérité à lui : « Mais elle sent déjà en elle, dès l'enfance, une liberté qui sommeille [...]. Elle sait qu'elle n'est pas née pour vivre, mais pour tenter l'impossible. Comme une flèche, sa trajectoire fut nette. Jeanne fend le système [...]. Elle était un rêve fou, elle s'impose comme une évidence. »

« Fendre le système » : briser cet univers politique auquel il n'appartenait pas et auquel, surtout, il ne voulait pas appartenir. Non qu'il n'eût pas d'ambition politique – bien au contraire. Comment imaginer qu'un associé-gérant de chez Rothschild, promis au plus bel avenir, ayant perçu 1,4 million d'euros de rémunération en 2011, la dernière année de son travail de « prostituée » – puisque c'est ainsi qu'il avait caractérisé, de façon crue mais juste, son métier de banquier d'affaires[3] –, avait consenti à diviser son revenu par dix pour devenir secrétaire général adjoint de l'Élysée, si ce n'était par sens de l'État, assurément, mais par goût du pouvoir, sans aucun doute ? Comment ignorer que la trajectoire classique d'un inspecteur des Finances était rigoureusement inverse, d'un cabinet ministériel ou présidentiel à un poste lucratif à la tête d'une entreprise privée, industrielle ou financière ? Nombreux furent pourtant ceux qui ne voulurent voir en lui qu'un technocrate – brillant, sûrement, pressé, à l'évidence – qui devrait faire ses classes, attendre son tour, patienter comme tout le monde. Ceux-là payèrent fort cher leur désinvolture ou leur naïveté.

Considérable, son ambition politique était tout autre. Il voulait arriver, certes ; mais à sa manière, en fixant seul le prix de cette ascension, en étant et en demeurant lui-même, refusant de se soumettre aux règles, qu'il jugeait hors d'âge et caduques, de ce système dont il connaissait, pour les avoir éprouvées, la médiocrité et la perversité, système malthusien et peuplé d'homoncules qui avait même cherché à l'éliminer*.

* Dans la relation confiante et amicale qui fut la nôtre pendant les deux années (2012-2014) passées ensemble à l'Élysée, Emmanuel Macron s'était à plusieurs reprises ouvert à moi de ses intentions, de ses projets, où la politique tenait

Il voulait prendre sa revanche, il sentait que la chose était possible, et ses paroles – « fendre le système » – sonnaient comme ce qu'elles étaient : un avertissement. Pour bien préciser sa pensée, il déclarerait, le lendemain, lundi 9 mai : « Je ne fais pas partie de cette caste politique et je m'en félicite. Nos concitoyens sont las de cette caste[4]. »

« Fendre le système » : effectivement les Français n'en pouvaient plus de leurs dirigeants, de ces femmes et de ces hommes qui se succédaient au pouvoir, en vain, sans jamais parvenir à changer le cours de leurs vies et, parfois, sans plus même chercher à le faire. Ils étaient effectivement « las » de cette élite, à leurs yeux depuis longtemps déchue du rang d'aristocratie – le gouvernement des meilleurs – à celui de « caste » – un groupe replié sur lui-même, sans force ni vraie conviction autre que la volonté de se perpétuer. Emmanuel Macron avait compris qu'un des ressorts de cette élection serait le « dégagisme », cette envie irrépressible de tout et tous les envoyer promener, ce prurit démocratique.

Alors, face aux deux « populismes » déjà en lice, celui de l'« extrême droite » et celui de l'« extrême gauche » – comme la plupart aimaient à les qualifier pour se rassurer –, il était bien décidé à incarner, lui, le populisme du centre. Un populisme juvénile, souriant, optimiste

---

toute sa place ; de ses interrogations, aussi. Ainsi, d'un matin de l'automne 2013 où il vint, comme il le faisait souvent, prendre un café dans mon bureau : « Que penses-tu de la proposition qui m'est faite de prendre la tête de liste à Amiens aux prochaines municipales ? » Je lui répondis sans ambages : « C'est une très mauvaise idée. Je ne pense pas que tu sois fait pour être maire, même de ta ville natale ; ajoute à cela qu'il te faudrait quitter tes fonctions ici pour te porter candidat ; et puis tu ne reprendras pas cette ville, la gauche court à la catastrophe. » Interloqué par cette « proposition », j'ajoutai : « Mais qui a bien pu te suggérer une chose pareille ? C'est un piège… » Il resta un instant silencieux, perplexe, avant de répondre, dans un sourire voilé par la tristesse : « C'est François, je sors de son bureau. » Un président dévoré par l'envie, ne supportant plus ce collaborateur brillant et, surtout, libre, et qui cherchait ainsi à s'en débarrasser perfidement. Un collaborateur qui, lassé du spectacle désolant offert par l'Élysée de l'époque, prendrait les devants et le quitterait quelques mois plus tard, en juin 2014.

et européiste, certes ; un populisme tout de même. Paris vaut bien une messe et, s'il fallait, pour devenir le président de l'élite, conduire une campagne populiste, il ne s'arrêterait pas à un tel détail : la tactique a ses lois et gagner une élection ne se fait pas sans casser des œufs ; il était prêt à confectionner cette omelette-là. Il assumerait sa démarche, déclarant, en octobre 2016, peu avant de se lancer : « Si parler au peuple ou dire que les corps intermédiaires ne jouent plus leur rôle, c'est être populiste, alors je veux bien être populiste. » À quelques encablures du premier tour, cette fois, il persisterait et signerait : « Si être populiste, c'est parler au peuple de manière compréhensible sans passer par le truchement des appareils, je veux bien être populiste[5]. » Et puisque, de l'avis général, le « populisme » passe par l'identification du peuple au chef, il irait jusqu'à sigler de ses initiales personnelles le mouvement qu'il venait de créer *ex nihilo*. Curieusement, devant une telle profession de foi, la tribu intellectuelle et journalistique qui, d'ordinaire, passait son temps à débusquer le « populisme » partout où il se trouvait et même là où il ne se trouvait pas, resta muette ; beaucoup de ses membres couvaient même de leur « bienveillance », quand ce n'était de leur admiration, ce candidat dégagiste d'un nouveau genre.

Celui-ci ne lésinerait pas sur les moyens : afin de congédier ces partis qu'il méprisait – pas les discréditer, non : les faire disparaître –, il ne les renverrait pas même hors de l'espace politique, mais hors du temps, les désignant comme l'« Ancien Monde », faisant simultanément surgir, en prestidigitateur chevronné qu'il était, un « Nouveau Monde » paré, lui, de tous les atours : jeunesse, compétence, modernité, efficacité et, surtout, virginité politique. « En Marche » : tel était le nom de baptême de cette formation politique lunaire, un parti « anti-partis », sans véritable programme, sans projet autre que de faire élire un homme – l'affichage des initiales du futur président oscillant, à cet égard, entre provocation puérile et culte de la personnalité revendiqué –, sans militants – les « marcheurs » ne seraient utilisés que pour ce par quoi ils avaient été désignés : leurs pieds –, mais avec des méthodes dignes du Parti communiste chinois – désignation des candidats aux élections législatives par une camarilla, centralisation extrême de toutes les décisions.

Cette promesse de changement, de participation des citoyens, de renouvellement de la politique – « La raison d'être d'En Marche est la refondation de notre vie politique au service de la transformation de notre pays », avait osé le premier secrétaire général de ce mouvement[6] – n'était qu'une illusion, un nuage sans la moindre consistance ; mais qu'importait : il ne s'agissait alors pas de raisonner, ni de démontrer, ni de convaincre, encore moins de construire une organisation politique viable, mais de séduire, et notre homme était un grand séducteur, un vrai, depuis toujours, depuis l'enfance. Il allait le montrer au plus grand nombre et d'autant plus aisément que ce nombre était comme fasciné par le personnage, gobant une propagande sans précédent avec une apathie, et même un plaisir, qui ne pouvaient manquer de surprendre tout citoyen resté attaché à l'exercice de la Raison.

« Fendre le système » : il assumerait ce programme aux résonances martiales, un peu plus tard, le 12 juillet, au moment de tenir, à la Mutualité, ce qui serait son premier vrai meeting de candidat – même s'il ne se déclarerait officiellement que le 16 novembre suivant – en confiant de façon très claire : « Il ne s'agit pas de créer un énième parti, ni de nier la force des imaginaires politiques de droite et de gauche. Ma position, c'est qu'une recomposition politique s'impose. Et j'ai acquis la conviction que c'est maintenant qu'il faut la faire[7]. » Mener à bien la nécessaire « recomposition » politique du pays : telle était donc la bonne parole que ce pasteur – bras en croix, yeux au ciel, sourire ravi, expression extatique – était venu porter à ses brebis.

Évidemment, l'accomplissement de ce salut annoncé emportait bien quelques conséquences fâcheuses ; mais le Christ lui-même n'avait-il pas mis en garde : « Ne croyez pas que je sois venu apporter la paix sur la Terre : je ne suis pas venu apporter la paix, mais le glaive[8] » ? L'ancien élève du lycée de La Providence, à Amiens, qui avait suivi le catéchisme des bons pères jésuites, ne l'ignorait pas. Recomposer supposait ainsi d'abord de casser un peu de vaisselle, en l'occurrence le fameux « clivage gauche-droite » ; et, pour être précis, il s'agissait en premier lieu d'anéantir la gauche – ce n'était guère difficile, celle-ci sortant disloquée du quinquennat qui s'achevait alors –, avant de s'attaquer à la droite – un morceau autrement coriace.

Encore fallait-il remporter l'élection présidentielle ; ce jour-là, bien peu pensaient que ce fût possible et qu'il en fût capable. Un an plus tard, le 7 mai 2017, c'était chose faite : la France s'était donnée à un homme de trente-neuf ans, encore inconnu – ou presque – quelques mois auparavant. Ce fut un choc pour ceux qui s'étaient dressés face à Emmanuel Macron, comme pour ceux qui l'avaient soutenu.

« Comme une évidence… »

Or toute catastrophe – au sens étymologique du mot, celui du dénouement d'une tragédie – pose, à nouveaux frais, une même question : celle de la contingence et de la nécessité. Accident ou fatalité ? Circonstances ou tendances lourdes ? Conjoncture ou structure ? Hasard ou nécessité ? Événement évitable ou inéluctable ?

À ce débat, Jürgen Habermas a apporté sa contribution : « Rarement une ascension aussi inattendue que celle de cette personnalité fascinante, peut-être éblouissante, en tout cas exceptionnelle, aura témoigné à ce point des contingences de l'histoire […]. L'idée qu'une personne seule, sans appareil, réussisse, dans le laps de temps d'une campagne électorale, à gagner une majorité en prônant un approfondissement de la coopération européenne – contre un populisme de droite florissant auquel un Français sur trois a donné sa voix – allait à l'encontre de toute sagesse sondagière. Que quelqu'un comme Macron puisse être élu président dans un pays dont la population est depuis toujours plus eurosceptique que celles du Luxembourg, de la Belgique, de l'Allemagne, de l'Italie, de l'Espagne et du Portugal, ce fait-là était parfaitement improbable[9]. » Pour le philosophe allemand comme pour la plupart des commentateurs de l'époque, que cette élection « improbable » combla d'aise, celle-ci représenta une divine surprise, l'œuvre de la Providence, une sorte de miracle électoral. Mais pas davantage que dans le monde de la physique, les miracles n'existent en politique : l'élection d'Emmanuel Macron appartient, à la fin des fins, à l'ordre de la nécessité.

Certes, chaque événement historique comporte sa part de contingence ; celle-ci est le plus souvent résiduelle, toutefois.

Ainsi du « coup de tonnerre[10] » qui retentit le 21 avril 2002. Afin de soutenir une thèse de l'« accident », on avança que, sans les candidatures au premier tour de Christiane Taubira (2,32 %) et de Jean-Pierre Chevènement (5,33 %), Lionel Jospin (16,18 %) aurait été qualifié au second tour de la présidentielle face à Jacques Chirac (19,9 %) en lieu et place de Jean-Marie Le Pen (16,86 %). Arithmétiquement, l'affirmation est indiscutable ; politiquement, elle n'est guère convaincante. Car la présence de ces deux candidats renvoyait à des causes politiques tout à fait identifiables et maîtrisables : un désaccord de fond sur le nouveau statut de la Corse et une volonté d'affirmation politique, dans le cas de l'ancien ministre de l'Intérieur ; dans celui de la députée de Guyane, l'application par les « stratèges » du PS – au premier rang desquels le premier secrétaire d'alors et futur président de la République –, aveuglés par la perspective d'une victoire qu'ils considéraient probable, de la tactique insensée du « ratisser large », rebaptisée pour l'occasion « Tempête plurielle ». Pourquoi ne pas avoir cherché à dissuader le premier, même si le différend était lourd ? Pis encore, pourquoi ne pas avoir demandé le retrait de la seconde, alors que les Radicaux de gauche étaient prêts à le négocier ?

Quant à la poignée d'électeurs qui ont manqué à Lionel Jospin pour se qualifier au second tour, elle renvoie à une abstention anormalement élevée : 28,4 % en 2002 contre 21,23 % sept ans plus tôt, soit plus de 7 points de hausse – une différence considérable ayant elle-même une origine et une signification politiques. Surtout, pourquoi ne pas avoir alors battu le rappel ? Pourquoi, cinq jours avant la date fatidique, quand il était encore temps d'agir, Jean-Marc Ayrault a-t-il pu prétendre que mettre en garde contre l'élimination possible du représentant du PS était un « argument de perdant » et a-t-il pu « déconseiller de l'utiliser et même d'en parler[11] » ? Nulle contingence ici, par conséquent ; des forces politiques à l'œuvre, les choix humains – stupides ou orgueilleux, dans tous les cas désastreux – qui en résultèrent.

Dans le dosage entre contingence et nécessité qui façonne tout événement historique, la part de la nécessité dans le résultat de l'élection présidentielle de 2017 semble, à l'examen, prépondérante, ainsi que l'a suggéré Gérard Le Gall[12]. Emmanuel Macron avait eu raison en laissant entendre, à Orléans, dans son parallèle transparent avec la destinée de Jeanne, que sa victoire à lui s'imposerait « comme une évidence ».

Quelle nécessité ? Quelle évidence ?

L'élection présidentielle de 2017 doit être considérée comme le produit d'une décomposition française ayant alors atteint un tel degré qu'elle rendait nécessaire le surgissement d'Emmanuel Macron, et sa désignation – en elle-même phénomène objectivement inédit –, presque inéluctable.

Décomposition française

Comme souvent en de pareilles circonstances, on tordrait le vocabulaire pour travestir la réalité et on baptiserait « recomposition » ce qui était, en vérité, une décomposition.

Une décomposition déjà ancienne, possédant différentes dimensions – politique, démocratique, sociale, morale et spirituelle – découlant logiquement les unes des autres, dont il conviendrait de remonter le cours et d'explorer toutes les facettes. Fin des Trente Glorieuses, hystérèse d'un chômage devenu de masse, prise de conscience de la présence d'une immigration installée définitivement et en expansion, montée de la « société des individus », désindustrialisation, rupture du lien entre les territoires que constituaient les services publics, sentiment de dilution nationale dans l'ensemble européen : tous ces phénomènes, et d'autres encore, participent de cette désagrégation dont seule la part politique, provoquée par la disparition progressive du sens de notre vie publique, la perte d'utilité des partis et la fracturation du paysage électoral en résultant, sera abordée ici. À l'œuvre depuis de nombreuses années, cette décomposition politique s'était brutalement étalée au grand jour, dans toute son étendue, le 21 avril 2002.

Ce soir-là, le malaise français, jusque-là sous-estimé, ignoré ou nié, faisait la « une » de la presse du monde entier. Pour la première fois, le candidat d'un des deux grands « partis de gouvernement » avait été éliminé du second tour de l'élection présidentielle par le représentant d'une formation il y a peu encore marginale, jugée par la plupart « extrémiste » et aux lisières de la République.

Dès le premier tour, la situation avait été marquée par de graves anomalies. Seize candidats en lice, dont huit de gauche ou d'extrême gauche : effet pervers du « rétablissement » du calendrier des élections – présidentielle avant législatives – qui incita chaque formation de la majorité sortante à être présente sur la ligne de départ, afin de « se compter ». Or certains de ces candidats obtinrent des scores substantiels : Arlette Laguiller (5,72 %), Noël Mamère (5,25 %), Olivier Besancenot (4,25 %), Robert Hue (3,37 %), Daniel Gluckstein (0,47 %), sans oublier Jean-Pierre Chevènement et Christiane Taubira, pour un total cumulé de 26,71 %, le candidat du PS, lui, ne réunissant sur son nom que 16,18 % des suffrages. Il se voyait ainsi éliminé par celui du FN, qui accrochait 16,86 %. À eux trois, les représentants officiels du trotskisme (Laguiller, Besancenot et Gluckstein) recueillaient 10,44 % des voix. De plurielle la gauche se retrouvait, pour la première fois, décomposée.

La violence du choc ne conduisit néanmoins pas à la lucidité ; peu d'yeux se dessillèrent et nombreux furent ceux qui refusèrent de regarder la réalité sociale et politique de la France en face. La plupart voulurent continuer à gouverner et à présider « en rond ». Après un second mandat chiraquien comme neutralisé par ce contexte originel, les deux quinquennats suivants, l'un de « droite », l'autre de « gauche », finirent de convaincre nos concitoyens que, décidément, « il y avait quelque chose de pourri au royaume de France »... Cette décrépitude politique et morale constitua la toile de fond de l'élection présidentielle de 2017[13].

Au soir du 23 avril 2017, apparut une fragmentation inédite de la scène politique nationale. Cette fois, un quatuor se détachait, dont les membres faisaient presque jeu égal : Emmanuel Macron virait en tête avec 24,01 %, suivi de Marine Le Pen (21,3 %), talonnée par François Fillon (20,01 %) et Jean-Luc Mélenchon (19,58 %).

La France se retrouvait divisée en quatre camps traduisant des options politiques bien tranchées : celui du ressentiment avait porté la candidate frontiste au second tour, mais avec un résultat décevant ; celui de la colère avait porté haut le leader de La France insoumise, pas assez toutefois pour se qualifier ; le camp conservateur avait, lui, dans un ultime sursaut, sauvé l'honneur électoral de l'ex-futur président ; quant au bloc centriste, uni pour la première fois, il réussissait la martingale suprême – gagner le premier et donc le second tour. Au-delà des positions politiques affichées – ou plutôt en deçà –, la sociologie regroupait ces quatre quarts en deux familles : d'un côté, le parti bourgeois réunissant les électeurs de Fillon et de Macron ; de l'autre, ceux de Mélenchon et de Le Pen formant le parti populaire. Deux blocs, face à face, à la suite d'un « vote de classe d'une puissance inédite, du moins depuis les années soixante-dix[14] ».

Arrivé premier du premier tour, donc – mais chacun comprit alors qu'il s'en était fallu de peu que l'ordre d'arrivée de ce quarté ne fût différent –, Emmanuel Macron serait inévitablement élu : la chose était assurée. Toutefois, loin d'avoir dominé cette échéance, comme l'avaient fait avant lui Nicolas Sarkozy (31,18 %) et François Hollande (28,63 %), le futur président n'était plus qu'une sorte de *primus inter pares*. Plus grave encore : son socle politique et électoral était des plus étroits.

D'abord, parce qu'il n'avait rallié, lors du premier tour, que 18,19 % des électeurs inscrits. Surtout, alors que les présidents précédents avaient pu compter sur des alliés naturels dont les résultats devaient être ajoutés, en bonne logique, aux leurs pour constituer une base solide d'un peu plus de 40 %[15], et qui venaient grossir ensuite, au second tour, selon une mécanique des reports de voix bien établie, leurs performances respectives, Emmanuel Macron, lui, avait fait le plein de ses soutiens dès le premier tour. La peur et le rejet du FN lui garantissaient certes la victoire, mais, les chiffres du 23 avril l'indiquaient, celle-ci serait acquise dans des conditions de grande fragilité politique. En dépit des louanges entonnées au lendemain de sa victoire, le fait était là, massif et incontestable : le nouveau président était idéologiquement minoritaire – une rupture dans l'histoire de la Ve République.

Quant aux deux candidats « intronisés », issus des primaires citoyennes de la gauche et de la droite, ils étaient tout simplement éliminés. Certes, il était toujours possible de se consoler, ou de se rassurer, en soulignant qu'ils avaient été désignés par des votations dominées par la logique de l'entre-soi, chacun des deux camps – l'un parce qu'il était sûr de gagner, l'autre certain de perdre – s'étant « fait plaisir » en choisissant non le candidat le mieux placé pour rassembler une majorité de Français, mais celui lui ressemblant le plus, dans une démarche difficilement compatible avec l'enjeu d'une élection présidentielle ; l'échec politique, double, n'en restait pas moins fracassant.

Après avoir subi un pilonnage médiatique sans précédent, François Fillon accomplissait toutefois la performance d'atteindre les 20 % : le camp conservateur n'avait pas lâché son candidat ; le coup avait été rude, mais l'essentiel était sauf. Fracturée, déstabilisée, pour une part tentée de rejoindre la troupe d'Emmanuel Macron, la droite avait néanmoins résisté.

« Éparpillée façon puzzle »

À gauche, la situation était d'une gravité sans commune mesure : le représentant du Parti socialiste (PS), Benoît Hamon, avec 6,36 % des voix, connaissait une descente aux enfers qui n'avait pour précédent que le désastre de 1969. Alors que cinq ans auparavant le PS détenait tous les pouvoirs – la présidence de la République, Matignon, le gouvernement, l'Assemblée nationale, pour la première fois de son histoire le Sénat, 21 des 22 régions métropolitaines, 56 des 96 départements, 27 des 39 villes de plus de 100 000 habitants –, il les aurait tous rendus au cours d'un quinquennat calamiteux. Méritée, la sanction était particulièrement cruelle pour une formation qui avait fini par n'être plus qu'un parti d'élus et, en particulier, d'élus locaux ; dorénavant privé de cette substance devenue vitale pour lui, désemparé, il se voyait nié dans son être même.

Cette faillite avait été annoncée et, dans une large mesure – même si Benoît Hamon prit activement sa part du résultat final[16] –, provoquée par un événement inédit sous la Ve République, conclusion néanmoins logique de cinq années marquées par le reniement des engagements pris devant le peuple et par l'incapacité du président sortant à assumer ses fonctions : celui-ci s'était vu dans l'impossibilité de se représenter. Empêché par Emmanuel Macron, celui-là même qu'il avait sottement imaginé instrumentaliser – pénétré qu'il était de son habituel et invincible sentiment de supériorité –, François Hollande avait été contraint à l'abdication[17].

Accomplissant une vraie révolution – au sens premier de ce terme, le mouvement orbital d'un corps céleste qui le ramène à sa position initiale –, l'homme qui n'était déjà plus président qu'en titre – ayant depuis longtemps disparu de l'horizon politique des Français – était ramené là où tout avait commencé, le 22 janvier 2012 : dans cette bonne ville du Bourget. Ce jour-là, il avait eu raison plus qu'il n'aurait pu l'imaginer et, au moment où il proférait son mensonge fondateur, celui dont il savait qu'il lui ouvrirait les portes de la victoire, il annonçait, en même temps, sans s'en douter, l'humiliation finale qu'il connaîtrait : oui, son « adversaire » – son ennemi, même, aurait-il dû dire –, c'était bien « le monde de la finance » ; mais, contrairement à ce qu'il proclama alors, cet adversaire-là avait bien un « visage », souriant et juvénile, et un « nom », celui d'Emmanuel Macron. Lui qui déclarait, dans ce même discours décisif : « Moi, je veux installer la gauche dans la durée », avait, en trahissant l'esprit du Bourget, discrédité celle-ci pour longtemps. Quant à son parti, le PS, à propos duquel il avait confié à deux journalistes « Il faut un acte de liquidation. Il faut un hara-kiri[18] », il avait, pour une fois, tenu parole et l'avait effectivement liquidé.

Le drame du 21 avril 2002 l'avait déjà démontré : notamment en raison de la fragilité et d'une forme de frivolité de son électorat, le PS n'était qu'un colosse aux pieds d'argile. La leçon du 23 avril 2017 revêtait une autre gravité : à l'instar des espèces vivantes, les partis politiques pouvaient être frappés d'extinction et, dans cette perspective darwinienne, le PS apparaissait comme un dinosaure de l'espèce Diplodocus, doté jusque-là d'un corps énorme – la troupe de ses élus locaux – offrant un contraste considérable avec sa tête minuscule – une réflexion stratégique rétrécie et un déni de réalité constant –, un animal à l'anatomie gravement déséquilibrée, incapable de s'adapter aux temps nouveaux, et qui n'avait pas, pour ces raisons, survécu longtemps à la surface de la Terre. L'existence même du PS était désormais en jeu et sa disparition définitive du paysage politique devenait une perspective plausible.

De fait, très vite après ce traumatisme, les deux finalistes de la primaire de « La Belle Alliance populaire », Benoît Hamon et Manuel Valls, tirant les enseignements de l'irréalité de la situation politique nationale comme de leurs propres échecs, quittaient le parti qu'ils prétendaient, quelques semaines plus tôt, porter à la présidence de la République : le premier pour créer une nouvelle formation

– Génération.s ; le second pour tenter, en vain, de se rapprocher de La République en marche (LREM), avant de tourner la page et de recommencer sa vie là où elle avait commencé.

Privé de ses deux figures principales, puis rapidement quitté par ce qui restait de son « aile gauche », partie rejoindre La France insoumise (LFI) de Jean-Luc Mélenchon, le PS se contemplait ballant, vidé du peu de vitalité qui lui était demeurée, un « parti de hollandais » sans Hollande, condamné à l'impuissance et à la marginalisation, un parti décomposé.

Envisagée dans son ensemble, la gauche connaissait une dislocation historique : PS, LFI, Génération.s, PCF, PRG, MRC, Europe-Écologie-Les Verts (EELV), Génération Écologie, Mouvement des progressistes (MDP), Nouvelle Donne, APRES, auxquels s'ajouteraient bientôt Place publique et la Gauche républicaine et socialiste, autant de mouvements politiques se revendiquant de cette sensibilité. Issues pour la plupart par scission des deux grands partis historiques, le PS et le PCF, ces formations entretenaient entre elles des relations rarement sereines, trop souvent défiantes ou hostiles, et donnaient le spectacle de la désunion et de l'invective. Pour reprendre la célèbre tirade extraite du film préféré d'Emmanuel Macron, *Les Tontons flingueurs*, la gauche gisait « éparpillée façon puzzle ».

Une pyramide reposant sur sa pointe

La droite se retrouvait éclatée ; la gauche, désarticulée. Cette cassure des forces politiques s'aggrava encore lors des élections législatives, où l'on dénombra quatorze candidats en moyenne par circonscription – un score exceptionnellement élevé. À ce délitement du champ politique vinrent s'ajouter des déséquilibres majeurs affectant le résultat de l'élection et traduisant la disparition des repères classiques, une forme de désorientation politique et culturelle frappante.

Ainsi, le premier tour de la présidentielle vit-il les deux partis dits « de gouvernement » – LR et PS – réunir à peine plus de 26 % des suffrages exprimés, un chiffre ridiculement faible, signant le rejet par les Français de trente ans de vie politique minée progressivement par l'indifférenciation entre la « droite » et la « gauche », notions devenues au fil du temps vides de sens. Face à ce noyau ancien en voie de rétraction accélérée, les trois populismes rassemblaient, eux, 65 % des voix presque 41 % pour ce qu'il était convenu de désigner par les termes « extrême droite » et « extrême gauche » ; et, nouveauté des temps, 24 % pour l'« extrême centre » représenté par Emmanuel Macron[19].

Singulier paradoxe démocratique : vieille nation, façonnée par la politique et ayant donné au monde les notions de droite et de gauche, la France allait choisir pour la présider un homme incarnant le refus et le rejet de cette opposition séculaire.

Encore faut-il souligner que cette victoire ne serait pas acquise sans difficulté. À rebours des célébrations unanimes qui saluèrent l'élection d'Emmanuel Macron, celle-ci ne fut un vrai triomphe que pour et dans les médias, et, en réalité, une performance politique à relativiser. Alors même qu'elle avait fait publiquement – lors du débat de l'entre-deux-tours – la démonstration de son incompétence, la candidate du FN passa néanmoins de 21,30 % à 33,90 % des suffrages exprimés, soit une progression de près de 58 %, doublant le score de son père qui, lui, quinze ans plus tôt, avait été cantonné par le « front républicain » (16,9 % et 17,8 % des voix, les 21 avril et 5 mai 2002).

Bonne fille, la Ve République, par la force de la logique majoritaire qui l'anime, mais aussi grâce à une abstention massive aux élections législatives, permettrait néanmoins au nouveau président de disposer d'un groupe parlementaire à l'Assemblée nationale écrasant par son nombre, à défaut de l'être par son talent : 307 députés LREM et 46 du MoDem sur un total de 577, soit plus de 61 % de l'hémicycle.

Jusque-là, seules une dynamique sociétale puissante et une vraie structuration politique avaient permis de dégager le rapport de forces social et culturel indispensable à l'élection d'un président de la République et au bon exercice de son pouvoir. Quels que fussent son talent et ses mérites, sa personnalité et son charisme, le magistrat suprême avait toujours procédé de cette cinétique-là qui l'avait propulsé, selon la formule consacrée, « au sommet de l'État ». Dans un vaste mouvement ascendant, l'élu de la Nation se retrouvait hissé au sommet d'une pyramide sociologique et politique qui le soutenait et lui conférait son assise – l'archétype de ce mécanisme d'élection étant évidemment la « Grande Alternance » de 1981.

Avec la présidentielle de 2017, le processus de désignation du pouvoir suprême obéit à une logique rigoureusement inverse. Tel le titan Atlas, Emmanuel Macron portait sur ses épaules le poids écrasant de l'intégralité du pouvoir conquis. Tout avait procédé de lui, tout en procéderait désormais, situation inédite, grosse de dangers car éminemment instable : la pyramide reposait sur sa pointe[20].

Dialectique et vieilles ficelles

Seule la décomposition de notre vie politique permit à un homme, prêt par ailleurs à saisir l'occasion qui lui fut ainsi offerte, de se frayer un chemin à travers les décombres de notre théâtre électoral. Confiance inébranlable en soi, lucidité sur la gravité de la situation et sur la valeur réelle des hommes, intelligence stratégique, ruse tactique et, pour finir, réussite dans l'exécution : on retrouvait là la combinaison habituelle du succès de toute aventure politique. Pour la première fois dans l'histoire nationale, toutefois, la victoire n'était pas venue d'une force collective mise en branle par une aspiration devenue majoritaire, mais de la faiblesse insigne d'un système entier, de son affaissement pur et simple.

Avec une élection marquée par de tels déséquilibres, on en arrivait là où la décomposition politique tournait à la décomposition morale.

Qu'importait : une sidération semblait avoir gagné de nombreux pans de la société, qui contemplaient, les yeux écarquillés, les progrès quotidiens de cette entreprise de démolition souriante. Littéralement subjugués par le personnage, certains se perdirent en dithyrambes où le comique le disputait au pathétique. Ainsi de Peter Sloterdijk qui, emporté par une passion fort peu philosophique, alla jusqu'à déclarer : « C'est une fois par siècle qu'un personnage comme Macron fait son apparition dans un peuple [...] quelqu'un qui possède le don rarissime d'une réceptivité panoramique – un don d'écouter de tous les côtés – combinée avec une faculté de décision extraordinaire[21]. »

D'autres bons esprits voulurent discerner dans l'élection présidentielle de 2017 une « disruption[22] », souhaitant mettre en lumière, avec l'usage de ce vocable se voulant savant et branché à la fois, la « rupture », la nouveauté absolue qu'aurait représentée, selon eux, l'accession d'Emmanuel Macron à l'Élysée. Tous auraient mieux fait de se rappeler que l'étymologie latine de ce néologisme renvoie directement à l'idée de fracture et que la « disruption », parce qu'elle se veut désinhibition, voire anomie, est aussi synonyme de désajustement, d'entropie et même, parfois, de « dérangement » – dans tous les sens du terme[23]. Pour exprimer cette même singularité, on a aussi voulu y discerner la transposition au domaine politique de la vision économique de Joseph Schumpeter, caractérisant la croissance comme un phénomène de « destruction créatrice ». On assista bien à une véritable « destruction », celle des repères politiques et des partis ; quant à la « création » annoncée, elle se fait toujours attendre.

Au final ? Rien de vraiment « disruptif » donc, ni même de bien nouveau, au fond, hormis la jeunesse éclatante du candidat : beaucoup de vieilles habiletés et de grosses ficelles ; il fallait bien faire gober à la multitude que le mouvement était enclenché, la rénovation engagée, que la République était « en marche ». Jouant en maître de l'ambiguïté, le candidat Macron en dirait par conséquent le moins possible sur son programme – qu'il ne dévoilerait qu'en mars 2017, un mois seulement avant le premier tour –, mais en montrerait le plus possible sur lui – sa fraîcheur, son allant, son sourire, son anglais, son épouse, leur histoire d'amour[24]. Classique, pour ne pas dire éculée, cette manœuvre d'évitement n'en fonctionna pas moins parfaitement.

Par courtisanerie ou par fascination, la plupart avaient fait le choix d'applaudir la prestation du comédien, un amoureux du théâtre, artiste du clair-obscur de longue date, que cet engouement collectif devait réjouir et qui devait se dire pour lui-même, à voix basse, la réplique d'Eduardo De Filippo, le grand dramaturge napolitain, cher à son cœur pour avoir décidé du cours de sa vie personnelle – puisque c'est en traduisant l'une de ses pièces, *L'Arte della commedia*, leurs têtes rapprochées finissant par se toucher, que notre Werther national avait conquis sa Charlotte : « Nous autres savons feindre à la perfection [...]. Nous avons appris désormais à réciter avec art la comédie[25]. »

Envoûtés par le coup d'éclat et la jeunesse insolente du nouveau président, aveuglés par sa personnalité chatoyante, beaucoup se sont lancés dans la quête de son identité politique, creusant, explorant, tournant et retournant toute la surface du vaste champ des idées et des théories politiques, chacun exhibant fièrement la pépite qu'il croyait avoir exhumée et que la trouvaille de son voisin venait très vite ramener à la condition de modeste silex. De cette aventure personnelle et politique, toutes les interprétations possibles furent ainsi données, chacun faisant assaut d'imagination afin d'élucider le « mystère Macron », dans un vacarme médiatique cocasse, un désordre joyeux et échevelé, une débauche de comparaisons historiques, s'entrechoquant et s'opposant, un feu d'artifice de références des plus réjouissantes, dont quelques-unes méritent d'être relevées.

Le Tony Blair français

Bonaparte ? On l'a vu traverser le pont d'Arcole, des témoins sont formels. Ou plutôt Napoléon, dont il partage le jugement : « Pour gouverner, il faut être militaire ; on ne gouverne qu'avec des éperons et des bottes » ? Mais quelles « masses de granit » jettera-t-il sur le sol de France ? Où coule sa Bérézina et quelle plaine accueillera son Waterloo ?

Orléaniste ? Disciple de Guizot, il est adepte du « Enrichissez-vous » et souhaiterait que tout jeune rêvât de devenir millionnaire. Ou saint-simonien ? Selon certains, la « start-up nation » pourrait être un lointain écho de « La Nation repose sur l'industrie ».

De droite ? Sans aucun doute, il est libéral. De gauche ? Assurément, puisqu'il est libéral.

Centriste ? L'anguleux Macron n'est pas le patelin Bayrou, même s'ils partagent tous deux « une certaine idée » de leur personne ; et LREM, parti de blancs-becs, n'a rien à voir avec le MoDem, parti de notables. Ou central ? Après tout, une moitié de ses électeurs du premier tour venaient de la gauche et l'autre moitié de la droite ou du centre.

Rocardien ? Il s'est réclamé de l'ancien théoricien de la « seconde gauche », mais celui-ci ne l'a jamais vraiment adoubé. Ou chevènementiste ? Dans sa jeunesse, il avait travaillé comme petite main à la campagne présidentielle du « Che », en 2002.

Gaulliste ? Certes non, trop européiste et trop attaché à poursuivre méthodiquement la démolition des politiques nées du programme du Conseil national de la Résistance. Gaullien, alors ? Du Général, il a repris l'affichage de la nécessaire distance entre le « chef » et ses ouailles, de la relation « verticale », comme l'on dit aujourd'hui ; mais imagine-t-on l'Homme du 18 Juin accueillir à l'Élysée un musicien LGBT en « top résille » ? Ou plutôt giscardien ? Il en a l'allure personnelle et politique, calvitie et communication didactique mêlées, et partage avec son collègue de l'inspection des Finances un même problème de relation avec le bon peuple.

Libéral ? Membre des Gracques[26], il fut distingué, en son temps, par le magazine *Forbes* – qui ne plaisante pas à ce sujet – comme

« *the leader of free markets* » ; il serait même le premier *whig* français[27]. Ou étatiste ? En pleine crise du coronavirus, après avoir affirmé qu'il avait « toujours cru en l'État », il se targua d'avoir « nationalisé le paiement des salaires »[28].

Philosophe ? On le dit, pour avoir été le tabellion du maître de l'herméneutique française, Paul Ricœur, et pour aimer citer « les passions tristes » de Spinoza ; il laisse dire, ou écrire, certains ayant même trouvé une « colonne vertébrale théorique impressionnante » à ce président-philosophe[29]. Ou gestionnaire ? L'impératif financier ayant pris le pas sur toute autre considération et le tableur Excel remplacé le ciel des Idées platoniciennes.

« Catho de gauche » ? Ancien élève des jésuites et collaborateur de la revue *Esprit*, il a prononcé un long discours au couvent des Bernardins qui a comblé d'aise le monde de la cure. Ou protestant ? Et même « néo-protestant[30] », il viserait à ramener notre vieille Gaule récalcitrante dans le droit chemin des réformes et de la Réforme tout court.

Cérébral ? Il rationalise tout et envisage chaque question comme une équation mathématique à résoudre, additions et soustractions à l'appui. Ou affectif ? Voilà un homme capable d'arracher des larmes et une déclaration d'amour en bonne et due forme à deux de ses ministres de l'Intérieur.

Transgressif ? Il aime tenir des propos « provocateurs », mais ceux-ci sont le plus souvent parfaitement calculés, ce qui ne les empêche pas de se retourner contre lui. Ou conformiste ? Héritier de François Hollande et de toute la pensée unique avant celui-ci, il a bien du mal à échapper à cette doxa.

Révolutionnaire ? Il a pondu un manifeste électoral dont le titre revendiquait la filiation de 1789. Ou partisan de la Restauration ? Il a publiquement regretté la place vide laissée par la mort de Louis XVI, dont les Français seraient restés, selon lui, orphelins.

D'inspiration scandinave ? N'a-t-il pas vanté les mérites de la flexisécurité à la danoise. Ou anglo-saxonne ? Le libéralisme thatchérien serait pour d'autres sa boussole.

Et quels seraient ses modèles ? Renzi ? Lui aussi avait trente-neuf ans lors de sa prise du pouvoir et Matteo, *il Rottamatore*, lui a indiqué la voie du dégagisme. Connaîtra-t-il le même destin, rejeté par ses concitoyens et renvoyé dans ses chaumières pour laisser place à l'alliance des populistes, les vrais ? Ou Merkel ? Les deux se connaissent si bien et la « Groko » – la grande coalition à l'allemande entre conservateurs réformistes et sociaux-démocrates progressistes – est le modèle politique du président. Obama ? Pour le côté prédicateur et le moralisme qui les caractérisent. Ou Trump ? Pour le réalisme diplomatique qu'ils affichent tous deux.

Toutes ces variations sonnent – plus ou moins – juste ; aucune n'est pour autant convaincante. Alors ajoutons notre contribution à ce florilège coloré : la similitude d'Emmanuel Macron avec Tony Blair[31].

Même pragmatisme affiché : « Ce qui compte, c'est ce qui marche [...]. La gestion de l'économie n'est ni de gauche ni de droite. Elle est bonne ou mauvaise[32] », « *what counts is what works* ». Et même idéologie libérale. Même cercle de proches fascinés et totalement dévoués – « mormons », d'un côté, « *true believers* », de l'autre.

Même autoritarisme et, pour l'accompagner et l'adoucir, même sourire, même côté « Bambi » – le surnom de Blair au Royaume-Uni. Mêmes gueules d'ange et mêmes cœurs de bête. Même adhésion enthousiaste et univoque à la mondialisation.

Même charme naturel et même dureté tout aussi naturelle. Même obsession d'une communication contrôlée. Même populisme éclairé et même despotisme avec les siens. Même imprégnation par le christianisme. Même talent dans la conquête du pouvoir.

Même désir de disposer d'un parti politique dépassant les clivages habituels et rassembleur, un *catch-all party* – un parti « attrape-tout ». Même ambition d'effacer tout héritage politique passé et de privilégier le mouvement : *Third Way*, de l'autre côté de la Manche, « En Marche » de celui-ci, faisant d'eux des héritiers bien involontaires du théoricien allemand du socialisme, Eduard Bernstein, qui avait affirmé : « Le but final n'est rien, le mouvement est tout. »

Même condescendance pour l'« Ancien Monde » – *Old Right* et *Old Left* mêlées – et même proclamation d'un « Nouveau Monde » – *New Left*. Même refus affiché de la contradiction, pourtant constitutive de la réalité et de toute politique : « *et* de droite *et* de gauche », à Londres ; « en même temps », à Paris.

Même recherche « d'un centre qui soit à la fois hégémonique et radical », comme John Crowley avait, en son temps, caractérisé le blairisme[33].

Même usage rhétorique d'oppositions sommaires, dont le seul objectif est de disqualifier l'adversaire et non d'éclairer le débat public : entre « société ouverte » et « société fermée », « modernité » et « archaïsme », « progressistes » et « populistes » – entre Bien et Mal…

Une seule différence entre les deux hommes : Blair privilégiait les discours brefs, hachés, faits de formules taillées à la serpe, de propositions souvent nominales ; alors que Macron, lui, affectionne les torrents littéraires, les discours longs, trop longs, aux phrases contournées.

Emmanuel Macron ? Un Tony Blair dans un pays qui n'a pas connu de Margaret Thatcher. Un homme déterminé, comme son aîné d'outre-Manche, à dynamiter les partis traditionnels et à mettre fin au clivage gauche-droite, au nom du même grand dessein : adapter son pays à la mondialisation, et cela à tout prix, y compris celui d'une aggravation de la décomposition démocratique rongeant la France depuis plus de trente-cinq ans, depuis que, dans le silence et la paix du salon Doré, à l'Élysée, une rupture politique fondamentale pour le pays avait été décidée.

CHAPITRE 2

Le choix de François

Longtemps, notre géographie politique fut bien ordonnée. À compter de 1962, une ligne de démarcation parfaitement dessinée sépara de façon stricte la gauche de la droite : deux formations de part et d'autre de cette frontière – socialistes et communistes d'un côté, centristes et gaullistes de l'autre, le bon professeur Maurice Duverger avait forgé l'expression « quadrille bipolaire » pour désigner ce ballet politique –, des acteurs bien rangés, une discipline respectée, des propos calibrés, une chorégraphie millimétrée. Au mitan des années quatre-vingt, un grand trouble commença de s'installer, dont les développements seraient, en provoquant la désarticulation de notre vie démocratique, considérables. Le président d'alors, François Mitterrand, avait en effet opéré, au mois de mars de l'an 1983, un choix capital[34].

Arguant de l'échec de la relance keynésienne qu'il avait engagée pour honorer son élection le 10 mai 1981 – échec largement prévisible au demeurant, cette relance venant à contre-courant des politiques macroéconomiques conduites dans l'ensemble des pays de l'OCDE, et l'appareil industriel français étant marqué par de graves faiblesses structurelles obérant sa compétitivité –, il prit d'abord, le 12 juin 1982, ce qu'il fut convenu d'appeler le « tournant de la rigueur » : deuxième dévaluation, après celle du 4 octobre 1981, de 9,59 % du franc par rapport au mark, blocage des prix et des salaires pour quatre mois, tour de vis budgétaire. Il s'agissait là de la traduction économique et financière de la « pause dans l'annonce des réformes » que réclamait publiquement, depuis novembre 1981, et avec insistance, le ministre de l'Économie, Jacques Delors – n'hésitant pas, par le vocabulaire choisi à dessein, à remuer le souvenir douloureux de la chute du Front populaire.

Or, comme le jugea si bien le Premier ministre de l'époque, Pierre Mauroy : « La rigueur n'est qu'un mot. Seule importe la politique qu'elle recouvre[35]. » La politique en question, dont la « rigueur » n'était que le prélude et le masque, prendrait rapidement forme pour le plus grand nombre. Moins d'un an plus tard, au lendemain d'élections municipales perdues par la gauche (les 6 et 13 mars 1983), sans que celle-ci ait toutefois enregistré de déroute, François Mitterrand décida, en effet, d'un spectaculaire revirement économique[36].

« Ailleurs et plus tard »

Renoncer à soutenir la croissance et à renforcer notre appareil industriel pour préserver la « construction européenne », administrer à l'économie française une purge financière – une ponction de l'ordre de 2 % du PIB, 65 milliards de francs de l'époque, soit le double de ce qui avait été redistribué en 1981 – agrémentée d'un contrôle des changes, et cela afin de maintenir le franc dans le Système monétaire européen (SME) : telle fut l'orientation retenue, celle du « plan Delors », annoncé par le président à ses concitoyens le 23 mars 1983, deux jours après la troisième dévaluation du franc (baisse du franc de 2,5 % accompagnée d'une réévaluation du mark de 5,5 %). Cette fois, on passait de la « rigueur » à l'« austérité ».

Et pour faire passer un tel renversement d'orientation auprès de Français qui venaient à peine de l'élire, Mitterrand maintint l'ancien maire de Lille à Matignon. « Changer de Premier ministre aurait trop accrédité l'idée que l'on changeait de politique. Or on a fait faire une autre politique à Mauroy et on lui a demandé de rester pour habiller le changement », comme le résuma excellemment Jack Lang[37]. Convaincre le chef du gouvernement de le demeurer ne fut probablement pas une chose bien difficile ; il s'agissait plutôt de prêcher un converti. Car, comme le confessa vingt-deux ans plus tard Jacques Delors, les deux hommes avaient en réalité, dès 1982, noué une alliance « en fer forgé » : « Même si on ne le disait pas… nous étions convaincus que notre ligne était la bonne, et nos deux cabinets travaillaient en étroite collaboration[38]. »

L'essentiel n'était pourtant pas là, mais dans la raison profonde qui avait conduit le président « socialiste » à entériner une politique rappelant furieusement celle du professeur Raymond Barre – et allant même au-delà de celle-ci. Car avant d'être économique, la rupture alors décidée fut d'abord et avant tout politique et, même, idéologique. Elle fut l'un de ces moments, rares, où la vie d'une nation prend un cours nouveau, où elle bifurque de sa route jusque-là tracée et s'engage sur un chemin inconnu.

Pour justifier un tel retournement, Mitterrand argua qu'il avait fait « le choix de l'Europe ». C'était vrai. Et c'était là un choix – pour une fois, le fait est notable[39] – sincère : à sa manière, sinueuse, l'homme de Jarnac avait toujours été un européiste.

Mais ce que Mitterrand ne dit pas, ni alors ni jamais, c'est que ce premier choix en portait un second, mortel pour la gauche. En endossant l'orthodoxie libérale inhérente à la construction européenne – dès le traité fondateur de Rome, en 1957 –, puis, plus tard, en confirmant et en amplifiant ce choix initial avec le traité de Maastricht et la politique d'austérité et de soumission à l'Allemagne, corollaire de l'euro, qui en découlerait, il enterrait toute possibilité d'une action volontariste en faveur de la croissance, de l'industrie, de l'emploi, du progrès social. Cela signifiait, *volens nolens*, abandonner les classes populaires françaises à leur sort : la relégation, à la fois symbolique – elles deviendraient peu à peu invisibles pour l'élite – et sociale – dégradation des services publics, chômage, précarité et pauvreté –, constituerait désormais leur horizon.

De ce moment – le printemps 1983 – on peut dater le début de la dislocation d'une alliance de classes qui avait conquis la « Grande

Alternance » en portant la gauche au pouvoir deux ans plus tôt. La longue chaîne, humaine et politique, qui unissait la professeure d'université, le cadre supérieur, l'institutrice, l'infirmier, l'ouvrière, et les conduisait non seulement à déposer le même bulletin dans l'urne, mais à rêver ensemble à une même société plus libre et plus juste, cette chaîne-là commença alors de se défaire.

En un peu plus de trente ans – de 1983 à 2017 –, la « majorité sociologique » que salua Mitterrand le soir du 10 mai 1981 et, partant, le socle électoral de la gauche, se sont fissurés, effrités, désagrégés par blocs entiers, puis effondrés, pour finir par disparaître aux yeux de tous dans la débâcle finale : un président « socialiste » empêché de se représenter et contraint à l'abdication, un candidat socialiste connaissant l'humiliation, après un premier avertissement cruel en 2002, d'être éliminé de l'accès au second tour.

En mars 1983, Mitterrand décida d'escamoter le socialisme et d'ériger l'européisme en idéologie de substitution, réalisant là une mystification politique sans précédent dans notre histoire. Européisme : terme ne prenant ici aucune connotation péjorative et entendu au sens que lui donne le dictionnaire : la « position politique favorable à l'unification de l'Europe[40] », un mouvement d'idées qui voit dans l'union politique de l'Europe une nécessité première et une priorité absolue, transcendant toute autre forme de conviction, en particulier partisane.

Conscient de ce qu'il renonçait ainsi à l'espérance qu'il avait promise « ici et maintenant » – selon le titre du dernier livre qu'il écrivit en tant que socialiste, paru en novembre 1980, six mois avant son élection –, espérance qui l'avait porté au pouvoir, il en invoqua une nouvelle, qu'il déplaça dans le temps et dans l'espace : « ailleurs et plus tard ». À la place de la France, il désigna l'Europe comme horizon des jours meilleurs à venir, une Europe dont il annonça qu'elle ne deviendrait certes pas socialiste, mais qu'elle serait « sociale ». « Quand ? », demandait légitimement et régulièrement le peuple de gauche. « Un jour, plus tard, au bout de longs combats », répondait lyriquement le président. Tout en sachant que la vraie réponse était

« jamais », car le cadre juridique de l'Europe s'opposait, dès le traité de Rome, à une telle évolution, puis l'interdirait avec l'adoption de l'Acte unique européen en 1986 et, plus encore, en 1992, avec la ratification du traité de Maastricht.

Mûrement pesé, réfléchi, décanté de longue date, ce ne fut pas un choix dicté par les circonstances, mais utilisant celles-ci comme alibi. Un choix personnel, venant de loin.

Le choix de François

Dès mai 1981, on pouvait deviner cette option que prendrait deux ans plus tard le nouveau président, en relevant les engagements des deux hommes nommés par lui aux fonctions les plus stratégiques pour un responsable politique de gauche parvenant, après vingt-trois années d'opposition, au pouvoir : Jacques Delors au ministère de l'Économie et des Finances et Claude Cheysson à celui des Relations extérieures. Un ancien collaborateur de Jacques Chaban-Delmas et alors député européen, à Rivoli ; un commissaire européen, nommé sous Pompidou et reconduit par Giscard d'Estaing, au Quai d'Orsay. Deux hommes qui, sans surprise et selon le témoignage de Delors, nouèrent une « collaboration plus qu'amicale, fraternelle[41] ».

De même, la sortie du SME ne fut-elle pas envisagée une seule seconde par Mitterrand le 21 mai 1981, lors même que certains l'avançaient comme une solution possible à la crise financière qui accueillit la victoire de la gauche.

Enfin, comment ne pas s'abîmer dans la plus grande perplexité en se rappelant que le sacro-saint seuil maximal de « 3 % de déficit budgétaire », inscrit dans le traité de Maastricht, qui deviendrait le fétiche européiste que l'on sait, fut inventé à la demande de François Mitterrand en personne, dès le mois de juin 1981, quelques semaines seulement après son accession à l'Élysée, officiellement pour disposer d'un critère objectif susceptible d'endiguer les demandes de crédits des ministres[42] ? Comment ne pas voir dans cette initiative présidentielle de l'été 1981 les prémices du bouleversement du printemps 1983 ?

Un choix politique et même idéologique, sans aucun doute. Un choix intime, de conviction personnelle, surtout : un retour aux sources. Enraciné dans ses années de jeunesse, l'engagement européiste de Mitterrand était ancien. Il avait ainsi participé, en mai 1948, au congrès fondateur de La Haye, moment exalté de la relève fédéraliste d'après-guerre et « en était ressorti très impressionné », selon le témoignage de Jacques Delors[43]. Quelques mois plus tard, le 18 novembre de cette même année, secrétaire d'État auprès du président du Conseil, Henri Queuille, il représentait la France au congrès de l'Union européenne des fédéralistes, à Rome.

Il n'était alors pas encore socialiste, mais déjà européiste.

Profonde, cette conviction était dissimulée, aussi, selon les aléas de sa vie publique, comme le précisa bien volontiers Delors : « Pour ma part, je savais qu'il était un Européen de toujours [...] l'engagement historique de François Mitterrand en faveur de l'Europe ne faisait pas de doute, même si l'expression en était plus ou moins explicite selon les contingences de la politique, surtout avant qu'il n'accède au pouvoir [...]. C'est donc à partir de son choix décisif de mars 1983 qu'il a vraiment chaussé les bottes du grand européen qu'il était[44]. »

Devenu socialiste, donc, à la tête d'un PS divisé sur la question européenne et allié d'un PCF alors souverainiste et nettement opposé à la construction d'une Europe considérée d'abord comme celle du « grand capital », le futur président de la République avait été amené à jeter un voile pudique sur cet engagement personnel – « il avait plutôt gardé le silence » jusqu'en 1981, pour reprendre une litote de Jacques Delors[45]. Une fois élu et aux responsabilités, il allait pouvoir réaccorder ses convictions et ses actes. Le président de l'Institut François-Mitterrand, Hubert Védrine, confirme ce qui fut le rétablissement d'une cohérence personnelle : « Cette obligation européenne, cette option devenue à certains égards priorité par élimination, ou par défaut, le président Mitterrand va non seulement l'assumer, mais en faire un projet, *le* grand projet de la suite de sa présidence [...]. Il retrouve là son inclination plus ancienne d'avant "les années PS". En 1984, pour lui, aucun grand dessein intérieur ou extérieur n'entre plus en concurrence avec celui-là[46]. »

Autant ou même davantage que celui de Mitterrand, ce fut donc le choix de François.

Trouver un lot de consolation à la gauche pour la peine qu'il lui infligeait en renonçant à « changer la vie », tout en revenant à ses premières amours et au petit paquet de vraies convictions qui lui avait, depuis la fin des années trente, fait office de viatique ; faire surgir un « grand dessein » de remplacement pour faire oublier qu'après un bref moment « socialiste » – de mai 1981 à mars 1983 – la France rentrait dans le rang du conformisme libéral européen, tout en renouant avec son identité profonde : la tentation était trop grande.

Il y succomba avec une force tranquille. Il savait ce qu'il faisait.

Le socialisme ou l'Europe

Pas seulement parce qu'il était un esprit politique supérieur et que le politicien madré de la IVe République, le leader de la FGDS, maîtrisait tous les éléments et toutes les dimensions de la question européenne. Pas même parce que, déjà, en décembre 1965, affrontant le général de Gaulle au second tour de l'élection présidentielle, en pleine crise « de la chaise vide », il se présenta, à dessein, comme « le candidat de l'Europe ».

Mais parce que, dès le mois de mars 1968, il avait, dans une longue tribune accordée au quotidien *Le Monde*, exposé de façon limpide l'alternative implacable qui s'offrirait à la gauche lorsque celle-ci accéderait au pouvoir : le socialisme ou l'Europe. Intitulé « Une politique économique pour la France », publié dans deux éditions successives du grand journal, celles du 29 février et du 1er mars 1968, ce texte présentait d'abord (29 février, « Une économie désarmée ») un lourd réquisitoire contre la politique économique et sociale conduite par les deux ministres de l'Économie successifs de Georges Pompidou, Valéry Giscard d'Estaing puis Michel Debré ; le second volet, lui, consistait en un exposé de la politique alternative préconisée par François Mitterrand (1er mars, « Mobiliser l'économie »).

Or, cet exercice programmatique se concluait par une annonce sans équivoque, affirmant haut et fort que cette politique socialiste en gésine avait « Une stratégie : l'Europe ». Et le développement correspondant s'ouvrait par une considération politique décisive : « Une France socialiste dans une Europe libérale : cette question est d'actualité brûlante pour la gauche [...]. Nous ne faisons qu'aborder ici ce débat sur lequel se joue un choix majeur : la gauche devra-t-elle opter pour l'Europe contre le socialisme, pour le socialisme contre l'Europe[47] ? »

Ainsi, dès mars 1968, quinze ans avant le mois de mars 1983, tout fut dit par le premier secrétaire du PS – mieux : écrit – du dilemme politique qu'il aurait à affronter une fois élu président de la République.

Quinze années pendant lesquelles François Mitterrand eut le temps de méditer la réponse qu'il apporterait à la question cruciale par lui-même formulée, réponse qu'il avait en vérité arrêtée depuis longtemps dans le secret de son cœur.

Quinze années d'ambiguïté savamment entretenue, pour ménager tant l'allié communiste – le PCF d'alors était violemment hostile à la construction européenne – que le CERES de Jean-Pierre Chevènement – fondateur du PS d'Épinay et stratège de l'union de la gauche.

Quinze années marquées par le congrès de Bagnolet (15-16 décembre 1973), voulu par Mitterrand, afin de faire croire que l'on pourrait concilier l'inconciliable, en l'occurrence le Programme commun, avec ses nationalisations et sa relance par la demande, et une CEE libérale, fondée sur le marché commun et le règne du droit communautaire. Un congrès placé sous une devise fallacieuse – « L'Europe pour le socialisme. Le socialisme pour l'Europe » – et dont la motion finale – « Pour une Europe en marche vers le socialisme » – sonnait déjà à l'époque comme ce qu'elle était, un slogan vide de sens et trompeur. Dans le même esprit, Mitterrand, ferait à Bruxelles, le 2 mai 1977, une déclaration aussi sonore que vaine : « L'Europe sera socialiste ou bien ne sera pas[48]. » Déclaration immédiatement « regrettée » par l'ancien chancelier allemand Willy Brandt, alors président de l'Internationale socialiste[49].

Quinze années qui rendent cocasse la prétendue « hésitation » du président au cours des dix jours décisifs de mars 1983, son « flottement » au gré des lectures et des interlocuteurs ; la soi-disant « lutte » entre les Horaces et les Curiaces, les tenants du maintien dans le Système monétaire européen (SME), d'un côté, et ceux qui préconisaient d'en sortir, de l'autre ; l'affrontement des « Albanais[50] », emmenés par Laurent Fabius et Jean-Pierre Chevènement, et des « modernisateurs », fédérés autour de Jacques Delors et Pierre Mauroy.

Quinze années qui ramènent au rang de légende dorée ce récit du grand monarque prêtant l'oreille aux uns et aux autres, recevant, le soir venu, des visiteurs et des conseils aussi avertis que superfétatoires, passant dix journées et dix nuits, du 13 au 23 mars 1983, à raturer des notes et à soupeser des arguments économiques et financiers dont il n'avait, en réalité, que faire, et qui n'étaient guère de nature à l'impressionner : tout cela, le vieux roi en avait décidé depuis fort longtemps, depuis toujours pour le dire simplement, et pour des raisons exclusivement politiques.

Durant cette « décade prodigieuse » du mois de mars 1983, Mitterrand fut le metteur en scène d'une pièce de théâtre dont il était le seul à connaître les tirades et, surtout, le dénouement, puisqu'il les avait lui-même écrits. Un dénouement auquel il lui fallait préparer les acteurs – le gouvernement, le PS, le PCF, la majorité parlementaire de gauche – et les spectateurs – les Français, auxquels on raconta qu'ils assistaient à l'un de ces drames que l'Histoire réserve parfois aux peuples, alors qu'il ne s'agissait que d'une comédie.

Entre le socialisme et l'Europe – pour reprendre son alternative posée dans *Le Monde* du 1er mars 1968 –, ce serait l'Europe.

Évidemment.

Dès le 27 septembre 1982, à Figeac, il avait lancé un avertissement très clair. Après avoir qualifié l'Europe d'« admirable construction » et avoir rappelé : « oui, moi je suis européen de conviction, mes votes sont toujours allés dans ce sens » ; après avoir élevé au rang de « nécessité » la limite de 3 % du PIB pour le déficit budgétaire qu'il venait d'inventer et qui deviendrait, dix ans plus tard, un des deux critères de Maastricht, il assena à son auditoire : « ce que j'ai appelé le socialisme à la française, je n'en fais pas une Bible ».

Se défaire de ce socialisme qu'il avait enfilé comme un costume de scène, abandonner enfin cette langue dont il avait réussi à maîtriser seulement la grammaire et le vocabulaire à défaut d'en connaître et d'en aimer la poésie, pour retrouver sa vieille maîtresse, celle de ses années de jeunesse, Europa, la séduisante princesse phénicienne enlevée par Zeus : voilà qui, loin de représenter l'épreuve que narrerait plus tard la propagande officielle, constituait plutôt un vrai soulagement, celui de clore enfin ce « cycle d'Épinay » qui lui avait, certes, permis d'asseoir sa domination sur le PCF et, ainsi, d'accéder au pouvoir, mais qui lui avait tant pesé. D'autant qu'il faisait ainsi d'une pierre deux coups et, en enclenchant l'engrenage qui aboutirait à l'« Europe de Maastricht », prenait sa revanche posthume sur Charles de Gaulle et son « Europe des nations ».

Et c'est avec délectation qu'il se rendit à Strasbourg, le 24 mai 1984, pour prononcer devant le Parlement européen sa profession de foi européiste : « C'est en ma qualité de président du Conseil européen pour ce premier semestre de 1984 que je m'adresse à vous [...]. Mais c'est aussi l'Européen de France qui s'exprime, celui dont l'engagement personnel a accompagné chaque étape de la naissance de l'Europe. Lorsqu'en mai 1948, trois ans exactement après la fin de la guerre, l'idée européenne a pris forme, c'était au Congrès de La Haye. J'y étais et j'y croyais. Lorsqu'en 1950 Robert Schuman a lancé le projet de la Communauté européenne du charbon et de l'acier CECA, j'y adhérais et j'y croyais. Lorsqu'en 1956, le vaste chantier du Marché commun s'est ouvert avec la participation très active du gouvernement français de l'époque, j'y étais et j'y croyais. Et aujourd'hui alors qu'il nous faut sortir l'Europe des Dix de ses querelles et la conduire résolument sur les chemins de l'avenir, je puis le dire encore, j'en suis et j'y crois. »

Les « Ides de mars 1983 », selon la formule de Jean Lacouture[51], virent donc la victoire sans appel de l'Europe sur le socialisme.

« Parenthèse » ? Point final

Car la « rigueur » de 1982, puis l'« austérité » de 1983, plus que des objectifs en elles-mêmes, furent conçues et considérées par leurs promoteurs, Mitterrand et Delors, avant tout comme des instruments, des étapes vers une perspective supérieure.

Maîtriser le déficit des comptes publics et sauvegarder le cours du franc, préserver ainsi la participation de notre monnaie au SME : ce n'était là, pour les deux hommes, que des préalables pour atteindre une visée autrement importante à leurs yeux. La véritable finalité de ce changement de politique était ailleurs : donner des gages à l'Allemagne et à son nouveau chancelier, Helmut Kohl, afin d'engager une relance politique, celle de la construction européenne.

Ainsi que le résuma Lionel Jospin, ce tournant s'explique d'abord par l'« ambition » de François Mitterand de « conduire une grande politique européenne. Ce qu'il a fait plus tard éclaire le choix de mars 1983[52] ».

Cette stratégie du président français prit son vrai sens – l'européisme – avec l'activisme déployé aux commandes de l'Europe lors du premier semestre de l'année 1984 ; avec le Conseil européen de Fontainebleau, aussi, les 25 et 26 juin 1984 – qui entérina la commande du « Livre blanc sur l'achèvement du marché intérieur » à Jacques Delors ; avec, surtout, la consécration de cette « relance » : l'arrivée, le 6 janvier 1985, sur la proposition personnelle d'Helmut Kohl, du même Delors à la tête de la Commission européenne, et cela alors même que la logique institutionnelle aurait voulu que ce fût l'Allemagne qui obtînt ce poste. Un Jacques Delors qui, à cette fin, ne fut pas reconduit lors de la constitution du gouvernement Fabius, le 17 juillet 1984, mais placé « en réserve », non de la République, mais de l'Europe, sa nomination étant actée entre Mitterrand, Thatcher et Kohl dès Fontainebleau ; elle serait annoncée quelques jours plus tard, en juillet 1984. Fonction que le Français occuperait au cours de trois mandats – du 6 janvier 1985 au 23 janvier 1995, dix années, au total – qui allaient changer le visage de l'Europe et du monde.

Hubert Védrine a caractérisé ainsi la détermination du François Mitterrand de cette époque : « De fait, son forcing européen des années 1984-1992 est impensable sans le préalable de la rigueur de mars 1983[53]. »

À ceci près : il n'y eut pas, en mars 1983, de « tournant de la rigueur » que la « contrainte extérieure » ou le « contexte international » auraient imposé. En réalité, François Mitterrand suivit alors la route qu'il s'était tracée, en son for intérieur, depuis longtemps ; et, si l'on veut filer la métaphore, il ne fit qu'accélérer sur cette voie européiste qui était la seule qui comptât pour lui. Quelques semaines avant sa mort, il tint à mettre les choses au clair sur ce point décisif : « Le tournant ? Quel tournant ? Il n'a jamais existé que dans la tête des journalistes[54]... »

Des têtes de journalistes dont les yeux avaient pourtant vu le manège politique des ministres et des conseillers, pénétrés de la gravité de la situation comme de l'importance de leur avis ; dont les oreilles avaient reçu les confidences des mêmes, relatant par le menu les prétendues oscillations présidentielles. Toute une fable savamment élaborée, orchestrée et susurrée au plus grand nombre par celui-là même qui, au terme de sa vie, en révélerait l'inanité.

Les statistiques économiques furent mises au service du projet politique du groupe des « modernisateurs » – en vérité celui d'un seul homme : François Mitterrand. Ainsi, comme l'a souligné Jean-Pierre Chevènement, le déficit commercial de la France en 1982 était quatre fois moindre que l'actuel et, avec un taux d'endettement de 20 % du PIB cette même année, notre pays respecterait haut la main les critères de Maastricht, alors que ce ratio dépassait 98 % en 2019[55] avant d'atteindre 116 % en 2020. Des chiffres utilisés pour dramatiser une situation, certes sérieuse, mais certainement pas dramatique, ce que reconnut Jacques Delors, bien plus tard, vingt ans après, en 2004, à une distance respectable de l'événement : « Si on compare la France de mars 1983 avec les autres pays, en termes de croissance économique et d'emploi, nous faisions mieux et nous avions un des déficits budgétaires les plus faibles d'Europe, ce qui n'empêchait pas le franc d'être attaqué. Notre taux d'inflation nous situait au milieu du peloton européen, mais très au-dessus de l'Allemagne. Mais nous étions franchement dans le rouge pour le commerce extérieur avec un déficit proche de cent milliards[56]. »

Mais c'était une tout autre musique qu'interprétait en mars 1983 le camp des « partisans de l'Europe » et, selon la formule de Chevènement, « les trompettes de la Renommée amplifiaient démesurément nos difficultés[57] ».

Quant au morceau de bravoure, si complaisamment rapporté, décrivant le retour à la raison du jeune ministre du Budget, Laurent Fabius, jusque-là l'une des figures de proue des « Albanais », dont les yeux se seraient dessillés après que le directeur du Trésor de l'époque, Michel Camdessus, lui eut décrit l'apocalypse financière qu'aurait entraînée une sortie du franc hors du SME – rien de moins que la mise sous tutelle de la France par le FMI –, lors d'un entretien opportunément organisé, dans l'après-midi du mercredi 16 mars 1983, ce récit est une berceuse – qui endormit beaucoup de grands enfants, il est vrai. D'autres explications personnelles et politiques – son intimité avec le président, la perspective de sa nomination comme Premier ministre, en particulier – rendent bien mieux compte de cette soudaine conversion, de cette révélation survenue sur le « chemin de Matignon »...

Ce ne fut pas la gravité de la situation économique qui justifia cette décision politique : elle n'en fut que l'habillage, si commode. Ce ne fut pas même la volonté de changer de politique économique et de se changer soi-même, d'aller vers un libéralisme si « moderne », d'accepter l'économie de marché et d'abandonner « la rupture avec le capitalisme », d'adopter une nouvelle « NEP[58] » – pour reprendre l'excellente comparaison de Gérard Le Gall. Non, tout cela viendrait après.

Ce ne fut donc pas une « parenthèse », comme le défendit, par sens du devoir, le premier secrétaire du PS d'alors, Lionel Jospin. Inventée par lui, pour les besoins de la cause, et, aussi, « plus pour [se] calmer [lui]-même que pour calmer [ses] troupes[59] », cette formule fut « une façon pour [lui] d'accepter et de faire accepter » le renversement politique voulu par Mitterrand[60]. Émanant d'un homme peu enclin à l'autocritique et n'appartenant pas à la religion de la confession, ces quelques mots revêtent une signification politique claire.

Non, ce fut un point. Un point final, porté à la partition socialiste.

On passerait ainsi très vite – en dix ans, à peine, de 1983 à 1992 – de *L'Internationale* à l'*Ode à la joie*, de la première gauche à la seconde, puis à plus de gauche du tout, de l'alliance avec le PCF à l'« ouverture », du volontarisme au conformisme, du social au sociétal, de l'assimilation à l'intégration, puis de l'intégration à l'« inclusion », du modèle républicain à l'éloge de la diversité, puis à la dérive multiculturaliste, de l'ambition nationale à la priorité européenne, d'Épinay à Maastricht, de Marx au mark, du socialisme à l'Europe – ou plutôt à l'européisme. Avec un vrai discernement, une satisfaction non dissimulée et une gourmandise certaine, Alain Madelin, faisant alors campagne pour sa ratification, trancha : « Le traité de Maastricht agit comme une assurance-vie contre le retour à l'expérience socialiste pure et dure[61]. » On ne pouvait mieux dire.

Le tournant fédéraliste

Qu'ils fussent pétrifiés par l'enjeu politique, subjugués par la figure de surplomb que représentait pour eux l'homme ayant réussi la prouesse d'unir le PS, de dompter le PCF et de se faire élire par les Français, soulagés ou hérissés par sa décision, résignés ou ulcérés, convaincus ou sceptiques, les socialistes se réfugièrent alors dans un silence assourdissant. Ou, ce qui revient à peu près au même, se contentèrent d'une interprétation de l'événement mettant en scène l'affrontement entre les trois principales thèses en présence : la « trahison » de l'espérance socialiste, selon l'« aile gauche » ; l'affirmation – funambulesque – d'une continuité politique entre 1981 et 1984, soutenue par les piliers du mitterrandisme ; la dissipation inévitable de la « part du rêve », enfin, aux yeux des deloristes et des rocardiens.

Trois versions fort différentes, mais faisant toutes trois, dans l'explication de cette rupture, la part belle à l'économisme, réduisant la dimension politique de ce moment décisif aux seules questions du « réalisme » – auquel les socialistes se seraient alors ralliés ou dans lequel ils se seraient perdus –, de la « crédibilité » – qu'à cette occasion ils auraient conquise ou à laquelle ils auraient vendu leur âme –, et focalisant leurs analyses sur la fameuse « culture de gouvernement » qui marquerait dorénavant, pour le meilleur ou pour le pire, leur identité politique.

De manière significative, lorsqu'en 1985, deux ans seulement après l'événement, un salutaire effort de réflexion fut entrepris, ce fut par deux économistes de renom, qui livrèrent, à cette occasion, un ouvrage de référence resté longtemps la seule analyse disponible de cette période – mais une analyse, cela va de soi, strictement macroéconomique[62].

Quand, vingt ans après, deux figures intellectuelles de la seconde gauche se penchèrent sur l'histoire politique du PS, elles prolongèrent cette appréhension économique des choses : « Le pari du socialisme à la française s'est joué principalement sur le terrain économique et social[63]. » Et c'est fort logiquement qu'elles ne virent dans les événements de mars 1983 qu'une « forme de rupture avec une tradition plus ancienne, celle de l'État producteur, et, par là, avec le cœur du changement politique porté par les socialistes jusqu'au début des années 1980[64] ».

Trente-huit années se sont écoulées, et rien n'a changé : ce moment historique reste encore la plupart du temps envisagé principalement dans sa dimension économique – la prégnance de la « contrainte extérieure », l'opportunité d'un « keynésianisme de gauche » dans une économie déjà internationalisée, l'appréciation de l'efficacité de la relance de 1981 –, alors même qu'il fut une mutation politique. Lorsqu'il doit être désigné ou interrogé, le « tournant » de 1983 demeure inévitablement suivi de l'épithète « libéral » et reste interprété de façon privilégiée, si ce n'est exclusive, comme le moment de la « conversion à l'économie de marché » des socialistes et de la gauche[65]. Et quand, en avril 2021, la Fondation Jean-Jaurès se penche sur « La gauche française et l'Europe », elle ne consacre que trois pauvres pages au tournant de mars 1983, en ignorant la signification idéologique de cet événement décisif, le plaçant même sous la rubrique « pragmatisme mitterrandien » (*sic*)…[66]

Or, le choix fondateur de mars 1983 ne fut pas « un tournant libéral ».

D'abord, parce que son ressort – la compression de la demande intérieure, en particulier celle des ménages – participait d'un raisonnement *stricto sensu* keynésien. Quant aux objectifs recherchés, ils relevaient avant tout d'une logique gestionnaire : le redressement des finances publiques et le rétablissement des comptes extérieurs ne sont pas, en eux-mêmes, des perspectives libérales ; ce sont les mesures comptables d'une politique d'austérité.

Surtout, la nature et la finalité du plan Delors étaient autres ; il s'agissait, répétons-le, d'un premier pas, jugé indispensable par ses promoteurs, vers une politique qui serait engagée par Mitterrand quelques mois plus tard : la relance de la « construction européenne ». Mars 1983 est inséparable des décisions qui viendraient très vite après et que ce retournement politique ne faisait, en vérité, que préparer : l'activisme du président Mitterrand (janvier-juin 1984), conclu par un moment décisif, le Conseil européen de Fontainebleau (25 et 26 juin 1984). Là, contre l'adoption du principe d'un remboursement du « trop versé » anglais – le fameux « chèque » –, qui satisfaisait la bruyante revendication de Margaret Thatcher – « *I want my money back* » –, celle-ci entérina le choix, concocté par Mitterrand et Kohl, de nommer Delors à la tête de la Commission européenne (juillet 1984). Un Delors dont la principale mission fut de préparer l'Acte unique européen (février 1986), le premier traité européen depuis celui de Rome (25 mars 1957), un traité de nature fédéraliste. Acquis grâce à son engagement personnel et son habileté politique, le succès de Fontainebleau libéra Mitterrand du fardeau de sa vie de politicien « de gauche » tout en lui permettant de rétablir sa cohérence intime et idéologique : avec ce moment clé de l'histoire de France, s'acheva la liquidation du socialisme engagée par lui en mars 1983 et débuta pour lui – enfin ! – le temps de son « grand dessein », l'Europe. Comme le juge Hubert Védrine, acteur majeur de l'époque : « La réussite de la présidence française à Fontainebleau, en juin 1984, ouvrira en effet la voie à la relance de l'Europe [...] puisque toute la suite, dans les années quatre-vingt et quatre-vingt-dix, au-delà même de la présidence mitterrandienne, en découlera[67]. »

Tous ces événements majeurs des années 1983 – le « tournant » de mars – à 1986 – l'adoption de l'Acte unique européen –, constituent un seul et même bloc politique, une seule et même « séquence », possédant une cohérence idéologique profonde : la volonté de relancer le fédéralisme européen.

Ainsi, comme le précise Delors dans ses *Mémoires*, Mitterrand préparait-il sa présidence de l'Europe au premier semestre 1984 dès après mars 1983 : « Pour lui, cette présidence était très importante. Il avait choisi l'Europe[68]... » Et, dans le même document, nous narre-t-il, non sans coquetterie, qu'allant accueillir Helmut Kohl à l'aéroport le 25 juin 1984, pour le Conseil de Fontainebleau, celui-ci lui glissa à l'oreille : « C'est le tour d'un Allemand de présider la Commission, mais il peut y avoir un intérêt politique à ce que ce soit un Français. Dans ce cas, je n'accepterais personne d'autre que quelqu'un dont les initiales seraient J. D[69]. » Quelques jours après cette confidence, par l'entremise de Mitterrand et avec l'accord de Thatchev, le vœu du chancelier allemand fut exaucé et « J. D. » choisi pour présider la Commission européenne (à compter de janvier 1985). La stratégie fédéraliste du président « socialiste » allait pouvoir se déployer.

Qualifier le tournant de mars 1983 de « libéral » constitue donc une facilité de langage et une erreur d'appréciation politique ; ce fut un tournant fédéraliste. Pour Mitterrand, il ne s'est pas agi, alors, de « ne pas sortir de l'Europe », comme cela fut si souvent et si paresseusement répété par la suite, mais de « fabriquer » une nouvelle Europe, une Europe plus fédérale. Afin de le seconder dans cette tâche, il choisit un homme sur lequel il savait pouvoir compter. Ancien militant de la Jeunesse chrétienne, ancien membre du MRP (1944-1946), ancien conseiller de Jacques Chaban Delmas à Matignon et, à ce titre, artisan du célèbre discours de la « Nouvelle société » (16 septembre 1969), fondateur en octobre 1973 du club « Échange et projets » visant à dialoguer avec les milieux industriels et financiers, ancêtre, tant par sa composition que par son positionnement, de la Fondation Saint-Simon, Jacques Delors avait été tôt repéré par François Mitterrand, pour ses qualités intellectuelles et pour ses convictions européistes. Il le fit adhérer, dans la foulée des « Assises du socialisme » (12 octobre 1974), en novembre 1974, à un PS qui venait de s'ouvrir à Michel Rocard et ses amis du PSU, comme aux représentants du catholicisme social. Protégé et couvé par Mitterrand, dans un PS dont nombre de responsables le jugeaient trop « à droite » et trop proche du patronat, Delors, à la veille du décisif congrès de Metz (6-8 mai 1979), apporta, en signant le « manifeste des Trente » (20 juin 1978), aux côtés des mitterrandistes du premier cercle (Édith Cresson, Lionel Jospin, Henri Emmanuelli, Charles Hernu, Pierre Joxe, Louis Mermaz) son soutien à Mitterrand face à l'offensive de Rocard, et cela en dépit de ses opinions affichées en faveur de la « seconde gauche ». Mitterrand le remercia de cette allégeance en le faisant élire député européen quelques semaines plus tard (juin 1979). Président de la commission économique et financière du Parlement de Strasbourg (1979-1981), il put ainsi peaufiner sa préparation à la mission que Mitterrand lui avait réservée et qu'il accomplit avec zèle et abnégation[70].

Le « trou noir » de l'histoire des socialistes

Des raisons profondes – idéologiques – de cet événement majeur, rien, ou presque, ne fut dit[71].

Les congrès socialistes s'égrenèrent sans que jamais la question de mars 1983 fût explorée au fond, des congrès « où le catéchisme de l'unité et la liturgie de l'unanimité tuaient dans l'œuf tout débat stratégique[72] ». Dans un premier temps, parce que François Mitterrand était vivant et président ; puis, ultérieurement, parce qu'il était mort et ancien président. Qu'il fût monarque républicain ou statue du Commandeur, qu'il provoquât l'autocensure ou la sidération, le résultat du magistère mitterrandien sur les consciences socialistes s'avéra identique : l'aphasie.

Seul Lionel Jospin, par fidélité à ses valeurs personnelles et politiques, comme pour tenter de sauver le PS, eut le courage, peu avant la mort du virtuose charentais, d'ouvrir une brèche dans cette muraille de déni. Le 9 avril 1995, tenant une réunion publique à Vincennes pour le lancement de sa campagne présidentielle, il osa : « Pourquoi n'aurions-nous pas collectivement, et n'aurais-je pas, moi, comme candidat à l'élection présidentielle, le droit d'inventaire ?

N'est-ce pas cela l'attitude de la raison ? N'est-ce pas cela l'attitude de l'esprit critique et de l'esprit de progrès ? »

« Droit d'inventaire » : derrière le vocabulaire notarial s'affirmait une ambition politique, celle de retrouver une cohérence perdue et de retisser un lien de confiance avec le peuple de gauche. Sans surprise, la démarche fut dénoncée comme un crime de lèse-majesté par les « mitterrandistes historiques ». Appréciée, en revanche, des militants et des électeurs, elle permit à Jospin d'obtenir en mai 1995 une « défaite pleine de promesses » et de regagner une fierté collective. Revendiqué, à juste titre, par « l'héritier rebelle[73] » de François Mitterrand, ce « droit d'inventaire » ne le conduisit toutefois pas à analyser ce qui fut un des moments les plus importants de notre vie nationale des cinquante dernières années et le début de la fin du « socialisme » à la française ; l'exercice, légitime, de l'« esprit critique » s'arrêta aux bords du véritable « trou noir » de l'histoire socialiste que représente mars 1983. Une magnifique occasion manquée.

Le silence calculé de Mitterrand, doublé de la fascination qu'il exerçait sur le plus grand nombre, empêcha ainsi plusieurs générations de socialistes de comprendre ce qui s'était réellement passé et ce qui s'était véritablement joué en mars 1983. Et cela d'autant que, ayant goûté grâce à lui aux délices du pouvoir et ne souhaitant pas en être sevrées, ces mêmes générations se montrèrent peu curieuses et bien dociles.

Aucun responsable de la rue de Solférino ne se risqua à ouvrir la porte du placard élyséen, soigneusement refermée à double tour par François Mitterrand en mars 1983, et où reposait, depuis, un très encombrant cadavre : celui du PS, qui continuerait à se décomposer, lentement mais très sûrement. La plupart continuèrent à célébrer le grand homme et son « sens de l'Histoire ». Peut-être auraient-ils été plus prudents et moins ravis s'ils s'étaient rappelé le jugement de Napoléon : « L'Histoire est un grand mensonge que personne ne conteste. »

Élu en 1981 pour « changer la vie », Mitterrand, grâce à son talent et à son emprise sur la vie politique française, fut réélu en 1988 pour ne plus rien changer. Sphinx hiératique, son seul projet résida dès lors dans un immobilisme qu'annonçaient, outre son fameux slogan de campagne : *La France unie*, la formule, étrennée dans sa « Lettre à tous les Français » : « ni-ni », « ni nationalisation ni privatisation » – une autre manière de dire « ni gauche ni droite », déjà.

Deux septennats, quatorze années de règne, dont le sens – la signification et la direction – doit être trouvé dans une date : mars 1983.

Deux sentences célèbres de Mitterrand scellèrent le choix terrible qu'il fit alors : « la France est notre patrie, l'Europe est notre avenir », le 31 décembre 1986[74] ; « dans la lutte contre le chômage, on a tout essayé », le 14 juillet 1993[75].

Un choix dont l'importance, considérable, aurait justifié un débat national. Il s'agissait du destin de la France, une nation souveraine, jusque-là membre d'une structure de coopération internationale classique, la Communauté économique européenne (CEE), et qui serait désormais prise dans une spirale fédéraliste la conduisant vers une entité juridique et politique nouvelle, de conception supra-nationale, l'Union européenne (UE).

Or, de débat, il n'y eut point.

Seize secondes…

Ni le 23 mars 1983, lors de la césure européiste inaugurale voulue par Mitterrand. Certes, ce mercredi soir-là, le président s'adressa aux Français ; mais dans cette brève allocution – treize minutes et quatorze secondes – seules seize secondes furent consacrées à ce qui représentait la véritable raison de cette rupture essentielle : « Or, nous n'avons pas voulu et nous ne voulons pas isoler la France de la Communauté européenne dont nous sommes partie prenante, la séparer du mouvement qui porte cette Europe à devenir l'un des grands partenaires du monde. » Certes, le chef de l'État avait ouvert son propos en rappelant à ses compatriotes que « au jour et à l'heure convenus, me voici devant vous pour vous dire où nous en sommes, où nous allons [...] vous montrer la route à suivre ». « Montrer la route à suivre » : c'est précisément ce qu'il choisit de ne pas faire. Il s'attarda sur les enjeux – importants – du moment – chômage, inflation, commerce extérieur –, mais éluda la question – inédite et décisive – du nouveau cours qu'il avait décidé de donner à la France et à l'Europe.

Seize secondes pour ne pas expliquer ce qui n'était pas qu'un renoncement – mettre fin à « l'incartade socialiste[76] » –, mais un choix capital. Ce ne fut pas seulement le sort de la gauche française qui se joua alors – et cela représentait déjà beaucoup, tant le PS de l'époque faisait figure de repère pour bien des partis sociaux-démocrates en Europe et dans le monde entier –, mais bien l'avenir de la France.

Seize secondes pour évacuer le programme commun de 1972 et ce qu'il restait des 110 propositions de 1981 ; seize secondes pour engager le pays sur une nouvelle « route ».

Seize secondes pour signaler, comme en passant, une décision pour laquelle Mitterrand n'avait pas été élu, qui ne faisait pas partie de son programme électoral – seulement trois pauvres propositions sur l'Europe parmi les 110 du candidat –, pour laquelle il n'avait pas reçu mandat des Français, donc. Une décision dont il n'avait débattu qu'en comité restreint, et, en réalité, qu'avec lui-même – en tout cas pas devant le peuple ni devant ses représentants élus. Une décision fondamentale, pourtant.

Ni le 31 décembre 1983, alors même que, dès le lendemain, il entreprendrait sa campagne d'Europe. Lors de ses vœux aux Français, Mitterrand se contenta d'indiquer que « 1984 sera l'année de l'Europe, pour le meilleur ou pour le pire [...]. Première dans le monde sur le plan commercial, il manque à l'Europe une volonté politique, c'est-à-dire la conscience de ce qu'elle vaut, de ce qu'elle peut. La France, qui est européenne, ne veut pas rater cette chance ». Une occasion privilégiée, pourtant.

Ni en février 1986, quand, prolongement direct, logique et programmé du choix de 1983, fut adopté l'Acte unique européen. Un traité qui, en étendant le vote à la majorité qualifiée au sein du Conseil des ministres européens, fit franchir à la France et à toute l'Europe une étape supplémentaire dans la voie du fédéralisme. Et qui, en programmant l'adoption de près de trois cents directives pour la réalisation du marché unique et la libéralisation complète des mouvements de capitaux dans l'espace européen, donna le coup d'envoi de la vague de globalisation néo-libérale qui submergerait la planète entière. Un texte crucial, pourtant.

Ni en 1987, quand, le 25 mars, à l'occasion de la commémoration du trentième anniversaire de la signature du traité de Rome, le président de la République s'adressa à ses concitoyens, pour la première fois, devant un drapeau européen mêlé au drapeau français. Une rupture symbolique, pourtant.

Un choix aussi important pour l'avenir du pays que celui de la décolonisation fut expédié en seize secondes. Imagine-t-on le général de Gaulle annoncer l'indépendance de l'Algérie en seize secondes ? Un général de Gaulle qui, une fois les accords d'Évian signés le 18 mars 1962, les soumit dans la foulée au peuple français qui les ratifia, par référendum, dès le 8 avril 1962.

Le débat escamoté

Rien de cela avec Mitterrand et avec le fédéralisme : il fallut attendre 1992 pour que, devant la rupture flagrante représentée par le passage à l'Union européenne et la disparition du franc, devant la nécessité, ce faisant, de réviser la Constitution de la Ve République, les Français fussent enfin consultés. Tardivement, trop tardivement, tant la construction de l'Europe avait déjà changé de sens. Avec courage et brio, Philippe Séguin, dans son vibrant discours prononcé dans la nuit du 5 au 6 mai 1992, sut rétablir la vérité de l'enjeu d'alors : « l'exceptionnelle importance, l'importance fondamentale du choix », celle de « l'acte historique qu'a évoqué le président de la République » : « l'entrée de la France dans l'Europe de Maastricht ».

Et de rappeler l'évidence : « Il est bien temps de saisir notre peuple de la question européenne. Car voilà maintenant trente-cinq ans que le traité de Rome a été signé et que d'Acte unique en règlements, de règlements en directives, de directives en jurisprudences, la construction européenne se fait sans les peuples, qu'elle se fait en catimini, qu'elle se fait dans le secret des cabinets, dans la pénombre des commissions, dans le clair-obscur des cours de justice. Voilà trente-cinq ans que toute une oligarchie d'experts, de juges, de fonctionnaires, de gouvernants prend au nom des peuples, sans en avoir reçu le mandat, des décisions dont une formidable conspiration du silence dissimule les enjeux et minimise les conséquences [...] le conformisme ambiant, pour ne pas dire le véritable terrorisme intellectuel qui règne aujourd'hui, disqualifie par avance quiconque n'adhère pas à la nouvelle croyance, et l'expose, littéralement, à l'invective[77]. »

Les Français ont ainsi été privés du débat auquel ils avaient droit.

Déguisée sous des oripeaux économiques – le « tournant libéral » –, une orientation fondamentale, touchant à l'avenir de la Nation, fut prise en mars 1983 sans être présentée aux Français dans son ampleur, ses conséquences ni ses prolongements, sans être analysée, expliquée, critiquée ou défendue, sans être débattue publiquement. Vidée de toute sa substance politique, elle fut réduite au seul « plan Delors », à une succession de mesures techniques, à une politique dite d'« austérité », considérée comme une volte-face ou une trahison par les uns, comme la preuve du génie politicien de Mitterrand ou de son sens des réalités par les autres, mais jamais comme ce qu'elle fut réellement : le début d'une longue glissade de la France dans l'univers fédéraliste européen.

Pourtant, le traité de Rome avait été examiné par l'Assemblée nationale, qui l'adopta le 24 juillet 1957 ; tout au long de ses onze années de présidence (1958-1969), Charles de Gaulle expliqua et commenta longuement, au cours de plusieurs conférences de presse et interventions télévisées, sa politique européenne ; et l'élargissement de la CEE au Royaume-Uni fut soumis au peuple français, qui l'approuva le 23 avril 1972.

Rien de tout cela, en mars 1983. Car, ainsi que ce même Védrine le concède lucidement : « L'Europe des années 1980 est le pur produit d'une forme moderne de despotisme éclairé. » Et de préciser, à propos de l'état d'esprit des « décideurs » de l'époque : « Autour de François Mitterrand, dans les années 1980, tout cela [la nécessité de contourner les opinions publiques] nous paraît si évident que nous ne nous posons à aucun moment la question [celle de consulter le peuple]. Au mieux pensons-nous de temps à autre qu'il serait opportun de mieux informer le Parlement[78]. » Quant à penser à informer les Français, cette étrange idée appelée démocratie n'effleura aucun des acteurs politiques de l'époque.

Tout au plus le président consentit-il, lors de la campagne de 1988 qui allait conduire à sa réélection, à consacrer six pages sur quarante-cinq de sa fameuse « Lettre à tous les Français » à ce qui était pourtant son « grand dessein » : l'Europe. Il le fit donc brièvement, mais en des termes pour une fois clairs, même si cette poignée de mots n'a probablement été lue que par peu de ses concitoyens : « Le rêve d'États Unis d'Europe qui, depuis près de quatre siècles, hante l'imagination de quelques visionnaires, commence d'éveiller la conscience des peuples. Il n'est pas indifférent pour les Français de savoir si leur Président y pense ou non. Eh bien, j'y pense et je le veux. » Une profession de foi fédéraliste en bonne et due forme, mais bien tardive – cinq ans après le véritable lancement de l'Europe nouvelle – et bien discrète.

Surtout, le contenu réel de ce catéchisme européiste fut soigneusement dissimulé aux Français, mais aussi aux parlementaires et aux responsables politiques de premier plan. Le témoignage de Jean-Pierre Chevènement, alors ministre de la Défense, est saisissant : « L'entreprise se déroulait en catimini. Le Conseil des ministres découvrit médusé, en 1989, la transcription d'une directive européenne autorisant, en application de l'Acte unique, la libération intégrale des mouvements des capitaux, à compter du 1er janvier 1990 [...]. Dans l'esprit public, les échéances électorales surplombaient le reste : législatives de 1986, présidentielle puis à nouveau législatives de 1988. Les enjeux véritables disparaissaient derrière les joutes télévisées où François Mitterrand déploya tout son talent[79]. »

Cette désinvolture démocratique entraîna de graves et durables conséquences politiques. Elle fut ainsi une des raisons profondes de l'essor de ce qu'il fut convenu d'appeler l'« extrême droite ».

La résistible ascension du Front national

Dès le mois de septembre 1983 – aucune coïncidence chronologique sur ce point, il n'y a pas de coïncidences en politique[80] –, à l'occasion des élections municipales à Dreux, le Front national (FN), jusque-là une formation politique marginale – ce parti n'avait atteint que 0,75 % des suffrages lors de la présidentielle de 1974, 1,31 % aux élections européennes de 1979 et 0,18 %, en moyenne nationale, aux législatives de 1981 –, enregistra une première percée, puis entama une ascension qui le conduisit, en quelques années, à occuper une place centrale dans notre vie politique. La France fut, à compter de cette date, de tous les pays européens, et même du monde occidental, le premier à être progressivement saisi par la fièvre que l'on appellerait plus tard « populiste ». En ce sens, le FN mérite l'épithète qu'il s'est attribuée. Il témoigne, en effet, des singularités historiques, culturelles et démographiques de notre pays et du trouble qui le gagna face à des évolutions qui remettaient en cause son identité.

Trois causes principales peuvent ainsi rendre compte du développement de cette pathologie de la démocratie française.

La complaisance ou la complicité des gouvernements successifs à l'égard d'une « construction européenne » qui s'appropria progressivement, au gré d'abandons successifs de souveraineté, des pans entiers de notre vie collective, au nom d'une idéologie fédéraliste minoritaire et néanmoins au pouvoir, aboutissant à un véritable dessaisissement démocratique. Après la césure européiste de 1983, viendrait très vite la nomination à la tête de la Commission européenne de celui qui en avait été le principal artisan, Jacques Delors, puis l'enclenchement, avec l'entrée en vigueur de l'Acte unique européen, en 1986, de l'engrenage qui conduirait à l'Europe de Maastricht. Considérée jusque-là comme un instrument au service du rayonnement de la France, l'Europe deviendrait dès lors un objectif en soi et, très vite, cet objectif *per se* justifierait tous les renoncements. D'un point de vue politique, il en résulterait une confusion, puis une désorientation, et enfin une indifférenciation, très graves, alimentant directement l'argumentaire du « tous les mêmes » et débouchant sur la formule assassine : « l'UMPS ».

La résignation, droite et gauche confondues, au chômage de masse, à la désindustrialisation, à la précarité et à l'extension de la pauvreté, aussi. Combattre réellement ces plaies aurait en effet nécessité des politiques économique et industrielle volontaristes, incompatibles avec l'orthodoxie bruxelloise. Or, à cela aucune des deux parties en présence n'était disposée, sauf, bien entendu, lors des campagnes électorales – il fallait bien se faire élire. C'est à partir de 1983 que s'installa dans le débat public la réalité, qui deviendrait lancinante, du décrochage économique et social d'une partie, croissante, de la population française. Ce serait d'abord le phénomène des « nouveaux pauvres » – ceux que l'on appellerait plus tard les « exclus » –, puis, celui, plus large, des « perdants », ou pour reprendre les mots crus du romancier Nicolas Mathieu, prix Goncourt 2018, des « baisés » de la mondialisation[81].

Le refus de traiter sereinement et objectivement de l'immigration, enfin.

Dans sa contribution posthume et souveraine, *L'Identité de la France*, son dernier livre, une somme inachevée, parue en 1986 et 1987, le maître de l'École des Annales, Fernand Braudel, un des plus grands historiens du XXe siècle, consacra des pages éclairantes à l'immigration étrangère et au « problème récent » qu'elle représentait pour notre pays : « De la tolérance, encore de la tolérance ! Il en faut pour regarder avec lucidité l'immigration massive, prolétarienne dont nous sommes aujourd'hui le point d'aboutissement. Et essayer de comprendre pourquoi, cette fois, elle pose problème alors que, depuis des générations et des générations, la France a accueilli, absorbé des vagues diverses d'émigrants. Qu'elle s'en est enrichie, matériellement et culturellement. Assimilation possible, acceptée, c'est bien, je crois, le critère des critères pour l'immigration sans douleur[82]. » Forte et lucide, cette analyse ne rencontra que peu d'échos, à l'exception, remarquable, de la prise de position de Jean Daniel, en 1989, à propos de l'« affaire des foulards » : « L'instauration d'un grand débat national [...] ne trouve sa justification à mes yeux que s'il concentre les regards vers le seul vrai problème, qui est celui de l'immigration. Il est consternant qu'on laisse depuis si longtemps Le Pen s'en emparer et le monopoliser [...]. Le problème est délicat, il est même parfois explosif. Ce devrait être précisément la raison pour les hommes qui ont l'honneur de penser et de gouverner de le regarder en face[83]. »

Trente ans plus tard, le président du Collège de philosophie, Pierre-Henri Tavoillot, en serait réduit à reconduire cette analyse : l'imigration est devenue, selon lui, « l'emblème de la dépossession démocratique et de l'impuissance publique [...] l'imigration a cessé, en 1978, d'être un *sujet de gouvernement* pour ne devenir qu'une affaire juridico-administrative ou une question morale [...]. Et c'est cet abandon délétère qui va faire le lit du Front national, à qui la dimension politique du thème est sottement abandonnée tandis que tous les autres partis se contenteront d'une posture morale[84] ». Ou, de façon lapidaire : « C'est vraiment du suicide politique[85]. »

On se déchargea sur les milieux populaires, vivant au plus près des populations étrangères, du poids et de la charge de l'intégration de celles-ci au quotidien. Sans se priver pour autant de les sermonner lorsqu'on les trouvait rétifs à assumer une mission qu'ils n'avaient pourtant pas revendiquée et qui aurait dû être équitablement répartie, si ce n'est même concerner en priorité les classes privilégiées. Comme l'a résumé abruptement le président Macron, trente-cinq ans plus tard, en septembre 2019 : « Il faut regarder le sujet en face [...]. La gauche a abandonné le sujet pendant des années [...]. Les bourgeois n'ont pas de problème avec l'immigration. Ils ne la croisent pas. Les classes populaires vivent avec[86]. »

L'avenir dira si, à l'instar de François Mitterrand et de Michel Rocard, l'actuel chef de l'État reviendra sur ses déclarations et renoncera à poser les actes qui leur donneraient consistance.

Rappelons qu'après avoir affirmé, le 10 décembre 1989, que « le seuil de tolérance a été atteint dès les années 1970 où il y avait déjà 4 100 000 à 4 200 000 cartes de séjour, comme à partir de 1982 », l'ancien président socialiste avait reculé, et cela à trois reprises, les 12 et 27 janvier 1990, le 14 juillet 1991, enfin. Que le grand anthropologue Claude Lévi-Strauss ait soutenu : « À propos des immigrés, c'est François Mitterrand qui a raison en parlant de seuil de tolérance » n'aura rien changé à l'affaire[87].

Son Premier ministre lui avait ouvert la voie, en assenant, une semaine plus tôt, le 3 décembre 1989, une formule qui resterait dans les mémoires, à défaut de trouver une traduction concrète : « Nous ne pouvons pas héberger toute la misère du monde. La France doit rester ce qu'elle est, une terre d'asile politique [...] mais pas plus. » Manifestement satisfait de son effet, il avait réitéré ses propos, de façon univoque, le 13 décembre 1989, à l'Assemblée nationale : « Puisque, comme je l'ai dit, comme je le répète, même si comme vous je le regrette, notre pays ne peut accueillir et soulager toute la misère du monde, il nous faut prendre les moyens que cela implique [...] : renforcement nécessaire des contrôles aux frontières [...] et mobilisation de moyens sans précédent pour lutter contre une utilisation abusive de la procédure de demande d'asile politique. » Et enfin le 7 janvier 1990 : « J'ai beaucoup réfléchi avant d'assumer cette formule. Il m'a semblé que mon devoir était de l'assumer complètement. Aujourd'hui je le dis clairement. La France n'est plus, ne peut plus être, une terre d'immigration nouvelle. Je l'ai déjà dit et je le réaffirme, quelque généreux qu'on soit, nous ne pouvons accueillir toute la misère du monde. » Fortes paroles, trop fortes pour ses camarades et pour la gauche au pouvoir, paroles sur lesquelles l'adepte du « parler vrai » tenta piteusement de revenir à plusieurs reprises[88].

La fin de l'année 1983 aura été celle du surgissement sur la scène politique nationale de la seconde génération d'immigrés d'origine maghrébine – les « Beurs » et leur « Marche pour l'égalité et contre le racisme » –, suivie, quelques mois plus tard, en octobre 1984, de l'invention, par Mitterrand et ses saprophytes, du mouvement « SOS Racisme » – « la face lumineuse qui cache l'octroi de la proportionnelle, indéniable avantage offert à Le Pen » par ce même Mitterrand[89]. Outre ce gros coup de pouce prodigué par « la main droite de Dieu[90] », la progression inexorable du FN doit surtout être envisagée comme le résultat délétère de la convergence de ces trois crises ; convergence, également, des partis de gouvernement vers une même forme de résignation politique ; propension, enfin, des sphères dirigeantes – droite et gauche confondues – à tenter de culpabiliser des Français qui, exaspérés, finissaient par se tourner vers une force politique dangereuse, perverse, mais qui présentait pour eux l'avantage de porter leur voix. Pour le dire avec les mots de Jacques Rancière : « N'inversons pas les causes et les effets. Le succès du FN est un effet de la destruction effective de la vie démocratique par la logique consensuelle [...]. La lutte contre le FN est la lutte contre le système qui l'a produit[91]. »

Nulle fatalité à la progression du FN : cette ascension était « résistible ». Encore aurait-il fallu pour cela s'intéresser aux causes réelles de cette avancée et les combattre résolument, plutôt que de se montrer obnubilé par le fantasmagorique « danger fasciste » représenté par ce parti.

« Le malheur est sourd aux leçons de morale »

Crainte d'une dilution au sein de l'ensemble européen ; mise à mal du lien social et de la solidarité nationale par une « crise » économique devenue permanente ; appréhension devant une population immigrée nombreuse dont on comprenait alors qu'elle était définitivement installée sur notre territoire : trois aspects d'une même question, centrale, celle de l'identité de la France, trois façons de la formuler.

Question difficile et délicate, sensible, périlleuse. Essentielle, surtout. Quelques mois avant sa mort, en mars 1985, Fernand Braudel, toujours lui, en souligna ainsi l'importance : « Je crois que le thème de l'identité française s'impose à tout le monde, qu'on soit de gauche, de droite ou du centre, de l'extrême gauche ou de l'extrême droite. C'est un problème qui se pose à tous les Français[92]. »

Question qui fut, sans surprise, instrumentalisée sans vergogne par le FN. Qu'attendre d'autre d'une formation qui, depuis sa naissance, avait comme principal objectif la déstabilisation de notre vie politique, d'abord, avec Jean-Marie Le Pen, pour le plaisir narcissique de le faire ; puis, avec sa fille, pour se frayer, à travers les décombres des partis, un chemin vers le pouvoir ?

Question que la plus grande partie de la gauche institutionnelle jugea inconvenante et à laquelle elle décida d'apporter une seule réponse : le déni de réalité. Un déni qui serait le meilleur fourrier de l'ennemi politique qu'elle proclamait, dans le même temps, combattre de toutes ses forces. Ainsi que le dénonça Jean Daniel, en 1989 : « L'exploitation souvent raciste de ces problèmes a rendu timorés et frileux tous nos responsables. Certains en usent comme d'un alibi à leur cécité[93]. »

Il y eut bien, en 1984, la sortie du jeune Premier ministre que le vieux président venait de donner à la France : « Le FN pose de bonnes questions, mais il y apporte de mauvaises réponses. » Bien trop audacieuse pour un homme qui avait alors une carrière à faire et ne souhaitait pas prendre le risque d'affronter la désapprobation des siens, cette charge resta sans lendemain. Laurent Fabius se réfugia prestement à l'hôtel de Matignon, sous les lazzis d'une bonne partie de la gauche et, pire encore, accablé de l'incompréhension de celle-ci : appeler un chat un chat, n'était-ce pas, pour ces gens tranquillement installés, « faire le lit » de « la bête immonde [...] dont le ventre était encore fécond » ?

Il y eut aussi, en 1990, l'analyse lucide d'Alain Touraine, sociologue de renom et figure de proue de la seconde gauche, qui résuma ainsi le malaise français : « La question nationale remplace la question sociale au centre de la vie politique [...] il n'est plus possible de considérer le Front national comme une verrue sur le corps politique français. Ses thèmes, centrés sur une conception de la nation, entraînent beaucoup d'électeurs de la droite et, quand on les écoute au niveau local, de ceux de la gauche [...]. La France, pays d'État et d'aristocratie, d'Église et d'intellectuels, résiste sur la droite et sur la gauche, par le haut et par le bas, à la pénétration d'un monde marchand auquel elle ne s'est jamais vraiment adaptée. Il serait absurde de caricaturer cette résistance et cette défense inquiète d'une identité menacée par des changements accélérés et mal maîtrisés. Plus absurde encore de croire que cette défense de l'identité nationale n'est le fait que d'extrémistes racistes et fascistes. Il serait plus sage de reconnaître qu'elle a le soutien d'une partie importante des Français[94]. »

D'une partie importante des Français, sans aucun doute, mais pas de ceux qui les gouvernaient.

Analyse confirmée, peu de temps après, par une autre grande voix de la gauche, à nouveau Jean Daniel : « Voici un peuple qui se voit imposer sur le terrain, en province, sur les marchés comme dans les écoles, des problèmes plus ou moins épineux de mixité, de promiscuité, de différence linguistique et de différence de mœurs, tandis qu'on lui propose la dissolution de sa communauté dans une Europe contraignante, incertaine, et où l'Allemagne sera de toute façon hégémonique. Qui d'entre nous, pour peu qu'il ait parcouru la

France, n'a entendu ce genre de discours ? Et comment ne pas comprendre alors que les conditions sont réunies pour que les Français finissent par douter, oui, de leur *identité* ? Ne me dites pas qu'ils ont tort. Que la coexistence avec l'étranger ne devrait pas poser de problème à une âme bien née. Et que l'Europe, loin d'être ce lieu de perdition des identités, va en créer une plus exaltante et aussi fidèle. Ce n'est pas ainsi que nombre de Français vivent les mutations qui les bousculent[95]. »

Il y eut enfin, en 1995, dressant, à la veille de la victoire de Jacques Chirac, le triste bilan de l'ère Mitterrand, l'apostrophe de Gilles Perrault : « L'explication des succès de M. Le Pen ne réside pas dans la séduction subite d'un discours raciste ressassé depuis des décennies, mais dans l'état de la société française au terme des deux derniers septennats. Les inégalités sans cesse accrues, l'envol de l'exclusion, le chômage ou sa lancinante menace, un monde rural à la dérive, la faillite de l'espérance après l'amère expérience de la gauche au pouvoir, la multiplication des affaires de corruption, fumier sur lequel prospère traditionnellement l'extrême droite : tels sont les socles de la nouvelle puissance de M. Le Pen. On n'en finira donc pas avec le Front national par des mesures dérisoirement autoritaires. On ne le stoppera pas davantage par un antiracisme jaculatoire, des grandes messes musicales et fraternelles ou des sermons éthiques. Le malheur est sourd aux leçons de morale[96]. »

Clairvoyantes et courageuses, ces prises de position demeurèrent néanmoins isolées dans l'océan du conformisme d'une gauche « morale » qui se perdit alors et finit par provoquer le naufrage de la gauche tout entière.

Question que la droite finit par aborder explicitement, en 2007, lors de l'élection présidentielle. Avec tant d'arrière-pensées électoralistes et si peu de hauteur de vue, toutefois, qu'une fois élu, le président Sarkozy n'en tira aucune conclusion utile pour le pays : la création d'un « ministère de l'Identité nationale » resterait ainsi la seule trace, absurde, de cette tentative politique inaboutie[97].

On ne fait pas de bonne politique avec de bons sentiments

Un événement considérable s'était cependant produit à cette occasion. Pour la première et seule fois depuis 1983, le FN avait reculé : en ne réunissant que 10,44 % des suffrages, Jean-Marie Le Pen avait régressé de 6,42 points par rapport au scrutin de 2002, alors que Nicolas Sarkozy, lui, atteignait 31,18 % des voix. Sarkozy s'était adressé aux Français votant pour le FN et, pour une large part, ceux-ci l'avaient entendu, rejoignant le giron du camp « républicain » : le FN avait fondu de 38 % entre ces deux élections.

Une performance qui resterait, faute de solutions apportées au mal-être français, sans lendemain : dès 2012, le FN reprenait sa progression et sa représentante, Marine Le Pen, s'octroyait alors 17,90 % des suffrages, puis 21,3 % en 2017, doublant le résultat obtenu par son père dix ans plus tôt.

Pendant trente-cinq ans, au lieu de s'attaquer à la racine du mal, l'élite dirigeante se contenta d'ériger un seul « rempart » face à la poussée de la formation de la famille Le Pen : le discours moralisateur assené avec constance et avec le succès remarquable que chacun put constater. Aux attaques politiques puissantes, précises, ajustées, acérées, et douloureuses, qu'avec une grande régularité le FN portait au système politique français, la principale réponse de ce dernier fut : les bons sentiments.

Or, on ne fait pas de bonne politique avec de bons sentiments.

Pendant tout ce temps, le FN, lui, faisait de la politique, sans tergiversation et sans vergogne. L'un après l'autre, il s'empara sans résistance de tous les maux qui taraudaient le pays : le chômage, la pauvreté, l'immigration, la mondialisation, la désindustrialisation, l'effacement des services publics, la relégation de territoires entiers. Toutes les questions posées à la France furent ainsi successivement préemptées par lui : la Nation, son avenir, la République, ses principes, l'État, son rôle, le monde, sa transformation, l'Europe, ses dérives, l'identité nationale, son devenir. Autant de victoires sans mérite, obtenues sans même livrer bataille, grâce à la passivité et la faiblesse d'adversaires qui n'en avaient que le nom. Il suffisait que le FN abordât un thème, utilisât un mot, pour que celui-ci fût immédiatement proscrit par les « antifascistes ». République, nation, souveraineté, laïcité, peuple, patrie, patriotisme, assimilation : autant de repères ayant constitué le fond commun de notre vie politique et, même, un temps, l'apanage de la gauche, et qui, sous le coup de cette logique du « cordon sanitaire », rendirent suspects ou indésirables ceux qui persévéraient à les utiliser. Une gauche qui, pleine d'une « honte d'être soi », avait « capitulé » et, même, était devenue « collabo » – comme le dénonce Jacques Julliard[98] – et avait renié ses valeurs premières : l'égalité, l'universalisme, la laïcité, la méritocratie, le progrès social, le volontarisme politique, l'assimilation des immigrés.

Une voie fut ainsi ouverte, dans laquelle s'engouffra le FN, qui devint rapidement le premier parti ouvrier de France.

Ainsi que le déplorait Jean Daniel, toujours lui : « L'une des façons les plus efficaces de lutter contre les fantasmes lepénistes est de promouvoir l'identité française comme les valeurs républicaines et de les faire partager. Ce que j'exprime ici n'a pas été adopté par la droite et fut très combattu à gauche, y compris par des amis. Mais je ne vois pas comment l'idéologie du Front national pourrait s'affaiblir dans l'avenir, alors que les causes sur lesquelles il prospère vont s'aggravant[99]. »

Résultat ? Un groupuscule mené par un véritable extrémiste, de talent certes, mais tout de même une figure faisant office de repoussoir et ne désirant même pas conquérir le pouvoir, seulement s'amuser – « foutre le bordel », comme au temps de la « Corpo » de droit à Assas –, dont hérita ensuite sa fille, cette force-là a pu obnubiler toute une classe politique et lui dicter sa loi. Et cela pendant plus de trois décennies.

Au pays des aveugles, le borgne est décidément roi.

CHAPITRE 3

La globalisation, une invention européenne

S'installa ainsi progressivement ce qui fut désigné par nombre de spécialistes comme le tripartisme ; le champ politique français s'avérait fracturé en trois morceaux : la gauche, la droite, le FN. Cette configuration nouvelle n'était pas sans agrément pour celui qui, en faisant de la construction européenne l'alpha et l'oméga de la vie politique française, l'avait provoquée : François Mitterrand savait bien que cette irruption du FN pénaliserait longtemps la seule droite et favoriserait la gauche ; il connaissait ses classiques et n'ignorait pas, pour l'avoir pratiquée comme pilier de la IVe République, les charmes de la « troisième force ». Certes, il ne pouvait pas ne pas imaginer qu'à terme, le ver finirait par dévorer le fruit et que la déstructuration politique engendrée par le FN aboutirait à la consomption de la gauche. Cela lui importait sans doute peu, toutefois : la gauche, devait-il penser en caressant les arbres de sa propriété de Latche, il lui avait fait le don de sa personne, c'était déjà beaucoup, trop peut-être, et elle se débrouillerait après lui avec ce cadeau empoisonné qu'il lui avait réservé, cela lui était dans le fond bien égal.

Cette tripartition, nombre de commentateurs et d'acteurs politiques l'avaient apprivoisée, parce qu'elle permettait, à leurs yeux, de maintenir le mécanisme d'alternance garantie entre le PS et la droite républicaine : le FN étant unanimement condamné d'un point de vue moral, et, de ce fait, politiquement disqualifié, seules

les deux forces issues du camp républicain pouvaient l'emporter lors d'un second tour. Le « système » restait donc, pensait-on, dominé par le dialogue entre les deux pôles respectables de notre vie politique, au moins pour les élections décisives – présidentielle et législatives.

La leçon de Bismarck

C'est dans cette perspective qu'il faut comprendre le « 21 avril 2002 » : à la fois traumatisme fondateur – le candidat du FN accédait au second tour de l'élection reine – et moment salvateur de réassurance collective – toutes les forces autres que l'extrême droite s'étaient rassemblées en un « front républicain », afin de « faire barrage » à Jean-Marie Le Pen. Avec un FN par principe hors jeu, tout scrutin à deux tours tendait irrésistiblement à se transformer *de facto* en un scrutin à un seul tour – ce premier tour qui garantissait, automatiquement, la victoire finale, et qui devenait, pour cette raison, décisif.

Implacable, cette logique avait, jadis, été exposée, dans d'autres circonstances, par le fondateur de la *Realpolitik* moderne[100], le chancelier Otto von Bismarck, artisan de l'Entente des trois empereurs – le *Dreikaiserbund* conclu en 1872 entre Guillaume Ier, François-Joseph, et Alexandre II –, qui, à cette occasion, l'avait merveilleusement résumée d'une formule lapidaire : « Dans un système à trois puissances, il faut être l'une des deux. » Tel était « l'esprit » du tripartisme.

Appliqué à l'élection présidentielle, il signifiait que l'enjeu de la qualification au second tour revêtait désormais une importance cruciale ; il n'y avait même plus, en réalité, qu'un seul tour qui comptât : le premier. Être ou ne pas être qualifié : telle était la question. La seule question.

Le 23 avril 2017, à l'issue du premier tour, Emmanuel Macron assumerait cette vérité – de façon souveraine ou cynique, c'est selon – en allant fêter son accession au second tour, c'est-à-dire, en réalité, son élection. Ce soir-là, à La Rotonde, ce n'était plus le candidat que ses proches entouraient, mais déjà le président de la République que ses courtisans pressaient. Et le message passé aux Français fut très clair : « Allez, les ploucs, vous n'avez pas le choix, alignez-vous, et vite », pour reprendre la saillie de Régis Debray[101].

L'acmé de ce tripartisme survint, de façon logique, au cours de la phase de délitement politique accéléré que constitua le quinquennat de François Hollande. Lors des élections européennes de 2014, puis départementales et régionales de l'année 2015, le FN atteignit des résultats particulièrement élevés, respectivement 24,86 %, 25,24 % et 27,73 % des voix, occupant chaque fois la première place du scrutin. Le mal progressait, inquiétant, mais contenu toutefois par l'opprobre frappant toujours la formation d'extrême droite, lui interdisant de vaincre au second tour.

Dès lors, deux choses étaient acquises pour l'échéance de 2017.

La première était connue de tous : Marine Le Pen serait présente au second tour de la présidentielle. La seconde, tout aussi certaine : la candidate du FN ne pouvait en aucun cas l'emporter et serait battue quel que fût l'adversaire qu'elle affronterait. Tous les responsables politiques avisés le savaient ; aux citoyens on affirmerait néanmoins exactement le contraire, la main sur le cœur et avec des chevrotements dans la voix : on les exhorterait à faire, une nouvelle fois, « barrage à l'extrême droite ».

La leçon de maître Bismarck, Emmanuel Macron l'avait parfaitement saisie : il le montrerait rapidement, en prenant la décision de se présenter à l'élection présidentielle de 2017. Une décision que les « professionnels » de la politique trouvèrent si incongrue, insignifiante et, pour tout dire, risible, qu'ils ne prêtèrent qu'une attention distraite aux préparatifs pourtant bruyants du jeune ministre de l'Économie : lancement de son mouvement « En Marche » à Amiens le 6 avril 2016 ; premier meeting à la Mutualité sans la moindre ambiguïté quant à son objet le 12 juillet ; démission du gouvernement, enfin, le 30 août. Convaincus de leur supériorité de politiciens qui se croyaient aguerris, alors qu'ils n'étaient que des amateurs dépassés par les événements et égarés dans un monde devenu trop mouvant pour eux, ils prirent tout cela pour le caprice d'un enfant gâté que l'on renverrait rapidement dans sa chambre.

Ce n'était pas un caprice, c'était une stratégie. Quand ils le comprirent, il était trop tard : Emmanuel Macron allait être élu président de la République. Approfondir, à la suite des primaires de la droite, la décomposition politique française pour se lancer et l'emporter : telle était sa stratégie.

Avec beaucoup de lucidité, de sens tactique et d'habileté, de cynisme aussi, il faut bien le dire, il la rebaptisa « recomposition » et, qui plus est, l'appela de ses vœux. Ce qui se tramait jusque-là dans le secret des antichambres du pouvoir et qui se concrétisait une fois les élections passées, Emmanuel Macron, lui, osa le dire avant le scrutin, le formaliser clairement, explicitement même, et le proclamer, sans crainte et avec fierté, à la face des Français.

Oui, il était le candidat de la mondialisation ; oui, il était le candidat de l'Europe de Bruxelles ; oui, il était le candidat du libéralisme ; oui, il était le candidat du « oui » ; et, s'il était élu, il appliquerait cette politique du « oui » pour laquelle il aurait été désigné et qu'il assumerait une fois président, comme il l'avait revendiquée en tant que candidat. S'il eut ainsi l'audace de dire tout haut, pendant qu'il briguait les suffrages, ce que ses prédécesseurs se cantonnaient à faire tout bas, une fois élus, ce fut par courage, assurément, par conviction européiste et mondialiste, sans aucun doute, mais, surtout, parce qu'il avait compris que le temps était venu de jeter bas les masques.

Tout était prêt à s'écrouler, il le savait. Il avait vu, de ses yeux vu, la faiblesse insigne d'hommes qui n'étaient pas d'État et connaissait la vanité de leurs ambitions. Il savait l'exaspération des Français devant le spectacle désespérant qu'était devenue la vie politique nationale, désormais faite de campagnes artificielles, de joutes vidées de tout sens, d'engagements jamais respectés, de volte-face systématiques, d'astuces de communication – de mensonges, pour le dire simplement. Il avait lu Tocqueville et savait que « la cause réelle, la cause efficace qui fait perdre aux hommes le pouvoir, c'est qu'ils sont devenus indignes de le porter[102] ».

La machine à dépolitiser

À mesure que la construction européenne avait étendu son emprise sur la vie des nations du continent, et sur la France en particulier – adoption de l'Acte unique en 1986, libéralisation totale de la finance en 1988, traité de Maastricht en 1992, création de l'euro en 1999, Traité sur la stabilité, la coopération et la gouvernance signé le 2 mars 2012 –, les différences de fond entre les deux camps politiques censés s'opposer – la « gauche » et la « droite » – s'étaient mécaniquement affadies, puis évaporées. Parvenues au pouvoir, les deux sœurs ennemies conduisaient peu ou prou la même politique, dictée par la Commission européenne de Bruxelles et la Banque centrale de Francfort.

Reconduit en 1988, François Mitterrand, qui avait demandé aux Français une majorité seulement relative à l'Assemblée nationale, l'obtint et nomma Michel Rocard à Matignon pour pratiquer « l'ouverture » au centre-droit, auquel succédèrent Édith Cresson (15 mai 1991-2 avril 1992), et, enfin, Pierre Bérégovoy (2 avril 1992-29 mars 1993). Au cours de ce second mandat, afin de préparer l'union monétaire européenne, on passa de la « désinflation compétitive » (1983-1989), déclinaison française des préconisations de l'OCDE – maîtrise de l'inflation, équilibre des finances publiques, compression des coûts salariaux, réformes « structurelles » –, à la politique dite du « franc fort » (1989-1997). Celle-ci visait à aligner la France sur le « modèle allemand » et à faire de la monnaie nationale une devise « plus forte que le mark[103] ». Avec pour principaux résultats économiques : l'asthénie puis la récession, l'effondrement de l'investissement productif, la hausse du chômage et de la pauvreté. Et avec comme conséquence politique majeure une confusion inédite entre la gauche et la droite, communiant, de Pierre Bérégovoy à Édouard Balladur, en passant par Michel Sapin et Edmond Alphandéry, dans une même orthodoxie économique et monétaire, au service d'un même objectif : l'euro.

Élu en mai 1995 au terme d'une campagne menée sur la dénonciation de la « fracture sociale » – aux seules fins d'écarter le favori, Édouard Balladur –, Jacques Chirac avait immédiatement fait comprendre que tout cela n'avait été qu'une opération tactique pour lui, un subterfuge et rien de plus, une vaste plaisanterie : au lieu de nommer Philippe Séguin à Matignon, seule option politiquement cohérente, il fit le choix d'Alain Juppé, un homme incarnant l'archétype de l'européiste. Après avoir observé un bref délai de deuil de rigueur, le nouveau Premier ministre décida à l'automne d'engager un plan de rigueur et de « réformes structurelles » d'envergure, destinées à faire respecter les critères de Maastricht à la veille de la qualification pour l'euro prévue en 1999 : le « plan Juppé[104] ». On connaît la suite.

Face à la révolte populaire et à la paralysie économique et sociale qui s'ensuivirent, Jacques Chirac, politicien doué pour le combat et la conquête politiques, mais réticent, d'un point de vue psychologique, à exercer le pouvoir, succomba à la suggestion « abracadabrantesque » du secrétaire général de l'Élysée, Dominique de Villepin, fondée sur une note de la technostructure de Bercy, estimant le budget pour 1998 « impossible » à réaliser : dissoudre l'Assemblée nationale. Ce qu'il fit, le 21 avril 1997. Sans doute fut-il soulagé par le verdict des urnes, le 1er juin suivant : les Français donnèrent une majorité parlementaire à la « gauche plurielle » et l'héritier de François Mitterrand fit son entrée à l'hôtel de Matignon.

En dépit du talent dont il fit preuve en tant que Premier ministre, comme du bilan ancré à gauche de son gouvernement, Lionel Jospin fut disqualifié au terme de cinq années de cohabitation mortifère.

Cruelle conclusion d'un « quinquennat » de réformes ambitieuses et respectant les engagements pris pendant la campagne des élections législatives de mai-juin 1997 – réduction de la durée hebdomadaire du travail à 35 heures, baisse de la TVA, instauration du PACS et de la CMU, inscription du principe de la parité dans la Constitution, création de 350 000 emplois pour les jeunes –, et d'une politique active de soutien à la croissance qui contribua à une forte baisse du chômage de un million de personnes. En ce sens, les cinq années d'exercice du pouvoir à Matignon par l'ancien premier secrétaire du PS auraient dû constituer une véritable « parenthèse » dans la période de confusion, puis de décomposition, ouverte dans la vie démocratique française avec le tournant fédéraliste de mars 1983. La politique européenne de la France, marquée par la prééminence institutionnelle du président de la République, en décida autrement. Conscient de la fragilité politique de la ratification du traité de Maastricht (20 septembre 1992), lui-même réaliste et lucide quant à la nature libérale de l'Europe en général et de ce traité en particulier (il avait indiqué, lors de la campagne référendaire de 1992, qu'il voterait « non au non »), soucieux d'infléchir la position européenne du PS afin de rassembler une « gauche plurielle » où le PCF, traditionnellement « eurosceptique », pesait alors encore lourd, Lionel Jospin posa, au cours du débat de ces élections législatives, quatre conditions au passage à l'euro prévu en 1999 : un euro « large », incluant l'Italie et l'Espagne ; un euro qui ne soit pas surévalué par rapport au dollar ; la mise en place d'un « gouvernement économique » de la zone euro ; l'ajout d'un volet « croissance » au Pacte de stabilité. Victorieux au soir du 1er juin 1997, après une campagne marquée par la fermeture et la délocalisation de l'usine Renault de Vilvorde, Jospin se retrouva face à un président qui avait négocié, au nom de la France, le Pacte de stabilité, conséquence de Maastricht et verrou libéral posé sur les finances publiques.

Impacté dès l'origine par l'épreuve du Conseil européen d'Amsterdam, le 17 juin 1997, qui vit le nouveau gouvernement endosser ce pacte voulu par Juppé et Chirac, afin « d'éviter une crise européenne » qui aurait été tout autant nationale, le mandat du Premier ministre socialiste fut ensuite déstabilisé par une série de privatisations, totales ou partielles, de France Télécom au Crédit Lyonnais, en passant par Air France ou Thomson Multimedia, imposées ou vivement encouragées par la Commission européenne. Elles rapportèrent 31 milliards d'euros à l'État ; elles coûtèrent fort cher au chef du gouvernement. Un autre Conseil européen, celui de Barcelone, les 15 et 16 mars 2002, vint symboliquement le clore. Alors même que des milliers de manifestants protestaient contre la politique libérale de la Commission, la directive sur la déréglementation du secteur de l'électricité y fut entérinée et le principe de l'allongement de cinq ans de l'âge du départ à la retraite adopté, dans un climat de fausse complicité entre les « deux têtes de l'exécutif ». Tout ceci conforta, dans une partie de l'opinion, l'idée mortifère d'une indifférenciation politique entre la gauche et la droite. Premier président de l'association altermondialiste ATTAC, Bernard Cassen traduisit cet état d'esprit en s'interrogeant : « Est-il encore utile de voter après le sommet de Barcelone[105] ? » Peu de temps auparavant, le 22 février, une phrase malheureuse de l'ancien premier secrétaire du PS – « mon projet n'est pas socialiste » – avait déjà accrédité cette thèse, tout en témoignant d'une obsession du second tour bien prématurée. Le 21 avril 2002, seuls 13 % des ouvriers et 12 % des employés – soit respectivement 14 et 10 points de moins qu'en 1995 – choisirent de voter pour celui-ci : cette coupure avec les couches populaires scella le sort de Lionel Jospin.

Son élimination dès le premier tour de la présidentielle de 2002 représenta évidemment un échec personnel : celui d'un vrai talent politique, authentiquement de gauche – à la fois réaliste et volontariste –, progressivement rattrapé par le conformisme européiste. Un conformisme général, au demeurant : ainsi, alors que de 1998 à 2002 douze des quinze dirigeants de l'Union étaient catalogués « à gauche », rien ne fut entrepris pour corriger le cours de l'Europe institutionnelle. Une occasion manquée historique, s'expliquant notamment par la présence, au sein de ce cénacle, des chefs de gouvernements de deux des États membres les plus importants, Tony Blair et Gerhard Schröder, le *Prime minister* britannique et le chancelier allemand, ligués pour imposer leur vision sociale-libérale de l'Europe et du monde – la « Troisième voie ». La publication de leur manifeste commun, le 8 juin 1999, isola le Premier ministre français et ruina tout espoir de transformation de l'Union européenne.

Le 21 avril 2002 ouvrit la voie à une réélection de Jacques Chirac totalement déséquilibrée : 82,21 % des voix s'étaient portées sur lui, c'était tant que ce n'était plus rien. Cette victoire sans véritable adversaire, sans même le traditionnel débat d'entre-deux-tours, représenta le signe patent que la politique française était entrée dans une phase nouvelle de sa décomposition. Tétanisé par ce résultat écrasant et dont il ne sut pas tirer le sens politique, le président sortant rempila pour un second mandat « comme si de rien n'était », déconnecté de la réalité politique et sociale du pays – comme l'illustrèrent l'échec du référendum sur le TCE le 29 mai 2005, les émeutes dans les banlieues de l'automne de la même année et la débâcle du CPE au printemps 2006 –, mandat qui ne serait sauvé que par le courageux « non » opposé, le 14 février 2003, à la guerre en Irak, illégitime et dangereuse, dans laquelle les États-Unis souhaitaient entraîner notre pays.

En 2007, élu grâce à un discours axé sur « la rupture » – avec le quinquennat de « roi fainéant » de Chirac, tel qu'il le qualifia, avec le conformisme maastrichtien, surtout – qui permit, pour la première et seule fois, de faire reculer le FN, et après avoir su faire face à la secousse financière de 2008, Nicolas Sarkozy, rassuré à tort, regagna le bercail du couple « Merkozy ». Un couple dans lequel, comme le ferait observer avec une causticité bien imprudente le président qui lui succéderait – car il se résignerait, lui aussi, et encore plus vite –, c'est « toujours Angela Merkel qui tient le volant[106] ». Oubliant son discours inaugural de la porte de Versailles, volontariste et invoquant même les mânes de Jaurès, le président Sarkozy rentra rapidement dans le rang de l'orthodoxie bruxelloise et, pis encore, bafoua la souveraineté populaire, exprimée lors du référendum de mai 2005 sur le projet de TCE, en faisant adopter le traité de Lisbonne par la voie parlementaire en février 2008. Il en paya le prix politique et électoral.

Enfin, en 2012, en six mois, du voyage d'allégeance à Berlin le premier jour du pouvoir, le 15 mai, à la capitulation en rase campagne le 30 novembre – la fermeture des hauts-fourneaux de Florange devint le symbole cruel de l'abandon du monde ouvrier –, en passant par son incapacité à prendre la tête d'une autre Europe – comme cela lui fut demandé par les principaux leaders européens réunis lors du G8 à Camp David le 19 mai, avec la bénédiction de Barack Obama, et comme aurait fini par l'accepter Angela Merkel –, François Hollande sacrifia ses engagements du Bourget, désespéra la gauche, s'aliéna les Français, abdiqua tout pouvoir réel et fut ainsi le fossoyeur de son quinquennat.

Liquidation du socialisme, sabordage du gaullisme

Au fil des années, d'élections remportées ou perdues, d'alternances qui n'en avaient que le nom en programmes politiques oubliés à peine sèche l'encre qui avait servi à les rédiger, les deux camps finissaient par n'avoir plus pour seule utilité que d'être un étai l'un pour l'autre : la gauche permettait à la droite de se définir *a contrario*, et vice versa. Car les politiques conduites étaient les mêmes. Elles étaient définies et décidées ailleurs. À Bruxelles, où la Commission européenne arrêtait, à coup de directives de plus en plus intrusives, les orientations à suivre par les États membres. À Francfort, où la Banque centrale européenne conduisait une politique monétariste dictée par un unique objectif : la lutte contre l'inflation, indifférente au marasme économique et au chômage de masse. À Berlin, centre politique de fait de l'Union européenne. Et ce gros mensonge, les Français l'avaient percé à jour.

Laminées par la machine à dépolitiser que représente la construction européenne, la droite et la gauche étaient devenues interchangeables ; elles prétendaient s'opposer mais, parvenues au pouvoir, n'exerçaient pas celui-ci, se contentant d'une gestion maastrichtienne des choses. Née de la rupture européiste de mars 1983, ce que l'on appela la « pensée unique », celle d'une large partie des élites dirigeantes et de l'orchestre médiatique, crût et embellit, puis engendra elle-même la « politique unique » – ce que Margaret Thatcher avait résumé d'une formule passée à la postérité : *There is no alternative* (TINA pour les intimes). Les électeurs avaient certes gardé le droit de voter comme bon leur semblait et de changer les majorités ou les présidents, ils avaient été, en revanche, dépossédés du pouvoir de changer les politiques conduites. S'était ainsi installée l'« alternance unique », pour reprendre la formule frappante de Jean-Claude Michéa.

De gaulliste, la droite devint orléaniste. De la « fracture sociale » de Philippe Séguin, elle passa à la « facture fiscale » d'Alain Juppé – « le meilleur d'entre eux » – qui deviendrait sa figure de proue. Soumise intellectuellement et culturellement à la nouvelle gauche issue des années quatre-vingt, elle se « recentra » : la création de l'UMP, le 23 avril 2002, représenta la concrétisation de l'emprise de l'idéologie européiste sur la droite.

Historiquement force de transformation de la société, le Parti socialiste se réduisit progressivement à une « gauche morale ». Il troqua le mot d'ordre rimbaldien qui avait symbolisé son projet et contribué à sa victoire – « Changer la vie » – pour un « Touche pas à mon pote » conforme à son nouvel objet social. À l'exception notable de la « parenthèse » des années Jospin (1997-2002), il mena une politique de droite, avec des mots de gauche.

Par définition et par ambition, le socialisme visait à représenter le peuple et à agir en son nom pour améliorer sa condition – symboliquement, Léon Blum fut porté à Matignon par le Front populaire.

Par nationalisme et par pragmatisme, le gaullisme prétendait, lui, en être l'incarnation naturelle – « le gaullisme, c'est le métro aux heures de pointe », avait résumé André Malraux.

Représentant donc tous deux des traditions politiques populaires, le parti de Jean Jaurès et celui de Charles de Gaulle finirent par s'embourgeoiser et par converger vers un même centrisme européiste.

Mitterrand et Delors avaient liquidé le socialisme en mars 1983 ; Chirac et Juppé en firent de même avec le gaullisme en octobre 1995. Dans les deux cas, le sabordage se fit *pour* et *par* l'Europe, au nom de celle-ci et par son truchement.

Dans cette perspective historique, l'élection d'Emmanuel Macron représenta l'assomption dont rêvait le camp européiste qui, depuis Maastricht, perdait les élections dans les urnes et conservait néanmoins le pouvoir dans les palais de la République.

Illustration de cette continuité fort peu démocratique mais très réelle : l'emprise de l'inspection générale des Finances sur la vie politique nationale. Et, de façon très significative, son obstination à conduire ce que le camp de l'Europe considère être « la mère des réformes », celle des retraites. Du « Livre blanc » de Rocard à la réforme « systémique » de Macron, en passant par Juppé et son « plan », une même obsession partagée par ces trois inspecteurs des Finances, transcendant les clivages partisans traditionnels, une visée européiste identique ; une résistance égale, aussi, celle d'un peuple qui refuse de passer sous la toise.

Générale, cette dépolitisation entraîna des conséquences particulièrement graves pour la gauche.

Le Grand Schisme

Longtemps, la gauche s'était préoccupée en priorité de ceux qui allaient mal, dont la vie était la plus dure, et qui réclamaient simplement de vivre mieux. Progressivement, elle se désintéressa d'eux et s'attacha à ceux qui allaient bien, qui avaient une vie plus douce, et qui désiraient qu'elle le fût davantage. De la vénération du « prolétariat », elle versa dans ce qu'on a pu appeler la « prolophobie », passant de l'ouvriérisme à la glorification du « bobo », de plus en plus étrangère à des classes populaires qu'elle ne comprenait plus, et ne souhaitait plus comprendre, leur reprochant leur réticence face à la mondialisation et à la construction européenne, leur racisme, leur xénophobie, leur sexisme et leur homophobie supposés, leur refus obstiné de tout « accommodement » avec un multiculturalisme dont elle, précisément, se serait volontiers accommodée, les accablant du péché des péchés : venir grossir « le ventre [...] encore fécond, d'où a surgi la bête immonde ».

Désabusé, puis irrité, dégoûté et résigné enfin, le peuple se détourna d'une gauche qui l'avait quitté.

Souffrant du chômage de masse, supportant l'essentiel du poids de l'intégration des populations immigrées, constatant la dégradation continue des services publics – et en particulier de l'école, seule chance d'ascension sociale pour ses enfants –, chassé des centres-ville à la suite de l'explosion du prix du foncier provoquée par la gentrification, pleurant ses usines fermées et son pouvoir d'achat laminé, le peuple délaissa la force politique dont la vocation était de le représenter et de le défendre, mais qui avait renoncé à cette mission, lui préférant de plus en plus, dans les urnes, un parti qui n'avait pas changé dans son tréfonds, mais qui faisait l'effort – apparent, certes, artificiel et intéressé, assurément, effort néanmoins – de se pencher sur son sort, de l'écouter, de lui parler, de prendre en compte ses difficultés. Avec le départ de Jean-Marie Le Pen en 2011, avec l'arrivée à la tête du parti de sa fille Marine, avec le travail de « dédiabolisation » politique qu'elle accomplit, avec cette attention accordée aux préoccupations des Français modestes, d'un groupuscule extrémiste, le FN, rebaptisé de façon significative le « Rassemblement national » (RN), devint une force politique mordant de plus en plus dans l'électorat ouvrier, que beaucoup crurent disqualifier en la taxant de « populiste », sans comprendre qu'elle continuait à accroître son assise populaire. Pierre Rosanvallon a bien résumé cette transformation politique et la progression électorale qui l'accompagna : « Le "nouveau" Front national de Marine Le Pen pouvait ainsi se présenter comme plus à gauche qu'un Parti socialiste gestionnaire[107]. »

Alors la gauche, celle qui s'était autoproclamée « de gouvernement » – et au premier chef la gauche du « oui », héritière de la deuxième gauche –, celle qui s'était arrogé abusivement l'épithète de « réformiste », excommunia le peuple.

Ainsi s'installa le « Grand Schisme » : le peuple sans la gauche, la gauche sans le peuple[108].

Situation absurde autant que tragique. La gauche sans le peuple ne sert plus à rien, n'est plus rien. Elle abandonne la lutte pour la justice sociale au profit des seules réformes de société. Au pouvoir, elle ne se bat plus, se contente de faire des sermons.

La gauche sans le peuple, c'est le moralisme.

Le peuple sans la gauche se perd, est condamné à être abusé. Il quitte son rôle d'agent politique du progrès et vire au supplétif de forces mauvaises. Dans les urnes, il s'égare et finit par sombrer dans la colère puis s'égarer dans le ressentiment.

Le peuple sans la gauche, c'est le populisme.

Apparue en une dizaine d'années (1983-1992), à vif à compter de 2005, cette coupure était radicalement nouvelle. Historiquement, les classes populaires ont toujours été représentées par des membres de la bourgeoisie, auxquels elles consentaient, sans barguigner, à déléguer leur pouvoir. Danton, Robespierre – « l'homme-peuple » –, Gambetta, Ferry, Clemenceau, Jaurès, Blum, Mendès France, Mitterrand, Jospin et Hollande : aucun de ceux-là n'était issu des couches sociales modestes, ni ouvrier ni fils d'ouvrier, et nul parmi leurs électeurs ou leurs soutiens n'avait réclamé d'eux qu'ils le fussent ni ne leur avait reproché de ne pas l'avoir été. En quittant d'elle-même le peuple, la gauche dirigeante a fait voler en éclats le ciment politique qui faisait l'unité et l'identité de toute la gauche. Celle-ci est désormais en morceaux.

Dans ce processus de décomposition politique et morale, le quinquennat de François Hollande a tenu un rôle décisif. Il en fut à la fois l'accélérateur et la phase ultime, confirmant définitivement que la « gauche de gouvernement » se réduisait à l'addition d'un libéralisme culturel – la « tolérance » – et d'un libéralisme économique – la « modernité ». Si l'on devait s'essayer à résumer la présidence de l'ancien maire de Tulle, on tomberait ainsi sans coup férir sur la formule : « mariage pour tous, plus loi El Khomri ». Avec son cynisme foncier, Hollande résuma abruptement ce bilan, politiquement désastreux et moralement condamnable, qui était le sien : « perdre les ouvriers, ce n'est pas grave[109] ».

Gauche, droite : l'écart entre les discours de campagne et les politiques effectivement conduites était devenu une béance ouverte dans le corps du pays.

Le coup d'épaule d'un jeune homme pressé

C'est dans cette béance-là qu'Emmanuel Macron poussa sa corne. Pour faire mal – aux partis anciens qui mentaient depuis si longtemps et les punir. Pour montrer sa détermination sans faille – à des Français qui n'en pouvaient plus. Pour se frayer un chemin – le sien, vers la victoire, et devenir président de la République. Lui, avec une clairvoyance qui fit tant défaut à ses adversaires et, au-delà, à tous les commentateurs politiques, avait compris l'essentiel.

Qu'implacablement, l'esprit du tripartisme dicterait sa loi.

Que le camp du « oui », bien que minoritaire, pouvait par conséquent gagner ; mieux : qu'il devait gagner, qu'il allait gagner, parce que celui du « non » était fracturé, parce que élire Marine Le Pen était exclu, et que porter Jean-Luc Mélenchon à l'Élysée était impossible.

Que François Hollande ne pourrait pas se représenter, qu'il se verrait politiquement empêché *de facto* ; que, dès lors, une percée était possible.

Qu'à force d'avoir démontré, depuis presque trente-cinq ans, que gauche et droite se valaient et s'équivalaient, la perspective de se faire élire en prétendant incarner l'une et l'autre à la fois était devenue crédible.

Que, dans un tel contexte de décomposition, dire la vérité devenait envisageable et même avantageux.

Que ne pas être le candidat présenté par un parti traditionnel, ne disposer d'aucun *cursus honorum* classique – maire, puis conseiller départemental, député et enfin ministre –, loin d'être un inconvénient, se révélerait un atout maître.

Tout était vermoulu – pourri même, parfois ; une secousse suffirait donc : ce serait le coup d'épaule de ce jeune homme pressé et lucide, habile et sans tabou aucun – certains, de plus en plus nombreux désormais, disent même sans surmoi. Trois problèmes décisifs devaient néanmoins être résolus pour qu'il l'emportât, pour réussir ce qui resterait dans les livres d'histoire comme un exploit électoral sans précédent.

Et d'abord éliminer l'homme qui devait normalement accéder au second tour, celui dont la victoire était, dans le cadre de l'affrontement classique gauche-droite, logique et programmée, après le désastre du quinquennat Hollande : François Fillon.

Cette question du candidat conservateur, déjà considéré par la plupart comme élu à peine désigné par les siens, ne tarderait pas à être résolue – vite fait, bien fait. N'avait-on pas, en 1972, exclu, dans des circonstances somme toute assez comparables, Jacques Chaban-Delmas de la course présidentielle ? On sortirait donc François Fillon, sans ménagement, mais avec beaucoup d'organisation et pas mal de mauvaise foi[110]. Le 25 janvier 2017, *Le Canard enchaîné* révélait les pratiques peu glorieuses dont l'ancien Premier ministre s'était, à l'instar d'une bonne part de la classe politique de son époque, rendu coupable. Sans être mortel – l'animal politique se montra d'une résistance rare – le coup atteignit néanmoins son objectif : faire saigner la bête, l'affaiblir suffisamment pour l'empêcher d'atteindre le second tour. Avantage supplémentaire de l'opération : en l'absence du président sortant, contraint à l'abdication, détourner sur le candidat de la droite le réflexe de sanction inhérent à toute élection présidentielle se révéla fort utile. La nécessaire et traditionnelle catharsis s'opérerait donc ; mais les foudres populaires s'abattraient sur l'homme de la Sarthe et non sur l'héritier du hollandisme.

Précisément, un deuxième obstacle se dressait en travers de la route du candidat Macron : comment, après avoir été, du 15 mai 2012 au 30 août 2016, l'un des principaux conseillers de l'ancien chef de l'État, secrétaire général adjoint de la présidence de la République, puis son ministre de l'Économie, et, à ces titres divers, avoir été le concepteur et l'artisan, sur le plan économique, du quinquennat Hollande, comment, donc, parvenir à se dissocier de cet homme et de son bilan – qui était aussi le sien propre ? Comment rééditer ce que Nicolas Sarkozy avait su réussir en 2007 : se démarquer de Jacques Chirac dont il avait été le ministre de l'Intérieur pendant cinq ans ? Comment provoquer une rupture, même artificielle, d'avec un homme que l'on avait si bien servi ? Comment ne plus apparaître comme la créature d'un si piètre président ? Comment faire oublier que ce dernier avait été son mentor en politique ? Tâche d'autant plus délicate qu'il lui fallait, dans le même temps, ne pas heurter les électeurs socialistes, déjà pour une large part séduits, et même les amener à voter pour lui dès le premier tour.

C'est à cette fin qu'Emmanuel Macron sut, dans un subtil dosage, équilibrer les prises de distance successives et de plus en plus nettes avec François Hollande et le maniement de thèmes dont il connaissait la puissance symbolique, presque magnétique, sur l'électorat de gauche – en particulier celui de l'accueil des migrants, dont il fit l'un de ses marqueurs politiques durant la campagne.

Restait enfin la troisième étape, capitale : réussir à rassembler des électeurs habituellement séparés par le clivage gauche-droite, les amener à dépasser cette vieille « frontière » et à communier dans l'isoloir. Cette prouesse, inédite, il l'accomplit en donnant un coup de pied ajusté dans l'arbre de notre vie politique pour en décrocher le fruit, bien mûr, qui ne demandait qu'à tomber depuis plusieurs saisons. En l'occurrence, détacher des électorats traditionnels du PS et de LR leurs franges libérales – du point de vue économique et, plus encore, au regard des valeurs culturelles – qui n'attendaient que cette libération, car elles supportaient de moins en moins bien leur coexistence imposée avec les parties les plus dures de leurs camps respectifs. Il s'agissait donc pour lui d'unifier la famille européiste, séparée, de façon désormais artificielle depuis l'entrée de la France dans l'ère maastrichtienne, en deux parts assignées l'une « à gauche », la seconde « à droite ». Ou, pour le dire avec les mots du cuisinier landais Alain Juppé, de « couper les deux bouts de l'omelette », afin de n'en garder que le cœur, bien chaud et onctueux, celui des gens raisonnables et si heureux de l'être. Pour désigner le même électorat central et modéré, Alain Minc, une autre figure de proue du camp européiste, avait, en son temps, préféré une métaphore géométrique : « le cercle de la raison ».

Et certes, au fil du temps, la situation était devenue baroque, puis absurde, comique, et enfin intenable. Qu'y avait-il réellement de commun, une fois les appartenances partisanes mises de côté, entre Nadine Morano et Nathalie Kosciusko-Morizet ? Ou entre Marie-Noëlle Lienemann et Myriam El Khomri ? À l'inverse, comment distinguer un discours de Michel Rocard d'un autre d'Alain Juppé ? Plus grave encore : comment ne pas confondre la politique suivie par François Hollande et celle mise en œuvre par Nicolas Sarkozy ?

Et cela alors même qu'un autre clivage prenait chaque jour davantage de consistance : celui entre ceux qui considéraient que la construction européenne constituait, en soi, un bien supérieur – « le » Bien, en fait – auquel tout pouvait et devait être soumis, voire sacrifié – à commencer par les nations composant la chair de l'Europe ; et ceux qui refusaient non pas « l'Europe », mais cette forme de soumission et d'effacement. On pouvait remplacer le mot « Europe » par celui de « mondialisation », l'analyse restait juste et pour une raison simple : c'est par la construction européenne que le libéralisme mondialisé avait conquis la planète.

La victoire de la globalisation sur la mondialisation

Au mois de mai 1983 fut publié, dans une grande revue internationale de management, un long article signé par un célèbre spécialiste du marketing, Theodore Levitt, alors professeur émérite à la Harvard Business School. Au cœur de cette puissante analyse prospective, le néologisme anglo-saxon *globalization*, équivalent américain d'un mot apparu au début du xxe siècle sous la plume d'un biologiste belge pour désigner la fonction cognitive consistant à appréhender le réel dans sa globalité[111], y était popularisé pour annoncer l'avènement prochain d'un marché mondial et unique, supplantant la variété des marchés nationaux – un marché « global »[112].

Jusque-là, les « firmes multinationales » – principalement américaines, celles dénoncées par Georges Marchais… – se contentaient d'adapter leurs marchandises aux particularités des différentes clientèles nationales ou continentales : elles produisaient « local » et vendaient « local » et, pour cela, méritaient leur appellation de « multinationales ». Désormais, cette segmentation géographique devenue caduque, elles penseraient et agiraient à un seul niveau : « global ».

Bouleversement majeur pour les entreprises, les amenant à redéfinir leur stratégie, à raisonner, produire et vendre à une seule échelle – celle du monde – et à s'organiser en conséquence, en scindant leurs processus de conception, de décision, de financement, de fabrication et d'assemblage, et en localisant ceux-ci dans les pays à moindre coût. La « chaîne de valeur » d'un bien produit serait dès lors segmentée et chaque unité prise en charge là sur la planète où son coût de revient serait le plus faible : la loi de la rentabilité maximale érigée en règle générale, provoquant une taylorisation des processus de production au niveau des États du monde entier. Une nouvelle division internationale du travail, donc, fondée sur de seuls critères comptables, se jouant des nations et de leurs frontières. Un iPhone est ainsi conçu en Californie, *made in China*, en incorporant des composants venus d'Europe, pour être vendu dans le monde entier.

Cette « globalisation » est à bien distinguer de la « mondialisation ».

Aussi vieille que l'humanité, la mondialisation est un phénomène ayant commencé avec les migrations de nos premiers ancêtres quittant l'Afrique pour s'installer sur l'ensemble de la Terre[113]. Marchands, prêcheurs, aventuriers, guerriers : bien des hommes se sont employés à explorer le monde, à le défricher, à le peupler, et, ce faisant, à l'unifier progressivement – des conquêtes d'Alexandre le Grand atteignant les rives de l'Indus à celles de Gengis Khan et de Tamerlan, des voyages du Berbère Ibn Battûta aux expéditions de Marco Polo, de la découverte de l'Amérique par Colomb au premier tour du monde de Magellan, sans oublier les périples de l'amiral chinois Zheng He au XVe siècle, des moines bouddhistes parvenant aux confins de l'Orient au prosélytisme des missionnaires catholiques suivant l'injonction de Jésus-Christ : « Allez donc : de toutes les nations faites des disciples. »

Bien des fléaux, aussi, ont façonné cette mondialisation, de la Grande Peste de 1348 à la pandémie actuelle de Covid-19, en passant par les ravages de la syphilis dès le XVIe siècle, sans oublier la grippe – qu'elle fût « espagnole » ou venue de Hong Kong. La politique n'a pas été en reste, avec l'Empire romain, les Grandes Découvertes, la colonisation, le fameux « Prolétaires de tous pays, unissez-vous ! » des communistes et leur *Internationale*, les deux guerres mondiales, la création de la Société des nations puis de l'Organisation des Nations unies.

Quant à l'économie, son internationalisation – et, déjà, sa financiarisation – avait atteint un très haut degré de développement au début du XXe siècle, cette première mondialisation ayant été brutalement interrompue par le déclenchement de la Grande Guerre[114].

Certes. Mais, cette fois, les choses étaient différentes.

Car le changement de paradigme, technologique, économique, commercial, financier, décrit par Levitt devait logiquement – c'était le sens de sa prophétie – s'imposer à toute la planète. Devenues géantes et surpuissantes – car « globales » –, les entreprises seraient dès lors libres de produire là où elles le désireraient, libres aussi de ne plus le faire dans les pays ne leur convenant plus – de procéder à des délocalisations – et même de mettre en concurrence les États : un capitalisme affranchi du cadre national.

Ce que décrivait le professeur de Harvard n'était pas une nouvelle dilatation du monde : c'était non seulement la revanche de l'économie sur le politique, mais sa prise de pouvoir, pure et simple, sur toute activité humaine.

Une véritable « révolution culturelle », accouchant d'un monde nouveau – unifié et soumis aux lois de la finance – et, plus terrible encore, donnant naissance à un homme nouveau : un *homo œconomicus* seulement animé par l'esprit arithmétique, condamné à évoluer dans « les eaux glacées du calcul égoïste », comme l'avaient prédit, cent trente-cinq ans plus tôt, Marx et Engels.

Après la chute du mur de Berlin et l'effondrement de la menace soviétique, la globalisation est devenue le synonyme de l'expansion planétaire d'un capitalisme désormais triomphant, dopé à la finance et à la dérégulation – le « turbo-capitalisme[115] » –, sommant les États – présentés comme « vieux » et « dépassés » – de se soumettre à sa nouvelle loi d'airain par d'inévitables « réformes structurelles », seules à même de garantir l'inéluctable « adaptation ».

Même si le mot « mondialisation » a été mis en avant par ses partisans, en raison des connotations positives attachées au beau mot « monde » – l'ouverture aux autres, les voyages, la découverte, la disparition des frontières, la liberté –, la planète a connu depuis lors un basculement dans une réalité nouvelle et tout autre : la globalisation, l'emprise inédite de l'économie et de la finance sur la vie même des hommes.

Le vaste monde d'un côté, le petit globe de l'autre. L'élargissement de l'horizon humain, l'enrichissement personnel et la diversité des cultures, dans un cas ; le rétrécissement de toute perspective au seul calcul économique, la domination de la seule vision financière, la triste uniformisation de la planète, dans l'autre.

Dans l'affrontement entre ces deux versions de l'internationalisation, la globalisation l'a emporté sur la mondialisation. Les marchands de rêve libéraux nous avaient vendu une belle idée et nous ont réservé une réalité étriquée et injuste. Au lieu de la « mondialisation heureuse » annoncée, survint la globalisation inégalitaire.

La prédiction de mai 1983 s'est réalisée.

Or, les responsables de ce bouleversement du monde ne furent pas des ultra-libéraux anglo-saxons, comme on le croit et le dit le plus souvent, mais des « socialistes » français.

Quand des fédéralistes français inventent la globalisation

Ce ne furent pas les États-Unis qui imposèrent une « globalisation » qui ne correspondait pas à leur vision du monde ; ce fut l'Europe. Les Américains étaient certes favorables à une libéralisation de l'économie, mais ils concevaient celle-ci comme une série d'accords bilatéraux et non comme une vaste entreprise multilatérale. Des années plus tard, c'est bien avec cette position unilatéraliste que renouerait, dans le fracas de ses tweets, le président Donald Trump. La globalisation comme démarche politique fondée sur le multilatéralisme est un avatar de l'universalisme français, celui des Lumières.

Ce ne fut pas davantage la « révolution conservatrice », déclenchée par l'entrée de la Dame de fer au 10 Downing Street (4 mai 1979) et celle de l'ancien acteur de cinéma et gouverneur de Californie à la Maison Blanche (20 janvier 1981), qui engagea la financiarisation de la planète ; ce fut la nouvelle Europe, façonnée par les fédéralistes français, à compter de 1985.

Ce ne sont pas les libéraux Ronald Reagan, Bill Clinton, Margaret Thatcher ou Tony Blair qui ont inventé la globalisation ; ce furent François Mitterrand et Jacques Delors, des hommes étiquetés comme socialistes, mais, en vérité, des fédéralistes convaincus.

Par leur intelligence politique, leur travail acharné et leur foi inébranlable, ces hommes ont réussi à décrocher la libéralisation mondiale des mouvements de capitaux et, ainsi, à enclencher le processus de globalisation financière, qui serait rebaptisé, à des fins de propagande, « mondialisation ».

Ils l'ont fait parce qu'ils ont considéré que cette libéralisation et cette financiarisation de l'espace économique européen constituaient un passage obligé pour relancer le fédéralisme en Europe.

L'histoire proprement stupéfiante, et encore trop largement ignorée, de ce coup d'État idéologique mondial a été révélée et relatée par Rawi Abdelal, un autre professeur de la prestigieuse Harvard Business School, dans un ouvrage capital, fondé sur l'analyse des faits et documents disponibles, mais aussi sur les confidences faites par les principaux acteurs de cette « grande transformation[116] ».

Écoutons-le. Écoutons-les.

Après le « tournant de la rigueur », les vainqueurs des « Ides de mars 1983 » décidèrent de pousser leur avantage. Il leur fallait aller au bout de ce qui avait été engagé, se débarrasser une fois pour toutes de ces oripeaux socialistes, quitter l'« archaïsme » et voguer vers la « modernité », la « compétence », « se réinventer eux-mêmes » et se saisir de cette « séduisante identité politique » que le marché et l'Europe leur offraient[117].

Ce serait chose faite en moins de deux ans.

Fabius fut récompensé de son revirement et nommé Premier ministre, le 17 juillet 1984, pour « moderniser et rassembler le pays » : les communistes quittèrent le gouvernement. Et c'est très tranquillement que lui qui avait plaidé, quelques mois auparavant seulement, pour la sortie du franc du SME, put assener, lors de sa déclaration de politique générale, le 24 juillet 1984 : « Je souhaite, comme beaucoup d'entre vous, l'Europe de toutes mes forces. » Delors, l'inspirateur de la « rigueur », quitta, lui, Rivoli pour devenir président de la Commission européenne, le 6 janvier 1985 – il occupera ces fonctions pendant dix ans –, emmenant Pascal Lamy – jusque-là conseiller de Mauroy à Matignon – pour en faire son directeur de cabinet. La « modernisation », c'est-à-dire la libéralisation et la financiarisation de l'économie, allait dès lors se déployer très vite, sur les deux fronts, étroitement liés, où cette phalange libérale détenait les clés du pouvoir : la France et l'Europe.

En France, le gouvernement socialiste allait libéraliser complètement la place financière de Paris : ce fut le « Big Bang » de 1985, conçu et mis en œuvre par Jean-Charles Naouri, le directeur de cabinet de Pierre Bérégovoy, nommé aux Finances après le départ de Delors. Il sut convaincre son ministre de l'intérêt et de l'urgence de cette révolution financière en usant d'un argument auquel il savait que celui-ci ne pouvait qu'être sensible : l'argent serait ainsi moins cher pour les Français et, en particulier, pour les plus modestes d'entre eux. Rien n'arrêterait ce mouvement de libéralisation de la finance française, qui serait achevé le 1er janvier 1990 ; tout au plus aura-t-il été freiné par la cohabitation (1986-1988), la droite n'étant pas particulièrement favorable à cette révolution libérale.

Ce zèle des convertis, qui conduira les socialistes français à se montrer « plus royalistes que le roi », fut cyniquement résumé par Pascal Lamy : « Quand il s'agit de libéraliser, en France on ne peut pas compter sur la droite. La gauche devait libéraliser, parce que la droite ne l'aurait pas fait[118]. »

À Bruxelles, où Delors et Lamy déploient un activisme sans précédent, libéralisation de la finance et intégration européenne, considérées comme les deux faces d'une même pièce, vont avancer de front. Delors en était venu à considérer que la libéralisation de la finance était indispensable *à* et inséparable *de* la création d'un grand marché européen : « Malgré mes premières inquiétudes, j'étais parvenu à la conclusion que la liberté de circulation du capital était essentielle à la création du marché intérieur[119]. »

Cette conviction qu'il s'était forgée poussa Delors à concevoir l'Acte unique européen, premier traité à modifier celui de Rome depuis 1957. Un nouveau traité fondateur, car il introduisait, en même temps, dans le même texte, deux ruptures majeures : le passage de la règle de l'unanimité au vote à la majorité qualifiée au sein du Conseil européen et le passage au libéralisme, grâce à un programme de près de 300 directives dérégulant l'économie en Europe, et à l'établissement des « quatre libertés » constitutives du Grand Marché – libre circulation des biens, des services, des personnes et, surtout, des capitaux.

Un Acte unique qu'accepta volontiers Margaret Thatcher après que Jacques Delors lui eut fait valoir que « c'était son approche, sa philosophie économique, qui avaient été retenues[120] ».

L'alliance du libéralisme financier et du fédéralisme européen

Fédéralisme européen et globalisation financière, fédéralisme européen *grâce à* la globalisation financière : telle était la stratégie de Delors. Et voilà pourquoi il a toujours considéré l'Acte unique européen comme son « traité favori[121] ».

Sous la houlette de Lamy, une petite équipe va donc travailler d'arrache-pied simultanément dans ces deux directions. Avec un même objectif final – *the ultimate goal*, selon la formule de ce dernier[122] : l'union monétaire, la création d'une monnaie commune et unique. La pièce maîtresse de cette démarche politique fut la directive sur la libéralisation totale de la finance au sein de l'Europe. C'était là la condition *sine qua non* posée par Kohl pour envisager une union monétaire : car la liberté de circulation des capitaux au sein de l'espace européen signifierait une pression considérable sur les gouvernements nationaux afin qu'ils poursuivent des politiques macroéconomiques de rigueur, celles souhaitées par l'Allemagne – ce qu'on appellerait la « convergence ».

Ainsi que le rappelle Hans Tietmeyer, alors ministre fédéral des Finances allemand : « À l'été 1988, nous avons clairement indiqué à la Commission européenne ainsi qu'aux autres États européens que l'Allemagne n'accepterait jamais une union monétaire sans une entière mobilité du capital à la fois en interne et en externe. Pour nous, la libéralisation du capital était tout simplement une précondition[123]. » Cette « précondition » remplie, restait une étape politique décisive avant d'atteindre la Jérusalem monétaire inlassablement poursuivie par nos croisés français : convaincre l'Allemagne d'abandonner définitivement son mark.

Ce fut la mission historique de Mitterrand.

Le président français et le chancelier allemand se rencontrèrent, le 2 juin 1988, à Évian. Là, Mitterrand proposa un marché à Kohl : la liberté complète des mouvements de capitaux en Europe en échange de la constitution, sous l'autorité de Delors, d'un comité pour la création de l'union monétaire. Le libéralisme financier contre l'euro : tels furent les termes de l'accord passé entre les deux hommes. La directive, capitale, instaurant la liberté de circulation des capitaux, fut signée le 24 juin 1988 et, les 27 et 28 juin, au Conseil européen de Hanovre, cet accord fut entériné.

La suite est connue : la finance serait totalement libéralisée en France le 1er janvier 1990, le traité sur l'Union européenne serait adopté à Maastricht en décembre 1991 et ratifié, de justesse, par le peuple français le 20 septembre 1992, après que Mitterrand eut mis tout son poids personnel, politique et institutionnel, dans la balance.

Une fois entré en vigueur en 1994, ce traité allait doter l'Europe des « règles les plus libérales du monde en matière de mouvements de capitaux[124] », selon Rawi Abdelal, qui précise : « La conséquence de ce marchandage franco-allemand fut un système financier européen qui était en principe le plus libéral que le monde ait jamais connu. [...] Les gouvernements européens furent obligés de libéraliser les mouvements de capitaux provenant ou à destination de tous les pays du monde[125]. »

Dans le déclenchement de cette vague mondiale de financiarisation et de libéralisation, le rôle des dirigeants français de l'époque fut décisif. C'est pourquoi le même ponte de l'économie et de la finance internationales souligne : « Une question centrale est de savoir ce qui a changé entre le début des années quatre-vingt – quand une initiative pour réécrire les règles de la finance européenne échoua, en dépit du soutien enthousiaste du Royaume-Uni, de l'Allemagne et des Pays-Bas – et la fin des années quatre-vingt, lorsque les fondations institutionnelles de la finance européenne furent fondamentalement révisées [...]. La réponse est banalement simple : la France avait changé. La simplicité de la réponse marque un des retournements les plus importants de l'histoire économique moderne[126]. »

De l'histoire économique *et* politique : car la liberté ainsi nouvellement acquise du capital alla de pair avec le progrès du fédéralisme européen. Cette alliance fondatrice du libéralisme économique et financier avec l'européisme politique constitue ce qu'il est convenu d'appeler, avec Abdelal, le « consensus de Paris ».

C'est ce consensus et non celui de Washington – si souvent et si commodément décrié – qui a produit la libéralisation mondiale des mouvements de capitaux et créé un nouveau Moloch libéral – la globalisation –, qui a étendu son emprise sur la planète entière, dévorant au passage toute la gauche européenne.

Les deux faces d'une même pièce

Une Europe devenue le fer de lance du libéralisme financier : une fois ce résultat, essentiel, acquis, restait à parachever le grand œuvre de la libéralisation mondiale, « globale », de la finance.

Ce fut la mission confiée à un dernier Français, Henri Chavranski, fonctionnaire de la direction du Trésor, qui présida pendant douze ans, de 1982 à 1994, le Comité des mouvements de capitaux et des transactions invisibles (CMIT) de l'OCDE. Il fut, à ce titre, le grand prêtre du code de libéralisation que cette institution mit au point et généralisa à l'ensemble de ses vingt membres, États-Unis et Canada compris. L'action de ce Français fut « décisive dans l'adoption de règles libérales par l'OCDE dans les années quatre-vingt[127] ». Une étape supplémentaire et capitale fut ainsi franchie dans le déferlement de la vague libérale et dans l'emprise de la finance sur le monde entier.

La pierre de touche de cette cathédrale politique fut la nomination de Lamy comme commissaire européen au commerce (1999-2004), puis comme directeur général de l'Organisation mondiale du commerce (OMC) en 2005, fonction qu'il occupa jusqu'en 2013.

Les flux de marchandises prirent alors la relève des mouvements de capitaux pour parachever la globalisation du monde.

La globalisation n'est pas, n'a jamais été, un phénomène naturel ou imposé par les seules mutations technologiques : elle est une œuvre humaine, politique et même idéologique, faite de décisions prises et d'institutions créées.

Historiquement, la globalisation a d'abord et avant tout été financière.

Cette vérité première a été et est toujours dissimulée. Le discours dominant prétend que, loin d'être une construction humaine et politique, la globalisation relèverait de l'inéluctable. « Beaucoup de responsables politiques européens, et les foules qu'ils représentent, dépeignent la mondialisation comme une puissante force impersonnelle, sur laquelle ils n'auraient pas prise et qui limiterait leur autonomie[130]. »

À cette fin, on mettrait en avant le « progrès technologique » comme principal responsable de la mondialisation. Ainsi, encore aujourd'hui, dans son petit ouvrage de catéchisme libéral, Pascal Lamy ne distingue-t-il que « les avancées technologiques » comme facteur explicatif de « la poussée historique de la globalisation[131] ». La finance – dont il a libéré les forces perverses ? La dérégulation – qu'il a, par obsession idéologique, mise en œuvre ? La libéralisation à marche forcée des mouvements de capitaux – à laquelle il s'est voué pendant dix ans ? Évanouies, disparues, envolées. Un véritable miracle. Un grossier caviardage, plutôt.

En 1988, lorsque fut prise la décision de libéraliser la finance en Europe et, par ricochet, dans le monde entier, Internet n'existait pas, les smartphones non plus, et les porte-conteneurs ne peuplaient pas les océans ; en revanche, les flux de capitaux, eux, représentaient déjà des volumes considérables et ce sont eux que nos apprentis sorciers, Lamy en tête, ont décidé de déchaîner. Ils y sont parvenus et, aujourd'hui, la finance commande l'économie planétaire : tels sont les faits, voilà le résultat de l'action déterminée et persévérante de ceux qui prétendent n'avoir fait « qu'accompagner une mutation technologique » irrépressible et avoir, ainsi, agi pour le bien de l'humanité.

Et dans cette édification de la globalisation, l'Europe a joué un rôle décisif, celui de l'impulsion initiale, du « premier moteur », en langage philosophique : comme le rappelle fort justement Abdelal, « les marchés financiers mondialisés sont *mondialisés* principalement parce que le processus d'intégration financière européenne est devenu ouvert et uniformément libéral. À la fin des années quatre-vingt, l'intégration des marchés de capitaux européens était synonyme de mondialisation[128] ».
Et de poursuivre : « Les Européens devraient cependant reconnaître que cette ère de la mondialisation financière est pour beaucoup de leur propre fabrication. Des socialistes français de premier plan, accompagnés de responsables politiques de gauche à travers l'Europe, ont influencé de façon décisive le processus de libéralisation financière dans leurs propres pays et, par conséquent, la codification de la norme de la mobilité du capital dans les règles des organisations internationales [...]. En France, comme partout en Europe, la gauche a libéralisé les flux de capitaux plus que la droite n'aurait osé le faire [...]. Une poignée de responsables politiques français, souvent avec leurs homologues britanniques, allemands ou hollandais, jouèrent un rôle décisif dans l'établissement de la mobilité du capital[129]. »

Telle qu'on a fait le choix de la construire, l'Europe a donc été d'abord la matrice, puis le vecteur de la globalisation financière et libérale.

Reconnaître ce fait revient à reconsidérer l'histoire et à abandonner la version officielle qui voit en l'Europe le meilleur moyen de « maîtriser » la mondialisation. Citons une dernière fois Rawi Abdelal : « Le caractère central, et nécessaire, de l'Europe dans le processus de la mondialisation financière est la plus importante révision à apporter à la sagesse commune[132]. »

Révision déchirante pour le peuple de gauche, qui a cru que l'Europe pourrait être sociale, alors même que ceux qui, en son nom, la construisaient la mettaient sciemment au service du libéralisme mondial et de la finance dérégulée.

Révision à laquelle s'est refusé, même trente ans après les événements, Jacques Delors qui, en publiant ses *Mémoires* en 2004, n'a abordé, dans un ouvrage de 492 pages, que de façon incidente et elliptique, en quelque lignes, la libéralisation de la finance européenne et mondiale – phénomène majeur des cinquante dernières années, pourtant, et dont il a été le grand architecte –, alors qu'il a choisi de s'attarder sur nombre d'anecdotes. Sans jamais reconnaître sa responsabilité, se retranchant, de façon si commode, derrière la théorie des « forces extérieures » : « La montée des marchés et la dérégulation se feront avec ou sans nous », avait-il coutume de dire à ses collaborateurs ; « le vent est là et il souffle fort. Il s'agit de savoir si le pilote du bateau peut résister au vent et trouver une trajectoire qui soit un bon compromis entre, d'un côté, l'évolution de l'environnement international et des idées, de l'autre, la défense de nos intérêts et du modèle européen[133] ».

Les faits sont têtus. À partir de 1983 et pendant près de trente ans, au pouvoir en France – Fabius et Bérégovoy –, à la manœuvre au sein de l'OCDE – Chavranski –, à la tête de la Commission européenne – Delors et Lamy –, de la Banque centrale européenne (BCE) – Trichet, de 2003 à 2011 –, du Fonds monétaire international (FMI) – Camdessus, de 1987 à 2000 – et de l'OMC – encore Lamy : ces missionnaires français du libéralisme ont évangélisé la planète, se définissant déjà comme des « progressistes ».

Avec Delors à leur tête, leur véritable objectif, en lançant le mouvement de globalisation financière, était de réunir les conditions nécessaires à la réalisation de la monnaie européenne unique. Et, ainsi, de procéder à un saut fédéral qu'ils escomptaient décisif.

Europe et globalisation sont les deux faces d'une même pièce.

CHAPITRE 4

France du non, président du oui

Après l'adoption du traité de Maastricht, en 1992, la construction européenne a changé de nature : elle s'est autonomisée. Dans ce mouvement inédit d'émancipation des institutions européennes par rapport aux États-nations dont elles procédaient jusque-là, l'instauration de l'euro a tenu une place décisive. Le projet d'une monnaie unique pour l'Europe vient de loin. Plus loin que les rapports Marjolin (1962) et Werner (octobre 1970), qui préconisaient la création d'un grand marché auquel s'adosserait une telle monnaie. Ce n'est pas dans les Trente Glorieuses que ce « Grand Dessein » plonge ses racines, mais dans les années sombres de l'idéologie fédéraliste : déjà présentes dans le programme du premier congrès paneuropéen de Vienne en 1926, « les réflexions autour d'une "monnaie européenne" ont constitué un morceau de choix de l'européisme économique des années 1941-1942[134] ».

Un coup de force fédéraliste

Avec la suspension de la convertibilité du dollar en or, le 15 août 1971, le système monétaire international né des accords de Bretton Woods disparut et se vit remplacé par un système de changes fixes, mais ajustables, ancré sur le dollar. Dans l'esprit de cette nouvelle donne internationale, fut alors mis en place le « Serpent monétaire » européen (avril 1972), qui donna naissance, quelques années plus tard, en mars 1979, au Système monétaire européen (SME). Pendant vingt ans (1972-1992), la coopération intergouvernementale a prévalu en matière monétaire. Ce fut là un progrès et le SME fonctionna convenablement ; cela ne suffisait toutefois pas aux européistes alors au pouvoir. Pénétrés de la sentence attribuée au grand économiste français Jacques Rueff : « l'Europe se fera par la monnaie ou ne se fera pas », ceux-ci voulurent forcer le cours de l'Histoire, trop lent à leur goût, et mettre en place une monnaie européenne unique afin d'accélérer le mouvement de la construction européenne.

Ils savaient que, loin d'être un simple instrument de fluidification des échanges commerciaux, une monnaie unique représenterait un puissant facteur de fédéralisation de l'Europe. L'émission et la gestion de la monnaie participent, en effet, des prérogatives régaliennes des États, et les en dépouiller constituerait une victoire politique majeure : une monnaie unique européenne suppose une Banque centrale européenne, et ce serait là l'embryon d'un État fédéral européen. La monnaie unique, c'était le « Grand Bond en avant » fédéral des européistes, dont ils rêvaient depuis des lustres.

L'Histoire et la philosophie politique en conviennent sans barguigner : un État suppose un peuple, un peuple nécessite un État. Précisément : un État procède toujours d'un peuple et de sa volonté de vivre, et un peuple ne vit – ne survit, parfois – que grâce et par son État. Or parmi les prérogatives de cet État, se trouve, au premier rang, la monnaie. Car la monnaie n'est pas qu'un moyen, précieux, de paiement, de thésaurisation ou de commerce : elle est une *institution sociale en soi*, fondée sur la confiance et suscitant de la confiance.

Qu'importent l'Histoire et la Raison pour les partisans de la marche forcée vers l'Europe unie. Ils ne suivront pas ce chemin : ils prendront la voie à rebours, créeront d'abord une monnaie, donnant ainsi un coup d'accélérateur au fédéralisme économique, ayant vocation, selon eux, à déboucher sur un fédéralisme politique, avec le secret espoir que celui-ci finisse par faire naître un peuple européen.

Le traité de Maastricht, par l'Union qu'il instituait – qui remplaça la Communauté économique européenne (CEE) – et la monnaie qu'il mettait en place – l'euro –, représenta un « coup de force » fédéraliste. Pour la première fois dans l'Histoire, des responsables politiques firent le choix de créer une monnaie *ex nihilo*. Une monnaie sans État, une monnaie sans peuple. Une monnaie *pour* construire un État, une monnaie *pour* produire un peuple.

Un choix idéologique, fédéraliste, à l'exclusion de toute autre considération, en particulier géostratégique, comme on essaie de le faire croire désormais. Jean-Pierre Chevènement le rappelle : « Le choix de la monnaie unique a été fait à Madrid, en juin 1989, quelques mois avant la chute du mur de Berlin (novembre 1989), à un moment où l'on ne voyait rien venir. Le choix de la monnaie unique doit donc tout à l'idéologie européiste d'une Union européenne se substituant aux nations et rien au contexte géopolitique (la réunification) par lequel on le justifie aujourd'hui[135]. »

Telle fut la philosophie de ce que Michel Onfray a qualifié d'« État maastrichtien » – « un dispositif très autocratique qui dispose de l'argent, donc des médias, donc de l'opinion », mis au service de l'idéologie libérale et supranationale, qu'il cherche à imposer aux peuples européens[136] –, et que je désignerai ici comme le système maastrichtien[137].

Le système maastrichtien

Avec ce résultat, prévisible pour toute personne sensée : un peuple ne pouvant être créé par traité ou par directive, le fédéralisme monétaire a bien été institué, mais le fédéralisme économique qui aurait logiquement dû le précéder – un budget européen unique, une fiscalité européenne unique, un gouvernement économique de la zone euro – n'a bien entendu pas vu le jour, sans même parler du fédéralisme politique et encore moins du peuple européen. Pour avoir pris les choses à l'envers, l'Europe se retrouve désormais au milieu du gué : déjà fédéral par certaines de ses composantes – l'euro, la BCE, le Système européen de banques centrales (SEBC), la Commission, la Cour de justice, le droit communautaire –, le système maastrichtien reste néanmoins intergouvernemental – les politiques fiscales et budgétaires, qui, même encadrées par Bruxelles, demeurent nationales, ainsi que les souverainetés parlementaires dont elles découlent, le Conseil des ministres, le Conseil européen. Bancale, cette situation est de surcroît bloquée. Impossible d'avancer vers plus de fédéralisme, les peuples ne le voulant pas ; et difficile également d'en rester là, car une zone monétaire sans budget et fiscalité communs est instable.

L'Europe cumule ainsi les inconvénients des deux systèmes, fédéral et intergouvernemental.

Version inédite d'un fédéralisme précipité et sans fondement humain ni politique, le système maastrichtien dans lequel l'Europe a été engagée de manière idéologique a produit une autonomisation de l'Union européenne par rapport à ce qui est et doit demeurer son soubassement – les nations européennes –, puis l'a conduite à exercer sur celles-ci une emprise de plus en plus forte. Ainsi en allait-il, jusqu'à la crise du Covid-19, qui les a pulvérisés, des « critères de convergence » économiques et financiers, annexés au traité de Maastricht, qui disposent qu'un État membre de la zone euro ne saurait présenter un déficit budgétaire supérieur à 3 % de son PIB ni un ratio de dette publique par rapport à son PIB dépassant 60 %. Ces normes comptables imposées aux États représentaient autant de limites aux souverainetés des différents parlements nationaux. Qui plus est, elles obligeaient les gouvernements à une orthodoxie financière qui rend illusoire toute relance de l'activité économique, même fondée conjoncturellement.

Avec Maastricht, l'Europe s'est fédéralisée. Elle a empiété de façon continue sur les prérogatives des États et placé l'économie du continent entre les mâchoires d'un redoutable étau : monétaire – la zone euro est devenue une zone de basse pression économique –, et budgétaire – pour respecter les fameux « critères », les différentes majorités au pouvoir en Europe ont été amenées à conduire une seule et même politique, imposée par les éléments du système maastrichtien (la Commission européenne, la Banque centrale, le traité lui-même et ses critères de convergence) : une politique de rigueur.

Surtout, par sa philosophie fédéraliste et l'élargissement des compétences de la Commission qu'il a introduit, le système maastrichtien a bouleversé l'équilibre politique prévalant jusque-là entre nations et Union. Régulièrement et insidieusement, la logique de l'engrenage – économique, politique et juridique – a ainsi remis en cause un des grands principes issus de la Révolution française, la souveraineté nationale.

S'élevant contre l'adoption du traité de Maastricht, et interpellant François Mitterrand, le responsable de cette dérive fédéraliste engagée en mars 1983, Philippe Séguin dit alors l'essentiel : « 1992 est, littéralement, l'anti-1789. Beau cadeau d'anniversaire que nous font les pharisiens du Bicentenaire pour les deux cents ans de cette République qu'ils encensent dans leurs discours et ruinent par leurs actes[138] ! » Le système maastrichtien a donc provoqué une rupture fondamentale. Comme l'a relevé Pierre Manent, l'Europe « a profondément changé de sens » et « subit un infléchissement décisif » ; « l'instrument se détacha des corps politiques nationaux. L'artifice prit une vie propre » et devint ainsi une « finalité sans fin[139] ».

« Sans fin », comme « sans limites », assurément. Et, en effet, il existe un lien entre l'enclenchement de cette spirale fédéraliste qui caractérise le système de Maastricht et la « fuite en avant » vers l'élargissement sans limites ni raison de l'Europe : européisme et mondialisation ont partie liée.

« Sans fin », certainement pas comme « sans objectif final ». Car c'est bien le fédéralisme que visaient Delors et les siens. La suite logique de cet activisme européiste fut le projet de Constitution européenne de 2005 qui devait, dans l'esprit de ses concepteurs, venir parachever Maastricht. Espace de libre circulation des personnes – institué par l'accord et la convention de Schengen, en 1985 et 1990 –, grand marché unifié – obtenu par une véritable avalanche de directives organisée par l'Acte unique européen de 1986 –, monnaie unique – l'euro, né du traité de Maastricht, en 1992 –, il ne manquait plus pour eux que l'union politique et l'établissement d'un État fédéral : c'était là l'objectif du Traité constitutionnel européen (TCE).

Le rejet, le 29 mai 2005, par le peuple français – qui comprit la vérité du texte, en dépit des protestations usuelles sur son inocuité politique, sa seule vocation à « simplifier » le fonctionnement de l'Union –, suivi, deux jours plus tard, par celui de 62 % des Néerlandais, mit fin à cette entreprise de fédéralisation de l'Union. Ce salutaire coup d'arrêt laissa néanmoins le système maastrichtien en l'état : or, dans un tel système, les notions de « gauche » et de « droite » perdent mécaniquement de leur sens. Un autre clivage politique, conforme à la réalité politique du temps, apparut alors et s'imposa progressivement.

« De partout » et « de quelque part »

Devenu, depuis, décisif pour les consciences, ce clivage n'avait certes pas effacé celui entre les notions de droite et de gauche ; il l'avait relégué au second plan, et c'était là en soi un bouleversement.

Pour définir son contenu, reprenons la typologie établie par David Goodhart[140] : *people from somewhere* versus *people from anywhere*, les « gens de quelque part » contre les « gens de partout ». Les citoyens enracinés et dotés d'une identité « fixe » ou « assignée », fondée sur l'appartenance à un groupe et un territoire donnés, et, pour cette raison, facilement désemparés par le changement et les changements, pris de haut et moqués par ceux jouissant d'une identité « portative » ou « mobile », liée à leur niveau d'éducation universitaire et à leur réussite professionnelle, appréhendant pour cela la globalisation et ses bouleversements avec tranquillité[141].

Bien que numériquement en situation d'infériorité – on peut convenir, avec Goodhart, qu'ils ne représenteraient qu'environ 25 %

de la population, contre 50 % pour le « peuple de quelque part » –, les « gens de partout » exercent néanmoins une influence prédominante au sein de la société, sans rapport avec leur poids démographique, mais due à leur situation sociale privilégiée ; ils sont aux commandes et dictent l'agenda politique autant que la partition médiatique. C'est que ces « gens de partout » sont unis et soudés par le partage de fortes valeurs : tolérance érigée en absolu – en particulier en ce qui concerne les mœurs –, acceptation du multiculturalisme, attachement à la « différence » et à la « diversité », souci obsessionnel de débusquer toute forme de discrimination – de race, d'origine, de religion, de sexe ou de genre –, confiance dans l'avenir, culte de la nouveauté et de la modernité, philosophie résolument « progressiste », donc.

Surtout, deux critères permettent de les caractériser. Un soutien sans faille à l'Europe – sa construction, son imaginaire, fait de voyages, de liberté de circulation, d'échanges Erasmus, de paix, d'avenir radieux –, fondée sur une méfiance à l'endroit de l'idée de nation – considérée au mieux comme « ringarde », le plus souvent comme dangereuse : les « gens de partout » sont des partisans farouches du « oui », au point que les deux notions sont parfaitement superposables. Une bienveillance à l'égard de l'immigration, qui constitue, comme le souligne fort justement Goodhart, le « test ultime pour différencier les Partout des Quelque-Part[142] ». Un même libéralisme culturel et politique, par conséquent, rencontrant le plus souvent chez eux un libéralisme économique de facture fort classique. Et, comme tout libéralisme, celui-ci constitue une véritable idéologie, qui rend ses tenants « culturellement tolérants mais politiquement intolérants[143] ».

Révélé en Amérique et en Grande-Bretagne, ce critérium, apparemment sociologique, possède en vérité une portée générale, car il renvoie à une donnée anthropologique : le besoin, partagé par la plupart des hommes, de conserver une certaine stabilité à leur vie, d'y disposer de repères afin que leur univers leur reste familier, de préserver une capacité à s'orienter dans le monde.

Un monde précisément marqué depuis trente ans par des changements – technologiques, économiques, culturels, sociaux, moraux – incessants et accélérés, un monde devenu comme liquide, souvent étrange, inintelligible, inquiétant et injuste pour le plus grand nombre – en tout cas pour le « peuple de quelque part » –, et dans lequel, à l'inverse, les « gens de partout » semblent évoluer avec aisance et même avec plaisir. D'un côté, la blessure devant la réalité d'un cruel dessaisissement personnel et la colère contre ceux qui représentent ce monde nouveau – celui de la globalisation – et en bénéficient ; de l'autre, l'incompréhension devant une rébellion jugée archaïque et irrationnelle et le mépris à l'égard de ceux qui la vivent. *Front row kids* versus *back row kids*, les diplômés, d'un côté, les sans-grade, de l'autre, séparés par la fracture du sens – positif ? négatif ? inéluctable ? maîtrisable ? – à donner à la sarabande ayant saisi les sociétés humaines – « *divided by meaning*[144] ».

Ainsi, le capital culturel, gage de la possibilité ou non de maîtriser le cours de sa vie, est-il devenu crucial dans l'élucidation des comportements politiques. Davantage que la CSP ou le revenu disponible, le niveau d'éducation reçue – et, en particulier, la possession ou non d'un diplôme universitaire – représente désormais le meilleur indicateur prédictif du vote. Plutôt que l'appartenance à un groupe social, c'est cette « nouvelle fracture fondée sur l'éducation et la mobilité[145] » qui rend le mieux compte des choix électoraux : le diplôme comme marqueur politique. À la lutte des classes tend à se substituer le clivage éducatif.

La recomposition dans les têtes

Propriété remarquable : bien que toujours le même, ce clivage peut prendre des formes et des appellations différentes, au gré des circonstances politiques, mais aussi de l'usage rhétorique qui peut en être fait.

« Oui »/« non » ; « ouvert »/« fermé » ; « cosmopolites »/« nationalistes » ; « mondialistes »/« patriotes » ; « européistes »/« eurosceptiques » ;

« gagnants »/« perdants » ; « progressistes »/« conservateurs » ; « réformistes »/« conservateurs » ; ou encore « optimistes »/« pessimistes » : tels sont les principaux visages pris par ce nouveau Protée.

Avec le temps, ce clivage était devenu si profond et si puissant qu'on le retrouvait dans bien des dimensions de la vie sociale, presque toutes en réalité, à l'image de la lumière blanche diffractée par le prisme de Newton en ses couleurs fondamentales : dans l'opposition entre France des métropoles et « France périphérique », France du « oui » et France du « non », vote Macron et vote Le Pen, bien entendu ; mais aussi entre bassins industriels sinistrés et foyers de la nouvelle économie, entre littoraux et intérieurs des terres, nomades et sédentaires, France de l'Ouest et France de l'Est[146]... Toujours le même au-delà de ses nombreux avatars, à la fois varié et néanmoins identique, car déclinaison d'une même donnée culturelle dorénavant cruciale : le niveau de diplôme, la sécurité personnelle que ce dernier procure au regard du dépassement et parfois même de l'effacement des repères du quotidien provoqués par la mondialisation libérale – à commencer par le premier et le plus important de tous : la Nation.

Nouvelle question sociale qui, en déconstruisant et en recomposant l'ancienne distinction politique entre la gauche et la droite, avait fait sortir celle-ci du champ électoral.

Les partis traditionnels pouvaient bien continuer à lancer leur injonction traditionnelle – « les uns à gauche, les autres à droite, et les urnes seront bien gardées » –, les citoyens, qui sont aussi des électeurs, étaient définitivement las de ce rituel devenu vide de sens. Ils étaient prêts à entendre une vérité qu'ils avaient comprise, seuls.

Aussi, quand surgit un homme, nouveau, qui, loin d'imiter ses aînés, non seulement ne chercha pas à dissimuler le vrai clivage politique, mais eut l'audace de s'en saisir, de s'en emparer et de s'en parer, de le brandir, de le revendiquer, et d'en faire le premier de ses atouts, il fut écouté et, rapidement, suivi. « Le véritable clivage aujourd'hui est entre les conservateurs passéistes qui proposent aux Français de revenir à un ordre ancien, et les progressistes réformateurs qui croient que le destin français est d'embrasser la modernité[147] » : ainsi parla Emmanuel Macron, et même si le propos s'apparentait, selon la formule de Régis Debray, à un « manichéisme pour enfant de sept ans[148] », il fut parfaitement reçu par ceux auxquels il était destiné.

D'abord crédité d'environ 15 % des intentions de vote, son capital enfla lorsque François Fillon, déstabilisé par son « affaire », parut incapable de l'emporter et que, désireux de se retrouver du côté du vainqueur au soir du 6 mai et dans une volte-face dépourvue de pudeur, François Bayrou, qui l'avait d'abord accablé, annonça le 22 février qu'il soutiendrait Emmanuel Macron. Après ce renfort décisif des voix centristes, les sondages enregistrèrent une hausse sensible et placèrent le jeune candidat systématiquement devant celui de la droite, en faisant le favori du second tour. Le mois de mars fut celui de tous les ralliements : de droite, de gauche, du centre, d'en haut, d'en bas et d'ailleurs, les « personnalités » affluèrent de partout et coururent au-devant d'une victoire qui se dessinait alors nettement, Emmanuel Macron étant même conduit, devant un tel torrent de bonnes volontés, à préciser, avec cette ironie cruelle qui est l'une de ses marques, qu'il n'avait pas « fondé une maison d'hôtes ».

Si ce chambardement s'est opéré si vite et, en fin de compte, en douceur, c'est qu'en réalité la « recomposition » était, depuis longtemps, faite dans bien des têtes. Les mouvements de personnes, passant d'un parti à un autre, ou rejoignant celui qui allait devenir président, ne se sont donc pas réalisés par la contrainte ni dans la douleur, mais au contraire, souvent, avec un véritable soulagement ; avec le souci aussi de l'intérêt bien compris des intéressés, cela va de soi. C'est également avec beaucoup d'aisance que le rassemblement des électeurs d'Emmanuel Macron – venant pourtant des deux camps traditionnellement opposés, la gauche et la droite – s'opéra dans les urnes : selon les études disponibles, 50 % des 28,13 % de Français ayant voté pour François Hollande en 2012 au premier tour, 50 % des 9,19 % l'ayant fait pour François Bayrou et 15 à 20 % des

27,4 % de ceux ayant choisi Nicolas Sarkozy ont porté leur suffrage sur Emmanuel Macron dès le premier tour de 2017[149].

Pour ceux-là, la volonté de se retrouver, enfin, ensemble, autour de convictions communes, fut la force tranquille qui dénoua leurs attaches partisanes traditionnelles.

Une affinité politique qui s'explique par une réalité sociologique : tous ces Français partageaient un même mode de vie et de mêmes valeurs culturelles : ils étaient tous des « gens de partout » et, fort opportunément, ils avaient trouvé un lieu pour se retrouver : l'isoloir.

La France qui sourit

Ceux-là pensaient le plus souvent la même chose parce qu'ils menaient la même vie, une vie paisible. Avant de devenir le « président des riches », Emmanuel Macron fut ainsi le candidat de ceux qui « vont bien ».

Qu'entendre par « aller bien » ? Pas nécessairement gagner beaucoup d'argent ; la définition est avant tout culturelle : aller bien, c'est avoir compris le cours du monde, déchiffrer celui-ci tel qu'il est et tel qu'il va, y disposer de ses repères, ne pas s'y sentir désorienté, y avoir sa place et savoir qu'on la conservera. Ceux qui « vont bien » sont d'abord ceux qui savent qui ils sont, ce qu'ils font, pourquoi ils le font, ce qu'ils feront demain… Ceux qui n'éprouvent pas d'angoisse devant la marche de l'économie, ceux qui sont sereins devant les changements inédits de notre temps, qui les approuvent souvent, ceux dont la vie n'est pas remise en cause par la globalisation et qui l'appellent même de leurs vœux. Concrètement ? Les personnes les plus diplômées, envisageant leur avenir avec confiance, ne craignant pas ou peu de connaître un jour le chômage et encore moins le déclassement, disposant des relations leur permettant d'éviter les tracas et parfois les pièges de l'existence, ne connaissant pas l'« insécurité culturelle », considérant les questions identitaires – immigration, islam – comme secondaires et s'intéressant d'abord et avant tout à la bonne marche de l'économie. Celles, aussi, bénéficiant des revenus les plus confortables. Celles, surtout, à même de maîtriser leur vie.

Des « gens de partout », tout simplement.

C'est en ce sens que l'on a pu définir le macronisme comme un optimisme – une tranquillité d'esprit, en tout cas. Précisément le contraire de ce qui est au cœur du vote lepéniste ; comme le résume une étude éclairante : « Après dix ans de crise, l'électorat du Front national est celui qui a perdu espoir dans son avenir et dans celui de ses enfants [...]. Le vote FN n'est plus celui des classes populaires, mais des classes malheureuses et pessimistes. À l'inverse, E. Macron capte l'électorat optimiste[150]. »

La France de Macron est celle qui accroche un sourire à son visage.

Cet optimisme se traduit en termes sociologiques de façon frappante ; les proportions des votants pour Emmanuel Macron au premier et au second tour de l'élection présidentielle sont étroitement corrélées à la position de ceux-ci dans l'échelle sociale : ainsi atteignent-elles respectivement 37 et 81 % chez les cadres et les professions intellectuelles, 27 et 72 % chez les professions intermédiaires, mais seulement 18 et 53 % chez les employés et 15 et 40 % chez les ouvriers.

La lecture des *Misérables* de Victor Hugo nous l'a appris : « La bourgeoisie est tout simplement la partie contentée du peuple. Le bourgeois, c'est l'homme qui a maintenant le temps de s'asseoir[151]. » Ces gens-là étaient contentés par la vie, confortablement assis, et entendaient bien le rester.

Pour le dire simplement : au premier tour de l'élection présidentielle se sont regroupés autour d'Emmanuel Macron les bourgeois de la droite éclairée et ceux de la gauche modérée, toutes bonnes gens raisonnables et bienveillants, pénétrés du même esprit de tolérance et du même conformisme. C'est bien l'alliance de ces deux bourgeoisies libérales – la « gauche brahmane » et la « droite marchande », pour reprendre les formules de Thomas Piketty[152] – qui a porté le jeune prodige à la présidence de la République.

La victoire du « bloc européiste »

Cette bourgeoisie rassemblée est une figure de la dépolitisation de notre pays.

Apaisée, tranquille, heureuse, elle ne veut plus entendre parler de politique, mais seulement qu'on la laisse profiter de l'existence douce et agréable qui est la sienne ; pour elle, tout doit se résumer à la seule gestion – sage, par définition –, gestion dans laquelle la politique – avec ses affrontements, ses clivages, ses convictions, ses militants, ses débats, ses campagnes électorales, toutes choses fatigantes et inquiétantes – devrait se dissoudre. Pour cette bourgeoisie-là, la politique était devenue un excès, elle était « en trop ». Elle avait donc accueilli avec ravissement le « dépassement du clivage gauche-droite » prôné par le candidat-manager, héritier proclamé du comte de Saint-Simon pour lequel il fallait « remplacer le gouvernement des hommes par l'administration des choses ».

Conséquence directe de cette préférence pour la dépolitisation : celle pour l'immobilisme.

Les bourgeois partisans du macronisme l'avaient immédiatement compris : le juvénile prétendant, étranger au vieux sérail, promettant d'envoyer à la casse les professionnels de la profession politicienne, et proposant rien de moins que la « révolution », le faisait pour continuer, en réalité, comme avant, la même politique – mais avec un vrai mandat pour le faire cette fois-ci. C'était là une occasion inespérée, un signe de la Providence. Leur homme, ils le savaient, était celui du *gattopardismo* : « Il faut que tout change pour que rien ne change » était sa devise cachée – et ils l'avaient deviné. Travesti sous le masque du changement radical, le candidat du *statu quo ante* avançait résolument et joyeusement.

Surtout, cette bourgeoisie n'était pas n'importe quelle bourgeoisie. Rassemblant des personnes des classes aisées, elle exprimait déjà une forme de « vote de classe », à l'image de celui qui s'était manifesté lors du référendum de 2005. Il y a bien eu, de ce point de vue, constitution d'un « bloc bourgeois[153] » en 2017.

Ce qui en faisait la singularité et l'identité résidait néanmoins ailleurs : dans sa cohérence idéologique.

Arguant de ce que seuls 48 % des électeurs du second tour affirmèrent avoir voté pour le futur président par adhésion à celui-ci, certains analystes ont soutenu la thèse de l'« élection par défaut[154] ». C'est oublier que la principale leçon politique de l'élection présidentielle de 2017 est livrée par son premier tour. Que la majorité des Français ayant élu Emmanuel Macron au second tour l'aient fait par dépit et résignation ne doit pas conduire à occulter l'essentiel : c'est au premier tour que celui-ci a remporté la présidentielle, le second n'étant, structurellement, qu'une formalité ; or, au premier tour, s'est dégagé un bloc, minoritaire certes, mais mobilisé et soudé, bien décidé à faire triompher son champion.

L'électorat qui a porté Emmanuel Macron à l'Élysée ne constitue pas, comme on a pu l'avancer, un « agrégat arithmétique[155] ». Il est vrai que ce sont les circonstances politiques qui ont conduit, de façon inédite, des groupes séparés par des barrières partisanes considérées jusque-là comme infranchissables, à mêler pour la première fois de manière assumée leurs bulletins dans l'urne – ils l'avaient déjà fait, dans le secret de l'isoloir, sans même le savoir, lors des référendums sur la question européenne de 1992 et de 2005. Mais, cette fois, cet agrégat était bien conscient de son unité, de sa cohésion, motivé par la perspective de désigner, pour la première fois et par-delà les frontières traditionnelles des partis, *son* candidat, celui au « panache blanc » – en l'occurrence bleu, la couleur de la bannière étoilée de l'Union européenne – auquel il s'était rallié.

Comme le résume Luuk van Middelaar, l'un des plus fins analystes des arcanes communautaires, dans cette campagne l'Europe fut « la figure de proue de tous ceux qui apprécient l'ouverture, l'échange, les opportunités que procure un grand espace de libre circulation : entrepreneurs, étudiants, touristes, jeunes gens, polyglottes diplômés, personnes fortunées – en gros l'électorat de Macron[156] ». Cet électorat de Macron – celui du premier tour – forma un ensemble cohérent, homogène et solide, la France du « oui » rassemblée, la France des « gagnants de la mondialisation » comme l'on dit, c'est-à-dire des gagnants tout court, des *winners*, la France des métropoles et du Grand Ouest, la France des « gens de partout ». Un bloc.

Le « bloc européiste ». Ce sont les européistes de cœur qui se sont ligués pour porter leur héros à l'Élysée. Et c'est un projet véritablement idéologique qui les animait et les faisait « tenir ensemble » ; un projet dont cette bourgeoisie libérale constituait la base sociale. « La droite intelligente et la gauche moderne » enfin réunies : trente ans après, le rêve de la fondation Saint-Simon était devenu réalité et « la République du centre[157] » advenue, présidée non par Jacques Delors, mais par Emmanuel Macron.

Ce « bloc européiste », qui avait permis à ce dernier de devenir le huitième président de la Vᵉ République, ne représentait pas une base sociale ni politique bien large ; mais il constituait – et c'était là tout le calcul d'Emmanuel Macron – un petit groupe solidaire, pénétré des enjeux du vote et déterminé, une masse suffisante pour atteindre le second tour et, par conséquent, pour l'emporter. Au premier tour, 24,01 %, c'était peu, mais cela suffit pour se faufiler en finale. Ainsi, de façon assez drolatique, l'ancien secrétaire général adjoint de l'Élysée du président Hollande mit exactement en œuvre la stratégie du « trou de souris » que ce dernier avait échafaudée quand il croyait être encore en mesure de se représenter. L'élection présidentielle de 2017 a donc agi comme un révélateur photographique et fait apparaître au grand jour le clivage réel travaillant la France depuis des lustres : camp du « oui » *versus* camp du « non », « gens de partout » contre « gens de quelque part ». Pour la première fois, le bloc européiste s'était montré ce qu'il était réellement : un petit quart du pays, mais fort de son unité politique.

Telle fut la dimension historique de cette élection.

Afin de garantir la cohésion – indispensable pour vaincre – du bloc bourgeois et européiste le soutenant, mais aussi d'élargir celui-ci à tous les Français tentés par le rejet de « l'opposition stérile entre la gauche et la droite », Emmanuel Macron aura, pendant sa campagne, usé et abusé d'une formule rhétorique qui finirait par le définir et qu'il revendiqua crânement : « en même temps ».

« En même temps »...

Subjugués par le candidat-philosophe, certains ne reculèrent pas devant l'emphase pour qualifier ce qui n'était qu'une facilité de langage : « C'est une façon de penser de manière syncrétique la politique. Une volonté de concilier dans un même mouvement des courants en apparence contraires, et dans un même projet des positions contradictoires », une « manière d'introduire une tension soutenable entre deux énoncés apparemment incompatibles vraiment très ricœurienne[158] ». Emmanuel Macron lui-même s'était montré plus modeste et plus raisonnable à ce sujet : « "en même temps", ça signifie simplement que l'on prenne en compte des impératifs qui paraissent opposés mais dont la conciliation est indispensable au bon fonctionnement d'une société[159] ».

Nulle philosophie dans cette affaire-là. Plutôt, très banalement, un clin d'œil appuyé à l'électorat centriste friand de ce genre de discours « apolitique », « et de droite et de gauche », c'est-à-dire de droite.

Une bonne dose de naïveté, aussi, dans cette approche quelque peu puérile de la politique : ne rien vouloir céder, prétendre être en mesure de cumuler tous les avantages sans connaître aucun inconvénient, refuser les inévitables choix qui émaillent la vie est caractéristique de l'enfance, de cet âge où l'on croit que tout est possible, le restera, et que l'on pourra ainsi échapper à la frustration. Afin de poser la vérité de l'action politique, Pierre Mendès France avait, en son temps, tranché : « Gouverner, c'est choisir. » Emmanuel Macron, lui, semblait avoir installé le primat de l'indécision, et fait sienne une curieuse devise : « Présider, c'est ne pas choisir. » Beaucoup de cynisme également – et cela n'est pas contradictoire : naïveté et cynisme font souvent bon ménage, jusqu'à constituer, parfois, dans certaines structures psychologiques, les deux faces d'une même pièce. Affirmer vouloir tout et son contraire, « en même temps », n'est ainsi rien d'autre que faire usage d'un slogan de campagne qui ne vaut que ce que durent les campagnes.

La véritable signification de cette antienne est pourtant autre. Substantiellement, il s'agit de la formulation publicitaire d'une dimension importante du projet macronien : la dépolitisation.

« En même temps » : avec ces trois mots, s'exprime en effet la volonté d'expulser hors du débat collectif ce qui constitue la politique : les tensions, les conflits d'idées, les affrontements de personnes, les luttes, le dissensus, l'irréconciliable, la guerre – *polemos*, les polémiques –, le tragique. Au profit d'une vision de la politique comme pure technique, comme gestion, avec son maître mot : efficacité. Cette disqualification du politique a évidemment trouvé sa traduction sur le plan gouvernemental. À quelques rares exceptions près, les ministres ont été choisis par le président dans les viviers de la haute administration et de la société civile ; et, hormis une ou deux révélations, ces derniers se comportent comme ce qu'ils sont et comme ce pour quoi ils ont été sélectionnés : des « super-directeurs d'administrations centrales », des « technocrates ». Dépourvus de toute surface politique et ne souhaitant pas, pour la plupart, en acquérir une, ils forment collectivement l'idéal-type de ce « gouvernement de techniciens » dont rêve la Commission européenne pour chaque capitale du continent.

« En même temps » : au regard de l'impératif catégorique de la politique – choisir entre les possibles, décider et prendre une option –, cette rengaine était vouée à l'échec.

Car certes il est possible – même si cela peut s'avérer périlleux – de conduire simultanément deux actions n'entretenant aucun rapport l'une avec l'autre : on peut ainsi, « en même temps », téléphoner à sa mère et arroser les plantes du balcon. C'est à cette dimension triviale de la vie que l'on veut faire accroire quand on utilise la formule. Or, si la simultanéité de deux actions distinctes est évidemment concevable, la contradiction au sein d'une même action est, elle, impossible. Aristote nous l'a enseigné, en posant le principe de non-contradiction et, corollaire, celui du « tiers exclu » : une chose ne peut pas, « en même temps », être elle-même et ne pas l'être ; ou, ce qui est une autre formulation de cette exigence ontologique et logique, être une chose et, « en même temps », en être une autre.

On ne peut pas, « en même temps », accorder une chose et la refuser, dire oui et dire non. Il ne peut pas neiger et « en même temps » faire canicule. Un muscle ne peut pas être, « en même temps », contracté et relâché. Un poumon ne peut pas, « en même temps », inspirer et expirer. Le cœur ne peut pas se trouver, « en même temps », en systole et en diastole. Une femme ne peut pas, « en même temps », tomber enceinte et souffrir de stérilité. Personne ne peut dire, « en même temps », la vérité et le mensonge.

Il en va également ainsi dans l'ordre du politique. On ne peut pas, « en même temps », augmenter les impôts et conduire une relance. Il est impossible de refuser l'accès de ses ports à des navires chargés de personnes migrantes et, « en même temps », affirmer que l'on est favorable à l'accueil de ces mêmes personnes. Une politique monétaire ne peut être expansive et, « en même temps », reposer sur la hausse des taux d'intérêt. On ne peut pas « en même temps » prétendre maintenir l'ordre public et laisser l'Arc de Triomphe être saccagé. Pas davantage « en même temps » soutenir que le niveau des pensions versées sera maintenu et figer le montant global de celles-ci à 14 % du PIB, alors même que le nombre de Français retraités augmente chaque année de 200 000. Ni « en même temps » fermer les frontières nationales pour freiner la diffusion du coronavirus et respecter les accords de Schengen.

Certes, on pourrait concevoir une politique qui comporterait *à la fois* des dimensions de droite et d'autres de gauche.

À la fois : on quitte alors le domaine de la simultanéité pour s'installer dans celui de la complémentarité. Le gaullisme a voulu représenter cette grande ambition politique, la plus grande peut-être : apporter à chacune des questions soulevées par la vie d'une nation la réponse pertinente, quel que soit le côté du champ politique dont celle-ci est tirée, tantôt « à droite », tantôt « à gauche ». Comme le résuma le général de Gaulle : « Il n'y a pas de gaullistes de gauche ni de droite. Être gaulliste, c'est être de gauche et de droite *à la fois*[160]. »

Dépassant le seul pragmatisme, cette approche est celle d'un nationalisme bien compris, une position politique de surplomb qui nécessite, dans la réalité, des circonstances historiques et des conditions humaines exceptionnelles pour exister : n'est pas l'Homme du 18 Juin qui veut, un peuple ne refonde pas sa République tous les quatre matins, 2017 n'était pas 1958, Emmanuel Macron – n'en déplaise à ses thuriféraires – n'est pas Charles de Gaulle et le « Nouveau Monde » n'est qu'une astuce de vieille communication.

Une version plus modeste de cette vision envisage l'équilibre entre politiques « de gauche » et « de droite » sur la durée complète d'un mandat. François Hollande, dans son discours du Bourget, avait ainsi annoncé qu'après une première phase consacrée aux « réformes de structure », viendrait le temps de la « redistribution ». On sait ce qu'il advint de ce qui n'était qu'une habileté rhétorique.

De même, certains veulent voir dans les mesures sociales arrachées lors du mouvement des « gilets jaunes » l'ouverture d'un « acte II » du quinquennat Macron, qui viendrait compenser la politique « pro-business » des deux premières années. Tout cela sonne creux. Car agir revient inévitablement à choisir. Et Emmanuel Macron avait choisi : il conduirait une politique de droite. Ce serait sa manière à lui « d'embrasser le réel dans sa complexité toute ricœurienne[161]... ».

C'est à cette conclusion robuste, mais désagréable et décevante pour eux, que parvinrent rapidement trois des principaux stratèges économistes du candidat Macron – Philippe Aghion, Philippe Martin et Jean Pisani-Ferry –, conclusion qu'ils couchèrent par écrit dès juin 2018 dans une note confidentielle, mais qui ne le resta pas[162]. Ce désarroi de fidèles parmi les fidèles du président devant le déséquilibre de la politique menée depuis alors un an signa à la fois la fin de leur innocence et celle du « en même temps » : non, on ne peut pas mener, « en même temps », une politique de droite et une politique de gauche.

Le silence du peuple

Conquérir le pouvoir – et cela, Emmanuel Macron l'avait voulu de toutes ses forces – est chose grave : il faut bien savoir ce que l'on veut en faire, ne jamais oublier ceux que l'on veut défendre en priorité. Toujours garder à l'esprit, aussi, les conditions et les raisons de sa victoire, la signification de celle-ci, se rappeler sans cesse le contexte historique et sociologique qui l'explique et qui l'a rendue possible. Ne pas confondre, erreur si fréquemment commise, les causes et les conséquences. Considérée, à tort, par ses artisans – à commencer par le premier d'entre eux, le président de la République – comme une réponse à la crise du pays – crise économique, sociale, politique, identitaire –, l'élection d'Emmanuel Macron fut en réalité d'abord et avant tout le fruit de celle-ci, le symptôme de sa gravité. Un des signes les plus inquiétants du mal qui rongeait le pays était la montée constante, lancinante, de l'abstention.

À chaque consultation, depuis près de quarante ans, l'abstention battait un nouveau record. Seule l'élection présidentielle échappa, jusqu'en 2002, à cette tendance historique. Deux exemples, particulièrement importants, illustrent la gravité du phénomène abstentionniste en France : les élections législatives – élections nationales décisives – et les élections municipales – auxquelles les Français ont été longtemps très attachés.

Entre 1981 (15,10 % au 1er tour et 16,80 % au second) et 2017 (respectivement 51,30 % et 57,40 %), le taux d'abstention aux législatives a été multiplié par 3,4 ! Dès 1986, ce taux avait sensiblement progressé (21,50 %) pour doubler en 1988 : 34,30 % et 30,10 %.

Quant aux élections municipales, les taux d'abstention aux premier et second tours sont passés de 21,60 % et 20,30 % en 1983 à 36,4 % et 37,9 % en 2014, pour exploser, largement en raison de la crise sanitaire de la Covid-19, à 55,34 % et 58,33 % en 2020, soit une multiplication de ces taux par 2,56 et 2,87 en trente-sept ans.

Qui plus est, en prenant en compte, outre les abstentionnistes, les personnes ne s'étant pas inscrites sur les listes électorales – estimées à 7 % de la population –, ce qu'il est convenu alors de désigner, en science politique, comme le « non-vote » frôle de façon régulière les 50 % lors des scrutins européens, législatifs, régionaux, départementaux.

Cette crise de la participation n'affecte pas avec la même intensité tous les Français : ce sont avant tout les jeunes, les classes populaires, les personnes les moins diplômées et les habitants des quartiers populaires des grands centres urbains qui composent les gros bataillons des abstentionnistes et des « non-votants ». Bref, la France des « non-diplômés » et des « plus modestes », pour reprendre les catégories de l'INSEE, une large part de la France du « non » par conséquent. Notre pays a ainsi rejoint les rangs des « démocraties d'abstention[163] ».

Là encore deux France se font face : celle de l'Ouest, la France de la participation ; celle de l'Est, la France de l'abstention et du « non-vote » ; autres visages de la France du « oui » et de la France du « non », du pays de Macron et de celui de Le Pen[164].

Avec le temps, les classes populaires avaient fait leur choix : leur parti politique serait, désormais, celui de l'abstention. À mesure qu'elle gagnait en ampleur et en gravité, le sens de cette abstention avait toutefois évolué.

Considérée à la fin des années soixante comme une marque de domination sociale, un signe de la persistance d'un suffrage censitaire caché – les « dominés » ayant, dans cette vision, intégré leur infériorité politique et préférant pour cette raison s'abstenir de voter –, l'abstention a, depuis, été envisagée comme ce qu'elle est dorénavant le plus souvent : une forme de contestation politique, une protestation contre une vie démocratique frustrante, dévoyée, ne répondant plus à l'aspiration des citoyens à être correctement représentés[165].

Dans cette perspective historique, le 21 avril 2002 a représenté une césure : pour la première fois à une élection présidentielle, l'abstention fut anormalement élevée (28,4 %), signant la profondeur du malaise démocratique après cinq années de cohabitation ayant aggravé le brouillage des repères politiques des Français[166]. Après le choc de l'élimination de Lionel Jospin et de la présence de Jean-Marie Le Pen au second tour, les choses reprirent un cours apparemment paisible et les deux élections suivantes renouèrent avec un niveau de participation normal. Ce calme était trompeur et l'élection de 2017 le révélerait. Le mal empira pendant le quinquennat de François Hollande, dont chaque élection intermédiaire représenta une station vers le supplice final : 36,4 % lors du premier tour des municipales du 24 mars 2014 – un scrutin pourtant important aux yeux des Français –, 57,6 % lors des européennes du 25 mai suivant, près de 50 % (49,8) lors du premier tour des départementales de mars 2015, de même que pour les régionales de décembre 2015. Les trois derniers scrutins, rappelons-le, placèrent nettement en tête le FN.

Ainsi, le peuple se retirait-il, lentement mais inexorablement ; des deux modes de protestation classiquement reconnus par la sociologie – *exit*, *voice*[167] –, il avait progressivement choisi la défection, la prise de distance – *exit* –, faisant sienne cette figure politique particulière qu'est le silence. Un silence plus menaçant encore que les cris de colère. Un silence éloquent. Un silence inquiétant, tant il était la marque d'une défiance et d'un ressentiment croissants, d'un « désenchantement démocratique[168] ». Et comme le peuple avait fait le choix de se taire, beaucoup avaient fini par croire qu'il n'avait plus rien à dire et par l'oublier. Ils avaient perdu de vue l'avertissement de Péguy : « Ceux qui se taisent, les seuls dont la parole compte. »

Ce que « démocratie » ne veut plus dire

Pourtant, par secousses violentes, à l'occasion de spasmes électoraux, lorsque l'essentiel était en jeu, le peuple revenait sur la scène pour faire tonner sa colère, chaque fois à la grande surprise des membres de l'élite dirigeante : il en fut ainsi lors des deux grands référendums, décisifs, organisés à propos de la construction européenne, en 1992 pour la ratification du traité de Maastricht, en 2005 pour l'adoption du Traité constitutionnel européen. Ces deux consultations populaires furent surtout deux moments d'accélération de la décomposition démocratique française.

En 1992, les partisans du « oui » au traité de Maastricht, dans leur insupportable arrogance, avaient tenté de disqualifier tout débat au nom d'une « Raison » dont ils se prétendaient les seuls représentants, rejetant les tenants du « non » dans les ténèbres de l'ignorance. En dépit de la mobilisation de toute l'élite politique et médiatique, le « oui » n'arracha qu'une courte victoire (51,04 %). Neuf ans après le choix crucial de François Mitterrand en faveur de « l'Europe », le peuple français, et singulièrement celui de gauche, commençait de se séparer de sa classe dirigeante, acquise à la logique maastrichtiennne.

Une étape plus grave encore fut franchie quand, chassée par la porte du référendum – le peuple français ayant nettement rejeté le texte par 54,67 % des voix le 29 mai 2005 –, la Constitution européenne fit retour en février 2008 par la fenêtre du Congrès, sous la forme du traité de Lisbonne, voulu par Nicolas Sarkozy et adopté grâce au soutien du PS de François Hollande. La « gauche » et la « droite » réunies pour dénier la souveraineté du peuple : sans précédent dans notre histoire, ce déni démocratique fut l'illustration indigne d'une vie politique nationale qui perdait sa substance et son sens à mesure qu'elle se réduisait à la seule interprétation d'une partition écrite ailleurs.

La France était ainsi devenue ce pays où l'on organisait de façon régulière des élections censées décider de l'avenir de la Nation, mais qui débouchaient chaque fois sur un même conformisme politique, celui qu'il fut convenu d'appeler la « pensée unique », soutenant qu'une seule politique était possible, celle dictée par les marchés financiers et la Commission européenne. Certes, les rôles étaient distribués, les répliques apprises par cœur et récitées « avec le ton », le public invité à s'intéresser au spectacle et à applaudir les acteurs. Mais à peine la dernière tirade déclamée, des cintres descendait toujours le même *deus ex machina* – le messager de Bruxelles – qui venait mettre fin aux babillages de ces enfants dissipés et les rappeler à leurs devoirs d'écoliers : soustractions, divisions, et autres opérations de calcul.

Comme l'avait prophétisé François Mitterrand, sans précaution aucune ni véritable mérite – il savait de quoi il parlait, et pour cause : « Après moi, il n'y aura plus de grand président. Ce seront des comptables. À cause de l'Europe. À cause de la mondialisation[169]. » La vocation de la France ? Évanouie ; tout au plus un médiocre avenir, la tête baissée et les épaules rentrées pour un pays dont le vieux président pensait, depuis longtemps, qu'il ne pouvait plus faire autre chose que « passer entre les gouttes[170] ».

Résultat ? Confondues dans une même impuissance et assimilées à un même mensonge, la gauche et la droite, jugées désormais interchangeables, connaissent un rejet profond et notre vie démocratique se défait sous nos yeux. À quoi bon voter en France, si tout est décidé ailleurs, à Bruxelles, à Francfort et à Berlin ? Quelle signification donner encore au mot « démocratie » ?

Épuisement des grands partis – piètres acteurs d'une scène politique française devenue un théâtre d'ombres –, rejet des démarches partisanes considérées comme vaines et, corollaire, exigence renouvelée d'efficacité, condamnation d'élites dirigeantes ayant abdiqué leurs responsabilités nationales et s'étant résignées au chômage de masse, rejet croissant d'une Europe ayant mis tant d'obstination à offrir d'elle son pire visage, celui de la dépossession planifiée des nations la composant, consternation puis colère devant trois quinquennats « pour rien » – à la tétanie chiraquienne succéda l'agitation stérile de Nicolas Sarkozy, le pire viendrait avec l'incompétence et la pusillanimité de François Hollande –, écœurement de la gauche devant la trahison et l'échec, attente forte et générale de renouveau : tels étaient les auspices sous lesquels était placée l'année politique 2017.

Les résultats de l'élection présidentielle ne firent pas mentir ces sombres présages. En dépit de primaires ayant soulevé la curiosité des Français et suscité chez eux un véritable intérêt, l'abstention fut élevée dès le premier tour : 22,23 % contre 19,7 % en moyenne depuis 1965, soit une hausse de 2,5 points et, surtout, encore davantage au second – 25,4 % contre 18,4 % en moyenne, soit 7 points de plus –, alors même que la mobilisation est habituellement plus forte pour départager les deux finalistes et désigner le président. Il y avait dans cette grave anomalie le signe qu'un degré supplémentaire dans la décomposition était atteint. La confirmation de ce diagnostic vint avec le résultat exceptionnellement élevé, inédit, effrayant pour tout dire, obtenu par le « vote blanc » : au premier tour, 2 % des inscrits et 2,6 % des votants, et, au second tour, 8,6 % des inscrits et 11,5 % des votants – pour une moyenne de 3,4 et 4,2 % –, un record absolu. Soit 657 000 votes blancs au premier tour et 3 millions au second. Si l'on y ajoute les 290 000 votes nuls du premier tour et le million du second, on saisit la gravité de cette défection démocratique. Pour la première fois dans notre histoire, de très nombreux citoyens refusaient ainsi le choix final qui leur était proposé, se rendant aux urnes pour y signifier leur colère et leur désaveu.

Voilà pourquoi, au soir du second tour, il y eut si peu d'enthousiasme, tant de résignation et de colère rentrée : pas de cris de joie ni de concert de klaxons dans la capitale, seulement la mise en scène pompeuse d'un sacre.

Le calvaire démocratique n'en était pas pour autant fini : entre le premier tour de la présidentielle et celui des législatives, l'abstention crût de 29 points – soit 14 millions d'électeurs. Et encore de 6 points entre les deux tours des législatives, touchant là encore principalement la jeunesse et les catégories populaires.

France du « non », président du « oui »

L'élection présidentielle avait été marquée par un profond déséquilibre. Chacun le savait ou le sentait confusément, le nouveau président le premier, qui comptait sur la grandiloquente cérémonie du Louvre pour tenter d'asseoir son autorité toute fraîche et de faire oublier qu'il n'était que le dernier « survivant » du jeu de massacre politique auxquels s'étaient livrés, avec une joie mauvaise, ses concitoyens. Cette victoire pouvait se résumer à une question paradoxale : pourquoi la France, pays du « non », s'était-elle donnée au candidat du « oui » ?

Nettement majoritaire en 2005, le camp du « non » n'en est pas moins structurellement fracturé : première explication à ce paradoxe français. Rejetés chacun à une extrémité de l'échiquier politique, Marine Le Pen et Jean-Luc Mélenchon occupent des positions diamétralement opposées ; ayant attiré tous deux 20 % des électeurs, il en résulte que 40 % des voix – des électeurs du « non » – sont tout bonnement stérilisées.

Et pourtant. Sociologiquement, ces deux électorats sont certes différents : le leader de LFI est principalement soutenu par de jeunes intellectuels urbains, un peuple diplômé et souvent quelque peu déclassé ; tandis que la patronne du RN rassemble un électorat d'ouvriers et de petits indépendants. Toutefois, ces groupes divers ont en commun de vivre difficilement, voire dans la précarité ; leurs revenus sont modestes ou faibles et ils appartiennent tous à ce « parti populaire » qui, au premier tour de la présidentielle de 2017, faisait face au « parti bourgeois » d'Emmanuel Macron et de François Fillon. Surtout, la question politique désormais centrale de la « construction européenne » les rapproche et un même souverainisme les anime. Comment en serait-il autrement puisqu'une part conséquente de l'électorat frontiste vient de la gauche et en particulier du PCF ?

Face à ce camp du « non », majoritaire mais éclaté, la France du « oui » est un bloc. L'esprit de ce bloc, qui lui donne sa compacité et sa résilience, est l'européisme.

Considérée comme objectif politique suprême, la construction européenne requiert de ses partisans une adhésion totale, ne souffrant aucune remise en question, aucun doute, aucun écart, à l'image d'un dogme religieux.

Cela, Emmanuel Macron l'a compris. Il sait que, quels que soient les désaveux, les reniements, les douleurs, les reculs, les avanies qu'il infligera aux partisans du « oui », ceux-ci lui pardonneront toujours et que, toujours, ils se rangeront, *in fine*, derrière lui.

Celui qui, publiquement, a proclamé sa conviction européiste, celui-là est intouchable. Macron a fait sa campagne en revendiquant sa foi et, dès lors, tout lui sera pardonné. Cela explique sa ligne de conduite à propos de la question, terrible, des personnes qui fuient leur pays pour, pensent-elles, trouver une vie meilleure en Europe, celles que l'on appelle, de façon imprécise et presque désinvolte, les « migrants ». Tendu vers son objectif ultime – la présidence de la République –, Emmanuel Macron, pour s'attacher les bonnes grâces de la gauche, aura utilisé et instrumentalisé à cette fin ce marqueur politique, le plus puissant à sa disposition.

De Cohn-Bendit à Collomb

Ainsi, pendant sa campagne, a-t-il accumulé les déclarations les plus « généreuses » et les plus « ouvertes », du coup de chapeau à Angela Merkel – qui aurait sauvé « la dignité » de l'Europe – au sermon solennel de Berlin, le 10 janvier 2017 : « On ne peut pas revoir nos valeurs à l'aune des risques du monde. » Une fois élu, c'est une tout autre musique qu'il entonnera.

La politique qu'il conduira en la matière sera une des plus dures jamais menées. De Calais – où l'on arrache les couvertures et où l'on asperge de gaz lacrymogène les campements et les personnes –, à Menton – où l'on refoule les indésirables sans ménagement vers l'Italie. Sans oublier la Méditerranée, où l'*Aquarius* s'est vu systématiquement interdire d'accoster dans un port français.

On est ainsi passé de la compassion calculée à la répression organisée, de Daniel Cohn-Bendit sur les tréteaux de campagne à Gérard Collomb place Beauvau.

Aussi, le 11 janvier 2018, dans un numéro de *L'Obs*, sur la couverture duquel le chef de l'État apparut derrière un chapelet de barbelés, les « caves » se rebiffèrent-ils. L'écrivain Jean-Marie Gustave Le Clézio dénonça ainsi « un déni d'humanité insupportable » dans la volonté du président de vouloir « faire le tri » entre migrants économiques et réfugiés politiques, tandis que l'historien Patrick Boucheron s'en prenait, lui, au gouvernement, « qui n'a jamais été aussi loin dans le mépris des droits humains lorsqu'il refuse de porter secours à ceux qui souffrent tout en s'en prenant à ceux qui leur viennent en aide ».

Ainsi en va-t-il des signataires de la tribune du *Monde*, dont un macroniste historique, Jean Pisani-Ferry : « Monsieur Macron, votre politique contredit l'humanisme que vous prônez[171] ! » Ou encore de celle de *Libération*, s'offusquant : « Il y a quelque chose d'ignoble dans ce face-à-face méditerranéen muet entre l'hôte du Fort de Brégançon et l'*Aquarius* en déshérence [...]. Le Président a préféré se débarrasser du problème au téléphone [...]. On ne saura jamais ce qu'aurait pensé de ce mutisme son maître supposé, Paul Ricœur[172]. » Effectivement, on ne le saura jamais, même si l'on peut s'en douter.

Agissant ainsi avec dureté, certains pourraient dire avec cruauté, le président suivait-il l'éthique de responsabilité, indissociable de l'activité politique ? Non. Il s'employait, prosaïquement et cyniquement, à éviter l'impopularité.

Or, tous ces « indignés » voteront de nouveau pour Emmanuel Macron, en 2022. Quoi qu'il fasse, ses critiques, même les plus sincères, le rallieront *in extremis* ; tous ceux qui protestent avec véhémence aujourd'hui le soutiendront néanmoins demain, dès lors qu'il affrontera le candidat du « Mal », quel que soit le visage de ce dernier. Telle est la beauté politique et tel est l'intérêt stratégique du « oui ». Tel est le calcul d'Emmanuel Macron pour 2022, tant il est vrai que les hommes recommencent toujours une seconde fois ce qui leur a réussi la première.

Cette cohésion idéologique du camp du « oui » explique sa puissance politique et la capacité d'intimidation qu'il exerce sur celui du « non ».

Minoritaire dans le pays, la France du « oui » est néanmoins au pouvoir. Aux commandes dans les rédactions, la haute fonction publique, les conseils d'administration, les cabinets ministériels, son seul mais considérable problème est le peuple, qu'elle ne parvient pas à convaincre, en dépit des sermons et des admonestations qu'elle lui dispense *larga manu*. Un peuple qu'elle accable de son mépris, aussi, à l'image de l'un de ses hérauts, Alain Minc, qui lança à la cantonade, en janvier 2017 : « Nous savons bien que le peuple, ça n'existe pas[173] ! » La suite des événements de l'automne 2018 allait le rappeler à quelques données sociologiques et politiques robustes en la matière...

C'est donc en ce seul sens, et par un surgissement de l'inconscient, qu'Emmanuel Macron a pu soutenir la thèse selon laquelle sa victoire aurait été obtenue par « effraction ». Car, pour le reste, candidat de l'élite, il a bénéficié de la mobilisation pleine et entière de celle-ci.

Gueule d'ange et cœur de saurien

Les choses en sont presque caricaturales : le mouvement « En Marche » et la campagne de son candidat ont ainsi été massivement financés par une poignée de très généreux donateurs, 1,2 % de ceux-ci ayant contribué pour 48 % du total encaissé, soit 913 donateurs sur 74 702 pour un montant de 6,3 millions d'euros. Des soutiens au profil bien particulier : près de 60 % provenaient de Paris et de sa région, le reste principalement de la place forte de la finance en Europe – Londres pour 800 000 euros – ou encore de Suisse (95 000 euros) et du Liban (105 000 euros)[174]. Quant à la presse, elle lui aura accordé 29 « unes » d'hebdomadaires entre mai 2016 et avril 2017[175], dont 8 (le score le plus élevé) pour *L'Obs* – une exposition médiatique unique dans notre histoire.

Effraction ? Douce effraction, alors, parfaitement conçue, pensée, organisée, financée et exécutée.

Précieux, ce soutien a permis à Emmanuel Macron de disposer d'un solide socle financier et de peaufiner son image ; encore lui fallait-il s'adjoindre le renfort de ces centaines de fourmis, laborieuses et dévouées, si utiles pour porter la bonne parole, approcher les uns, convaincre les autres, diffuser les nouvelles, vraies ou vraisemblables, qui servent le projet. Dans une élection présidentielle, aucun ruisseau, aucun filet d'eau ne doit être négligé : tous doivent être captés ou détournés pour abonder le fleuve politique qui porte le candidat. Comme François Hollande sut si bien le faire en 2012,

Macron a, en particulier, méthodiquement rallié à lui tous ceux qui pouvaient voir en sa victoire une revanche personnelle sur le sort qui leur avait été réservé, tous les déçus – et ils étaient nombreux en cette fin de quinquennat crépusculaire : ceux du président sortant, ceux de l'ex-président – qui ne pardonna pas à François Fillon non seulement de l'avoir battu, mais de l'avoir humilié en déclarant : « Imagine-t-on le général de Gaulle mis en examen ? » –, ceux de l'antépénultième président – les chiraquiens lui feront bon accueil une fois leur candidat naturel, l'autre élu de Corrèze, éliminé de la course à l'Élysée –, et même ceux du vieux président disparu – les mitterrandistes historiques, toujours à l'affût d'un retour sur le devant de la scène.

Avoir offert, ou fait miroiter, à toute une série de réprouvés ou de recalés un retour politique inespéré fut un des instruments de sa victoire : à gauche, avec Collomb, Ferrand, Percheron, Patriat, Mézard, Richard ; à droite, aussi, avec le concours de nombre de membres de l'ancienne équipe de Raffarin. C'est sur des hommes madrés et, souvent, roués que Macron s'est appuyé pour conquérir le pouvoir. Ce qui a conduit de bons connaisseurs de notre vie politique à qualifier ce « recyclage des perdants de ces dix dernières années » de « bal des frustrés » ou de « revanche des nazes[176] ». En vieux briscard qu'il était – l'âge n'ayant rien à voir avec l'expérience –, Macron aurait aussi, selon certains, mis en branle et à son service tout un univers souterrain, celui que l'on retrouve classiquement, se pressant autour de tout prétendant sérieux à l'Élysée. Réseaux occultes – algériens et africains, notamment –, agents d'influence divers et amitiés maçonniques, filières « gays » : ce n'était plus l'Ancien Monde, mais le monde du silence, peuplé de créatures peu recommandables[177].

Tous ceux-là, mais aussi de grands patrons – Xavier Niel, Patrick Drahi, Bernard Arnault, en particulier –, furent gratifiés de charmants sourires et de tête-à-tête inoubliables – qui furent précisément très vite oubliés par ce maître de la séduction et de ce qui l'accompagne si souvent en politique : l'ingratitude. Jean-Louis Borloo, Bernard

Mourad, Jean-Michel Darrois, Hubert Védrine, Jacques Attali : la liste est longue de tous les éconduits, avec une mention spéciale pour Jean-Pierre Jouyet, auquel fut réservée une humiliation à la hauteur de l'empressement déployé par celui-ci à l'endroit de son ancien adjoint à l'inspection des Finances. « Devenu gênant, encombrant », car figure de l'« Ancien Monde » et témoin de la filiation hollandiste de son « protégé », il passa « en l'espace de vingt-quatre heures, du statut de mentor à celui d'infréquentable[178] ». « Une fois Macron élu, il est devenu monarque, et a oublié tous ses amis », comme le résume en gémissant l'un de ses soutiens de la campagne présidentielle[179].

« Il n'y a pas de place pour deux crocodiles dans le même marigot », aiment à répéter ceux qui croient faire de la politique parce qu'ils en vivent, et pensent participer du pouvoir parce qu'ils détiennent des mandats électoraux. Emmanuel Macron appartiendrait alors à une catégorie de caïmans bien particulière. Lui, non seulement élimine consciencieusement, méticuleusement, tout vieux crocodile qui s'essaierait à croupir à ses côtés – François Bayrou pourrait en témoigner utilement ; mais il n'épargne pas davantage le moindre petit alligator susceptible de lui nuire en grandissant : Nathalie Kosciusko-Morizet, ou même son pourtant bien inoffensif camarade de la promotion Léopold Sédar Senghor de l'ENA, Gaspard Gantzer, en gardent encore de douloureuses cicatrices. Dans son ardeur éradicatrice, il va même jusqu'à assécher le marigot – les Gracques, les sarkozystes, les chiraquiens, les strauss-kahniens – au risque de régner, au bout du compte, sur une flaque.

Emmanuel Macron ? Une gueule d'ange, mais un cœur de saurien.

Le camp du Bien

La véritable puissance du royaume du « oui », sur lequel notre homme règne sans partage, réside néanmoins ailleurs ; elle est d'ordre moral. Se définissant comme celui du Bien et se revendiquant comme tel, ce camp s'estime, dès lors, en mesure de rejeter dans les ténèbres les partisans du « non », et, du haut de cette supériorité proclamée, de leur distribuer ses discours d'autorité.

Il en va d'abord ainsi de la sémantique des débats. Sans jamais s'interroger le moins du monde sur le bien-fondé de cette pratique, et avec la tranquillité d'esprit de qui se pense dans le vrai, la présentation faite des positions en présence n'est jamais égale, toujours faussée : à l'« ouverture » sera systématiquement opposé le « repli » – « frileux », cela va de soi –, et ceux qui souhaitent « s'adapter » ou « s'insérer » dans la « mondialisation » devront affronter des « conservateurs » ou des « réactionnaires » figés dans la « crispation », désireux de « s'arc-bouter » ou de se « recroqueviller » sur le pré carré national.

Les adversaires du camp du Bien ne sauraient être des contradicteurs : ils sont traités comme ils sont envisagés, des élèves indociles et récalcitrants, attardés même parfois – des cancres en quelque sorte. D'où le thème si prégnant et récurrent de la « pédagogie » dans la bouche et sous la plume de ces nouveaux maîtres d'école : si le « oui » échoue ou est désavoué – comme lors du référendum de 2005 –, la faute ne peut jamais en incomber à son orientation politique, mais seulement à une « communication » défaillante ou, plus grave, à ces esprits obtus nécessitant, pour saisir l'intérêt et le bien-fondé de ce qui leur est proposé, la répétition affligeante et affligée des mêmes arguments. Sont alors convoqués systématiquement les mêmes leitmotive : il faudrait « donner du sens », « prendre le temps de l'explication », « faire de la pédagogie », « dissiper les malentendus »...

La vérité est tout autre : le peuple comprend très bien le sens de la politique qu'on veut lui expliquer et lui réexpliquer sans cesse ; il la comprend si bien qu'il la refuse.

Franchissant fréquemment un degré supplémentaire dans leur volonté de faire le Bien, y compris au corps défendant des principaux intéressés, les partisans du « oui » finissent par voir dans les « nonistes » non plus des adversaires au cerveau embrumé, qu'il conviendrait d'évangéliser, mais des ennemis à l'esprit malin, qu'il serait dès lors nécessaire d'excommunier. Cette diabolisation est celle qui fonde la rhétorique à l'œuvre, voulant voir dans le débat sur l'Europe l'affrontement des « progressistes », d'un côté, et des « nationalistes » et « populistes » de l'autre, le combat entre les partisans de la « démocratie » et ceux de la « démocrature » – ou de l'« illibéralisme », c'est selon.

Cette posture morale et moralisatrice présente un second avantage politique. Celui qui participe du Bien peut – précisément pour cette raison – s'approprier, lorsqu'il le souhaite, les thèmes de prédilection de ses adversaires, afin de les déstabiliser et de leur couper l'herbe sous le pied. Désignée, dans le vocabulaire des « communicants », comme la « triangulation », cette technique de marketing électoral, inventée par la « gauche » américaine (Dick Morris, conseiller spécial de Bill Clinton, en janvier 1995) et introduite en Europe par la « gauche » britannique (Tony Blair, peu après), suscite parfois des remous sans remettre fondamentalement en cause le clerc qui y a recours : si celui-ci se résout à reprendre à son compte les arguments du « Mal », cela ne peut être que pour le bien du Bien, finit par se convaincre le croyant… Dans la perspective de l'élection présidentielle de 2022, Emmanuel Macron s'est récemment livré à l'exercice en se saisissant de « l'identité nationale » – question considérée comme taboue au sein du peuple du Bien –, allant jusqu'à saluer « l'intuition de Nicolas Sarkozy[180] ». À l'homme qui a reçu cette onction-là, tout est permis, ou presque.

L'idéologie du Bien – l'européisme, en l'occurrence – est celle qui a fait triompher Emmanuel Macron en 2017 ; cette victoire fut toutefois acquise au prix d'un dévoiement de notre vie politique et sociale.

CHAPITRE 5

Le Grand Secret de la présidentielle

Jeune et talentueux candidat, représentant nouveau et brillant d'un courant de pensée minoritaire mais réel, ayant forcé le destin avec audace, Emmanuel Macron aurait dû atteindre environ 12 % des voix au premier tour de l'élection présidentielle, résultat en soi déjà remarquable et qui l'aurait placé derechef dans la position d'un prétendant très sérieux pour l'échéance suivante. De ce beau succès, bien des politiciens de l'« Ancien Monde » se seraient contentés. Mais pas celui qui se voulait « le Kennedy français » ; lui était déterminé à gagner, à devenir président de la République dès 2017. Pour atteindre la qualification au second tour et, par conséquent, l'emporter, il fallait impérativement doubler le score promis par les enquêtes d'opinion. À tout autre, la perspective aurait paru impossible. Lui, qui savait le degré de décomposition politique atteint par notre pays, avait compris que, difficile et délicat, le « coup » était néanmoins « jouable », comme l'on dit.

Première étape de cette effraction politique : détacher du camp conservateur les électeurs de droite sensibles au libéralisme – économique et surtout culturel – du candidat Macron. Outre les positions de fond et les propositions de campagne avancées – « simplification » du droit du travail, « modernisation » de l'économie, « mobilité » sociale, « moralisation » de la vie publique, « relance » d'une Europe « ambitieuse » –, l'affaiblissement de François Fillon était, dans cette perspective, indispensable : on s'y employa.

Faire tenir ensemble les deux moitiés des Français disposés à lui apporter leurs suffrages, ceux de gauche et ceux de droite, étape suivante de sa stratégie, était la mission assignée au discours européiste – on l'a vu.

Restait l'essentiel : garantir que ce « bloc européiste » ne se défasse pas et, même, qu'il se voie renforcé par quelques pour-cent de citoyens soucieux de l'« intérêt général », en l'occurrence éliminer le FN. Il fallait donc installer solidement l'idée que Marine Le Pen représentait le danger principal de cette élection, qu'elle était en mesure de l'emporter, qu'il fallait par conséquent tout faire pour la battre.

Tout : c'était là le point décisif.

Tout : pas seulement réitérer l'opération « faire barrage au fascisme » à laquelle chacun était bien rodé et que les Français connaissaient de longue date, mais lui faire franchir un degré nouveau et supplémentaire. Tout : et en particulier, dépasser le seul « front républicain », car celui-ci ne se constitue qu'au second tour et, surtout, aurait permis, répétons-le, à n'importe quel candidat de l'emporter face à Marine Le Pen. Il fallait anticiper cette étape et laisser accroire qu'il était indispensable de désigner le candidat « le mieux placé pour battre le FN » et, chose capitale, le faire dès le premier tour afin de « ne prendre aucun risque ».

Aucun risque : le procédé ainsi utilisé était à la fois paradoxal et pervers, pervers parce que paradoxal. Il consistait à demander de redoubler de précaution alors même que l'issue d'un second tour face à Marine Le Pen était acquise, quel que fût le candidat qui l'aurait affrontée. On allait ainsi glisser du « vote utile », figure classique d'un second tour, au « vote préventif » dès le premier tour, innovation politique mise au point spécifiquement pour cette élection présidentielle de 2017.

Le talon d'Achille de Jupiter

S'enracina ainsi, dans bien des esprits de la bourgeoisie libérale, l'idée – artificielle et néanmoins puissante – que, François Fillon étant discrédité par son « affaire », le seul candidat « présentable » et capable de l'emporter face à la patronne du FN était Emmanuel Macron. Qui plus est, on avancerait même que, pour minimiser ce risque, il convenait de ne pas attendre le second tour et d'anticiper ce choix salvateur en apportant à ce dernier son suffrage dès le premier tour. Ce faisant, on aboutissait à une dénaturation du processus de choix. En bonne logique politique, le premier tour est celui où l'on exprime une préférence partisane, où l'on fait valoir ses convictions, où l'on opte pour le candidat le plus proche de soi ; quant au second, il permet d'écarter celui des deux finalistes qui semble le plus éloigné de ses idées et d'apporter sa voix à celui que l'on apprécie le mieux – ou le moins mal. Bref, comme le dit l'adage, « au premier tour, on choisit ; au second, on élimine ».

Avec la campagne politique et médiatique conduite au printemps 2017, tout ceci fut balayé. On chercha – et l'on réussit dans une proportion suffisante – à transformer l'électeur en « stratège ». En flattant son habileté supposée, on l'amènerait là où on le souhaitait : lui faire intérioriser à ce point la logique du « barrage » qu'il renoncerait à exprimer sa préférence au premier tour et, ainsi, le contraindre à privilégier le candidat désigné par les sondages et leurs commentateurs comme « le meilleur », « le plus sûr » pour battre la candidate du FN. La science politique a réservé à cette perversion du choix électoral un habillage savant : la *Minimax regret theory*, selon laquelle le citoyen choisirait le vote lui permettant de « minimiser son regret maximal[181] ». Ce que ne précise pas cette théorie, c'est que s'inscrire dans ce type de raisonnement est aussi le meilleur moyen de « maximiser son remords ultérieur » ; la suite des événements viendrait rapidement délivrer cette cruelle leçon à ceux des Français tombés dans ce panneau en avril 2017.

Combien d'électeurs de gauche ou de droite se sont-ils alors détournés de leur candidat naturel au profit de celui du salut annoncé, en soupirant : « Je n'ai pas le choix » ?... Combien de fois ai-je entendu autour de moi ce lamento étrange ? Étrange, en effet, et révélateur du trouble installé dans la démocratie française, que de prétendre « ne pas avoir le choix » quand onze candidats étaient présents sur la ligne de départ, dont deux sélectionnés par des « primaires citoyennes »... Combien parmi ceux-là ont compris, depuis, la manière dont ils ont été abusés ? Combien d'entre eux perçoivent désormais le rôle d'idiots utiles qui fut le leur ?

Signe majeur de la décomposition française : ayant, depuis l'entrée de la France dans le système maastrichtien, expérimenté le « et de gauche et de droite » dans une succession de fausses alternances, bien des Français modérés se sont, en 2017, résignés à rejoindre le bloc européiste pour donner une dernière chance au système politique et à l'élite de leur pays, en acceptant d'expérimenter le « en même temps » d'Emmanuel Macron. Comme celui-ci le reconnut lui-même lucidement, il avait été pour tous ces Français « un dernier recours[182] ». Avoir joué – et gagné – de cette décomposition : tel est le péché originel d'Emmanuel Macron. Péché contre le pays et péché contre lui-même, puisqu'il n'a fait qu'ajouter un désordre supplémentaire à la fragmentation française, ce qui, inévitablement, devait finir par se retourner contre sa politique et, de manière plus grave, et avec une intensité inédite, contre sa personne.

Même Jupiter a son talon d'Achille.

L'Archipel français[183]

Souvenir de l'Ancien Régime, depuis bien longtemps la France était morcelée, socialement et fiscalement : multiplicité des régimes, des statuts dérogatoires, des « niches » fiscales, des exemptions diverses, de tous les privilèges, petits ou grands, mais toujours soigneusement cachés, qui suscitaient l'envie rentrée de tous.

À partir de 1960, un phénomène nouveau est apparu : la « matrice catho-républicaine », qui structurait en profondeur la société française, a été remise en question par des évolutions sociologiques puissantes : déclin de la pratique religieuse, montée de l'individualisme et de l'individualisation des comportements, explosion du nombre des divorces et des naissances hors mariage, emprise de la société de consommation. À compter du milieu des années quatre-vingt, à l'amplification de ces mouvements déclenchés lors de la période précédente, s'est ajoutée l'apparition de phénomènes de fragmentation sociale inédits. Après la « dislocation de la matrice catholique » et l'« effondrement de l'Église rouge », le morcellement de l'information et la perte d'audience des grands médias ont entraîné l'évanouissement d'une vision du monde commune et partagée.

Selon Jérôme Fourquet, le développement d'une immigration de masse – « la France connaissant depuis la fin des années 1990 et le début des années 2000 un nouveau cycle migratoire de même intensité que celui que nous avons observé dans les années 1960 à 1980 » – a provoqué « le passage d'une société démographiquement homogène (jusqu'au milieu des années soixante-dix) à une société ethno-culturellement diversifiée, [...] fait sociologique et politique majeur ». Le « repli ethno-religieux dans certains quartiers[184] » qui en résulte est d'une gravité sans précédent.

Déjà ainsi mise à mal, la cohésion de la France se voit de surcroît minée par un phénomène d'une rare perversité : l'élite est engagée dans un processus de séparatisme social, prenant des formes diverses, de l'entre-soi scolaire à l'exil fiscal pur et simple. Certes, nul âge d'or n'a jamais connu une symbiose entre l'élite et le peuple ; toutefois, jusqu'à peu, les deux se connaissaient et, même, à l'occasion, se fréquentaient. Avec la globalisation, qui écartèle socialement les nations, la fin du service militaire, qui permettait un brassage des jeunes gens, la hausse faramineuse des prix de l'immobilier, qui a vidé le cœur des métropoles de ses ouvriers et de ses milieux modestes, transformant ceux-ci en d'immenses bulles embourgeoisées, et, surtout, l'apparition d'une vaste classe de diplômés de l'enseignement supérieur, une nouvelle élite a vu le jour, méprisant ouvertement les classes populaires, quand elle ne les ignore pas superbement. Une élite nouvelle qui a décidé de faire sécession d'avec ce peuple qu'elle ne côtoie pas, ne connaît pas et ne veut surtout pas connaître, un peuple qui devient pour elle celui « de la frontière[185] ».

Citons Emmanuel Todd : « Pour la première fois, les "éduqués supérieurs" peuvent vivre entre eux, produire et consommer leur propre culture. Autrefois, écrivains et producteurs d'idéologies devaient s'adresser à la population dans son ensemble, simplement alphabétisée, ou se contenter de parler tout seuls. L'émergence de millions de consommateurs culturels de niveau supérieur autorise un processus d'involution. Le monde dit supérieur peut se refermer sur lui-même, vivre en vase clos et développer, sans s'en rendre compte, une attitude de distance et de mépris vis-à-vis des masses, du peuple et du populisme qui naît en réaction de ce mépris[186]. » Ou, pour le dire avec la candeur de Raphaël Glucksmann : « Quand je vais à New York ou à Berlin, je me sens plus chez moi culturellement que quand je me rends en Picardie. Et c'est bien ça le problème[187]. » Effectivement.

Pendant de cette sécession des élites, et en réaction à celle-ci, on observe dans le même temps un affranchissement culturel et politique des milieux populaires par rapport à l'autorité culturelle de la classe dirigeante, jusque-là prévalente.

Culturellement, persistent ou se développent ainsi toute une série d'activités et de loisirs – *tuning*, chasse et pêche, football et présence dans les stades pour assister et soutenir son équipe, tatouage aussi – qui, à mille lieues des préoccupations des milieux favorisés, signent l'appartenance populaire par un mode de vie et des valeurs propres. Plus frappant encore, l'emprise de la « culture » anglo-saxonne sur ces couches populaires se traduit par le choix de prénoms, tirés souvent de feuilletons ou de séries télévisées, qui dessine une nouvelle géographie culturelle et symbolique, une nouvelle carte de France, « la carte des Kevin et des Dylan[188] ». Nouvelle géographie politique aussi, car, sans surprise, cette France des Jordan et des Cindy est celle du FN hier, du Rassemblement national (RN) aujourd'hui, une France n'écoutant plus les leçons de morale ni les consignes de vote des élites parisiennes de plus en plus apeurées, une France ayant décidé ainsi de pratiquer ce que Norbert Elias avait baptisé le « retournement du stigmate » : « puisque vous nous avez abandonnés, nous vous tournons le dos » – telle est désormais la réplique du peuple à l'élite.

Comme elle paraît loin, notre bonne vieille « fracture sociale », diagnostiquée par Emmanuel Todd en 1995, confirmée par tous les responsables politiques depuis, mais jamais réduite. Dépassée, l'opposition entre « France d'en haut et France d'en bas », remise au goût du jour par Jean-Pierre Raffarin, après le choc du 21 avril 2002. Confirmée et resituée dans une perspective plus large et plus grave, la « France périphérique » révélée par Christophe Guilluy. En deux décennies, une mutation profonde du pays s'est opérée. Progressivement, la société française s'est fracturée et divisée en groupes communautaires.

Et même si Emmanuel Todd, encore lui, a raison de souligner que c'est une forme d'homogénéisation sociale et culturelle – effaçant les différences régionales, religieuses, familiales – qui rend encore plus saillantes les luttes de classes en France au XXIe siècle[189], le constat est là : figure géométrique d'équilibre, l'Hexagone se déforme progressivement en un archipel, un groupe d'îles partageant certes une origine commune, demeurant encore proches les unes des autres, mais travaillées par des déformations tectoniques incessantes et dérivant lentement loin les unes des autres. Au sein de cet ensemble archipélagique, deux massifs se faisant face, se toisant : « l'île populaire » et l'Île-de-France. La région-capitale détient le pouvoir, financier, économique, culturel, symbolique et, pour l'heure, politique ; mais le bloc populaire – la France de l'Est et du Sud-Est, principalement – détient, lui, l'arme suprême en démocratie : le nombre.

Longtemps, ce face-à-face fut tendu mais contenu.

À l'automne 2018, après une série de mesures pénalisant la partie de la population vivant dans l'archipel populaire – abaissement à 80 km/h de la limitation de vitesse sur les routes sans séparateur central, hausse du prix du gasoil –, il tourna à l'affrontement politique et physique. Le mouvement des « gilets jaunes » allait secouer la France pendant six mois, ébranlant le pouvoir macroniste.

« Seul face au peuple »

Homme providentiel élu pour sauver la France du Mal et éviter l'arrivée au pouvoir de la candidate lepéniste, Emmanuel Macron se retrouve désormais à présider un pays ayant traversé une des crises – sociale, morale, politique et, d'une certaine manière, crise de régime – les plus graves de son histoire.

En dix-huit mois, de la marche consulaire de mai 2017 au crépusculaire samedi 1er décembre 2018 qui vit la profanation de l'Arc de Triomphe, la France est ainsi passée de l'attentisme au scepticisme, puis du désarroi à la colère, et enfin, pour partie, à la révolte.

Et pourtant, les débuts du nouveau président avaient été prometteurs et salués comme tels. Prestance, autorité, compétence, efficacité, sens de la décision : le chef de l'État avait réussi, en quelques semaines, à incarner pleinement sa nouvelle fonction et à rompre symboliquement avec le quinquennat affligeant de son prédécesseur. En mettant un terme à la tragi-comédie de la ZAD de Notre-Dame-des-Landes – conséquence de l'irrésolution de François Hollande et de l'enlisement de son gouvernement –, en dédoublant les classes de cours préparatoires dans les ZEP, en se hissant avec aisance dans l'arène internationale, en agissant vite et fort, en restant cohérent avec les orientations de sa campagne, Emmanuel Macron avait imposé son style et suscité de l'espoir. Bien des Français se sentaient fiers de ce jeune président qui semblait mettre ses pas dans ceux des plus grands. Fissuré dès la fin de l'année 2017, lorsque la vérité de sa politique économique et fiscale apparut au grand jour, tout ce bel édifice politique s'est défait d'un coup, après la révélation de l'« affaire Benalla ».

En vérité, cet effondrement subit venait de loin. D'avant même la campagne présidentielle, lorsque celui qui n'était encore que le ministre de l'Économie entama une longue série de fautes politiques, qui n'étaient pas que de comportement, mais révélaient sa personnalité et sa vision de la société, avec sa sortie sur les ouvrières de l'usine GAD qui seraient pour la plupart des « illettrées ». Puis, une fois élu, il y eut le « costard », « ceux qui réussissent et ceux qui ne sont rien », les « fainéants », ceux qui « foutent le bordel » ou qui coûtent « un pognon de dingue », les retraités qui devraient « arrêter de se plaindre », les « Gaulois réfractaires », qui feraient tous mieux de « traverser la rue » pour trouver un travail, sans oublier « les gars qui fument des clopes et roulent au diesel », formule que son porte-parole de l'époque, en communion de pensée, lui ôta de la bouche. Cette accumulation n'était pas celle de maladresses, mais d'autant d'aveux.

« En même temps », le président avait engagé une politique aboutissant à élargir encore la fracture sociale française – entre gagnants et perdants de la mondialisation – et à nourrir la bête populiste. Avant même la réforme du droit du travail acquise par voie d'ordonnance, il y eut le choix d'une politique fiscale qui fit d'Emmanuel Macron non le « président des riches », ni même des « très riches » – comme l'en accusa son prédécesseur –, mais des « ultra-riches », selon la formule du quotidien *Le Monde*, soulignant que le pouvoir d'achat des Français les plus modestes reculerait sous les effets cumulés des budgets 2018 et 2019[190].

Enfin, beaucoup de Français, une très large majorité d'entre eux – 75,99 % exactement, au premier tour de l'élection présidentielle –, n'avaient pas voté pour cette politique. Avec une Assemblée nationale peuplée d'une majorité écrasante de députés macronistes, ils se retrouvaient mal ou pas du tout représentés. Du gouvernement, politiquement faible, composé pour l'essentiel de *yes men* et de *yes women*, pas de contrepoids à attendre. S'était ainsi mise en place une situation dans laquelle, en cas de difficulté, le président se retrouverait inévitablement en première ligne pour assumer une politique qui représentait, de surcroît, l'approfondissement et l'aggravation de celle conduite peu ou prou depuis plus de trente ans et dont beaucoup de Français ne voulaient plus.

C'est dans la conjonction de ces trois ordres de faits qu'il faut trouver l'origine et l'explication de la bouffée de violence qui éclata à partir de novembre 2018. Avec lucidité, l'ancien Premier ministre Dominique de Villepin annonça celle-ci une semaine avant l'« acte I » de la mobilisation des « gilets jaunes » : « On s'avance vers une crise politique d'une extrême gravité », avec un président « monstre de rigidité, d'arrogance », « seul face au peuple[191] ». Une solitude, un isolement même, voulus et organisés par Emmanuel Macron, qui prit un soin tout particulier à ne s'entourer, à l'Élysée comme au gouvernement, à quelques rares exceptions près, que de personnalités transparentes ou soumises.

« Seul face au peuple » : c'est effectivement ainsi que s'installa la dramaturgie de cette crise. Au moment même où les premiers bataillons de manifestants s'ébranlaient dans Paris, le président, lui, se trouvait à Berlin, où il prononçait un énième « grand discours » sur l'Europe.

« Gilets jaunes » : une colère noire

Après tant d'années de marasme économique, de désindustrialisation continue, de progression du chômage, de stagnation du pouvoir d'achat, de dégradation des services publics, d'extension de la pauvreté – en 2018, le taux de pauvreté avait ainsi encore augmenté de 0,6 point pour culminer à 14,7 % de la population, soit 9,3 millions de personnes, une progression de 400 000 par rapport à 2017, un résultat renouant avec les sommets de la fin des années soixante-dix[192] –, le peuple avait atteint la limite de ce qu'il pouvait humainement supporter. Harassé, appauvri et inquiet, victime de cette précarité qui fait la trame de sa vie quotidienne depuis trop longtemps, il se savait de surcroît abandonné à son sort par une élite dirigeante ne prêtant plus guère attention à sa protestation car ayant la tête ailleurs – à Bruxelles, à Berlin, à New York ou à Shanghai –, vivant, à l'image de toutes les élites du monde globalisé, « comme des étrangers dans leur propre pays[193] ».

Et puis ce peuple avait pleinement conscience de ce qu'Emmanuel Macron, président de l'élite, précisément, ne l'avait emporté qu'au terme d'une élection bancale. Le grave déséquilibre et l'anomalie fondatrice de cette présidentielle, il les avait mieux compris que bien des analystes.

Crise sociale, crise morale, crise politique : les conditions étaient réunies pour que survienne une déflagration, l'un de ces spasmes dont la France est coutumière dans son histoire. Quand une hausse du prix des carburants – et en particulier du gasoil – fut annoncée, ceux de nos concitoyens dont les vies ne tenaient qu'à une goutte de diesel – les « gilets jaunes » – entrèrent dans une colère noire. Des Français appartenant au secteur public comme au secteur privé, infirmières et artisans, ouvriers ou caissières, caristes et chefs de petites entreprises, jusque-là séparés par leurs statuts, se reconnurent pour ce qu'ils étaient : des compagnons d'infortune et, bientôt, des frères d'armes. Devenus depuis des décennies invisibles pour l'élite dirigeante, ils tinrent à se signaler aux gouvernants et à se rappeler à leur bon souvenir en revêtant cette chasuble fluorescente qui allait les baptiser et passer à la postérité ; en se retrouvant sur ces ronds-points qui grêlent notre territoire, ils allaient montrer et revendiquer qu'ils constituaient physiquement ce rapprochement inédit des « perdants de la mondialisation ».

Face à ce « peuple de quelque part », un président « de partout », sûr de lui et dominateur, bien décidé à appliquer le programme pour lequel il feignait de croire qu'il avait été élu. Il ferait donc la politique de ceux qui l'avaient tant aidé à remporter la victoire : les « ultra-riches[194] ».

Il abaissa très fortement la taxation des revenus du capital, qui passa de 45 à 12,8 % ; cette division par 3,5 eut pour résultat de rendre l'imposition des revenus de la rente financière moindre que celle des revenus du travail (14 %, en l'occurrence, pour la première tranche de l'impôt sur le revenu) : ainsi, le plus riche des détenteurs de capital paierait désormais moins d'impôt sur ses revenus financiers que le plus pauvre des contribuables sur son salaire, et cela dès le premier euro. Il alla au bout de cette logique en instituant sur les revenus du capital un prélèvement forfaitaire unique (PFU), ou *flat tax*, correspondant à tous les prélèvements fiscaux et sociaux cumulés, faisant par conséquent disparaître toute forme de progressivité sur l'imposition du capital : 30 % de prélèvement pour solde de tout compte, décidément il vaudrait mieux dorénavant vivre de ses dividendes que de la sueur de son front. Pour faire bonne mesure, il supprima l'ISF et le remplaça par l'IFI (impôt sur la fortune immobilière), au prétexte de favoriser l'épargne financière. Ces mesures fiscales représentèrent, en 2018, un manque à gagner pour les recettes de l'État de 5,3 milliards d'euros.

Afin de financer ces réductions d'impôts destinées aux Français les plus aisés, il tailla dans les crédits budgétaires destinés à la solidarité : 1,7 milliard d'euros de coupes claires dans le poste « Cohésion des territoires » et 1,5 milliard dans « Travail et emploi ».

« En même temps », il augmenta sensiblement le taux de la CSG sur les pensions de retraite (de 6,6 à 8,3 %) tout en supprimant l'indexation de celles-ci sur le niveau des prix, amputant d'autant le pouvoir d'achat des retraités.

Avec le même objectif maastrichtien – contenir le déficit budgétaire dans la limite de 3 % du PIB alors que, on vient de le voir, plus de 5 milliards d'euros de recettes de l'État avaient été abandonnés –, il décida une hausse substantielle de la taxe intérieure de consommation sur les produits énergétiques (TICPE), devant rapporter 3,9 milliards d'euros en 2019.

Cette augmentation du prix des carburants ciblait directement les Français modestes, vivant en milieu rural ou dans des zones périurbaines et contraints, pour cette raison, d'utiliser leur véhicule automobile pour les déplacements indispensables à leur vie : se rendre au travail, conduire leurs enfants à l'école, faire leurs courses, aller chez le médecin ; dans le même temps, le kérosène brûlé par les avions empruntés par les élus de la mondialisation restait exonéré de TICPE.

Les *people from somewhere* se voyaient donc taxés, alors que les *people from anywhere*, eux, bien que polluant bien davantage, étaient épargnés : toujours plus pour les gagnants de la mondialisation, toujours moins pour les perdants. *Politics as usual.* Afin de « faire passer » cette hausse de la TICPE dans l'opinion publique, il prétendit que celle-ci servirait à la « transition écologique », ce qui était tout à fait inexact, puisque 79 % du produit ainsi dégagé devait être reversé au budget général de l'État. Soit, en termes choisis, ceux du sociologue : « La stratégie gouvernementale consiste donc, en invoquant la cause de la transition écologique, à augmenter la TICPE qui pèse sensiblement plus sur les bas revenus, et à utiliser le montant de cette taxe pour permettre de limiter le déficit budgétaire et, notamment, financer les baisses d'impôts accordées aux contribuables les plus aisés qui sont aussi, par ailleurs, les plus gros pollueurs[195]. » Tout est dit.

Une colère venue de loin

Une telle « stratégie » ne pouvait manquer de provoquer la colère de Français appartenant aux classes populaires et modestes, confrontés dans leur vie quotidienne à la précarité et à l'insécurité, sociale ou culturelle, à l'« enfermement territorial », à la dépendance à la voiture, des vies menacées soudainement dans leur fragile équilibre par une série de mesures grevant leur pouvoir d'achat, déjà en berne, et affectant leur mobilité, déjà contrainte. Mesures dont l'iniquité était rendue plus insupportable encore par l'attitude arrogante et déconnectée de toute cette réalité sociale dont faisait preuve l'exécutif.

Trop longtemps contenue et ravalée, cette colère se transforma alors chez certains en exaspération et en violence.

Car ce qui était fondamentalement remis en question, au-delà de la brutalité et de l'injustice de ces décisions fiscales, au-delà des dix années de marasme social dû à la crise financière de 2008, c'était la politique néo-libérale d'austérité conduite depuis trente-cinq ans, depuis que « l'Europe » était devenue le Graal de la politique française, depuis le tour de passe-passe de François Mitterrand, faisant surgir l'européisme dans le même temps où il escamotait le socialisme, depuis le grand tournant de mars 1983.

Au fond de cette colère, c'est le système maastrichtien qui se voyait largement rejeté : ainsi, de façon frappante, 62 % des soutiens aux « gilets jaunes » affirmaient qu'ils ressentiraient « un vif soulagement » si l'UE était abandonnée[196]. Ainsi que l'a écrit avec justesse Michel Onfray : « Les Gilets jaunes sont le retour du refoulé de l'État maastrichtien[197]. » Le président Macron le reconnut implicitement, soulignant l'ancienneté et la profondeur du mouvement qui se dressait devant lui, en déclarant aux Français, le 10 décembre 2018 : « Ce sont quarante années de malaise qui resurgissent [...] cela vient de très loin, mais c'est là, maintenant. »

Un malaise né de la lente décomposition sociale du pays. Patiemment construite par la croissance soutenue et la redistribution active des Trente Glorieuses, la « grande classe moyenne » s'était depuis défaite, fil après fil, corrodée par la désindustrialisation, la polarisation de l'emploi aux deux extrémités du spectre social – phénomène nouveau –, le poids de la fiscalité, la stagnation du pouvoir d'achat, les conséquences sociales et financières de la montée des familles monoparentales, aussi. Des pans entiers de travailleurs décrochaient du corps central de la société française, tombant dans la précarité ou la paupérisation, et c'est cette France « démoyennisée » qui se retrouvait sur les ronds-points[198].

Le peuple se révoltait donc contre la politique maastrichtienne ; contre l'élite, aussi, qui la conduisait, par-delà les alternances électorales, avec une constance écœurante et immorale. Il le faisait directement, par les mobilisations hebdomadaires successives des « gilets jaunes » ; mais aussi indirectement, par le soutien large et pérenne du reste de la population, et cela en dépit des violences, des saccages, des pillages, du spectacle de Paris investi semaine après semaine, de l'impuissance des forces de l'ordre puis de la répression policière, du climat d'inquiétude gagnant le pays. Dans ce qui s'apparenta à une nouvelle lutte des classes – les « gilets jaunes » ayant pris la place des « bleus de travail » –, les Français des couches populaires se sont donc soulevés contre le pouvoir en place, et, symboliquement, contre les dirigeants à la tête du pays depuis trente-cinq ans ; pas seulement parce que ceux-ci s'étaient résignés face au chômage, à la pauvreté, à la désindustrialisation ; pas seulement parce qu'ils avaient échoué ; mais parce qu'ils mentaient, depuis trop longtemps. Parce qu'ils avaient, depuis trop longtemps, en abandonnant le peuple à son sort, perdu de vue leur vocation, leur raison d'être.

« Les barbares de la civilisation »

Incarnation parfaite de cette classe dirigeante, Emmanuel Macron allait logiquement cristalliser sur sa personne et sa politique l'hostilité de cette masse populaire soulevée. Enragés pour certains d'entre eux – et la rage est mauvaise conseillère –, ces femmes et ces hommes se battaient pour mener une vie digne ; pour renverser un ordre économique et financier injuste qui planifie leur appauvrissement, la disparition des services publics indispensables à leur vie, les tient pour quantité négligeable.

Au cœur de la tourmente, François Bayrou lâcha imprudemment : « Pourquoi sommes-nous un pays où le socle populaire, depuis un quart de siècle, ne comprend plus son État et les dirigeants qu'il a pourtant élus[199] ? » Il dit ainsi tout haut ce que l'élite pensait tout bas : le peuple – « le socle populaire » – ne mérite pas ceux qui le gouvernent ; buté, il se refuse à admettre les vérités d'évidence que ses bons princes lui dispensent ; il n'y met pas beaucoup du sien, le peuple ; et il devient fatigant ce peuple – « ingouvernable », comme aiment à le répéter ministres et éditorialistes. Ce faisant, le maire de Pau inversait l'ordre des causalités : ce sont « les dirigeants » et « l'État » qui ne comprennent plus « leur » peuple. Qui ne cherchent même plus à le comprendre. Qui n'habitent plus le même monde. Qui ne voient en ces gueux déferlant sur les beaux quartiers de Paris, détruisant des vitrines, dévalisant des magasins, vandalisant l'Arc de Triomphe et affrontant des forces de l'ordre dépassées, que de nouveaux « barbares ».

« Ils semblaient des barbares et ils étaient des sauveurs. Ils réclamaient la lumière avec le masque de la nuit » : c'est ainsi que Victor Hugo jugea les hommes de 93, ajoutant : « Quant à nous, si nous étions forcés à l'option entre les barbares de la civilisation et les civilisés de la barbarie, nous choisirions les barbares[200]. » Nous aussi.

La violence symbolique et sociale infligée par l'élite maastrichtienne depuis trois décennies avait donc provoqué le surgissement brutal de violences physiques et verbales, celles de classes populaires excédées. Une digue s'était rompue. Trop longtemps silencieux, on l'a vu, le peuple avait fait son retour, fracassant, sur la scène politique : « Avec les gilets jaunes, on a fait une découverte qui dérange. *Le peuple*, quoi qu'on mette sous ce mot, *se fait entendre, se fait voir, brouille le jeu*. On s'accommodait très bien à gauche comme à droite de son existence silencieuse », ainsi que le souligne Danièle Sallenave[201].

Trop longtemps contenu, le flot avait jailli, surprenant le plus grand nombre, affolant la classe dirigeante et ses soutiens qui n'étaient capables de voir dans ce tumulte que les débordements irresponsables d'une « populace » déchaînée[202]. Ce qu'oubliaient ceux-là, c'est que tous ces propos et tous ces agissements, y compris les pires, étaient « plutôt la faute de ceux qui règnent que la faute de ceux qui souffrent ; plutôt la faute des privilégiés que la faute des déshérités » ; que « la populace a plus d'une fois sauvé Rome ; et la canaille suivait Jésus-Christ », toujours selon le jugement de Hugo[203]. Mais l'ont-ils jamais su ?

Pour quelles raisons cet événement historique s'est-il produit à ce moment précis ? Pourquoi cette révolte a-t-elle tant attendu pour éclater ? Comment expliquer une telle patience, une telle résistance devant des souffrances infligées par une poignée et endurées par la multitude ? Peut-on tenir Emmanuel Macron pour responsable de ce qui fut opportunément qualifié comme « plus qu'une émeute, moins qu'une révolution[204] » ? Et certes ses provocations répétées sont venues souligner à quel point sa politique fiscale et sociale était injuste, donnant aux riches et prenant aux pauvres. Toutefois, la raison profonde de ce surgissement de la révolte populaire doit être trouvée dans l'anomalie démocratique qui fut celle de l'élection présidentielle de 2017 : reposant sur sa pointe, la pyramide du pouvoir s'est, fort logiquement, effondrée. Pas de miracle en politique, décidément ; seulement des lois qui s'apparentent à celles de la physique.

La victoire de Macron fut un séisme politique ; la « crise des gilets jaunes », sa réplique. Dans un parallélisme parfait, au « Votez Macron ! » du printemps 2017 succéda le « Macron démission ! » de l'automne 2018, et à la « verticalité » revendiquée du créateur du « Nouveau Monde » répondit l'« horizontalité » d'un mouvement sans chefs et, nouveauté qui en décontenança plus d'un, ne souhaitant pas s'en donner.

Décomposition, suite

Après avoir vacillé le 1er décembre 2018 et offert alors le spectacle d'un pouvoir livide et tétanisé par ce qui avait pris la forme d'une insurrection, le président décida d'opérer ce que les militaires qualifient de « repli stratégique ». Lors d'une intervention télévisée crépusculaire, le soir du 10 décembre, il effectua un mea-culpa – « je prends ma part de cette responsabilité », déclara-t-il ainsi –, et décréta « l'état d'urgence économique et social ». S'ensuivirent une série de mesures, décidées dans le secret de l'Élysée, destinées à restituer du pouvoir d'achat aux Français, pour un montant estimé à 10 milliards d'euros.

Vint ensuite le temps de la contre-offensive ; elle serait politique et seulement politique, Emmanuel Macron ne pouvant ni ne voulant remettre en question la logique économique maastrichtienne enserrant le pays. Une « Lettre aux Français » – missive posant des questions pour, en réalité, à l'image de celle de l'ISF, mieux les évacuer – fut adressée à nos concitoyens. Elle serait prolongée par un « grand débat », qu'elle annonçait, destiné à renouer le dialogue avec les élus de la République, exercice rapidement transformé en une insolite performance d'acteur, Emmanuel Macron épuisant ses interlocuteurs lors de rencontres lui permettant de donner libre cours à son goût de la rhétorique, tout en assouvissant son narcissisme enfantin. Une sorte d'« Intervilles » présidentiel, les courses de vachettes en moins... Une consultation nationale fut ouverte, cahiers de doléances de l'époque, numérisés et centralisés pour une restitution prévue pour le 25 avril 2019, et que l'on attend encore.

Le sens de tout cela était clair : gagner du temps.

En l'occurrence, atteindre sans trop d'encombre l'échéance des élections européennes, un moment jugé décisif par le président pour la fin de son quinquennat et dans la perspective d'une candidature à sa réélection. Décisif et propice. Car, selon le raisonnement macronien, l'alternative se présentant à lui comportait deux branches aussi favorables l'une que l'autre – dans des registres différents, il est vrai.

Soit son parti, LREM, se retrouvait en tête au soir du 26 mai 2019 ; il aurait alors beau jeu de souligner ce succès que la tourmente des six derniers mois avait rendu presque inespéré. Soit il se faisait coiffer sur le poteau par la liste du RN ; il lui suffirait alors d'agiter le spectre de la « peste brune » et d'appeler toutes les brebis convaincues d'être prochainement dévorées par le grand méchant loup à se rassembler et à se serrer autour de leur bon berger. À cela s'ajoutait l'alléchante perspective de recueillir les fruits d'une décomposition politique encore à l'œuvre. Les résultats de ces élections répondraient en partie à ses attentes.

Après une campagne tristement médiocre, la liste LREM – 22,41 % – avait été devancée par celle du RN – 23,31 % –, qui recueillait 600 000 voix de plus que cinq ans plus tôt. Première position obtenue, qui plus est, dans une élection mobilisant traditionnellement bien davantage la France du « oui » que celle du « non ». Dans un contexte de participation accrue – 8 points supplémentaires –, l'écart entre les deux listes, faible en lui-même – moins de 1 point –, traduisait une poussée du parti de Marine Le Pen tout à fait significative. Quant aux deux anciens « partis de gouvernement », ils réunissaient à peine 15 % des suffrages exprimés (8,48 % pour LR, 6,19 % pour le PS). Davantage encore qu'en 2017, deux France se faisaient face, se toisant en chiens de faïence, ainsi que le décrit Brice Teinturier : « Structurellement, tout oppose l'électorat d'Emmanuel Macron et celui de Marine Le Pen. D'un côté, on a un électorat urbain, diplômé, aisé, confiant dans l'avenir. De l'autre, un électorat angoissé par les fins de mois, que la mondialisation a broyé, inquiet face à l'immigration et en demande de sécurité et d'autorité[205]. »

Crispation politique possédant sa propre logique, mais aussi conséquence de l'intervention directe du président dans le débat et de la dramatisation de l'enjeu qu'il y introduisit, cette polarisation de l'électorat s'est cristallisée sur le plan sociologique et non plus strictement partisan : d'un côté, non plus la gauche, mais les ouvriers et les employés ; de l'autre, non pas la droite, mais les catégories favorisées. Une nouvelle forme de lutte des classes sociales, confirmant un duel politique qui fait – en apparence et pour l'heure – les affaires d'Emmanuel Macron.

La soirée du 26 mai apporta d'autres « bonnes nouvelles » au président. Démantelée en 2017, la gauche restait profondément divisée et affaiblie. Même en se limitant à une approche strictement arithmétique – qui ne revêt guère de sens en politique –, celle-ci se voyait ramenée à son étiage : 18,26 % en la comptant *stricto sensu*, 31,73 % en y ajoutant – par bénévolence : les Verts refusant de se ranger officiellement dans un camp considéré par eux comme obsolète – les voix recueillies par EELV, et 34,33 % en y adjoignant, pour faire bon poids, celles du mouvement trotskiste LO et d'une liste écologiste indépendante (Urgence Écologie).

Un tiers de l'électorat : catastrophe désormais habituelle pour la gauche, beau résultat pour Macron, résultat prévisible, engrangé sans surprise et avec gourmandise. Sans oublier que, tremblant à la perspective de réaliser un score encore inférieur à celui de la présidentielle de 2017, le PS avait décidé d'appeler à son secours un groupuscule sans la moindre consistance politique, Place publique, et de lui sous-traiter la responsabilité de conduire la campagne. Avec un résultat à la hauteur de cette défausse et tout à fait conforme à ce que l'on pouvait attendre : 6,19 %, soit un score encore inférieur à celui, désastreux, obtenu par Benoît Hamon deux ans plus tôt : 6,36 %.

Le meilleur lui avait été réservé par la droite. Satisfaits de voir conduite une politique qu'ils appelaient de leurs vœux depuis longtemps, et jusque-là en vain, ses électeurs modérés avaient quitté LR et rejoint le parti du président. Le « bloc bourgeois » de 2017 s'était donc transformé, perdant les « macronistes de gauche », déçus, partis soutenir cette fois le mouvement écologiste et ayant ainsi contribué à son bon résultat – 13,47 % –, mais recevant, en contrepartie, le renfort des arrondissements de l'Ouest parisien, de Versailles, de Neuilly, de Saint-Nom-la-Bretèche, de tous les quartiers aisés réservant jusqu'alors leurs voix à la droite traditionnelle. Plus que d'un siphonnage de voix, il s'agissait de la consécration du caractère bourgeois du bloc qui avait porté le président au pouvoir ; mieux encore, d'un début de véritable recomposition de la droite. Une recomposition rétablissant la tripartition posée en son temps par René Rémond.

Une famille « bonapartiste » en tête, atteignant 28,64 % des voix, en ajoutant à celles du RN (23,31 %) celles obtenues par Debout la France (3,51 %), Ensemble pour le Frexit (1,17 %) et Ensemble-Patriotes (0,65 %). Une famille « orléaniste », celle d'Emmanuel Macron, symboliquement battue, n'ayant recueilli que 24,92 % des suffrages exprimés – 22,42 % pour LREM et 2,5 % pour la formation centriste et européiste Les Européens –, alors même que le chef de l'État s'était fixé comme objectif d'arriver en première position, et que bien des partis au pouvoir en Europe avaient, eux, atteint ce résultat : le PSOE (30 %), la CDU-CSU (40 %) et la coalition Lega-M5S (50 %). Une famille « légitimiste », enfin, assommée par les 8,48 % péniblement rassemblés par la liste LR.

Trois droites, donc, à l'issue de ce scrutin européen. Écartelés, pour l'heure, entre les deux pôles d'attraction que sont LREM et le RN, les électeurs comme les élus « légitimistes » sont majoritairement tentés de rejoindre la seule droite fréquentable pour eux, celle d'Emmanuel Macron, le parti lepéniste demeurant, jusqu'à nouvel ordre, un repoussoir politique. Évolution logique, puisque, comme l'a relevé Henri Guaino, « le projet juppéiste de l'UMP s'est accompli dans LRM[206] ». Accomplissement dont la consécration, elle aussi logique aux yeux du président – qui s'emploie inlassablement, élections régionales après élection européenne, à la faire advenir –, serait le ralliement de toute la droite à son panache blanc.

« On ne gagne pas l'élection présidentielle sans le peuple »

Une gauche toujours en état de décomposition, une droite en cours de recomposition ; un parti, le RN, suffisamment puissant pour effrayer le plus gros de l'électorat, mais pas assez pour renverser la table et remporter un second tour de présidentielle : à neuf mois de la fin du mandat d'Emmanuel Macron, le paysage politique national, loin d'être redevenu le jardin à la française qu'il était naguère, donne le spectacle d'une jungle. Sans doute le monarque républicain s'en réjouit-il, lui qui, avec l'alibi de « recomposer » notre vie politique, persévère dans son œuvre de destruction de celle-ci. À tort, car cette désagrégation politique et, plus grave encore, la fragmentation sociale de la France, portent en elles de lourdes menaces.

Quant à la polarisation de l'électorat – 30 % environ pour les soutiens d'Emmanuel Macron, la même proportion pour sa rivale du RN –, loin d'être « l'assurance-vie » qu'escomptent beaucoup – « le néo-libéral et le néo-tribal », selon la formule de Régis Debray, s'entendant « comme larrons en foire[207] » –, elle se révèle grosse de périls redoutables : la tension découlant de l'affrontement de ces deux France[208] ; la frustration croissante de tous ceux – les plus nombreux – qui ne se satisfont pas de cette simplification par les extrêmes ; et, surtout, conséquence finale de la colère grandissante dans le pays, la possible coagulation du « bloc populaire », largement majoritaire, qui pourrait provoquer la défaite, en 2022, du représentant du « bloc élitaire » – Emmanuel Macron ou un autre[209].

Que l'on ne s'y trompe pas et que le président ne s'illusionne pas : les Français ne veulent déjà plus, et ne voudront pas en 2022, de ce « face-à-face » qui est, en réalité, un « côte à côte », un *mano en la mano*. La tactique de la peur du croque-mitaine rencontre déjà ses limites et connaîtra, à un moment donné, son terme. La France ne saurait très longtemps voir ses indispensables choix politiques être dictés par la loi de la peur, par ce qui tourne à une forme de chantage démocratique. Que ceux qui ont usé et abusé du procédé, et comptent bien persévérer en 2022, s'en persuadent : même les meilleures choses ont une fin. Après avoir diagnostiqué la décomposition française, l'avoir instrumentalisée et accélérée, en avoir bénéficié et être ainsi entré à l'Élysée, l'actuel chef de l'État pourrait lui aussi être emporté par ce processus de déliquescence démocratique.

Quand « en 2017, Emmanuel Macron a fait 14 % chez les ouvriers, et seulement 11 % aux européennes » ; quand « la société est encore plus séparée aujourd'hui, [qu']il y a des ghettos de riches et des ghettos de pauvres » ; quand on assiste à « une petite trahison des élites » et à des « votes communautaristes » « très graves pour la République, pour la concorde nationale, pour les musulmans eux-mêmes » ; quand « le clivage conservateurs/progressistes » menace de « se transformer en clivage patriciens/plébéiens », « les bourgeois et les élites étant la majorité présidentielle, et le peuple étant le Rassemblement national » ; alors, se féliciter de petits gains électoraux à court terme revient à prospérer sur la décomposition du pays et à danser sur un volcan ; car, sans aucun doute, « on ne gagne pas l'élection présidentielle sans le peuple », comme l'a si justement rappelé Gérald Darmanin, le ministre de l'Intérieur[210].

Parle-t-il au président de la République ?

Le « troisième tour de la présidentielle »

En mai 2017, pour la première fois de son histoire et de notre histoire, le camp du « oui » – oui à « l'Europe », oui à la « mondialisation », oui au « progressisme » – a conquis le pouvoir en affichant et en assumant son identité ; grâce à sa mobilisation sans faille, le « meilleur d'entre eux » a été élu président de la République pour appliquer, sans complexe ni dissimulation, sa politique ; le gouvernement et, au-delà, tout l'appareil d'État, dans une homogénéité sociologique et une convergence idéologique rares, sont mobilisés à cette fin.

Avec l'accession d'Emmanuel Macron à l'Élysée, la suprématie inédite du pouvoir exécutif sur le législatif, l'emprise renouvelée de l'administration sur le politique, la Ve République semblait renouer avec une réaffirmation de l'autorité de l'État dans laquelle beaucoup ont voulu discerner un retour aux sources de 1958. Or la France a connu six mois d'une tension sociale et politique extrême – de novembre 2018 à avril 2019 –, sur laquelle il convient de revenir brièvement, quatre ans et demi après cette soi-disant assomption républicaine de mai 2017.

Élu pour écarter l'hydre lepéniste et ouvrir à la France une ère nouvelle, Emmanuel Macron a dû affronter une secousse des plus violentes, « une défiance du temps des gilets jaunes » que la grande enquête du CEVIPOF, réalisée en pleine tourmente, avait pu caractériser ainsi : « Plusieurs de nos indicateurs n'ont jamais été aussi négatifs, préoccupants pour l'état de la démocratie en France. On peine à reconnaître dans nos données le pays qui a porté au pouvoir, il y a seulement vingt mois, Emmanuel Macron et sa promesse de "révolution" démocratique. La colère, la déception, les tensions, le sentiment d'abandon qu'éprouvent les Français : tout se passe comme si le pacte de bienveillance et de réconciliation dont était porteur le projet d'un dépassement des antagonismes politiques du vieux monde avait été déchiré en quelques mois. C'est bien pire qu'un retour à la case départ, un simple "*France is back*" dans le monde des passions tristes : c'est un *backlash* sévère et sombre, un retour de bâton cruel pour cette promesse d'un nouveau monde que les Français n'ont pas vu s'incarner dans leurs vies[211]. »

Afin de sauver ce qu'il reste de son mandat et se sauver lui-même, le président a été contraint d'organiser une consultation populaire qui devait permettre, selon lui, de lancer l'« acte II du quinquennat » ; une consultation qui ressemble en vérité étrangement à une revanche du peuple sur le premier tour de l'élection présidentielle, une sorte de « troisième tour ». Car, par leur révolte et la peur qu'ils ont suscitée au sein du pouvoir macronien, ce furent les « gilets jaunes » qui fixèrent les thèmes de la seconde partie du quinquennat du président. Ou plutôt du commencement de cette seconde moitié : après le tremblement de terre de la révolte populaire viendrait, en effet, le temps de la glaciation, celle provoquée par la crise du coronavirus.

L'impuissance présidentielle

« Injustice fiscale, injustice territoriale, injustice sociale[212] » : tel fut le nouveau diagnostic présidentiel de la situation de la France, imposé par la pression de la rue, et étrenné lors de sa conférence de presse de « sortie de crise », le 25 avril 2019. Pour remédier à ce mal français qu'il semblait découvrir, le traitement prescrit n'avait plus grand-chose à voir avec la philosophie de la campagne victorieuse de 2017 : hausse du pouvoir d'achat par des baisses d'impôts pour les classes moyennes, gagées sur la suppression de niches fiscales bénéficiant aux entreprises, augmentation des retraites avec un minimum mensuel porté à 1 000 euros (contre 637 euros alors), réindexation des retraites en deçà de 2 000 euros dès 2020 et de toutes les autres à compter de 2021, généralisation des Maisons de services au public, lutte contre l'évasion fiscale et contre les pensions alimentaires impayées, sans oublier une dose de populisme tranquillement assumé, avec l'annonce de la suppression de l'ENA et de la diminution de 25 % du nombre des parlementaires. Au total, 7 milliards d'euros de dépenses publiques supplémentaires, venant s'ajouter aux 10 milliards déjà concédés, dans la précipitation, le 10 décembre 2018. Une relance de 17 milliards d'euros au total : un programme, dicté par les circonstances et subi, que n'aurait renié ni le « populisme d'extrême gauche », celui de La France insoumise, ni le « populisme d'extrême droite », celui du Rassemblement national. Un programme exactement à rebours de celui proposé par le candidat Emmanuel Macron.

Pour agrémenter le tout, vint, un peu plus tard, une repentance personnelle, la reconnaissance d'avoir commis « une erreur fondamentale » « en considérant qu'il y avait des sachants et des subissants [*sic*][213] », puis en déclarant, au cœur de l'été, qu'« il y a des problèmes profonds dans notre pays qui sont liés à l'injustice, aux difficultés économiques qu'on connaît depuis très longtemps » et que « ce qui a créé la colère sincère d'une partie de la population n'est pas derrière nous[214] ». Accès de lucidité confirmé à l'automne de cette même année 2019, en qualifiant le mouvement des « gilets jaunes » de « crise politique, sociale, profonde ayant été l'expression symptomatique d'un mal très profond qu'il y avait sur nos territoires, dans une partie de la société française, et qui a exprimé beaucoup de choses qui étaient là depuis des décennies [...] mais qui est encore gros dans la société[215] ».

En dépit des bombements de torse d'Emmanuel Macron – « d'une certaine façon, les "gilets jaunes" m'ont été bénéfiques, parce qu'ils m'ont rappelé qui je devais être », a-t-il ainsi déclaré au magazine américain *Time*[216] –, c'est à l'aune de ce revirement-là que l'on mesure, derrière l'habileté tactique du monarque républicain et le désarroi de tous les autres, l'impuissance présidentielle. Une impuissance ancienne, désormais, qui trouve son origine, pour l'essentiel, dans l'ambiguïté politique que cultive notre pays à l'égard de la « construction européenne ».

Il faut rendre à Macron ce qui appartient à Emmanuel : candidat, il a, pour la première fois dans notre vie politique, revendiqué son européisme et reconnu le lien entre son projet et l'Europe ; président, il ne s'est pas renié et, à la veille des élections européennes du 26 mai 2019, a tenu à rappeler : « Le projet de transformation profonde que je mène pour le pays ne va pas sans une nouvelle étape du projet européen. Les Français m'ont élu pour cela[217]. » Si la situation ne s'était pas redressée au terme de son mandat, il aurait alors fait la démonstration paradoxale et définitive de l'impossibilité et de la dangerosité de la politique européiste : lui, le représentant idéal de ce camp, le plus brillant, le plus à l'aise et, bien que fort jeune, le mieux préparé, le champion débarrassé de toutes les précautions oratoires de ses prédécesseurs, sans complications ni gêne aux entournures, l'homme du « oui » décomplexé, en un mot, serait allé se fracasser sur le mur de la réalité nationale et européenne.

La crise française ne se résoudra pas avec un « grand débat », des conférences de presse, des allocutions télévisées, des cahiers de doléances, une « convention citoyenne », des entretiens-fleuves sur les réseaux sociaux, la suppression de l'ENA, un remaniement ministériel, un changement de Premier ministre, un « plan de relance », un référendum sur l'écologie. Encore moins avec trois confinements qui ont mis le pays et la vie démocratique sous cloche. Seule la vérité permettra aux Français de se retrouver et à la France de reprendre confiance en son destin. Il faudra la dire, afin que les Français l'entendent, maintenant que l'heure du grand déconfinement politique a sonné.

Quelle vérité ?

Le « grand secret de la présidentielle »

À chaque élection présidentielle, ou presque, les candidats s'avancent, programme à la main, pour proclamer leur détermination à redresser la France et à mettre un terme à la dépression nationale, faite de chômage, de pauvreté et d'impuissance politique ; une fois élus, leurs discours volontaristes remisés, ils annoncent – dans le meilleur des cas… – qu'ils se sont résignés à rentrer dans le rang et à appliquer, avec les quelques variations nécessaires pour préserver les apparences, une même politique : la « politique unique ». Tel fut le cas en 1995, 2007 et 2012. Quant à 2002 et 2017, ce furent deux spasmes électoraux d'un corps politique qui, ainsi, tentait de protester contre le mal démocratique qui le ronge et dont le symptôme principal est la montée continue du lepénisme.

« La plupart des décisions que les candidats vont s'engager à prendre avec la confiance du peuple ne relèvent plus d'eux seuls […]. Transports, énergie, environnement, agriculture, industrie, protection des consommateurs, sécurité alimentaire, immigration, tout cela et bien davantage relève d'un pouvoir partagé avec l'Union européenne. » Tel est « le grand secret de la présidentielle[218] », qu'un des plus fervents européistes, Michel Barnier, révéla – pour s'en féliciter – dans l'indifférence générale, à la veille de l'élection présidentielle de 2002 : les décisions véritables se prennent à Bruxelles et à Berlin ; un président français n'est plus qu'un gouverneur de l'empire européen. La France n'est plus souveraine.

La politique monétaire ? Transférée à Francfort. La politique budgétaire ? Étroitement encadrée, désormais, par le traité Merkel. La politique commerciale ? Prérogative communautaire exclusive. La politique industrielle ? Censurée par l'idéologie libérale de la Commission. La politique sociale ? Contrôlée à distance par les directives. Entre les compétences exclusives de l'Union européenne et celles qu'elle consent à partager avec les États membres, le centre du pouvoir réel s'est déplacé vers Bruxelles.

Et pourtant. Élu au suffrage universel direct, bénéficiant du fait majoritaire et d'institutions à la fois remarquablement solides et souples, chef d'un État pouvant mobiliser des moyens diplomatiques et militaires réels et respectés, disposant d'un siège de membre permanent au Conseil de sécurité de l'ONU, détenant l'arme nucléaire, à la tête de la sixième économie mondiale, dirigeant un pays à la démographie encore soutenue et pouvant s'appuyer sur une communauté francophone de plus de 300 millions de locuteurs de par le monde et en expansion (700 millions de personnes devraient parler le français en 2050), jouissant d'un pouvoir d'influence encore considérable, le président de la Vᵉ République reste l'un des chefs d'État les plus puissants de la planète, plus libre de ses mouvements que celui des États-Unis, contraint de composer avec le Congrès et les lobbies.

C'est cet homme-là que les Français croient, tous les cinq ans, désigner comme président de la République, au terme d'une campagne où tous les sujets sont brassés, sauf le plus important : l'Europe, la place de la France au sein de cet ensemble, l'avenir de celui-ci, le sens à lui donner ; et, par conséquent, l'avenir de notre pays, puisque celui-ci est désormais inséparable du projet européen. La succession de meetings qui marque une élection présidentielle, les entretiens écrits ou télévisés, le grand débat d'entre-deux-tours : autant de moments où sont abordés, parfois avec une précision ridicule, la fiscalité, l'emploi, le pouvoir d'achat, l'Éducation nationale, la laïcité, le chômage, la transition écologique. De l'Europe, de la forme politique qu'elle doit prendre, des limites à lui apporter, des frontières à lui donner, de ses compétences nécessaires, indispensables même pour certaines, de celles indues aussi, rien – ou presque. Rien de vrai sur l'avenir de la France, par conséquent.

C'est un autre personnage qui entre à l'Élysée, un homme qui prend l'avion à peine élu pour se rendre à Berlin, puis à Bruxelles, pour négocier les conditions de son mandat, quand ce n'est pas de sa reddition, comme cela fut le cas le 15 mai 2012.

Principal pouvoir demeurant aux mains du président, que lui garantit la Constitution et que ne lui conteste pas encore la Commission, sur lequel il veille, pour cette raison, de façon sourcilleuse et qu'il exerce, toujours pour cette même raison, de manière jalouse : les nominations aux plus hautes fonctions de l'État. Distinguer une personnalité, promouvoir un talent, reconnaître des mérites, récompenser un commensal aussi : prérogative exclusive du monarque républicain, celle qui alimente la chronique des gazettes et anime les Conseils des ministres, celle dont il use et, parfois, abuse.

Reste aussi le pouvoir symbolique. Le salon Doré, la chambre d'Eugénie, le collier de Grand Maître de la Légion d'honneur, la remontée des Champs-Élysées, le défilé du 14 Juillet, les vœux aux Français, les discours sur la Pnyx ou devant le Congrès, la Garde républicaine à cheval, les commémorations officielles, les conférences de presse, les courtisans, le grand arroi du chef de l'État.

Perdure enfin un pouvoir considérable, mais – heureusement – un pouvoir d'exception : le PC Jupiter, les sous-marins nucléaires lanceurs d'engins, les missiles ASMP-A, la force océanique stratégique, les Rafale B, l'Île-Longue, la base de Saint-Dizier. Un pouvoir qui ne fait que surplomber la vie des Français, s'il garantit celle de la

Nation. Un pouvoir désormais publiquement convoité par l'idéologie fédéraliste.

C'est de cette forme de schizophrénie politique et, plus grave encore, du silence qui l'accompagne depuis son installation, en mars 1983, que souffre notre pays. Tel est le mal français de notre temps.

Défaire la France sans faire l'Europe

Depuis mars 1983, depuis le choix crucial de François Mitterrand, depuis le lancement du système maastrichtien, la vie politique de notre pays se voit privée progressivement de son sens, le pouvoir d'État se vide de sa substance, la France se perd.

Depuis mars 1983, la séculaire distinction entre gauche et droite, invention nationale devenue référence universelle, s'est évanouie, l'une et l'autre s'étant résignées à appliquer une même et unique politique, imposée par l'engrenage fédéraliste de l'« Europe » telle qu'on a choisi de la construire.

Depuis mars 1983, après chaque élection, après avoir toujours choisi le candidat le plus volontariste et toujours avoir été déçu, le peuple, après avoir ruminé sa colère, s'est, régulièrement, avec l'arme suprême dont il dispose – le suffrage universel –, vengé.

Depuis mars 1983, les grèves succèdent aux mouvements sociaux. En novembre et décembre 1995, le pays a été paralysé pendant trois semaines à la suite du « plan Juppé », dont l'objectif était de mettre notre système social en conformité avec les directives de Bruxelles. Dernier épisode, pour l'heure, de cette jacquerie française récurrente : après avoir renversé la table politique en 2017 en promettant rien de moins qu'une « révolution », Emmanuel Macron – successeur de Juppé dans l'ordre européiste – a été conduit, le 14 novembre 2018, à reconnaître son échec : « Je n'ai pas réussi à réconcilier le peuple français avec ses dirigeants[219]. » Trois jours plus tard, s'ouvrait l'acte I du mouvement des « gilets jaunes ».

Depuis mars 1983, pas une seule majorité parlementaire, à l'exception de celle issue de l'anomalie démocratique de 2002, n'a été reconduite. Pas une seule. Le sort réservé par le peuple aux présidents n'est guère meilleur. Si François Mitterrand a su tirer profit de la première cohabitation de la Ve République (1986-1988) pour décrocher un second mandat, Jacques Chirac, lui, n'a dû sa reconduction qu'à l'embardée du 21 avril ; Nicolas Sarkozy n'a pas été réélu ; François Hollande n'a pas même pu se représenter ; quel sort réservera le peuple à Emmanuel Macron ? Est-il encore temps pour lui de faire sien l'axiome politique rappelé, en novembre 1994, par le président de l'époque à propos de celui que le Tout-Paris d'alors voyait déjà installé à l'Élysée, Édouard Balladur : « Il faut que le chef de l'État aime les Français et que les Français sentent qu'il les aime[220]. »

Depuis mars 1983, le taux d'abstention aux élections municipales (jusqu'en 2014) a doublé et celui aux législatives (jusqu'en 2017) a plus que triplé. Le peuple se tait et se retire sur son Aventin.

Depuis mars 1983, élection après élection, le Front national, devenu le Rassemblement national, ne cesse de progresser, symptôme central du nouveau mal français. Notre système démocratique est à bout de souffle.

Depuis mars 1983, notre démocratie s'est progressivement désarticulée jusqu'à la décomposition finale de 2017, qui vit notre système politique s'effondrer, livrant le pouvoir à un homme ayant poussé à son terme la logique de dépolitisation à l'œuvre depuis plus de trente ans et prétendant incarner « en même temps » et la gauche et la droite.

Depuis mars 1983, la politique conduite ne part plus de la Nation, de sa personnalité, de ses intérêts, de ses ambitions, de son destin à construire et à maîtriser. L'impulsion vient de l'extérieur, de Bruxelles et de son relais à Paris : Bercy.

Depuis mars 1983, sous nos yeux, la France se délite, pan par pan, à mesure que le système maastrichtien assoit son emprise. Son État et ses services publics, et leurs serviteurs, après avoir été dénigrés, caricaturés, déstabilisés, remis en cause, se voient désormais, au nom d'une absurde et puérile idéologie « managériale », directement agressés, comme en témoignent la suppression de l'ENA et, de façon plus large, l'entreprise de destruction de notre administration, certes imparfaite, mais loyale, dévouée, professionnelle, efficace – avec la disparition du corps préfectoral, des inspections générales et du corps diplomatique. On assiste ainsi, depuis près de quarante ans, à la démolition méthodique du pacte social français tel qu'issu du programme du Conseil national de la Résistance, au nom de « l'Europe » et de « la nécessaire adaptation à la mondialisation ».

Trente ans auparavant, le 9 mars 1953, Georges Bidault, alors ministre des Affaires étrangères, avait déclaré, dans une formule qui passa aussitôt à la postérité politique – célérité hautement suspecte... car synonyme de commode ambiguïté –, que le projet européen consistait à « faire l'Europe sans défaire la France ». Depuis cette date, tous les gouvernements et tous les présidents qui se sont succédé, sous la IVe et sous la Ve République, par-delà leur diversité humaine et leurs différends politiques, se sont ralliés à ce qui est devenu un slogan officiel[221]. Et un aveu également : celui d'un risque bien réel et reconnu comme tel – déconstruire l'unité de la nation française, acquise au cours des siècles –, aveu de ceux-là mêmes qui, par le recours à cette formule incantatoire, espéraient ainsi le conjurer.

Soixante-huit ans plus tard, le constat est amer : le modèle français se désagrège lentement sans que l'Europe prenne véritablement corps. Nous perdons sur les deux tableaux.

Par-delà les différences partisanes et les alternances politiques, une élite dirigeante homogène et partageant une même conviction européiste a commencé de défaire la France, sans faire l'Europe pour autant. La « construction européenne » prive peu à peu les nations de leur vitalité sans apporter de puissance véritable à l'Union. Une fuite en avant, pour aller nulle part. S'il en est ainsi, c'est parce que l'Europe a été conçue et « construite » de façon erronée : les plans de l'édifice étaient mauvais, ses architectes – les « Pères fondateurs » et leurs héritiers – se sont trompés et, pire, parfois, nous ont trompés.

NOTES

1. Une belle généalogie des diverses acceptions et figures du *kairos* est donnée par Richard Broxton Onians dans son livre de référence, *Les Origines de la pensée européenne. Sur le corps, l'esprit, l'âme, le monde, le temps et le destin*, traduit de l'anglais par Barbara Cassin, Armelle Debru et Michel Narcy, Seuil, coll. L'Ordre philosophique, 1999.

2. Pour reprendre le titre de l'éclairant portrait dressé par Anne Fulda : *Emmanuel Macron. Un jeune homme si parfait*, Plon, 2017.

3. Stacy Meichtry et William Horobin, « *As the French president shifts away from tax-the-rich policies, Economy Minister Emmanuel Macron vows to be "more confrontational"* », *The Wall Street Journal*, 8 mars 2015.

4. Entretien accordé au quotidien *Sud-Ouest*, 9 mai 2016.

5. Emmanuel Macron, « Appelez-moi populiste si vous voulez », entretien accordé au *Journal du Dimanche*, 18 mars 2017.

6. Richard Ferrand, le 11 mai 2017, à l'occasion de l'annonce d'une liste de 428 candidats LREM aux élections législatives.

7. David Revault d'Allonnes, « Emmanuel Macron. Quitte ou double », *Le Monde*, 13 juillet 2016.

8. Évangile selon saint Matthieu, 10, 34-42 ; 11,1.

9. Jürgen Habermas, « Ce fascinant Monsieur Macron », *L'Obs*, n° 2764, 26 octobre 2017.

10. Image choisie par Lionel Jospin le soir même dans son dernier discours de candidat.

11. Cette réplique pathétique fut la seule réponse que le futur Premier ministre de François Hollande apporta à la mise en garde de Gérard Le Gall qui, ce jour-là, pointa publiquement le risque d'un dépassement de Lionel Jospin par Jean-Marie Le Pen. Cette scène d'anthologie et d'autres sont gravées dans *Comme un coup*

de tonnerre (2002), documentaire de Stéphane Meunier et Jérôme Caza, triste chronique d'une catastrophe (tardivement) annoncée.

12. Je rejoins ici la conclusion de l'excellente analyse de Gérard Le Gall, « Victoire de Macron, contingence et nécessité », *Revue politique et parlementaire*, n° 1083-1084, avril-septembre 2017, p. 5-60.

13. Une présentation utile des élections de 2017 peut être lue dans Jérôme Fourquet et Hervé Le Bras, *Le Puzzle français. Un nouveau partage politique*, Fondation européenne d'études progressistes/Fondation Jean-Jaurès, juillet 2017.

14. Jérôme Sainte-Marie, « Emmanuel Macron incarne la réunification de la bourgeoisie », entretien accordé à *L'Humanité*, 15 mai 2017.

15. En appliquant une méthode robuste, j'obtiens 44,1 % de socle pour Jacques Chirac en 1995, près de 43,8 % pour Nicolas Sarkozy en 2007 et 42 % pour François Hollande en 2012. L'élection de 2002, elle, fut marquée par une fragmentation considérable (16 candidats au premier tour) qui en fait un des moments clés de la décomposition française et rend l'interprétation de ses résultats en termes de socle bien plus délicate ; on peut néanmoins estimer à 30 % le socle de Jacques Chirac au soir du 21 avril 2002.

16. En déclarant lors de son discours d'investiture, le 7 février 2017 : « Je ne suis pas l'homme providentiel. Pas de chance pour ceux qui le guettaient, mais je ne le suis pas. Non seulement je ne le suis pas, mais je ne le demande surtout pas. Surtout pas ! Parce que je ne crois plus du tout en cette forme d'immaturité collective qui consiste à proposer un guide au peuple et à la nation [...]. Moi je crois dans l'intelligence collective [...] et je rejette absolument ce costume que l'on voudrait me mettre sur les épaules, parce qu'il n'est pas bon, parce qu'il n'est pas utile et, parce qu'au bout du compte, je pense qu'il repose sur une tromperie et sur une imposture », Benoît Hamon rejetait du même coup la Ve République, son esprit, sa Constitution, ses institutions, sa pratique. Pourquoi dès lors s'être présenté pour occuper la fonction de président de la République, qui en est la clé de voûte ? Pourquoi ne pas avoir suivi la leçon de Pierre Mendès France ? Les Français de gauche ont entendu cette profession de foi – en elle-même tout à fait respectable – et sanctionné l'incohérence politique de celui qui l'avait tenue. D'autant que, lors du débat télévisé du 20 mars suivant, la supériorité rhétorique de Jean-Luc Mélenchon et son brio les auront convaincus : jusque-là au coude à coude dans les sondages, aux alentours de 11 %, les deux hommes vont connaître des trajectoires opposées – érosion continue pour le candidat socialiste, envol pour celui de La France insoumise.

17. À ce sujet je me permets de renvoyer à mon livre, *L'Abdication*, Grasset, 2017.

18. Propos rapportés par Gérard Davet et Fabrice Lhomme dans « *Un président ne devrait pas dire ça...* ». *Les secrets d'un quinquennat*, Stock, 2016, p. 622.

19. Pierre Serna a consacré un livre intéressant à la mise en perspective historique de ce phénomène, *L'Extrême Centre ou le poison français. 1789-2019*, Champ Vallon, coll. L'Esprit libre, 2019.

20. Cette image a été employée dans un sens voisin par Jérôme Jaffré, « Le macronisme est une pyramide qui repose sur la pointe », *Le Figaro*, 11 octobre 2017.

21. Peter Sloterdijk, « L'immaturité est au pouvoir », entretien accordé au *Point*, n° 2387, 31 mai 2018.

22. Pascal Perrineau (dir.), *Le Vote disruptif : les élections présidentielles et législatives de 2017*, Presses de Sciences Po, 2017.

23. Toutes ces dimensions, anthropologiques et sociales, de la « disruption », et d'autres, notamment technologiques, ont été analysées par le regretté Bernard Stiegler, *Dans la disruption. Comment ne pas devenir fou ?*, Les liens qui libèrent, 2016.

24. Sur la mise en scène de cette vie privée, on peut lire, avec quelque profit, Jean-Michel Décugis, Pauline Guéna et Marc Leplongeon, *Mimi*, Grasset, 2018.

25. Eduardo De Filippo, *L'Arte della commedia*, Giulio Einaudi Editore S.P.a., Turin, 3e édition, 1982, p. 35. La citation exacte est : « *Noi altri sappiamo fingere alla perfezione [...] abbiamo imparato ormai a recitare con arte la commedia.* » C'est moi qui traduis.

26. Derrière cette référence à l'histoire de la Rome antique, se cachent – de moins en moins, désormais – une petite phalange de « libéraux de gauche », issus pour la plupart de la haute fonction publique, à l'image de Bernard Spitz ou Denis Olivennes.

27. Selon le jugement de Philippe Raynaud, dans *Emmanuel Macron : une révolution bien tempérée*, Desclée de Brouwer, 2018.

28. Emmanuel Macron, entretien accordé à l'hebdomadaire *Le Point*, 15 avril 2020.

29. Brice Couturier, *Macron, un président philosophe*, Éditions de l'Observatoire/Humensis, 2017, p. 14.

30. C'est là l'option défendue par Régis Debray dans *Le Nouveau Pouvoir*, Éditions du Cerf, 2017.

31. L'analyse la plus pertinente et la mieux informée de ce que furent concrètement le « blairisme » et la « troisième voie » reste celle de John Crowley, *Sans épines, la rose ? Tony Blair, un modèle pour l'Europe ?*, La Découverte, 1999. Pour le fondement théorique de cette approche politique, Anthony Giddens, *Beyond Left and Right : the Future of Radical Politics*, Polity Press, Londres, 1994.

32. Discours de M. Anthony Blair, Premier ministre, devant l'Assemblée nationale, 24 mars 1998.

33. John Crowley, *op. cit.*, p. 114.

34. Une présentation limpide et étayée de ce grand moment historique, qui eut des conséquences mondiales, est donnée par Jean-Pierre Chevènement dans « François Mitterrand ou la ruse de la Raison », *Le Débat*, n° 188, janvier-février 2016.

35. Pierre Mauroy, *Mémoires, « Vous mettrez du bleu au ciel »*, Plon, 2003, p. 20.

36. Outre les *Mémoires* de Pierre Mauroy, déjà cités, on lira avec intérêt le récit donné de ce moment crucial par Pierre Favier et Michel Martin-Roland, *La Décennie Mitterrand*, tome 1 : *Les Ruptures (1981-1984)*, Seuil, 1990, IVe partie, « La rigueur », p. 400-503 ; et celui de Jean Lacouture, *Mitterrand. Une histoire de Français*, tome 2 : *Les Vertiges du sommet*, Seuil, 1998, chap. 2, « Le socialisme ou l'Europe », p. 59-88 et chap. 3, « Rendez-vous à Verdun », p. 89-119. Sans oublier Catherine Nay, *Les Sept Mitterrand, ou les métamorphoses d'un septennat*, chap. 2, « François-Camille Chautemps (juin 82-mars 83), les dix jours qui ébranlèrent François Mitterrand », Grasset, 1988, p. 91-111. D'intéressantes analyses sont disponibles dans Serge Bernstein, Pierre Milza et Jean-Louis Bianco (dir.), *François Mitterrand. Les années du changement, 1981-1984*, actes du colloque « Changer la vie, les années Mitterrand 1981-1984 », organisé par l'Institut François-Mitterrand et le Centre d'histoire de l'Europe du XXe siècle (Fondation nationale des sciences politiques) les 14, 15 et 16 janvier 1999, Perrin, 2001 ; en particulier Élisabeth du Réau, « L'engagement européen », p. 285-294, « L'ajustement périlleux entre relance, réforme et rigueur », rapport introductif à la troisième séance de Robert Margairaz, p. 333-343, Jean-Charles Asselain, « L'expérience socialiste face à la contrainte extérieure », p. 385-430 et Robert Salais, « De la relance à la rigueur », p. 476-505.

37. Pierre Favier et Michel Martin-Roland, *La Décennie Mitterrand*, *op. cit.*, p. 491.

38. Les Amis de l'Institut François-Mitterand, *Entretiens avec Jacques Delors*, Éditions Michel de Maule, 2005, p. 35, cité par Jean-Pierre Chevènement, *La France est-elle finie ?*, Librairie Arthème Fayard, 2011, p. 31.

39. On peut trouver une trace supplémentaire de la duplicité politique de François Mitterrand dans une confidence faite par Anne Pingeot à Jean-Noël Jeanneney ; lui dédicaçant son ouvrage *Ma part de vérité* (1969), il lui écrivit alors : « Pour vous, ma part de sournoiserie », *in* « À voix nue », entretiens accordés par Anne Pingeot à Jean-Noël Jeanneney, France Culture, épisode 4, 20 octobre 2016, repris dans Anne Pingeot, *Il savait que je gardais tout*, entretiens avec Jean-Noël Jeanneney, Gallimard/Radio France, 2018, p. 90.

40. Définition tirée du dictionnaire *Le Petit Robert de la langue française*, nouvelle édition 2018.

41. Jacques Delors (avec Jean-Louis Arnaud), *Mémoires*, Plon, 2004, p. 163.

42. L'histoire édifiante de ce critère de 3 % a été narrée à plusieurs reprises par son « inventeur », l'économiste Guy Abeille, alors chargé de mission à la

direction du Budget : « À l'origine du déficit de 3 % du PIB, une invention… 100 % française », *La Tribune*, 1er octobre 2010 ; « 3 % de déficit, le chiffre est né sur un coin de table », *Le Parisien*, 28 septembre 2012 ; « Déficit public : l'histoire secrète des 3 % », *Les Échos*, 3 octobre 2014.

43. Jacques Delors, *Mémoires*, *op. cit.*, p. 179.

44. *Ibid.*, p. 179.

45. *Ibid.*, p. 178 et 179.

46. Hubert Védrine, *Les Mondes de François Mitterrand, À l'Élysée 1981-1995*, Fayard, 1996, p. 294.

47. François Mitterrand, « Une politique économique pour la France », Ire partie, « Une économie désarmée », *Le Monde*, 29 février 1968 ; IIe partie, « Mobiliser l'économie », *Le Monde*, 1er mars 1968.

48. Formule publicitaire reprise par la même dans *L'Abeille et l'Architecte*, Flammarion, 1978, p. 296.

49. *Ibid.*

50. C'est ainsi que l'on désignait alors les partisans de la sortie du SME : Fabius, Chevènement, Bérégovoy, Riboud, Defferre, sans oublier Jean-Jacques Servan-Schreiber.

51. Jean Lacouture, *Mitterrand. Une histoire de Français*, *op. cit.*, p. 77.

52. Cité par Hubert Védrine, *Les Mondes de François Mitterand*, *op. cit.*, p. 286.

53. Hubert Védrine, *Les Mondes de François Mitterrand*, *op. cit.*, p. 286.

54. Cité par Jean Lacouture, *Mitterrand. Une histoire de Français*, *op. cit.*, p. 64.

55. Jean-Pierre Chevènement, dans « François Mitterrand ou la ruse de la Raison », *op. cit.*, p. 86.

56. Jacques Delors, *Mémoires*, *op. cit.*, p. 155.

57. Jean-Pierre Chevènement, « François Mitterrand ou la ruse de la Raison », *op. cit.*, p. 86.

58. Cet acronyme désigne la « Nouvelle Politique économique », une politique de libéralisation, à laquelle le pouvoir bolchevique fut contraint dès 1921, à la suite de l'échec économique qui se profilait et de la famine ravageant la Russie. Présentée comme un « repli stratégique » – « faire au capitalisme une place limitée pour un temps limité » –, Staline y mit fin en 1930 en instaurant la planification centralisée de l'économie russe.

59. Citation extraite de Pierre Favier et Michel Martin-Roland, *La Décennie Mitterrand*, *op. cit.*, p. 489.

60. *Lionel raconte Jospin*, entretiens de Lionel Jospin avec Pierre Favier et Patrick Rotman, Seuil, 2010, p. 100.

61. Discours de Chalon-sur-Saône, 4 septembre 1992.

62. Alain Fonteneau et Pierre-Alain Muet, *La Gauche face à la crise*, Presses de Sciences Po, 1985. Parue un peu plus tard, la traduction en anglais de cet ouvrage devenu classique porte un titre plus explicite : *Reflation and Austerity. Economic*

policy under Mitterrand, trad. Malcolm Slater, 1990, Berg, New York/Oxford/Munich. Une présentation claire et précise du contexte international de cette période et de la politique économique conduite par les gouvernements de gauche.

63. Alain Bergounioux et Gérard Grunberg, *L'Ambition et le remords. Les socialistes français et le pouvoir (1905-2005)*, Fayard, 2005, p. 327.

64. *Ibid.*, p. 330.

65. Très significatif, à cet égard, de constater que, trente-cinq ans après mars 1983, la revue *Vingtième siècle* revient, dans son n° 138, avril-juin 2018, sur cet événement considérable avec un dossier intitulé « 1983 : un tournant libéral ? ».

66. Fondation Jean-Jaurès, *La gauche française et l'Europe. Une synthèse possible pour 2022 ?*, avril 2021 (p. 34-36).

67. Hubert Védrine, *op. cit.*, p. 275.

68. Jacques Delors, *Mémoires*, *op. cit.*, p. 162 et 163.

69. *Ibid.*, p. 167.

70. Cette première partie de l'histoire des relations entre les deux hommes est contée, à sa manière, par Delors dans ses *Mémoires*, *op. cit.*, p. 118-127.

71. À l'exception de Guillaume Bachelay, qui, dans un court essai publié en 2007, aborda de front cette part de l'histoire de la gauche. Un livre petit par le format, mais grand par le talent : *Désert d'avenir ? Le Parti socialiste, 1983-2007*, éditions Bruno Leprince, coll. L'Encyclopédie du socialisme, 2007.

72. *Ibid.*, p. 65.

73. Pour reprendre le titre de la biographie éponyme de Florence Muracciole et Gérard Leclerc, *Lionel Jospin, l'héritier rebelle*, Jean-Claude Lattès, 1996.

74. François Mitterrand, vœux du président de la République aux Français, 31 décembre 1986.

75. François Mitterrand, allocution télévisée du président de la République à l'occasion de la fête nationale, 14 juillet 1993.

76. Pour reprendre le titre d'un article éponyme de Jean-Charles Asselain, intitulé de la sorte afin de relativiser l'ampleur de la relance keynésienne de 1981 : « L'incartade socialiste de 1981 », *Vingtième siècle*, n° 138, avril-juin 2018, p. 17-31.

77. Philippe Séguin, *Discours pour la France*, Grasset, 1992, p. 15 et 16.

78. Hubert Védrine, *op. cit.* Citations extraites respectivement des p. 298 et 299.

79. Jean-Pierre Chevènement, « François Mitterrand ou la ruse de la Raison », *op. cit.*, p. 92 et 93.

80. Franklin Delano Roosevelt a eu, à ce sujet, une parole définitive : « En politique, rien n'arrive par hasard. Chaque fois qu'un événement survient, on peut être certain qu'il avait été prévu pour se dérouler ainsi. »

81. Nicolas Mathieu, *Leurs enfants après eux*, Actes Sud, 2018.

82. Fernand Braudel, *L'Identité de la France*, 3 vol. : tome I, *Espace et Histoire* ; tomes II et III, *Les Hommes et les choses*, Arthaud/Flammarion, 1986 et 1987 ;

Flammarion, coll. Mille et une pages, 1990, p. 583 et 584 pour la citation, et p. 583-601 pour l'ensemble des développements que le grand historien consacre à ce sujet.

83. Jean Daniel, « Cinq points sur les "i" » (9 novembre 1989), dans *Comment peut-on être français ? Écrits 1971-2011 sur l'immigration, le racisme et l'identité nationale*, postface d'Hubert Védrine, Les Belles Lettres, coll. Le Goût des idées, 2012, p. 102.

84. Pierre-Henri Tavoillot, *Comment gouverner un peuple-roi ? Traité nouveau d'art politique*, Odile Jacob, février 2019, p. 249-250.

85. Pierre-Henri Tavoillot, propos tenus lors de l'émission « Répliques », animée par Alain Finkielkraut, France Culture, 16 mars 2019.

86. Emmanuel Macron, propos tenus le lundi 16 septembre 2019, *Le Monde*, 17 septembre 2019.

87. Déclaration faite à Jean Daniel et rapportée par ce dernier, « La gauche peut-elle avoir une doctrine claire sur l'immigration », *L'Obs*, éditorial du numéro daté du 4 octobre 2018.

88. Une excellente mise au point sur ces palinodies de Michel Rocard a été réalisée par le site de *Libération*, CheckNews.fr, 20 septembre 2017.

89. Philippe Cohen et Pierre Péan, *Le Pen, une histoire française*, Robert Laffont, 2012, p. 263.

90. Titre de l'essai d'Emmanuel Faux, Thomas Legrand et Gilles Perez, *La Main droite de Dieu. Enquête sur François Mitterrand et l'extrême droite*, Seuil, 1994, dans lequel les trois journalistes dénonçaient le rôle joué par l'ancien président, qui avait tissé de solides amitiés et complicités au sein de l'extrême droite, dans l'essor du FN : introduction du scrutin proportionnel pour les législatives de 1986, donc, mais aussi accès favorisé à la télévision publique.

91. Jacques Rancière, « Il faut des forces populaires neuves », propos recueillis par Éric Aeschimann, *L'Obs*, n° 2666, 10 décembre 2015.

92. Fernand Braudel, entretien avec Michel Kajman, *Le Monde*, 24-25 mars 1985.

93. Jean Daniel, *Comment peut-on être français ?*, *op. cit.*, p. 103.

94. Alain Touraine, « Identité : la question nationale et la politique française », *Le Monde*, 13 mars 1990.

95. Jean Daniel, « Ne leur laissons pas la Nation ! », dans *Comment peut-on être français ?*, *op. cit.*, p. 107 et 108.

96. Gilles Perrault, « Pour un antifascisme militant », *Le Monde*, 7 mai 1995.

97. L'intitulé exact en était : ministère de l'Immigration, de l'Intégration, de l'Identité nationale et du Développement solidaire (dans un premier temps : ministère de l'Immigration, de l'Intégration, de l'Identité nationale et du Co-développement),

98. Voir, entre autres prises de position salutaires : « Comment la gauche a capitulé », *L'Obs*, n° 2762, 12 octobre 2017, « La gauche et la honte d'être soi », *Le Figaro*, 3 novembre 2019, « Le malaise français », *Le Figaro*, 3 février 2020.

99. Jean Daniel, « La Nation contre le nationalisme », dans *Comment peut-on être français ?*, *op. cit.*, p. 183.

100. À propos de Bismarck et de sa *Realpolitik*, il faut lire les analyses passionnantes de Henry Kissinger, in *Diplomatie*, Librairie Arthème Fayard, 1996, pour la traduction française, p. 91-122 et 123-150.

101. Régis Debray, « L'Europe est sortie de l'Histoire », propos recueillis par Nicolas Truong, *Le Monde*, 4 mai 2017.

102. Alexis de Tocqueville, discours du 27 janvier 1848 à la Chambre des députés, lors de la discussion du projet d'adresse en réponse au discours de la Couronne.

103. Cet épisode éclairant de notre vie politique et économique a été analysé dans l'excellent livre d'Éric Aeschimann et Pascal Riché, *La Guerre de Sept Ans. Histoire secrète du franc fort, 1989-1996*, Calmann-Lévy, 1996.

104. Soufflée par Dominique de Villepin à Jacques Chirac, la dissolution de l'Assemblée nationale annoncée le 21 avril 1997 fut, en réalité, inspirée par une note de la direction du Budget qualifiant d'« impossible » l'établissement du budget 1998. Lors de la très brève passation de pouvoir entre Alain Juppé et Lionel Jospin, à peine quinze minutes, le Premier ministre sortant ne remit qu'un seul document au nouveau chef de gouvernement : cette même note qui avait causé la défaite électorale de la droite. *Perseverare diabolicum.*

105. Bernard Cassen, *Le Monde diplomatique*, avril 2002.

106. François Hollande, *Changer de destin*, Robert Laffont, 2012, p. 99.

107. Pierre Rosanvallon, *Notre histoire intellectuelle et politique. 1968-2018*, Les livres du nouveau monde, Éditions du Seuil, août 2018, p. 260-261.

108. Une histoire de ce schisme peut être retrouvée dans trois ouvrages importants. L'essai, pionnier, d'Éric Conan, *La Gauche sans le peuple*, Fayard, 2004 ; la synthèse éclairante de Laurent Bouvet, *Le Sens du peuple. La gauche, la démocratie, le populisme*, Gallimard, 2012 ; le débat épistolaire, passionnant, entre Jacques Julliard et Jean-Claude Michéa, *La Gauche et le peuple. Lettres croisées*, Flammarion, 2014. Sans oublier la contribution, importante, de Christophe Guilluy : *Fractures françaises*, Champs/Flammarion, 2013 ; *La France périphérique. Comment on a sacrifié les classes populaires*, Flammarion, 2014 ; et *Le Crépuscule de la France d'en haut*, Flammarion, 2016.

109. Aveu recueilli par Cécile Amar dans *Jusqu'ici tout va mal*, Grasset, 2014, p. 65.

110. Une version tout à fait plausible de cette liquidation en bonne et due forme est donnée par un « macroniste du premier cercle », sous le pseudonyme de Démosthène, dans *Le Code Jupiter*, Éditions des Équateurs, 2019, p. 53-55.

111. Ovide Decroly, *La Fonction de globalisation et l'enseignement*, Bruxelles, Lamertin, 1929, cité par Alain Supiot, *Mondialisation ou globalisation ? Les leçons de Simone Weil*, Collège de France, 2019, p. 9.

112. Theodore Levitt, « The Globalization of Markets », *Harvard Business Review*, mai 1983.

113. Pour une fresque historique de cette mondialisation, lire Nayan Chanda, *Au commencement était la mondialisation. La grande saga des aventuriers, missionnaires, soldats et marchands*, CNRS Éditions, coll. Biblis, 2013.

114. Voir, sur ce point, l'ouvrage désormais classique de Suzanne Berger, *Notre première mondialisation. Leçons d'un échec oublié*, Seuil, coll. La République des idées, 2003.

115. Edward N. Luttwak, *Le Turbo-Capitalisme. Les gagnants et les perdants de l'économie globale*, Odile Jacob, 1999.

116. Rawi Abdelal, *Capital Rules. The Construction of Global Finance*, Harvard University Press, Cambridge, Massachusetts, MA/Londres, Grande-Bretagne, 2007. C'est moi qui traduis les passages tirés de cet ouvrage « capital » et cités dans les pages qui suivent. On peut trouver une synthèse très utile de ce livre dans un article précurseur publié par l'auteur dans la revue *Critique internationale*, n° 28, juillet-septembre 2005 : « Le consensus de Paris : la France et les règles de la finance mondiale ».

117. Rawi Abdelal, *Capital Rules*, *op. cit.*, p. 60.

118. *Ibid.*, p. 62-63.

119. *Ibid.*, p. 66.

120. Jacques Delors, *Mémoires*, *op. cit.*, chap. 7, « L'Acte unique : mon traité favori », p. 227.

121. *Ibid.*, p. 202-228.

122. Rawi Abdelal, *Capital Rules*, *op. cit.*, p. 75.

123. *Ibid.*, p. 76.

124. *Ibid.*, p. 80.

125. *Ibid.*, p. 85.

126. *Ibid.*, p. 57.

127. *Ibid.*, p. 90.

128. *Ibid.*, p. 84. C'est Abdelal qui souligne.

129. *Ibid.*, p. 219.

130. *Ibid.*

131. Pascal Lamy, *Quand la France s'éveillera*, Odile Jacob, coll. Document, 2016, p. 28.

132. Rawi Abdelal, *Capital Rules*, *op. cit.*, p. 219.

133. Jacques Delors, *Mémoires*, *op. cit.*, p. 203.

134. Bernard Bruneteau, *Une illusion européiste. Les représentations de l'Europe chez les intellectuels de la France de Vichy*, ouvrage inédit, 2001, p. 82. Une version

pour le grand public a été donnée par l'auteur : *« L'Europe nouvelle de Hitler ». Une illusion des intellectuels de la France de Vichy*, éditions du Rocher, 2003.

135. Jean-Pierre Chevènement, « François Mitterrand ou la ruse de la Raison », *op. cit.*, p. 92.

136. Michel Onfray, « La France est morte en 1992 », propos recueillis par Alexis Lacroix et Aliocha Wald-Lasowski, *L'Express*, 22 mai 2018.

137. À propos de la constitution de ce système, je me permets de renvoyer à mon livre *L'Abdication*, *op. cit.* Grasset, 2017, chap. 4.

138. Philippe Séguin, *Discours pour la France*, *op. cit.*, p. 17.

139. Pierre Manent, *La Raison des nations. Réflexions sur la démocratie en Europe*, Gallimard, coll. L'Esprit de la cité, 2006, p. 50 et 51.

140. Opposition établie par David Goodhart, *The Road to Somewhere. The populist revolt and the future of politics*, Hurst & Co., Londres, 2017. Une traduction française de cet ouvrage essentiel est disponible : *Les Deux Clans. La nouvelle fracture mondiale*, trad. Valérie Le Plouhinec, Les Arènes, 2019.

141. *Ibid.*, p. 3 (p. 17 dans la version française).

142. *Ibid.*, p. 25 (p. 50 dans la version française).

143. *Ibid.*, p. 35 (p. 65 dans la version française).

144. Selon l'image popularisée par le photographe américain Chris Arnade. Voir son travail dans *Dignity Seeking Respect in Back Row America.*

145. David Goodhart, *The Road to Somewhere*, *op. cit.*, p. 23 (p. 47 dans la version française).

146. Comme le montre bien Jérôme Fourquet dans *Le Nouveau Clivage*, Éditions du Cerf, 2018.

147. Emmanuel Macron, *Révolution*, XO Éditions, 2016.

148. Régis Debray, « L'Europe est sortie de l'Histoire », *op. cit.*

149. Cf. Gérard Le Gall, « Victoire de Macron, contingence et nécessité », *op. cit.*

150. Cf. Observatoire du Bien-être (CEPREMAP, Sciences Po-CEVIPOF, European Research Council), « Bien-être et vote », note de l'OBE, n° 2017-02, 12 avril 2017, p. 2.

151. Victor Hugo, *Les Misérables*, tome II, IVe partie, livre Ier, chap. 2.

152. Thomas Piketty, *Capital et idéologie*, Seuil, 2019, p. 896 et 897, en particulier.

153. Pour une histoire de la longue élaboration idéologique de ce bloc, voir Bruno Amable et Stefano Palombarini, *L'Illusion du bloc bourgeois. Alliances sociales et avenir du modèle français*, Raisons d'agir éditions, 2018.

154. Thèse soutenue par Luc Rouban dans *Le Paradoxe du macronisme*, Presses de Sciences Po, coll. Nouveaux débats, 2018.

155. *Ibid.*, p. 92.

156. Luuk van Middelaar, *Quand l'Europe improvise. Dix ans de crises politiques*, traduit du néerlandais par Daniel Cunin, Gallimard, coll. Le Débat, 2018, p. 400.

157. François Furet, Jacques Julliard et Pierre Rosanvallon, *La République du centre. La fin de l'exception française*, Calmann-Lévy, coll. Fondation Saint-Simon/Liberté de l'esprit, 1988.

158. Respectivement Nicolas Truong et Olivier Abel (citation tirée de *Réforme*, 21 avril 2017), *Le Monde Idées*, 27 mai 2017.

159. Discours de Bercy, 17 avril 2017.

160. Le 27 septembre 1963, propos rapporté par Alain Peyrefitte, dans *C'était de Gaulle*, Gallimard, coll. Quarto, 2002, p. 697.

161. Roger-Pol Droit, « Macron et Ricœur, une filiation à l'épreuve du pouvoir », *Les Échos Week-End*, 20 novembre 2020.

162. Note de Philippe Aghion, Philippe Martin et Jean Pisani-Ferry, *Le Monde*, 9-10 juin 2018.

163. L'appréhension de la démobilisation électorale qui affecte prioritairement les milieux populaires – phénomène essentiel – est l'objet du livre important de Cécile Braconnier et Jean-Yves Dormagen, *La Démocratie de l'abstention. Aux origines de la démobilisation électorale en milieu populaire*, Gallimard, coll. Folio, 2007, 2e édition 2014.

164. Voir la présentation très claire faite dans *INSEE première*, n° 1670, octobre 2017.

165. À propos de l'abstention électorale, rappelons le travail inaugural du regretté Alain Lancelot, *L'Abstentionnisme électoral en France*, préface de René Rémond, Presses de Sciences Po/Cahiers de la FNSP, n° 162, 1968. Voir aussi Daniel Gaxie, *Le Cens caché. Inégalités culturelles et ségrégation politique*, Seuil, 1978 et Françoise Subileau, en collaboration avec Marie-France Toinet, *Les Chemins de l'abstention. Une comparaison franco-américaine*, La Découverte, 1993.

166. À ce propos, voir Anne Muxel, « La poussée des abstentions : protestation, malaise, sanction », dans Pascal Perrineau et Colette Ysmal (dir.), *Le Vote de tous les refus. Les élections présidentielle et législatives de 2002*, Presses de Sciences Po, 2003 et Bruno Cautrès, Nonna Mayer (dir.), *Le Nouveau Désordre électoral. Les leçons du 21 avril 2002*, Presses de Sciences Po, 2004. Pour une remise en perspective philosophique : Myriam Revault d'Allonnes, *Le Dépérissement de la politique. Généalogie d'un lieu commun*, Aubier, coll. Alto, 1999 et Marcel Gauchet, *La Démocratie contre elle-même*, Gallimard, coll. Tel, 2002.

167. Albert O. Hirschman, *Exit, Voice and Loyalty. Responses to decline in firms, organizations and states*, Cambridge, MA, Harvard University Press, 1970 ; trad. en français sous le titre *Défection et prise de parole. Face au déclin des entreprises et des institutions*, Éditions ouvrières, 1972.

168. On peut se reporter utilement à Pierre Rosanvallon, *La Contre-démocratie, La politique à l'âge de la défiance*, Seuil, 2006, ainsi qu'à Jacqueline Costa-Lascoux

et Lucien Jaume, « La démocratie et le déclin de la confiance, une rupture dans la culture politique », dans Pascal Perrineau (dir.), *Le Désenchantement démocratique*, Éditions de l'Aube, coll. Monde en cours, 2003, p. 67-87.

169. Cette citation résulte d'une reconstitution à partir de trois sources convergentes. Georges-Marc Benamou : « En fait, je suis le dernier des grands présidents [...] après moi, il n'y en aura plus d'autres en France... à cause de l'Europe... à cause de la mondialisation... », in *Le Dernier Mitterrand*, Plon, 1996, p. 145 ; *ibid.*, nouvelle édition, 2011, nouvelle préface de l'auteur, postface de Robert Guédiguian, p. 21 : « Je serai le dernier des grands présidents. Après moi, ce seront des comptables. » Et Jean-Pierre Chevènement : « Après moi, ce sera l'Europe, il n'y aura plus de grand Président », *in* « François Mitterrand ou la ruse de la Raison », *op. cit.*, p. 94.

170. Confidence faite par François Mitterrand à Jean-Pierre Chevènement en avril 1979, peu avant le congrès de Metz.

171. Laurent Berger (secrétaire général de la CFDT), Thierry Pech (directeur général de Terra Nova), Jean Pisani-Ferry (professeur à Sciences Po), Jean-François Rial (PDG du groupe Voyageurs du monde) et Lionel Zinsou (président de Terra Nova), *Le Monde*, 16 janvier 2018.

172. Jean-François Bayart, « *Aquarius* : le terrible silence de Brégançon », *Libération*, 21 août 2018.

173. Marc Endeweld, *Le Grand Manipulateur. Les réseaux secrets de Macron*, Stock, 2019, p. 346. Ouvrage livrant un tableau saisissant et, jusqu'à sa parution, fort méconnu, des réseaux de Macron comme de ses méthodes.

174. « Macron : ce que ses comptes disent de lui », *Le Journal du Dimanche*, 2 décembre 2018.

175. *Le Figaro*, 16 mai 2018, sous la plume de Guillaume Tabard.

176. Marc Endeweld, *Le Grand Manipulateur*, *op. cit.*, p. 167 et 173.

177. Voir à ce sujet, peu reluisant, le livre de Marc Endeweld, *ibid.*, p. 282-283 et 346.

178. Jean-Paul Jouyet, *L'Envers du décor*, Albin Michel, 2020, p. 40.

179. Marc Endeweld, *op. cit.*, p. 346.

180. Emmanuel Macron, « Ce qu'il n'a jamais dit des Français », propos recueillis par Laureline Dupont, *L'Express*, 23 décembre 2020.

181. *Minimax regret theory*, telle qu'on peut la voir exposée dans Pascal Perrineau (dir.), *Le Vote disruptif...*, *op. cit*, p. 212.

182. « Macron, le grand entretien », *Le Point*, n° 2347, 31 août 2017.

183. Pour reprendre le titre de l'intéressante étude de Jérôme Fourquet (*L'Archipel français. Naissance d'une nation multiple et divisée*, Seuil, 2019), à laquelle nous nous référons dans les développements qui suivent.

184. *Ibid.*, p. 138, 15 et 93.

185. Pour reprendre le titre de la belle enquête de Gérald Andrieu, *Le Peuple de la frontière*, Éditions du Cerf, 2017.

186. Emmanuel Todd, *Après la démocratie*, Gallimard, 2008, cité par Jérôme Fourquet, *L'Archipel français*, *op. cit.*, p. 94.

187. « 28 Minutes » d'Arte, 21 octobre 2018, cité par Fourquet, *L'Archipel français*, *op. cit.*, p. 378.

188. *Ibid.*, p. 123.

189. Emmanuel Todd, *Les Luttes de classe en France au XXIe siècle*, Seuil, 2020.

190. « Les ultrariches, grands gagnants de la fiscalité Macron. Le pouvoir d'achat des ménages les plus modestes reculera sous les effets cumulés des budgets 2018 et 2019 », étude de l'Institut des politiques publiques, *Le Monde*, 13 octobre 2018.

191. Propos tenus lors du « Grand Rendez-vous », Europe 1-*Les Échos*-CNews, 11 novembre 2018.

192. *INSEE Analyses*, n° 49, octobre 2019. Cette progression serait notamment due à la diminution des allocations logement dans le parc HLM.

193. Pour reprendre le titre du livre d'Arlie Russell Hochschild, *Strangers in Their Own Land*, New York, The New Press, 2016.

194. Michel Pinçon et Monique Pinçon-Charlot, *Le Président des ultra-riches. Chronique du mépris de classe dans la politique d'Emmanuel Macron*, La Découverte, coll. Zones, 2019.

195. On trouvera une excellente présentation de ces causes ponctuelles de la « crise des gilets jaunes » dans Pierre Merle, « Sentiment d'injustice et révolte sociale », *La Vie des idées*, 29 janvier 2019, dont sont tirés cette citation et les chiffres utilisés ici.

196. Martial Foucault, enquête CEVIPOF/*Le Monde*, 26 février 2019, p. 13.

197. Michel Onfray, *Grandeur du petit peuple. Heurs et malheurs des Gilets jaunes*, Albin Michel, 2020, et en particulier p. 19 et 151.

198. À propos de cette évolution importante de la société française, se reporter à l'étude très instructive de l'IFOP, « L'adieu à la grande classe moyenne : la crise des "gilets jaunes", symptôme de la "démoyennisation" », *Focus*, n° 196, avril 2019.

199. François Bayrou, « Il faut un nouvel acte civique, social et populaire », *Le Figaro*, 22 novembre 2018.

200. Victor Hugo, *Les Misérables*, *op. cit.*, IVe partie, livre I, chap. 5.

201. Danièle Sallenave, *Jojo, le gilet jaune*, Gallimard, coll. Tracts, 2019, p. 15. Souligné par l'auteur.

202. Un florilège de quelques-unes des réactions de cette strate dominante peut être apprécié dans l'article de Serge Halimi et Pierre Rimbert, « Recomposition politique et sociale. La lutte de classes en France », *Le Monde diplomatique*, n° 779, février 2019, qui offre également une analyse éclairée des enjeux politiques de la situation actuelle.

203. Victor Hugo, *Les Misérables*, *op. cit.*, V^{e} partie, livre I, chap. 1.

204. François Sureau, « Les gilets jaunes, plus qu'une émeute, moins qu'une révolution », *Le Figaro*, 16 décembre 2018.

205. Cité par Virginie Malingre dans « Macron et le vote populaire, une rupture durable. À l'occasion des élections européennes, le divorce s'est aggravé entre le président et les Français modestes », *Le Monde*, 8 juin 2019.

206. Henri Guaino, « Le général de Gaulle ne se prenait pas pour Jupiter », entretien accordé au quotidien *Le Monde*, 20 juin 2019.

207. Régis Debray, *Le Monde*, 4 mai 2017.

208. Pour une analyse circonstanciée de ce face-à-face, voir Jérôme Fourquet et Sylvain Manternach, « LREM et RN : deux France que tout oppose », note de la Fondation Jean-Jaurès, 19 juin 2019.

209. On lira une analyse sociologique et politique convaincante de l'affrontement de ces deux blocs dans l'excellent essai de Jérôme Sainte-Marie, *Bloc contre bloc. La dynamique du macronisme*, Éditions du Cerf, 2019.

210. Gérald Darmanin, « Il faut que nous parlions plus au peuple », entretien accordé au *Point*, n° 2440, 6 juin 2019.

211. Bruno Cautrès, « La défiance a mis son gilet jaune », note n° 1, Le Baromètre de la confiance politique, Sciences Po/CEVIPOF, janvier 2019.

212. Conférence de presse du président de la République, 25 avril 2019.

213. Emmanuel Macron, intervention à l'occasion du 100e anniversaire de la création de l'Organisation internationale du travail (OIT), Genève, 11 juin 2019.

214. À Bormes-les-Mimosas, samedi 27 juillet 2019.

215. Emmanuel Macron, propos tenus le lundi 16 septembre 2019, *Le Monde*, 18 septembre 2019.

216. Vivienne Walt, « Macron's moment. France's leader is ready to reset his troubled presidency », *Time*, 30 septembre 2019, p. 24.

217. Emmanuel Macron, « Je n'ai pas l'esprit de défaite », entretien accordé à un panel de journalistes de la presse quotidienne régionale, *Le Parisien*, 21 mai 2019.

218. Michel Barnier, « Le grand secret de la présidentielle », *Libération*, 12 février 2002.

219. Propos tenus par le président de la République, le 14 novembre 2018, depuis le porte-avions *Charles de Gaulle*.

220. François Mitterand, président de la Republique , au congrès des maires de France, le 18 novembre 1994, propos rapportés par Georges-Marc Benamou, *Le Dernier Mitterrand*, *op. cit.* (éd.1996), p. 78.

221. On lira une histoire de cette continuité politique dans l'ouvrage de référence de Gérard Bossuat, *Faire l'Europe sans défaire la France. 60 ans de politique d'unité européenne des gouvernements et des présidents de la République française (1943-2003)*, P.I.E./Peter Lang S.A., Bruxelles, 2005.

II

DÉCONSTRUCTION EUROPÉENNE

« C'est par la splendeur du vrai que l'édifice atteint à la beauté. »

Auguste Perret, *Contribution à une théorie de l'architecture*

« Ce qu'il y a de moins simple, de moins naturel, de plus artificiel, c'est-à-dire de moins fatal, de plus humain et de plus libre dans le monde, c'est l'Europe ; de plus européen, c'est ma patrie, c'est la France. »

Jules Michelet, *Introduction à l'Histoire universelle*

CHAPITRE 1

Grandeur et misères de l'européisme

La « construction » européenne. La « maison » Europe. Les Pères « fondateurs ». L'« édifice » institutionnel européen. Les « bâtisseurs » de l'Union. Le « plan » Schuman. « Sceller » l'amitié franco-allemande. « Cimenter » l'union des peuples. Les trois « piliers » des institutions communautaires. Une « cathédrale » politique… Pourquoi, à l'heure d'aborder la question européenne, la référence à l'architecture est-elle convoquée avec tant de constance et par la plupart[1] ? Que signifient – ou que cachent – cette insistance et ce lieu commun ?

De tout temps, architecture et politique ont entretenu des liens étroits ; et l'on peut aller jusqu'à affirmer que l'architecture est une des formes du politique. Pour le meilleur et le pire. Représentation symbolique et mise en scène du pouvoir, contrôle des espaces urbains et gouvernement des déplacements humains, amélioration des conditions de la vie quotidienne et traduction de l'idéal du bien commun : l'architecture s'est historiquement saisie de toutes les dimensions du politique, celle de l'oppression et celle de la libération, a versé du côté de la tyrannie comme participé de la démocratie, a collaboré aux divers totalitarismes, mais aussi poursuivi l'utopie humaniste. Bien des politiques se sont voulus architectes, par mégalomanie ou pour témoigner d'une ambition culturelle ; trop d'architectes se sont rêvés politiques, par confusion intellectuelle ou par souci sincère du sort de la Cité. Les deux espèces se considèrent comme des bâtisseurs et revendiquent de laisser leur empreinte sur la vie des hommes et des sociétés.

On le comprend : le projet européen ne pouvait échapper à cette aimantation exercée sur l'art de gouverner par celui de bâtir. Reste que cette attraction a atteint une intensité particulière chez les partisans de l'Europe unie, liée, dans certains cas, à la force de leur engagement personnel. Ainsi, à propos du « Grand Œuvre » européen auquel il a consacré toute une vie, la sienne, Jacques Delors nous a confié : « C'est le combat essentiel qui exige, au préalable, des idées claires et des principes justes[2]. » Mettons donc nos idées au clair et revisitons nos principes : nous verrons s'ils sont justes. Déconstruisons la « construction » européenne, afin d'en comprendre le sens, en en examinant les arcs-boutants, les pilastres, les travées, les pierres de touche, les pignons, les colonnes, les contreforts, la flèche, les redoutes et les casemates, les pierres d'attente aussi ; afin d'en exhumer les fondations ; en en identifiant les architectes, véritables, proclamés ou secrets. D'ailleurs, qu'ont-ils dans le ventre, ces architectes de l'Europe ?

Le ventre des architectes

Quelles sont les raisons, plus ou moins bonnes et plus ou moins avouables, qui peuvent rendre compte de leur goût affiché pour la discipline ?

Valoriser le travail des hommes qui se sont voués et dévoués à cette cause, bien entendu ; insister sur la volonté mobilisée et l'énergie déployée ; rappeler ainsi que « l'Europe ne tombe pas du ciel », pour reprendre le titre du livre du grand fédéraliste Altiero Spinelli[3], et que seul l'effort d'une communauté d'hommes unis par un même idéal a pu la faire sortir de terre.

Louer la force et la solidité de l'œuvre accomplie, saluer l'efficacité de l'entreprise commune : l'architecture vise en effet à durer et à impressionner, ses deux raisons d'être sont la monumentalité et la pérennité – la pierre et le béton sont à l'épreuve du temps. Et, aussi, en creux, moquer ou dénoncer la vanité de la politique traditionnelle, les calculs mesquins des politiciens de profession, ces bavardages stériles du parlementarisme de la IVe République, époque qui vit, avec la Communauté européenne du charbon et de l'acier (CECA), la pose de la première pierre de l'Europe institutionnelle.

Souligner la radicalité du « geste » inaugural des « Pères fondateurs » : écartant les vieux réflexes et rejetant les « égoïsmes nationaux », ces derniers auraient eu le courage de « déblayer le terrain », de « faire table rase » du passé[5]. Geste fort opportun, car ce passé, justement, en une période infamante alors encore toute proche, avait vu le projet européen sombrer, corps et âme.

Rassurer sur les intentions des partisans de celle-ci, dissiper les inquiétudes qui, dès l'origine, en ont accompagné le projet : les nations et ceux qui les défendent n'auraient rien à craindre, puisqu'il ne s'agirait pas de détruire ou d'abolir, mais d'ajouter, de compléter, de renforcer et d'embellir. C'est le sens du propos se voulant apaisant de Robert Schuman : « Sur ces soubassements anciens, il faut édifier un étage nouveau. Le supranational reposera sur des assises nationales. Il n'y aura ainsi aucun reniement d'un passé glorieux, mais un épanouissement nouveau des énergies nationales, par leur mise en commun au service de la communauté supranationale[4]. »

Tenter, enfin, d'occulter, ou d'estomper à tout le moins, l'extraordinaire fonds historique sur lequel ces « bâtisseurs » entendirent, et entendent encore, édifier l'Europe. Car ces « soubassements anciens » qu'évoquait Schuman n'étaient point des ruines ni même quelques fondations fissurées, mais une civilisation[6]. Une civilisation unique, non seulement par son rayonnement, exceptionnel, et sa vocation, universelle, mais en raison de son architecture, précisément.

Une civilisation unique, parce que duale

Toute civilisation, selon Fernand Braudel, se définit à la fois comme un espace géographique, une économie, une société, une mentalité collective (centrée sur une religion, le plus souvent), comme une continuité historique surtout : elle représente d'abord, précise le grand historien, ce qui dure ; elle est une permanence, n'est saisissable que dans le temps long, car elle est « ce qui persiste à vivre en ne se laissant qu'à peine et peu à peu infléchir[7] ».

L'Europe trouve son unité de civilisation *dans* et *par* la diversité de ses nations constitutives. Une diversité exceptionnelle, d'une richesse et d'une profondeur sans équivalent sur un territoire aussi limité.

La civilisation européenne, ce sont d'abord de merveilleuses cultures nationales, inestimables en elles-mêmes. Ce sont les nations qui la composent qui donnent à l'Europe sa chair et son esprit, sa profondeur et son éclat, sa singularité et son rayonnement, lui offrant le fondement de sa civilisation.

Cervantès, Dante Alighieri, Shakespeare, Goethe, Rabelais, Racine, Dostoïevski, Kafka, Proust, Joyce ; Giotto, Bosch, Goya, Turner, Chardin, Rembrandt, Titien, Picasso ; Leonardo et Dürer – les ingénieurs de la Renaissance –, Michelangelo ; Bach, Haendel, Mozart, Vivaldi, Beethoven, Chopin, Debussy ; Spinoza, Descartes, Kant, Hume, Beccaria ; sans oublier leurs ancêtres communs, Homère, Platon, Aristote, Eschyle, Virgile, Cicéron, Tacite : tous ces sommets de l'Art et de la pensée – et ceux, plus nombreux encore, que l'on pourrait ajouter à cette liste – font la fierté légitime de leurs nations respectives. Et, dans le même temps, ce sont des génies européens.

Dans leur diversité, ces cultures nationales se sont vu, en effet, couronner par leur participation à une figure spirituelle supérieure, celle de l'Europe.

Consacrées par une communauté historique de valeurs, elles ont été rapprochées par de puissants mouvements intellectuels, artistiques, politiques, mouvements communs à l'ensemble du continent européen, ayant contribué à un art de vivre et à un mode de penser partagés. Quiconque pose le pied à Londres, Madrid, Florence, Copenhague ou Paris, sait qu'il est en Europe ; et tout Européen, quelle que soit sa nationalité, comprend alors qu'il est chez lui. L'art roman, l'art gothique, la Renaissance, l'humanisme, l'âge classique, le baroque, les Lumières, le romantisme, l'impressionnisme, le cubisme, le surréalisme : à chaque fois, c'est par l'originalité des incarnations nationales de ces mouvements de création, des œuvres de l'esprit ou de la main qu'ils nous ont laissées, que nous sommes touchés ; et, à chaque fois, c'est par la puissance de ces forces intellectuelles ou de ces courants esthétiques partagés, que l'Europe a réalisé ses formes d'unité.

Ainsi que le résume Fernand Braudel, l'unité profonde de l'Europe est « avant tout une unité culturelle, c'est-à-dire une certaine façon de vivre et de penser, où que nous vivions en Europe, et qui nous est toujours compréhensible[8] ».

Avoir serti dans un même écrin les joyaux de cultures nationales scintillantes, pour former un bijou de l'humanité entière : telle est la splendeur de l'Europe. La civilisation européenne est unique, parce qu'elle est duale : fondée sur des cultures nationales admirables, elle rassemble celles-ci et les transcende. Le génie de l'Europe réside dans cette construction et cette articulation. Chinoise et sinitique, africaine, nippone, hindoue, islamique, orthodoxe ou latino-américaine : aucune des autres grandes aires de civilisation ne s'est construite sur un tel dédoublement. Seule l'Europe a réussi ce tour de force : magnifier une diversité culturelle prodigieuse pour, ainsi, fonder une unité de civilisation.

L'Europe : une création du Moyen Âge

C'est au Moyen Âge que s'est produite « la première unification européenne, coextensive à la chrétienté latine », selon le jugement du grand historien franco-polonais Krzysztof Pomian[9].

L'unité de cette Europe médiévale est donnée par les grands courants politiques et artistiques qui la traversent, comme par les institutions qui la structurent : la féodalité, les universités – Salamanque, Bologne, la Sorbonne, Oxford, Montpellier, Prague, Padoue, Cracovie, Naples, Uppsala –, où l'on fait usage d'une même langue – le latin – pour dispenser les mêmes Arts libéraux – *Trivium* et *Quadrivium* –, et commenter le même *corpus* – *Les Sentences* de Pierre Lombard, en particulier –, en adoptant une même méthode de discussion – la *disputatio* ; les communes, leurs beffrois et leurs libertés vaillamment conquises, les arts roman et gothique, les cathédrales, surtout. L'« Europe des cathédrales », célébrée par Georges Duby, est la première Europe. Car c'est la chrétienté – l'*Imperium christianum* ou la *Respublica christiana* de Charlemagne et de ses successeurs – qui a, pour la première fois, unifié l'Europe.

Par la religion, bien entendu : une même foi, une même Église, un même calendrier et une même liturgie, un seul *Credo* et un seul pape, un centre de pouvoir unique – Rome –, des chemins de pèlerinage parcourus par des hommes animés d'un même élan et recouvrant le territoire d'une même Europe.

Par la politique, aussi, car cette communauté de croyance prit la forme de l'empire : carolingien, d'abord ; à sa suite, Saint-Empire romain germanique, *Sacrum Imperium Romanum nationis germanicae* fondé par Othon le Grand en 962 et qui, après l'annexion de la Bourgogne en 1033, engloba deux des trois anciens royaumes nés du démembrement de l'empire de Charlemagne lors du traité de Verdun (843), ceux de Lothaire et de Louis le Germanique. Exception, considérable pour l'histoire de l'Europe, le troisième royaume, celui de Charles le Chauve, la « Francie occidentale », demeura indépendant et devint, avec l'accession au trône de Hugues Capet en 987, la France.

Cette unité n'était pas une uniformité. Gaulois, Celtes, Ibères, Romains, Germains : tous ces peuples, et d'autres encore, populations très diverses – méditerranéennes, océaniques, nordiques ou orientales –, se sont retrouvés pour faire prospérer un même héritage, une même culture et un même idéal de vie, pour collaborer à une même œuvre de civilisation[10]. Et comme l'a lumineusement résumé Valéry : « Toute race et toute terre qui a été successivement romanisée, christianisée et soumise, quant à l'esprit, à la discipline des Grecs, est absolument européenne[11]. » L'Europe est fille et héritière exclusive d'Athènes, de Jérusalem et de Rome. De Rome, surtout, dont elle est seule à revendiquer le legs, comme l'a montré Rémi Brague[12].

L'Europe est « une création du Moyen Âge », pour reprendre la célèbre formule de Lucien Febvre[13], qui, citant Marc Bloch, tenait à préciser : « L'Europe a surgi très exactement quand l'Empire romain a croulé[14]. »

Moment de la première unification de l'Europe, le Moyen Âge a également produit, peu avant la Renaissance, un phénomène majeur de l'Histoire, européen dans un premier temps, puis ayant connu une diffusion planétaire : la naissance des États-nations.

L'invention des nations

Trop vaste, trop hétérogène, trop fragile derrière son apparence de puissance, l'empire s'est vu contesté par l'essor d'identités linguistiques et culturelles qui commençaient alors à se former – les nations –, comme par l'ambition de dynasties royales qui, en s'appuyant sur ces réalités humaines et politiques nouvelles, cherchaient à affermir leur pouvoir et leur autorité, chaque monarque revendiquant de devenir « empereur en son royaume » (*rex imperator in regno suo*). L'affirmation des nations se fera ainsi en s'appuyant sur la montée en puissance des États, qui, en retour, contribueront au renforcement de celles-ci, ce double mouvement historique constituant progressivement la figure politique nouvelle de l'État-nation.

Dans cette émergence des États-nations, le XVe siècle aura joué, selon François Guizot, un rôle clé, celui de la tendance, de plus en plus marquée, à « la centralisation et à l'unité des peuples et des gouvernements », en France, en particulier – c'est le temps du développement de l'« esprit national » –, mais encore en Angleterre, en Espagne, en Italie ou en Allemagne[15].

Perspective platonicienne défendue par Dante et Marsile de Padoue, l'idéal impérial traversa le Moyen Âge, de Charlemagne à Charles Quint, avant de s'effacer pour laisser place à l'idée nationale. La dislocation de la chrétienté donna ainsi naissance à une Europe nouvelle, à des États sans cesse plus vigoureux et cohérents. S'est ensuite dégagée la notion d'équilibre européen, système international fondé sur la pluralité et la coexistence d'États souverains, qui se verra consacré par les traités de Westphalie (1648) mettant fin à la guerre de Trente Ans. « Les nations d'Europe, à cette époque, comme de nos jours, étaient comme une grande famille [...] une famille européenne désunie et querelleuse, certes, mais une famille cependant[16]. »

Désunie et querelleuse, la famille européenne a cherché à établir la concorde en son sein, en proposant de remplacer les autorités dynastiques par les souverainetés nationales. Ainsi que le résume Jean-Baptiste Duroselle, « de l'État, on passa, par un irrésistible processus, à l'État-nation[17] ». Dans cet « irrésistible processus », le refus de l'« Europe française » et la prise de conscience de la nation en tant que communauté linguistique, collectivité solidaire, vivante, ayant sa propre vocation, sa mission à accomplir, jouèrent un rôle décisif.

La dernière étape, celle de l'assomption de l'État-nation, fut l'œuvre de la Révolution française. Par sa Déclaration des droits de l'homme et du citoyen (26 août 1789) et sa « Déclaration de paix au monde », votée le 22 mai 1790 par l'Assemblée nationale, elle répandit l'idéal du libre consentement des peuples. L'« Europe des nationalités » connaîtra dès lors, et tout au long du XIXe siècle, un essor général sur le continent, propulsée par cette innovation française en rupture avec la philosophie politique traditionnelle ; mais aussi par la pensée d'outre-Rhin : le romantisme – qui, avec Herder, louait la vie organique et instinctive des peuples –, et l'idéalisme de Fichte, l'auteur du *Discours à la nation allemande* et père du pangermanisme.

Sur le sol du Vieux Continent sont venus s'installer des peuples aux origines et aux langues diverses, se confrontant aux peuplements autochtones, se rapprochant sans jamais se fondre entièrement. Là, dans les plis de son histoire tumultueuse et dans l'épaisseur de son humanité d'une richesse unique, s'est donc élaborée la formule politique de l'État-nation qui, dans l'Histoire, est venue succéder au clan, à la tribu, à la cité et à l'empire.

L'Europe a inventé les nations, la Nation. « L'Europe est la terre des nations », pour reprendre les mots du grand historien italien Carlo Curcio[18]. Elle aura vu s'épanouir le « principe des nationalités », qui domina les esprits et façonna les mentalités collectives à compter du « printemps des peuples » de 1848. Création remarquable d'un modèle politique nouveau qui aura conquis la planète entière, une figure de la modernité politique qui aura marqué de son empreinte l'histoire mondiale des peuples, de la seconde moitié du XIXe au début de ce XXIe siècle[19].

Le génie de l'Europe

Civilisation individualisée au temps du Moyen Âge, par la foi – chrétienne –, par l'art – roman et gothique –, par la langue commune – le latin –, par l'esprit – les universités et leur enseignement –, par le modèle politique – l'empire –, l'Europe existait avant les nations. Mais ce sont ses nations, en apparaissant et en s'épanouissant, qui l'ont transfigurée et lui ont donné son plein rayonnement. Nul paradoxe et nulle aporie dans ce constat, plutôt un défi ; Edgar Morin l'a justement exprimé : « La difficulté de penser l'Europe, c'est d'abord cette difficulté de penser l'un dans le multiple, le multiple dans l'un : l'*unitas multiplex*[20]. » Diversité de l'Europe, donc, constitutive et précieuse, qui possède des fondements anthropologiques immémoriaux et puissants, renvoyant notamment à la variété des modèles familiaux présents sur le continent, ainsi que l'a établi Emmanuel Todd[21]. Multiplicité et beauté des langues européennes, aussi. Plutôt que l'usage d'un anglais dégradé et n'ayant d'anglais que le nom – le *globish* –, l'Europe devrait se rappeler la règle posée par Umberto Eco : « La langue de l'Europe, c'est la traduction[22]. »

George Steiner avait raison : « Le génie de l'Europe, c'est ce que William Blake aurait appelé "le caractère sacré du détail infime". C'est celui de la diversité linguistique, culturelle et sociale, d'une mosaïque prodigue qui fait souvent d'une distance négligeable, d'une vingtaine de kilomètres, une division entre deux mondes [...]. L'Europe périra, assurément, si elle ne se bat pas pour ses langues, ses traditions locales et ses autonomies sociales. Si elle oublie que "Dieu réside dans le détail"[23]. »

Le génie de l'Europe ? Transcender les génies nationaux qui la composent sans les altérer.

Sans ses nations, qui la constituent et lui insufflent leur esprit, sans leurs belles et profondes cultures, pas d'Europe, plus d'Europe ; ce constat, Carlo Curcio l'a formulé de façon limpide : « C'est l'Europe, qui est devenue de plus en plus elle-même, toujours mieux individualisée, au fur et à mesure que les nations se sont distinguées ou opposées les unes aux autres. Il n'est peut-être pas aisé de se rendre compte que sans l'Europe, c'est-à-dire sans le cours des événements et le mouvement des idées qui ont créé l'Europe moderne, il n'y aurait pas eu de nations européennes ; mais il devrait être facile d'admettre que sans ses nations, l'Europe n'aurait eu ni vie, ni sens[24]. »

Or, il n'est pas si facile que cela, pour certains, d'« admettre » que les nations de l'Europe sont vitales à celle-ci et que, sans elles, il n'y aurait plus de civilisation européenne et plus d'unité de l'Europe possible. Ainsi, les « bâtisseurs » de l'Europe ont-ils systématiquement privilégié les objectifs économiques, financiers, monétaires et ont délibérément négligé la place de la culture – pourtant essentielle – dans le projet européen. Et pourtant, « L'Europe, c'est d'abord une culture », pour reprendre le jugement d'Emmanuel Le Roy Ladurie[25].

Le grand dramaturge allemand Thomas Ostermeyer a déploré ce retard et cette lacune : « Pendant cinq cents ans, les artistes font l'Europe [...] dans l'actuel traité établissant une constitution pour l'Europe, il n'y a aucun article sur l'art. Pas une ligne pour protéger la culture ou considérer la place de l'art. Les questions culturelles sont, au même titre que les questions sociales, inexistantes [...]. Et cette réalité s'oppose à l'esprit artistique qui a fait l'Europe, dans la tradition du siècle des Lumières, par exemple [...]. Il faut résoudre la contradiction entre l'Europe culturelle et l'Europe politique[26]. » Contradiction qui ne semble pas près d'être surmontée si l'on en juge par la décision – aberrante – de la nouvelle présidente de la Commission européenne, Ursula von der Leyen, de ne pas même renouveler le portefeuille « Éducation et Culture », jusque-là toujours représenté, et de le remplacer par celui de l'« Innovation et la Jeunesse ».

Et il aura fallu le terrible incendie de Notre-Dame de Paris pour que bien des dirigeants politiques, européens et nationaux, se souviennent que l'Europe des cathédrales est première, historiquement et philosophiquement, dans l'édification de l'Europe, et qu'elle se situe au-dessus de l'Europe institutionnelle, ainsi que l'a opportunément souligné Donald Tusk, alors président du Conseil européen : « L'incendie de la cathédrale nous rappelle que nous sommes liés par quelque chose de plus important et de plus profond que les traités. Aujourd'hui, nous en comprenons mieux l'essence », rebaptisant Notre-Dame de Paris « Notre-Dame de toute l'Europe[27] ».

Archipel ou continent

Cet épisode dramatique nous rappelle la faille politique qui traverse en profondeur la construction européenne depuis son origine : les fondateurs n'avaient pas pour unique projet d'élever un édifice institutionnel ; mais aussi, ce faisant, d'ensevelir la dimension culturelle et civilisationnelle qui fonde pourtant l'identité même de l'Europe.

Comment expliquer cet égarement ? Mettre en valeur la civilisation de l'Europe aurait conduit, inéluctablement, à rappeler l'apport essentiel des nations. À cela, l'élite européiste ne pouvait se résoudre. Car, depuis l'origine, celles-ci sont considérées par les partisans de l'Europe politique non seulement comme des obstacles à franchir, mais comme des ennemies à abattre. Tout le projet européen, nous allons le voir, est fondé sur le postulat que la Nation est non seulement dépassée mais dangereuse, portant en elle le nationalisme « comme la nuée porte l'orage », pour paraphraser Jaurès. Ainsi, pour convoquer un exemple désormais presque galvaudé mais qui reste stupéfiant, à l'heure de concevoir les billets de banque européens, le choix s'est porté non sur de grandes figures – écrivains, musiciens, peintres, scientifiques, philosophes, chefs d'État – ni sur de grands courants ou moments historiques de la civilisation européenne – mouvements littéraires ou artistiques, révolutions démocratiques, dates fondatrices –, mais sur des arches, des ponts, des portiques, des fenêtres, des balcons et balustrades totalement anonymes.

Pourquoi ces éléments d'architecture – décidément… – sinistres et vides de sens plutôt que de magnifiques monuments ou sites de notre Europe ? Parce que la Sainte-Chapelle se trouve à Paris, la Piazza del Campo à Sienne, l'Alhambra à Grenade, l'Acropole à Athènes, la tour de Belém à Lisbonne, le château de Schönbrunn à Vienne, le Trinity College à Dublin, la Grand-Place à Bruxelles.

Ou plutôt que des génies européens ? Parce que le Tasse, Puccini ou Dario Fo sont italiens, Montaigne, Balzac ou Ravel français, Wagner, Hölderlin ou Leibniz allemands, Bruckner, Schiele ou

Wittgenstein autrichiens, Calderón de la Barca, Vélasquez ou García Lorca espagnols, Pessoa, Oliveira, Vieira da Silva ou Rodrigues portugais. Faire figurer ces chefs-d'œuvre ou ces maîtres sur nos devises aurait signifié, pour l'élite dirigeante européenne, reconnaître la vigueur et le rayonnement de nos nations et admettre qu'elles *sont* et *font* la civilisation de l'Europe – ce qu'elle ne pouvait concéder. Elle a donc préféré les faire disparaître, les ensevelir sous ces « constructions européennes », laides et sans âme, qui font désormais notre quotidien.

On le comprend aisément : la phrase apocryphe prêtée à Jean Monnet, « Si c'était à refaire, je recommencerais par la culture », est une imposture. Monnet savait très bien ce qu'il faisait, ses plans étaient toujours longuement et minutieusement réfléchis, et c'est à dessein qu'il a choisi le charbon et l'acier pour lancer le processus de construction européenne.

Le sentiment de l'appartenance à la civilisation exceptionnelle qu'est l'Europe fonde ce qu'il est convenu d'appeler l'européanité. L'Europe est vécue là comme une identité, celle que revendiquait le général de Gaulle quand il déclarait « du moment que je suis français, je suis européen ».[28] Il se distingue de l'européisme, qui se définit comme la démarche, intellectuelle et politique, militant pour une Europe fédérale, le courant de pensée plaçant cette ambition au-dessus de toute autre considération. L'Europe est alors envisagée comme un projet politique d'unification.

Deux sensibilités principales se dessinent ainsi parmi les Européens, distinguant les hommes et leurs engagements : celle qui rappelle l'identité de l'Europe – l'européanité – et celle qui appelle son destin – l'européisme ; celle qui voit dans l'Europe d'abord un archipel – des nations appartenant à un même ensemble, mais singulières et diverses – et celle qui la conçoit comme un continent – une masse cohérente et autonome qu'il conviendrait de consacrer, pour reprendre la belle image d'Antoine Compagnon.[29] Distinctes, elles ne connaissent pas d'articulation logique spontanée : « l'identité (le sentiment d'être

Européen ou l'européanité) ne produit pas automatiquement de la conscience (le sentiment d'un impératif catégorique : faire l'Europe ou faire l'européisme)[30]. » Marqué par l'obsession de « construire » une Europe unie, l'européisme finit même souvent par devenir indifférent ou sourdement hostile à l'idée de civilisation européenne, synonyme à ses yeux d'archaïsme et suspecte de détourner l'effort commun du seul objectif qui vaille : le fédéralisme européen.

« Qu'était l'Europe en 1914 ? Tout. Qu'était-elle en 1945 ? Rien. Qu'aspire-t-elle à devenir maintenant ? Quelque chose[31]. » Cette formule d'un éminent européiste, Jean-Louis Bourlanges, est représentative de ce travers. En 1914, si l'Europe était « tout », ce ne pouvait être que par sa civilisation – ce que le député LREM avoue de façon involontaire tout en le taisant –, l'Europe étant alors celle de la division entre État-nations et de l'affrontement de leurs impérialismes coloniaux. Et « quelque chose », elle l'est déjà, après soixante-dix ans de traités, d'institutions, de règlements, de directives, d'élargissements, de la CECA (1951) à l'Union européenne, d'Euratom (1958) à l'euro (2000). On parle toujours trop de culture et de civilisation européenne, pour l'européiste ; mais on n'en fait jamais assez du point de vue du fédéralisme économique et politique ; il y a toujours trop de Nation et jamais assez d'Europe, selon son opinion, et « il s'enivre d'un mot qui lui semble contenir tous les espoirs, le mot *européen*[32] », ainsi que l'a relevé Paul Hazard.

Le passage de l'européanité – sentiment ancien, ancré dans l'Histoire – à l'européisme – mouvement intellectuel et politique relativement récent – fut l'œuvre des violentes secousses et des bouleversements du début du XXe siècle, et, en particulier, de la Première Guerre mondiale, qui provoqua une prise de conscience – celle de la fragilité de l'Europe et de sa civilisation –, dont témoigna Stefan Zweig dans ses *Souvenirs d'un Européen*. Vint alors, pour beaucoup, le temps de l'engagement.

L'âge d'or de l'européisme

Apparu dans un récit de voyage de la fin du XVIIIe siècle, le mot *européisme*[33] servit en premier lieu à distinguer physiquement les populations européennes des autres ; puis, au XIXe siècle, dans le contexte politique russe, il désigna l'opinion favorable à l'Europe, par opposition à slavophilie et à panslavisme ; enfin, il fut repris par Jules Romains en 1915, qui lui donna son acception actuelle et le popularisa[34]. Davantage encore qu'une histoire de la construction européenne[35], le détour par une forme de généalogie de l'européisme se révèle indispensable à la compréhension des enjeux de notre temps en les éclairant de façon saisissante[36].

Né de la Première Guerre mondiale et de ses massacres de masse, ce courant de pensée aura connu, entre 1923 et 1933, son âge d'or.

S'ouvrant avec la parution, en octobre 1923, du livre programmatique du comte autrichien Richard Coudenhove-Kalergi, *Paneuropa*, et le lancement du mouvement politique éponyme, prenant fin avec l'arrivée de Hitler au pouvoir, dix ans plus tard, il fut le temps d'une effervescence intellectuelle intense autour de très nombreuses revues, du premier Congrès paneuropéen à Vienne en octobre 1926, de projets d'un « grand marché » fondé sur une union douanière et aussi d'une unification monétaire du continent, de la recherche d'une rationalisation de l'économie européenne par la voie du « plan Delaisi », d'une percée politique, enfin, avec l'exposé du plan Briand lors de la Xe assemblée générale de la Société des nations – la SDN, cette matrice du projet européiste –, le 5 septembre 1929 à Genève, et le Mémorandum pour une « Union fédérale européenne », annoncé le 1er mai 1930, qui le prolongea.

Progressivement, l'« Europe » apparaît à un nombre grandissant d'intellectuels comme une idée politique belle et puissante, séduisante, attractive, ayant vocation à se substituer à celles du XIXe siècle, jugées épuisées, tels le nationalisme, mais aussi le marxisme ou le libéralisme. Une idée politique possédant deux dimensions principales : le fédéralisme et le continentalisme[37].

Dans le prolongement de l'ouvrage fondateur de Pierre-Joseph Proudhon, *Du principe fédératif* (1863), les tenants du fédéralisme voient en lui une loi centrale de l'évolution des sociétés humaines, permettant à celles-ci de concilier les impératifs de liberté et d'autonomie, d'une part, d'ordre et de sécurité, de l'autre. Dans cette perspective historique, l'Europe unifiée est une étape nécessaire et capitale d'un fédéralisme universel. En ce sens, dès l'origine l'européisme est un mondialisme.

Quant au « continentalisme » – dont le principal représentant est Coudenhove-Kalergi –, inspiré du panaméricanisme et formalisé par le juriste et diplomate chilien Álvarez, qui proposa en 1926 une réforme de la SDN suivant des bases continentales[38], il voit dans la masse physique et humaine d'un continent plus qu'une donnée géographique : un élément indépassable de solidarité, d'identité et d'unité. Il plaide donc pour une organisation politique du monde passant par le regroupement des États sur les seules bases géographiques considérées comme culturellement cohérentes et à la mesure des enjeux économiques du temps : les continents. Ainsi, c'est le continentalisme qui, en 1823, a fondé la « doctrine Monroe » aux États-Unis, autant que suscité la création de l'Organisation de l'unité africaine (OUA) en 1963.

La séduction exercée par l'européisme tient donc pour une part à sa rationalité affichée et revendiquée comme telle. La raison n'est toutefois pas seule à structurer la pensée des partisans de l'Europe unie ; la passion y est, en réalité, prédominante et c'est là un des phénomènes les plus saisissants de cet entre-deux-guerres que de voir, de simple « idée politique », l'européisme accéder au statut d'idéologie à part entière et devenir, même, une véritable mystique.

La mystique européenne

Outre Coudenhove-Kalergi et Delaisi, les figures intellectuelles les plus connues et les plus brillantes en sont l'Espagnol José Ortega y

Gasset, le Danois Christian Frederick Heerfordt, les Français Julien Benda et Gaston Riou : philosophes, économiste, médecin, responsable politique élu, ces hommes et ceux, nombreux, qui vont les suivre, partagent un même « absolu, un idéal total, qui emprunte en politique la forme d'une "mystique"[39] ».

Faite d'internationalisme, de pacifisme, de continentalisme, de rationalisme organisateur et de saint-simonisme, d'humanisme personnaliste, recherchant certes à construire une Europe unie, mais, au-delà, à répondre à la crise spirituelle que traversait alors la civilisation européenne, il s'agit d'une démarche à la fois politique et éthique.

Coudenhove-Kalergi devient ainsi le « prophète d'une doctrine nouvelle, lui conférant un caractère d'absolu et d'idéal mystique » – l'européisme – exhortant ses soutiens et ses militants à une « véritable croisade[40] », celle pour l'Europe unie. En 1933, Julien Benda publie un plaidoyer fervent, *Discours à la nation européenne*, dans lequel cette dimension mystique est hautement revendiquée.

Proclamant que « l'Europe sera éminemment un acte moral », il la définit comme une « une idée religieuse : celle de la certitude d'un lendemain meilleur, d'une nouvelle *parousie* ». Et, filant la métaphore religieuse, il précise : « L'Europe est une idée. Elle se fera par des dévots de l'Idée, non par des hommes qui ont un foyer. Les hommes qui ont fait l'Église n'avaient pas d'oreiller pour reposer leur tête[41]. » Tentative pour résoudre les deux crises, spirituelle et politique, de son temps, l'européisme aura donc représenté « la première idéologie prenant conscience de sa double nature, religieuse et politique[42] ».

Cette « mystique européenne » connaît un grand succès et devient un courant militant organisé, comptant douze mouvements de par l'Europe, déployant une activité intellectuelle soutenue avec six cents livres ou articles publiés entre 1925 et 1934, dont les deux tiers en langue française[43] : l'européisme avait trouvé en France sa terre d'élection.

Dès cet acte inaugural, sont présents les thèmes qui ne le quitteront plus, ceux qui en font la substance et en fondent l'identité : le pacifisme – l'européisme se veut une « science de la Paix », selon la formule de Louise Weiss[44], ayant tiré la leçon des horreurs de la première « guerre civile européenne » –, l'obsession du dépassement des nations continentales – tenues pour responsables du nationalisme et donc de la folie meurtrière, mais aussi considérées comme dépassées par le « sens de l'Histoire » –, la volonté de bâtir un ensemble économiquement unifié et d'une taille suffisante pour affronter les enjeux économiques et géopolitiques du temps, la conviction de l'inévitable hégémonie allemande et la hantise du déclin spirituel d'une civilisation, aussi.

Se mêlent dans la même bataille des personnalités de sensibilités politiques diverses – socialistes, monarchistes, chrétiens, radicaux –, privilégiant leur engagement européiste sur tout autre, ce dernier transcendant toutes les croyances et les convictions politiques classiques. L'européisme a vocation à accueillir en son sein tous les « hommes de bonne volonté », dès qu'ils se montrent capables de dépasser leurs partis pris et de comprendre la justesse de cette cause supérieure.

Avec la crise économique provoquée par le krach de 1929 et le chômage de masse, la montée en puissance de l'Italie fasciste puis de l'Allemagne nazie, qui exercent une vraie séduction et même une forme de fascination sur les foules, l'essor d'un pacifisme intégral, aussi, qui l'ampute d'une part de sa force intellectuelle et militante, l'européisme des années trente se retrouve placé sur la défensive et devient progressivement « une religion à laquelle personne ne croit plus[45] ». La mort de Briand, en mars 1932, symbolise l'échec de la vision de « la paix par le droit » et de la mise de « la guerre hors la loi » que la SDN voulait faire triompher et dont le projet d'Europe fédérale devait être le pivot.

Plus grave encore : l'européisme de ces années trente – dont, selon le jugement de Bernard Bruneteau, l'un des meilleurs spécialistes de l'histoire de l'idée européenne, l'intérêt « n'est plus à démontrer pour la compréhension de la construction de l'après-1945[46] » – restera marqué du sceau d'une très profonde ambiguïté et d'un tragique dévoiement.

L'aveuglement des années trente

Si les temps changent et si le climat s'assombrit, l'européisme perdure néanmoins en se transformant. Défendant l'idée d'une Europe qui serait une « troisième voie », au-delà du capitalisme et du totalitarisme, il prend la forme nouvelle du fédéralisme personnaliste et du courant des « non-conformistes », autour d'Emmanuel Mounier et des revues *Esprit* et *L'Ordre nouveau* en France, mais aussi des mouvements Gegner et Schwarze Front en Allemagne, ou encore de *New Europe* au Royaume-Uni.

En dépit de l'engagement antifasciste de nombre de ses tenants – en particulier, en Italie, Carlo Rosselli et Emilio Lussu, fondateurs du mouvement Giustizia e Libertà, et le comte Carlo Sforza –, une complaisance à l'égard du totalitarisme naissant se développe en son sein.

Nourrie de l'aspiration à une « réforme de l'État » et à un gouvernement « technique », d'un anticommunisme parfois virulent, aussi, cette complaisance conduit certains, parmi les plus brillants des européistes, à l'instar de Bertrand de Jouvenel, à considérer le fascisme comme l'instrument du « réveil de l'Europe », ou, comme Pierre Drieu la Rochelle, à voir en lui « la renaissance de l'homme européen ». Quant au nazisme, « la cécité sur la logique purement idéologique du racisme hitlérien devait en conduire plus d'un à très mal lire les événements de 1940[47] ».

Sous l'égide du philosophe Carl Schmitt et du juriste Ferdinand Fried, une conception géopolitique nouvelle avait été formulée, celle du *Grossraum* (Grand Espace). À travers elle, les deux théoriciens du régime nazi visaient à donner un vernis de respectabilité rationnelle – le continentalisme, qu'ils recyclaient – et un sens politique acceptable – celui de l'« Europe nouvelle » – à la politique d'expansion hitlérienne des années 1936-1940 et, ainsi, à la légitimer.

Cette approche ne pouvait que séduire des hommes attachés à l'unité politique du continent ; elle aveugla certains d'entre eux au point de les empêcher de saisir que le *Grossraum* n'était que la face présentable du *Lebensraum* – l'« espace vital » théorisé par Hitler,

Rosenberg, les instituts SS et l'ensemble des idéologues racistes et antisémites du IIIe Reich.

De septembre 1939 à juin 1940, pendant la « drôle de guerre », une mobilisation intellectuelle et politique sans précédent en faveur d'une future fédération européenne vit ainsi le jour, envisageant le conflit qui venait d'éclater comme « une occasion unique de penser aux moyens d'une pacification définitive du continent » ; et « l'unité européenne est proclamée comme l'un des buts les plus nobles de la guerre, espérée comme l'un des résultats les plus sûrs de celle-ci[48] ».

Ainsi, pour reprendre le jugement de Bruneteau, « l'idéalisme européiste contribue, à terme, à rendre accessoire le contenu (la démocratie libérale) par rapport au contenant (la fédération)[49] ».

Après le déclenchement du second conflit mondial, l'effondrement militaire et politique de la France, la victoire jugée bien souvent presque « surnaturelle » de l'Allemagne, rares furent les clercs européistes qui surent ou purent résister aux sirènes de « l'Europe nouvelle » vantée par le régime nazi. Obnubilés par la poursuite de leur idée fixe – le dépassement de la souveraineté nationale –, ils crurent discerner dans l'entreprise hitlérienne l'accomplissement de leur ambition. « "Europe nouvelle" : l'expression ne renvoyait-elle pas à l'âge d'or de l'européisme, au titre du journal de Louise Weiss ou à celui du livre du Dr Heerfordt[50] ? »

Et cela d'autant que la propagande nazie usa et abusa de ce thème auprès de certaines élites des pays occupés qui, aveuglées par leur engagement en faveur du fédéralisme, finirent par voir dans le nazisme « l'accoucheur brutal mais salutaire d'une nouvelle étape de l'histoire du continent. L'idée que Hitler remplit un rôle "progressiste" en réalisant par les armes un espace plus large que l'État-nation traditionnel, a joué à fond chez des hommes portés par un espoir pan-européen[51] ».

De cette « illusion tragique » dans laquelle s'est alors fourvoyé l'européisme, une somme aussi fouillée que paisiblement implacable rend cruellement compte : l'ouvrage de référence de Bernard Bruneteau, *Les « Collabos » de l'Europe nouvelle*, dont nous reprenons ici les principaux enseignements[52]. Laissons-lui la parole.

Les « collabos » de l'Europe nouvelle

« À côté de celui d'une poignée d'authentiques fascistes et d'opportunistes avérés, cet engagement a concerné nombre d'hommes idéalistes, parfois généreux et désintéressés, le plus souvent sincères dans leur fidélité à une représentation qui avait définitivement orienté leur itinéraire politique. Profondément déçus par l'incapacité de la diplomatie démocratique de l'entre-deux-guerres, celle de la SDN comme celle des États, à générer et à faire vivre une fédération européenne, ils voulurent croire en désespoir de cause à une Europe unifiée, dominée et organisée par le IIIe Reich, dont la théorie du "Grand Espace" entrait en résonance avec nombre de leurs réflexions antérieures, pensant résorber en cela deux décennies de combats inaccomplis et d'exigences inassouvies[53]. »

Pacifisme viscéral, rejet du nationalisme, mépris pour le parlementarisme et dénégation du clivage gauche-droite, « élan saint-simonien », volonté d'organiser politiquement le continent et de créer un grand marché en se donnant – déjà... – une monnaie commune ; mais aussi « culture de la défaite », « mythologie de l'inéluctable », « devoir de présence à l'événement », « croyance en l'histoire » et en l'*Aufhebung* hégélienne, alors enseignée par le maître à penser de l'époque, Alexandre Kojève, fascination devant « la Force comme accoucheuse de l'Histoire » et conviction de l'existence d'une « nécessité impériale universelle » : autant de composantes d'une même « obsession européiste » qui conduisit bien des intellectuels de l'époque à effectuer un « total contresens face au phénomène totalitaire[54] ».

Avec une naïveté sidérante, certains d'entre eux en arrivèrent à se convaincre qu'une fois ses objectifs de guerre atteints, le IIIe Reich changerait et se débarrasserait, comme d'une peau morte, de son idéologie nazie, aveuglement allant jusqu'à parier sur « l'humanisation de l'hitlérisme[55] ».

La liste de ces hommes – parfois désorientés et perdus, trop souvent conscients et convaincus – comme la lecture de leurs écrits de l'époque sont accablantes et laissent coi.

On y trouve ainsi, mêlés – et ce voisinage est en lui-même stupéfiant : Pierre Drieu la Rochelle, Alfred Fabre-Luce, Marcel Déat, Paul Morand, Jacques Chardonne, Bertrand de Jouvenel, Emmanuel Mounier, Jacques Maritain, Ramon Fernandez, Maurice Martin du Gard, Hubert Beuve-Méry, Victor Margueritte, Salvador de Madariaga, Paul Léautaud, Henri de Man, Jules Romains, André Gide, pour ne citer que les figures de premier plan.

Gide, qui, en novembre 1940, croyait déceler « l'harmonie du monde » dans le rêve final de Hitler[56]. Mounier, qui écrivait, au printemps 1941 : « C'est le césarisme constantinien qui a frayé les voies au christianisme [...]. Pourquoi ne serait-ce pas le fascisme qui accoucherait de l'Europe nouvelle[57] ? » Beuve-Méry, qui, à la même époque, vantait « la rationalisation audacieuse de l'Europe » capable de renvoyer aux oubliettes de l'Histoire les vieux principes de « souveraineté absolue des États petits ou grands, d'équilibre européen et de droit de neutralité[58] ». Romains, « le père inconnu des États-Unis d'Europe », qui jugeait, en 1933, « prise en général, très défendable » la thèse de l'unification européenne par la conquête[59].

Sans oublier une femme – et pas n'importe laquelle. Égarée par son pacifisme, la philosophe Simone Weil en était elle-même parvenue, en 1938, à considérer que l'avènement – sans guerre – d'une hégémonie allemande, qu'elle jugeait « dans la nature des choses », constituerait « le vrai progrès » ; naufrage intellectuel et politique qu'avec honnêteté elle considérerait, en 1943, comme son « erreur criminelle[60] ». Cette compromission d'intellectuels européistes participa plus largement d'une fascination pour « l'Allemagne nouvelle » : celle qui conduisit – ainsi que nous l'a relaté le très regretté François Dufay – sept des plus grands écrivains français de l'époque – Chardonne, Jouhandeau, Fernandez, Drieu la Rochelle, Brasillach, Bonnard et Fraigneau – à accepter l'invitation du Dr Goebbels et à entreprendre, en octobre 1941, un voyage de trois semaines outre-Rhin, dont le but final était Weimar – la cité de Goethe, celle du camp de concentration de Buchenwald aussi, situé à seulement huit kilomètres – où fut fondée L'Association des écrivains européens[61].

Trop nombreux furent alors les partisans d'une unification de l'Europe qui placèrent « comme absolu l'organisation du continent et non plus l'héritage des Lumières[62] ». Sinistre et nouvelle illustration de ce que, décidément, en politique l'intelligence ne sert pas à grand-chose.

Comment, dès lors, ne pas souligner avec Bruneteau « l'irresponsabilité des intellectuels européistes qui […] s'illusionnèrent un temps plus ou moins long sur les mérites fédératifs du IIIe Reich ? Leur aveuglement au nom d'une représentation enchantée de l'Europe à construire […] se compare aisément à cet égard à celui des protagonistes intellectuels de l'illusion communiste[63] […]. »

Une identique illusion politique, mortelle dans les deux cas, tirant sa force de son abstraction et de sa dimension religieuse auxquelles tout et tous les faits doivent se soumettre : « Par son caractère d'idéal sans définition, appelant à une fuite permanente hors de la réalité présente, l'idéologie européenne est en effet, dans son fonctionnement même, propre à diluer les événements, les moyens, les alliances dans la longue durée d'une "construction" s'assimilant à une forme de fatalisme historique. Cette dimension joue à l'évidence durant les années noires où l'incantation européenne permet de dépasser une Occupation jugée contingente[64] […]. »

Et une conclusion s'impose dès lors avec Bruneteau : « Il faut rompre avec cette légende rose qui situe les racines de la construction européenne dans la pensée de la Résistance. Si celle-ci a jamais existé, le nationalisme en serait certainement le trait le plus structurant[65] […]. » Winston Churchill était un nationaliste, Charles de Gaulle aussi.

Certes, l'européisme a pu participer de l'esprit français de Résistance. Mais de façon minoritaire tout au long des années de lutte.

Certes, une Déclaration des résistances européennes adoptée par neuf délégations fut publiée au printemps 1944. Mais elle ne convainc pas au-delà d'un petit cercle. Se référant à la sentence sans appel prononcée par Lénine en 1915 – « les États-Unis d'Europe sont, en régime capitaliste, ou bien impossibles, ou bien réactionnaires[66] » –, les communistes de l'époque ont toujours condamné la perspective de l'Europe fédérale comme complice du capitalisme. Quant au gaullisme, nationalisme de guerre, il était, par définition, hostile à une telle option politique, et nombreux sont ceux qui, dans ses rangs, dénoncèrent là un thème de la collaboration.

Certes, en 1941, de sa geôle auvergnate, Léon Blum écrivit *À l'échelle humaine*, où il plaidait pour un fédéralisme européen ; mais son témoignage n'aura pu que circuler sous le manteau, et ne fut publié qu'après la fin du conflit.

Certes, la Résistance italienne, regroupée autour d'Altiero Spinelli et de ses camarades du *confino* de Ventotene, s'était prononcée, la même année, dans son *Manifeste pour une Europe libre et unie*, en faveur de l'abolition définitive de l'État national souverain et d'un État fédéral disposant d'une armée ; mais elle resta isolée. « Seule une élite restreinte, démocrate-chrétienne et socialiste, a fait en définitive de l'idée européenne un principe structurant du combat antifasciste[67]. »

Certes. Cependant, le moment venu, c'est précisément cette petite élite qui se lancera corps et âme dans l'édification d'une Europe institutionnelle.

Une nouvelle « Europe nouvelle »

Avec l'écrasement du IIIe Reich et le début de l'affrontement Est-Ouest qui en résulta, le mouvement européiste allait changer de « fédérateur » : une nouvelle « Europe nouvelle » vit le jour et la fée qui se pencha sur son berceau avait cette fois les traits burinés de l'Oncle Sam.

Et, de fait, l'*European Recovery Program*, par lequel les États-Unis ont financé la reconstruction d'économies européennes ravagées au sortir de la Seconde Guerre mondiale, doit être considéré comme le point de départ, l'impulsion décisive, de la construction européenne. L'« aide amicale », selon la formule du général George C. Marshall, responsable du plan éponyme, dans son discours du 5 juin 1947 à l'université Harvard, n'était pas tout à fait désintéressée – pourquoi l'aurait-elle été ? – et représentait aussi une amicale pression. Il s'agissait pour la puissance américaine de contenir une expansion soviétique redoutée et de voir s'établir une union de l'Europe occidentale qui fût une alliée face au géant « rouge », traduction concrète de la doctrine de l'endiguement – *containment* – énoncée par le président américain Harry Truman le 12 mars 1947. Il s'agissait aussi de sécuriser un vaste marché offrant de substantiels débouchés à l'économie américaine. Les considérations géopolitiques et commerciales, prédominantes, étaient donc liées ; d'ailleurs le GATT fut signé, le 30 octobre 1947, dans le même mouvement que l'annonce du plan Marshall.

Après les 8 milliards de dollars accordés entre 1945 et 1947, ce plan aura représenté 13 milliards supplémentaires entre 1947 et 1949 (soit l'équivalent d'environ 150 milliards d'euros), dont auront bénéficié 16 pays en 1947, l'Allemagne de l'Ouest rejoignant ce groupe en 1949. La contrepartie attendue de cette aide américaine était une organisation politique et économique de l'Europe. Ainsi, afin de répartir entre eux la manne américaine et de promouvoir le commerce et les échanges au sein du Vieux Continent, les Européens mettent-ils en place, le 16 avril 1948, l'Organisation européenne de coopération économique (OECE), ancêtre de l'OCDE.

Après avoir un temps envisagé de « pastoraliser » l'Allemagne en démantelant ses industries lourdes, en ramenant son économie à la seule agriculture et en lui faisant payer le prix de la reconstruction – c'était l'objectif du plan Morgenthau, adopté par Roosevelt et Churchill le 15 septembre 1944, et rapidement abandonné –, il s'agissait enfin pour les Américains d'arrimer le vaincu nazi au camp occidental[68].

Des débuts de la guerre froide (1947) à l'effondrement de l'Empire soviétique (1989) et à la dislocation de l'URSS (1991), soit pendant plus de quarante ans, la « peur du rouge » aura constitué le meilleur aiguillon d'une union de l'Europe qui ne concernait alors que sa partie occidentale.

Trois grands discours vont planter le décor géopolitique de l'époque et dramatiser les enjeux de la guerre froide : en 1946, ceux de Churchill, à Fulton, le 5 mars, où il utilise la célèbre formule du « rideau de fer », et à Zurich, le 19 septembre, dans lequel il invite les États du continent – et eux seuls, l'exhortation ne valant pas pour le Royaume-Uni – à « créer quelque chose comme les États-Unis d'Europe » ; et enfin, celui, déjà cité, de Truman en mars 1947.

« Le père de l'Europe, c'est Staline ! »

Quelques mois plus tard, vint la réponse politique de l'Europe. Initiative de Churchill, qui le préside, le congrès de La Haye (7-10 mai 1948) rassemble plus d'un millier de délégués issus de toute l'Europe. Marqué par des proclamations enthousiastes et un *Message aux Européens* lu par Denis de Rougemont, héros et héraut du mouvement européiste, qui avait prononcé le discours inaugural de l'Union européenne des fédéralistes, à Montreux, lançant le processus qui aboutirait à ce congrès fondateur, théâtre aussi de divisions entre unionistes et fédéralistes, il déboucha, par le traité de Londres du 5 mai 1949, sur la création du Conseil de l'Europe, assemblée consultative désignée par les parlements des dix pays fondateurs. Ce « printemps de l'Europe », comme on l'appella alors, celui d'une « Europe à la fois carolingienne et vaticane[69] », selon la formule de Le Roy Ladurie, s'incarnant dans les figures de Robert Schuman, de Konrad Adenauer et d'Alcide De Gasperi, se révèla surtout être le temps de la « Grande Peur » : peur des Soviets, peur de la Bombe, peur du déclin.

Création du Kominform en octobre 1947, « coup de Prague » en février 1948 et naissance du Comecon en février 1949 : en quelques mois, l'Europe centrale est devenue la pointe avancée du camp soviétique. La principale raison de l'union européenne, selon Raymond Aron, raison « un peu cynique et un peu paradoxale », est bien la peur : « le seul sentiment qui est en train d'inspirer une certaine organisation de l'Europe occidentale, c'est la peur de l'autre

Europe[70] ». Ce que confirmera Paul-Henri Spaak quelques mois plus tard, s'adressant à la délégation soviétique dans son discours à l'Assemblée générale des Nations unies, le 28 septembre 1948, pour défendre le pacte de Bruxelles – alliance défensive entre la France, le Royaume-Uni et le Benelux, signée le 17 mars 1948 : « Savez-vous quelle est la base de notre politique ? C'est la peur. La peur de vous, de votre gouvernement, la peur de votre politique[71]. » Cette même peur qui présida à la signature du traité de l'Atlantique Nord, le 4 avril 1949, donnant naissance à l'OTAN.

S'installa alors une dialectique de la peur. On scrute, on interprète et on surinterprète les déclarations, faits et gestes des dirigeants de l'autre bloc. Sous forme de boutade, Spaak lança une vérité politique profonde : « Le père de l'Europe, c'est Staline ! »

Peur de l'apocalypse nucléaire, aussi et peut-être surtout. L'unité européenne est envisagée comme le seul moyen de garantir une paix qui semble bien fragile et de prévenir le retour des massacres ; comme l'écrit Emmanuel Mounier à la fin de l'année 1948 : « La première vocation de l'Europe, c'est de faire que la troisième guerre mondiale ne soit pas[72]. » Pour nombre de tenants du mouvement européiste, l'alternative définitive est celle saisie dans une formule alors célèbre : « fédéralisme intégral ou mort atomique[73] ».

Peur du déclin, enfin, face à la puissance économique et militaire des deux géants.

Dans ce contexte d'extrême tension, face à un ennemi jugé effrayant et devant la nécessité impérieuse d'organiser la solidarité de l'Europe occidentale, s'est installée une indulgence certaine pour les fautes et les compromissions de l'Occupation. Priorité fut donnée au rassemblement et l'on se montra peu regardant sur ces renforts sortis de l'ombre. La guerre froide sera ainsi le temps d'un grand recyclage des réprouvés des « années noires », celui d'une vraie recomposition politique en faveur de l'européisme : on va ainsi passer « de Vichy à la Communauté européenne », pour reprendre le titre du travail de référence d'Antonin Cohen[74].

De Vichy à la Communauté européenne

Les idées européistes élaborées par les intellectuels proches de Vichy vont revenir dans le débat, transformées, « maquillées », afin de les rendre présentables. Il en va ainsi de la « communauté », cette institution au cœur du projet politique de Pétain, la « Révolution communautaire », qui en avait proclamé les principes au début de l'année 1941 : « L'homme tient de la nature ses droits fondamentaux. Mais ils ne lui sont garantis que par les communautés qui l'entourent : la famille qui l'élève, la profession qui le nourrit, la nation qui le protège[75]. » L'Europe, pour Pétain, devait venir parachever cet édifice communautaire.

Ainsi, lors des premières Journées d'études communautaires, tenues au Mont-Dore du 10 au 14 avril 1943, les contours d'une future « communauté européenne » sont dessinés : « La communauté nationale ne pourra prendre tout son sens et toute sa portée qu'au sein d'une communauté de nations [...]. L'Europe est un ensemble de nations qui pourraient réaliser une communauté. Nous voulons lui donner ses institutions et ses moyens d'existence [...]. Aussi les institutions dont il s'agit ne sont-elles viables que si les États constituant la communauté délèguent volontairement une part de leur souveraineté – non pas à un État qui exercerait une hégémonie – mais au profit d'un ordre communautaire concrétisé par des institutions fédérales[76]. » Le pétainisme fut aussi un fédéralisme.

La « Révolution communautaire » se retrouvera sur le devant de la scène lors du « grand congrès fondateur de La Haye, cinq ans plus tard, où plusieurs centaines de délégués, sous la présidence de Churchill, Eden et Van Zeeland, entendaient "inventer" l'Europe comme institution [...]. Le projet est le même, évidemment reformulé, voire ripoliné à un degré tel qu'il était difficile, surtout si on ne les cherchait pas, de percevoir les continuités idéologiques entre les deux moments[77] ». La « communauté européenne » a été un des thèmes structurants du débat politique durant l'Occupation ; toutefois, « si la contribution bien réelle de la Résistance à la genèse de la construction européenne a largement été étudiée, le rôle spécifique des hommes et des mouvements issus de la Révolution nationale reste, lui, trop souvent négligé[78] ». On comprend aisément pourquoi.

Selon la démonstration de Cohen, durant ces années charnières allant de l'écroulement de l'Allemagne nazie à la création de la République fédérale, « la matrice de la communauté telle que l'a méditée Vichy [...] a enfanté la construction de l'Europe dont Monnet et Schuman furent les porte-drapeaux[79] ».

Communauté : significativement, ce sera le nom choisi pour baptiser les premières constructions politiques et juridiques de l'Europe. En 1951, avec la Communauté européenne du charbon et de l'acier (CECA) ; en 1954, avec la Communauté européenne de défense (CED) et la Communauté politique européenne ; en 1957, avec la Communauté économique européenne (CEE) et la Communauté européenne de l'énergie atomique (Euratom) ; en 1992 avec la Communauté européenne.

Ce projet communautaire originel aura été celui d'un groupe soudé : Paul Reuter, Robert Marjolin, Maurice Duverger, François Perroux, Yves Urvoy, Louis-Joseph Lebret, Henri Frenay, Pierre Uri, Étienne Hirsch, sans oublier le conseiller d'État Maurice Lagrange. Un projet porté par La Fédération, l'un des principaux mouvements fédéralistes français de l'après-guerre, largement financé par le CNPF et de généreux industriels, qui aura permis le reclassement des principaux théoriciens de la troisième voie et de la Révolution nationale, et promu un « fédéralisme intégral » principalement associé aux noms d'Alexandre Marc ou de Robert Aron[80], fondateurs d'Ordre nouveau, et références intellectuelles de toute la génération « non-conformiste » des années trente.

La Fédération, au comité directeur de laquelle, lorsqu'elle rejoint, en 1948, le Mouvement européen né cette même année au lendemain du congrès de La Haye, siège un certain François Mitterrand[81].

Comme le souligna alors cruellement Raymond Aron : « L'idée d'Europe est à la mode. Moins de trois années après la fin de la guerre, le thème de l'Europe, qui a joué un tel rôle dans la propagande hitlérienne, reparaît dans la propagande des Nations unies. Je ne vois là d'ailleurs aucun scandale, même quand ce sont les mêmes hommes – ce qui peut arriver – qui traitaient il y a quelques années le thème et qui le traitent à nouveau aujourd'hui. Après tout, c'est peut-être une manière de rendre hommage à une nécessité historique inéluctable[82]. »

Jean-Marie Domenach et les hommes d'*Esprit* ne manquèrent pas non plus de dénoncer cette bien étrange recomposition politique : « De curieuses alliances s'ébauchent entre capitalistes et révolutionnaires, anciens vichystes et anciens résistants – unionistes et fédéralistes confondus : ils ont tous en commun, disent-ils, le même amour de l'Europe. En réalité, ils ont tous en commun d'abord la haine du communisme[83]. »

Un silence assourdissant

Pourquoi s'attarder sur ces cinquante premières années de l'européisme ?

Afin de rétablir des faits importants, et pourtant trop souvent méconnus ou passés sous silence. Toute une série de travaux universitaires, ceux de Bernard Bruneteau et d'Antonin Cohen en particulier, n'ont pas rencontré l'écho public qu'ils méritent. L'apport de cette historiographie, essentiel, doit être rappelé et son utilité, soulignée.

Pour dénoncer une des causes de ce silence, aussi. Encore aujourd'hui, un ouvrage collectif, fort de 1400 pages, réunissant les contributions de plus d'une centaine d'intellectuels, *Europa. Notre histoire*, ne contient-il pas une seule ligne sur la face sombre de l'idée européenne[84]. Plus grave, la consultation des organes actuels de communication de la sphère européiste laisse pantois. Pas un paragraphe sur l'aveuglement des années trente, pas un mot sur la faillite morale des années noires, rien à propos de l'« Europe nouvelle » ni du naufrage politique de toute une génération intellectuelle qui, en privilégiant sa passion pour le fédéralisme, aura perdu la raison et sombré dans l'impardonnable.

En parcourant ces sites officiels – ceux de l'Union européenne et du gouvernement français, notamment[85] –, on passe directement de Briand à Monnet, du « précurseur » au « pionnier », du « visionnaire » au « bâtisseur », du « grand ancêtre » au « grand homme », en enjambant pudiquement vingt années pourtant cruciales, en omettant la collaboration, Vichy, le nazisme, les compromissions des uns et les égarements des autres, et en cherchant à s'arroger une Résistance rédemptrice – qui fut pourtant principalement l'œuvre, répétons-le, des gaullistes et des communistes, tous nationalistes.

Un seul mot permet de qualifier cette imposture : propagande.

Par vertu heuristique, enfin : « L'ensemble de la problématique européenne est déjà exposé autour de 1930 », ainsi que le souligne Bruneteau[86]. Ce qui s'est alors dit, les arguments échangés, les positions adoptées, les postures prises, les thèmes abordés, constitue autant d'invariants que nous retrouvons dans les débats actuels – qu'ils éclairent ainsi de façon précieuse. Connaître l'histoire de l'Europe – telle qu'elle s'est rêvée et telle qu'elle s'est réellement construite – est le premier réquisit pour comprendre la situation actuelle et la redresser.

CHAPITRE 2

L'engrenage

Au tournant de la seconde moitié du XXe siècle, l'européisme va passer du monde des idées à celui de l'action politique. Plus seulement des paroles, grandioses, exaltées, prophétiques et visionnaires ; mais des actes, concrets, et des institutions, nouvelles. C'est le temps de la « construction » européenne, engagée par un homme, Jean Monnet, et par une « méthode », celle qui porte son nom. Quelques mots de l'homme, avant toute chose, et de son mystère[87]. Ou plutôt de ses mystères, car il n'y a pas un « mystère » Monnet, mais deux.

Savamment entretenu par ses thuriféraires comme par l'intéressé lui-même – par ses silences et sa discrétion, mais aussi par ses *Mémoires* –, le premier a trait à sa biographie. Un mystère que les avancées récentes de la recherche historique dissipent progressivement, laissant apparaître un personnage à la vie pour le moins trouble[88]. Que nous apprennent ces travaux universitaires du début du XXIe siècle sur le « père fondateur de l'Europe » ?

Né en 1888, Jean Monnet, « lycéen peu motivé », est envoyé par ses parents à Londres, à l'âge de seize ans, auprès de la firme de commerce international W. H. Chaplin & Co, *Wine and Spirit Merchants*, agent de la maison de cognac Monnet. Les deux années passées dans la capitale britannique représenteront une étape essentielle de sa vie, une expérience personnelle, linguistique et professionnelle fondatrice. En 1906, il quitte l'Angleterre pour le Canada afin d'y implanter l'entreprise familiale[89]. Selon certaines sources, il aurait alors, en ces temps de prohibition, fait fortune dans la contrebande de cognac.

Les trente-deux années (1907-1939) suivantes, pendant lesquelles Jean Monnet a exercé les professions de négociant, de banquier et d'investisseur, en alternance avec une activité dans la sphère publique internationale, restent, pour l'essentiel, dans l'ombre.

« Argent et pouvoir »

Selon Gérard Bossuat, fin connaisseur de Jean Monnet et spécialiste de l'histoire de la construction européenne, « pendant la Première Guerre mondiale, il acquiert une grande expérience de la vie financière et gouvernementale internationale, puis de fonctionnaire international à la SDN et d'*investment banker* [...]. Immédiatement s'impose l'image d'un homme étonnant. Mais ce n'est pas le négociant en cognac qui attire l'attention [...]. C'est plutôt le réseau d'affaires, de relations politico-bancaires qu'il constitue qui intrigue. Une certaine imbrication est observable entre commerce privé, investissements financiers et service de l'intérêt général dans les fonctions qu'il occupe pour le gouvernement français dans les bureaux exécutifs entre 1917 et 1919 ou pour la SDN. Il est difficile de déceler ce qui relèverait aujourd'hui du conflit d'intérêt et ce qui, à l'époque, semble admis [...]. Argent et pouvoir sont très présents dans la vie de Monnet entre les deux guerres [...]. Monnet est un banquier international, lié aux milieux financiers de New York, de Paris et de Londres, cherchant les bonnes affaires pour J. P. Morgan, Lazard, Blair & Co, fondateur d'une firme d'investissement, la Monnet, Murname & Co et sans doute pour cette raison soignant ses contacts avec les milieux politiques nationaux et internationaux. Cette période de la vie de Monnet est moins documentée que la suivante[90] ».

Cela va sans dire. D'autant que ses méthodes étaient pour le moins discutables. « Inspiré par la culture américaine, il ne distingue pas dans les années vingt et au début des années trente ses pratiques au service d'institutions publiques de ses intérêts privés. Quand il est entré au service de la Société des nations en 1920, il continuait de négocier des rachats de firmes de champagne allemandes séquestrées en France », nous apprend Philippe Mioche, autre spécialiste de Monnet[91].

À la fin des années trente, sans que l'on parvienne à cerner ses motivations exactes, Jean Monnet décide de quitter son activité de financier international pour se consacrer à ce qui sera sa grande cause : les États-Unis d'Europe. « La sortie de la SDN s'est réalisée dans une certaine confusion des intérêts entre le service des causes générales et celui du portefeuille privé. La plongée de Jean Monnet dans les affaires entre 1926 et les années 1940 a été totale. La transition vers le service de la France et de l'Europe a été un peu plus progressive que généralement admise », comme le souligne le même chercheur[92]. « Le passage du privé au public a commencé en 1938 et finalement « faire l'Europe unie » a remplacé doucement l'objectif de « faire des affaires » », confirme Gérard Bossuat, qui s'interroge : « Pourquoi Monnet n'a-t-il pas continué sa vie de banquier[93] ? » Pourquoi, en effet ?

Et de poursuivre : « Si le seul souci des affaires l'avait guidé, pourquoi prit-il du service à la SDN comme secrétaire général adjoint ? Pourquoi abandonna-t-il largement ses activités privées en 1938 pour tenter de faire parvenir en France les avions américains dont l'armée de l'air avait besoin ? Quelle est la nature du réseau politico-financier de Monnet ? Est-il l'homme de Wall Street ? Quels sont les ressorts de l'action de Monnet, banquier, investisseur, fonctionnaire international ? Faire des affaires ? Rationaliser l'organisation économique et financière des États européens, moderniser et développer l'économie d'un grand État encore pauvre, la Chine ? Que ressort-il de ces années de maturité – il a 30 ans en 1918 et 50 ans en 1938 ? Peut-être quelque chose que l'on a théorisé ensuite, sa fameuse méthode

[…]. Il développe l'art du compromis ; est-ce au service de l'intérêt général[94] ? » Excellente question.

On le constate : beaucoup d'interrogations en suspens, y compris pour des esprits savants et sagaces, consacrant leur vie universitaire à cet étrange Monsieur Monnet.

Le second mystère Monnet, Raymond Aron l'a désigné très crûment : « Pourquoi ce bourgeois du cognac, cet ancien banquier, ce petit Français ni orateur ni écrivain, sans diplômes universitaires et sans décorations, a-t-il finalement exercé une telle influence, difficile à déterminer exactement, mais que personne ne peut nier ? Il ne possédait aucune des qualités (ni aucun des défauts) caractéristiques des Français, aucune de celles qui, d'ordinaire, conduisent au pouvoir[95]. »

De tous les témoignages et études disponibles, et en particulier du long et élogieux portrait qui lui fut consacré en août 1944 par la prestigieuse revue américaine *Fortune*[96], sous la signature de John Davenport – grand prêtre de l'idéologie libérale, fondateur de la Société du Mont-Pèlerin –, se dégage un personnage singulier.

« Mister Jean Monnet of Cognac »

Monnet n'était ni un intellectuel ni un homme de culture. D'extraction, d'éducation, de vocation, de goût et d'expérience, c'était un marchand – et il l'est resté tout au long de sa vie. Sans aucun attrait pour les idées elles-mêmes – la seule spéculation qui l'ait jamais intéressé fut financière, jamais conceptuelle –, il en connaissait néanmoins la valeur et le pouvoir : « les idées ne meurent pas », avait-il coutume de dire. Tourné vers les questions d'ordre pratique, excellent organisateur, il était doté d'une vraie intelligence psychologique, celle de l'homme d'affaires qui, pour réussir, doit être capable de jauger et de juger très vite son partenaire. Doté d'un « certain génie pour l'amitié », il était, selon l'appréciation de Davenport, « un charmeur », un « négociateur perspicace et pénétrant », « un homme totalement voué aux affaires ».

Outre cet esprit mercantile, son trait de caractère principal était la ténacité, l'opiniâtreté même. Comme il le confia à Davenport : « Le grand intérêt du cognac, c'est qu'il vous apprend par-dessus tout comment attendre. L'homme propose – mais le temps et Dieu disposent. » Tout cela fit de lui un idéologue de l'espèce la plus redoutable, celle qui avance armée de la bonhomie et sous le masque rassurant du « bon sens ».

De sa formation américaine, il avait tiré une leçon qui lui servit d'étoile polaire : le XXe siècle serait celui de l'ascension et de l'apogée de la puissance des États-Unis, qui représentaient pour lui la seule nation digne d'intérêt. Et c'est là-bas « qu'il semble avoir, dès 1940, commencé à réfléchir à l'avenir de l'Europe[97] ». Frappé par ce qu'il avait vu en Amérique, au Canada, en Chine, et cru comprendre de ses très longs séjours à l'étranger, il n'envisagea plus l'avenir du monde que comme la coexistence de grands blocs économiques cohérents et donc viables : il fut, à sa manière, un brin sommaire, un continentaliste. La dissolution des souverainetés nationales devint sa priorité, son obsession même, avec une insistance particulière pour celle de son propre pays. Selon lui, le destin de la France ne pouvait être que de se fondre dans l'ensemble européen dont elle était comme prisonnière et dont dépendait son sort. « La France est liée à l'Europe. Elle ne peut s'en évader. De la solution du problème européen dépend la vie de la France », écrivit-il ainsi dans une importante note stratégique du 5 août 1943, adressée au général de Gaulle, alors chef du Comité français de libération nationale[98].

Il voyait loin, et grand. Ce n'était pas un médiocre. Ainsi, dès 1944, il évoquait la nécessité d'une « autorité européenne » pour gérer la production de charbon et d'acier, et, au-delà, une sorte d'« union centrale », qui naîtrait d'un « vrai abandon de souveraineté des nations européennes » et qui pourrait créer un « grand marché européen[99] ». Homme de son temps, il l'était assurément ; il n'avait néanmoins compris que la moitié de l'histoire du monde qui s'écrivait alors. Son économisme fruste l'a empêché de saisir que, quelles qu'aient été les évolutions considérables de la première moitié du xxe siècle et, plus encore, celles qui marqueraient la seconde moitié de celui-ci – mondialisation des échanges, emprise de la finance, hégémonie culturelle américaine –, la politique continuerait néanmoins à gouverner la planète. Et il n'avait rien perçu de la force et de la résilience de la Nation – à la fois construction politique et réalité charnelle. Seuls les États-Unis d'Amérique, répétons-le, trouvaient, à cet égard, grâce à ses yeux. Encore une fois, Raymond Aron le perça à jour : « Il sous-estimait la puissance des nations et des États à persévérer dans leur être[100]. »

Alors, Monnet, « technocrate illuminé », comme le juge Edgar Morin[101] ? « Homme d'influence » à Londres, où il résidait pendant la Grande Guerre, sortant « du Ritz où il logeait à l'année, vêtu d'une tenue de soirée agrémentée d'une cape doublée de soie blanche » et, plus tard, « menant un train de vie somptueux », rue de Condé à Paris, selon Éric Roussel, son biographe officiel[102] ? « Homme "transatlantique" et "transpacifique", à l'aise tout autant à Paris qu'à Londres, New York et Washington ou Shanghai[103] » ? Un antigaulliste viscéral, qui écrivit au président Roosevelt, en 1943, que l'Homme du 18 Juin était « un ennemi du peuple français et de ses libertés » et qu'« en conséquence, il doit être détruit, dans l'intérêt des Français, des Alliés et de la paix[104] » ? « Une des figures les plus fascinantes du siècle dernier », pour son adversaire à distance, Jean-Pierre Chevènement[105] ? « L'Inspirateur », tel que le surnomma le général de Gaulle, afin de souligner sa prédilection pour l'action dans l'ombre, qui le jugeait « avant tout soucieux de servir les États-Unis[106] » ? « Gr. carnassier en affaires + ambition politique », appartenant « à une franc-maçonnerie inavouée, intéressée à un traitement favorable de l'Allemagne », comme l'exécuta Saint-John Perse[107] ? « Banquier de son état, et membre hyperactif de la Françamérique », selon Régis Debray[108] ? « Grand Français » reposant au Panthéon depuis 1988 ? Ou plutôt, comme il aimait à se présenter lui-même, « premier fonctionnaire fédéral du Nouveau Monde[109] » ?

Le « premier fonctionnaire fédéral du Nouveau Monde »

Ce titre, dont il se faisait gloire, et que lui avait décerné un journal anglais en 1939, Monnet l'a acquis par ses hautes fonctions d'organisation et de coordination au cours des deux conflits mondiaux, qu'il relate de façon détaillée dans ses *Mémoires*.

« Publiés en 1976, les *Mémoires* de Monnet constituent une exemplaire reconstruction du passé à la lumière de l'histoire advenue [...]. Plus qu'une narration autobiographique, ils sont le produit d'un travail collectif de reconstruction historique égocentrée dans lequel ces professionnels de la révélation du passé que sont les historiens ont eu un rôle éminent [...]. Sur la base de premières ébauches de biographie, réalisées par Jean-Baptiste Duroselle et son équipe aussi bien que par l'entourage direct de Jean Monnet, va être rédigé ce qui se présente comme une "autobiographie", les *Mémoires*, dont le principal artisan n'est pas tant Jean Monnet lui-même que François Fontaine », nous précise Antonin Cohen, un des meilleurs spécialistes de l'homme de Cognac[110].

Entreprise collective, ces *Mémoires* ont été pensés, conçus et rédigés comme un manifeste politique et doivent donc être lus comme tels. D'où leur immense intérêt.

En 1916, grâce à son entregent, Monnet, alors âgé de vingt-huit ans, s'était vu propulsé au sein des comités alliés pour la répartition des ressources communes, à Londres, où il représentait la France. L'expérience exceptionnelle qu'il y acquit lui fut d'une grande utilité lorsque, en octobre 1939, Daladier et Chamberlain le nommèrent président du Comité de coordination franco-britannique, entité chapeautant les cinq comités exécutifs permanents chargés, pour les deux États, du ravitaillement, de l'armement et des matières premières, du pétrole, de l'aéronautique et des transports maritimes. Là, dans les fonctions importantes qui furent les siennes, il mit au point et pratiqua une « méthode » rompant avec les usages de la diplomatie traditionnelle et qui deviendra sa marque de fabrique.

La « méthode Monnet » consiste d'abord et avant tout en un renversement de perspective politique : il ne s'agit évidemment pas de défendre un quelconque intérêt national, mais pas davantage d'arbitrer une discussion diplomatique traditionnelle. Monnet réfute toute logique de barguignage ou de « donnant-donnant » et bannit, au sein de ses équipes, le mot même de « négociations[111] » ; il propose et pratique la mise à plat complète de l'intégralité des positions en présence, leur élucidation méticuleuse, patiente, respectueuse des divergences persistant néanmoins après ce travail d'analyse, afin de dégager un consensus si cela est possible ou, sinon, d'atteindre une majorité dans le vote qui soit apaisée.

Car, et c'est là un point central qui confère son caractère fédéraliste à la « méthode Monnet », celle-ci veut que, contrairement à la méthode intergouvernementale classique où l'unanimité est requise, l'on vote à la majorité – qualifiée ou simple – pour décider.

Bien préparé, ce vote revêt dès lors pour lui une dimension dialectique : « La règle de la majorité était le moyen le plus sûr de favoriser l'accord unanime parce qu'elle conduisait à la décision et que cette perspective portait la minorité à la sagesse. Mais pour la majorité aussi, la sagesse consiste à ne pas user de son pouvoir pour imposer son point de vue, ou du moins de ne le faire prévaloir qu'au terme d'une discussion complète. Le propre des institutions de la Communauté est de décider, mais il est aussi, et avant toute chose, d'organiser la discussion et de la conduire aussi loin qu'il est nécessaire pour que chacun comprenne les raisons de l'autre et les respecte, même s'il ne peut en fin de compte s'y rallier[112]... »

Convaincu par ces deux expériences de fonctionnaire international, Monnet les recyclera lorsque, à la suite du traité de Paris (18 avril 1951), créant la CECA, il prendra la tête de cette institution nouvelle de type fédéral.

Là, il élargira et confortera sa méthode, qui sera désignée plus tard comme la « méthode communautaire », soit, selon sa propre description, « un dialogue permanent entre un organisme européen responsable de proposer des solutions aux problèmes communs et les gouvernements nationaux qui expriment les points de vue nationaux [...]. Cette méthode est tout à fait nouvelle. Elle ne comporte pas de gouvernement central. Mais elle aboutit à des décisions communautaires au sein du Conseil des ministres, notamment parce que la proposition de solutions aux difficultés communes par l'organisme européen indépendant permet d'écarter valablement l'obligation d'unanimité [...]. Cette méthode est le véritable fédérateur de l'Europe[113] ». Cette « méthode communautaire[114] » est donc décrite comme une forme de compromis entre la démarche supranationale et la logique intergouvernementale classique, prévalant jusque-là dans les relations entre États.

Présentée par Monnet comme une synthèse pragmatique, cette approche est en réalité idéologique, tant elle témoigne d'une hostilité profonde envers les souverainetés nationales. Au-delà des discours officiels et des propos rassurants, elle constitue une démarche fédéraliste ; et, pour cette raison, elle est devenue la méthode constante de l'intégration européenne, de la création de la Communauté économique européenne (CEE), en 1957 – qui réalise le Marché commun, grâce à la libéralisation des échanges et à l'élaboration de politiques économiques communes, dont la plus importante fut et reste la Politique agricole commune, ou PAC –, jusqu'à la relance des années Delors (1985-1995), qui amplifiera et approfondira cette méthode par l'adoption de l'Acte unique européen (AUE), traité étendant l'utilisation du vote à la majorité qualifiée au sein du Conseil des ministres européen. Surtout, Monnet prétend se situer « à la jonction des intérêts nationaux, à une place que personne ne songe à occuper ordinairement[115] ». Ce faisant, il reprenait à son compte l'approche défendue dès 1814 par Saint-Simon dans son projet de réorganisation de l'Europe, où il précisait déjà s'être « placé du point de vue d'intérêt commun des peuples européens[116] ».

« Intérêt général européen » : c'est sous cet étendard que les successeurs de Monnet se placeront après lui ; en particulier, la Commission européenne, qui s'arrogera le privilège exclusif d'incarner cette valeur.

Telle est l'image d'Épinal de cette « méthode ». Mais que recèle-t-elle en vérité si on la déconstruit ?

La constance du hérisson

On connaît la distinction mise en lumière par Isaiah Berlin, venue de la tradition grecque – un vers du poète Archiloque – et reprise par Érasme – *Multa novit vulpes, verum unum echinus magnum* –, séparant les hommes entre ceux qui, tel le renard, mus par leur curiosité naturelle, explorent la diversité du vaste monde, se familiarisant avec une multitude d'idées, et ceux qui, à l'image du hérisson, modestement, patiemment, poursuivent inlassablement une seule idée, essentielle à leurs yeux : « Le renard connaît beaucoup de choses ; mais le hérisson connaît une grande chose[117]. »

Monnet fut un hérisson. Toute sa longue vie, il n'a travaillé qu'à un seul et unique objectif politique, jamais perdu de vue, avec constance et ténacité toujours, quels que fussent les obstacles et les résistances : la création des États-Unis d'Europe. « Dans tout hérisson il y a un fanatique[118] » : la sentence de Mario Vargas Llosa éclaire son parcours : Monnet fut un fanatique de l'Europe fédérale.

Dès août 1943, dans une note stratégique destinée au général de Gaulle, déjà citée, il souligne la nécessité que « les États d'Europe se forment en une fédération ou une "entité européenne"[119] ». Formule en apparence encore vague – même si elle ne l'est pas dans son esprit gagné de longue date au fédéralisme – que Monnet va rapidement préciser.

Rédacteur de la première version de ce qui sera la déclaration Schuman du 9 mai 1950, il affirme alors, sans précaution : « L'Europe doit être organisée sur une base fédérale[120] », et il demande que l'on souligne dans le texte cinq lignes essentielles à ses yeux, celles où il précise que la future CECA réalise « les premières assises concrètes d'une fédération européenne indispensable à la préservation de la paix[121] ». Président de la Haute Autorité, organisme supranational de la CECA, il déclarera : « Notre Communauté n'est pas une association de producteurs de charbon et d'acier : elle est le commencement de l'Europe[122]. »

Quelques années plus tard, en octobre 1958, alors président du Comité d'action pour les États-Unis d'Europe (CAEUE), où il exercera, selon le mot de Jean-Jacques Servan-Schreiber, « un pouvoir fédéral intellectuel[123] », il confirmera sa profession de foi : « C'est au fur et à mesure que l'action des Communautés s'affirmera que les liens entre les hommes et la solidarité qui se dessinent déjà se renforceront et s'étendront. Alors, les réalités elles-mêmes permettront de dégager l'union politique qui est l'objectif de notre Communauté, à savoir l'établissement des États-Unis d'Europe[124]. »

Atteindre ce Graal est une œuvre de longue haleine requérant patience et opiniâtreté, celles du distillateur charentais qui sait « donner du temps au temps » afin qu'apparaisse « la part des anges » : « Quand vous avez introduit un ferment de nouveauté dans un système statique, nul ne sait où s'arrêtera le mouvement. Ne cessons pas d'agir, mais ne soyons pas pressés[125] », intimait-il à ses collaborateurs. Et de préciser : « Je n'ai jamais connu pour ma part qu'un seul chemin. Mais la durée du cheminement est incertaine. La construction européenne, comme toutes les révolutions pacifiques, a besoin de temps – le temps de convaincre, le temps d'adapter les esprits et d'ajuster les choses à de grandes transformations[126]. » Pédagogue, il mesurait la valeur de la répétition des mêmes arguments, que releva son ami le chancelier Willy Brandt : « Il était plein d'idées, cependant il n'hésitait pas à réciter tout le temps à peu près le même discours incantatoire[127]. »

Homme d'action, Monnet savait l'importance de décider, et de patienter le temps nécessaire à ce qu'une situation se décante – « Il n'y a pas d'idées prématurées, il y a des moments opportuns qu'il faut savoir attendre » –, mais aussi celle de saisir l'instant propice, le *kairos* : « Il y a l'occasion qui se présente à son heure : faut-il laisser passer cette heure sous prétexte qu'on ne l'attendait pas si tôt[128] ? » Car « tout est possible dans les moments exceptionnels, à condition que l'on soit prêt, que l'on ait un projet clair à l'instant où tout est confus[129] ». Et de conclure fort pertinemment : « La vie est généreuse en occasions d'agir, mais il faut s'y être préparé longtemps par la réflexion pour les reconnaître et les utiliser lorsqu'elles surviennent.

Il n'y a que des événements, ce qui compte est de s'en servir en fonction d'un objectif[130]. »

À cet art de la gestion du temps, essentiel, Monnet ajoutait une vision d'ensemble de son projet fédéraliste, une vision de long terme, qui ne s'arrêtait pas aux difficultés du moment et de l'action. Ainsi, dès mars 1958, détaille-t-il à Félix Gaillard ce que serait, selon lui, la finalité de la CEE à peine née : « L'objectif serait la création d'un marché financier et monétaire européen, avec une banque et un fonds de réserve européen, l'utilisation en commun d'une partie des réserves nationales, la convertibilité des monnaies européennes, le libre mouvement des capitaux entre les pays de la Communauté, enfin l'établissement d'une politique financière commune[131]. » On reconnaît là, déjà, l'Europe de Maastricht. Comme le résume avec justesse Jean-Pierre Chevènement : « Jean Monnet avait toujours plusieurs coups d'avance[132]. »

Et c'est précisément pour cette raison que la méthode qu'il élabora fut celle d'un engrenage.

La stratégie de l'engrenage

Cette stratégie repose sur un deuil fondateur : celui du « grand soir fédéraliste », de la proclamation solennelle et grandiose d'une union politique, telle que la rêvait Victor Hugo. Les européistes avaient compris qu'ils ne parviendraient à rien en prenant les nations de face ; l'échec cuisant de la Communauté européenne de défense (CED) et de la Communauté politique européenne (CPE), en 1954, les conforta dans cette conviction ; ils choisirent donc la voie oblique.

Comme le concède l'acte de naissance de l'Europe communautaire, la célèbre déclaration Schuman du 9 mai 1950 : « L'Europe ne se fera pas d'un coup ni dans une construction d'ensemble : elle se fera par des réalisations concrètes – créant d'abord une solidarité de fait. »

Il s'agissait dès lors de construire l'Europe « modestement », par « le bas », grâce à la mise en place d'une gestion commune entre plusieurs pays européens dans des secteurs économiques bien délimités, afin de créer entre eux une « solidarité de fait ». Cette méthode prenait ainsi le contre-pied de la construction politique par « le haut », visant à instituer directement une fédération européenne, qui s'était fracassée sur la résistance des souverainetés nationales.

Modestie en apparence seulement. En réalité, les secteurs économiques choisis furent à chaque fois les plus importants : le charbon et l'acier – la sidérurgie, symbole de l'industrie d'armement – au sortir de la Seconde Guerre mondiale, en 1951, avec la CECA ; le démantèlement douanier, avec la CEE en 1957 – alors que les Trente Glorieuses passaient par le développement du commerce international ; l'énergie nucléaire, en 1958, avec Euratom – l'atome que Monnet jugeait ainsi : « Les rapports de nos experts ne laissaient aucun doute, l'énergie d'origine nucléaire supplanterait toutes les autres sources avant la fin du siècle – et pour des siècles[133]. »

Défendue comme celle des « petits pas », la « méthode Monnet » consiste donc en réalité – et cela dès l'origine – à présenter comme techniques des questions éminemment politiques et comme pratiques des objectifs tout à fait stratégiques. Ainsi, à propos de la CEE et d'Euratom, Monnet reconnaît : « Ces institutions étaient en apparence économiques et techniques, mais leurs objectifs étaient politiques[134]. » Et ces objectifs politiques restaient les mêmes : la supranationalité et le fédéralisme.

« Petits pas », la CECA ? Euratom ? Le Marché commun ? Et, plus tard, l'Acte unique ? L'euro ? Des coups de boutoir fédéralistes, plutôt.

Dans son esprit, il s'agissait de créer des précédents, en escomptant un « effet de cliquet » rendant l'« avancée » ainsi obtenue irréversible, et la marche arrière, impossible. Rédacteur, dans la coulisse, de la déclaration Schuman, Monnet rappelle, dans ses *Mémoires*, une phrase, à ses yeux essentielle, présente dans l'une des neuf versions de travail de ce texte, et néanmoins, pour une raison que son excellente mémoire a pourtant oubliée, absente de la version finale : « Cette proposition a une portée politique essentielle : ouvrir dans le rempart des souverainetés nationales une brèche suffisamment limitée pour rallier les consentements, suffisamment profonde pour entraîner les États vers l'unité nécessaire à la paix[135]. »

Loin de se cantonner à des « petits pas », Monnet a installé, au cœur de la mécanique européenne, la stratégie de l'engrenage que ses successeurs reprendront activement à leur compte. En particulier, son héritier en titre, Jacques Delors, qui confirme que « dès 1950, on voit donc se profiler la méthode de l'engrenage, qui est une méthode des petits pas[136] ». Ne cherchant ni à la désavouer, ni même à la dissimuler, Delors a toujours revendiqué cette approche.

Ainsi de la réalisation du grand marché unique, illustrant, selon ses propres mots, la « théorie de l'engrenage, une mesure en appelant une autre[137] ». Un engrenage politique donc, dans lequel l'Acte unique européen, signé en février 1986 et entré en vigueur le 1er juillet 1987, aura joué, en élargissant considérablement le recours au vote à la majorité qualifiée au sein du Conseil des ministres européen, un rôle décisif ; et, pour cette raison, le « traité favori » de Jacques Delors, auquel il consacre un chapitre entier de ses *Mémoires*[138]. Cette méthode aura permis, en cinquante ans (1950-2000), de « construire » un édifice juridique et institutionnel européen, par trois vagues successives d'engrenage. Laissons la parole à Jacques Delors.

« Deux périodes permettent de comprendre l'apport de la méthode de Jean Monnet, celle de l'engrenage, au processus d'intégration : la première remonte à l'origine même des Communautés [...]. La réalisation de l'Union douanière, prévue par le traité de Rome, témoigne de la force de cette méthode lorsqu'elle est appliquée avec diligence [...]. Ainsi, l'Union douanière entra en vigueur plus vite que prévu par le calendrier initial. Elle fut achevée le 1er juillet 1968, avec dix-huit mois d'avance. Plus près de nous, la relance de 1985 illustre, elle aussi, la méthode de l'engrenage [...]. L'engrenage par l'économique a fonctionné jusqu'en 1992 : l'Acte unique permet de décider, en étendant le vote à la majorité qualifiée, et met en place les politiques structurelles, contrepartie indispensable du grand marché[139]. »

Vient ensuite la troisième époque : « L'Union économique et monétaire (UEM) peut être considérée comme le départ d'un nouvel engrenage après les trois étapes de l'Objectif 92, de l'Acte unique et du paquet Delors. Cette gestation de l'UEM a occupé l'agenda européen de 1988 jusqu'en décembre 1991, c'est-à-dire jusqu'au Conseil qui a vu l'adoption du traité de Maastricht[140]. »

Vouloir forcer le cours de l'Histoire en anticipant sur des réalités humaines et politiques peut sembler témoigner d'un volontarisme hors de propos ; mais c'est que Monnet croit profondément en la force des institutions, et il l'affirme : « Seules les institutions deviennent plus sages : elles accumulent l'expérience collective, et, de cette expérience et de cette sagesse, les hommes soumis aux mêmes règles verront non pas leur nature changer, mais leur comportement graduellement se transformer[141]. »

En 1951, une des ruptures qu'il sut introduire dans le jeu européen, alors balbutiant, fut de ne pas se contenter d'un traité, comme le faisaient jusque-là les diplomates, mais d'imposer la création d'une institution – formule politique alors tout à fait nouvelle – indépendante, détenant des pouvoirs et une autorité propres – comme l'indique l'intitulé de « Haute Autorité » du charbon et de l'acier –, au service exclusif d'un intérêt commun et supérieur – l'« intérêt général européen ». Première institution supranationale, ne représentant aucun des gouvernements des États membres et, pour cette raison, composée non de politiques mais d'experts. Fini, le temps des obligations juridiques ; l'ère des institutions « communautaires » s'ouvrait ainsi.

Tous les successeurs de Monnet feront de même, se plaçant comme lui sous l'égide de Montesquieu – « c'est l'institution qui forme les hommes ». Mais illustrant aussi, par leur ténacité, le jugement de Saint-Simon : « ce sont les hommes qui font l'institution[142] ».

Conséquence majeure de cette stratégie de l'engrenage, conséquence voulue et escomptée par ses instigateurs, et qui s'est avérée, au fil du temps, redoutable : le contournement du pouvoir politique.

Une sorte de despotisme éclairé

Dès l'origine, dès le lancement de la CECA avec la déclaration Schuman, le principe de décider, en petit comité, d'un projet politique très ambitieux, dont on n'informera les responsables qu'une fois celui-ci prêt, ficelé, et juste avant de l'annoncer, est posé. « L'Europe est née d'une douce conspiration. Une poignée de Français atypiques, incroyablement résolus, a suffi », comme l'a confessé l'ancienne présidente du Mouvement européen et ex-future commissaire européenne, Sylvie Goulard[143]. Monnet « théorise » cette technique du fait accompli et ce contournement du politique comme autant d'impératifs rendus nécessaires par la faiblesse de ce dernier, dépeint comme vain et inutile, tout en se mettant en scène, lui, comme un personnage discret, fuyant les lumières du pouvoir, préférant agir dans l'ombre, au service de l'intérêt général et de l'avenir, privilégiant l'efficacité dont le politique serait, selon lui, incapable.

Faisant l'éloge de la technocratie, il ne cherche même pas à dissimuler le mépris que le politique lui inspire : « J'interviens alors pour proposer une méthode simple qui, généralement, n'est pas discutée parce que les hommes au pouvoir auxquels je m'adresse sont heureux qu'on les sorte de l'embarras – et qu'on leur laisse le bénéfice de la solution[144]. »

Et c'est très tranquillement qu'il confesse : « J'avais mieux à faire que de chercher à exercer moi-même le pouvoir : mon rôle n'était-il pas depuis longtemps déjà d'influencer ceux qui le détiennent et de veiller à ce qu'ils s'en servissent au moment utile[145] ? »

Une vision condescendante d'un politique infantilisé que son fils spirituel, Jacques Delors, revendiquera plus tard : « C'est pourquoi je me suis attaché à exercer, en tant que président de la Commission, si le mot n'est pas trop fort, un contrôle intellectuel sur la préparation des Conseils européens. J'ai appris d'expérience que chaque fois que je leur présentais une note courte – trois à cinq pages – et un nombre de points limités mais importants à décider, les membres du Conseil en étaient satisfaits et aboutissaient à des conclusions efficaces[146]. »

Règne de la technocratie, emprise de l'« expertise » sur la décision publique, fantasme du philosophe-roi gouvernant la multitude pour son bien, sans la consulter bien entendu, en écartant ou en mettant sous tutelle ses représentants désignés, mise en avant systématique de la « rationalité », opposée à l'« irrationalité » des critiques, pour justifier son action : l'action de la Commission européenne s'apparente à une sorte de despotisme éclairé.

« L'abdication d'une démocratie »

Cette dérive politique, qui a vu des États-nations être progressivement dessaisis de nombre de leurs prérogatives, un homme l'avait comprise et annoncée tôt, avec l'exemple de la CECA sous les yeux et beaucoup de lucidité : Pierre Mendès France.

À l'occasion du débat parlementaire sur le traité de Rome, alors en négociation, Mendès France prononça à l'Assemblée nationale, le 18 janvier 1957, un discours fondamental et fondateur, où il analysa lumineusement les dangers qui étaient déjà ceux du projet de marché commun à six pays[147]. Mendès France avait parfaitement saisi la logique de la construction européenne : son autonomisation et le dessaisissement démocratique qui en résulterait nécessairement.

Après avoir rappelé son engagement personnel pour une « construction organique de l'Europe », et s'être placé sous les auspices de la formule de Georges Bidault, devenue depuis une antienne, selon laquelle il s'agirait de « faire l'Europe sans défaire la France », il annonça de façon prémonitoire ce que serait l'horizon de la France à partir des années quatre-vingt-dix : la politique économique de la France, puis sa « politique » tout court, finiraient par lui être dictées de l'extérieur et surviendrait alors « l'abdication d'une démocratie ».

Ce jour-là, il dit : « Mes chers collègues, il m'est arrivé souvent de recommander plus de rigueur dans notre gestion économique. Mais je ne suis pas résigné, je vous l'avoue, à en faire juge un aréopage européen dans lequel règne un esprit qui est loin d'être le nôtre. Sur ce point, je mets le gouvernement en garde : nous ne pouvons pas nous laisser dépouiller de notre liberté de décision dans des matières qui touchent d'aussi près notre conception même du progrès et de la justice sociale ; les suites peuvent en être trop graves du point de vue social comme du point de vue politique. *Prenons-y bien garde aussi : le mécanisme une fois mis en marche, nous ne pourrons plus l'arrêter* [...]. Des sacrifices peuvent être nécessaires et peut-être avons-nous quelquefois dans ces dernières années manqué du courage qu'il aurait fallu pour les faire aboutir. Mais il appartient néanmoins au Parlement de choisir ces sacrifices et de les répartir et je supporte mal l'idée que ces sacrifices peuvent être demain dosés pour nous, choisis pour nous, répartis pour nous, par les pays qui nous sont associés et dont l'objectif premier n'est pas nécessairement le mieux-être en France pour la masse de nos concitoyens et le progrès de notre économie[148]. »

Sa conclusion, d'une force et d'une justesse politique saisissantes, tombe : « L'abdication d'une démocratie peut prendre deux formes, soit le recours à une dictature interne par la remise de tous les pouvoirs à un homme providentiel, *soit la délégation de ces pouvoirs à une autorité extérieure, laquelle, au nom de la technique, exercera en réalité la puissance politique*[149], car au nom d'une saine économie on en vient aisément à dicter une politique monétaire, budgétaire, sociale, finalement "une politique", au sens le plus large du mot, nationale et internationale. »

En se dressant contre la forme d'abdication que représentait le traité de Rome, Pierre Mendès France fut, historiquement, le premier représentant de la gauche du « non ».

« Le mécanisme une fois mis en marche », pour reprendre ses paroles, s'est produite l'autonomisation progressive de l'institution européenne à l'égard des nations qu'il avait annoncée, et le système maastrichtien s'est constitué. Avec la complicité active des divers gouvernements, droite et gauche confondues, même si la gauche porte là, on l'a vu, une responsabilité écrasante. Sans l'accord explicite des peuples, régulièrement écartés du processus de décision, ou contournés lorsque, comme en 2005, ils s'étaient prononcés contre les projets qui leur étaient soumis.

De l'Europe sans les peuples à l'Europe contre la démocratie

Une « Europe sans les peuples » : ce constat, désormais unanimement déploré, représente la conséquence logique du projet européen tel qu'il fut conçu et appliqué, le produit inévitable de la « méthode Monnet ». Car, comme le rappelait récemment Jürgen Habermas, les « Pères fondateurs [...] avaient fondé l'Europe sans la population parce qu'ils appartenaient à une avant-garde éclairée[150] ». À mesure que cet « idéal » de l'« avant-garde éclairée » trouvait une traduction institutionnelle, la distance entre ceux que cet idéal devait concerner – les citoyens des divers pays européens – et ceux qui le mettaient en œuvre – la technocratie bruxelloise, pour l'essentiel – ne cessait de croître ; de distance, on passa ensuite à la défiance, et enfin au divorce. « Les élites européistes deviennent une locomotive sans wagons[151] », comme le pointe Hubert Védrine.

Déjà, en 2004, Dominique Strauss-Kahn, chargé d'une mission par le président de la Commission européenne d'alors, Romano Prodi, avait conclu son rapport de façon univoque : « Aujourd'hui, la "méthode Monnet" est arrivée à épuisement. Le déséquilibre qu'elle a généré – des compétences politiques confiées à une institution de nature technique – provoque une crise institutionnelle profonde : l'Union européenne est malade de son déficit démocratique[152]. »

L'année suivante, survint, à l'occasion de la ratification du projet de TCE, le grand moment de la coupure entre les peuples et les élites dirigeantes – toutes absolument convaincues du bien-fondé du projet européen et ne le questionnant jamais. Combien d'inexactitudes, d'inepties, de caricatures, de mensonges, d'incongruités ont alors été proférés, par les deux camps s'affrontant ! Mais ceux de l'élite européiste furent impardonnables et ont aggravé la césure démocratique. Ainsi, Jacques Delors est-il allé jusqu'à prétendre, dans son combat pour le « oui » au référendum : « Il n'y a pas de plan B. Si la Constitution est rejetée, nous resterons avec le traité de Nice et une Europe plus libérale que celle de la Constitution. Voilà tout[153]. » Pas de plan B ? Effectivement, il y eut plutôt un « plan C » : C comme contournement des peuples – le « non » français de 2005 fut balayé d'un revers de main par le vote du traité de Lisbonne en 2008, 85 % des députés, « droite » et « gauche » confondues, foulèrent aux pieds la souveraineté du peuple exprimée nettement par 55 % des suffrages ; C comme contrainte – les Irlandais furent sommés de voter une seconde fois. Voilà tout.

Au sein de la zone euro, tenue jusqu'à la pandémie du Covid-19 par le carcan des règles – *Six Pack/Two Pack* – du traité budgétaire – voulu par Merkel, signé par Sarkozy et avalisé, contrairement à ses engagements, par Hollande – et, avant celui-ci, par celles du Pacte de stabilité, les élections n'ont, en pratique, plus guère de sens ; la démocratie est largement vidée de son contenu, ni la Commission ni l'Eurogroupe n'étant responsables devant quelque institution démocratique que ce soit.

L'avis de l'européiste Jean Quatremer, journaliste spécialiste des questions communautaires, à ce sujet ? « La volonté des peuples est donc étroitement encadrée par un pouvoir autocratique qui n'a de comptes à rendre qu'à lui-même. Un résultat curieux pour une Union composée de démocraties nées de la volonté des peuples de contrôler les impôts et les dépenses publiques » ; et de dénoncer les « contraintes stupides décidées entre 2010 et 2012 », pour conclure que « l'illégitimité de la gouvernance de la zone euro va apparaître au grand jour[154] ».

Celui du politologue Ivan Krastev ? « La résolution de la crise grecque nous instruisit sur un point tout à fait fondamental. En effet, nous savons désormais qu'il importe absolument, pour que la monnaie commune européenne survive, que les électeurs des nations débitrices soient privés non pas de leur droit de changer de gouvernement, mais de leur droit de changer de politique économique[155]. »

Et, enfin, celui de l'écrivain Javier Cercas ? « L'erreur principale, et dont découlent toutes les autres [est le] fait que le projet européen ait été surtout un projet élitiste [...] que ce projet ne soit pas devenu un projet populaire[156]. »

L'Europe contre la démocratie : voilà qui alimente directement et puissamment le « populisme », celui que « l'Europe » déplore, par ailleurs, à longueur d'éditoriaux ou de déclarations officielles. La gravité de la situation a conduit le président Macron, pourtant fer de lance du « progressisme », à tenter de faire amende honorable : « Je crois en l'Europe, c'est pour cela que je suis un Européen lucide, donc critique [...]. En 2005, nous avons connu la fin d'une Europe qui pouvait se construire à l'abri des peuples [...]. L'Europe faite uniquement pour les gagnants, au sein de conclaves fermés, est terminée[157]. » Oublieuse des peuples, cavalière avec l'idée démocratique, d'essence technocratique, cette méthode aura permis aux partisans de l'union de l'Europe de construire, en près de soixante-dix ans, non la cathédrale dont ils rêvaient, mais un édifice renouant avec le style architectural hétéroclite baptisé « éclectisme », dont le Second Empire avait fait sa bannière.

CHAPITRE 3

Un fédéralisme masqué

L'état actuel de la construction européenne résulte d'une accumulation de traités et de décisions de natures et de portées diverses, ayant abouti à une combinaison d'éléments hétérogènes.

Éléments de fédéralisme : la Commission européenne, qui s'est arrogé le monopole de la défense de l'« intérêt général européen » ; le Parlement européen, élu au suffrage universel depuis 1979, réclamant régulièrement les pleines prérogatives d'une assemblée représentative d'un peuple, avec ce léger problème qu'il n'existe pas de peuple européen ; l'euro, la Banque centrale européenne (BCE) et le Système européen de banques centrales (SEBC) ; le domaine, essentiel, du commerce extérieur avec un seul représentant et un seul négociateur pour représenter toute l'Union ; la Cour de justice de l'Union européenne (CJUE) ; le droit communautaire, d'application directe et immédiate dans le cas des règlements et dont le domaine s'étend ; le vote à la majorité qualifiée (55 % des États membres représentant au moins 65 % de la population de l'Union) au sein du Conseil des ministres, à propos d'actes juridiques en nombre par ailleurs croissant.

Éléments tirés de la confédération : l'Union découle d'un traité fondateur, et relève donc du droit international et non du droit constitutionnel ; la ratification nécessairement à l'unanimité de toute modification de ce traité fondateur, forme de droit de veto reconnu à chacun des États membres ; l'absence de « compétence de la compétence » pour l'UE, qui ne possède donc que les prérogatives que les États-nations ont consenti à lui déléguer ; la possibilité pour un État membre de quitter l'Union, équivalant au droit de sécession, prévue par le nouvel article 50 du traité sur l'Union européenne (TUE), et mise en œuvre pour la première fois en 2016 par le Royaume-Uni.

Éléments de coopération intergouvernementale classique : le Conseil des ministres européens, se réunissant fréquemment, en formations sectorielles ; le Conseil européen, composé des chefs d'État ou de gouvernement, organe né en 1974 à l'initiative de Valéry Giscard d'Estaing, longtemps informel, consacré par le traité de Maastricht en 1992 et doté d'un président permanent par celui de Lisbonne en 2008, est devenu l'instance politique la plus importante de l'Union, celle où sont prises les décisions stratégiques.

Cumulant ces trois dimensions institutionnelles, l'Europe est semblable à la chimère, créature de la mythologie grecque possédant la tête d'un lion, un corps de chèvre et une queue de dragon.

Encore faut-il préciser qu'à cet hétéroclisme vient s'ajouter l'incohérence. Traditionnellement, en effet, les éléments propres à une confédération sont la politique étrangère et celle de défense, les affaires intérieures demeurant au niveau des États confédérés. Or, c'est la configuration rigoureusement inverse qui s'est historiquement constituée dans le cas de l'Union : les prérogatives externes sont restées aux mains des États membres, et ce sont les compétences des domaines internes qui ont été transférées en tout ou en partie à l'UE. Situation aberrante au regard de la doctrine classique, s'expliquant néanmoins aisément par la vivacité et la permanence des nations européennes ; situation heureuse, surtout, puisqu'elle préserve les attributions régaliennes des États membres.

L'enchevêtrement des compétences, organisé par la sédimentation des textes juridiques et de la pratique politique, est devenu inextricable. Et cela à dessein, car les fédéralistes se plaisent à rendre les choses compliquées, pas seulement par cet « amour de la complexité » dans lequel Jean-Marie Domenach voyait « la meilleure essence du fédéralisme[158] », mais par idéologie, avec l'espoir secret que ces choses en deviennent indénouables et irréversibles. Cette complexité et l'opacité qu'elle produit conduisent à réserver la matière européenne à une petite troupe d'initiés ; elles permettent aussi d'entretenir un flou bien utile pour ne pas effrayer les peuples et masquer la dimension fédéraliste de la construction européenne.

Voilà pourquoi ce sont toujours des formules alambiquées et ambiguës que forgent les européistes, afin de dissimuler le véritable sens de leurs intentions et de leur action : « objet politique non identifié », construction *sui generis*, fédération d'États-nations, surtout.

Fédération d'États-nations : un oxymore qui tombe à pic

En novembre 1994, à l'occasion d'une interview accordée à l'hebdomadaire allemand *Der Spiegel*, Jacques Delors, alors président de la Commission européenne, a, pour la première fois, employé cette formule qui passa à la postérité : « En retour, ceux qui le souhaitent devraient créer une véritable fédération d'États-nations afin de renforcer l'influence des anciennes nations européennes dans le monde[159]. » Et, un peu plus loin, de préciser sa pensée : « La structure fédérale est la seule qui pourrait augmenter notre poids vers l'extérieur, sans affaiblir pour autant l'État national et la démocratie à l'intérieur des États. Elle fixe clairement qui est responsable et pour quoi faire[160]. »

À vrai dire, une formulation comparable avait déjà été utilisée soixante-cinq ans plus tôt par un autre européiste ardent, Aristide Briand, lors de son discours fondateur du 5 septembre 1929 devant la Xe assemblée générale de la Société des nations, à Genève : « Je pense qu'entre des peuples qui sont géographiquement groupés comme ceux d'Europe, il doit exister *une sorte de lien fédéral* [qui] sans toucher à la souveraineté d'aucune des nations qui pourraient faire partie d'une telle association, peut être bienfaisant. » Même ambiguïté, même vague conceptuel de la formule, même finalité rhétorique. Toutefois, Delors n'est pas, lui, un tribun cherchant avant tout l'effet oratoire ; sérieux, dévoué à sa cause, il est l'équivalent d'un chef d'État cherchant à aplanir un obstacle politique qui se dresse devant lui et ses idées. Car cette formule, elle non plus, ne « tombe pas du ciel » : elle a été élaborée à un moment bien particulier.

Celui du bilan, puisque Delors est alors sur le point de quitter ses fonctions de président de la Commission européenne, après trois mandats et dix années de labeur (6 janvier 1985-5 janvier 1995). Celui de la contre-offensive politique, surtout. La mise en branle du système maastrichtien a, en effet, immédiatement suscité de fortes résistances : après une ratification du traité de Maastricht arrachée de justesse en France (51,04 % de oui), mais refusée par le peuple danois, survient en effet le rejet, en octobre 1994, du document Schäuble-Lamers, préconisant un « noyau dur » (*Kerneuropa*) autour de la France et de l'Allemagne. Delors comprend que la machine qu'il a enclenchée se grippe déjà : le moment était venu pour lui de calmer les esprits. C'est donc à dessein qu'il a élaboré cet oxymore, afin d'apaiser le débat public et d'aplanir les réticences qui se faisaient alors jour, car, comme il le reconnut bien plus tard, les années 1993 et 1994 furent « [...] difficiles, puisque, pour la première fois, je sentais qu'on ne me suivait pas[161] ».

Comme le reconnaît un universitaire, admirateur de Delors : « confronté au tabou de la majorité des chefs d'État et de gouvernement à l'égard du fédéralisme, il lui fallut inventer pour le rendre audible à leurs oreilles une formulation compatible avec la pérennité des États. D'où l'expression “fédération d'États-nations”, rendue nécessaire à partir du moment où, avec le traité de Maastricht, la construction européenne franchissait de façon plus visible la distance séparant l'union économique de l'union politique [...]. Le pragmatisme commandait, à l'époque, de promouvoir une forme de gouvernance qui tienne compte [...] de l'attachement des nations aux apparences de leur souveraineté. D'où la recherche d'une synthèse entre ces deux exigences que traduit le concept de fédération d'États-nations[162] ».

En accolant deux concepts politiques considérés jusque-là comme antinomiques – fédération et États-nations –, Delors prétendait résoudre l'ambiguïté et la tension inhérentes à la construction de l'Europe. Cinq ans plus tôt, dans un discours important, il avait déjà insisté sur cette difficulté conceptuelle et politique : « J'ai souvent l'occasion de recourir au fédéralisme comme méthode, en y incluant le principe de subsidiarité. J'y vois l'inspiration pour concilier ce qui apparaît à beaucoup comme inconciliable : l'émergence de l'Europe unie et la fidélité à notre nation, à notre patrie ; la nécessité d'un pouvoir européen, à la dimension des problèmes de notre temps, et l'impératif vital de conserver nos nations et nos régions, comme lieu d'enracinement. L'organisation décentralisée des responsabilités afin de ne jamais confier à une plus grande unité ce qui peut être réalisé par une plus petite, ce qu'on appelle précisément le principe de subsidiarité[163]. »

Il précisera sa pensée en mai 1998 : « Dans un tel ensemble, les États acceptent le transfert d'un certain nombre de compétences au niveau européen et la possibilité, très souvent, de prendre des décisions à la majorité qualifiée dans les domaines ainsi transférés. C'est l'approche fédérale, à laquelle obéissent déjà un certain nombre de politiques communautaires, et dont s'inspire aussi le traité sur l'UEM [...]. La coopération intergouvernementale suppose que les États-nations ne font des choses en commun que lorsqu'ils sont tous d'accord. La fédération d'États-nations est un mariage de ces deux formules. Elle permettrait de définir clairement ce qui est communautaire et ce qui reste du ressort des États[164]. »

« Concilier ce qui apparaît inconciliable », « synthèse », « mariage » : le vocabulaire en témoigne, la difficulté politique de l'exercice est réelle. Nombreux furent ceux qui soulignèrent alors l'incohérence de la démarche de Delors, la contradiction entre les termes apposés, et qualifièrent la formule d'oxymore – ce qu'elle est effectivement. On pourrait, par malice, ramener cette volonté de « concilier l'inconciliable » à une disposition d'esprit propre à la culture catholique du président de la Commission, culture marquée depuis les Évangiles par le souci du dépassement de contradictions autrement redoutables : celle de l'Incarnation, qui voit en Jésus à la fois un Dieu et un homme ; celle de la Trinité, qui pose que Dieu réside à la fois dans le Père, le Fils et le Saint-Esprit et, qu'ainsi, de toute Éternité, dans l'unité divine reposent trois entités distinctes. Après tout, si Jésus peut être à la fois de nature divine et humaine, pourquoi l'Europe ne parviendrait-elle pas à devenir une fédération tout en préservant les États-nations ? Quant à la Trinité, on peut y voir la première illustration de cette « unité dans la diversité » dont l'Europe a fait sa devise.

Plus sérieusement, l'enjeu politique était de taille. Il s'agissait pour Delors de préserver une « marche en avant » de l'Europe contestée, et, à cette fin, de désamorcer le procès en « fédéralisme » intenté aux partisans de l'Europe.

Prendre ses distances avec la conception traditionnelle du fédéralisme était indispensable pour Delors, car ce courant de pensée politique a toujours prôné la disparition des États-nations européens, à plus ou moins long terme, au profit des « États-Unis d'Europe », selon la formule prophétique de Victor Hugo. Conscient de cet obstacle politique, Jacques Delors va ainsi chercher à se démarquer du fédéralisme classique, rebaptisé pour l'occasion « intégral », en endossant un fédéralisme *new look*, le sien, une version *soft*, présentée comme une simple « technique générale du pouvoir », une forme de pragmatisme – la poursuite du bon sens dans l'action en quelque sorte[165]. Ce faisant, il renouait avec une rhétorique aussi ancienne que le fédéralisme : présenter celui-ci comme une évidence, devant s'imposer comme telle à tout esprit rationnel, une fois envisagés les avantages dont il est paré par ses laudateurs.

« Une question de dimension »

Parmi ceux-ci, l'argument de la « taille critique » a toujours été présenté comme décisif. Il s'agit là de l'*ultima ratio* de l'européisme.

Ainsi de Jean Monnet, en 1943, dans une note adressée au général de Gaulle : « Les pays d'Europe sont trop étroits pour assurer à leurs peuples la prospérité que les conditions modernes rendent possible et par conséquent nécessaire. Il leur faut des marchés plus larges. Leur prospérité et les développements sociaux indispensables sont impossibles, à moins que les États d'Europe se forment en une Fédération ou une "entité européenne" qui en fasse une unité économique commune[166]. » Appréciation renouvelée trente ans plus tard dans ses *Mémoires* : « Nos pays sont devenus trop petits pour le monde actuel, à l'échelle des moyens techniques modernes, à la mesure de l'Amérique et de la Russie aujourd'hui, de la Chine et de l'Inde demain. L'unité des peuples européens réunis dans les États-Unis d'Europe est le moyen de relever leur niveau de vie et de maintenir la paix. Elle est le grand espoir et la chance de notre époque[167]. » Encore aujourd'hui, tous les européistes usent et abusent de ce raisonnement.

Ainsi du président Giscard d'Estaing, à l'automne 2019 : « Tôt ou tard, les derniers récalcitrants auront compris que l'avenir de nos pays est continental. C'est une question de dimension[168]. » Ou des trois principaux responsables politiques de l'Union européenne, qui, pour déplorer le Brexit, ont déclaré que « [...] nous sommes plus forts lorsque nous nous unissons [...]. À une époque caractérisée par la concurrence entre grandes puissances et par les turbulences géopolitiques, la taille est un facteur non négligeable. Aucun pays ne peut, à lui seul, contenir la progression du changement climatique, trouver des solutions à l'avenir numérique ou faire entendre sa voix dans la cacophonie croissante qui règne en ce monde. Mais si nous nous rassemblons, l'Union européenne en sera capable[169] ».

Selon cette vision continentaliste, aucune des grandes questions du temps – l'époque changeant, certes, mais l'argument restant néanmoins le même – ne serait possible à régler au niveau de l'État-nation, jugé trop petit, seule l'échelle européenne se révélant adaptée.

Reconstruction économique, recherche d'un taux de croissance élevé et d'un progrès social évoluant de pair, concurrence des deux grands blocs, organisation d'un marché commun, hier, après le cataclysme de la Seconde Guerre mondiale ; migrations, terrorisme, écologie, réchauffement climatique, finance dérégulée, globalisation libérale, évasion fiscale, aujourd'hui : à chaque période de l'Histoire, seule une taille suffisante, une « masse critique », permettrait d'affronter les défis lancés au politique. Dimension centrale et constitutive du discours européiste, d'avant-hier – le continentalisme des années vingt –, d'hier – le fédéralisme de Monnet –, comme d'aujourd'hui – le « progressisme » –, cette approche se révèle, à l'examen critique, un peu simpliste, presque simplette.

Si l'on ne peut écarter d'un revers de main l'idée selon laquelle l'association de nations pourrait leur conférer un surcroît de puissance collective, rien ne permet, en revanche, d'affirmer catégoriquement que davantage d'Europe leur permettrait, à tout coup, d'affronter dans de meilleures conditions les enjeux capitaux de l'époque. La formule politique « plus d'Europe » n'est pas une panacée ; l'argument de la « taille critique » à atteindre absolument pour faire face aux graves questions posées par notre monde n'est pas, *en soi*, décisif – comme nous allons le démontrer. Argument relevant, trop souvent, de la seule rhétorique politique.

Ainsi, certaines de ces questions, effectivement importantes – celles liées à la démographie, à la violence religieuse extrémiste et à la sauvegarde de la vie humaine sur Terre –, sont de surgissement récent, alors que le courant européiste plaide depuis toujours pour un accroissement continu des pouvoirs de l'Europe institutionnelle, renouvelant sans cesse la nature des « défis à relever », tout en conservant un seul et même objectif : l'Europe fédérale.

Plus grave encore, comme nous l'avons vu, c'est la Commission alors présidée par Jacques Delors et dirigée par Pascal Lamy qui, à dessein, afin d'engager une spirale fédéraliste en Europe, a lancé la libéralisation à marche forcée de la finance européenne puis mondiale, faisant naître la globalisation libérale et installant la financiarisation de la planète. Or, il s'agit là des deux forces ayant généré le turbo-capitalisme, destructeur de la Nature et prédateur de ses ressources. L'écologie politique et la sauvegarde de la Terre sont incompatibles avec la globalisation libérale, fruit de l'action idéologique de la Commission, comme avec l'extension infinie des marchés, via des traités de libre-échange que cette même Commission s'obstine à signer au nom des États membres. L'Europe institutionnelle réclame ainsi des compétences nouvelles pour lutter contre des problèmes qu'elle a parfois elle-même suscités ou entretenus. Et il faudrait néanmoins toujours « plus d'Europe » pour régler des questions soulevées par l'Europe elle-même : paradoxe indéfendable.

Quant à la « question de la dimension », si souvent invoquée par les tenants de « l'Europe », rappelons, à ce sujet, quelques faits et considérations robustes.

Big is not always beautiful

Qu'il conviendrait de définir, au préalable, ce que l'on entend par « taille » ou « dimension » – précision indispensable et pourtant délibérément ignorée.

S'agit-il d'espace géographique ? Comment expliquer, alors, que le Japon, au territoire si exigu – 378 000 kilomètres carrés, soit 56 % de celui la France, pour une population de 125 millions d'habitants – soit considéré comme une puissance, membre du directoire mondial, le G7 ? Et pas le Brésil, pourtant fort de ses 8 515 000 kilomètres carrés et de sa cinquième place au classement mondial des pays les plus étendus, ni l'Australie, avec ses 7 700 000 kilomètres carrés, et pas davantage l'Inde et ses 3 300 000 kilomètres carrés ? Sans même évoquer l'Argentine ou le Kazakhstan (2 800 000 kilomètres carrés chacun), ni l'Algérie ou la République démocratique du Congo, respectivement à la 10e et à la 11e place de ce classement, avec environ 2 400 000 kilomètres carrés.

Ou bien est-ce la démographie qui serait déterminante ? Mais pourquoi le Canada, avec seulement 37 millions d'habitants dispersés sur un territoire immense de 10 millions de kilomètres carrés (qui le placent au deuxième rang des États les plus vastes de la planète) est-il pourtant, lui aussi, membre du G7 et l'un des pays au monde les plus développés économiquement, dont personne ne douterait qu'il soit en mesure « d'affronter les grands défis contemporains » ? Et comment expliquer que cette condition ne soit pas reconnue à l'Indonésie, pourtant peuplée de 271 millions d'habitants, ni au Nigeria, géant africain avec ses 206 millions de citoyens, deux pays bien plus nombreux que l'Allemagne (84 millions) ?

Serait-ce alors le critère économique qui rendrait compte de la notion de « taille suffisante » ? Et comment l'appréhender ? Si l'on retient la seule richesse produite, pourquoi la Russie et la Corée du Sud, à égalité ou presque, avec leurs 1 650 milliards de dollars de PIB annuel, ne partagent-elles pas le même statut ? Et si, plus logiquement, l'on privilégie le revenu disponible par tête, alors ce sont Monaco, le Liechtenstein, le Luxembourg, Macao, les Bermudes et la Suisse qui tiennent le haut du pavé, loin devant les États-Unis (10e selon ce classement), le Canada (26e), la France et le Japon (34 et 35e), la Russie (80e) ou la Chine (87e).

De tout ceci résulte que l'argument de l'« échelle » ou de la « masse critique », avancé perpétuellement par les européistes, n'a pas de fondement objectif et univoque ; pour une large part, c'est un sophisme destiné à impressionner le contradicteur, à clouer le bec des récalcitrants et à éviter le débat en le clôturant prématurément d'une considération qui se veut l'expression du bon sens, alors qu'elle n'est que la manifestation d'un préjugé. Superficie, peuplement, prospérité économique, puissance militaire aussi, participent, en se combinant, de l'équation du succès ou du rayonnement, mais au côté d'autres atouts – historiques, culturels, politiques et identitaires.

On retrouve là la conclusion à laquelle était parvenu déjà Raymond Aron : « Les États européens seraient anachroniques, trop étroits pour servir de cadre à l'économie industrielle du xxe siècle. L'argument des grands espaces a été employé successivement par la propagande nationale-socialiste pendant la dernière guerre, puis par la propagande des partis favorables à l'unité européenne. Il comporte une part de vérité : on utilise plus aisément les ressources de la technique dans un cadre très large. Certains petits pays n'en sont pas moins parmi les plus riches du monde (Suède, Suisse). La dimension de l'unité politico-économique n'est qu'un des facteurs de la productivité. À supposer que les États européens soient trop étroits, il n'en résulte pas que tel groupement d'États (les Six de l'Europe occidentale, par exemple) s'impose de lui-même pour des raisons évidentes ou contraignantes[170]. »

Que, de 1945 à 1974, alors même que la construction européenne échappait encore à la spirale fédéraliste, les États-nations du continent ont néanmoins obtenu de remarquables résultats, économiques et sociaux, au point que cette époque fut baptisée les Trente Glorieuses.

Que, dans le monde globalisé, de « petits » États réussissent fort bien. Ainsi, à titre d'exemples et dans des registres divers, en va-t-il de la Suisse, de la Nouvelle-Zélande, de la Norvège, d'Israël, de Hong Kong, de Taïwan, de l'Islande, de Singapour, du Qatar.

Que, de même, face à la pandémie de Covid-19, de « petits » pays d'Asie du Sud-Est ont su réagir de façon rapide et efficace, obtenant ainsi des résultats sanitaires bien meilleurs que ceux de l'Union européenne ou des États-Unis : le Vietnam, la Thaïlande, la Corée du Sud, Taïwan, Hong Kong.

Qu'avec 92 % de sa population ayant reçu au moins une première dose de vaccin contre le Covid-19, la « petite » Israël fait figure d'exemple pour la « grande » Union européenne où cette proportion, à la même date (avril 2021), atteignait péniblement 10 %.

Que le « petit » Vietnam a tenu tête au « colosse » américain, et lui a fait mettre un genou en terre, tant la force seule s'avère vaine lorsqu'elle est aveugle et illégitime au regard du mouvement de l'Histoire. Tout géant qu'il était, Goliath fut terrassé par David, encore presque un enfant.

Qu'il ne faut donc pas confondre taille et grandeur, et que le nombre ne conduit pas nécessairement au salut. La sagesse populaire le sait, qui nous enseigne que « l'union fait la force ». Or, l'union est une qualité, comme la force. Elle n'est pas une donnée de nature quantitative : on serait même tenté d'écrire qu'ici la quantité nuit à la qualité. Plus nombreux l'on est, et plus il est difficile de faire l'union, de se montrer cohérents dans la pensée et solidaires dans l'action. Ainsi, décider à plusieurs s'avère un exercice très délicat, souvent impossible même. L'union, c'est l'unité dans le jugement et dans le comportement. Et non seulement l'unité ne se commande pas, mais elle est, par définition, antagonique avec la multiplicité. D'une certaine façon, on pourrait compléter l'adage en ajoutant : « la force fait l'union ». C'est ce qu'ignorent ou font mine d'oublier tous ceux qui rapprochent inconsidérément les notions d'union et de taille et nous les présentent comme équivalentes.

Une nouvelle Europe des Six, composée de nations historiquement très proches, serait plus cohérente et plus unie, donc plus forte, que l'Europe actuelle à 27. Et c'est parce que la France en a décidé seule, sans les discussions, les hésitations, les lenteurs, les tracas et les tractations auxquels une négociation à 15 aurait inévitablement conduit, qu'elle a pu, le 14 février 2003, elle, ce « vieux pays », parler au nom de l'Europe entière, ce « Vieux Continent », pour s'opposer, au Conseil de sécurité des Nations unies, à la guerre contre l'Irak réclamée par le président américain.

Que, passé un certain seuil, la poursuite de l'agrandissement se retourne contre l'entité qui grossit et finit par la pénaliser : la loi économique des rendements décroissants s'applique aussi en politique, ce que nous a enseigné Ivan Illich grâce à son concept de contre-productivité : au-delà d'une certaine taille, les effets pervers de l'agrandissement l'emportent sur ses avantages attendus. Ce constat anthropologique et sociologique vaut pour le progrès médical, le niveau d'éducation, la qualité de vie en ville, mais aussi les institutions et systêmes politiques : c'est ce qu'avaient déjà compris en leur temps Platon ou Rousseau – qui plaidèrent pour des cités de taille humaine – et que la loi historique de l'effondrement des empires confirme. Loin d'être le garant de l'efficacité, le gigantisme, en tant que tel, produit le plus souvent uniformisation, lourdeur, dissensions aussi, et paralysie. Un équilibre entre taille et cohésion doit toujours être recherché et préservé. À cet égard, l'Union à 12 ou à 15 était plus harmonieuse et plus soudée que l'actuelle. Un élargissement ne crée pas en soi une ambition.

Que la véritable question qui vaille n'est, par conséquent, pas tant celle de la taille, que celle de la force. Or la force naît et se nourrit de la cohérence de l'ensemble considéré. La puissance des États-Unis ou de la Chine tient davantage à leur unité qu'à leurs dimensions. Si leurs statures sont celles d'empires, leurs cœurs sont ceux de nations. Et c'est parce qu'ils sont tous deux des nations, que leur identité est assurée, que ces deux géants dominent le monde. Une addition ne fait pas une union, encore moins une volonté.

Que, de par le monde, l'Europe est la seule région à se montrer tentée par la voie de la supranationalité pour affronter les questions du temps et traiter celle de la taille. Serait-elle ainsi pionnière ? Ou bien se fourvoirait-elle ? Et ne faut-il pas voir dans cette tentation si singulière l'effet du seul poids d'un remords lui aussi singulier – celui né des catastrophes européennes de la première moitié du XXe siècle – plutôt que la froide décision résultant d'une analyse géopolitique lucide ? Une forme de fuite en avant, née d'un sentiment de culpabilité historique, davantage que le fruit de la Raison, une tentative morale de rachat plus qu'une perspective politique viable.

Que, enfin, l'agrandissement peut aboutir à la division. Quel visage nous présente l'Europe résultant des élargissements des années 2000, l'Europe à 28, désormais à 27 ? Celui du Brexit. Celui de l'affrontement entre les États du Nord, riches, forts industriellement et gardiens de l'orthodoxie financière, toisant ceux du Sud, endettés, en voie de désindustrialisation et soumis à la loi des premiers. Celui de la nouvelle ligne de démarcation entre Ouest et Est, avec d'un côté l'Europe de Maastricht et, de l'autre, le groupe de Visegrád, réunissant la Pologne, la Hongrie, la Tchéquie et la Slovaquie. Celui de l'affrontement, théâtralisé par les deux parties, des « populistes » et des « progressistes ».

Ajouter revient parfois à soustraire ; et agrandir peut signifier *in fine* défaire.

En un mot : *big is not always beautiful.*

« L'Europe sans rivages »

À cet égard, l'Union européenne présente une faille constitutive, un peu comme une paille fragilisant le meilleur des aciers.

L'élargissement continu participe, en effet, de la logique même du projet européen, dès la naissance de celui-ci, ce que dévoilait Jean Monnet à propos de la CECA qu'il présidait : « Nous ne saurons jamais trop redire que les six pays qui forment la Communauté sont les pionniers d'une Europe plus large, dont les limites ne sont fixées que par ceux qui ne s'y sont pas encore joints. Notre Communauté n'est pas une association de producteurs de charbon et d'acier : elle est le commencement de l'Europe[171]. » Comment en serait-il autrement, puisque, pour les fédéralistes – qui considèrent ce point comme leur atout –, une logique historique implacable serait à l'œuvre ? La flèche du temps indiquerait sans ambiguïté la marche de l'humanité : de la cité, à l'empire, puis à la nation, et enfin, inévitablement, à l'Europe. C'est le fameux « sens de l'Histoire » auquel le philosophe suisse Denis de Rougemont consacre plusieurs pages dans sa *Lettre aux Européens*[172] ; et de cette marche vers le fédéralisme, qui serait celle de l'humanité tout entière, aucune nation ne saurait se tenir à l'écart.

Ce que les partisans les plus convaincus du fédéralisme considèrent donc comme une force – une extension perpétuelle – est à l'évidence également une faiblesse et se retourne contre l'Europe elle-même. À Marc Bloch qui affirmait : « Il n'y a pas d'histoire de France, il n'y a qu'une histoire de l'Europe », Fernand Braudel rétorquait : « Il n'y a pas d'histoire de l'Europe, il n'y a qu'une histoire du monde »...

Trop grande au regard des nations qui la composent, l'Europe risque d'étouffer celles-ci. Trop étroite par rapport au monde, elle serait une échelle déjà dépassée avant même d'être atteinte. Et Lucien Febvre de nous éclairer définitivement sur cette question de la taille : « Pour conclure en historien, l'Europe, il semble que la donnée est trop vaste, car le mot d'Europe recouvre non pas une, mais plusieurs unités politiques et culturelles distinctes, ou bien trop restreinte, car on ne peut plus se référer à l'Europe sans se référer à l'univers entier[173]. » C'est ce que font précisément les partisans les plus conséquents de l'européisme, poussant la logique de celui-ci à son terme, c'est-à-dire jusqu'au mondialisme.

Ceux-là ne se placent plus au niveau de la « rationalité » économique – un grand marché est un espace où les échanges seraient plus fluides et plus intenses et, ainsi, créateur de richesses –, ni même de la puissance politique – des États-nations conserveraient ou gagneraient, par leur rassemblement en un État fédéral, une influence et un poids qu'ils perdraient inéluctablement en restant isolés ; ils pensent en termes éthiques et défendent de hautes valeurs, au premier rang desquelles la personne humaine. Telle était la position de Denis de Rougemont : « L'Europe nous apparaît comme une espèce de révolution permanente, révolution menée par la conscience humaine contre toutes les puissances qui oppriment ou qui nient le moi responsable et distinct [...]. Or le fondement de cette révolution, son ressort et sa cause finale, c'est la notion de la *valeur absolue de la personne humaine* – de chaque personne humaine. » « L'idée du moi distinct, de la personne [est] à la fois mère et fille de l'Europe[174]. » L'affirmation du primat absolu de la personne humaine est une forme d'universalisme et conduit à adhérer au cosmopolitisme. Dans cette perspective l'Europe fédérale ne représente qu'une étape, première et indispensable, avant la constitution d'un fédéralisme mondial.

C'est là « l'Europe sans rivages », selon le titre éponyme du célèbre livre de François Perroux, paru en 1954, dont l'impact fut considérable et qui valut à ce dernier d'être élu au Collège de France l'année suivante. Perroux y soulignait ainsi : « L'épanouissement du bonheur et de la joie dans *l'économie du genre humain* est la seule réponse qui vaille [...]. Les élites européennes ont contribué à faire concevoir la civilisation comme une tâche unitaire dont l'accomplissement met en cause chaque être humain, dont le contenu est mutilé par l'oubli d'un seul et dont le déroulement embrasse le temps et l'espace entiers où l'homme est présent[175]. » Tous les européistes sincères ont partagé et partagent ce mondialisme.

Victor Hugo, qui proclamait en 1867 : « Au vingtième siècle, il y aura une nation extraordinaire [...]. Elle s'appellera l'Europe au vingtième siècle, et, aux siècles suivants, plus transfigurée encore, elle s'appellera l'Humanité. L'Humanité, nation définitive[176]. »

Rougemont, qui voulait « unir l'Europe, pour la sauver d'abord, et pour servir le monde ensuite[177] » et qui soutenait qu'il faut « faire l'Europe parce qu'il faut faire le Monde, et parce que l'Europe seule, en faisant le Monde, accomplirait sa propre vocation[178] ».

Benda qui, plaidant *contre* la « souveraineté européenne », comparait la « frontière européenne » à « une onde dont le progrès vibratoire ne connaît pas l'arrêt[179] ».

Perroux, bien entendu, qui voyait dans l'Europe un principe davantage qu'un espace, une « semence » à faire germer plutôt qu'un « champ » à cultiver[180].

Et Monnet, qui, de façon significative, conclut ses *Mémoires* par ces deux ultimes phrases : « Les nations souveraines du passé ne sont plus le cadre où peuvent se résoudre les problèmes du présent. Et la Communauté elle-même n'est qu'une étape vers les formes d'organisation du monde de demain[181]. »

On comprend bien que, dès lors, l'Europe, en tant qu'institution politique, soit amenée, dans l'esprit des vrais fédéralistes, à connaître une extension sans véritables limites, comme l'affirme Perroux dès le début de sa somme : « L'Europe est une œuvre qu'aucun espace ne borne ni ne contient[182]. » Et c'est cette vision mondialiste d'une « Europe sans frontières » qui a conduit certains européistes à soutenir que la Turquie aurait sa place au sein de l'Union et Bruxelles à ouvrir officiellement, en 1987, des négociations en vue de son adhésion.

Cinquante ans plus tard, dans la droite ligne de cette philosophie générale, la déclaration adoptée lors du Sommet européen de Laeken, les 14 et 15 décembre 2001, a proclamé : « La seule frontière que trace l'Union européenne est celle de la démocratie et des droits de l'homme. » Quelle réalité peut avoir une telle frontière ? Celle d'une onde vibratoire…

D'une cohérence intellectuelle impeccable, Perroux concluait son maître-livre par un véritable « programme » politique articulant européisme et mondialisme, fondé sur la « démonstration » qu'il nous livrait ainsi :

« – que les États nationaux ne sont plus capables de procurer aux patries les conditions de leur survie ;

– que toute coalition de nations contient en germe un conflit économique et militaire de Blocs ;

– que l'Europe fusionnée intégrée, continentale est une fausse solution ;

– que l'unique issue est une politique mondiale et une économie mondiale, celle-ci organisée par pôles de développement et non plus par territoires nationaux[183] ».

Cruel paradoxe : ce mondialisme, constitutif de l'européisme, conduit mécaniquement à la dissolution de l'Europe et à la négation du projet d'unification. Plus le nombre de membres de l'UE est grand, plus on s'éloigne du modèle fédéral pour tendre vers le confédéral. Cette évolution est déjà à l'œuvre à la suite des élargissements successifs de l'Union européenne. On passe alors de la « méthode communautaire » au multilatéralisme. Les sommets européens tendent ainsi à devenir des réunions du G20. À six participants autour de la table, on tient une réunion de travail. À douze, on partage un repas de famille. À vingt-sept, on tient un banquet républicain.

Quelles que soient les difficultés – considérables – et même les apories soulevées par cet argument de la « masse critique » qu'il serait indispensable d'atteindre pour peser dans les affaires du monde, ou, même, parfois, simplement pour survivre, celui-ci est devenu un point central du plaidoyer européiste et, en particulier, la justification officielle du projet d'une fédération d'États-nations européenne. Revêtant les atours du bon sens populaire – « l'union fait la force » –, il ne s'agit en réalité que d'une posture lénifiante visant à dissimuler le fédéralisme. Pour saisir les conséquences exactes – politiques et humaines – de ce fédéralisme, revenons donc à l'une de ses plus brillantes figures, le philosophe suisse Denis de Rougemont qui, en 1970, adressa sa célèbre *Lettre aux Européens*[184].

Défaire la France pour faire l'Europe

À la justification classique, celle de la taille et de l'efficacité, ce fédéraliste qui disait son nom, lui, en ajoutait une autre : « À tous les coups, c'est donc l'État-nation qui perd. Il ne correspond plus aux conditions de liberté et de participation civique, apanages des *petites communautés ou cités libres*, comme Rousseau l'avait si bien vu, ni aux conditions de développement de rentabilité et de sécurité, auxquelles ne peuvent répondre que de *grands espaces économiques* constitués à la mesure des possibilités et des besoins de l'ère scientifico-technique[185]. » « Parce qu'ils sont trop petits, les États-nations devraient se *fédérer* à l'échelle continentale ; et parce qu'ils sont trop grands, ils devraient se *fédéraliser* à l'intérieur[186]. » Pour lui, les choses étaient donc simples, claires et, surtout, assumées : faire l'Europe suppose de défaire l'État-nation au profit des régions d'une part, de l'État fédéral d'autre part ; il faut « défaire et dépasser l'État-nation[187] », concluait-il.

Selon Rougemont, celui-ci serait « trop petit pour le monde, trop grand pour ses régions[188] ». Car l'équivalent contemporain des « petites communautés ou cités libres » vantées par Jean-Jacques et que prônait Rougemont serait en effet les régions, qui incarneraient pour lui les seules « réalités ethniques et économiques[189] » ; et ce dernier de bien insister sur « la nécessité de franchir un pas décisif et de passer à l'élaboration du plan d'une *fédération européenne composée d'unités régionales*[190] ». En effet, pour lui, comme pour la très grande majorité des fédéralistes, les régions seraient de « petites nations », ayant été, dans le passé, contraintes par la force à s'intégrer à l'État-nation – annexées en quelque sorte. Et seule la fédération permettrait de les restaurer dans leurs droits. L'Europe à venir devrait être constituée de « plus d'une centaine de *régions à métropole* destinées à devenir les unités de base de la future fédération continentale, en lieu et place des États-nations constitués au XIXe siècle[191] ».

C'était, déjà, l'« Europe des régions », telle qu'elle serait instaurée vingt-deux ans plus tard par le traité de Maastricht, qui créa le Comité européen des régions. Et telle que continuent à la défendre aujourd'hui les fédéralistes convaincus. Ainsi du romancier Marc Dugain, qui déplore l'insuffisante avancée de la construction européenne : « Pour réussir, il fallait créer des régions fortes, avec des degrés d'autonomie élevés, et alléger sérieusement les prérogatives des États », et préconise de « construire une véritable Europe fédérale des régions[192] ».

Analyse que reprend à son compte Guy Verhofstadt, ancien Premier ministre belge, cofondateur du groupe Spinelli et ancien président du groupe libéral au Parlement européen, qui recommande : « Nous avons besoin d'un fédéralisme à l'intérieur des États et d'un fédéralisme entre les États[193]. »

Or si cette organisation à la fois fédérale et fédéralisée peut très bien convenir à un pays comme l'Allemagne, qui s'est construit dans l'Histoire sur ce modèle – celui du Saint-Empire romain germanique – et qui est, depuis 1948, une « République fédérale », les conséquences en seraient redoutables pour la France.

La France a été, en grande partie, bâtie par l'État, centralisateur et unitaire – celui de l'Ancien Régime, puis de la République jacobine, la continuité entre les deux ayant été mise en lumière par Tocqueville. Selon la sentence, désormais classique, « en France, l'État a précédé la Nation ». Ou, pour le dire avec les mots de Pierre Nora : « En France, la conscience de soi est liée au pouvoir, à l'État, et elle est, à ce titre, fondamentalement politique[194]. » Du baptême de Clovis à la Fête de la Fédération, en passant par le dimanche de Bouvines et le sacre à Reims du « petit roi de Bourges », l'histoire de notre nation est intimement liée à celle de son État, qui la sert et qui en garantit l'unité et la pérennité. Une histoire dont les temps les plus forts auront été le règne de Philippe le Bel – le roi des légistes et de l'affirmation souveraine face au pape et à l'empereur –, le Grand Siècle du monarque absolu de Versailles et du classicisme, la Révolution française de Valmy et de la création de nos départements, le Consulat et « les masses de granit jetées sur le sol de France » par le futur Empereur, la restauration de la puissance publique et la refondation d'une République forte par l'Homme du 18 Juin. Indissociable de son État, la nation France serait par conséquent menacée si celui-ci se voyait fragilisé. Fernand Braudel a attiré notre attention sur le péril représenté par toute atteinte à l'unité de l'État français, rappelant que « la France, ce sont des Frances différentes qui ont été cousues ensemble [...]. Il y a donc dans l'identité de la France ce besoin de concentration, de centralisation, contre lequel il est dangereux d'agir[195] ».

Défaire l'État reviendrait donc à défaire la nation. Choisir le fédéralisme, c'est choisir de faire l'Europe en défaisant la France.

Les fédéralistes conséquents, on l'a vu, n'ont jamais cherché à dissimuler cette perspective ; souvent, même, ils n'ont pas craint d'en faire un objectif politique revendiqué. Nombreux, toutefois, furent ceux qui, avec et autour de Jacques Delors, cherchèrent à dissimuler la vraie nature du fédéralisme et à vanter les mérites d'une formule de compromis : la fédération d'États-nations, un fédéralisme sans État fédéral, un fédéralisme « Canada Dry », en quelque sorte. Une véritable entreprise de « dédiabolisation » du fédéralisme, mobilisant trois formules rhétoriques.

Dédiaboliser le fédéralisme

Tout d'abord, protester vigoureusement de la pureté de ses intentions, en se démarquant bien, et systématiquement, du fédéralisme classique, celui de Rougemont, Benda et Monnet. Ainsi, à propos de la fédération d'États-nations, Jacques Delors prend-il la précaution de préciser : « Les puristes de la pensée fédéraliste m'ont reproché ce que cette notion contient de contradictoire. À quoi je réponds qu'un projet fédéral qui ne respecterait pas le poids et l'identité des nations n'aurait aucun avenir en Europe. Aujourd'hui je vais même plus loin. Grâce au mélange qu'elle incarne entre la légitimité des peuples et celle des États, entre unité et diversité, entre dimension politique et territoriale, une fédération d'États-nations est le seul modèle politique vers lequel devrait tendre la grande Europe[196]. »

Rejetant toute analogie avec les États-Unis d'Amérique, il affirmera aussi que « fédéralisme ne veut pas dire disparition des États-nations[197] », ceux-ci ayant « encore un rôle à jouer pour assurer la cohésion sociale et servir de lien entre la base et le sommet[198] ». Et il rappellera même sa « croyance indéfectible en l'avenir de la nation », ajoutant : « Pour ma part, j'ai toujours fait la distinction entre le nationalisme exacerbé et la nation[199]. »

Même dénégation du côté allemand, avec Joschka Fischer, ministre des Affaires étrangères, en avril 2000, à l'occasion de son grand discours devant l'université Humboldt de Berlin : « La conception qui prévalait jusqu'à présent d'un État fédéral européen, qui remplacerait comme nouveau souverain les anciens États-nations et leurs démocraties, s'avère être une élucubration artificielle qui se situe en dehors des réalités européennes traditionnelles. Parachever l'intégration européenne n'est concevable que si ce processus s'effectue sur la base d'un partage de souveraineté entre l'Europe et l'État-nation. »

Mais que valent ces pétitions de principe, ces démentis de tribune, face au soubassement idéologique qui structure l'européisme ? Face, surtout, aux actes politiques posés et à l'engrenage institutionnel enclenché ? Répétons-le : dès la déclaration Schuman, le 9 mai 1950, l'objectif fédéraliste a été fixé : « Par la mise en commun de productions de base et l'institution d'une Haute Autorité nouvelle, dont les décisions lieront la France, l'Allemagne et les pays qui y adhéreront, cette proposition réalisera les premières assises concrètes d'une fédération européenne indispensable à la préservation de la paix. » Objectif maintenu et confirmé, ensuite, mais *mezza voce*, avec les traités de Rome (1957), de l'Acte unique européen (1986) et de Maastricht (1992).

Quant aux propos lénifiants de Jacques Delors, que pèsent-ils face à son bilan de président de la Commission européenne pendant dix ans (1985-1995) ? Que valent ses protestations de sincérité au regard de ses décisions ? Qui, sinon lui, a tout fait pour engager l'Europe sur la voie fédérale ? Qui, en particulier, a conçu puis déclenché l'engrenage institutionnel ayant abouti à la constitution du système maastrichtien ? Qui considère l'Acte unique comme son « traité favori[200] » ? Et pourquoi ? Si ce n'est parce que celui-ci, premier traité à modifier celui de Rome depuis 1957, en étendant les occurrences du vote à la majorité qualifiée, a certes permis l'achèvement du grand marché intérieur, mais, surtout, ce faisant, a doté la Commission de « l'outil politique dont elle avait besoin[201] » et, ainsi, placé l'Europe sur le toboggan fédéraliste ? Un Acte unique signé en février 1986 et qui représentait pour lui, vingt ans plus tard, une forme de revanche – de liquidation, probablement, même, dans son esprit – sur le compromis de Luxembourg (29 janvier 1966) qui avait clos la « crise de la chaise vide » décidée par le général de Gaulle pour mettre un terme aux provocations fédéralistes de la Commission de l'époque, dirigée par Walter Hallstein. L'Acte unique ou l'anti-compromis de Luxembourg. *Operibus credite et non verbis.*

Deuxième méthode : afficher un pragmatisme de bon aloi. Le fédéralisme ne serait ainsi qu'une « technologie générale de pouvoir », un simple moyen de répartir les responsabilités entre États-nations et Union européenne, une façon de répondre à l'innocente question : « qui fait quoi ? », comme n'a cessé de le répéter Jacques Delors : « L'approche fédérale permet mieux de dire qui fait quoi, donc de rendre responsables ceux qui décident et agissent et de bien distinguer entre les niveaux de décision[202]. » Bref, il ne s'agirait que de résoudre un petit problème d'organisation et de management... Le même pragmatisme justifierait, selon lui, l'exhumation d'un ancien principe de droit canon – la subsidiarité – pour régler la répartition des compétences entre Union et États membres, principe que le traité de Maastricht est venu consacrer en 1992. Négligeant de rappeler que ce principe, issu de la pensée chrétienne, et de saint Thomas d'Aquin en particulier, se situe depuis sa naissance au cœur de la doctrine fédéraliste.

Avec Proudhon et son *Du principe fédératif* (1863), qui voyait dans l'« idée de suppléance » – ancêtre du principe de subsidiarité – le moyen de concilier et de réconcilier le citoyen et le pouvoir[203]. Avec les théoriciens du catholicisme et du fédéralisme allemands de la fin du XIXe siècle, en particulier Emmanuel von Ketteler, évêque de Mayence et élu au Reichstag, fondateur du Zentrum et père de la démocratie chrétienne, inventeur de la formule *subsidiäre Recht*

– « droit subsidiaire » – et, plus largement, l'école jésuite allemande. Avec l'œuvre militante des européistes « non-conformistes » des années cinquante, Rougemont, Marc ou Brugmans[204].

Troisième procédé : chercher à endormir les adversaires du fédéralisme en reprenant leurs concepts et leur vocabulaire. Ainsi en va-t-il de ceux qui, avec la politologue allemande Ulrike Guérot et l'écrivain autrichien Robert Menasse, ont publié, en 2013, un « Manifeste pour une République européenne[205] » et, symboliquement, proclamé celle-ci le 11 novembre 1918[206]. « République » : le mot claque au vent et, pour nombre de citoyens critiques de l'actuelle construction européenne, la perspective pourrait sembler séduisante. D'autant que le contenu affiché est à la hauteur de la proclamation : égalité complète de tous les citoyens européens, politique – devant le suffrage universel –, mais aussi sociale – dans l'accès aux droits sociaux – et fiscale – devant l'impôt. Cette République « souveraine et démocratique au service du bien commun européen » serait une « EUtopie », une « entité politique post-nationale, véritablement démocratique, juste et équitable ». Et comme il n'y a pas de peuple européen, et encore moins de nation européenne, on contourne la difficulté via l'usage du concept de République, définie, sur le modèle français, comme une « communauté de citoyens ».

De même, on détourne le principe de la République française[207] en donnant à cette nouvelle entité politique une devise *globish* : *By the citizens. For the citizens.* Un habillage se voulant seyant, donc ; mais un habillage néanmoins, car l'essentiel est ailleurs : comme l'explique Ulrike Guérot, avec une douceur et une simplicité qui se voudraient désarmantes et qui sont glaçantes, cette « République » passerait par un « bicaméralisme porté par les régions », « 55 à 60 grosses régions » en l'occurrence, définies en faisant retour aux « cartes médiévales » de l'Europe, et qui seraient, avec les grandes métropoles, les territoires dans lesquels les citoyens ancreraient leurs vies, ainsi que le cadre de leur expression politique. Tout ceci, conclut-elle paisiblement, « amènerait à déconstruire la France, l'Italie et l'Allemagne ». À seul titre d'exemples, bien entendu, car la déconstruction vaudrait pour tous les États membres de l'Union.

Bref : une ambition affichée, construire l'Europe de demain ; une méthode : le retour au Moyen Âge ; un modèle théorique : la République, pour épater la galerie et apaiser les appréhensions ; et une formule politique concrète : l'empire et même, précisément, le Saint-Empire romain germanique. Avec un seul objectif – toujours le même : la disparition des États-nations, c'est-à-dire la disparition des nations.

La consécration théorique de ce fédéralisme qui ne veut pas dire son nom, ni assumer ses répercussions, a pris la forme d'une distinction subtile posée par l'un de nos meilleurs juristes, Olivier Beaud. Selon lui, il existerait trois, et non plus seulement deux, formes politiques et juridiques dans la sphère internationale : l'État fédéral, la confédération et la fédération. La fédération serait un « ordre politique sans souveraineté », un ordre en soi, distinct de celui de l'État, résultant d'un « processus d'agrégation d'unités politiques sans que cette association débouche sur la "fusion" de ces unités dans la nouvelle unité créée ». Proche par certains aspects de l'empire, elle s'en séparerait par la liberté qui l'inspire, dont témoigne l'adhésion volontaire des États choisissant d'entrer dans la fédération[208]. Quel que soit son intérêt spéculatif, cette approche laisse de côté les questions politiques essentielles soulevées par la construction européenne : que devient la Nation, que deviennent les nations parties prenantes d'une telle fédération ? Quelle est la légitimité de la nouvelle entité ainsi émergée ? Qui détient quelle souveraineté et comment celle-ci s'exerce-t-elle ? Lacunes logiques, et sans surprise, pour un auteur affirmant d'entrée de jeu vouloir « oublier la souveraineté pour penser le fédéralisme » et dont l'ouvrage de 447 pages ne comporte pas une seule entrée « nation ».

Face à ces questions lancinantes, des réflexions éthérées, visant à donner un habillage philosophique au concept et à la réalité institutionnelle que recouvre l'expression delorienne de « fédération d'États-nations », ont été formulées.

Le fédéralisme à l'état gazeux

La plus célèbre et la mieux connue est celle dite du « patriotisme constitutionnel » ou *Verfassungspatriotismus*[209]. Selon son héraut, le philosophe allemand Jürgen Habermas, citoyenneté et identité nationale, n'étant que des constructions historiques, seraient parfaitement dissociables. La citoyenneté pourrait s'attacher à de simples principes constitutionnels et non plus s'ancrer dans une nation, celle-ci se voyant vidée de tout contenu politique, réduite à sa seule dimension culturelle et ramenée à une sorte d'aimable « folklore ». La seule allégeance politique admise, dans cette perspective, est celle à la démocratie et à l'État de droit[210]. La « patrie » de chaque citoyen se résumerait alors à la « Constitution » de son pays. Patrie tout abstraite, sans plus aucun lien avec l'Histoire, sans aucune dimension charnelle. Un patriotisme sans patrie. Et comment aimer un texte, fût-il constitutionnel ? Or, le patriotisme est un amour, celui de sa patrie. Un patriotisme sans amour, donc. Voilà ce que Habermas nous propose comme horizon politique.

Bien entendu, cette approche radicale est intimement et irréductiblement liée à l'histoire de l'Allemagne et à son passé génocidaire. Ainsi fut-elle précisément élaborée par Habermas dans le cadre de la fameuse « querelle des historiens » (*Historikerstreit*), à partir de l'été 1986 puis dans le contexte de la réunification allemande, en réponse aux intellectuels qui, regroupés autour d'Ernst Nolte, tentaient de relativiser le poids des crimes du nazisme. Contre ceux de ses collègues qui prétendaient discuter et contester la part maudite de leur histoire, Habermas, lui, proposa de l'évacuer purement et simplement des esprits et des mémoires, d'esquiver ce passé infamant, en se tournant résolument vers un avenir allégé. De surcroît, et c'est ici que la principale difficulté surgit, selon Habermas ce « concept » représenterait l'avenir de toute l'Union européenne. Les citoyens de chacun des États membres devraient considérer celle-ci comme leur patrie d'élection, l'adhésion à ses valeurs démocratiques représentant leur salut et celui de leur pays.

Proposer un patriotisme « constitutionnel » comme modèle à une Union européenne qui, après l'échec du TCE en 2005, ne possède pas de Constitution, voilà qui semble pour le moins saugrenu ; si l'on rappelle, de surcroît, qu'une Constitution est la loi suprême qu'un peuple s'est donnée à lui-même et que, en l'occurrence, il n'existe pas de peuple européen ; et si, enfin, on considère que les cinq cents millions de citoyens de l'Union à vingt-huit ont montré à l'envi – du référendum de 2005 au Brexit – leur attachement à leurs nations, vivantes et lieux réels de l'exercice de leur démocratie, on saisit que ce « patriotisme constitutionnel » représente, littéralement, une vue de l'esprit. Un patriotisme constitutionnel sans patrie ni Constitution ; et une Constitution impossible en l'absence de peuple européen duquel émaner. On ne peut alors que souscrire au jugement sans appel de Régis Debray pour qui le « patriotisme constitutionnel » de M. Habermas, en état d'apesanteur, « songerie philosophique qui jouit d'une forte réputation dans nos universités[211] », est « une idée de philosophe pour philosophes[212] ». Encore faut-il entendre le mot « philosophe » dans l'acception péjorative que lui prête l'ancien compagnon du Che, celle d'un songe-creux.

Il en va de même de la vision, élaborée dans le sillage de Habermas, qui envisage l'Union européenne comme une des formes contemporaines du cosmopolitisme et qui l'invite à suivre « la voie kantienne[213] ». Son concepteur, Jean-Marc Ferry, reprenant et actualisant l'idée cosmopolitique développée par Emmanuel Kant dans son *Projet de paix perpétuelle* (1795), plaide pour un mode d'intégration politique horizontal plutôt que vertical, qui ne mènerait plus à un État supranational, mais à une entité post-nationale, « une communauté morale dont l'ouverture transnationale pressente la vérité de l'Union européenne ou de son principe, celui d'une union cosmopolitique, voie kantienne de l'Europe[214] ».

Avec ces approches idéalistes – au sens philosophique du terme –, le fédéralisme atteint son état gazeux. Vapeurs conceptuelles tentant de dissimuler, de plus en plus mal toutefois, le vrai projet des fédéralistes : l'empire.

CHAPITRE 4

L'empire contre les nations

« Fédération d'États-nations » : si l'on examine la formulation vantée par Jacques Delors, trois vérités apparaissent.

Primo : une fédération d'États est non seulement possible, mais fréquente ; cette forme politique correspond aux États fédéraux que nous visitons lors de nos voyages ou lisons sur les planisphères : les États-Unis d'Amérique, le Canada, le Brésil, l'Inde, l'Allemagne, par exemple. Constitués par agrégation d'entités politiques n'ayant jamais possédé la qualité de nations, c'est seulement le résultat final de leur addition qui en forme une. Ni le Wyoming, ni l'Ontario, ni le Minas Gerais, ni le Nagaland, ni la Saxe ne sont des nations ; ce ne sont que les États fédérés d'un État fédéral qui, lui, incarne une nation.

Secundo : de nombreuses fédérations de nations ont existé dans l'histoire de l'humanité : ce sont les empires. Hittite, assyrien, achéménide, séleucide, parthe, romain, sassanide, abbasside, carolingien, almoravide, seldjoukide, mongol, ottoman, mohgol, sino-mandchou, colonial – anglais, français, allemand, belge –, soviétique : incomplète, cette liste n'en indique pas moins la récurrence du phénomène impérial dans l'histoire des sociétés humaines.

Tertio : en revanche, une « fédération d'États-nations » est, conceptuellement et réellement, impossible. Car dans « États-nations », ce qui pèse et ce qui compte c'est « nation ». Instable, la forme politique promue par Delors ne peut dès lors représenter qu'un état « intermédiaire » : elle tend soit vers l'empire – fédération de nations –, soit vers la nation – fédération d'États.

Précisément, il s'agit là des deux options politiques qui polarisent l'idée européiste. Tentation impériale, d'un côté, par l'élargissement de l'Union et l'affirmation d'une domination croissante sur les nations qui la composent. Volonté d'aller jusqu'au bout du « rêve européen », de l'autre, en accomplissant cette « union sans cesse plus étroite » que proclament les traités européens, c'est-à-dire en créant une nation européenne.

Les promesses de l'empire

La description du concept d'empire dans l'Histoire et les civilisations qui l'ont émaillée, telle qu'on la retrouve dans un ouvrage paru en 1980 et réunissant, sous la direction de Maurice Duverger, les contributions de la fine fleur de la pensée académique française d'alors, fait ressortir à quel point la « construction européenne » s'est inspirée du phénomène impérial[215].

Quelle que soit leur diversité, les nombreux empires ayant, au fil des siècles, recouvert la surface de la Terre possèdent des traits communs qui permettent de les reconnaître et de les désigner comme tels : l'étendue du territoire contrôlé et la diversité des peuples y vivant – critères qui ont fait dire « un royaume, c'est un pays ; un empire, c'est un monde » ; l'organisation matérielle – routes, appareil de production, voies de communication et d'échanges ; et l'anatomie politique – unité de gouvernement et emprise de la bureaucratie – de l'espace conquis – car l'empire est toujours acquis et construit au prix d'une forme de contrainte. Imposés le plus souvent par la force – « par le fer et par le feu » –, les empires perdurent « en brisant les autorités établies dans les peuples conquis et en les remplaçant par des représentants du pouvoir central : gouverneurs, satrapes, légats, préfets, etc. ». La stabilité et le fonctionnement de l'ensemble impérial nécessitent une bureaucratie permanente, et l'empire peut être défini comme un « système de bureaucratie ». Toutefois, le nombre et la diversité des masses humaines à gouverner doivent conduire à « respecter les croyances et les mœurs de chaque peuple, à faire appliquer ses lois, à lui permettre de s'administrer au niveau des communautés de base ». L'empire se veut ainsi bienveillant, car il « oscille partout entre deux exigences contraires et complémentaires : celle de la diversité, celle de l'unité ».

Dans cette description du phénomène historique que représente l'empire, on aura reconnu sans peine, et sans mauvais esprit, la philosophie générale de l'Union européenne, sa devise, sa Commission et ses 34 000 fonctionnaires, les élites dirigeantes qui dans chaque pays relaient avec zèle sa politique, ainsi que le principe de subsidiarité censé présider à son fonctionnement.

« Nul ne peut exactement mesurer la part de consensus et la part de contrainte dans la solidité des empires [...]. Pour durer, il faut que la domination d'un grand espace apporte à ceux qui la subissent des avantages qui font préférer l'unité impériale à la fragmentation en petites unités de pouvoir. » Quels sont ces avantages attendus de l'empire ?

« Ils sont d'abord économiques et profitent avant tout aux classes dirigeantes locales [...]. Mais la masse des petites gens doit retirer quelques miettes de cette rationalisation, pour qu'elle puisse durer [...]. Tous les habitants de l'empire n'en profitent pas également. Les gens du centre sont plus favorisés que ceux de la périphérie ; les hautes classes plus que les classes populaires. » L'enrichissement, même très inégalement réparti, est effectivement un des bienfaits mis en avant par les tenants de cette option, une réalité sociale aussi, qui fonde l'« idéologie de la prospérité ». Une idéologie qui fait corps avec le projet impérial.

L'argument économique est premier, mais il n'est pas unique ; la recherche de sécurité est elle aussi essentielle et, décrivant le monde d'avant 1914 qui fut le sien et qu'il pleurait, Zweig le qualifiait précisément d'« âge d'or de la sécurité » et d'« âge de la raison ». L'empire s'engage à éliminer les conflits en son sein, ou à tout le moins à les réduire, à protéger de l'agression ennemie et à abriter les populations « derrière des fortifications, quand la pression du chaos est devenue trop forte ». Garantir la « paix impériale » – *pax romana* ou *pax americana* – est l'une des grandes missions que s'assigne l'empire. Atteindre cette paix durable est une des raisons d'être de la puissance impériale.

Militaire, politique, économique : revendiquée par tous les empires, cette puissance au cœur du système impérial est ambivalente. Manifestation de grandeur et, parfois, affirmation d'une volonté de domination, la volonté de puissance est aussi, indirectement et inconsciemment, la reconnaissance d'une faiblesse première, celle qui a présidé à la naissance de l'empire, car « rien ne vaut la conscience d'un péril pour faire un empire ».

Prospérité, paix, puissance : telles sont les promesses et telle est la devise de tout empire. Quant au prix à payer pour bénéficier de ces bienfaits, il est toujours le même, celui toujours exigé en contrepartie de la sécurité : la soumission. Prospérité, paix, puissance : si l'Europe s'est choisi ce triptyque comme promesse fondatrice, il n'y a là rien de fortuit, car, depuis toujours, elle est travaillée par la tentation impériale.

La tentation impériale

Cette tentation vient de loin, des années vingt et de leur « effervescence européiste » ; tentation le plus souvent tue ou implicite. Quels en sont les ressorts ?

Il y a d'abord le passé historique et les empreintes qu'il a laissées sur la mémoire des peuples et leur mentalité collective. Celle de l'empire de Charlemagne, héritier de Rome et première tentative d'unification européenne. Comment ne pas relever que l'Europe des Six épousait presque parfaitement les contours géographiques de l'Empire carolingien ? Celle du Saint-Empire romain germanique, empire plus symbolique et honorifique que réel, certes, vaste et hétéroclite enchevêtrement d'entités juridiques davantage que véritable système de domination politique, mais qui, pendant près de mille ans (962-1806), a représenté pour le peuple allemand le mode d'organisation politique et institutionnel « normal » de sa nation alors encore en devenir. Celle de l'Empire austro-hongrois – la « Kakanie » de Robert Musil – avec son enchevêtrement de nationalités et sa merveilleuse fécondité intellectuelle.

Peter Sloterdijk a souligné à juste titre le poids de cette histoire impériale dans l'imaginaire politique des Européens : « L'Europe est ainsi un théâtre pour les métamorphoses de l'Empire ; l'idée directrice de son imagination politique est une sorte de métempsycose de l'Empire romain à travers les peuples européens déterminants et susceptibles de faire l'histoire[216]. » Inscrit dans l'imaginaire collectif des peuples européens, animant les pages des manuels scolaires, parsemant de ses représentations les rues et les musées des capitales du continent, ce passé impérial se voit – subrepticement, le plus souvent – mobilisé par le courant européiste.

Familière, donc, la forme impériale permettrait aussi de répondre à une angoisse, celle du désordre, au souci constant de trouver une organisation continentale rationnelle et stable, tout en revenant à une formule politique rassurante, celle du modèle romain originel. C'est particulièrement le cas pour le peuple allemand qui, habité par le souvenir du Saint-Empire, habitué au puzzle politico-juridique qu'il avait instauré – quelque 350 entités politiques, de toutes tailles et de statuts très divers –, verrait d'un bon œil l'établissement d'un « empire européen ». Ce serait alors le rétablissement d'un *continuum* historique qui, dans une perspective de « temps long » braudélien, conduirait à considérer le nazisme comme un accident, effroyable, certes, mais un accident, une catastrophe singulière, et tendrait ainsi à le « normaliser ». De façon très significative, ce sont des philosophes allemands qui se sont fait les meilleurs avocats de l'empire européen. Ainsi Ulrich Beck plaide-t-il pour une formule politique – *Das kosmopolitische Europa* –, qu'il présente comme nouvelle au prétexte qu'elle obéirait à la logique de la transversalité et non de la verticalité. Au bout du compte, elle n'en reste pas moins assimilable à l'empire, comme il le reconnaît lui-même : « L'Europe doit être conçue comme un empire, et [...] la cosmopolitisation de l'Europe ne pourra aboutir que si l'Europe abandonne la forme étatique et prend la forme d'un empire européen[217]. » Un empire sans domination ni violence, « post-hégémonique » comme il le précise ; et même, bien au contraire, fondé sur le droit, les droits, la démocratie, la coopération et le consensus ; un empire tout de même.

Pour ses partisans, la forme impériale offre le grand avantage de représenter une version douce de l'État fédéral. Elle produirait une organisation politique et juridique comparable, mais préserverait mieux les susceptibilités nationales, et sauverait les apparences, tout en faisant appel à une histoire commune et glorieuse : le « prix Charlemagne » distingue ainsi chaque année une personnalité ayant remarquablement œuvré à la « construction européenne ». Grâce à la répartition des pouvoirs qu'il instaurerait, déshabillant l'État-nation de ses prérogatives – par le haut et par le bas – exactement de la même manière que le ferait le fédéralisme, mais de façon plus discrète, toutefois, l'empire représenterait ainsi « un moyen de surmonter la nation[218] ».

De l'empire, l'UE possède en particulier cette propension à l'élargissement continu, *a priori* sans limites. Propension fort logique, au demeurant, puisque, selon la doctrine officielle, l'identité de l'Europe serait en effet exclusivement définie par l'adhésion à des « valeurs » fondatrices, énumérées dans ses deux traités : « L'Union est fondée sur les valeurs de respect de la dignité humaine, de liberté, de démocratie, d'égalité, de l'État de droit, ainsi que de respect des droits de l'homme, y compris des droits des personnes appartenant à des minorités. Ces valeurs sont communes aux États membres dans une société caractérisée par le pluralisme, la non-discrimination, la tolérance, la justice, la solidarité et l'égalité entre les femmes et les hommes[219]. » Or ces valeurs sont des valeurs universelles, que peut revendiquer toute nation, s'ouvrant alors virtuellement la possibilité d'adhérer à l'Union.

L'article 49 du traité sur l'Union européenne dispose ainsi : « Tout État européen qui respecte les valeurs visées à l'article 2 et s'engage à les promouvoir peut demander à devenir membre de l'Union. » L'Union s'étant toujours refusée à donner une définition géographique, historique, politique, culturelle, ou autre, de l'épithète « européen », il en résulte une indétermination fondatrice quant à la nature de la construction européenne et quant aux frontières qu'elle se reconnaîtrait. Pierre Manent a fort justement dénoncé ce « processus aveugle d'extension indéfinie », qui fut en particulier à l'œuvre lors des derniers élargissements : « Désormais, ce ne serait plus : pourquoi ? Ce serait : pourquoi pas ? » Question ouverte et posée non plus par les « fondateurs, mais par les candidats[220] ».

À cette indéfinition et à ce caractère potentiellement infini l'on reconnaît la tentation impériale. URSS : l'acronyme l'indiquait, n'importe quelle république aurait pu se reconnaître « socialiste et soviétique » et entrer dans l'empire rouge, la menace de l'annexion étant comme inscrite dans le nom même du géant de l'Est. De même, en poussant la logique à son terme, un État-nation africain ou asiatique pourrait demander son adhésion à l'Union européenne. Ainsi la question a-t-elle été soulevée de la candidature à l'adhésion de la Turquie – elle reste officiellement pendante ; et de bons esprits envisagent encore une Europe s'étendant jusqu'aux pays du Maghreb. À l'image du « progressisme », cette idéologie du progrès sans fin dont elle se veut la pionnière, l'Union européenne, elle non plus, ne saurait avoir de limites. Telle est la seule définition de son identité qu'elle a été, pour l'heure, capable de se donner.

Ni identité affirmée, ni racines revendiquées, ni frontières stabilisées, ni ambition politique : un espace économique et commercial ouvert à toutes les concurrences, un marché balayé par le seul vent glacé du droit, une « Europe sans rivages » ni saveur, un nouvel

« Empire des steppes[221] »… On mesure là le fossé qui nous sépare des États-Unis d'Amérique où cette vision – absurde – est précisément considérée comme absurde et sans objet : car le géant d'outre-Atlantique n'est pas un empire – en tout cas pas en ce sens-là, pas pour lui-même –, il est une nation pleine et entière.

Un autre indice de cette tentation impériale se lit dans le fait que, dès le départ, dès le traité de Rome de 1957, et encore davantage avec la création de l'Union européenne en 1992, avec le traité de Maastricht, aucun dispositif juridique n'était prévu pour encadrer la sortie d'un État membre. Nouvelle, cette liberté n'est offerte que depuis le traité de Lisbonne et l'article 50 du traité sur l'Union européenne (TUE) qu'il a introduit, entré en vigueur le 1er décembre 2009, comme une sorte de concession accordée aux pays de l'ex-bloc soviétique, sourcilleux quant à une indépendance nationale qu'ils venaient seulement de recouvrer. Jusque-là, l'Europe c'était un aller simple, sans retour.

Aussi peut-on, avec le grand sociologue allemand Wolfgang Streeck, considérer que l'Union européenne serait déjà un « empire libéral ou, mieux, néolibéral : un bloc hiérarchiquement structuré et composé d'États nominalement souverains dont la stabilité se maintient grâce à une distribution du pouvoir d'un centre vers la périphérie ». De cette constitution impériale, on peut effectivement voir le signe dans la tendance, de plus en affirmée, de l'Europe à s'organiser en noyaux concentriques – avec la zone euro au cœur du système, les pays de « l'Europe médiane », ainsi que la dénommait Fernand Braudel, aux franges de celui-ci –, reproduisant la structure centre/périphérie propre à tout empire. Un empire dominé par l'Allemagne « puissance hégémonique bienveillante, qui répand auprès de ses voisins un bon sens universel et des vertus morales dont elle assume le coût[222] ».

Bien entendu, cet empire européen en voie de constitution serait un empire « démocratique » – le premier de cette nature, d'ailleurs, dans l'histoire de l'humanité –, un empire paisible, doux, bienveillant et même parfois mou, un empire du Bien, traquant toutes les formes de « discriminations » et visant une dépolitisation aussi complète que possible. Déjà, avant la Seconde Guerre mondiale, Emmanuel Mounier concevait l'Europe idéale comme une « fédération de puissances de second ordre[223] ». De nos jours, et dans le même esprit, Sloterdijk décrit l'Europe comme un « club d'humiliés », « la communauté des États qui ont compris, plus ou moins explicitement, qu'ils n'incarneraient plus jamais le centre de gravité du pouvoir mondial[224] ». Et il n'y a nul hasard à ce que ce soit le seul pays européen à n'avoir jamais connu la défaite militaire au cours du XXe siècle, le Royaume-Uni, qui ait décidé de quitter l'Union.

Un empire, néanmoins, avec son centre politique – le triangle Bruxelles-Berlin-Francfort –, sa bureaucratie impériale – la Commission européenne –, son gouvernement par le droit – les règlements et directives –, son joug – l'euro –, et ses brusques raidissements lorsque la périphérie tente de remettre en question le fonctionnement du système – comme l'ont révélé à des millions de citoyens l'intransigeance et le mépris du centre impérial à l'égard de la Grèce. De façon significative, dans le débat des élections européennes de mai 2019, deux responsables politiques européens importants se sont prononcés en faveur de la formule impériale : le Français Bruno Le Maire, en publiant un plaidoyer en faveur de l'empire européen[225] ; et le Belge Guy Verhofstadt, fédéraliste militant, en déclarant, lors d'un débat à Florence entre *spitzenkandidaten*, qu'une « vraie Union » devait assurer sa place dans l'ordre mondial des « empires », et affirmant : « Nous avons cinq ans pour que l'Europe change de nature[226]. »

Quant à notre européiste en chef, Bernard-Henri Lévy, c'est fort logiquement qu'il soutient lui aussi cette perspective impériale : « [...] le niveau national ne fonctionne plus et nos nations, pour survivre et garder leur âme, devront consentir à une politique impériale permettant à l'Europe de parler d'égal à égal avec la Russie, la Chine, les États-Unis et les autres. "Empire", pour moi, n'est pas un mot péjoratif[227] ».

Est-elle consciente, cette Europe qui se laisse tenter par l'horizon de l'empire, qu'elle met ainsi en danger ce qu'elle a de plus précieux – la vitalité, le rayonnement, la beauté, la richesse et la diversité de ses nations ? Faut-il lui rappeler l'avertissement de Milan Kundera ? « L'Europe centrale voulait être l'image condensée de l'Europe et de sa richesse variée, une petite Europe archieuropéenne, modèle miniaturisé de l'Europe des nations conçue sur la règle : le maximum de diversité sur le minimum d'espace. Comment pouvait-elle ne pas être horrifiée par la Russie qui, en face d'elle, se fondait sur la règle opposée : le minimum de diversité sur l'espace maximal[228] ? » Tout empire règne en imposant « le minimum de diversité sur l'espace maximal » : c'est là la loi d'airain du phénomène impérial, sa pente fatale. Un empire européen signerait la fin de l'Europe, en serait la négation même.

Seconde tentation de l'européisme : l'assomption par la naissance d'une nation européenne. Car ce mouvement de pensée entretient avec la Nation une relation ambivalente, mélange de fascination et de répulsion. La répulsion est ancienne, consubstantielle à ce mouvement d'idées. Rejetée dans les ténèbres du passé, de l'irrationalité, de la caducité, de l'archaïsme, la nation est de surcroît désignée à la vindicte comme dangereuse, car donnant naissance au Mal absolu – le nationalisme.

Le nationalisme, ce n'est pas forcément la guerre

La cause paraît entendue : « Le nationalisme, c'est la guerre », selon la fameuse formule lâchée par François Mitterrand devant le Parlement européen en 1995[229]. Rabâchée, la sentence tient lieu de pensée politique à beaucoup ; slogan facile, elle sert souvent aux mêmes à tenter de clore toute discussion sur la nature et le devenir de l'Europe. Son seul défaut ? Être inexacte. Du point de vue de la logique comme au regard de l'Histoire.

Première remarque, élémentaire et d'importance : les guerres n'ont attendu ni les nations ni le nationalisme pour ravager le monde. La violence guerrière est identifiable dès les temps du néolithique. Avant que les nations n'émergent du Moyen Âge qui les a créées, d'autres formes politiques – hordes, tribus, clans, cités, empires – avaient provoqué de nombreux et meurtriers conflits armés. Que l'on songe, en ne se référant qu'à la seule Antiquité, à la cité-État de Sparte ou au militarisme extrême de l'Empire assyrien[230].

Surtout, il n'existe pas de lien d'automaticité entre la donnée anthropologique universelle que représente la guerre et le phénomène politique historiquement situé et constitué qu'est le nationalisme. Comme l'écrit Gil Delannoi dans une excellente mise au point[231] : « La plupart des nombreuses critiques adressées à la forme Nation et au nationalisme s'expliquent par l'absence de démocratie dans le pays visé et non par la présence politique de la Nation. » Seuls les nationalismes des régimes autoritaires et des dictatures sont belliqueux par nature. « La variable décisive n'est donc pas la nation mais la présence ou l'absence de démocratie, comme régime et comme société[232]. » Les nations démocratiques ne se font pas la guerre entre elles, jamais, ni même ne l'envisagent ; elles n'entrent en conflit qu'avec des régimes non démocratiques. Il n'y a pas d'exception à cette loi historiquement avérée[233] qui valide la vision kantienne des conditions à réunir pour aller vers une « paix perpétuelle ». En soi, la nation porte les valeurs de paix et de coopération autant que les menaces de fragmentation et de guerre. En vérité, la nation n'entretient pas un lien univoque avec le phénomène guerrier et « les nations sont autant faites pour la paix que pour la guerre », comme l'a très justement rappelé Marcel Gauchet[234].

Précision capitale, que Gil Delannoi souligne fort opportunément : la seule guerre européenne dans notre histoire récente que l'on puisse qualifier de « nationaliste » est celle de 1870-1871. Voulue par Bismarck afin d'achever son projet d'unification de l'Allemagne sous l'égide de la Prusse, réclamée par les milieux bellicistes français, en particulier le petit clan réuni autour de l'impératrice Eugénie, cet affrontement d'orgueils nationaux trouva sa rapide issue dans la création et la proclamation, le 18 janvier 1871 dans la galerie des

Glaces du château de Versailles, du premier État-nation de l'histoire allemande : le IIe Reich.

La Première Guerre mondiale fut un choc entre empires coloniaux, un conflit opposant six impérialismes : deux déclinants – austro-hongrois et ottoman –, deux à leur apogée – français et britannique –, et deux émergents – russe et allemand. Et c'est parce qu'elle opposa des empires mondiaux qu'elle devint elle-même mondiale, contrairement à la guerre de 1870-1871 qui, parce que provoquée par l'antagonisme de deux nations se dressant l'une contre l'autre, resta cantonnée à elles seules[235]. Or, le phénomène impérialiste s'est nourri autant d'un certain nationalisme extrême que du capitalisme prédateur d'une « Belle Époque », celle de l'acmé de la première mondialisation, triomphe de la recherche effrénée du profit maximal autant qu'accomplissement de la volonté de puissance. Économie et politique sont là intimement liées et partagent une même responsabilité.

Quant à la Seconde Guerre mondiale, ce fut une déflagration planétaire provoquée par une idéologie terrifiante : le nazisme. Certes, celui-ci comportait une dimension nationaliste, mais qui ne rend pas compte de la singularité du phénomène.

Que la frustration d'une nation tard venue au monde – *die verspätete Nation* – ait joué un rôle, en retournant, après l'accession de l'Allemagne au statut de puissance économique, un complexe d'infériorité initial en complexe de supériorité, cela est indéniable ; mais un rôle au même titre que la Grande Dépression, le chômage de masse et l'hyperinflation, ou l'obsession anticommuniste. « Le nazisme peut être classé, en partie et en partie seulement, parmi les monstruosités ayant un rapport avec le nationalisme[236] », précise Delannoi. En réalité, le projet de Hitler et du Parti national-socialiste des travailleurs allemands (NSDAP) n'était pas plus « national » qu'il n'était « socialiste ». Bien au contraire, il portait la négation de l'idée nationale, recherchant à mettre fin une fois pour toutes au principe d'autodétermination des peuples ; et c'est pourquoi il a voulu faire retour à l'histoire séculaire allemande et a fondé le IIIe Reich. L'Allemagne nazie s'est définie et imposée aux autres nations européennes comme un État impérial.

Demeure l'essentiel : le nazisme fut d'abord et avant tout un racisme et un eugénisme[237], une idéologie de la suprématie biologique d'une race supposée – la race « aryenne » –, ayant fondé, au cœur de l'Europe et au sein de l'un des pays alors les plus modernes et les plus cultivés au monde, une politique de domination raciste poussée à l'extrême, en particulier par l'adoption, en 1935, des lois de Nuremberg. Le IIIe Reich fut une « biocratie[238] ». Un régime politique d'un genre nouveau, enraciné dans une vision biologisante de la société, celle de la « pureté de la race », promouvant une idéologie pervertissant la science, établissant une distinction et une hiérarchie entre les hommes sur des caractéristiques phénotypiques, affirmant ainsi la supériorité biologique des Aryens dolichocéphales et l'infériorité, elle aussi biologique, des autres êtres humains, en particulier des Juifs ; mais aussi des Tziganes, des homosexuels, des trisomiques, des arriérés mentaux et des personnes jugées « asociales » : marginaux, alcooliques, clochards, délinquants récidivistes. Un système politique, juridique, bureaucratique, « inspiré, initié et orienté » par la communauté biomédicale allemande[239], dans lequel les médecins détenaient plus de pouvoir que les juges ou les fonctionnaires zélés du nazisme, et, en particulier le pouvoir suprême, celui de décider de la vie ou de la mort des individus.

Un eugénisme biomédical et un darwinisme social, donc, combinés à un antisémitisme racial et radical, préconisant une conquête territoriale scientifiquement « justifiée » – le *Lebensraum* –, puis planifiant, lors de la conférence de Wannsee, en janvier 1942, l'extermination rationnellement conçue et industriellement organisée des populations juives d'Europe : la « solution finale à la question juive », selon le langage nazi, fut « le plus grand massacre *technocratico-scientifique* de l'histoire de l'humanité[240] ». Les victimes des atrocités nazies furent sélectionnées sur des critères essentiellement biologiques, « raciaux » ou médicaux. Les catégories de personnes à éliminer furent parfaitement délimitées : « à moins de 25 % de sang juif, on survit ; à plus de 50 % de sang juif, on périt[241] ».

Le nazisme est évidemment à l'opposé complet de la conception française de la Nation, à la fois abstraite, politique, universaliste et citoyenne – telle qu'exposée par Ernest Renan[242] ; mais il est aussi distinct de la vision allemande, romantique, ethnique, culturelle et patrimoniale – telle que Herder et Fichte l'ont popularisée. Bismarck était un nationaliste. Hitler, lui, fut, avant toute chose, un raciste et un eugéniste. Et s'il fut vaincu, si son régime abominable fut jeté bas, si son délire impérial fut anéanti, ce fut grâce à l'alliance de nations libres, une alliance fondée sur la résistance des nationalismes anglais, américain, russe et français. Churchill, Roosevelt, Staline et de Gaulle étaient des nationalistes.

Quant au stalinisme, il fut une idéologie du mensonge, dénaturant l'idéal socialiste de progrès social et d'égalité entre les hommes en un totalitarisme assassin, un système policier de répression abominable, un État militariste et impérialiste.

Au bout du compte, « dans ces massacres de masse, la question du régime politique et de la révolution est beaucoup plus centrale que celle de la nation […] la composante nationale est absorbée, broyée, digérée par l'idéologie exterminatrice, que celle-ci soit raciste ou communiste », comme le souligne fort justement Delannoi[243]. Dès 1964, André Malraux avait tout dit : « Lorsque nous défendons la Nation, on nous dit : "Vous préparez la guerre". Prenez bien garde que, depuis cent ans, pas une grande guerre n'est née réellement d'un sentiment national : elles sont toutes nées du sentiment hégémonique[244]. »

Les vertus du nationalisme rationnel

Le lien supposé – voire l'équivalence posée, comme le fit Mitterrand – entre nationalisme et bellicisme renvoie à une interprétation erronée de l'Histoire. Le nationalisme ne saurait être considéré comme un extrémisme par nature ; il n'est pas assimilable à une volonté d'hégémonie. Si l'on retient la définition, classique, d'Ernest Gellner – « le nationalisme est essentiellement un principe politique, qui affirme que l'unité politique et l'unité nationale doivent être congruentes[245] » –, dès lors, confondre, dans une même catégorie, générale et absolue, en faisant fi de tout contexte historique et de toute rigueur, le nationalisme outrancier, agressif et dangereux, tel qu'il a pu exister, et l'expression politique de l'idée nationale, l'amour de sa nation, la volonté de la défendre, est un dévoiement de la pensée. Un dévoiement souvent dicté par la passion idéologique. Ainsi que le relevait Raymond Aron : « Les fanatiques de l'idéal européen jugent les nationalismes négatifs parce que ceux-ci contrarient effectivement la réalisation de leur idéal[246]. »

On sait que Kant a posé, dans son *Projet de paix perpétuelle*, l'idée que l'établissement d'un État des nations (*civitas gentium*) – un *Völkerstaat*, qui, en s'accroissant constamment, « engloberait finalement tous les peuples de la Terre » – constituerait la seule solution rationnelle à l'anarchie régnant entre les nations et l'unique moyen de proscrire la guerre entre les États[247]. Après la Seconde Guerre mondiale, et à la suite des atrocités nazies qui furent imputées, de façon abusive, au seul nationalisme – en l'occurrence allemand –, ce postulat est devenu prépondérant dans la pensée occidentale et en particulier européenne, entraînant une condamnation quasi-générale de la nation et du nationalisme. Or, s'il existe bien une passion nationaliste, le nationalisme se montre souvent raisonnable et raisonné, mesuré, paisible, assuré de sa vocation politique – préserver les intérêts de la nation, en garantir le rayonnement et la pérennité –, mais pacifique, soucieux de l'échange avec les autres nations, aussi ; ce nationalisme-là est celui qu'exprimait, en son temps, le général de Gaulle lorsqu'il déclarait que « le sentiment national est naturel à toutes les nations, à tous les pays. Il est aussi naturel que l'amour filial ou que l'affection familiale. Il est souhaitable qu'une nation veuille vivre, se défendre et se perpétuer [...]. Nous, ce que nous voulons, c'est que *tous* les peuples affirment leur sentiment national[248] ».

Rien ne condamne le nationalisme au chauvinisme ou à l'égoïsme ; il peut aussi se montrer ouvert et généreux. Nulle obligation à l'associer systématiquement à l'idée de domination ; il est tout autant le vecteur de la coopération. Aucune fatalité à ce qu'il soit défini comme une conception restrictive voire agressive de la Nation, un amour aveugle et exclusif de sa nation au détriment de celle des autres. Pour toute nation, le nationalisme peut être l'expression d'un amour de soi, légitime, pondéré et réfléchi, de la volonté de se perpétuer, de persévérer dans son être, une forme de *conatus*, pour reprendre le concept de Spinoza : il anticipe alors de l'exercice de la Raison. Et lorsqu'il se manifeste de façon pathologique – obsession, aveuglement ou délire –, c'est après avoir tourné à la passion mauvaise, dérive en aucun cas inéluctable. L'opposer, de manière simpliste, au patriotisme – comme l'a fait, à l'occasion des cérémonies commémoratives du centenaire de l'armistice de 1918, le président Macron en déclarant : « Le patriotisme est l'exact contraire du nationalisme ; le nationalisme en est la trahison » –, ne saurait être, dans le meilleur des cas, qu'une habileté rhétorique.

Ainsi défini et entendu, le nationalisme, loin de représenter le danger systématique si complaisamment dénoncé par la doxa contemporaine, présente de vraies vertus.

La Nation permet, en premier lieu, l'exercice concret, effectif, quotidien et partagé de la démocratie. Cadre historiquement constitué de celle-ci, elle lui a permis de s'épanouir ; elle est la communauté qui légitime et organise les choix politiques. Et c'est bien ainsi qu'elle est comprise et appréciée par des milliards de citoyens de par le monde. C'est par et dans la Nation que l'individu accède à la citoyenneté. Celle-ci demeure le lieu politique privilégié de la délibération démocratique et de l'État-providence. Autorisant et instituant la solidarité sociale et fiscale, la Nation permet le mieux de lutter contre la fragmentation identitaire et le communautarisme.

Historiquement, la Nation est également la forme politique qui a permis de garantir la réalité et la pérennité de la liberté et des libertés. Ainsi, tout au long du XIXe siècle, le mouvement des nationalités a-t-il été compris et accueilli, par tous les peuples d'Europe, comme une promesse de libération.

La Nation donne aussi la possibilité à la notion d'universel de se cristalliser dans une figure politique vivante, charnelle, accessible à tous. Le nationalisme se révèle le meilleur moyen de comprendre et de saisir l'idée d'universalisme ; il est même la première étape du chemin qui mène à celui-ci. Que la Nation puisse être l'antichambre du monde, Michelet l'avait déjà revendiqué hautement : « La patrie est l'initiation nécessaire à l'universelle patrie[249]. »

De même, le nationalisme bien compris est-il au fondement de l'internationalisme, auquel il donne corps et substance. Le nationaliste rationnel aime sa patrie et la veut au premier rang, certes ; mais il sait, précisément en raison de cet amour, que d'autres nations existent et méritent, par leur beauté et leur histoire, l'attachement que d'autres que lui leur portent. Un nationalisme qui ne respecterait pas les autres nationalismes serait par conséquent une contradiction logique et politique. La défense de sa nation n'aboutit pas inéluctablement au narcissisme ; mais également à la reconnaissance de la valeur de l'Autre. En ce sens, le nationalisme peut conduire autant à « l'humilité » qu'à « l'orgueil », selon l'appréciation de Régis Debray[250].

Loin de se réfugier dans l'autarcie ou le « splendide isolement », la plupart des nations commercent, dialoguent, sont ouvertes aux autres nations, par conviction ou par nécessité, rejettent le repli et s'engagent dans la discussion et, même, font preuve de solidarité. « La vie internationale doit permettre à chaque nation de s'affirmer, sans porter préjudice aux autres », selon le général de Gaulle[251]. Comment en serait-il autrement, d'ailleurs ? À part les États-Unis d'Amérique, quelle autre nation pourrait se retirer sur son Aventin et pratiquer l'isolationnisme ? Sans nations, sans nationalismes tempérés, sans la confrontation de leurs intérêts respectifs, sans aussi celle, féconde, de leurs différences, pas de concertation, pas de vie ni de droit international et, au final, pas d'internationalisme.

L'internationalisme n'équivaut pas à la disparition des nations, ni même à leur condamnation de principe. Au contraire, fondé sur leur existence, il signifie leur coopération fructueuse. Parfois seulement, dans certains domaines et dans certaines circonstances, il pousse à leur dépassement ; le plus souvent, il s'appuie sur elles.

Dans le contexte de ce début de XXIe siècle, les nations peuvent trouver une utilité supplémentaire : devenir les « écluses de la mondialisation », capables de décider démocratiquement, ou pas, d'une intégration économique plus approfondie, de mettre en balance cette éventuelle intégration avec d'autres intérêts essentiels, tels que la santé publique, la protection de l'environnement et la lutte contre le réchauffement climatique, la solidarité, la cohésion des territoires. Et cela en instaurant des barrières au commerce international – sous la forme d'une taxe carbone aux frontières, par exemple –, ou en renégociant les traités de libre-échange, bref en encadrant la globalisation[252].

En leur offrant un prolongement politique et un cadre où s'accomplir, l'internationalisme assure, en retour, aux nations le plein épanouissement de leur personnalité. Tel est le sens de la célèbre sentence – aussi souvent citée que mal interprétée – du grand Jaurès : « Internationale et patrie sont désormais liées. C'est dans l'Internationale que l'indépendance des nations a sa plus haute garantie ; c'est dans les nations indépendantes que l'Internationale a ses organes les plus puissants et les plus nobles. On pourrait presque dire : un peu d'internationalisme éloigne de la patrie ; beaucoup d'internationalisme y ramène. Un peu de patriotisme éloigne de l'Internationale ; beaucoup de patriotisme y ramène[253]. »

Voilà pourquoi, enfin – on l'oublie trop souvent –, dès le XIXe siècle, le nationalisme fut un des vecteurs privilégiés du grand mouvement de décolonisation qui allait atteindre son acmé lors de la seconde moitié du XXe siècle. L'affirmation, lors de la conférence de Bandoeng (1955), de la volonté d'émancipation des peuples du tiers-monde prit ainsi la forme de la Nation et du nationalisme – en l'occurrence le « droit des peuples à disposer d'eux-mêmes » et le « principe d'autodétermination ». L'Histoire est ainsi peuplée de grandes figures de libération politique qui furent, chacune à sa manière et en accord avec son époque, des nationalistes : Bolivar, Jefferson, Gambetta, Garibaldi, Mazzini, Sun Yat-sen, Kemal, Churchill, de Gaulle, Nasser, Senghor, Ben Bella, Boumédiène, Gandhi, Nehru, Zhou Enlai, Mao Zedong, Soekarno, Mandela.

De nos jours, les principaux acteurs sur la scène mondiale – Trump, et, après lui, Biden, Poutine, Xi Jinping, Shinzō Abe, Erdogan – sont des nationalistes ; et bien des chefs d'État ou de gouvernements européens le sont aussi, même s'ils le taisent. Angela Merkel est nationaliste. Son prédécesseur l'était aussi. Son successeur le sera. Quel qu'il soit. Un chancelier allemand, au-delà des discours sur l'« intérêt général de l'Europe », défend d'abord et avant tout les intérêts de son pays et ne s'en cache pas. Boris Johnson et, avant lui, Theresa May, Margaret Thatcher et Tony Blair étaient eux aussi réunis par un même nationalisme – les propos exaltés de ce dernier sur « la mission civilisatrice du Royaume-Uni » à l'occasion du passage à l'an 2000 auraient déclenché sarcasmes et condamnations indignées s'ils avaient été ceux d'un président français. Car, en France, les idées de nation et de nationalisme sont considérées par beaucoup – en particulier au sein de l'élite politique et journalistique – comme dépassées et infréquentables. Notre pays est le seul où le chef de l'État ne peut se réclamer du nationalisme. Et pourtant. La Nation reste une réalité vivante et féconde.

La Nation, un précipité politique

Sa force, sa vitalité, sa résilience, son attractivité, le modèle politique qu'elle continue d'incarner aux yeux de milliards d'hommes sur Terre – dont des centaines de millions d'Européens – exercent ainsi une fascination pérenne sur les partisans de l'idée européenne.

Le fait le plus saillant, certes, reste l'injustice faite à la Nation, que ces derniers présentent systématiquement de façon tronquée. Faisant mine d'ignorer ou d'oublier l'intégralité de la belle définition donnée par Ernest Renan, ils n'en restituent que la seule première moitié : « Une nation est une âme, un principe spirituel. Deux choses qui, à vrai dire, n'en font qu'une, constituent cette âme, ce principe spirituel. L'une est dans le passé, l'autre dans le présent. L'une est la possession en commun d'un riche legs de souvenirs ; l'autre est le consentement actuel, le désir de vivre ensemble, la volonté de continuer à faire valoir l'héritage qu'on a reçu indivis. [...] L'existence d'une nation est un plébiscite de tous les jours, comme l'existence de l'individu est une affirmation perpétuelle de vie. » Ainsi lui concède-t-on du bout des lèvres qu'elle constituerait un « patrimoine historique », pouvant justifier un « sentiment d'appartenance » et un « attachement » affectif ; c'est pour mieux la renvoyer aux notions de passé, de passion, de passif. Alors que l'Europe est rangée, elle, du côté de l'avenir, de l'action, de l'actif. Or, les citoyens d'une nation partagent un *passé* commun, vivent dans un *présent* commun et se projettent dans un *avenir* commun. Que la Nation soit « un plébiscite de tous les jours », « le désir de vivre ensemble », qu'elle soit donc autant tournée vers le futur que vers le passé, voilà ce que feignent d'ignorer les européistes, et qu'ils ne peuvent supporter.

Cette rhétorique de l'archaïsme se heurte à une vérité simple : la Nation représente une réalité anthropologique et politique unique et, pour l'heure, indépassable.

Dans l'histoire politique de l'humanité, il y a un avant et un après la Nation. Les sciences de la vie viennent ici nous éclairer. La physique nous enseigne que jusqu'à 99 °C, l'eau reste à l'état liquide, mais que dès que sa température atteint 100 °C, l'ébullition se produit et elle passe alors à l'état gazeux. Une modification quantitative mineure – un degré supplémentaire – entraîne un changement qualitatif complet, non de degré, précisément, mais de nature. De même, la chimie nous apprend que, dans certaines conditions de température et de pression, les composants présents dans un soluté, invisibles car dissous, peuvent soudainement se solidifier sous la forme d'un précipité et devenir ainsi accessibles à la vue. Quant à la biologie, nous savons grâce à elle que, si seuls 5 % de notre génome diffèrent de celui du chimpanzé, les mutations correspondantes affectant des séquences capitales pour la régulation du développement du cerveau, cette proportion très faible d'ADN modifié a entraîné un bouleversement majeur : le passage du singe à l'homme.

Il en va de même dans l'ordre du politique : la Nation est un « précipité » humain, collectif et individuel. Elle est le produit d'une décantation historique, une cristallisation et un accomplissement. Avant qu'elle n'apparaisse, certaines données psychologiques et politiques n'existaient pas, qui deviennent irréversibles dès lors qu'elle est entrée en scène. Constituée, elle s'impose alors comme un fait. La Nation « ne s'improvise pas », comme l'a justement souligné Renan ; elle est « l'aboutissement d'un long passé d'efforts, de sacrifices et de dévouements ».

De la contrainte aussi, souvent. La Nation n'est pas un fait de nature, même si des éléments objectifs – une terre, une langue, une histoire, une culture, un idéal – contribuent amplement à sa définition et à son apparition. Historiquement, la formation des nations européennes a sollicité l'éducation des peuples, l'enrôlement des hommes, une forme de coercition sur les minorités culturelles et linguistiques, régionales ou locales. L'État, ses lois, l'école, son enseignement, l'Histoire, son récit, l'armée, sa conscription, ont été mobilisés pour que, à partir et autour d'une langue et d'une géographie communes, une identité nationale soit forgée[254]. Réalités culturelles et humaines sédimentées au cours du temps, les nations ont été instituées politiquement. Dans cette institution, l'élaboration et la diffusion de ce qu'il est convenu de désigner par l'expression « roman national » ont joué des rôles décisifs – quelle que puisse être la part de légende que celui-ci comporte. Le plus souvent, un prix politique et humain a dû être acquitté pour qu'émerge cette singulière forme d'unité culturelle et politique que représente la Nation. Mais, comme nous l'a rappelé Renan, la violence est à l'origine « de toutes les formations politiques, même de celles dont les conséquences ont été les plus bienfaisantes. L'unité se fait toujours brutalement ». Aucune raison, donc, que la Nation ait pu échapper à cette loi de l'Histoire.

La Nation, figure mondiale

Certes. Reste qu'une fois constituée et vivante, la Nation dure et perdure. Ainsi que l'a souligné Raymond Aron, « formées au long des siècles par la force et le sang versé, certaines nations modernes ont retrouvé le secret de l'union (jamais parfaite) entre la culture et la politique, l'histoire et la raison[255] ». Pour reprendre l'image du précipité, lorsque celui-ci a pris forme et consistance, il ne peut plus disparaître spontanément : bien qu'invisible auparavant, sa réalité physique s'impose, dès lors. Il en va de même pour la Nation. L'idée nationale est devenue, au fil des siècles, plus qu'une idée : une vérité historique et humaine, enracinée dans les esprits des peuples. Définir la Nation comme une « communauté politique imaginaire, et imaginée comme intrinsèquement limitée et souveraine » selon la désormais classique formule de l'historien américain Benedict Anderson, revient paradoxalement à souligner la force de la Nation, communauté à la fois symbolique et charnelle, expérience de communion physique et psychologique entre citoyens, espace de solidarité humaine et gage de liberté politique[256]. À ce sujet, Pascal Ory a dressé un constat définitif : « On la disait imaginée, voire imaginaire : elle est construite, assurément, mais ni plus ni moins que l'*international*, le *monde* ou l'*humanité*, toutes ces fictions utiles grâce auxquelles – et à cause desquelles – les individus et les sociétés vivent et meurent. Quant à son imaginaire, il touche à l'essentiel, puisqu'il est celui d'une rencontre entre l'identité et la souveraineté : un peuple y devient le Peuple. Voilà pourquoi on a beau "déconstruire" la nation tous les matins, elle se reconstruit tous les soirs[257]. »

Tel est le secret de la Nation, celui qui permet d'apporter une réponse à la redoutable interrogation par laquelle Renan ouvrait sa célèbre conférence, en 1882 : « Pourquoi la Hollande est-elle une nation, tandis que le Hanovre ou le grand-duché de Parme n'en sont pas une ? Comment la France persiste-t-elle à être une nation, quand le principe qui l'a créée a disparu ? Comment la Suisse, qui a trois langues, deux religions, trois ou quatre races, est-elle une nation, quand la Toscane, par exemple, qui est si homogène, n'en est pas une ? »

Voilà aussi pourquoi, depuis soixante-dix ans, la Nation a résisté à la vague qui prétendait la submerger. Le diagnostic politique posé par Malraux en 1964 reste plus que jamais valide : « Le monde dans lequel nous vivons est un monde de nations, et toute pensée politique qui consiste à ne pas poser d'abord ce monde tel qu'il est est une pensée vaine. (...) Et lorsque nous regardons l'Afrique, elle n'est qu'une poussière de nations. Et lorsque nous regardons l'Asie, où l'idée nationale n'était probablement jamais née, elle est maintenant le pays de la nation indienne et de la nation chinoise[258] ». Les nations existent et persistent, « ce sont des personnes fortes, des personnes qui veulent, des personnes qui s'affirment, des personnes égoïstes », comme l'a écrit Lucien Febvre[259]. C'est cette résilience historique que reconnaît, à regret, Jacques Delors lorsqu'il concède : « Les émotions nous rattachent aux nations, mais pas à l'Europe[260]. »

Et il n'existe pas de loi générale de l'évolution de l'humanité qui mènerait inexorablement celle-ci de la tribu au clan, du clan à la cité, de la cité à l'empire, de l'empire à la Nation et, enfin, de la Nation au « post-national ». Le « dépassement de la Nation », fréquemment présenté comme une fatalité historique, n'est écrit dans aucun livre d'or, seulement dans le vœu européiste. Le travail de l'historien a réduit à néant ce cliché politique. Pascal Ory a ainsi démontré, dans sa fresque mondiale, que le sens de l'Histoire est celui de la résilience du fait national, la Nation, que l'on disait « moribonde ou – pire – dépassée » et qui se révèle « plus vivante que jamais » en ce début de XXIe siècle, constitue une « figure mondiale » et « un objet d'histoire globale »[261]. Quant à l'avenir, selon Renan, « les nations ne sont pas quelque chose d'éternel. Elles ont commencé, elles finiront. La confédération européenne, probablement, les remplacera. Mais telle n'est pas la loi du siècle où nous vivons ». Ni de celui du général de Gaulle qui, en novembre 1963, renouvelait le jugement du maître de Lannion : « Les seules réalités, pour longtemps encore, ce sont les nations[262]. » Du nôtre non plus.

La Nation, une fraternité

On souligne souvent, et avec raison, que la Nation est le cadre de l'exercice vrai de la démocratie, et qu'il faut voir là une des raisons de sa modernité et de l'attachement que lui manifestent les citoyens. La Nation crée du sens, produit de l'unité, offre un cadre culturel et politique où peut se réaliser la conciliation de la liberté et de l'égalité des citoyens. Il y a encore davantage : la Nation répond à un besoin humain d'identification, d'identité, de perpétuation et de pérennité. Renan l'avait relevé en qualifiant d'« hymne abrégé de toute patrie » le chant spartiate : « Nous sommes ce que vous fûtes ; nous serons ce que vous êtes. » Avec des mots plus neufs, mais aussi justes, le grand politologue bulgare Ivan Krastev dit la même chose : « La Nation, à l'instar de Dieu, est l'un des boucliers que l'Humanité s'est forgés pour se protéger de la mortalité, de la finitude. C'est dans le souvenir de notre famille et de notre nation que nous espérons de vivre après la mort[263]. » À cette donnée anthropologique fondamentale vient s'ajouter le travail de l'Histoire.

Les heures glorieuses, les victoires, les moments d'exaltation et, plus encore, les souffrances endurées, les pleurs versés lorsque l'horizon s'assombrit, les sacrifices consentis ensemble : voilà ce qui unit des hommes, voilà ce qui fait une nation. « Une nation est une grande solidarité, constituée par le sentiment des sacrifices qu'on a faits et de ceux que l'on est disposé à faire encore », toujours selon Renan. Sacrifice : là réside l'essentiel. Les membres d'une même nation sont prêts au sacrifice suprême les uns pour les autres et à défendre ensemble le sol de leur patrie. Si des paysans bretons sont tombés, entre 1914 et 1918, dans les forêts et les champs détrempés de la Meuse, de l'Aisne ou de la Somme, aux côtés de Corses, de Bourguignons, de Provençaux, de Limousins, d'Ultramarins ou de Béarnais, pour défendre une même terre et une même liberté, c'est parce que la France est une nation. Si ce sacrifice est possible – et si, malheureusement, parfois, il est consenti –, c'est parce que les membres d'une même nation se sentent et se vivent comme des frères.

Plus prosaïquement, ce lien explique aussi le consentement à l'impôt des Aquitains pour financer des dépenses publiques en Alsace, celui des Nordistes pour investir en Auvergne, des Franciliens pour le développement de la Normandie, des Antillais pour les hôpitaux picards : et *vice versa*. Mieux encore : aucun Français ne se pose même la question de savoir quel département reçoit combien de la collectivité nationale. La solidarité fiscale et sociale existe et perdure entre tous les citoyens de toutes les régions de France, car la France est une seule et même nation. La Nation est une fraternité. Et entre frères, on ne compte pas. Et, comme pour toute nation, « le fait d'y appartenir est vécu par ses membres comme créateur d'un lien plus fort que tout ce qui par ailleurs les sépare, plus fort donc, en général, que les divisions territoriales, économiques, confessionnelles, professionnelles, ou que celles qui opposent les élites au peuple, les citadins aux ruraux, les croyants aux athées et les bourgeois aux ruraux », pour souscrire au constat de Krzysztof Pomian[264].

Un tel lien n'existe pas entre Allemands et Grecs, entre Danois et Espagnols ou entre Hongrois et Français. Ou, pour le dire simplement : il n'existe pas de nation européenne.

Face à cette Nation qui ne veut pas et ne peut pas disparaître, l'idée européiste est travaillée par une contradiction tenace : elle oscille entre la dénonciation et le rejet, d'une part, on l'a vu ; la fascination et la récupération de l'autre. Et cela dès l'origine.

Ainsi, Victor Hugo annonçait-il en 1867 : « Au vingtième siècle, il y aura une nation extraordinaire. Cette nation sera grande, ce qui ne l'empêchera pas d'être libre. Elle sera illustre, riche, pensante, pacifique, cordiale au reste de l'humanité [...]. Cette nation aura pour capitale Paris, et ne s'appellera point la France, elle s'appellera l'Europe. »

En 1933, c'est à dessein que Julien Benda intitulait son livre décisif *Discours à la nation européenne*[265], dans lequel il martelait, à trois reprises : « L'Europe se fera, ici, comme s'est faite la nation[266]. » Pour lui, l'avenir de l'Europe était, sans doute aucun, de devenir la « supernation[267] ».

Et c'est bien de la disparition d'une « conscience nationale européenne » en devenir que se lamentait Stefan Zweig en se remémorant la Belle Époque.

Encore en 2019, est paru un essai incisif et parfaitement représentatif de l'européisme, plaidant pour la formation d'une nation européenne et l'envisageant même non seulement comme souhaitable, mais inéluctable[268]. À l'image de la Suisse – qui serait « notre Europe en modèle réduit, avec sa diversité de langues, d'histoires et d'institutions » – l'Europe pourrait devenir « une nation multiculturelle unie par une communauté de destin » car « il ne s'agit pas d'abandonner l'idée nationale, mais de constituer une nation européenne plurilinguistique ». Une « nation plurinationale » aurait été plus juste... Nouvel exemple de cette volonté de concilier l'inconciliable et de cette propension à la contradiction interne qui structurent la pensée européiste.

Comment réaliser une telle prouesse ? En le décidant. Il suffisait d'y penser...

« On ne fait pas d'omelette avec des œufs durs »

Pour cet auteur, comme pour tous ses coreligionnaires, la Nation ne serait en effet qu'une « construction politique » et, en la matière, le volontarisme politique permettrait de dépasser toutes les « énormes disparités culturelles, linguistiques et économiques » pour se doter d'une « identité commune » et faire nation… Le propos est sans discussion : « Il y aura bien une "nation européenne", car la Nation est une identité *politique*, pas culturelle ou religieuse », tranche-t-il. Quant à « l'acte politique clair » qui permettrait un tel prodige, il est parfaitement identifié : « L'établissement d'un État fédéral européen susciterait une conscience nationale européenne au-delà des différences culturelles, aussi sûrement que l'État fédéral suisse a construit la conscience nationale suisse. »

Par son simplisme et, disons-le, sa naïveté, une telle position peut susciter l'amusement ; elle n'en est pas moins représentative de l'occultation totale du « fait » national qui se trouve le plus souvent dans le cœur et dans l'esprit des européistes, partisans de la nation européenne ou pas. Ainsi, de même que, pour notre ami suisse, la France, l'Allemagne, l'Italie, le Danemark ou la Pologne seraient assimilables aux cantons de Glaris, d'Obwald, d'Uri, de Zoug ou de Schwytz, Jean-Claude Trichet compare l'Union européenne aux États-Unis d'Amérique, l'Allemagne au Massachusetts et la Grèce au Mississippi[269]… Des siècles d'existence, des histoires, des langues, des cultures, des peuples seraient ainsi purement et simplement ignorés, escamotés, effacés comme par magie, volatilisés par la force du vœu européiste, et l'on pourrait fondre ces populations et leurs identités respectives dans un grand chaudron communautaire d'où sortirait la nation européenne.

On n'invente pas une nation. Une nation ne se décrète pas. La nation européenne ne saurait naître de l'empilement de directives bruxelloises, ni même de l'adoption éventuelle d'une Constitution. Il n'y aura pas, n'en déplaise à Habermas, de « nation constitutionnelle ». Car la Nation n'est pas qu'une « construction politique », même si cette dimension-là existe ; elle est rendue possible par un passé, une histoire, une culture et une langue, dans lesquels s'enracine une conscience ; elle est, selon la formule de Raymond Aron, « faite de la conjonction d'une communauté de culture et d'une volonté d'autonomie[270] ». Identité politique en partie imaginée, elle n'est pas imaginaire. Reposant souvent sur un récit collectif – le « roman national » –, elle est une réalité humaine : on ne saurait confondre le fictionnel et le fictif. « La nation n'est pas plus fictive que le prolétariat ou l'humanité[271] », ainsi que le fait fort justement observer Pascal Ory. Ou que l'Europe. La Nation n'est pas une donnée abstraite. Une « nation abstraite » constitue un oxymore, n'existe pas et ne saurait exister ; dès lors, une nation européenne est impossible. Ajoutons qu'elle n'est surtout pas souhaitable. Elle serait un crime contre les nations qui la constituent – qu'elle ferait disparaître. Contre l'Europe, aussi – qu'elle priverait ainsi de sa chair et de son sang.

Une autre voie est fréquemment citée par les européistes comme pouvant conduire à la nation européenne : celle de l'économie, du matériel, celle de ces « réalisations concrètes » sur lesquelles s'appuie la construction européenne depuis la déclaration Schuman.

Comme Jean Monnet et Jacques Delors, les fédéralistes sont des Monsieur Jourdain : ils font du marxisme sans le savoir. Convaincus qu'en créant des solidarités économiques, ils vont, mécaniquement, faire surgir une unité charnelle et politique, comme les infrastructures étaient censées générer les superstructures chez Marx, ils s'appliquent à progresser dans cette voie d'un matérialisme historique d'un genre nouveau. On retrouve là le thème, fondateur pour eux, de « l'union sans cesse plus étroite » entre les États membres. Car quelle serait l'aboutissement d'un tel rapprochement – « sans cesse plus étroit » – si ce n'est la fusion ? Une fusion qui, en politique, porte un nom : la Nation. Et de se référer au *Zollverein*, oubliant que si cette union douanière a certes contribué à faire émerger la nation allemande, celle-ci était déjà là, immanente, éclatée en une multitude de petits États, certes, mais néanmoins présente ; si elle n'était pas encore une communauté de destin, elle était déjà une communauté de langue, de culture et d'histoire partagée.

Autre chose échappe aussi à ces partisans d'une nation européenne : il faut l'oubli pour « faire nation ». Oubli des injures et des souffrances, des blessures et des guerres ; oubli surtout de ce que l'on était au préalable, ou, à tout le moins, acceptation de voir cette identité première se réduire à une simple tradition, un folklore.

Or une telle perspective de dilution ou de disparition est impossible avec les nations. Machiavel l'avait déjà relevé en son temps : si la Bretagne, la Bourgogne, la Gascogne et la Normandie se sont si rapidement et si facilement intégrées au royaume de France, après leurs conquêtes, annexion ou rattachement respectifs en 1491, 1477, 1453 et 1204, c'est en raison de leur proximité culturelle entre elles comme avec l'ensemble qu'elles rejoignaient : « et même s'il y a entre elles quelques différences de langue, il reste que leurs coutumes sont semblables et qu'elles peuvent aisément se supporter l'une l'autre », notait le Florentin[272]. La France n'est pas une Bourgogne ni l'Allemagne une Bretagne, qui pourraient se fondre dans un ensemble plus vaste et plus fort, celui d'une nouvelle nation, une nation européenne. On ne fait pas *une* nation nouvelle avec *des* nations préexistantes.

Avec sa lucidité et sa verve coutumières, Charles de Gaulle l'avait parfaitement résumé : « On ne fait pas d'omelette avec des œufs durs. »

CHAPITRE 5

L'européisme, une religion séculière

L'exemple des contradictions entretenues par la doctrine européiste avec la Nation met en lumière un de ses travers les plus marquants : animée par la poursuite d'un *telos*, la fin justifie souvent, pour elle, les moyens. Dans son souci de prêcher la bonne parole, elle ne s'embarrasse pas toujours des précautions ni de la rigueur qui conviendraient ; aussi tombe-t-elle souvent dans le péché d'incohérence, mobilisant des arguments contradictoires.

Incohérences de l'européisme

C'est le cas, on l'a vu, avec l'idée et la réalité de la Nation. Les nations représenteraient le Mal, car synonymes de passions bellicistes, dans le même temps où la nation européenne constitue, pour beaucoup des partisans de l'Europe, la visée politique ultime. Cette oscillation entre le supranational – dont l'État fédéral est la figure forte et l'empire la version douce – et le national – la « supernation » européenne – est caractéristique de l'européisme. La Nation, à la fois publiquement honnie et secrètement admirée, la Nation dont on veut, pour cette raison, s'arroger les attributs – hymne, drapeau, Constitution – et singer les rituels – instauration d'une « fête de l'Europe » à l'instar d'une fête nationale.

Il en va de même avec la notion de souveraineté : dénoncée lorsqu'elle s'exerce dans le cadre de la Nation, elle deviendrait une solution « miracle » si on la transposait au niveau de l'Europe – alors même que, là encore, accoler l'épithète « européenne » au substantif « souveraineté » revient à forger un nouvel oxymore.

Inconséquence semblable à propos des « retrouvailles européennes » avec « l'Europe médiane », dont les européistes ont plaidé la cause avec des accents vibrants d'émotion. Après que le bloc soviétique a croulé, la perspective de ces retrouvailles était devenue la « grande affaire » du moment et Jacques Delors déclarait solennellement en 1999 : « C'est notre mission historique que de réunifier l'Europe[273]. » Précision capitale : ce n'était pas la « réunification » d'une Europe qui n'avait jamais été unifiée qui rendait inéluctable l'entrée de ces pays dans l'Union européenne, mais la vérité de l'unité spirituelle de nations ayant façonné ensemble une même civilisation.

Ainsi qu'en jugea Jacques Le Goff : « L'Europe n'a jamais été unie [...]. Leur adhésion à l'Union est la simple reconnaissance de leur qualité européenne[274]. »

Soulevant des problèmes économiques et sociaux considérables, leur arrivée n'a pas pour autant freiné l'enthousiasme collectif. Ainsi furent négociés, signés et ratifiés les traités d'Athènes (2004), de Luxembourg (2007) et de Bruxelles (2013) qui ont permis à treize nouveaux pays de devenir membres de l'Union, dont huit de l'ancien bloc de l'Est : Slovaquie, Pologne, République tchèque, Hongrie, Slovénie, Bulgarie, Roumanie et Croatie.

Alors même que les architectes de cette « Grande Europe » lui avaient assigné de nobles et généreux objectifs – « un espace de paix et de compréhension mutuelle, une politique de développement solidaire et soutenable, un encouragement à la diversité des cultures, richesse du continent, la défense et l'illustration du patrimoine européen face au risque d'uniformisation lié à la mondialisation[275] », selon Delors –, les relations se sont rapidement tendues entre « anciens » et « nouveaux ».

D'abord envisagés de façon quelque peu condescendante – « c'est un peu comme dans une famille qui a des enfants dotés et d'autres moins et voit se présenter des cousins éloignés très pauvres », selon les propos maladroits mais représentatifs du même Delors[276] –, ces parvenus de l'Est ont ensuite déclenché l'ire de la bien-pensance européenne après avoir exprimé clairement leur volonté de ne pas abandonner une souveraineté fraîchement retrouvée et de ne pas brader leurs identités nationales... Demeurés pendant cinquante ans sous le joug soviétique, cette aspiration des huit nouveaux entrants pouvait sembler logique et légitime ; elle n'en a pas moins surpris et incommodé ceux-là mêmes qui s'étaient empressés de leur ouvrir grands les bras de l'Union, donnant ainsi un bel exemple d'immaturité morale et politique.

Incohérence, aussi, et constante, d'un discours qui ne cesse de proclamer le caractère inéluctable de l'unité de l'Europe tout en déployant un véritable activisme rhétorique et politique afin de donner corps à celle-ci : pourquoi ce volontarisme afin de précipiter un passage à la fédération dont on ne cesse, dans le même temps, de répéter qu'il s'inscrirait dans le « sens de l'Histoire » ? Dès 1929, José Ortega y Gasset avait exprimé cette évidence de l'Europe fédérale, avec une tranquillité déroutante : « L'unité de l'Europe comme société n'est pas un idéal mais un fait d'une très ancienne quotidienneté. Et lorsqu'on a vu cela, la probabilité d'un État général européen s'impose mécaniquement [...]. L'unité de l'Europe n'est pas une fantaisie. Elle est la réalité même ; et ce qui est fantastique, c'est précisément l'autre thèse : la croyance que la France, l'Allemagne, l'Italie ou l'Espagne sont des réalités substantives, indépendantes[277]. » Comment expliquer, alors, une telle résistance de la part de la Nation, que l'on annonce, depuis tant d'années, de décennies même, comme dépassée, mythifiée, artificielle, anachronique, rabougrie, dangereuse et, à ces divers titres, condamnée par l'Histoire ? Une bien longue agonie, en vérité... Et c'est avec raison que Pascal Ory souligne « cette obstination des nations à ne pas mourir[278] ».

Incohérence, encore, d'un mouvement de pensée qui ne cesse de se présenter comme un progressisme, tourné vers l'avenir et incarnant le futur du continent, mais dont les solutions avancées ne proposent qu'un retour vers le passé : un empire qui ne dit pas son nom, des régions « nouvelles » qui ne seraient que les avatars contemporains de nos anciennes provinces, des métropoles à l'image des cités-États de l'Italie septentrionale du XVe siècle… Tout cela nous ramènerait au Moyen Âge – l'époque bénie d'avant l'essor des nations, dans la perspective européiste. Car là réside l'essentiel pour les tenants de cette idéologie.

Incohérence, toujours, d'une eschatologie qui promeut l'Europe unie comme l'horizon cosmopolitique du continent, la promesse d'une paix perpétuelle toute kantienne, par le dépassement des États-nations du continent, sans se priver toutefois de flatter l'orgueil de ceux-ci – la France et l'Allemagne, en particulier – en plaidant, lorsque cela lui semble nécessaire, le réalisme, et en vantant l'avantage pour eux de garantir ou d'accroître leur puissance grâce à leur participation à la construction européenne.

Incohérence, enfin, d'un courant politique se plaçant constamment sur le plan de l'idéal, de l'utopie, de l'élévation spirituelle, du Bien, n'hésitant pas à invoquer la morale ni à en dispenser les leçons à ceux qui lui restent réfractaires, et qui ne recule pourtant pas devant les arguments les plus triviaux ou les plus cyniques. Ainsi de ces européistes – nombreux, la liste en est savoureuse et longue – qui, paniqués par la perspective d'un échec du référendum sur le traité de Maastricht, en 1992, allèrent jusqu'à « expliquer » qu'adopter ce traité était le meilleur moyen d'éviter le retour d'une Allemagne « sûre d'elle-même et dominatrice ». Au « Si on a peur de l'Allemagne, il faut voter pour ce traité d'union européenne » d'Élisabeth Guigou répondait alors le « le chancelier Kohl risque d'être le dernier chancelier réellement européen d'Allemagne fédérale » de Jacques Chirac[279].

Flatter la germanophobie supposée des Français pour leur « vendre » le fédéralisme : les européistes sont décidément prêts à tout pour défendre la cause… Faire ainsi flèche de tout bois ne suffisant néanmoins pas à conquérir ni les cœurs ni les suffrages, les mêmes en arrivent régulièrement à hausser le ton, dramatisant les enjeux de la cause européenne, diabolisant ses adversaires quand il ne les traite pas comme des petits enfants.

Dramatisation, diabolisation et infantilisation

Dès 1863, avec son grand livre *Du principe fédératif*, Proudhon avait prévenu : « Le vingtième siècle ouvrira l'ère des fédérations, ou l'humanité recommencera un purgatoire de mille ans. » Longue, cette voie fut pavée d'alternatives cataclysmiques, d'exigences définitives, de formules millénaristes, d'injonctions solennelles et d'apocalypses annoncées.

Pour l'Europe, en 2019, à la veille du renouvellement du Parlement, seraient ainsi venus « l'heure des choix[280] » ou « le moment de vérité » ; « et si tout se jouait le 26 mai[281] ? », car « le dénouement est proche » et « l'Europe est au pied du mur ». Comment s'étonner de ces inquiétudes enfantines puisque l'histoire de l'européisme est celle d'une litanie d'ultimatums récurrents : « S'unir ou mourir[282] », « Union ou chaos[283] », « Unie ou colonisée[284] », ou, tout récemment, « devenir une nation ou disparaître », « l'Union devra faire le saut fédéral – ou elle ne sera pas », « Il n'y a qu'une alternative : se résoudre au saut fédéral ou accepter la dissolution de l'Union[285] », « si nous ne sommes pas unis, nous sortirons de l'Histoire[286] », sans oublier cet avertissement éculé : « L'Europe est en danger[287]. »

Ce florilège pourrait être étoffé *ad libitum*, tant la dramatisation à outrance est un des procédés auxquels l'européisme a le plus souvent recours. Cette théâtralisation de l'enjeu européen avait déjà été érigée en méthode d'action par Jean Monnet, afin d'impressionner ses interlocuteurs politiques et, ainsi, les convaincre d'entrer dans sa logique de l'« engrenage », comme il le reconnut lui-même dans ses *Mémoires* : « Les hommes n'acceptent le changement que dans la nécessité et ils ne voient la nécessité que dans la crise[288]. » Leçon de psychologie et de politique que retiendra et appliquera Jacques Delors, pour enclencher la « relance européenne » de la seconde moitié des années quatre-vingt. Delors, qui assenait lui aussi : « L'Europe n'a d'autre choix qu'entre la survie et le déclin[289]. » Alternative joyeuse, qui résumerait, selon Pascal Lamy, la « pensée historique » de son maître[290]. Et lorsque l'actuel président de la République prend la plume, à la veille des élections européennes de 2019, s'adressant à l'ensemble des citoyens de l'Union, pour les prévenir : « Jamais depuis la Seconde Guerre mondiale, l'Europe n'a été aussi nécessaire. Et pourtant, jamais l'Europe n'a été autant en danger[291] », cet appel est intemporel et aurait pu être rédigé aussi bien il y a dix ans qu'en 1950. Comme il pourrait l'être dans vingt ans ; car, selon ses partisans, l'Europe vivrait, depuis sa naissance, dans la précarité politique et sous la menace permanente d'un effondrement.

Prolongement logique de cette dramatisation, l'infantilisation des citoyens auxquels les européistes s'adressent. N'est-ce pas un enfant que l'on prévient d'un « Si tu ne finis pas ta soupe, l'ogre viendra te manger » ? Aussi tente-t-on à toute force de nous apaiser, de nous cajoler, nous traitant comme des mineurs indociles, comme des petits « Eurolapins » sur le point de se faire dévorer par les « méchants loups » populistes, comme le présentait, d'une manière qui aurait été comique si elle n'avait pas été d'une obscénité politique inédite, une campagne de publicité en faveur du vote aux élections européennes de mai 2019[292].

Dernière figure du discours européiste : la diabolisation de l'adversaire.

« Et formés en rangs serrés, les Paneuropéens et les anti-Européens se livreront une bataille décisive pour le destin de l'Europe ; ils choisiront entre le passé et l'avenir, entre l'étroitesse d'esprit et la largeur de vue, entre la barbarie et la culture[293]. » Décrit en termes d'une violence vraie et sincère par le comte Coudenhove-Kalergi, cet affrontement entre partisans et adversaires de l'européisme était, dans son esprit comme dans celui de ses successeurs – il faut bien le comprendre –, celui du Bien et du Mal. Vision manichéenne reprise par Julien Benda : « Clercs de tous les pays, vous devez être de ceux qui clament à vos nations qu'elles sont perpétuellement dans le mal, du seul fait qu'elles sont des nations [...]. Plotin rougissait d'avoir un corps. Vous devez être ceux qui rougissent d'avoir une nation[294]. »

Quant à Denis de Rougemont, il alla jusqu'à dresser, en bon médecin des esprits qu'il s'autorisait à être, le portrait psychiatrique de celui qui s'oppose à la glorieuse marche en avant de l'Europe unie : la souveraineté nationale n'est pas « une réalité positive, mais bien comme un prétexte à refuser les évidences. Refoulée du domaine des forces réelles et des pouvoirs concrets, elle est devenue le réceptacle où se recueillent pêle-mêle nostalgies de gloires passées, orgueils déçus, rancunes et préjugés hérités d'une Histoire faussée par l'école, agressivité frustrée, et surtout angoisse de perdre son identité. Elle a donc pris les caractères cliniques d'un complexe ». Et de conclure : « Le fédéraliste ne peut donc adopter, devant la croyance à la souveraineté nationale absolue, qu'une attitude de scepticisme intégral, tempérée par un souci de clinicien : le partisan de l'État-nation n'est pas seulement un homme qui a tort, ou qui persiste méchamment dans son erreur. C'est bien plutôt un homme qui souffre de la crainte morbide de perdre une puissance magique *qui n'existe pas !* Il s'agit beaucoup moins de le réfuter que d'éviter d'exciter sa névrose. Je reviendrai sur les conséquences à tirer de ce diagnostic[295]. »

Emmanuel Macron, lui aussi, a eu régulièrement recours à ce procédé de la diabolisation : devant la menace que représenteraient les « nationalistes », les « populistes » et autres « xénophobes », il a pris la tête de l'armée des « progressistes » afin de sauver l'Europe de ceux qui projettent de la « détruire » et de « ressusciter le projet européen[296] ». À ce même registre de la dramatisation et de la diabolisation appartient la convocation des années trente, à laquelle il a également sacrifié : « L'Europe est face à un risque : celui de se démembrer par la lèpre nationaliste et d'être bousculée par des puissances extérieures [...]. Je suis frappé par la ressemblance entre le moment que nous vivons et celui de l'entre-deux-guerres. Dans une Europe qui est divisée par les peurs, le repli nationaliste, les conséquences de la crise économique, on voit presque méthodiquement se réarticuler tout ce qui a rythmé la vie de l'Europe de l'après-Première Guerre mondiale à la crise de 1929[297]. »

Stratégie de la tension, donc, de la pathologisation et de la brutalisation du débat – la « lèpre nationaliste » –, de la désignation non d'un adversaire mais d'un ennemi, de l'affrontement assumé – un corps à corps – avec celui-ci. Élevant au carré la puissance de l'alternative en son temps posé par Malraux – « entre les communistes et nous, il n'y a rien » –, Macron clame, lui : « Entre Orban et moi, il n'y a rien »... Cette version actualisée de « Moi ou le chaos » s'inscrivant dans une vision de la politique pas très ricœurienne... Et même franchement schmittienne. Que dirait le maître des Murs Blancs d'un tel élève ? Ordinairement, le vocabulaire employé est plus modéré et le ton plus mesuré ; mais que revienne la crainte ou que l'enjeu politique enfle, alors simplification et disqualification de principe reviennent immédiatement dans le discours européiste ; il en fut ainsi en particulier lors des acmés qu'auront représentés les débats de 1992 et 2005 – inutile d'y revenir, les faits sont bien connus. De même, lointain héritier de Benda et de Rougemont, Bernard-Henri Lévy s'est-il lancé, à la veille du scrutin européen de mai 2019, dans une croisade théâtrale – dans toutes les acceptions du terme –, s'arrogeant le droit de distinguer les « eurosceptiques de probité », qui auraient le privilège de sa conversation, des autres, malheureux rejetés dans les limbes du combat politique[298]...

Cette grandiloquence et cette indignation boursouflée identifient la figure de l'européiste et le dévoilent pour ce qu'il est : un clerc, assenant un sermon, pour raffermir la foi des croyants, tenter de convertir ceux qui peuvent encore être sauvés et, surtout, condamner les infidèles.

Une religion séculière

Car autour d'un noyau de faits avérés et de considérations objectives – l'équation continentale, l'hypothèse de la « masse critique », la proximité culturelle entre les nations européennes, la nécessité de défendre la civilisation unique qu'elles constituent ensemble –, l'européisme a, dès son origine, aggloméré toute une série d'arguments ou de développements échappant à la Raison. Discours qui se veut celui de la rationalité en marche – « l'Europe est une Cité froide, une Cité de la Raison, une Cité de la négociation », selon Jean-Louis Bourlanges[299] –, il est en vérité pétri de passions. Comme l'écrit avec justesse Jean-Claude Milner : « L'européisme se flatte d'être rationnel, au point d'être seul à l'être, mais, ne lui en déplaise, il a lui aussi sa version imbécile.[300] »

Dès les années vingt, celles de son âge d'or, cet engagement intellectuel et politique s'est – on l'a vu – transformé en une véritable mystique, revendiquée comme telle par ses partisans, mêlant immanence et transcendance, une « religion du temporel », selon l'expression de Julien Benda, ou une « religion séculière » pour utiliser la célèbre formule forgée par Raymond Aron : « Je propose d'appeler "religions séculières" les doctrines qui prennent dans les âmes de nos contemporains la place de la foi évanouie et situent ici-bas, dans le lointain de l'avenir, sous la forme d'un ordre social à créer, le salut de l'humanité[301]. »

Transformation qui ne doit pas nous étonner, puisque, selon le jugement de Claude Lévi-Strauss, « rien ne ressemble plus à la pensée mystique que l'idéologie politique. Dans nos sociétés contemporaines, peut-être celle-ci a-t-elle seulement remplacé celle-là[302] ».

L'européisme est une religion séculière. Avec sa foi, son clergé, ses figures saintes, son credo, ses textes sacrés, ses prophètes, ses excommunications aussi. Car comme toute religion, il instaure une séparation infranchissable entre le Bien et le Mal. Atteindre ce Bien, ou seulement tendre vers lui, justifie, selon ses tenants, tous les sacrifices. L'Europe est la Terre promise.

L'européisme n'est pas seulement une conviction, il est une croyance. Et, comme toute croyance, il s'accommode des dénis que la réalité lui inflige, que ceux-ci soient économiques, industriels, politiques, culturels, démocratiques, car il les ignore ou les écarte. Celui qui croit en « l'Europe » ne s'arrête pas à ce genre de considérations : il sait, il vit – intimement et définitivement – qu'il participe d'une démarche morale, universelle, qu'il s'inscrit ainsi dans le sens de l'Histoire, de la marche en avant de l'humanité, mouvement vers le progrès que rien ne pourrait venir interrompre. Cette conviction et cette certitude ne sauraient être remises en cause par des faits ou des analyses, même solides, même argumentées ; l'européiste est semblable au premier chrétien capable de proclamer : *credo quia absurdum* – je crois parce que c'est absurde. La réalité ne le concerne pas. Seules sa foi et l'espérance qui l'accompagne lui sont tangibles. Et c'est avec sincérité et émotion que Stefan Zweig, peu avant sa mort, considérant appartenir à cette « génération qui croyait à l'unité de l'Europe comme à un évangile », affirmait déjà comme un acte de foi qu'« une vraie conviction n'a pas besoin d'être confirmée par la réalité pour se savoir juste et vraie[303] ». Ceux qui communient dans cette foi appartiennent à un même corps, ils sont frères et sœurs, et ce lien est extrêmement puissant, presque indestructible.

Et, comme toute religion, la visée de l'européisme est à la fois téléologique et théologique.

Téléologique car, en la matière, la fin – l'« union politique de l'Europe » – justifie les moyens. Tous les moyens, y compris le déni de démocratie : il en fut ainsi lorsque Nicolas Sarkozy, avec l'appui de François Hollande, fit adopter par la voie du Congrès, en février 2008, le Traité constitutionnel européen – rebaptisé pour l'occasion traité de Lisbonne – que le peuple français avait souverainement rejeté par voie référendaire le 29 mai 2005.

Théologique car, même si tous ses prêtres, petits et grands, ont profité de son essor pour construire de prestigieuses et lucratives carrières – accaparant les plus hautes fonctions de l'État en France, en particulier à Bercy, mais aussi à la Commission européenne, à la Banque centrale européenne, à la Banque de France, dans les institutions internationales, dans les banques –, c'est d'abord animés par une même foi et au service d'un même dogme qu'ils ont agi.

L'eschatologie de ces clercs n'admet que deux issues. Le paradis, celui d'une « union sans cesse plus étroite », de la concurrence « libre et non faussée », d'une « construction » européenne prenant le risque calculé de défaire les nations.

L'enfer, celui de l'attachement et de la défense de la Nation, synonyme de « nationalisme qui conduit à la guerre », de « repli » haineux, forcément haineux, d'État archaïque et de passions politiques dépassées.

Il s'agit bien là, comme le souligne Régis Debray, d'« une parole d'évangile, insubmersible parce que infalsifiable[304] ».

On est là en présence d'une illusion, au sens freudien du terme, c'est-à-dire une croyance dominée par une logique de désir davantage que par une logique de réalité. Avant Freud, déjà Jules César, en grand stratège et donc en fin psychologue qu'il était, avait compris que « les hommes croient volontiers ce qu'ils désirent[305] ». Religion terrestre, l'européisme a œuvré à accomplir le salut de ses fidèles – l'union de l'Europe – et, comme toute religion, ses moyens n'ont pas toujours été irréprochables.

Le véritable péché de l'européisme, celui qui le rend insupportable aux yeux d'un nombre grandissant de citoyens, n'est pas tant d'être une religion politique, de croire détenir une vérité éternelle à inculquer à une foule d'enfants récalcitrants, que d'avancer masqué et de dissimuler la vérité de son projet. Et de le faire, de surcroît, au nom du Bien et pour faire le Bien, celui des autres, y compris contre leur volonté.

Le projet caché de l'européisme

Le fédéralisme, les États-Unis d'Europe : tel est le projet des européistes, qu'ils tentent de dissimuler tant bien que mal. Un projet caché. Cette duplicité, nous la savons non seulement empiriquement, par analyse des faits et des déclarations ; mais aussi par l'aveu des européistes sincères et conséquents, les plus convaincus et les plus honnêtes.

Ainsi de Julien Benda, s'en prenant ouvertement aux « docteurs pacifistes », dont Stresemann, dont il démonte le discours à la tribune de la SDN le 10 septembre 1926 : « Tout cet enseignement me semble parfaitement mensonger. L'Europe, si vraiment elle se fait, exigera l'éclosion d'une âme européenne qui dominera – et, en grande part, amortira – les âmes nationales [...]. Le renoncement aux douceurs du particulier est un héroïsme qu'ont dû accepter toutes les collections d'hommes qui se sont élevées à quelque unité politique [...]. Mais là encore, on veut assurer les peuples qu'ils obtiendront la paix sans rien sacrifier de ce qu'ils aiment, éviter tout appel à la volonté. Vous me répondez que ces mensonges sont absolument nécessaires, que les nations entendent ne rien renoncer de leur personnalité, que la moindre allusion à un démantèlement en ce sens les trouve inexorablement hostiles. Si vous dites vrai, épargnez vos peines : même avec vos mensonges, vous ne ferez pas l'Europe[306]. »

À quatre-vingt-cinq ans d'écart, lui a fait tout récemment écho un ardent partisan de la nation européenne, Matthieu Calame : « Or, l'une des faiblesses de la position actuelle des fédéralistes européens est qu'ils se sont convaincus que le mot "fédéralisme" n'était pas "vendeur" et qu'il était plus utile d'avancer à petits pas et par circonlocutions, comme par ruse et par effraction[307]. » Et de trancher, à propos de la « fédération d'États-nations » delorienne : « Il faut cesser de multiplier les professions de foi européenne inconséquentes et les formules alambiquées sur d'improbables constructions qui préserveraient en même temps les États nationaux actuels et une Union capable d'agir comme un État[308] », avant de conclure sans fioritures :

« impossible de constituer un État européen en conservant les États actuels[309] ». Précisons encore ce propos pourtant limpide : impossible de construire l'Europe fédérale, celle que veulent les élites dirigeantes, en conservant les nations actuelles. Telle est la vérité que l'on veut celer à toute force aux peuples de l'Union.

Ainsi Delors présenta-t-il le « principe de subsidiarité » comme la simple transcription juridique de la règle de management bien connue et qui conclut inévitablement tant de réunions fastidieuses : « qui fait quoi ? », précisant qu'il s'agissait là de la nouvelle jeunesse d'un ancien principe de droit canon, et occultant qu'il s'agissait surtout d'un principe classique de fonctionnement d'un État fédéral.

Pour des raisons identiques prétendit-on que le traité de Lisbonne n'était qu'un traité « simplifié » – épithète cocasse, quand sa lecture plonge dans un océan de consternation devant une telle opacité et un tel enchevêtrement de préambules et d'articles. Et aussi qu'il aurait renoncé à tout caractère constitutionnel – alors qu'il est, selon le jugement de la grande juriste Mireille Delmas-Marty, un texte « mystificateur », « car il se contente pour l'essentiel de gommer les motifs de discorde : disparition de toute mention aux symboles de l'Union (drapeau, hymne, devise), abandon de mots comme "constitution", "ministre européen des affaires étrangères", ou encore "loi" ou "loi-cadre", renvoi du principe de primauté du droit de l'Union sur le droit des États membres à une simple déclaration[310] ».

De même aujourd'hui, rares sont les responsables politiques européistes qui assument leur engagement fédéraliste. Craignant – à juste titre – le jugement des peuples, ils préfèrent dissimuler leurs convictions. Parmi les trente-quatre listes présentes au scrutin européen de mai 2019 en France, seules deux se déclaraient ouvertement fédéralistes : le Parti fédéraliste européen (PFE) et le Parti des citoyens européens (Pace). Seuls les intellectuels ont alors eu l'honnêteté de revendiquer leur conviction ; ainsi, alors que Nathalie Loiseau, tête de liste de LREM-MoDem aux élections européennes, refusait, par calcul électoral, de se reconnaître comme ce qu'elle est

– une fédéraliste –, se retranchant derrière les mots commodes de « progrès » et de « protection »[311], l'écrivain Erri De Luca, lui, voulait voir l'avenir de l'Europe dans une « constitution fédérale des États-Unis d'Europe[312] ».

Benda, Rougemont, Monnet : ces hommes assumaient et revendiquaient leur fédéralisme. Mitterand, Delors, Habermas : ceux-là se réfugient derrière des théories absconses ou des formules publicitaires, car leur fédéralisme est honteux et dissimulé.

Toutes les dénégations officielles et offusquées, les constructions philosophiques ductiles, les précautions oratoires systématiques, le ton rassurant employé pour expliquer que « les nations ne disparaîtront pas », que le projet européen ne se construit pas « contre elles, mais avec elles », tout cet appareil de propagande déployé à la plus large échelle – celle d'un continent – ne servent de rien : les citoyens européens, qui sont d'abord des citoyens de leurs nations respectives, ont très bien saisi le sens de ce projet et les conséquences concrètes de la mise en branle du système maastrichtien. Ils savent que, depuis longtemps, les européistes leur dissimulent des faits, énoncent des contre-vérités, travestissent leurs intentions, cachent leur projet véritable. Que leur objectif politique demeure le fédéralisme et que, à cet égard, leur règle de conduite reste « Y penser toujours, n'en parler jamais[313] ».

Précaution dont, précisément, emporté par son enthousiasme et pensant que le temps politique nouveau ouvert par la réunification allemande serait celui de l'accomplissement de son rêve, Jacques Delors s'affranchit de façon spectaculaire, en livrant bien imprudemment, en janvier 1990, à la télévision française, le fond de sa pensée : « Mon objectif est que l'Europe soit une véritable fédération avant la fin du millénaire. » Devant l'émoi suscité par cette déclaration, et tancé par François Mitterrand pour avoir ainsi dévoilé le pot aux roses, il ne prononça plus une parole à ce sujet pendant près de deux ans[314].

Telle est la raison du malaise démocratique, de la défiance envers les élites européennes, des révoltes populaires récurrentes, et de l'échec politique de l'Europe aussi, tel que le résume Régis Debray : « La fuite en avant fédérale provoquant le retour en arrière féodal, avec la renaissance des duchés, comtés et petits royaumes d'antan ; l'Union qui morcelle en régions indépendantistes le continent qu'elle devait souder ; l'ensemble qui se démembre chaque fois que s'y ajoute un membre ; l'effacement des frontières débouchant sur l'érection de murs, le "progressiste" donneur de leçons faisant le jeu du "populiste" qu'il exècre, tout cela évoque Hegel, "le destin, c'est soi-même comme ennemi"[315]. »

Le grand malaise

La gravité de ce malaise se mesure dans les urnes et dans les enquêtes.

Les citoyens européens se désintéressent de l'Europe institutionnelle et, en particulier, se détournent de l'enjeu des élections au Parlement depuis que celui-ci est désigné au suffrage universel (1979). Ainsi, les taux d'abstention ont-ils été régulièrement impressionnants, seuls 8 pays sur les 28 atteignant une participation d'au moins 50 %, les deux dans lesquels le vote est obligatoire récoltant néanmoins 10 % d'abstention.

Entre 1979 et 2014, le taux d'abstention moyen dans l'UE est passé de 38 % à plus de 57 %, soit près de 20 points d'augmentation. Pendant ces trente-cinq années, le Parlement européen a connu un accroissement continu de ses compétences, ce qui n'a pas empêché les citoyens de l'Union de se désintéresser de lui en se rendant de moins en moins aux urnes.

Les élections de mai 2019 sont venues inverser cette tendance, avec une participation en hausse de près de 8 points, à 50,95 % dans l'ensemble de l'Union ; résultat en progression, donc, restant médiocre, toutefois. S'agit-il là d'un début d'appropriation de la chose publique européenne par les populations concernées ? Ou d'une poussée isolée, seulement provoquée par la dramatisation sans précédent de l'enjeu à laquelle se sont livrés nombre de responsables politiques européens, au premier rang desquels Emmanuel Macron ? Rendez-vous en 2024 pour répondre à cette interrogation.

Subsiste une vérité politique et humaine cruelle : en France, dans 8 régions métropolitaines sur 13 et dans 42 départements sur 96, plus de la moitié des électeurs ne se sont pas exprimés en dépit de la présence de 34 listes. Comme par le passé, on a pu observer des pourcentages d'abstention accablants dans les quartiers populaires des métropoles et des villes moyennes, ainsi qu'une forte indifférence à l'Europe chez les plus jeunes de nos concitoyens[316]. Derrière ces chiffres de participation, leur faiblesse globale et leur très grande hétérogénéité, un constat politique simple s'impose : les nations restent les cadres d'exercice naturels de la vie démocratique, auxquels les citoyens continuent à manifester un attachement profond, pour l'heure indéfectible. En dehors d'un petit cercle de citoyens au niveau culturel élevé, l'Europe n'a toujours pas su trouver le chemin de la raison, et encore moins celui des cœurs.

Depuis quarante ans qu'il est élu au suffrage universel direct, le Parlement européen n'a pas réussi à produire un peuple européen, contrairement au vœu et au pronostic des tenants du fédéralisme, qui attendaient de l'adoption de ce mode de scrutin un « choc salutaire », une prise de conscience par les citoyens européens de leur communauté d'appartenance et de destin, leur convergence progressive et enfin leur fusion en un ensemble unique. Échec parfaitement prévisible : une institution ne peut pas créer le peuple dont elle devrait au contraire procéder. La logique comme l'histoire des sociétés humaines imposent ce constat et suivre le chemin inverse revient à « mettre la charrue avant les bœufs ».

Plus grave encore, lorsqu'ils ont été consultés directement, les peuples européens ont souvent marqué leur défiance et leur résistance à la « construction européenne ». Rappelons ainsi qu'après le « oui » français du bout des lèvres au traité de Maastricht en 1992, les Danois rejetèrent ce traité et furent amenés à « revoter » en mai 1993. En 2005, la France repoussa très nettement le TCE – 54,67 % des voix –, suivie des Pays-Bas avec un résultat sans appel – 61,5 % de « non ». Les enquêtes d'opinion confirment et précisent ce constat.

La confiance placée en l'UE n'atteignait ainsi, en juillet 2018, qu'un niveau de 36 % chez les Français, soit 5 points de moins qu'avant l'élection d'Emmanuel Macron. 53 % d'entre eux (– 5) jugeaient que l'appartenance à l'UE était une chose positive, contre 31 % (+ 5) qui l'estimaient négative. La conclusion s'impose : « L'UE est plébiscitée par les catégories moyennes et supérieures, mais rejetée par les catégories populaires[317]. » Six mois plus tard, la défiance à l'égard de la construction européenne, de l'UE et de ses institutions, restait aussi forte, marquée, et même croissante[318]. « Faire partie de l'UE » pour la France, représentait « une bonne chose » pour 40 % (– 5) de nos concitoyens et une « mauvaise chose » pour 26 % (+ 6) d'entre eux, 32 % (– 1) la jugeant « ni bonne ni mauvaise ». Au regard du « sentiment d'appartenance national et européen », les évolutions révélaient ce même désamour européen : 36 % des personnes interrogées (+ 4) se percevaient seulement françaises, alors que 31 % (– 3) se déclaraient autant européennes que françaises, et de même pour celles se jugeant plus françaises qu'européennes. Quant aux craintes suscitées par la construction européenne, il s'agit de « moins de protection sociale en France » (70 % des Français), d'une « augmentation du chômage en France » (69 %), d'une « augmentation du nombre des immigrés en France » (61 %) et de la perte de « notre identité nationale et de notre culture » (58 %).

Réalisée au lendemain des élections européennes de 2019 et des nominations aux postes clés de l'Union, une étude souligne encore l'inquiétude et la défiance que suscite le fonctionnement des institutions communautaires[319]. Ainsi, l'Europe n'est « source d'espoir » que pour 30 % des sondés, alors qu'elle l'était encore pour 61 % d'entre eux en 2003. Un effondrement de 30 points en seize ans.

On retrouve, là encore, la fracture sociologique qui caractérise le rapport des citoyens à l'Europe : les plus « optimistes » sont, sans surprise, les cadres (52 %), les foyers percevant au moins 3 500 euros nets par mois (48 %), les personnes âgées de plus de 65 ans (43 %), les habitants de l'agglomération parisienne (37 %) ou encore les jeunes entre 18 et 24 ans (35 %), alors que seulement 22 % des habitants de zones rurales et 16 % des employés et ouvriers voient en l'Europe une raison d'espérer. Même opposition sur l'échiquier politique : les sympathisants de LREM sont, et de loin, les plus europhiles, puisque 72 % d'entre eux perçoivent la construction européenne avec espoir ; les plus pessimistes étant à l'inverse les sympathisants du RN et LFI, pour lesquels l'Europe est « source de crainte » pour respectivement 61 % et 46 % d'entre eux.

La situation est donc très préoccupante. Et pourtant, si 23 % des Français se déclarent « eurosceptiques » et 13 % « indécis », 42 % s'affirment « europhiles » ; de même, 68 % des Européens jugeraient bénéfique l'appartenance de leur pays à l'UE[320]. Dans ce décalage, se lisent l'insatisfaction et la colère de citoyens face à la façon dont l'Europe est construite et non un rejet de l'Europe en elle-même, le souhait d'une autre Europe et la frustration devant ce qu'il leur est proposé pour l'heure. Le jugement porté par ces citoyens européens sur les institutions communautaires comme nationales est frappé au coin de l'amère déception et de l'inquiétude : 58 % d'entre eux estiment ainsi que leur système politique est « brisé », cette proportion atteignant 79 % chez les Français ; deux tiers des Européens consultés estiment le démantèlement de l'UE « très probable » ou « assez probable », 58 % de nos concitoyens partageant cette opinion[321].

Les raisons de cette déception et de cette défiance sont profondes et puissantes.

L'européisme, fourrier du populisme

L'Europe institutionnelle est largement rejetée par les citoyens car ceux-ci ont compris qu'elle fut la matrice d'une mondialisation qui lamine la vie de nombre d'entre eux ; en dépit des discours lénifiants qui leur sont réservés, ils ont parfaitement établi le lien entre les deux phénomènes : construction européenne et globalisation. « Bruxelles, la capitale de l'Union européenne, en est venu à incarner le pouvoir absolu des marchés et la puissance destructrice de la globalisation », comme l'écrit Ivan Krastev[322]. Ils ignorent pour la plupart que la vérité est plus terrible encore.

Non seulement l'Europe n'a jamais « protégé » ses citoyens des effets pervers de la globalisation, ou seulement cherché à le faire, comme l'ont claironné ses dirigeants pendant des décennies ; tout au contraire, l'Europe a fait naître celle-ci, l'a organisée, en libéralisant ses propres marchés financiers, puis en obtenant du reste des pays de l'OCDE qu'ils fassent de même, créant ainsi un monstre nouveau : le capitalisme financier, dérégulé et libéralisé. Affirmer que l'Europe a été le cheval de Troie de la globalisation est en deçà de la vérité : elle en a été le Grand Architecte, le Premier Moteur. Et tout cela par idéologie européiste, pour accélérer sa marche vers une construction fédérale. Quelle sera la réaction du peuple français lorsqu'il saisira la responsabilité de ses dirigeants de l'époque – Delors, Lamy – et la duplicité de celui qui donna l'impulsion initiale et couvrit ces décisions du manteau de son prestige personnel – François Mitterrand ? Sans attendre ce moment de vérité, d'ores et déjà 58 % des Français jugent que « la mondialisation est une menace pour la France » et 59 % d'entre eux, soit une progression de 6 points, estiment que « la France doit se protéger davantage du monde d'aujourd'hui[323] ».

Outre le mensonge fondateur sur la naissance de la globalisation, la conception même que l'Europe se fait de la politique est en cause : les citoyens de l'Union savent aussi, ils l'ont appris, que, contrairement à ses grandes déclarations, l'Europe cultive une conception toute particulière de la démocratie – pourtant une de ses « valeurs fondamentales » qu'elle aime à proclamer.

Déjà, peu de temps avant le vote français sur le TCE, en 2005, Valéry Giscard d'Estaing avait résumé, avec un humour bien involontaire, la doctrine européiste en la matière : « C'est une bonne idée d'avoir choisi le référendum, à condition que la réponse soit oui[324]. » La suite illustrerait le propos.

Quelques années plus tard, en septembre 2011, la chancelière d'Allemagne théorisa la *Marktkonforme Demokratie*, la « démocratie conforme aux marchés » : le suffrage universel, certes, mais à condition de ne pas prendre de décision qui contrarierait les investisseurs[325] ; c'était la première fois que l'emprise de la finance sur les peuples était reconnue avec une telle bonhomie ; c'était le temps où la même peaufinait le Traité sur la stabilité, la coopération et la gouvernance qu'elle ferait signer le 2 mars 2012 à Nicolas Sarkozy ; c'était peu avant, aussi, qu'elle ne fasse mettre un genou à terre au peuple grec, avec la complicité de François Hollande, cette fois-ci, et ne lui inflige une cruelle cure d'austérité européenne, dont un des principaux effets serait d'enrichir les banques commerciales allemandes.

Quant à Jean-Claude Juncker, il déclara, au lendemain de l'élection d'Alexis Tsipras, en janvier 2015, avec sa subtilité habituelle : « Il ne peut pas y avoir de choix démocratique contre les traités européens[326]. » Une élégante façon de remercier le peuple qui, 2 500 ans avant la naissance de ce grand esprit, avait inventé la belle idée de démocratie.

Théâtre de l'impuissance politique, l'Europe paie aussi le prix de son renoncement et de sa résignation à agir face aux vraies « lèpres » qui ravagent le continent : chômage persistant, pauvreté, désindustrialisation, globalisation sans maître ni limites, emprise de la finance de marché, marasme économique, inégalités croissantes. Un homme aussi raisonnable que Michel Rocard, Européen de cœur, l'avait souligné peu de temps avant de disparaître : « Elle [L'Europe] est devenue l'objet d'une colère collective parce qu'elle est impuissante. Nous n'avons pas su utiliser l'Europe pour lutter contre le chômage, la précarité ou le ralentissement de la croissance. Elle n'a servi à rien de tout cela. Juste de relais au pouvoir bancaire pour organiser le maintien de l'austérité[327]. » Comment s'étonner, dès lors, que le « populisme » ait effectué sa percée sur le continent, alors que l'européisme en est le meilleur fourrier ?

Au Parlement européen, les groupes politiques qualifiés d'« eurosceptiques » rencontrent une audience croissante : 5,1 % des sièges en 2004, 11,6 % en 2009 et 20,8 % en 2014 et près de 24 % en 2019, auxquels il conviendrait d'ajouter, en bonne logique politique, les 41 élus (5,5 %) de la gauche radicale (Gauche unitaire européenne, GUE). Pour la première fois depuis plus de vingt ans, les conservateurs du PPE (182 députés) et les sociaux-démocrates (S et D, 154 élus) représentent, ensemble, moins de la moitié des 751 sièges du Parlement européen[328]. Signe le plus grave : l'Italie, pays fondateur de l'Europe, dont la capitale a vu la signature du traité *princeps*, longtemps « europhile », patrie d'Alcide De Gasperi et d'Altiero Spinelli, a porté en 2018 Luigi Di Maio et Matteo Salvini au pouvoir. Hors du cercle des intellectuels européistes et, au-delà, d'une petite classe de citoyens privilégiés, l'Europe n'a jamais su susciter le désir des peuples, de ses peuples, pas même leur adhésion. Cet échec-là est certainement le plus grave.

Selon le grand Hugo, « Rien n'est stupide comme vaincre ; la vraie gloire est convaincre[329] ». Il est arrivé que les européistes remportent des victoires politiques ; s'ils ont parfois vaincu, ils n'ont jamais convaincu. Ils sont souvent les meilleurs ennemis de leur projet. Trop exaltés ou, à l'inverse, trop « raisonnables » – car la vraie Raison leur échappe souvent. Ils ont oublié la leçon de Spinoza : on ne vainc une passion humaine qu'en jouant d'une autre passion humaine – celle-ci pouvant être la passion de la Raison, pourquoi pas.

Si l'on veut sauver l'Europe, le moment est venu d'en finir avec l'européisme, de passer du stade de la mystique à celui du politique.

De la mystique au politique

Longtemps, l'idée la mieux partagée au sein du camp européiste voulait que l'union de l'Europe n'avançât et ne procédât que par et dans la crise. Monnet lui-même ne l'avait-il pas théorisé : « L'Europe se fera dans les crises et elle sera la somme des solutions apportées à ces crises[330] » ? Répétée à l'envi, l'idée en était devenue une antienne. Encore de nos jours, Luuk van Middelaar souligne avec raison la résilience politique et la souplesse de fonctionnement nouvelle dont l'UE a su faire preuve en ces temps d'épreuves[331]. Reste que la crise européenne est plus ancienne et plus profonde, plus grave, également, que le krach financier (2007-2008) ou la vague migratoire incontrôlée de 2015.

Près de soixante et onze ans après son acte inaugural – la déclaration Schuman du 9 mai 1950 – comment, en effet, caractériser le projet européen ? Une illusion perdue – celle des européistes. Un édifice institutionnel et politique opiniâtrement construit, mais qui se fissure désormais – celui de l'Union européenne. Une colère profonde et grandissante – celle des peuples européens. Une ambition déçue – celle de tous les Européens sincères. Bien des propositions peuvent être avancées pour améliorer le fonctionnement de l'Europe, en corriger les principaux défauts, conduire des politiques différentes – soucieuses de l'activité, de l'emploi, de la protection de la Nature et de notre environnement –, pour entamer une transition écologique véritable, coordonnée, organisée, pour faire face à la menace terroriste, maîtriser les flux migratoires.

La première réforme à mener est pourtant tout autre ; c'est une réforme de l'esprit. Rien ne sera possible si le débat sur l'Europe ne change pas de nature, s'il ne quitte pas le registre de l'éréthisme moral pour entrer dans celui de l'affrontement politique, si le regard porté sur l'enjeu – l'Europe – n'échappe pas à la dévotion religieuse qui l'entoure encore trop souvent aujourd'hui. De nombreux citoyens considèrent la construction européenne comme un idéal absolu : c'est là leur droit et, d'une certaine façon, leur honneur. Il n'y a cependant aucun déshonneur à penser le contraire, ni à y penser en termes froids, neutres, désabusés ou ironiques, ni même à ne rien en penser du tout. L'amour ne se commande pas. Il ne se résume pas à la passion. Pas davantage à la rage d'aimer. Encore moins au droit de détester.

La question européenne doit quitter le domaine de l'absolu. Il faut, comme le recommandait le général de Gaulle, la « traiter objectivement et sans passion[332] ». Le temps de l'intimidation européiste, faite de ce mélange si caractéristique de plaidoyers larmoyants et d'ultimatums définitifs, de pathos et d'injonctions, de sentimentalisme et de menace, ce temps-là doit prendre fin. Le projet européen doit grandir, quitter son adolescence – l'européisme – et entrer dans l'âge adulte – celui du politique. Place désormais à la réflexion et au débat, libres, sincères, posant et exposant les options politiques envisageables, calmement, dans la confrontation – indispensable –, mais sans dramatisation, ni objurgations, ni arguments d'autorité, ni diabolisation. C'est l'intérêt de l'Europe que de le faire, celui de ses citoyens, de ses nations, de son projet.

Le temps de la critique – dans l'acception philosophique du terme – est venu. Examiner, décortiquer, mettre à plat, évaluer, discuter, passer au tamis de la Raison, proposer, se prononcer – et tout cela au grand jour : tels sont, désormais, les impératifs du débat européen. Le temps est venu de respecter les nations européennes et de protéger ainsi notre civilisation, d'éviter à tout prix les errements et les excès de l'européisme, afin que l'Union rayonne et assure son avenir. Le temps, aussi, de réconcilier les européistes et les autres, ceux qui « croyaient au ciel et ceux qui n'y croyaient pas », comme le poète nous y invitait, de se parler entre *Européens* et comme des *Européens*.

On l'a vu : l'idée européiste a fréquemment été caractérisée par les acteurs du débat, au premier rang desquels ses propres tenants, comme une mystique. Il est désormais temps de passer de la mystique au politique. *Au* politique et non *à la* politique : il s'agit là, en effet, d'en venir aux options fondamentales et de décider du sort de la Cité européenne ; et non de régler de petites affaires de petite politique politicienne.

NOTES

1. C'est ainsi qu'à dessein l'un des plus fins analystes du fonctionnement de l'Union européenne, Luuk van Middelaar, file la métaphore architecturale dans les premières pages de son pénétrant essai, *Quand l'Europe improvise. Dix ans de crises politiques*, *op. cit.*, p. 19-24.

2. Gaëtane Ricard-Nihoul, *Pour une fédération européenne d'États-nations. La vision de Jacques Delors revisitée*, préface de Jacques Delors, éditions Larcier, coll. Europe(s), Bruxelles, p. 8.

3. Pour reprendre le titre du livre d'Altiero Spinelli, *L'Europa non cade dal cielo*, Il Mulino, Bologne, 1960.

4. Robert Schuman, *Pour l'Europe. Écrits politiques*, préface de Jacques Delors, Nagel et Briquet, 3e édition, Genève, 2000, p. 25-26, cité par Jean-Louis Quermonne, *L'Europe en quête de légitimité*, Presses de Sciences Po, 2001, p. 94.

5. Comme le fit, afin de célébrer le dixième anniversaire de la déclaration Schuman, François Fontaine (« [...] quelques hommes avaient fait table rase »), « Ce 9 mai 1950... », *Le Monde*, « Libres opinions », 8-9 mai 1960, p. 3.

6. À propos du concept de civilisation et, plus précisément, de la civilisation européenne, les pages magistrales de Lucien Febvre et de Fernand Braudel s'imposent. Lucien Febvre, *L'Europe. Genèse d'une civilisation*, cours professé au Collège de France en 1944-1945, Librairie académique Perrin, 1999 ; Fernand Braudel, *Grammaire des civilisations*, Arthaud, 1987, 1re section, chap. I, II et III ; 3e section, première partie, chap. I, II, III et IV. Ces lectures peuvent être très utilement complétées par celles de Denis de Rougemont, *Vingt-huit siècles d'Europe. La conscience européenne à travers les textes, d'Hésiode à nos jours*, Payot, 1961 ; de Jean-Baptiste Duroselle, *L'Idée d'Europe dans l'histoire*, préface de Jean Monnet, Denoël, 1965, et *L'Europe : histoire de ses peuples*, Hachette Littératures, 1998 ; de Carlo Curcio, *Europa, storia di un'idea*, Vallechi, Florence, 1958, 2 vol. ; et d'Edgar Morin, *Penser l'Europe*, Gallimard, coll. Folio actuel, édition revue et augmentée, 1990. Sans

oublier un excellent manuel : Stéphane Gacon, *L'Europe. Histoire et civilisation*, collection U – Histoire, Armand Colin, Malakoff, 2017

7. Fernand Braudel, *Grammaire des civilisations*, *op. cit.*, p. 67.

8. Fernand Braudel, « Il faut réinventer les États-Unis d'Europe », entretien avec Didier Éribon, *Le Monde*, 13 décembre 1983.

9. Krzysztof Pomian, *L'Europe et ses nations*, Gallimard, coll. Le Débat, 1990, p. 51.

10. Lucien Febvre, *L'Europe. Genèse d'une civilisation*, *op. cit.*, leçon VIII, p. 128.

11. Paul Valéry, *La Crise de l'esprit, Variété I*, Gallimard, coll. Folio, p. 50.

12. Rémi Brague, *La Voie romaine*, Critérion, 1992, Gallimard, Folio essais, 1998.

13. Lucien Febvre, *L'Europe. Genèse d'une civilisation*, *op. cit.*, p. 37.

14. Cité par Lucien Febvre, *ibid.*, p. 87.

15. François Guizot, *Histoire de la civilisation en Europe. Depuis la chute de l'Empire romain jusqu'à la Révolution française*, cours dispensé en quatorze leçons à la Sorbonne en 1828, édition établie, annotée et présentée par Pierre Rosanvallon, Hachette, 1985, en particulier la onzième leçon, p. 238-253.

16. Jean-Baptiste Duroselle, *L'Idée d'Europe dans l'histoire*, *op. cit.*, pour les thèmes qui précèdent et pour la citation, p. 93.

17. *Ibid.*, p. 127.

18. Carlo Curcio, *Europa, storia di un'idea*, *op. cit.*, tome I, p. 25.

19. Ainsi que l'a mis en lumière Pascal Ory dans son beau livre *Qu'est-ce qu'une nation ? Une histoire mondiale*, Gallimard, coll. Bibliothèque des histoires, 2020.

20. *Ibid.*, p. 24.

21. Emmanuel Todd, *L'Invention de l'Europe*, Seuil, 1990.

22. Sur cet aspect de sa pensée, voir Umberto Eco, *Dire presque la même chose. Expériences de traduction*, traduit de l'italien par Myriem Bouzaher, Grasset, 2007.

23. George Steiner, *Une certaine idée de l'Europe*, traduit de l'anglais par Christine Le Bœuf, Actes Sud, coll. Un endroit où aller, p. 52 et 53.

24. Carlo Curcio, *Europa, storia di un'idea*, *op. cit.*, tome I, p. 25. Le passage original est : « *È l'Europa, che è divenuta sempre più se stessa, sempre meglio individualizzata, a mano a mano che sono venute distinguendo o opponendosi fra dì loro le nazioni. Può essere anche non del tutto agevole rendersi conto che senza l'Europa, e cioè senza quel corso di eventi e quel moto di idee, che hanno creato la moderna Europa, non vi sarebbero state le nazioni europee ; ma dovrebbe essere facile ammettere che senza le sue nazioni l'Europa non avrebbe avuto né vita, né senso.* » C'est moi qui traduis.

25. Emmanuel Le Roy Ladurie, « L'Europe : d'abord une culture », *L'Express*, 26 mai-1er juin 1979.

26. « L'Europe, c'est quoi, pour vous ? », *L'Express*, 23 janvier 2019.

27. Donald Tusk, rapport au Parlement européen sur la réunion extraordinaire du Conseil européen (article 50) du 10 avril 2019, Strasbourg, 16 avril 2019.

28. Charles de Gaulle, entretien télévisé avec Michel Droit, seconde partie, 14 décembre 1965.

29. Antoine Compagnon et Jacques Seebacher (sous la direction), *L'Esprit de l'Europe*, tome I, Dates et Lieux, Flammarion, 1993, p. 10-13.

30. À propos de cette distinction et pour lire une première présentation de l'engagement européen, voir Robert Frank, « Les contretemps de l'aventure européenne », *Vingtième siècle*, n° 60, octobre-décembre 1998, p. 82-101, citation tirée de la page 84.

31. Jean-Louis Bourlanges, propos tenus lors de l'émission « Répliques », animée par Alain Finkielkraut, France Culture, 6 avril 2019.

32. Paul Hazard, *La Crise de la conscience européenne. 1680-1715*, Boivin, 1935 ; Fayard, 1961 ; LGF/Le Livre de Poche, 6e édition, 2016, p. 412.

33. À ce sujet, voir Giancarlo Luxardo, Arnaud Richard, Agnès Steuckardt, « Européiste dans le discours radical "anti-européiste". L'Europe en contre-discours », https://halshs.archives-ouvertes.fr/halshs-01831882, 2015, et Bernard Vayssière, « La recherche face à un militantisme "supranational" : le cas de l'Union européenne des fédéralistes », IRICE, *Les Cahiers IRICE*, n° 1, 2008, p. 63-79.

34. On retrouve ce terme en particulier dans la série d'articles à destination des journaux américains qu'il réalisa au moment de la Première Guerre mondiale, rassemblés en 1933 sous le titre *Problèmes européens* (Flammarion). Cet engagement européiste de l'écrivain se poursuivra dans l'après-guerre, notamment au moment de la campagne pour la Communauté européenne de défense (CED), en 1954. À ce sujet, voir Giancarlo Luxardo, Arnaud Richard, Agnès Steuckardt. *op. cit.*, et Bernard Vayssière, *op. cit.*, p. 63-79.

35. Parmi les nombreux ouvrages consacrés à ce sujet, recommandons celui de Bino Olivi et d'Alessandro Giacone, *L'Europe difficile. La construction européenne*, Gallimard, coll. Folio histoire, 3e édition, 2007. Et aussi : Gérard Bossuat, *Histoire de l'Union européenne. Fondations, élargissements, avenir*, Belin, 2009 ; Marie-Thérèse Bitsch, *Histoire de la construction européenne de 1945 à nos jours*, Complexe, Bruxelles, 2008 et Pierre Gerbet, *La Construction de l'Europe*, Armand Colin, 2016.

36. Pour une première approche de l'histoire de ce courant de pensée au cours des cinquante premières années du XXe siècle, se reporter aux deux manuels classiques de Bernard Bruneteau : *Histoire de l'unification européenne*, Armand Colin, 2005 et *Histoire de l'idée européenne au premier XXe siècle, à travers les textes*, Armand Colin, 2006, auxquels se réfèrent les passages qui suivent. La période de l'entre-deux-guerres est très clairement et précisément présentée par Jean-Luc Chabot, *Aux origines intellectuelles de l'Europe. L'idée d'Europe unie de 1919 à 1939*, Presses universitaires de Grenoble, coll. Libres cours, 2005. À noter aussi deux articles de

synthèse intéressants : Robert Frank et Christophe Le Dréau, introduction, dans « Les militantismes pour l'Europe d'un après-guerre à l'autre (1919-1950) », *Les Cahiers IRICE*, n° 1, 2008 ; et Jean-Michel Guieu, « Le militantisme européen, une approche générationnelle (des années 1920 au début des années 1950) », *Histoire@Politique. Politique, culture, société*, n° 10, janvier-avril 2010.

37. La nature de l'idée d'Europe unie est parfaitement exposée par Jean-Luc Chabot, *Aux origines intellectuelles de l'Europe*, *op. cit.*, chap. II, p. 249-290, d'où sont tirés les paragraphes et citations qui suivent.

38. Alejandro Álvarez, *La Réforme du pacte de la SDN sur des bases continentales et régionales*, rapport présenté à la Ve session de l'Union juridique internationale, juin 1926, Issoudun, cité par Jean-Luc Chabot, *Aux origines intellectuelles de l'Europe*, *op. cit.*, p. 18.

39. *Ibid.*, p. 253.

40. Bernard Bruneteau, *Histoire de l'unification européenne*, *op. cit.*, p. 14.

41. Julien Benda, *Discours à la nation européenne*, Gallimard, 1933, coll. Folio essais, 1993, avant-propos d'André Lwoff. Citations tirées respectivement des p. 14, 124, 20 et 72.

42. Jean-Luc Chabot, *Aux origines intellectuelles de l'Europe*, *op. cit.*, p. 283.

43. *In* Jean-Luc Chabot, *L'Idée européenne unie de 1919 à 1939*, thèse, Grenoble, Université des sciences sociales, 1978, cité par Bernard Bruneteau, *Histoire de l'unification européenne*, *op. cit.*, p. 13.

44. Bernard Bruneteau, *Histoire de l'idée européenne au premier XXe siècle*, *op. cit.*, p. 109.

45. Selon la formule de Henri Hauser, *ibid.*, p. 109.

46. Bernard Bruneteau, *Histoire de l'unification européenne*, *op. cit.*, p. 13.

47. Bernard Bruneteau, *Histoire de l'idée européenne au premier XXe siècle*, *op. cit*, p. 110.

48. *Ibid.*, p. 146. Sur tous ces points, voir les p. 146 à 149 du même ouvrage, particulièrement éclairantes et d'où sont tirées les considérations que l'on vient de lire.

49. *Ibid.*, p. 147.

50. Bernard Bruneteau, *Une illusion européiste. Les représentations de l'Europe chez les intellectuels de la France de Vichy*, *op. cit.*, p. 6.

51. Bernard Bruneteau, *Histoire de l'unification européenne*, *op. cit.*, p. 23.

52. *Les « Collabos » de l'Europe nouvelle*, CNRS Éditions, coll. Biblis, 2016, qui livre une « archéologie intellectuelle » de cette « illusion tragique », selon les propres mots de l'auteur.

53. *Ibid.*, p. 447.

54. *Ibid.*, p. 74. Ces diverses composantes sont reprises du chapitre premier, « 1940, l'Europe est faite ! », p. 25-82.

55. *Ibid.*, p. 76.

56. 17 novembre 1940, *Les Cahiers de la Petite Dame*, tome III, 1937-1945, *Cahiers André Gide*, Gallimard, 1975, p. 204-205, cité *ibid.*, p. 81.

57. Emmanuel Mounier, *Entretiens XII, Œuvres*, tome IV, p. 706 et 708, cité *ibid.*, p. 70.

58. Hubert Beuve-Méry, « Révolutions nationales, révolution humaine », *Esprit*, n° 98, mars 1941, p. 284, cité *ibid.*, p. 68.

59. Jules Romains, *Problèmes européens*, Flammarion, 1933, p. 44, cité *ibid.*, p. 56.

60. Simone Weil, « L'Europe en guerre pour la Tchécoslovaquie ? », *Feuilles libres*, n° 58, 25 mars 1938, cité *ibid.* p. 48. Et aussi dans Simone Weil, *Œuvres*, édition de Florence de Lussy, Gallimard, coll. Quarto, 1999, p. 495-502.

61. Épisode à la fois lamentable et drolatique raconté par François Dufay, *Le Voyage d'automne. Octobre 1941, des écrivains français en Allemagne. Récit*, Plon, 2000.

62. Bernard Bruneteau, *Les « Collabos » de l'Europe nouvelle, op. cit.*, p. 37.

63. *Ibid.*, p. 442.

64. *Ibid.*, p. 445.

65. *Ibid.*, p. 443.

66. Lénine, *Social-démocrate*, n° 44, 23 août 1915.

67. Bernard Bruneteau, *Histoire de l'unification européenne, op. cit.*, p. 25.

68. Une présentation claire des déterminants de la politique américaine à l'égard de l'Europe sous les présidences de Harry Truman et Dwight D. Eisenhower est faite par Nicolas Vaicbourdt, « Les ambitions américaines pour l'Europe, 1945-1960 », in Gérard Bossuat et Nicolas Vaicbourdt, *États-Unis et Union européenne. Histoire et avenir d'un partenariat difficile, 1945-1999*, Peter Lang S.A., Presses interuniversitaires européennes, Bruxelles, 2001, p. 17-49.

69. Emmanuel Le Roy Ladurie, « L'Europe : d'abord une culture », *op. cit.*

70. Raymond Aron, « L'idée de l'Europe », *Fédération*, n° 39, avril 1948.

71. Paul-Henri Spaak, discours à l'Assemblée générale de l'ONU, 288 septembre 1948, cité par Bernard Bruneteau, *Histoire de l'idée européenne, op. cit.*, p. 224.

72. Emmanuel Mounier, « Déclaration de guerre », *Esprit*, novembre 1948, p. 604.

73. Formule d'Alexandre Marc, citée par Antonin Cohen, « De la Révolution nationale à l'Europe fédérale. Les métamorphoses de la troisième voie aux origines du mouvement fédéraliste français : La Fédération (1943-1948) », *Le Mouvement social*, n° 217, 2006, p. 67.

74. Antonin Cohen, *De Vichy à la Communauté européenne*, PUF, 2012, tiré de sa thèse de doctorat en science politique, *Histoire d'un groupe dans l'institution d'une « communauté » européenne (1940-1950)*, Université Paris I, 1999. Une

excellente présentation du livre de Cohen est faite par Marc-Olivier Baruch dans *Critique internationale*, n° 63, 2014, p.181-184.

75. Antonin Cohen, *De la Révolution nationale à l'Europe fédérale*, *op. cit.*, p. 60.

76. *Vers la Révolution communautaire*, Paris, 1943, cité par Bernard Bruneteau, *Histoire de l'idée européenne*, *op. cit.*, p.184-185.

77. Marc-Olivier Baruch, *op. cit.*, p.183-184.

78. Antonin Cohen, *De la Révolution nationale à l'Europe fédérale*, *op. cit.*, p. 54.

79. Marc-Olivier Baruch, *op. cit.*, p. 183.

80. Auteurs des *Principes du fédéralisme*, Le Portulan, 1948.

81. Antonin Cohen, *op. cit.*, p. 54-57.

82. Raymond Aron, « L'idée de l'Europe », *Fédération*, n° 39, avril 1948, p. 6, cité par Antonin Cohen, *op. cit.*, p. 69.

83. Jean-Marie Domenach, « Quelle Europe ? », *Esprit*, numéro spécial « Les deux visages du fédéralisme européen », n° 16, novembre 1948, p. 647, cité par Antonin Cohen, *op. cit.*, p. 70.

84. Sous la direction d'Hélène de Virieu, Éditions des Arènes, 2017.

85. Europa.eu, site de l'Union européenne : https://europa.eu/european-union/about-eu/history_fr, Vie-publique.fr, site de la Direction de l'information légale et administrative, service du Premier ministre : https://www.vie-publique.fr/decouverte-institutions/union-europeenne/approfondissements/idee-europe-histoire.html ; Touteleurope.eu, site officiel de Toute l'Europe, groupement d'intérêt économique (GIE) financé par l'État français et divers partenaires publics et privés impliqués dans les questions européennes, dont la SNCF (*sic*) : https://www.touteleurope.eu/actualite/1918-1944-l-idee-europeenne-au-debut-du-xxe-siecle.html

86. Bernard Bruneteau, *Histoire de l'unification européenne*, *op. cit.*, p. 13.

87. Afin de bénéficier d'une première présentation de l'homme Monnet et de son parcours politique, l'essai pénétrant de Jean-Pierre Chevènement, *La Faute de M. Monnet. La République et l'Europe*, Fayard, coll. L'Idée républicaine, 2006, s'impose. Volumineuse, la biographie d'Éric Roussel, *Jean Monnet* (Fayard, 1995), n'en reste pas moins « elliptique » sur les aspects les plus intrigants du personnage, comme l'indique à juste titre et sans ambages l'un des meilleurs connaisseurs de l'homme, Philippe Mioche, qui juge ainsi que, concernant un moment important de la vie mouvementée de Monnet, le départ de la Chine pour New York, cette biographie relève de l'« écriture du mythe » : Philippe Mioche, « Jean Monnet, homme d'affaires à la lumière de nouvelles archives », *Parlement[s], Revue d'histoire politique*, vol. 3, n° 3, 2007, p. 55-72.

88. En particulier le passionnant volume : *Jean Monnet, banquier, 1914-1945. Intérêts privés et intérêt général*, sous la direction de Gérard Bossuat, Journées d'études du 10 décembre 2010, Comité pour l'histoire économique et financière de la France, Ministère des Finances et des Comptes publics, Ministère de

l'Économie, de l'Industrie et du Numérique, 2014. Et aussi, de l'un des contributeurs à ce volume, Philippe Mioche, « Jean Monnet, homme d'affaires à la lumière de nouvelles archives », *op. cit.*

89. Gérard Bossuat, « Jean Monnet et la haute finance internationale (1904-1940) », *ibid.*, p. 61-62.

90. Gérard Bossuat, *ibid.*, préface, p. 2.

91. Philippe Mioche, « Jean Monnet, businessman avant l'Europe », *ibid.*, p. 46.

92. Philippe Mioche, « Jean Monnet, homme d'affaires à la lumière de nouvelles archives », *op. cit.*

93. Gérard Bossuat, « Monnet et la haute finance internationale », *op. cit.*, p. 80-81.

94. Gérard Bossuat, *ibid.*, préface, p. 2 et 3.

95. Raymond Aron, « Jean Monnet a-t-il gagné ? », *L'Express*, 31 mars 1979, p. 79.

96. John Davenport, « Mister Jean Monnet of Cognac. Businessman, banker, expediter extraordinary in two wars, he stands for a France that will work in the tradition of American friendship », *Fortune*, vol. XXX, n° 2, août 1944, p.121-216, d'où sont tirées les citations qui suivent, respectivement p. 216, 121, 122 (en français dans le texte), 121 et 122.

97. Éric Roussel, *Jean Monnet*, *op. cit.*, p. 378.

98. Note au général de Gaulle, chef du Comité français de libération nationale (CFLN), Alger, 5 août 1943, citée par Gérard Bossuat, *Faire l'Europe sans défaire la France*, *op. cit.*, p. 231.

99. John Davenport, « Mister Jean Monnet of Cognac », *op. cit.*, p. 216.

100. Raymond Aron, « Jean Monnet a-t-il gagné ? », *op. cit.*

101. Edgar Morin, *Penser l'Europe*, *op. cit.*, p. 161-162.

102. Gérard Bossuat (dir.), *Jean Monnet, banquier, 1914-1945. Intérêts privés et intérêt général*, *op. cit.*, préface, p. VI.

103. *Ibid.*, introduction, p. 1.

104. Cité par Éric Roussel, *Jean Monnet*, *op. cit.*, p. 335 et 336.

105. Jean-Pierre Chevènement, *La Faute de M. Monnet*, *op. cit.*, p. 11.

106. Propos tenus le 4 décembre 1963 et rapportés par Alain Peyrefitte, *C'était de Gaulle*, Gallimard, coll. Quarto, 2002, p. 810.

107. Cité par Philippe Mioche, « Jean Monnet, homme d'affaires à la lumière de nouvelles archives », *op. cit.*

108. Régis Debray, *L'Europe fantôme*, Gallimard, coll. Tracts, 2019, p. 8.

109. Cité par Jean Monnet, *Mémoires*, Fayard, 1976, p. 152.

110. Antonin Cohen, « "Le père de l'Europe". La construction sociale d'un récit des origines ». *Actes de la Recherche en sciences sociales*, n° 166-167, 2007, p. 14-29.

111. Jean Monnet, *Mémoires, op. cit.*, p. 378-379.

112. *Ibid.*, p. 455.

113. *Ibid.*, p. 517.

114. Pour une présentation sous son meilleur jour de cette méthode, on peut lire l'essai de Sylvie Goulard, *Le Coq et la perle. Cinquante ans d'Europe*, Seuil, 2007, plaidoyer souvent irénique mais étayé.

115. *Ibid.*, p. 520.

116. Comte de Saint-Simon, avec Augustin Thierry, *De la réorganisation de la société européenne, ou de la nécessité et des moyens de rassembler les peuples de l'Europe en un seul corps politique, en conservant à chacun son indépendance nationale*, (1814), Payot & Rivages, 2014, p. 141.

117. Isaiah Berlin, *The Hedgehog and the Fox : An essay on Tolstoy's view of history*, Weidenfeld and Nicholson, 1953. Traduction française de Jean-Claude Zylberstein, *Le Hérisson et le renard*, Les Belles Lettres, coll. Le goût des idées, 2020, préface de Mario Vargas Llosa, en particulier les p. 50 et 51.

118. Mario Vargas Llosa, *ibid.*, p. 41.

119. Note du 5 août 1943, *in* Gérard Bossuat, *Faire l'Europe sans défaire la France, op. cit.*, et reprise dans Jean Monnet, *Mémoires, op. cit.*, p. 263.

120. Jean Monnet, *Mémoires, op. cit.*, p. 350.

121. *Ibid.*, p. 353.

122. *Ibid.*, p. 460.

123. *Ibid.*, p. 478.

124. *Ibid.*, p. 505.

125. *Ibid.*, p. 520.

126. *Ibid.*, p. 506.

127. Willy Brandt, *Mémoires*, cité par Éric Roussel, *Jean Monnet, op. cit.*, p. 867.

128. Jean Monnet, *Mémoires, op. cit.*, p. 502 et 506.

129. *Ibid.*, p. 167.

130. *Ibid.*, p. 611.

131. *Ibid.*, p. 502.

132. Jean-Pierre Chevènement, *La Faute de M. Monnet, op. cit.*, p. 35.

133. Jean Monnet, *Mémoires, op. cit.*, p. 470.

134. *Ibid.*, p. 499.

135. *Ibid.*, p. 351.

136. Jacques Delors, *Mémoires*, Plon, *op. cit.*, p. 456.

137. *Ibid.*, p. 206.

138. *Ibid.*, chap. 7, « L'Acte unique : mon traité favori », p. 202-228.

139. *Ibid.*, p. 457-458.

140. *Ibid.*, p. 331.

141. Jean Monnet, *Mémoires, op. cit.*, p. 460.

142. Saint-Simon, *op. cit.*, p. 94.

143. Sylvie Goulard, *op. cit.*, p. 93-94.

144. Jean Monnet, *op. cit.*, p. 153.

145. *Ibid.*, p. 272.

146. Jacques Delors, *Mémoires*, *op. cit.*, p. 180.

147. Pierre Mendès France, *Œuvres complètes*, tome IV : *Pour une République moderne (1955-1962)*, Gallimard, 1987, p. 250-275.

148. C'est moi qui souligne.

149. C'est moi qui souligne.

150. Jürgen Habermas, *L'Obs*, 26 octobre 2017, n° 2764, p. 84.

151. Hubert Védrine, *Le Figaro*, 15 février 2019.

152. Dominique Strauss-Kahn *et alii*, Rapport remis au président de la Commission européenne, Romano Prodi, 2004, cité par Jean-Pierre Chevènement, *La Faute de M. Monnet*, *op. cit.*, p. 42.

153. Jacques Delors et Notre Europe, *L'Europe tragique et magnifique : les grands enjeux européens*, Éditions Saint-Simon, 2007, p. 154.

154. « Les dogmes de la zone euro affaiblissent le projet européen », *Libération*, 15 novembre 2018.

155. Ivan Krastev, *Le Destin de l'Europe. Une sensation de déjà-vu*, trad. par Frédéric Joly, Premier Parallèle, 2017, p. 90-91.

156. Javier Cercas, « Ce que je sais de l'Europe », enquête « Les écrivains et l'Europe », *Le Monde des livres*, 15 mars 2019.

157. Macron, « Le grand entretien », *Le Point*, n° 2347, 31 août 2017.

158. Jean-Marie Domenach, « Quelle Europe », *op. cit.*, p. 639.

159. Jacques Delors, « Fortschritt aus der Krise », entretien accordé à Marion Schreiber et Romain Leick, *Der Spiegel*, n° 48, 28 novembre 1994. La citation originale est : « *Als Ausgleich dafür sollten diejenigen, die das wünschen, eine echte Föderation der Nationalstaaten schaffen, um den Einfluß der alten europäischen Nationen in der Welt zu stärken.* »

160. « *Die föderale Struktur ist die einzige, die unser Gewicht nach außen vergrößern kann, ohne den Nationalstaat und die Demokratie im Innern zu schwächen. Denn sie legt eindeutig fest, wer für was verantwortlich ist.* »

161. Cécile Amar, *L'Homme qui ne voulait pas être roi. Conversations avec Jacques Delors*, Grasset, p. 154.

162. Jean-Louis Quermonne, « La "Fédération d'États-nations" : concept ou contradiction ? », *Revue française de droit constitutionnel*, n° 84, 2010, p. 677-692.

163. Jacques Delors, discours à l'occasion du quarantième anniversaire du Collège de Bruges, 17 octobre 1989, repris partiellement dans *Mémoires*, *op. cit.*, p. 350.

164. Jacques Delors, « Je récuse les docteurs Knock du libéralisme... », *Le Nouvel Observateur*, n° 1747, jeudi 30 avril au mercredi 6 mai 1998.

165. On retrouve là la ligne générale du plaidoyer de la formule delorienne assumé par Gaëtane Ricard-Nihoul, *Pour une fédération européenne d'États-nations*, *op. cit.* En l'occurrence, p. 46-48.

166. Note du 5 août 1943, dans Gérard Bossuat, *Faire l'Europe sans défaire la France*, *op. cit.*, p. 231 et reprise dans Jean Monnet, *Mémoires*, *op. cit.*, p. 263.

167. Jean Monnet, *Mémoires*, *op. cit.*, p. 468.

168. Valéry Giscard d'Estaing, « Brexit sans issue ? », *Le Point*, n° 246, 24 octobre 2019.

169. Déclaration de David Sassoli, président du Parlement européen, Ursula von der Leyen, présidente de la Commission européenne, et Charles Michel, président du Conseil européen, « L'Europe à l'aube d'une ère nouvelle », *Le Parisien*, 31 janvier 2020.

170. Raymond Aron, *Une histoire du XXe siècle. Anthologie*, tome I, Plon, 1996, Perrin, 2012, coll. Tempus, p. 69-70.

171. *Ibid.*, p. 460.

172. Denis de Rougemont, *Lettre aux Européens*, Albin Michel, 1970, p. 109-114 et 169-170.

173. Lucien Febvre, *L'Europe. Genèse d'une civilisation*, *op. cit.*, p. 279.

174. Denis de Rougemont, *Lettre aux Européens*, *op. cit.*, p. 47. C'est Rougemont qui souligne.

175. François Perroux, *L'Europe sans rivages*, Presses universitaires de France, 1954, p. 630. C'est Perroux qui souligne.

176. Victor Hugo, « L'avenir », in *Paris-Guide de l'Exposition universelle* de 1867, Librairie internationale, 1867, p. 219.

177. Julien Benda, *Discours à la nation européenne*, *op. cit.*, p. 74.

178. Denis de Rougemont, *Vingt-huit siècles d'Europe*, *op. cit.*, p. 401.

179. Julien Benda, *Discours à la nation européenne*, *op. cit.*, p. 125.

180. François Perroux, *L'Europe sans rivages*, *op. cit.*, p. 395.

181. Jean Monnet, *Mémoires*, *op. cit.*, p. 617.

182. François Perroux, *L'Europe sans rivages*, *op. cit.*, p. 23.

183. François Perroux, *L'Europe sans rivages*, *op. cit.*, p. 629-630.

184. Denis de Rougemont, *Lettre aux Européens*, *op. cit.*

185. *Ibid.*, p. 112. C'est Rougemont qui souligne.

186. *Ibid.*, p. 157. C'est Rougemont qui souligne.

187. *Ibid.*, p. 143.

188. *Ibid.*, p. 130.

189. *Ibid.*, p. 163.

190. *Ibid.*, p. 166.

191. *Ibid.*, p. 127. C'est Rougemont qui souligne.

192. Marc Dugain, « Ma vieille concubine, comment éviter ton extinction ? », série « Lettres à l'Europe », *L'Obs*, n° 2843, 2 mai-8 mai 2019, p. 12 et 13.

193. *Libération*, 11 octobre 2017, propos recueillis par Jean Quatremer.

194. Pierre Nora, *Recherches de la France*, Gallimard, Bibliothèque des histoires, 2013, p. 544.

195. Entretien avec Michel Kajman, *Le Monde*, 24-25 mars 1985.

196. Cité dans Notre Europe et Jacques Delors, *L'Europe tragique et magnifique : les grands enjeux européens*, *op. cit.*, p. 12.

197. *Ibid.*, p. 79.

198. Jacques Delors, entretien avec Vaclav Havel, *Le Monde* et *Die Zeit*, janvier 2001, cité dans *L'Europe tragique et magnifique : les grands enjeux européens*, *op. cit.*, p. 84.

199. Jacques Delors, *Mémoires*, *op. cit.*, p. 455.

200. *Ibid.*, chap. 7, « L'Acte unique : mon traité favori », p. 202-228.

201. *Ibid.*, p. 227.

202. Cité dans Notre Europe et Jacques Delors, *L'Europe tragique et magnifique : les grands enjeux européens*, *op. cit.*, p. 79.

203. Voir, à ce sujet, Chantal Million-Delsol, *Le Principe de subsidiarité*, Presses universitaires de France, coll. Que sais-je ?, 1993.

204. Julien Barroche, « La subsidiarité. Le principe et l'application », *Études*, 2008, vol. 408, p. 777-788.

205. Armin von Bogdandy et Ulrike Guérot, « Eine neue Leitidee-die europäische Republik », *Frankfurter Allgemeine Zeitung*, 19 septembre 2013.

206. Julien Deroin et Ulrike Guérot, « Cent ans après la Grande Guerre, proclamons la République européenne », *Libération*, 9 novembre 2018.

207. Constitution du 4 octobre 1958, Titre premier « De la souveraineté », article 2, alinéa 5 : « Son principe [de la République française] est : gouvernement du peuple, par le peuple et pour le peuple. »

208. Olivier Beaud, *Théorie de la fédération*, Presses universitaires de France, coll. Léviathan, 2e édition corrigée, mai 2009.

209. Le débat a été lancé en Allemagne par le livre du juriste Dolff Sternberger, *Verfassungspatriotismus*, Insel, Francfort, 1990.

210. Pour un exposé de la thèse de Jürgen Habermas, voir *L'Intégration républicaine*, Fayard, 1998 et *Après l'État-nation. Une nouvelle constellation politique*, Fayard, 2000.

211. Régis Debray, « L'Europe est sortie de l'Histoire », *op. cit.*, p. 17.

212. Régis Debray, propos tenus lors de l'émission « Répliques », animée par Alain Finkielkraut, France Culture, 6 avril 2019.

213. La vision de Ferry est exposée dans ses principaux ouvrages : *La Question de l'État européen*, Gallimard, 2000 ; *Europe, la voie kantienne. Essai sur l'identité postnationale*, Éditions du Cerf, coll. Humanités, Paris, 2005 ; et *La République crépusculaire. Comprendre le projet européen in « sensu cosmopolitico »*, Éditions du Cerf, 2010 ; et dans un article intéressant : « Défis et dilemmes actuels de l'Europe

politique. Crise tendancielle du politique et mondialisation », *Revue d'éthique et de théologie morale*, 2013/hors-série, n° 276, 2013, p. 273-294.

214. Jean-Marc Ferry, *Europe, la voie kantienne*, *op. cit.*, p. 39-40.

215. Maurice Duverger (dir.), *Le Concept d'empire*, Centre d'analyse comparative des systèmes politiques, Presses universitaires de France, 1980. Cet ouvrage, d'où sont tirées les considérations et les citations qui suivent, reprend les contributions d'un colloque tenu à l'université Paris I les 9 et 10 décembre 1977, dont les séances étaient présidées par Hélène Ahrweiler, Georges Duby, Maurice Duverger, Emmanuel Le Roy Ladurie. Parmi les prestigieux participants, relevons Jean Leclant, Paul Veyne, Karl Ferdinand Werner, André Miquel, Pierre Chaunu, Jean Tulard, Jacques Gernet, Louis Hambis et Georges Balandier. À propos de l'empire et des empires, lire aussi Gabriel Martinez-Gros, *Brève histoire des empires. Comment ils surgissent, comment ils s'effondrent*, Seuil, coll. La Couleur des idées ; Points histoire, 2014.

216. Peter Sloterdijk, *Si l'Europe s'éveille. Réflexions sur le programme d'une puissance mondiale à la fin de l'ère de son absence politique*, traduit de l'allemand par Olivier Mannoni, Mille et Une Nuits, 2003, p. 52.

217. Ulrich Beck et Edgar Grande, *Pour un empire européen*, traduit de l'allemand par Aurélie Duthoo, Flammarion, 2007, p. 90.

218. Maurice Duverger (dir.), *Le Concept d'empire*, *op. cit.*, p. 483.

219. Traité sur l'Union européenne (version consolidée), article 2.

220. Pierre Manent, *La Raison des nations*, *op. cit.*, p. 61-62.

221. René Grousset, *L'Empire des steppes. Attila, Gengis-Khan, Tamerlan*, Payot, 1939.

222. Wolfgang Streeck, « The European union is a liberal empire, and it is about to fall », blog de la London School of Economics, repris par *Le Monde diplomatique*, « Un empire européen en voie d'éclatement », mai 2019, p. 1 et 20-21.

223. Emmanuel Mounier, « L'Europe contre les hégémonies », *Esprit*, n° 74, novembre 1938, p. 158.

224. Peter Sloterdijk, « L'immaturité est au pouvoir », entretien accordé au *Point*, n° 2387, 31 mai 2018.

225. Bruno Le Maire, *Le Nouvel Empire. L'Europe du vingt et unième siècle*, Gallimard, 2019.

226. Jean-Pierre Stroobants, « Européennes : premier débat sans surprise pour les candidats à la présidence de la Commission », *Le Monde*, 3 mai 2019.

227. Bernard-Henri Lévy, « L'Europe que nous tenons pour acquise est peut-être en train de se défaire », entretien accordé au *Figaro*, 11 octobre 2019.

228. Milan Kundera, « "Un Occident kidnappé" ou la tragédie de l'Europe centrale », *Le Débat*, n° 27, 1983, p. 3-23.

229. Discours de François Mitterrand, président de la République, sur le programme de la présidence française de l'Union européenne, notamment en

matière d'élargissement, d'union économique et monétaire, d'organisation de l'Europe sociale, d'identité culturelle et de sécurité, devant le Parlement européen à Strasbourg, 17 janvier 1995.

230. Une étude de la guerre en tant qu'institution et du militarisme dans ses rapports avec l'histoire de la civilisation peut être lue dans Arnold J. Toynbee, *Guerre et civilisation*, extrait par Albert V. Fowler de *A Study of History*, traduit de l'anglais par Albert Colnat, Gallimard, 1953.

231. Pour une utile déconstruction de la doxa sur la nation et le nationalisme, une analyse de la « natiophobie », un examen sérié et étayé de l'origine historique, de la portée politique, des avantages et inconvénients, et de l'avenir prévisible de la forme « nation », mais aussi du « nationalisme », voir Gil Delannoi, *La Nation contre le nationalisme. Ou la résistance des nations*, Presses universitaires de France/Humensis, 2018. Sur ce point précis du rapport entre le nationalisme et la guerre, voir les développements éclairants des p. 148-155. La citation est tirée des p. 74 et 75.

232. *Ibid.*, p. 157.

233. Voir à ce sujet, important, Robert A. Dahl, *On Democracy*, Yale University Press, New Haven, 1998 ; Michael Doyle, *Ways of War and Peace*, Norton, 1997 ; et Bruce Russett, *Controlling the Sword. The democratic governance of national security*, Harvard University Press, Cambridge, 1990 ; cités par Gil Delannoi, *La Nation contre le nationalisme, op. cit.*, p. 158.

234. Marcel Gauchet, *La Condition politique*, Gallimard, coll. Tel, 2005, chap. X, « Le problème européen », p. 480.

235. Gil Delannoi, *op. cit.*, p. 149.

236. *Ibid.*, p. 113.

237. À propos de l'eugénisme, on pourra lire, en particulier, André Pichot, *La Société pure. De Darwin à Hitler*, Flammarion, 2000 et Anne Carol, *Histoire de l'eugénisme en France. Les médecins et la procréation*, XIXe-XXe *siècle*, Seuil, coll. L'Univers historique, 1995. La question, essentielle, du lien entre eugénisme et nazisme est traitée avec précision et clarté par Paul Weidling, *L'Hygiène de la race*, tome 1 : *Hygiène raciale et eugénisme médical en Allemagne, 1870-1933*, Cambridge University Press, 1989 ; trad. française de Bernard Frumer, La Découverte, coll. Textes à l'appui/série Histoire contemporaine, 1998, préface de Benoît Massin ; et tome 2, *Les Médecins au pouvoir, 1933-1945*.

238. R.J. Lifton, *The Nazi Doctors. Medical killing and the Psychology of Genocide*, Basic Books, 1986, p. 17, cité par Benoît Massin *in* Paul Weidling, *op. cit.*, p. 25.

239. Robert Proctor, *Racial Hygiene. Medicine under the Nazis*, Harvard University Press, 1988, cité *in* Paul Weidling, *op. cit.*, p. 25.

240. Paul Weidling, *op. cit.*, p. 21.

241. *Ibid.*, p. 20.

242. Dans sa plus que célèbre conférence, « Qu'est-ce qu'une nation ? », donnée le 11 mars 1882.

243. Delannoi, *La Nation contre le nationalisme, op. cit.*, p. 109 et 110.

244. André Malraux, « Une présence humaine et généreuse », *Nouvelle frontière* 5, janvier 1964, p. 4. Pierre Hassner commente ce texte de Malraux de façon éclairante *in La Violence et la paix. De la bombe atomique au nettoyage ethnique*, Éditions du Seuil, 2000, p. 213-227.

245. Ernest Gellner, *Nations et nationalisme*, Payot pour l'édition en langue française, 1989, p. 11.

246. Raymond Aron, *Une histoire du XXe siècle. Anthologie*, tome I, *op. cit.*, p. 68.

247. Emmanuel Kant, *Projet de paix perpétuelle. Esquisse philosophique*, 1795, édition bilingue, trad. J. Gibelin, Librairie philosophique J. Vrin, 2002, p. 51.

248. Propos tenus le 10 septembre 1962 et rapportés par Alain Peyrefitte, *C'était de Gaulle, op. cit.*, p. 306. C'est Peyrefitte qui souligne.

249. Jules Michelet, *Le Peuple* (1846), GF-Flammarion, 1974, p. 220.

250. Régis Debray, propos tenus sur France Culture lors de l'émission « Répliques », animée par Alain Finkielkraut, 14 novembre 2020.

251. Propos tenus le 10 avril 1963 et rapportés par Alain Peyrefitte, *C'était de Gaulle, op. cit.*, p. 296.

252. C'est une des thèses soutenues, à juste titre, par David Djaïz, dans son excellent essai : *Slow Démocratie. Comment maîtriser la mondialisation et reprendre notre destin en main*, Allary Éditions, 2019.

253. Jean Jaurès, *L'Armée nouvelle* (1911), Imprimerie nationale, coll. Acteurs de l'Histoire, dirigée par Georges Duby, 1982, présentation par J.-N. Jeanneney, 2 vol., vol. II, p. 495, repris dans *Rallumer tous les soleils*, textes choisis et présentés par Jean-Pierre Rioux, Omnibus, coll. Internationalisme et patriotisme, 2006, p. 820.

254. Cette passionnante page d'histoire a été l'objet du livre, devenu classique, d'Anne-Marie Thiesse, *La Création des identités nationales. Europe XVIIIe-XXe siècle*, Seuil, coll. L'Univers historique, 1999. Autre classique : Benedict Anderson, *L'Imaginaire national. Réflexions sur l'origine et l'essor du nationalisme*, trad. P.-E. Dauzat, La Découverte, 1996.

255. Raymond Aron, *Paix et guerre entre les nations*, 8e édition, avec une présentation inédite de l'auteur, Calmann-Lévy, 1962, coll. Liberté de l'esprit, p. 736.

256. Benedict Anderson, *L'Imaginaire national, op. cit.*, p. 19.

257. Pascal Ory, *Qu'est-ce qu'une nation ? Une histoire mondiale, op. cit.*, quatrième de couverture.

258. André Malraux, *op. cit.*, p. 3.

259. Lucien Febvre, *L'Europe. Genèse d'une civilisation, op. cit.*, p. 277.

260. Notre Europe et Jacques Delors, *L'Europe tragique et magnifique*, *op. cit.*, p. 120.

261. Pascal Ory, *Qu'est-ce qu'une nation ? Une histoire mondiale*, *op. cit.*, p. 403 et quatrième de couverture.

262. Propos tenus le 20 novembre 1963 et rapportés par Alain Peyrefitte, *C'était de Gaulle*, *op. cit.*, p. 842.

263. Ivan Krastev, *Le Destin de l'Europe. Une sensation de déjà-vu*, *op. cit.*, p. 71.

264. Krzysztof Pomian, *L'Europe et ses nations*, *op. cit.*, p. 157.

265. Julien Benda, *Discours à la nation européenne*, *op. cit.*

266. *Ibid.*, p. 15. Et aussi : « Là encore, l'Europe se fera comme se firent les nations », p. 19 et « L'Europe se fera, ici encore, comme se firent les nations », p. 44.

267. *Ibid.*, p. 40.

268. Matthieu Calame, *La France contre l'Europe. Histoire d'un malentendu*, Les petits matins, 2019. Citations suivantes des p. 13, 16, 49, 39-41 et 41.

269. Jean-Claude Trichet, « La monnaie unique est un bouc émissaire facile », *Le Monde*, 1er-2 janvier 2019.

270. Raymond Aron, *Paix et guerre entre les nations*, *op. cit.*, p. 735.

271. Voir Pascal Ory, *Qu'est-ce qu'une nation ? Une histoire mondiale*, *op. cit.*, p. 413-419, citation tirée de la p. 416.

272. Machiavel, *Le Prince*, texte présenté et traduit par Paul Larivaille, Les Belles Lettres, 2019, chap. III, p. 103-104.

273. Notre Europe et Jacques Delors, *L'Europe tragique et magnifique*, *op. cit.*, p. 27.

274. Jacques Le Goff, « L'Europe n'est pas vieille, elle est ancienne », entretien accordé à Jean Quatremer, *Libération*, 3 mai 2004.

275. Notre Europe et Jacques Delors, *L'Europe tragique et magnifique*, *op. cit.*, p. 35.

276. *Ibid.*, p. 43.

277. José Ortega y Gasset, *La Révolte des masses* (1929), Les Belles Lettres, 2020, p. 56.

278. Pascal Ory, *Qu'est-ce qu'une nation ? Une histoire mondiale*, *op. cit.*, p. 21.

279. On trouvera une recension de ces errements affligeants dans *Le Bêtiser de Maastricht* (Arléa, 1997), présentation par Jean-Pierre Chevènement, illustrations de Plantu ; sa lecture est un moment jubilatoire d'éducation politique.

280. Terra Nova, *Europe : l'heure des choix. Nos propositions pour l'Union européenne*, 25 mars 2019.

281. « Et si tout se jouait le 26 mai ? Europe, le moment de vérité », Forum France Culture, 13 avril 2019.

282. Gaston Riou, *S'unir ou mourir*, éditions Valois, 1929.

283. Clarence Streit, *Union ou chaos*, Librairie de Médicis, 1939.

284. Denis de Rougemont, *Lettre aux Européens*, *op. cit.*, p. 22.

285. Matthieu Calame, *La France contre l'Europe. Histoire d'un malentendu*, *op. cit.*, respectivement p. 29, 45 et 150.

286. Bernard Spitz, interview à *La Montagne*, 28 avril 2019, à l'occasion de la parution de son essai *Merci l'Europe ! Réponse aux sept mensonges populistes*, Grasset, 2019.

287. Jean-Yves Le Drian, « L'Europe est en danger. Pour l'Europe, il y a le feu au lac », entretien accordé au *Parisien*, 12 mai 2019.

288. Jean Monnet, *Mémoires*, *op. cit.*, p. 129.

289. Jacques Delors, *Mémoires*, *op. cit.*, p. 197.

290. Pascal Lamy, « L'Europe selon Jacques Delors », p. 2, Notre Europe/Institut Jacques Delors, 25 juin 2019.

291. Emmanuel Macron, « Pour une renaissance européenne », lettre publiée dans plusieurs quotidiens européens, 4 mars 2019.

292. « Eurolapins. Ne faites pas le jeu des loups ! », film de campagne du mouvement Pulse of Europe France.

293. Richard Coudenhove-Kalergi, *Pan-Europa* (1923), Cent Mille Milliards, 2019, p. 146.

294. Julien Benda, *Discours à la nation européenne*, *op. cit.*, p. 71.

295. Denis de Rougemont, *Lettre aux Européens*, *op. cit.*, p. 133.

296. Propos tenus par Astrid Panosyan, déléguée à l'action internationale de LREM, *Le Monde*, 11-12 novembre 2018.

297. Emmanuel Macron, « Le moment que nous vivons ressemble à l'entre-deux-guerres », entretien accordé à *Ouest France*, 1er novembre 2018.

298. Bernard-Henri Lévy, entretien accordé au *Journal du Dimanche*, 27 janvier 2019.

299. Jean-Louis Bourlanges, propos tenus lors de l'émission « Répliques », animée par Alain Finkielkraut, France Culture, 6 avril 2019.

300. Jean-Claude Milner, *Considérations sur l'Europe*, *op. cit.*, p. 31.

301. C'est à propos du « socialisme » que Raymond Aron eut recours à cette formule dans *Une histoire du XXe siècle. Anthologie*, *op. cit.*, p. 153.

302. Claude Lévi-Strauss, *Anthropologie structurale*, Plon, coll. Agora Pocket, 1998, p. 239.

303. Stefan Zweig, « La pensée européenne dans son développement historique », conférence prononcée à Florence, 1932, in *Stefan Zweig ou… espérer l'Europe à en mourir*, Collège d'Europe, Bruges, Année académique 1993-1994, Bruxelles, Presses interuniversitaires européennes, coll. Portraits d'Européens, 1993, p. 121 et 125.

304. Régis Debray, *L'Europe fantôme*, *op. cit.*, p. 4.

305. *Fere libenter homines id quod volunt credunt, De Bello gallico,* Livre III, XVIII.

306. Julien Benda, *Discours à la nation européenne, op. cit.*, p. 117.

307. Matthieu Calame, *La France contre l'Europe. Histoire d'un malentendu, op. cit.*, p. 45.

308. *Ibid.*, p. 150.

309. *Ibid.*, p. 10.

310. Mireille Delmas-Marty (dir.), « Éloge du monstre juridique européen », *in* Yves Charles Zarka, Pascal Perrineau et Alain Laquièze, *L'Union européenne entre implosion et refondation*, Mimésis, coll. Philosophie et société, 2016, p. 16.

311. Nathalie Loiseau, « Le plus grand risque, c'est d'affaiblir la voix de la France », entretien accordé au *Figaro*, 20 mai 2019.

312. Erri De Luca, « Je me sens européen parce que je sens des racines », *Libération*, 18-19 mai 2019.

313. En détournant la célèbre formule de Léon Gambetta à propos de l'Alsace-Lorraine (discours de Saint-Quentin, 16 novembre 1871).

314. Épisode savoureux rapporté par Luuk van Middelaar, dans *Le Passage à l'Europe. Histoire d'un commencement*, Gallimard, coll. Bibliothèque des idées, 2012, p. 288-290.

315. Régis Debray, *L'Europe fantôme, op. cit.*, p. 42.

316. Je renvoie sur ce point à l'analyse de Gérard Le Gall, avec Bruno Cautrès, « Deux points de vue sur les principaux enseignements des européennes », *Revue politique et parlementaire*, n° 1091, avril-mai-juin 2019, « L'Europe et l'Union européenne, un couple impossible ? », p. 214-228.

317. Enquête « Les fractures françaises », *Le Monde*, IPSOS/Sopra Steria, en partenariat avec la Fondation Jean-Jaurès et Sciences Po Paris, *Le Monde*, 10 juillet 2018.

318. Sciences Po-CEVIPOF, Baromètre de la confiance politique, vague 10 (janvier 2019), Opinionway, « En qu(o)i les Français ont-ils confiance aujourd'hui ? ».

319. Sondage Odoxa-Dentsu Consulting pour *Le Figaro* et France Info, « L'Europe peine à convaincre », Clotilde Dumay, *Le Figaro*, 4 juillet 2019.

320. Selon un sondage YouGov pour le compte de l'European Council on Foreign Relations, cité par *Le Monde*, 18 mai 2019.

321. *Ibid.*

322. Ivan Krastev, *Le Destin de l'Europe. Une sensation de déjà-vu, op. cit.*, p. 92.

323. Enquête « Les fractures françaises », *op. cit.*

324. Jean-Baptiste de Montvalon, « Un "grand témoin" dans la campagne, Valéry Giscard d'Estaing », *Le Monde*, 5 mai 2005. L'ancien président prédisait, à cette occasion, une victoire du « oui » avec 53 % des suffrages.

325. Angela Merkel, entretien à la radio publique allemande, 1er septembre 2011.

326. Jean-Claude Juncker, « Pas question de supprimer la dette grecque », propos recueillis par Jean-Jacques Mével, *Le Figaro*, 28 janvier 2015.

327. Michel Rocard, « La loi Travail, une chance pour la France », entretien accordé au *Parisien*, 22 mars 2016.

328. Données tirées du site d'information « Toute l'Europe ».

329. Victor Hugo, *Les Misérables*, *op. cit.*, tome II, IIIe partie, « Marius », livre IV, chap. 4.

330. Jean Monnet, *Mémoires*, *op. cit.*, p. 488.

331. Cette dimension nouvelle de l'institution européenne est très bien mise en lumière, et en perspective, dans son livre important, *Quand l'Europe improvise. Dix ans de crises politiques*, *op. cit.*

332. Propos tenus le 24 janvier 1963 et rapportés par Alain Peyrefitte, *C'était de Gaulle*, *op. cit.*, p. 820.

III

FRANCEUROPE

« Le destin, c'est la politique. »

Napoléon Ier, rencontre avec Gœthe, 2 octobre 1808

L'amour de la Patrie est le premier amour
Et le dernier amour après l'amour de Dieu

Paul Verlaine, *L'amour de la Patrie, Bonheur* (1891)

CHAPITRE 1

Affronter le monde « tel qu'il est »

La rumeur avait enflé : la jeune fille aurait disparu. Abandonnant l'humanité à son sort, désertant le monde où celle-ci se débat, Clio se serait enfuie. La muse symbolisant l'Histoire dans la mythologie grecque s'était faite discrète, il est vrai, et certains esprits, emportés par leur inclination pour l'idéalisme, en avaient tiré cette conclusion, hâtive.

Elle n'avait pas quitté les hommes et encore moins renoncé à les guider ; allongée dans l'herbe, à l'ombre fraîche d'un vilain mur couvert de graffitis, elle ne s'était qu'assoupie. Quiconque avait gardé les yeux ouverts pouvait reconnaître ses attributs – sa clepsydre et son globe terrestre posés près d'elle, un volume à la main comme à l'accoutumée – et l'identifier sans hésitation ; ce discernement fut néanmoins la chose au monde la moins bien partagée, et la thèse selon laquelle les hommes devraient désormais vivre sans horizon autre qu'un présent perpétuel se répandit. Symbole de cet air du temps, un chercheur en science politique travaillant au sein du Département d'État américain, Francis Fukuyama, publia à l'été 1989 un article intitulé « The End of History ? », qui acquit une renommée inédite pour ce qui se révélerait n'être qu'une monumentale *fake news*. Si l'auteur avait pris la précaution de clore par un point d'interrogation le titre de son analyse, ce n'était que pure précaution rhétorique, tant son propos était net. Selon lui, le siècle qui s'achevait alors était marqué par « une victoire décomplexée du libéralisme économique et politique », provoquant ni plus ni moins que « la fin de l'Histoire en tant que telle : c'est-à-dire le point final de l'évolution idéologique de l'humanité et l'universalisation de la démocratie libérale à l'occidentale comme forme ultime du gouvernement humain[1] ».

Étrange conclusion, à moins de considérer que le massacre de la place Tiananmen, survenu quelques semaines auparavant, le 4 juin 1989, n'appartînt, lui aussi, à cette « forme ultime du gouvernement humain » dont l'avènement supposé était célébré par Fukuyama ; à condition, aussi, d'être frappé d'amnésie et d'avoir oublié « l'année sans pareille » que fut 1979, marquée par l'invasion soviétique de l'Afghanistan, la révolution des mollahs en Iran, le lancement des réformes économiques par Deng Xiaoping, le second choc pétrolier, les élections de Margaret Thatcher et Karol Wojtyla, autant d'événements majeurs qui allaient accoucher des tendances lourdes du monde qui est encore le nôtre : affirmations identitaires, émergence de l'islamisme politique et du terrorisme qui l'accompagne, ascension internationale de la Chine, révolution conservatrice. Nouvel exemple des propriétés à la fois aveuglantes et anesthésiantes de l'idéologie politique, en l'occurrence celle du mondialisme.

Dans ce « libéralisme économique et politique », dont il proclamait l'avènement universel et définitif, et qui, annonça-t-il, allait chasser l'Histoire de notre destin collectif, on pouvait identifier sans peine la « globalisation », surgie dans le débat public quelques années plus tôt, en 1983. Non seulement celle-ci l'emporterait sur le système communiste, mais elle était, selon lui, destinée à devenir l'horizon de l'espèce humaine tout entière. Dès l'automne de la même année, une sommité de Harvard, le professeur Samuel P. Huntington, vint doucher cet optimisme juvénile. Parue dans la même revue, sa réponse se concluait sous forme d'un avertissement cinglant : « Espérer une fin heureuse de l'Histoire est humain. Escompter qu'elle se produise est irréaliste. Fonder des plans sur sa survenue est désastreux[2]. » En vain ; rien n'y fit.

Le passé d'une illusion

L'erreur de jugement d'un homme devint le catéchisme de toute l'élite dirigeante occidentale. La méprise politique sur le sens historique à donner à l'émergence de la globalisation d'un universitaire fasciné par ses lectures de Hegel, Marx, Nietzsche et Kojève, devint la manne providentielle de tous ceux qui rêvaient d'un monde régi par la philosophie de Kant. Comblés d'aise de trouver un soubassement théorique – même sommaire et approximatif... – à leur vision irénique du monde, les globalisateurs de tout poil versèrent dans une étrange euphorie. Lorsque, le 9 novembre 1989, Clio, d'une chiquenaude, fit s'effondrer le mur de Berlin et, avec lui, le système soviétique, l'enthousiasme – légitime – atteignit son comble ; l'égarement politique aussi. Un des événements les plus décisifs du siècle qui s'achevait fut, en effet, interprété non comme ce qu'il était, la preuve de vie la plus éclatante de notre jeune fille, mais, contre toute raison, comme son acte de décès.

Tous en étaient convaincus et ne cessaient de le répéter : l'Histoire, avec ses passions, ses heurts, ses débordements, ses guerres, sa violence, ses accès d'irrationalité, allait définitivement quitter la scène, chassée par une nouvelle divinité – la globalisation.

Exit Clio ; place à Hermès.

La signification première de cette globalisation était celle d'un changement de paradigme pour les entreprises. Jusque-là enserrées dans les rets de réglementations et de barrières nationales, elles pourraient désormais s'en affranchir et considérer le monde entier – qu'elles contribueraient ainsi à unifier – comme un seul et même marché – un « marché global » –, produisant et vendant leurs produits là où bon leur semblerait, c'est-à-dire là où il serait le plus rentable pour elles de le faire. Une nouvelle division internationale du travail en résulterait, dans laquelle les États ne seraient plus envisagés que comme des « unités de production », soupesés et jaugés à l'aune de leur fiscalité et de leur droit du travail. Les plus offrants se verraient gratifiés de l'installation d'usines, les autres subiraient les « délocalisations ». L'explosion de la finance dérégulée joua un rôle décisif dans l'essor de ce nouvel âge du capitalisme dénommé globalisation. Grâce à la libéralisation des mouvements de capitaux, à la déréglementation et à l'unification des marchés financiers, il devint possible de déplacer des masses considérables et croissantes de capitaux et, ainsi, de s'affranchir de la loi des États, voire de tenir ceux-ci en respect en leur imposant une nouvelle loi, celle de la finance.

Selon ses zélateurs, ce bouleversement économique devait avoir un corollaire politique de taille : l'élargissement du monde, considéré comme une unification, devait emporter avec lui une harmonisation croissante des mœurs des « consommateurs », doublée d'un rapprochement des conceptions idéologiques des citoyens. Ces deux dimensions irréductiblement liées – économique et politique – devaient déboucher sur une seule et même perspective planétaire : l'utopie de la fin des Temps, celle de l'intégration de l'ensemble des nations dans une même communauté. Le monde serait dorénavant un et ne constituerait plus qu'un « village planétaire ». La globalisation consacrerait à la fois la victoire du marché et celle de la démocratie. Ainsi l'ère de la *démocratie libérale* serait ouverte, se réjouissait-on, un nouvel âge d'or serait offert à l'humanité entière. Présentée comme irréversible, cette dynamique d'intégration fut résumée dans le mythe de la « convergence », celle des économies et des sociétés, que le rapprochement des points de vue et des références devait produire. On devait ainsi assister à un inexorable évanouissement des identités – qu'elles fussent culturelles, politiques ou religieuses. Transformée en un unique terrain de jeux pour sept milliards d'êtres humains où tout – informations, marchandises, capitaux – s'échangerait dans la plus grande fluidité, la Terre en deviendrait même « plate » : Thomas Friedmann, un des chroniqueurs vedettes de la gazette des mondialisateurs, le *New York Times*, avait proclamé cette « bonne nouvelle[3]. »

Politique et économie devaient marcher d'un même pas dans une seule et même direction : la globalisation. Un marché « global », une démocratie « globale ». Une finance « globale », un droit « global ». L'horizon de l'humanité en serait unifié. Tous les phénomènes devaient tendre vers une même perspective : un monde désormais débarrassé de la force et régi par le droit, d'où la politique aurait été expulsée et remplacée par la norme. Tout conflit pourrait se régler par la négociation et le recours à la justice ou à l'arbitrage. Le marché et la démocratie, devenus dorénavant des valeurs universellement partagées, des valeurs « libérales », rationnelles, devaient pour cela s'imposer logiquement à tous les hommes et toutes les nations. L'extension continue pendant quinze ans du commerce international, à partir de la création de l'Organisation mondiale du commerce (OMC), en 1995, et l'innovation institutionnelle et juridique que constitua la mise en place de la Cour pénale internationale (CPI), en 2002, contribuèrent grandement à enraciner cette vision utopique. Cette époque fut comprise et célébrée par la plupart comme l'« âge d'or du multilatéralisme », la marche d'une humanité rassemblée, ayant surmonté ses divisions, vers un même progrès construit par le libéralisme. Une nouvelle tour de Babel.

Ce n'était qu'une illusion, une tragique – ou comique, c'est selon – illusion.

« Le soleil et les étoiles ne rapportent aucun dividende »...

Car durant ces presque quarante années, le monde aura, en réalité, vécu sous le régime et subi la loi de l'« hyperglobalisation », pour reprendre le néologisme évocateur de Dani Rodrik[4]. Hyperglobalisation, car, derrière les discours lénifiants sur la « mondialisation heureuse », se dissimulait une globalisation poussée à l'extrême. Plus qu'un modèle économique, un système complet, total, culturel, sociologique, et même anthropologique, fondé sur le mouvement permanent, l'exaltation de la mobilité, l'ouverture complète des frontières, le nomadisme érigé en modèle, un « sans-frontiérisme » intégral – Ivan Krastev résumerait cette mutation d'une formule frappante : « Les visages de Janus de la globalisation sont ceux du touriste et du réfugié[5]. » Fondé aussi sur la loi d'airain du profit maximal s'imposant à tous et partout, l'extension du calcul financier à tous les domaines de la vie, la transformation d'*homo sapiens* en *homo œconomicus*, l'entrée de l'humanité dans le « cauchemar de comptable » que dénonçait Keynes dès 1933, lorsqu'il constatait que « la même règle autodestructrice du calcul financier régit tous les aspects de l'existence. Nous détruisons la beauté des campagnes parce que les splendeurs de la nature, n'étant la propriété de personne, n'ont aucune valeur économique. Nous serions capables d'éteindre le soleil et les étoiles parce qu'ils ne rapportent aucun dividende[6] ». Quel commentaire confierait le bon maître de Cambridge à son amie de Bloomsbury, Virginia Woolf, s'ils avaient tous deux vécu assez vieux pour voir, de leurs yeux, le spectacle de notre monde ?

L'hyperglobalisation ou le visage contemporain du capitalisme de toujours. Du vin ancien dans une outre nouvelle. Mais un vin plus fort, étant monté à la tête de beaucoup. Dopé à la finance et à la dérégulation, un capitalisme dansant quotidiennement sur le volcan de mouvements de capitaux gigantesques, déconnectés de toute économie réelle, se déplaçant à une vitesse inférieure à la seconde, à la recherche permanente de la meilleure rentabilité. Un capitalisme poussant la cupidité à son comble en organisant, grâce à l'effondrement apparent du coût des transports aérien et maritime – payé en réalité du prix d'une pollution croissante – et à l'Internet, la destructuration de la fabrication d'une marchandise en dizaines de tâches, chacune confiée à un pays précis, sur le seul critère du coût de revient. Une étude de l'université d'Oxford a ainsi établi qu'un véhicule de marque Toyota était constitué de pièces usinées par 2 192 sous-traitants différents[7]. Un capitalisme baptisant le résultat de cette division internationale du travail poussée à son terme, de cet éclatement du processus de production, d'un nouvel exemple de ces formulations euphémiques dont les partisans de la globalisation ont le goût : « chaîne de valeur ».

Un capitalisme prédateur, s'appropriant toute chose, transformant tout en ressources : les matières premières, les espèces animales et végétales, les minéraux, le vivant, les économies, les États, les peuples, les hommes, leurs identités, leurs informations personnelles, leurs vies, l'humanité même. Un Moloch insatiable et dévorateur. Un capitalisme se gavant d'énergies fossiles bon marché et considérées comme éternelles. Un capitalisme vorace et absurde, creusant les entrailles de la Terre afin d'en extraire des ressources prétendument infinies, alors qu'elles sont limitées, pour les expulser ensuite dans l'atmosphère, nous punissant ainsi deux fois : par l'épuisement de la Nature et par le réchauffement du climat.

Un capitalisme souillant la planète, dégradant ses paysages, facilitant, par la déforestation et les hyper-concentrations urbaines, les franchissements des barrières d'espèces, favorisant ainsi le développement des anthropozoonoses, telle la pandémie de SARS-CoV-2 (ou Covid 19). Un capitalisme dépréciant tous les biens communs – services publics, infrastructures de transport ou de communication, qualité de l'environnement –, sans lesquels il ne pourrait pourtant exister et encore moins prospérer, les tenant pour quantité négligeable. Un capitalisme qui, aujourd'hui, comme l'a résumé parfaitement Gaël Giraud, « connaît le coût de toute chose, mais la valeur de rien[8] ».

Se dissimulant derrière les arguments du « bon sens » – « un sou est un sou », « il faut gérer le budget de l'État en bon père de famille », « chaque pays doit se concentrer sur ce qu'il sait faire le mieux », « pourquoi constituer des stocks si l'on peut se contenter de recourir à des flux », « l'argent que les riches dépensent profite aux pauvres » –, l'hyperglobalisation constitue en vérité un régime économique et politique de nature *extrémiste*. Pour le signifier avec les mots d'Alain Supiot : « La globalisation porte donc à son point extrême la dynamique du capitalisme, en privant la vie humaine de toute garantie de sécurité et de stabilité[9]. » Synonyme d'hyper-réchauffement climatique, d'hyper-pollution des sols, des airs et des eaux, d'hyper-aggravation des inégalités sociales et patrimoniales, d'hyper-destruction des emplois industriels dans les pays de l'OCDE, d'hyper-segmentation des tâches productives, d'hyper-spécialisation du commerce mondial, d'hyper-division internationale du travail, d'hyper-fragilité du système économique par conséquent, et, enfin, d'hyper-dépendance à la Chine.

Pour le « meilleur », d'abord, pour le pire, rapidement, un pays était devenu, en effet, le cœur de cette hyperglobalisation : la Chine.

L'hyperglobalisation : la Chine au cœur

En 2001, par aveuglement idéologique, l'OMC a organisé l'entrée en son sein de ce colosse de 1,4 milliard d'habitants, sans s'assurer du respect par celui-ci des règles de la vie économique internationale, livrant le grand marché européen, et le reste du monde, à ses appétits commerciaux, alors même que ses entreprises demeuraient inaccessibles, sans exiger de lui la convertibilité de sa monnaie – qu'il a pu, par conséquent, continuer à manipuler à sa guise –, sans aucune contrepartie véritable, donc. L'invraisemblable asymétrie économique qui résulta de cette abdication en bonne et due forme représenta plus qu'un tournant dans l'histoire de la globalisation : une rupture, qui dénatura celle-ci, lui conféra son caractère extrême et extrémiste, et la transforma en hyperglobalisation. Cette décision provoqua aussi un basculement du monde vers l'Extrême-Orient et une perversion du projet multilatéraliste porté par l'institution genevoise.

On peut voir dans cette faute politique majeure le fruit du cynisme des dirigeants de l'époque : les globalisateurs se moquaient et se moquent toujours bien que la Chine soit une dictature, exploitant férocement la force de travail de millions de personnes jetées en prison ou de paysans arrachés à leurs terres à l'occasion du plus colossal exode rural organisé qu'ait connu l'humanité, que sa croissance accélérée se fasse au détriment des industries européennes et américaines, entraînant la désarticulation des sociétés occidentales, et qu'elle soit une des sources de pollution et de réchauffement climatique les plus importantes de la planète, du moment qu'elle était et demeure l'« usine du monde ». Ainsi, Xi Jinping a-t-il été reçu comme une vedette, célébrée et applaudie, lors du Forum économique de Davos – la grand-messe de la globalisation – en janvier 2017.

Tout autant de leur naïveté, celle en l'occurrence d'avoir pu imaginer qu'en entrant dans la ronde des échanges internationaux, la Chine allait changer, se « normaliser » – l'attribution de l'organisation des Jeux olympiques de 2008 à Pékin ayant eu, à cet égard, valeur de symbole. Faisant montre d'ingénuité, ils oublièrent le nationalisme virulent et le communisme, dissimulé derrière un capitalisme d'État, de ce pays encore « rouge vif[10] ». Un régime dictatorial, ignorant les valeurs de liberté au cœur de nos sociétés et ayant fait le choix d'asseoir son développement économique à marche forcée sur le vol de technologies. Un pays n'ayant décidé de rejoindre les institutions du système multilatéral que pour les investir et les pervertir de l'intérieur, conformément à sa vision impérialiste du monde, cherchant à substituer ses propres valeurs à celles des Nations unies. Après avoir été le principal bénéficiaire de l'hyperglobalisation occidentale – de 1980 à 2020, en quarante ans, son PIB a été multiplié par 30 et, entre 2008 et 2020, il a progressé, tous les deux ans, de l'équivalent de la croissance d'un sous-continent comme l'Inde ![11] –, la Chine a décidé non de mordre la main qui l'avait nourrie, mais de dévorer son bienfaiteur, de prendre la place de l'Occident et de façonner un nouvel ordre du monde : le sien.

Avant même que les crises sanitaire et économique provoquées par la pandémie de Covid-19 ne révèlent à tous ces candides la vraie nature de la Chine et de son régime, la vision irénique de la globalisation – la « fin de l'Histoire » – avait été ramenée à sa réalité, celle d'une pure conjecture, par une série d'événements majeurs : le retour de la guerre – celle du Golfe en 1992, celle sur le sol européen, en Yougoslavie, en 1994 – et celui du massacre de masse – l'atroce génocide perpétré sur la minorité tutsi au Rwanda (avril-juillet 1994) –, l'irruption fracassante, le 11 septembre 2001, du terrorisme islamiste – provoquant la guerre en Afghanistan et l'invasion de l'Irak en 2003 –, l'éclosion des « printemps arabes » en 2011 et la guerre civile en Syrie qui s'ensuivrait, l'émergence d'un « califat islamique » en 2013, l'annexion de la Crimée par la Russie en 2014. Un temps perdue de vue, la vérité est en effet tout autre : tant qu'il subsistera des multitudes humaines différentes et diverses, à la fois désireuses – pour préserver leur identité – et contraintes – afin de garantir leur sécurité – d'assurer leurs sorts respectifs, tant que la politique perdurera, donc, la perspective d'une « fin de l'Histoire » ne sera qu'une chimère, un aveuglement collectif et un égarement idéologique. Une construction imaginaire dont l'architecte principal aura été l'Europe.

L'« euro-globalisation »

On ne connaît que trop bien le récit officiel : venue du monde anglo-saxon, et en particulier de l'École de Chicago – qui théorisa le monétarisme et la déréglementation financière –, issue de la « révolution conservatrice » du début des années quatre-vingt – provoquée par les élections de Margaret Thatcher en 1979 et de Ronald Reagan en 1981 –, une « vague libérale » aurait déferlé sur le monde, puis, après la chute du mur de Berlin en 1989 et l'effondrement de l'URSS en 1991, l'aurait submergé. Cette fable a été déconstruite magistralement par Rawi Abdelal, professeur à Harvard, dont nous reprenons ici les principales conclusions. C'est l'Europe – aimant à se présenter comme une brebis innocente – qui a inventé la globalisation, et non le grand méchant loup anglo-saxon. Loin d'être le « rempart contre la mondialisation » qu'elle prétend incarner, elle en fut la matrice ; et son œuvre ne fut pas de contribuer à la « maîtrise de la mondialisation », comme se plaisait à le répéter Jacques Delors, mais, au contraire, d'en avoir organisé le déchaînement[12].

Abdelal l'a établi sans ambages : « L'UE s'est donné les règles les plus libérales qu'on puisse imaginer. Elles reposent sur le principe *erga omnes* : les capitaux en provenance des pays tiers et vers eux sont censés circuler aussi librement que les flux intra-européens. Ont été obligés de se conformer à cette liberté absolue de circulation non seulement les États membres les moins libéraux (Italie, Irlande, Espagne, Portugal et Grèce), mais aussi les dix États qui ont rejoint l'Union en 2004 [...]. Le "régionalisme ouvert" de l'Union a été et reste une grande force de libéralisation de la finance mondiale. Seul le caractère ouvert de la construction européenne a rendu possible la période de mondialisation que nous vivons. Une "mondialisation" sans les vingt-cinq États de l'Union ne pourrait guère être qualifiée de mondiale[13]. »

Au sein de l'Europe, Abdelal a souligné la responsabilité particulière de la France, qui, après 1983, avait initié la relance européenne. Et celle des Français – Delors, Lamy – à la tête des institutions de Bruxelles. C'est bien la Commission présidée par Delors qui a imposé, par la directive – décisive – du 24 juin 1988, la libéralisation des mouvements de capitaux en Europe et, ainsi, provoqué l'emballement de la financiarisation mondiale. Une explosion de la finance sans laquelle la globalisation économique n'aurait jamais pu étendre son emprise sur la planète entière : « Ce ne sont pas les États-Unis qui ont mené le combat pour institutionnaliser les règles et les obligations d'un marché financier libéral. Les Français n'y ont pas été forcés par les États-Unis ; au contraire, ce sont eux qui ont pris la tête du mouvement [...]. L'approche américaine consiste à faire avancer la mondialisation unilatéralement et bilatéralement, avec des dispositifs et des politiques *ad hoc*, au coup par coup. On ne saurait comprendre la trajectoire suivie par la mondialisation de la finance en termes de conspiration, et encore moins de conspiration ourdie par les décideurs publics et les banquiers américains. En effet, sur ce point, la seule convergence décisive des visions libérales était à Paris. C'est le "consensus de Paris", et non celui de Washington, qui est avant tout responsable de l'organisation financière mondiale telle que nous la connaissons aujourd'hui, c'est-à-dire centrée sur les économies développées de l'UE et de l'OCDE, et dont les codes libéraux constituent le socle institutionnel de la mobilité des capitaux[14]. »

La conclusion de cet activisme idéologique sans précédent ? « Certes, cette évolution est le résultat d'une confluence d'événements, mais elle n'a pu se faire que grâce à l'intervention décisive de trois personnages : Jacques Delors (UE), Henri Chavranski (OCDE) et Michel Camdessus (FMI). Ces trois hommes ont en effet proposé ou appuyé activement l'adoption de règles libérales par leurs organisations respectives et ont participé à la rédaction définitive des nouvelles dispositions. Sans eux, un consensus en faveur de la codification de la norme de la mobilité des capitaux aurait été inconcevable. Delors, Chavranski et Camdessus ont beaucoup de points communs, mais il en est un qui saute aux yeux : ils sont français [...]. Lorsqu'ils quittèrent leurs postes respectifs, Chavranski en 1994, Delors en 1995 et Camdessus en 2000, ces trois Français avaient profondément influencé leurs organisations et laissaient l'UE, l'OCDE et le FMI beaucoup plus libéraux qu'ils ne les avaient trouvés[15]. »

Enfin, c'est la Commission européenne qui a fait le « forcing » pour créer l'OMC, venue remplacer le GATT le 1er janvier 1995. Et c'est Pascal Lamy, directeur de cabinet de Jacques Delors, qui était alors à la manœuvre, avant de devenir ensuite, de façon hautement symptomatique, commissaire européen au commerce (1999-2004) et, enfin, consécration d'une carrière au service de l'euro-globalisation, directeur général de cette OMC qu'il avait portée sur les fonts baptismaux (2005-2013). Sur le plan idéologique, il existait et il subsiste une convergence profonde du projet européen avec celui de la globalisation, marquée par la prégnance de la finance, la place centrale accordée au commerce international et la sacralisation de la concurrence économique. Davantage même, il convient de relever la congruence entre le mondialisme et l'européisme, entre le multilatéralisme visant l'inclusion des nations dans un monde commun et l'idée de l'intégration européenne – les deux allant de pair et se renforçant l'un l'autre. Dans l'esprit de ses laudateurs, la globalisation consistait à réaliser à l'échelle du monde ce que l'Union européenne avait engagée pour elle-même : une forme d'harmonisation et d'unification par le droit et le marché.

Une fois n'est pas coutume, marquons donc notre désaccord avec Hubert Védrine : ce n'est pas une « américano-globalisation » qui a saisi le monde dans les années quatre-vingt et qui le mène par le bout du nez depuis[16]. Mais une « euro-globalisation », et même une « franco-globalisation ». Que l'ancien collaborateur et intime de François Mitterrand, gardien du temple désormais, détourne pudiquement les yeux d'une réalité qu'il connaît pourtant fort bien, est chose humaine. Restent les faits et ils sont éloquents.

L'« idéologie OMC »

Dans ce mouvement d'unification définitive du monde et de l'humanité, un acteur devait tenir un rôle crucial, notamment en faisant progresser de concert l'économie et la politique : le commerce.

Montesquieu a consacré deux livres et quarante-six chapitres de *L'Esprit des lois* à détailler les vertus de cette activité humaine, dans laquelle il voyait un agent du progrès de la civilisation tout entière : « Le commerce guérit des préjugés destructeurs et c'est presque une règle générale que, partout où il y a des mœurs douces, il y a du commerce ; et que, partout où il y a du commerce, il y a des mœurs douces. Qu'on ne s'étonne donc point si nos mœurs sont moins féroces qu'elles ne l'étaient autrefois. Le commerce a fait que la connaissance des mœurs de toutes les nations a pénétré partout : on les a comparées entre elles ; et il en a résulté de grands biens. On peut dire que les lois du commerce perfectionnent les mœurs [...] il polit et adoucit les mœurs barbares, comme nous le voyons tous les jours. L'effet naturel du commerce est de porter à la paix. Deux nations qui négocient ensemble se rendent réciproquement dépendantes [...] l'esprit de commerce unit les nations[17]. » Pour lui, comme pour tous les tenants du libéralisme après lui, le commerce représente plus qu'un facteur de prospérité et d'enrichissement : incitant les hommes à la tolérance, à la pondération, à l'ouverture et à la mesure, il devient une disposition d'esprit concourant à la concorde entre les nations. Plus tard, Emmanuel Kant irait jusqu'à imaginer que le commerce remplace un jour la guerre.

Avec la chute du mur de Berlin en 1989 et la fin de la guerre froide qu'elle signifiait, avec l'extension de ce « doux commerce » vanté par Montesquieu[18], avec la création de l'OMC en 1995, l'humanité serait débarrassée des passions politiques, le jeu international transformé et apaisé : telle fut la vision lénifiante qui s'imposa. Le commerce ne participerait pas seulement du libéralisme – dont il serait devenu un des paradigmes centraux –, mais encore de l'universalisme et de l'une de ses figures essentielles : le multilatéralisme. Peu importa alors que l'on sût, depuis longtemps, depuis Colbert au moins, que le commerce fut également l'un des instruments de la puissance des États, à ce titre porteur de conflits économiques, politiques et même militaires, que la conquête de nouveaux marchés n'était pas toujours pacifique et que la « guerre commerciale » au sens figuré parfois tourna au sens propre. Oubliée, la leçon de Napoléon qui mania l'« arme commerciale » lors de l'épisode du blocus continental contre l'Angleterre (1806-1814) : l'échange ne serait plus considéré que comme la première des « armes de la paix » – pour reprendre la formule de Samuel Pisar[19]. À l'image des libre-échangistes du XIXe siècle, les partisans de l'ouverture sans frein du commerce international se voyaient et se vivaient comme travaillant au bien de l'humanité, continuant à creuser le sillon ouvert par leurs aïeux et, comme eux, « ils croyaient, finalement, être les amis et les garants de la paix, de la concorde et de la justice économique entre les nations, et que, grâce à eux, partout se répandraient les bienfaits du progrès », ainsi que les jugeait Keynes[20].

Se développa de façon irrésistible ce que Hubert Védrine a appelé l'« idéologie OMC[21] », celle de la dérégulation sociale au nom de l'extension sans fin du commerce international, celle de la contestation de toute forme de souveraineté économique, et même politique. Une idéologie dont le principal et plus zélé serviteur a été, depuis trente ans, l'Union européenne. À l'origine de la naissance de l'OMC, celle-ci n'a cessé de négocier et de conclure, au nom de tous les États membres, des accords de libre-échange. Encore récemment, et en dépit de la contestation croissante des dégâts environnementaux et sociaux provoqués par cette extension continue du commerce international, le traité avec le Mercosur (Brésil, Argentine, Uruguay, Paraguay) a été signé le 28 juin 2019. Qu'importe que le Brésil soit le deuxième plus gros producteur de bœuf au monde, que cet élevage intensif soit un des facteurs de déforestation en Amazonie, que les contrôles sanitaires soient insuffisants et les dispositions sur l'environnement dudit traité non contraignantes : l'accord sera défendu par Pascal Lamy, affirmant qu'il « va empêcher M. Bolsonaro de déforester [*sic*] l'Amazonie[22] ».

Et que dire du CETA, conclu avec le Canada, « l'un des pires élèves du G20 », comme le qualifie fort justement Nicolas Hulot, contre lequel s'éleva, en octobre 2016, sauvant ainsi l'honneur de la gauche et de l'Europe, Paul Magnette, ministre-président de la Wallonie ? Sinon, comme l'a déclaré ce dernier, en obtenant sa renégociation, qu'il était le résultat de l'« aveuglement idéologique » de la Commission. Une idéologie d'un autre âge, celui du XIXe siècle, remise au goût du jour par les inventeurs de la globalisation ; une idéologie désormais caduque, alors que la transition écologique s'impose ; une idéologie dans laquelle s'enferre Bruxelles, qui s'acharne à signer des accords commerciaux de ce type, avec le Japon (1er février 2019) et le Vietnam (20 juin 2019), et qui réaffirmait encore, en 2020, imperturbable, son credo, par la voie de son commissaire au commerce : « L'Union européenne doit rester ouverte sur le monde[23]. » Au gré de ces accords successifs de libre-échange voulus par l'élite agissante du libéralisme, de financière la globalisation est devenue la mise en concurrence des économies, des salaires, des fiscalités, des protections sociales, des peuples, des hommes, de leurs vies.

Ouverture continue des marchés, transport des hommes et des marchandises hors de toute raison, tourisme de masse poussé à un niveau sans précédent, océans sillonnés par des porte-conteneurs géants affrétés pour gagner quelques euros sur la « valeur » des marchandises transportées, ciel du monde hyperglobalisé traversé par 200 000 vols quotidiens, soit 5 milliards de passagers aériens par an, aliments parcourant parfois 10 000 kilomètres avant de se retrouver sur les étals de nos marchés : la mobilité extrême fut érigée en valeur suprême. Une valse perpétuelle dont peu se doutaient qu'elle tournerait à la danse macabre.

« Les Tartares et les voisins »

Avec la crise financière de 2007-2008, qui conduisit les gouvernements à sauver les banques privées avec des subventions publiques, c'est-à-dire avec les impôts des contribuables, sonna l'heure du début de la fin de l'hyperglobalisation. Ainsi, alors qu'ils atteignaient 25 % du PIB mondial, les mouvements de capitaux décrurent pour ne plus en représenter que 6 % aujourd'hui, décélération attestant du dégonflement partiel de la bulle financière constituant le socle nourricier de cette hyperglobalisation. Croissant longtemps plus vite que le PIB mondial, le commerce international progresse désormais au même rythme que celui de la production industrielle, c'est-à-dire qu'il stagne : 3 % en 2018, – 0,1 % en 2019. Autre facteur de contraction de l'hyperglobalisation : les coûts de production dans les pays émergents augmentent continûment – de plus de 20 % par an en Chine, en particulier. L'« usine du monde » devient de plus en plus chère… L'âge d'or de la globalisation (1990-2010) a ainsi laissé place à une nouvelle ère, marquée par un ralentissement prononcé de ce phénomène, rebaptisée pour cette raison par *The Economist*, temple de la pensée libérale, *slowbalisation*[24].

Déjà en cours de rétrécissement sur le plan économique, l'hyperglobalisation s'est vue durement contestée et remise en cause du point de vue politique. Présentée par ses laudateurs non seulement comme une force de progrès, mais comme la principale figure du progressisme, un jeu à somme positive, « gagnant-gagnant », « *win-win* », comme aiment à le répéter les managers qui nous gouvernent – d'où le slogan de la « mondialisation heureuse » –, l'hyperglobalisation a fini par montrer son vrai visage : celui du « triomphe de la cupidité[25] », pour reprendre le jugement du prix Nobel d'économie Joseph E. Stiglitz ; celui, aussi, d'une compétition économique et commerciale acharnée entre États, de sociétés industrielles écartelées socialement par d'énormes inégalités de revenus et de patrimoine et, politiquement, par la sécession de leurs élites. Les « perdants de la mondialisation », les plus nombreux, ont pris conscience de la supercherie et sont venus grossir les rangs d'un « populisme » nourri de leur frustration et de leur colère. Partout dans le monde, les foyers de révolte populaire ont allumé leurs feux.

Les « gens de quelque part » se sont dressés dans les urnes, puis dans les rues, pour s'insurger contre les ravages de « l'euro-globalisation ». Devant le spectacle de cette « rébellion », les « gens de partout » rétorquèrent que ces égarés ne comprenaient décidément rien à rien, qu'il s'agissait là d'une œuvre humaniste – la preuve : elle avait sorti le monde de la misère. Ainsi, parmi tant d'autres, de Philippe Aghion, la défendant en un discours bien rodé : « La mondialisation a, certes, eu tendance à précariser le travail. Elle a exacerbé certaines inégalités et détérioré l'environnement. Mais fermer nos frontières, c'est priver les pays émergents du principal levier pour améliorer leur niveau de vie[26]. » Invoquer l'amélioration du sort des lointains pour justifier la dégradation des conditions de vie des proches – de tous, en matière de pollution et de réchauffement climatique : telle est l'*ultima ratio* des globalisateurs. Il est vrai que l'extrême pauvreté (part des personnes disposant de moins de 1,9 dollar par jour pour vivre) a, selon la Banque mondiale, reculé, passant de 40 % en 1990 à moins de 10 % aujourd'hui, alors qu'il y a 2 milliards d'humains en plus sur Terre. Entre 2000 et 2020, 1,1 milliard d'individus, appartenant principalement à la région Asie-Pacifique, ont quitté leur condition misérable. Voilà ce qui conférerait à la « mondialisation » son caractère « heureux ».

Heureux pour qui ? Sans aucun doute pour la « vaste classe moyenne chinoise » – dont l'essor fut tant célébré par les tenants de la globalisation ; pour « les producteurs brésiliens de poulets » et « les producteurs rwandais de fleurs », chers à Pascal Lamy[27], aussi ; pour les classes moyennes et supérieures, éduquées et diplômées, des sociétés occidentales, les « gens de partout », enfin. « Pour les pauvres des pays pauvres et les riches des pays riches », selon le verdict sans appel d'Hubert Védrine[28]. Quant aux « pauvres des pays riches », les « gens de quelque part », il y a bien longtemps que les élites converties au mondialisme se succédant au pouvoir, en France et en Europe, depuis plus de trente-cinq ans, ne s'intéressent plus à eux ; elles ont détourné leur regard de ces manants qui, il est vrai, n'ont pas l'avantage d'être exotiques, mais vivent ici, dans nos quartiers populaires surpeuplés ou dans nos campagnes abandonnées. Les globalisateurs et les européistes d'aujourd'hui sont les héritiers de l'aristocratie de la fin du XVIIIe siècle, celle dont Rousseau démasqua l'hypocrisie : « Défiez-vous de ces cosmopolites qui vont chercher loin dans leurs livres des devoirs qu'ils dédaignent de remplir autour d'eux. Tel philosophe aime les Tartares, pour être dispensé d'aimer ses voisins[29]. » Émouvant humanisme se détournant du sort de ses concitoyens nécessiteux.

Reste la question essentielle : qui donc a décidé de ce bonheur nouveau ? Et de quel droit ? Au nom de qui ? Avec quelle légitimité ? Selon quelle procédure ? Qui a voté pour choisir cette politique qui prend aux ouvriers des pays industrialisés pour donner aux miséreux des « pays émergents » ? Quel peuple européen a seulement même été informé de ce choix ? Lors de quelle élection aurait-il été consulté ? Quand cette « grande transformation » du monde a-t-elle été débattue collectivement, examinée, discutée, approuvée démocratiquement ? Et où, dans quelle enceinte publique ? À Harvard, au Collège de France, dans les « think tanks » progressistes qui se sont succédé, puis empilé, depuis la création de la Fondation Saint-Simon en 1982, au Berlaymont, siège de la Commission européenne, dans le salon Doré de l'Élysée ou dans les couloirs feutrés de l'OCDE, certainement ; mais dans aucun parlement national ni lors d'aucune votation populaire d'aucun pays européen. Admirable philanthropie faisant si peu de cas de la plus élémentaire démocratie.

Sans aucun doute, le monde est-il aujourd'hui meilleur pour des centaines de millions de Chinois ; mais le progrès social et l'essor de la Chine sont du ressort des dirigeants de ce pays, et non de la responsabilité de ceux d'Europe. Ce sont pourtant ces derniers qui, en enclenchant l'engrenage du système maastrichtien ou en y accédant, ont inventé ou accompagné une hyperglobalisation qui fait le malheur de nombre de leurs compatriotes, pour faire le bonheur (relatif) de personnes vivant à des milliers de kilomètres de Bruxelles, de Rome ou de Paris. Sans aucun mandat pour le faire. À l'abri du regard des citoyens. Exonérés de tout contrôle démocratique. Les temps changent, toutefois. Même un globalisateur en chef, comme Tidjane Thiam, ancien président de Crédit Suisse, doit le concéder : « On ne peut se contenter de défendre la mondialisation au nom de la sortie de la pauvreté de milliards de gens dans les pays en développement. Il faut aussi apporter des réponses ; et une meilleure redistribution à ceux qui en sont parfois les victimes, parce qu'il y a des conséquences négatives et il ne faut pas les mettre sous le tapis[30]. » Quand, dans la même année 2016, survinrent le référendum britannique en faveur du Brexit (le 23 juin) et l'élection de Donald Trump à la présidence des États-Unis (le 8 novembre), chacun comprit qu'avec ces deux événements politiques la remise en cause de l'hyperglobalisation avait pris un tour définitif. L'année 2020, celle d'une crise sanitaire inédite, allait le confirmer.

Le monde aux temps du corona, ou la fin de l'hyperglobalisation

Avec la pandémie du coronavirus, la fin de l'hyperglobalisation semble actée. Le vent idéologique a tourné. Les absurdes transports de marchandises sont désormais compris comme ce qu'ils sont : absurdes, et en contradiction ouverte avec l'impératif de transition écologique. L'hyperglobalisation est envisagée désormais comme ce qu'elle est : une force sauvage et non la promesse d'un monde meilleur.

Reposant sur l'hyper-connexion, elle a révélé au grand jour son hyper-fragilité constitutive, qu'une particule virale de 100 nanomètres a dévoilée à la planète entière. Lorsqu'une chaîne de production globale – rebaptisée euphémiquement « chaîne de valeur » – est constituée de plusieurs dizaines de maillons, si l'un d'entre eux cède, alors tout le circuit d'approvisionnement est interrompu. Et lorsque 4 ou 5 milliards d'êtres humains sont constamment connectés via les réseaux sociaux, le cerveau collectif qu'ils constituent ainsi – d'où jaillissent en jet continu les idées les pires comme les meilleures – rend acrobatique le travail des gouvernements, quand il ne sape pas leur légitimité même.

Exaltant le mouvement extrême – celui des personnes, des biens, des capitaux –, elle a désormais mis le monde à l'arrêt. Construite sur le culte de la mobilité, elle a débouché sur la paralysie de la planète. Centrée sur le multilatéralisme, elle n'a pu empêcher un affaiblissement continu de celui-ci, avant de le voir renié par trois des plus grandes puissances économiques – les États-Unis, la Chine, la Russie –, usant respectivement du retrait, de la dénaturation et du cynisme.

Promouvant l'effacement des frontières et l'ouverture continue des marchés, elle a abouti au retour des barrières et des douaniers, à la guerre commerciale et à un regain du protectionnisme. Fondée sur la recherche effrénée du profit maximal et du moindre coût par l'usage poussé à l'extrême de la « chaîne de valeur », elle a découvert, stupéfaite, une autre chaîne, celle des risques.

Vantant la solidarité entre nations, elle a conduit l'Europe et les États-Unis à une incroyable dépendance à l'égard de l'Asie. Des secteurs stratégiques entiers échappent ainsi aux souverainetés économiques des grands pays industrialisés occidentaux : 80 % des principes actifs entrant dans la composition des médicaments sont ainsi sous-traités à deux pays seulement, la Chine et l'Inde ; en France, seuls 20 % des médicaments et 17 % des vaccins sont fabriqués sur le territoire national ; 90 % de la pénicilline et du paracétamol sont importés de Chine.

Prétendant incarner l'idée de Raison dans la vie économique, et se présentant, à ce titre, comme le seul système de production et de répartition des richesses fiable et viable, elle a montré l'ampleur de ses vulnérabilités et révélé sa vraie nature : déséquilibrée, instable, absurde, extrémiste.

Devant le spectacle révoltant de la cupidité des capitalistes comme de la soumission des politiques, l'accord doit désormais se faire sur la nécessité de relocaliser les industries stratégiques, à commencer par celle de la santé – production des médicaments essentiels, des masques et des respirateurs. La vulnérabilité de nos économies et de nos sociétés, aggravée par l'hyperglobalisation, et connue de tous dorénavant, doit conduire à un sursaut collectif : « déléguer notre alimentation, notre protection, notre capacité à soigner, notre cadre de vie, au fond, à d'autres est une folie. Nous devons en reprendre le contrôle », ainsi que l'a souligné Emmanuel Macron[31]. « *Take back control* » : l'argument central du « populisme » dans la bouche d'un président de la République ardent européiste, ou la fin annoncée de l'hyperglobalisation.

La fin de l'hyperglobalisation – entendue comme la fuite en avant financière, économique et commerciale du monde – et non la fin de la globalisation. La fin d'une idéologie, donc, et non celle d'un moment de l'histoire humaine. Une hyperglobalisation qui, selon le jugement d'Emmanuel Macron, avait « atteint la fin de son cycle » et « sapait la démocratie ». Le « profond choc anthropologique » provoqué par la crise du coronavirus entraînera un « changement de nature de la globalisation dans laquelle nous avons vécu ces quarante dernières années », affirme ainsi le président français[32]. Nous assisterons à une déglobalisation relative, ou, pour reprendre le drapeau des partisans du réalisme économique – Walden Bello et Arnaud Montebourg –, à une « démondialisation » partielle, une forme de retour à la normale après trois décennies de folie et d'excès. À la fragmentation de l'économie mondiale en grandes zones économiques partageant une même influence principale, aussi – ce que Jean-Pierre Chevènement a qualifié de « recomposition géopolitique du capitalisme[33] » –, dont la désintrication des économies américaine et chinoise, la fin de la « ChinAmérique », constitue le premier temps. Au rétablissement d'une souveraineté économique nationale et, dans certains secteurs, à l'établissement d'une protection commerciale européenne, enfin, permettant de mettre un terme à l'insupportable dépendance à l'égard de la Chine. Soit l'atterrissage de l'économie mondiale de façon raisonnable et raisonnée. Et puisque les yeux semblent se dessiller, et que même les européistes galonnés, tel le haut représentant de l'UE pour les affaires étrangères, s'interrogent ouvertement : « Faut-il devenir protectionniste ? Non. Mais il faut se protéger[34] », retournons-leur le compliment : fallait-il devenir libre-échangiste ? Non. Même s'il fallait échanger.

Engagée depuis 2008, la décrue de l'hyperglobalisation témoigne de la fin d'une époque façonnée par un extrémisme bien particulier, celui de l'idéologie libérale, se prévalant d'un « bon sens » qui n'est souvent que folie et excès. À cet égard, le blocage du canal de Suez pour l'échouage d'un porte-conteneurs mesurant plus de 400 mètres de longueur (mars 2021) représente une forme de sanction symbolique de l'hubrys globalisatrice. D'avertissement, aussi. Il est temps de faire retour à la Raison et à une forme de sagesse, celle à laquelle John Maynard Keynes nous invitait dès les années trente : « Les idées, la connaissance, l'art, l'hospitalité, les voyages : ce sont là des choses qui, par nature, doivent être internationales. Mais produisons les marchandises chez nous chaque fois que c'est raisonnablement et pratiquement possible ; et, surtout, faisons en sorte que la finance soit en priorité nationale[35]. » Retour à une économie productive, donc, à une économie de proximité, ne sacrifiant plus notre destin au gain du court terme. Et retour du long terme, par conséquent, de la vision stratégique, de l'intérêt général et de la protection du bien commun : retour de l'État.

Idéologiquement aussi, le mouvement engagé en 1983 est terminé. Avec la pandémie de Covid-19, une nouvelle époque est advenue, celle d'« un monde moins mondial que jamais[36] », pour reprendre la formule de Pascal Ory. La globalisation est désormais en recul dans les têtes et ce reflux conduit à la réhabilitation de l'État-nation. C'est lui qui garantit la sécurité sanitaire et la santé des personnes, la sécurité juridique des brevets, des contrats, de tout ce qui est essentiel au fonctionnement des sociétés et à la survie même du capitalisme : le bon état de ce que le sabir économique désigne sous le terme condescendant d'« externalités positives » – hôpitaux et services de santé, recherche, services publics, distribution d'eau, infrastructures de transport et de communication, autant de biens communs essentiels. Ce sont les États-nations qui permettent de réguler et d'équilibrer la globalisation. Et de le faire de la seule façon durablement efficace, c'est-à-dire, comme l'a établi Dani Rodrik, en prenant en compte la diversité humaine et culturelle du monde, l'impact pérenne des distances géographiques sur les flux de transport, et cela en dépit de l'effondrement des coûts de ceux-ci, comme l'aspiration des peuples à conserver leurs institutions. C'est pourquoi, en réalité, selon lui, une « gouvernance globale » ne serait « ni possible ni même souhaitable[37] ».

Un monde à la Spinoza

Qu'on le regrette n'y change rien : notre monde n'est pas un monde « à la Kant ». La vision kantienne des relations internationales résulte de la transposition aux États des rapports qui, selon l'école du droit naturel, prévalent entre individus. Marquée par un optimisme rationaliste – « Le genre humain a toujours été en progrès vers le mieux et continuera à progresser ainsi dans l'avenir », écrit Kant, ce progrès consistant pour lui en l'accomplissement de la Raison, faculté suprême de l'être humain –, elle débouche sur un pacifisme juridique censé régir la vie entre les États. Sa traduction politique et institutionnelle serait celle d'une fédération universelle, un État fédéral à l'échelle de la planète – proposition énoncée dans le deuxième de ses trois « articles définitifs » constitutifs de son « projet de paix perpétuelle » –, et, plus largement, celle d'un droit cosmopolitique régissant la vie des États-nations et des personnes humaines, considérées comme des « citoyens du monde[38] ». Issue utopique, à l'évidence, ne serait-ce qu'en raison du nombre et de l'importance géopolitique des États dictatoriaux ou autoritaires : la Chine et la Russie, pour n'évoquer que deux membres du Conseil de sécurité de l'ONU.

Il n'y a donc pas, et il n'y a jamais eu, d'« ordre mondial ». Jamais des « lois » supranationales n'ont été reconnues comme telles par l'ensemble des acteurs internationaux ; et jamais une instance politique de surplomb n'a été créée pour les faire respecter par tous. Même le monde bipolaire de la guerre froide (1945-1989) ne fut pas celui d'un ordre international – entendu dans l'acception qui vient d'être rappelée ; seulement celui d'une glaciation dictée par une loi bien particulière : la loi de la peur, celle de la terreur nucléaire.

Pas davantage non plus de « communauté internationale » : cela aurait supposé un corpus de valeurs supérieures partagées par tous les États et une forme de solidarité institutionnelle entre eux. Or, cet accord n'a jamais prévalu – l'échec de la SDN, puis l'impuissance de l'ONU en attestent –, de nos jours moins que jamais, en ces temps marqués par la remise en cause de l'universalisme – assimilé à un ethnocentrisme synonyme de domination de l'Occident – et par son corollaire – la montée en puissance du relativisme.

Seuls les linéaments d'une société internationale sont discernables – le système onusien –, dispositif juridique restant toutefois de nature interétatique. Dispositif dont la pièce maîtresse, le Conseil de sécurité, comprend cinq membres permanents (dont la République populaire de Chine depuis 1971), détenant chacun un droit de veto : illustration de ce que l'esprit ayant présidé à l'adoption de la charte des Nations unies, le 26 juin 1945 à San Francisco, était bien davantage celui du réalisme politique le plus cru que celui d'un multilatéralisme irénique. Le jeu des acteurs internationaux en présence – pour l'essentiel des États-nations – construit souvent d'utiles coopérations, mais se résume encore, en dernière instance, à la loi du plus fort. La force, pure et brutale, celle employée par la Russie lors de ses interventions militaires en Ukraine, en Géorgie ou en Crimée ; la même dont use sans vergogne la Turquie à l'égard de la Syrie ; celle, aussi, que déploie Pékin en mer de Chine du Sud pour asseoir sa domination maritime de fait – sur les îlots Spratleys et Paracels, en particulier –, pour opérer des « rectifications » de ses frontières avec l'Inde dans le Ladakh, ou pour mettre au pas Hong Kong en y abolissant toutes formes de libertés publiques.

En dernier ressort, ce n'est pas la règle de droit qui prévaut dans la vie internationale, mais la logique de puissance. La perspective cosmopolitique telle que l'avait pensée Kant est une songerie. Exposée magistralement en 1962 par Raymond Aron, la vision réaliste reste d'actualité : le monde demeure l'affaire des États, la société des nations est toujours semblable à un état de nature, les relations internationales s'expriment encore par l'action de ces deux « personnages symboliques » que sont « le diplomate et le soldat » et continuent à se dérouler « à l'ombre de la guerre[39] ».

Notre monde n'en est pas pour autant un monde « à la Hobbes », comme on le dit trop souvent. Si cet auteur s'inscrit dans une tradition philosophique d'autorité, préconisant, comme avant lui saint Augustin, la solution de la soumission pour régler la question de la sortie de l'état de nature, selon lui il s'agit pour les citoyens de se choisir un maître avec lequel ils passent un contrat en bonne et due forme : renoncer à la liberté afin de vivre en sécurité. Or, ce modèle contractualiste ne peut être étendu à la vie internationale : cela supposerait que tous les États, sans exception, renoncent simultanément et définitivement à leur souveraineté – hypothèse fantaisiste. Il n'y aura pas de Léviathan international et, par conséquent, la société internationale ne sortira pas de l'état de nature. *Bellum omnium contra omnes* : ce sera toujours, la possibilité permanente de la guerre, avec l'équilibre de la peur qui en découle.

Non, ce serait plutôt un monde « à la Spinoza » ; un monde dans lequel il est dans le droit de chacun des États d'imposer sa loi, s'il est en mesure de le faire, à l'image de la Nature, dans laquelle il existe un droit souverain des « gros poissons à manger les petits[40] ».

Dans cette approche réaliste des relations internationales, il convient, ainsi que nous l'a enseigné le polisseur de lentilles de La Haye, de prendre les États-nations comme il faut le faire des hommes, « tels qu'ils sont », et non « tels qu'ils [les philosophes] voudraient qu'ils soient[41] ». Les États restent guidés par leurs intérêts ; les nations aussi. Les États-nations sont peuplés d'hommes et dirigés par des hommes. Et, au final, ils leur sont semblables, gouvernés par leurs passions ; par leur raison aussi, parfois, y compris la raison d'État – *ratio status* des temps médiévaux, *ragion di stato* de l'âge moderne –, forme spécifique, redoutable, mais nécessaire et irréductible de la Raison, de l'exercice duquel elle participe. Dans ce monde-là, point de contrat international auquel se soumettraient les États, seulement la Nature et ses lois, en particulier celle du *conatus* – le concept forgé par Spinoza pour désigner la puissance naturelle et souveraine d'agir et de persévérer dans son être qui anime tout individu vivant. Quant aux relations internationales, elles restent logiquement dominées par le rapport de forces, quand ce n'est pas par la volonté de domination et la guerre.

Certes, il est loisible de penser que la pandémie de Covid-19, phénomène global affectant indistinctement les différents peuples de l'humanité, pourrait aboutir à une prise de conscience mondiale de la nécessité d'accroître la coopération internationale, ouvrant ainsi la voie à une nouvelle globalisation, plus solidaire, plus harmonieuse, plus soucieuse de questions jusque-là délaissées – la santé publique, le développement équitable, la lutte contre le réchauffement climatique, la faim et la malnutrition –, plus raisonnable, en un mot. La lucidité conduit plutôt à conclure qu'il s'agit là d'une conjecture, en contradiction avec la nature de la vie internationale, telle qu'elle s'est présentée à nous jusqu'ici, autant qu'avec les premières tendances qui se dessinent.

La crise du coronavirus rendra vraisemblablement notre monde plus cruel, plus violent, plus inégalitaire et plus anomique encore. Un monde féroce, où le multilatéralisme aura bien du mal à reprendre pied. Un monde sans leader et sans règles véritables, marqué par un nouveau désordre, un désordre multipolaire, proche peut-être du chaos, en tout cas semblable à ce « nouveau Moyen Âge sans pape et sans empereur », décrit par Pierre Hassner.[42] Un monde frappé par une récession profonde, avec son cortège de malheurs : chômage de masse, pauvreté et misère, inégalités insupportables, dépression collective ou révoltes sociales. Un monde aux eaux troubles et agitées, peuplées de tyburons, où les « gros poissons » auront du mal à résister à la tentation de « manger les petits poissons ».

Un monde parcouru de tensions exacerbées et qui traversera de grandes turbulences, connaîtra des affrontements qui, pour n'être plus idéologiques, n'en seront pas moins lourds de menaces, à l'image de la rivalité sino-américaine, qui va structurer les décennies à venir et qui sera d'autant plus dure et périlleuse qu'elle opposera deux États contraints, en dépit de leur conflit, de continuer à commercer et à échanger. Une véritable guerre, scientifique, technologique, commerciale, économique, monétaire, culturelle, diplomatique, politique. Une guerre totale, donc, même si les deux puissances ne devraient pas tomber dans « le piège de Thucydide », pour reprendre la formule de Graham Allison, et en arriver à s'affronter militairement[43].

Un monde sorti de l'ère des idéologies, déjà structuré, et qui le sera à l'avenir encore davantage, par les grands espaces de civilisation. Comme l'avait annoncé, dès 1993, Samuel P. Huntington : « Les grandes divisions au sein de l'humanité et la source principale des conflits seront culturelles. Les États-nations resteront les acteurs les plus puissants dans les affaires du monde, mais les principaux conflits de politique globale surviendront entre nations et entre groupes appartenant à différentes civilisations. Le choc des civilisations dominera la politique mondiale. Les lignes de fracture entre civilisations seront les lignes de front du futur[44]. »

« Comme le buvard boit l'encre »

Sans surprise, l'euphorie du temps de l'hyperglobalisation a conduit de nombreux intellectuels de renom, à l'instar de Bertrand Badie, à défendre l'idée que nous serions entrés dans un monde marqué par une « interdépendance désormais plus forte que la souveraineté », un « monde interétatique finissant », bref, « un monde sans souveraineté[45] ». Thème ressassé par les études universitaires, dissertant à l'envi depuis plusieurs décennies sur la mort programmée de l'État-nation, condamné qu'il serait par la globalisation, en général, et par le processus d'intégration européenne, en particulier. Chronique d'une mort annoncée, proclamée et, le plus souvent, souhaitée. Pourtant, dès 1966, le grand politiste franco-américain Stanley

Hoffmann avait averti : bien davantage « obstiné » qu'« obsolète », l'État-nation résisterait à l'intégration européenne – une entreprise politique s'apparentant, pour cette raison, au supplice de Sisyphe[46].

Loin d'être un « anachronisme historique », comme le prétendent les globalisateurs et les européistes, l'État-nation reste une réalité humaine et politique vivante, la seule adaptée, de surcroît, aux enjeux du monde. Parce qu'il est la forme politique prise par la Nation, et que celle-ci n'est pas un artifice ou une survivance d'un passé révolu, ni le stigmate de croyances archaïques, mais une vérité ancrée dans l'Histoire et dans les consciences collectives. Certes, le nationalisme ne représente plus « un programme politique global », comme cela avait été le cas au XIXe siècle et au début du XXe. En revanche, on ne peut plus soutenir, comme le fit Eric Hobsbawm en 1992, que « les nations et le nationalisme resteront présents dans cette histoire, mais n'y tiendront que des rôles secondaires et souvent assez mineurs[47] ». Il ne faut pas confondre mondialisation et mondialisme ; comme Ory le souligne justement, « l'État-nation triomphe partout » ; et même s'il existe « l'esquisse de début de commencement d'un mondialisme qui s'appelle l'Union européenne », il n'en reste pas moins que « le mondialisme est, pour l'instant, un horizon qui recule toujours », car « la mondialisation ne produit pas une once de mondialisme[48] ».

Réalisée en 2004 et citée par Dani Rodrick, une importante et éclairante enquête internationale – *World Values Survey*, portant sur 83 000 citoyens de 57 pays – a ainsi démontré que, non seulement l'identité nationale se révèle bien plus forte que celle de « citoyen du monde » ou de « citoyen global », mais qu'elle exerce même une attraction plus intense que toute forme d'identité locale[49]. De façon plus précise, les citoyens de l'Union européenne ressentent bien moins d'attachement à elle qu'à leurs nations respectives. Comme l'avait résumé le général de Gaulle, « les seules réalités internationales, ce sont les nations », ajoutant, en visionnaire : « La Russie boira le communisme comme le buvard boit l'encre », et précisant : « Avant d'être communiste, la Chine est la Chine[50]. »

Dans ce monde nouveau et très ancien à la fois, la question posée n'est pas tant celle de la taille, ni même de la puissance, que celle de la force, entendue comme la capacité à décider, à prendre des décisions stratégiques, à agir vite, librement et selon ses intérêts. Il ne faut pas se laisser abuser par l'atout que représenterait la taille : dans l'équation déterminant la vraie force, la cohésion est le paramètre déterminant ; et la condition *sine qua non* de celle-ci est l'identité. Or, le visage le plus saillant de l'identité politique reste celui de la Nation.

Égarés par leur vision continentaliste du monde, fascinés par la notion d'échelle, les idéologues européistes envisagent la planète comme structurée en grands « empires », au statut desquels l'Europe devrait accéder en s'élargissant et en se fédéralisant. Sans comprendre que les maîtres du jeu international sont et resteront non pas des empires, mais des États-nations, c'est-à-dire d'abord et avant tout des nations. L'avantage reste et restera aux organismes politiques disposant à la fois de la dimension – nécessaire, mais non suffisante – et de la cohérence – indispensable, elle. Ceux qui pourront s'appuyer sur la taille – celle d'un empire – et vivre au rythme d'un cœur – celui d'une nation. Les États-Unis, la Chine, la Russie, l'Inde peut-être demain : autant de colosses, car autant de nations. Il ne faut pas confondre nation gigantesque et empire.

Le « nouveau monde » est et sera encore davantage celui des créatures, des monstres. Déjà, en 1963, de Gaulle soulignait que la scène politique internationale appartenait aux « gros animaux[51] » ; désormais, il s'agirait plutôt de dinosaures échappés du « Jurassic Park » planétaire qu'a évoqué Hubert Védrine[52]. Le « temps des prédateurs » est advenu[53]. Parmi eux, se distingue un vorace, brutal mais patient, déterminé et carnassier, une espèce de *Tyrannosaurus rex*, dont il convient d'évoquer la physiologie exacte, la morphologie, l'appétit, les forces et les faiblesses, les proies potentielles aussi : la Chine.

La revanche de Zheng He

Ce fut un spectacle grandiose. Entourées de quelque 250 autres navires, les soixante immenses jonques de haute mer – certaines mesuraient jusqu'à 200 mètres de longueur et 50 de largeur, soit quatre fois la taille d'une caravelle –, pouvant transporter chacune près de 500 hommes, quittèrent, un matin de juillet 1405, les côtes de la Chine. À la tête de cette immense flotte, deux fois plus imposante que l'Invincible Armada que le royaume espagnol équiperait cent cinquante ans plus tard : Zheng He, l'« amiral des mers de l'Ouest », homme de confiance de l'empereur Yongle, un eunuque musulman selon l'usage alors en vigueur à la cour du « Fils du Ciel ». Accompagné d'un véritable corps expéditionnaire – plus de 25 000 hommes, soldats, bien entendu, mais aussi lettrés, savants, médecins, géographes, interprètes –, il vogua vers Java, emprunta le détroit de Malacca et atteignit Ceylan. Pendant près de trente ans, Zheng He dirigea sept de ces explorations navales. D'une durée moyenne de deux ans, elles atteignirent Bornéo, les Indes, le golfe Arabo-Persique, la mer Rouge et, à deux reprises, les côtes de l'Afrique orientale. Soixante-dix ans avant celui de Christophe Colomb, un siècle avant la circumnavigation de Fernand de Magellan et de Juan Sebastián Elcano, ces voyages, témoignages de la supériorité scientifique et technique de la Chine d'alors, représentaient autant de manifestations de la volonté de puissance d'un pays qui était, déjà, le plus peuplé de la planète.

Si les soutes de ses navires étaient pleines de soieries et de marchandises diverses, destinées à être échangées contre des épices, des pierres précieuses, de l'encens, de l'ambre et même des animaux – il rapportera ainsi, immortalisée sur les dessins de l'époque, une girafe africaine, prise pour une licorne, être fabuleux et signe de bonne fortune –, il ne s'agissait pas, en effet, pour Zheng He, d'explorer des terres inconnues ni d'ouvrir de nouvelles voies maritimes. Sa mission était autre : asseoir le prestige de l'empereur, son pouvoir et celui de la jeune dynastie Ming (1368-1644). Le commerce n'était là que le prétexte à une stratégie d'affirmation politique. Sa mort, en 1433, mit fin à ces expéditions, onéreuses et, pour cela, critiquées. Au nord, les armées mongole et mandchoue menaçaient, et la construction de la Grande Muraille devint alors la priorité. Prônant le respect des traditions et la fin de l'ouverture maritime, une forme d'isolationnisme et de repli sur la terre continentale, les milieux confucéens l'emportèrent. Et cela, incroyable paradoxe géopolitique, au moment même où les Européens se lançaient, eux, à la découverte des nouveaux mondes : Vasco de Gama contourna le cap sud de l'Afrique en 1498 pour découvrir les Indes, désormais désertées par les Chinois, et ce furent finalement les marins portugais qui atteignirent la Chine en 1514.

Le 14 mars 2013, un lointain successeur de Yongle, Xi Jinping, au terme d'une longue et chaotique ascension politique, parvint au faîte du pouvoir. En septembre de la même année, à peine élu président de la République populaire de Chine, lors d'un voyage au Kazakhstan, l'« empereur rouge » prit une initiative fracassante, afin de donner corps à son slogan de retour au « rêve chinois » : les « nouvelles routes de la soie », ainsi qu'il est convenu de les désigner[54]. À l'image des chemins empruntés par Marco Polo, six corridors terrestres (*belt*) sont envisagés, ainsi qu'un réseau portuaire (*road*) devant relier la façade maritime chinoise à l'Europe, via l'océan Indien et l'Afrique, d'où la formule « une ceinture, une route » (en anglais : *One road, one belt* ou *Belt and Road Initiative, BRI*). Dans l'esprit de ses concepteurs, cette première initiative devrait être prolongée par une deuxième route de la soie atteignant l'Arctique, au nord, et par une troisième, au sud, intégrant le Maghreb. « Routes de la soie » : derrière cette appellation poétique se cache une menace géopolitique. Une stratégie globale visant à conforter l'influence mondiale de la Chine, grâce à un plan massif d'investissements en termes d'infrastructures sur le continent eurasiatique. Les chiffres de financement avancés sont colossaux : environ 150 milliards de dollars par an, soit autant, chaque année, que l'ensemble du plan Marshall.

Concrètement ? De grandes lignes ferroviaires, pour le fret (ligne Duisbourg-Chongqing), comme pour le transport à grande vitesse de passagers (ligne Bandung-Jakarta), des infrastructures portuaires (port du Pirée aujourd'hui, de Trieste demain ?), ports secs ou terminus intermodaux (au Kazakhstan), des pipelines, mais aussi des infrastructures numériques (déploiement de la fibre optique au Pakistan) et des zones économiques spéciales (parc industriel sino-biélorusse à Minsk).

Les acteurs impliqués ? Des entreprises d'État chinoises, de taille déjà mondiale, et cherchant à s'internationaliser, et quelques grandes firmes privées, telles Huawei, Alibaba ou ZTE. Des pays intéressés à contractualiser des relations commerciales privilégiées avec la Chine, et à bénéficier pour cela de prêts avantageux ou d'investissements directs. Le tout, bien entendu, sous la supervision ou le contrôle des autorités politiques chinoises.

Les objectifs recherchés ? Sécurisation des approvisionnements en matières premières (le détroit de Malacca, par lequel transite une large part du pétrole que la Chine doit impérativement importer, étant étroit et facile à bloquer), développement des provinces à la traîne, diversification des débouchés et accompagnement de la montée en gamme des productions industrielles, utilisation des considérables réserves de devises accumulées au fil de décennies d'un mercantilisme forcené, exportation des surcapacités dans les activités à faible valeur ajoutée et écoulement de certains stocks (acier, ciment, entre autres) : le premier objectif est de soutenir l'économie chinoise et de rétablir sa compétitivité, qui commence à s'essouffler, en lui arrimant de nouveaux marchés.

Avec les « routes de la soie », la Chine vise à relancer son économie domestique, à consolider son assise industrielle et son influence régionale ; et, dans le même temps, à affirmer son statut de puissance mondiale. Sur le plan économique, bien entendu ; mais aussi et surtout, politique. Au-delà de son colbertisme dictatorial, la stratégie chinoise vise, en Afrique, en Amérique du Sud, en Europe aussi, par un entrisme économique et commercial qui tourne souvent au piège financier et à l'emprise politique – la fameuse « diplomatie de la dette », consistant à consentir des prêts généreux à des pays fragiles, afin qu'ils tombent ensuite sous sa coupe, à l'image du Montenegro, incapable de rembourser le prêt de 800 millions d'euros accordé par Pékin et appelant l'Union européenne à l'aide –, arraisonner ces pays. Tout comme cet usage dévoyé de la dette cache une politique de puissance, derrière l'alibi économique et commercial – celui d'établir une « connectivité » optimale, pour reprendre la novlangue en vigueur –, on trouve une ambition géopolitique désormais assumée et affichée, dissimulant de moins en moins une volonté de domination.

Finie, la « doctrine Deng Xiaoping », prescrivant de faire profil bas et de cultiver la discrétion, de privilégier la paix et la coopération avec l'Occident, afin de permettre à la Chine d'assurer son décollage économique, de se développer en bénéficiant de précieux transferts de technologies, principalement américains. Il s'agit dorénavant de renforcer la place et le rôle de la Chine dans la « gouvernance » du monde. Par l'internationalisation de sa monnaie nationale, le renminbi. Par le jeu de ses 276 représentations, faisant de la Chine la première puissance diplomatique. Par le développement d'une « diplomatie des sommets » – le Belt and Road Forum, la China International Import Expo et d'autres nombreuses conférences internationales –, destinée à concurrencer progressivement l'OMC, le G20 et le système onusien. Par la promotion de la notion chinoise de « communauté de destin partagé pour l'humanité ». En pratiquant un entrisme sans précédent et aux méthodes plus que contestables au sein de l'ONU et de ses satellites – la FAO, l'OACI, l'UIT et l'ONUDI sont présidées par des Chinois, soit quatre agences sur quinze, une situation inédite dans l'histoire des Nations unies –, en évoquant une éventuelle révision de la Charte des Nations unies, afin d'y introduire le principe d'une coexistence entre des systèmes de droits différents, en contestant l'« idéologie occidentale » au nom de l'« authenticité chinoise », en mettant en cause l'« universalisme des Lumières » au nom des « valeurs héritées de Confucius », en déployant, précisément, le vaste réseau de ses quelque 550 instituts Confucius, en affûtant jour après jour le tranchant de son *soft power*, en proclamant que sa prospérité sera celle de la planète tout entière, la Chine prétend instaurer un ordre international nouveau, doté de nouvelles instances et régi par de nouvelles règles – celles de l'« empire du Milieu » qu'elle est toujours restée.

La Chine veut installer une nouvelle globalisation, en remplacement de sa version occidentale. Une forme progressive, mais agressive, de désoccidentalisation politique et économique du monde, menée par un empire qui se veut, se voit et se vit comme éternel et estimant que son heure a sonné. Une véritable contre-mondialisation, organisant la coopération internationale *par* et *pour* les valeurs chinoises. Une réécriture chinoise de l'ordre du monde tel qu'issu de la fin de la Seconde Guerre mondiale.

Les nouvelles routes de la soie ? La revanche de Zheng He.

Le refus de devenir « un membre honoraire de l'Occident »

Une revanche prise sur l'Histoire. Sur le « siècle de l'humiliation », celui des « traités inégaux », s'ouvrant avec la guerre de l'Opium – close par le traité de Nankin (1842), qui offrit aux Occidentaux les ports de Canton et Shanghai –, se poursuivant avec une nouvelle intrusion occidentale – provoquée par le soulèvement des Taiping – qui donna lieu au sac du Palais d'Été, se prolongeant avec la guerre sino-japonaise (1894-1895) – qui lui ôta la Corée et vit les Russes s'installer en Mandchourie –, s'approfondissant avec la guerre des Boxers (1900) et s'achevant avec le « viol » de Nankin perpétré par les Japonais en décembre 1937. Amputée en 1919 de larges parts de son territoire, ayant connu, avec l'effondrement de la dynastie Qing en 1911, la guerre civile et le chaos, la Chine aura traversé, de Nankin à Nankin, cent ans d'épreuves et de souffrances avant de retrouver, avec la proclamation de la République populaire de Chine, le 1er octobre 1949, son indépendance et sa fierté.

Le problème géopolitique désormais soulevé par la Chine revêt deux significations et deux dimensions : sa force et nos faiblesses.

Sa force est celle d'une civilisation vieille de cinq mille ans, dotée d'une population d'environ 1,4 milliard d'habitants, mue par une économie de rattrapage sans précédent et animée d'une volonté de puissance[55]. Toute civilisation tend à s'envisager comme centrale dans l'histoire de l'humanité et à tirer de cette inclination un sentiment de supériorité. Ainsi souligne-t-on fréquemment l'« arrogance » de l'Occident, qui serait le pendant de sa prétention à l'universalité. Le cas chinois offre une configuration à la fois identique dans sa visée et inverse dans la posture adoptée : tout aussi pénétrée de sa singularité et de sa vocation hégémonique, la Chine ne cherche pas à exporter ou à imposer son modèle ; elle attend, en revanche, que l'on en reconnaisse la supériorité et que l'on s'y soumette. Tout simplement. Fernand Braudel l'avait bien résumé : « La Chine se veut une grande puissance et une grande civilisation ; elle a toujours cru à sa supériorité sur le reste de l'Univers, à la primauté de sa civilisation hors de laquelle il n'y avait, à ses yeux, que barbarie[56]. » Diagnostic confirmé par Graham Allison, fondateur et doyen de la Kennedy School of Government de l'université Harvard : « la civilisation chinoise est profondément ethnocentrique et culturellement suprématiste, car elle se perçoit comme le sommet de toute activité humaine[57] », elle porte « une vision suprématiste du monde définie par l'identité chinoise[58] ».

Identité chinoise énoncée en termes ethniques – ceux des Hans, groupement représentant plus de 90 % de la population : le fameux « test du miroir » renvoie chaque Chinois, où qu'il vive, même expatrié et assimilé dans son nouveau pays d'accueil, à son irréductible origine que trahissent les traits de son visage[59].

Identité chinoise fondée sur une très ancienne tradition politique, pétrie de taoïsme philosophique et de confucianisme officiel, exaltant l'ordre et la soumission au pouvoir.

Identité chinoise prônant le culte de l'autorité et le respect absolu de celle-ci : l'autorité du père sur les enfants, de l'aîné sur le puîné, de l'époux sur l'épouse, du maître sur l'élève, du mandarin sur les administrés, de l'empereur sur tous.

Identité chinoise source d'une vision de l'ordre des choses – interne et externe, national et international – reposant sur « l'harmonie par la hiérarchie », et plaçant au sommet de celle-ci le monarque, suivant en cela le précepte de Confucius : « Il n'y a pas deux soleils dans le ciel. »

Identité chinoise soubassement d'un vigoureux nationalisme. Nationalisme déjà aux temps de l'empire ; nationalisme, encore, depuis la chute de celui-ci, en 1911, et la prise du pouvoir par le Parti communiste chinois en 1949 ; nationalisme, toujours, et exacerbé, avec l'accession au commandement suprême de l'héritier de Mao Zedong, Xi Jinping, en 2013. Nationalisme alimentant une inextinguible volonté de puissance politique et économique.

Identité chinoise expliquant, selon le jugement de l'un des meilleurs connaisseurs du régime de Pékin, l'ancien président de Singapour, Lee Kuan Yew, le refus catégorique de la Chine de s'intégrer réellement à la société internationale, c'est-à-dire le refus de devenir un « membre honoraire de l'Occident[60] ». Pour les dirigeants chinois, cette issue reviendrait à accepter une dilution de leur spécificité millénaire, représenterait une forme d'autolyse politique. Et c'est au nom de son identité que la Chine s'est engagée dans une « guerre politique[61] » contre ce même Occident et, en particulier, contre sa rivale directe pour le contrôle du continent partagé avec elle : l'Europe. Face à ce bloc compact et déterminé, l'Occident n'a longtemps opposé que ses faiblesses.

« Un monstre de Frankenstein »

La naïveté des dirigeants des États-Unis, en premier lieu. Celle de Nixon et de Kissinger, en particulier, les pères de la « ChinAmérique », avocats de la relation privilégiée – du moins le croyaient-ils – entre

Pékin et Washington, et artisans de la stratégie *Engage but hedge*, inaugurée en 1972 avec le voyage de Richard Nixon à Pékin (du 21 au 28 février), visant à la fois à se rapprocher de la Chine – *engage* –, tout en tentant de contenir son essor – *hedge*. Celle de toutes les administrations démocrates et républicaines successives, qui, depuis, l'ont appliquée avec constance pendant plus de quatre décennies, considérant ce pays, gigantesque par la population, comme n'importe quel pays en développement. Vision ignorante d'une réalité culturelle millénaire, vision reposant sur le pari que la croissance économique et l'enrichissement amèneraient mécaniquement sa « normalisation[62] ». Celle aussi de Barack Obama, artisan du « pivot vers l'Asie », effectué au détriment de l'Europe et du Moyen-Orient, tel que formalisé en 2011 par la secrétaire d'État de l'époque, Hillary Clinton.

La naïveté des globalisateurs, en général, et des européistes, en particulier, qui ont, là encore, imaginé que l'entrée de la Chine dans l'OMC, en 2001, la conduirait, au nom du « doux commerce », à déposer les armes géopolitiques. Qui, au nom de cette idéologie puérile, ont décidé de cette admission sans même réclamer les contreparties qui s'imposaient, laissant, sans sourciller, la Chine piller les industries occidentales sans respecter aucune des règles de la vie économique internationale. Première naïveté, doublée d'une seconde, celle de croire que, dans la compétition commerciale, les Chinois se contenteraient de fabriquer des produits à faible valeur ajoutée. C'était le temps (1999-2004) où le commissaire européen au commerce, Pascal Lamy, déclarait benoîtement : « Il faut bien qu'on achète leurs tee-shirts si on veut leur vendre nos Airbus. » Le même, après avoir ainsi fait la courte échelle au pouvoir chinois, présiderait ensuite, avec la même *vista* stratégique, aux destinées de l'OMC pendant huit longues années (2005-2013).

Cynisme des capitalistes de tous bords, aussi, qui ont fermé et ferment les yeux sur la répression du régime communiste de Pékin, pour profiter des très bas coûts de revient des usines chinoises. Ainsi, quelque 80 000 Ouïghours, enfermés dans des camps de rééducation politique, travailleraient de façon forcée pour 83 grandes marques occidentales : Apple, Adidas, Google, Amazon, BMW, Volkswagen, Sony, Nokia, Lacoste, Zara, H&M... Sans oublier Huawei bien entendu[63]. Ces pratiques indignes seraient particulièrement fréquentes dans le secteur textile et concerneraient de prestigieuses marques : Abercrombie & Fitch, Calvin Klein, Cerruti, Gap, Muji, Nike, The North Face, Polo Ralph Lauren, Uniqlo, Victoria's Secret, parmi de très nombreuses autres[64]. Vous avez dit « chaîne de valeur » ?

Résultat de ce désarmement unilatéral de l'Occident ? Jouissant du capitalisme sans le libéralisme – ni politique, son régime est dictatorial ; ni commercial, elle pratique sans vergogne la concurrence déloyale, l'espionnage industriel, les transferts de technologies forcés –, la Chine est en passe de devenir la première puissance économique mondiale. Selon certaines prévisions, établies avant la crise du coronavirus, l'économie chinoise devrait peser 1,5 fois celle des États-Unis en 2023 et 3 fois plus en 2040. En lançant, en 2015, son plan décennal *China Manufacturing 2025*, la Chine affiche son ambition de devenir leader mondial dans huit des dix secteurs industriels stratégiques – notamment le spatial, le numérique, la santé et la médecine –, celle de passer du statut d'« usine du monde » à celui de « laboratoire du monde ». Avec le soutien des financements militaires, sans le moindre souci éthique, en osmose avec le pouvoir politique qui les contrôle en dernier ressort, les industriels chinois se sont lancés dans le pillage technologique et, plus largement, prennent leur part dans la guerre idéologique engagée contre les États-Unis et l'Europe. Une guerre dans laquelle la technologie 5G de Huawei jouerait le rôle de « cheval de Troie pour le renseignement chinois », selon Mike Pompeo, l'ancien secrétaire d'État américain[65].

Au soir de sa vie, au début des années quatre-vingt-dix, reconsidérant sa politique accommodante à l'égard de la Chine, Richard Nixon avait confié à l'un de ses proches : « Nous avons peut-être créé un monstre de Frankenstein[66]. » Échappé du Bureau ovale où il avait été conçu, le monstre s'est mis à arpenter et à dévaster le vaste monde.

CHAPITRE 2

Revendiquer et protéger la civilisation européenne

En pleine crise ukrainienne, après avoir terminé un entretien téléphonique avec Vladimir Poutine, Angela Merkel aurait, interloquée, conclu que le président russe vivait « dans un autre monde ». Le problème, comme le fait observer, de manière ironique, Ivan Krastev, qui relate l'épisode, hautement significatif, c'est qu'il est « permis de se demander lequel de ces deux dirigeants vit dans le "vrai monde"[67] ». Dans ce monde-là, le vrai monde, l'Europe, telle que construite jusqu'ici, est directement menacée.

L'Europe est fille de la guerre, certes ; de la paix, aussi et surtout. Ce n'est pas l'Europe qui a fait la paix, comme on le prétend trop souvent, c'est la paix qui a fait l'Europe. La paix, et la peur, les deux faces d'une même pièce géopolitique : la guerre froide. L'Europe est née de la peur du Soviétique, et à l'invitation insistante de l'ami américain, une puissance alliée tout autant qu'intéressée au développement d'un vaste marché qui soit le débouché privilégié pour ses propres industries. Dans ce monde pétrifié par la perspective d'une apocalypse nucléaire, un espace-temps s'est alors ouvert, propice au regroupement des nations européennes, afin d'avancer sur la voie de l'unité, certes, mais aussi pour desserrer l'étau des deux « Grands » de l'époque, pour éviter « la colonisation politique par l'Est » tout comme « la colonisation économique par l'Ouest ; ou les deux ensemble », selon l'heureuse formule de Denis de Rougemont[68].

Si la paix représente donc pour l'Europe un legs de l'Histoire, elle constitue aussi sa principale conquête. Elle a su faire prospérer cet héritage, en œuvrant au rapprochement entre les peuples, parvenant à rendre la guerre entre nations européennes impossible – mieux : impensable. Continent débarrassé depuis 1945 de la guerre – et des guerres récurrentes dans les siècles précédents, qui l'avaient tant éprouvée –, l'Europe en a déduit, naïvement, que c'était là le lot commun de la vie internationale. Incapable de penser pas même la guerre, mais seulement l'affrontement des puissances, la divergence des intérêts, la force des emballements de l'Histoire et le poids du tragique qu'elle charrie, elle a redécouvert, stupéfaite, à compter du tournant du XXIe siècle, que Clio était « de retour » et que c'était désormais la politique et les identités qui la guidaient, et non plus l'économie et la finance. Or, l'Europe s'est construite *par* et *pour* la dépolitisation. Par : ses principaux instruments – la libre concurrence, le droit – se présentent et se veulent apolitiques. Pour : l'objectif assigné consistait à dépasser définitivement ces « lieux maudits » de la politique et du pouvoir qu'étaient et que restent les États-nations aux yeux des européistes. Comme l'a parfaitement résumé Luuk van Middelaar, « la dépolitisation, c'est l'ADN de l'entreprise européenne[69] ». L'Europe croyait vivre dans le monde enchanté de Fukuyama ; elle s'est réveillée, soudainement, dans celui de Huntington. Première faiblesse.

Née aussi de la condamnation du « nationalisme », jugé coupable du déclenchement de la Seconde Guerre mondiale, et de la volonté de dépasser une formule politique dès lors considérée comme dangereuse et obsolète – l'État-nation –, l'Europe s'est d'abord engagée dans la voie d'une construction supranationale, avec la CECA en 1950, puis la CEE en 1957, mouvement interrompu par la politique réaliste du général de Gaulle. Après le tournant fédéraliste de 1983 et la mise en branle du système maastrichtien, elle a de nouveau aggravé son découplage d'avec les États membres, dont elle continuait à procéder jusque-là, et s'est autonomisée. Or, comme tout le progressisme – dont elle est une figure éminente –, l'idéologie européiste a participé d'un monumental « contresens de l'Histoire » mis en lumière par Pascal Ory : le XXe siècle a été marqué non par une « mondialisation continue, mise en mouvement par des ressorts technologiques et économiques », une « mondialité libérale », mais par la « prégnance du national », « la seule dimension qui permît d'unifier l'interprétation de tout ce siècle d'histoire humaine[70] ». Il en va de même de celui qui lui succède. Voilà désormais l'Europe prise à contre-pied, devant évoluer dans un univers et un temps où la force des nations comme celle des États s'imposent, alors même que la voie de l'État fédéral lui est interdite. Seconde faiblesse.

Dès lors, la vraie crise de l'Union européenne, bien plus profonde que celles, pourtant graves, qu'elle a dû affronter ces quinze dernières années – crise de l'euro (2007 puis 2011), crise « grecque » (2013-2015), crise des « migrants » (2015) –, est une crise d'identité. Essentielle, la question ainsi soulevée se décline comme suit : qui sont et que sont les Européens ? Qu'est-ce qui les définit ? Pourquoi doivent-ils s'unir ? Pour quoi faire ? Et comment ? Avec quelle finalité ?

Longtemps, les seules réponses apportées à ces interrogations existentielles furent : la réconciliation, la paix, la prospérité, pour ce qui concerne les objectifs ; et l'Europe supranationale, la méthode communautaire, pour ce qui était d'atteindre ces derniers. Et rien pour ce qui concerne l'identité… Autant de formules sonnant creux dorénavant, qui ne convainquent plus grand monde, et en tout cas pas les peuples – lorsque l'on s'aventure à les consulter. Pour n'avoir pas été posés de façon honnête et claire, la seule réponse, tonitruante, apportée à ces questionnements fut un événement politique majeur – le Brexit. Décisif pour l'avenir de l'Union, l'enjeu est désormais de s'entendre sur la nature de l'Europe, de redéfinir l'intérêt à agir des peuples européens, de revisiter leur(s) raison(s) de vivre et de travailler ensemble, de trouver les formes institutionnelles contemporaines pertinentes de l'association politique qui les lie.

La solution à cette crise d'identité tient en un mot, qui semble faire peur à beaucoup, et ne pas satisfaire les autres, un mot qui paraît représenter trop et pas assez à la fois : civilisation. L'Europe, nous l'avons vu, est une civilisation, spirituelle et charnelle, enfantée par le Moyen Âge et la chrétienté – la *Respublica christiana* de Charlemagne et de ses successeurs. Une civilisation fondée sur le génie des nations qui la composent et qu'elle transcende ; ainsi que l'avait relevé, avec son ironie mordante, le général de Gaulle : « Dante, Goethe, Chateaubriand, appartiennent à toute l'Europe, dans la mesure même où ils étaient respectivement et éminemment italien, allemand et français. Ils n'auraient pas beaucoup servi à l'Europe s'ils avaient été des apatrides et qu'ils avaient pensé et écrit en quelque espéranto ou volapük intégré[71]. » Une civilisation qui a marqué l'humanité entière de son sceau et qu'il convient désormais de revendiquer et de défendre.

Une civilisation de surplomb

Dans l'ordre anthropologique, la civilisation européenne a opéré trois césures fondatrices. De façon cruelle, Sigmund Freud releva ainsi que, « dans le cours de siècles », avec l'héliocentrisme de Nicolas Copernic et l'évolutionnisme de Charles Darwin, elle avait « infligé à l'égoïsme naïf de l'humanité deux graves démentis[72] » : non, la Terre n'était pas le centre du *kosmos*, mais une simple planète effectuant des révolutions autour du Soleil ; non, l'homme n'était pas une créature à part dans la Nature, mais le résultat d'un processus de sélection n'épargnant aucune espèce animale. Se réservant la paternité de la troisième et ultime humiliation : non, l'esprit humain n'était pas gouverné par la seule Raison et la seule conscience, il était aussi sous l'emprise de l'inconscient et des pulsions qui le régissent. Majeures, les ruptures symboliques ainsi introduites sont de portée universelle et placent conséquemment la civilisation de l'Europe dans une position de surplomb.

Une position confortée par les créations, elles aussi universelles, auxquelles elle a procédé dans le domaine de l'esprit.

La littérature, au sens que nous donnons à ce mot, est une œuvre de l'Europe. Seule, dès l'aube grecque avec Homère, puis au fil des siècles, elle a su concevoir et produire une véritable littérature, entendue comme « unité intelligible », détachée de l'emprise de la religion, formant un « tout », donc, mais diversifié – de l'épopée au roman, en passant par la poésie, le conte, la fable, la tragédie, la comédie, le discours, le dialogue et l'essai. Avec elle, l'Europe a pu affirmer son « unité spirituelle », transmise à partir de ces principales formes rhétoriques, ainsi que l'a magistralement démontré Ernst Robert Curtius[73]. Il en va de même de la musique. Chant grégorien, musique de chambre, concerto, symphonie, opéra : au-delà de ces seules formes, l'Europe a inventé la musique pour elle-même, que l'on écoute sans autre but que le plaisir éprouvé, une musique suivant une partition écrite et exécutée en ce moment singulier qu'est le concert.

Quant au monde économique et à la vie matérielle, ils portent eux aussi l'empreinte indélébile de la civilisation européenne.

Le capitalisme, qui règne désormais sur la planète entière, est né en Europe, en Italie septentrionale pour l'essentiel, à Venise, à Gênes et à Sienne[74]. Là, des hommes animés par l'appât du gain, la volonté de puissance, le désir de reconnaissance et de prestige, mais aussi par le goût du voyage et de la découverte, la curiosité d'explorer le monde, ont inventé la pratique du capitalisme et forgé ses instruments : le commerce au loin – le *Fernhandel* –, la finance – la banque, *banco*, la lettre de change, l'écriture en partie double –, l'économie de marché comme institution, et l'obsession d'en contourner les règles pour accumuler un profit anormal – le surprofit, comme l'appellera plus tard Marx. Les Bardi et les Médicis, Marco Polo, Jacques Cœur, Jakob Fugger, John Law, Necker étaient des Européens. Les révolutions industrielles – celles de la vapeur, du pétrole et du numérique –, qui ont fait de ce capitalisme une force qui va, furent le fruit des progrès de la science européenne. Une science qui, au cours du XVIIe siècle, connut un essor tel, qualitatif – la méthode expérimentale de Galilée, de Pascal et Boyle, de Claude Bernard, plus tard ; la *mathesis universalis* de Descartes ; le calcul infinitésimal de Newton et Leibniz – et quantitatif – l'accumulation des découvertes en l'espace d'un siècle fut sans précédent –, que cette époque fut qualifiée de Révolution scientifique.

De l'Europe et de sa civilisation, l'une de ses plus hautes figures, Edmund Husserl, affirma qu'elle seule avait une valeur universelle, parce qu'elle seule exprimait pleinement l'essence de l'humanité, et, à ce titre, possédait une valeur absolue ; alors que, par exemple, l'idée chinoise ou l'idée indienne – quels que soient leurs rayonnements et leurs beautés, indiscutables – ne seraient que des types empiriques d'humanité : « Il y a dans l'Europe quelque chose d'un genre unique, que tous les autres groupes humains eux-mêmes ressentent chez nous, et qui est pour eux, indépendamment de toute question d'utilité, et même si leur volonté de conserver leur esprit propre reste inentamée, une incitation à s'européaniser toujours davantage, alors que nous (si nous avons une bonne compréhension de nous-mêmes) nous ne nous indianiserons (par exemple) jamais[75]. »

Point de vue confirmé par le fondateur de l'anthropologie structurale, Claude Lévi-Strauss, qui, farouche adversaire de toute forme d'ethnocentrisme, souligna néanmoins : « Loin de rester enfermées en elles-mêmes, toutes les civilisations reconnaissent, l'une après l'autre, la supériorité de l'une d'entre elles, qui est la civilisation occidentale. Ne voyons-nous pas le monde entier lui emprunter progressivement ses techniques, son genre de vie, ses distractions et jusqu'à ses vêtements ? Comme Diogène prouvait le mouvement en marchant, c'est la marche même des cultures humaines qui, depuis les vastes masses de l'Asie jusqu'aux tribus perdues dans la jungle brésilienne ou africaine, prouve, par une adhésion unanime sans précédent dans l'histoire, qu'une des formes de la civilisation humaine est supérieure à toutes les autres : ce que les pays "insuffisamment développés" reprochent aux autres dans les assemblées internationales n'est pas de les occidentaliser, mais de ne pas leur donner assez vite les moyens de s'occidentaliser[76]. » Vingt ans plus tard, s'exprimant « en toute franchise », il confirma son jugement, précisant que les peuples anciennement colonisés, « accédant à l'indépendance, ne semblaient, quant à eux, entretenir aucun doute sur la supériorité de la culture occidentale, au moins par la bouche de leurs dirigeants[77] ».

L'épithète « occidentale » ne doit pas abuser ; c'est la civilisation européenne dont il s'agit pour l'essentiel. Longtemps, l'Occident s'est limité à l'Europe, avec laquelle il se confondait ; et si le Vieux Continent n'en constitue plus désormais qu'une partie, il en reste l'âme ; les États-Unis d'Amérique sont les enfants de l'Europe dont ils ont recueilli l'héritage du point de vue de la civilisation.

Pour un « patriotisme civilisationnel »

L'Europe incarne une certaine forme de perfection et d'équilibre, que Paul Valéry a décrite en des termes saisissants : « Enfin, cette Europe peu à peu se construit comme une ville gigantesque. Elle a ses musées, ses jardins, ses ateliers, ses laboratoires, ses salons. Elle a Venise, elle a Oxford, elle a Séville, elle a Rome, elle a Paris. Il y a des cités pour l'Art, d'autres pour la Science, d'autres qui réunissent les agréments et les instruments. Elle est assez petite pour être parcourue en un temps très court, qui deviendra bientôt insignifiant. Elle est assez grande pour contenir tous les climats, assez diverse pour présenter les cultures et les terrains les plus variés. Au point de vue physique, c'est un chef-d'œuvre de tempérament et de rapprochement des conditions favorables à l'homme. Et l'homme y est devenu l'Européen[78]. » Cet Européen jouit d'une liberté et d'une sûreté sans égales sur terre. La civilisation européenne est consacrée, en effet, par des principes juridiques et des valeurs politiques de portée universelle : la démocratie, le droit, les droits de l'homme, les droits de la femme, ceux de l'enfant. Dans un mouvement historique d'une profondeur inégalée – depuis la *Magna Carta libertatum*, la Grande Charte, *« symbol of freedom under law »*, accordée à ses barons par Jean-sans-Terre, le 15 juin 1215 –, l'Europe a inventé et institué l'État de droit, et représente le seul ensemble politique où la peine de mort a été intégralement abolie, celui où le respect de la personne humaine est porté au plus haut.

Celui, enfin, qui tente de ne pas dissocier compétitivité économique et progrès social.

La civilisation européenne ? L'État, plus l'État-nation, plus l'État de droit et, enfin, l'État-providence, pourrait-on résumer.

Fille des Lumières et de l'idée de Raison, l'Europe a parfois sombré dans les ténèbres et l'horreur. De Sarajevo à Sarajevo, de 1914 à 1994, son histoire est aussi celle de guerres atroces et, ainsi, elle représente, simultanément, selon la formule d'Emmanuel Todd, le « continent savant » ou le « continent fou[79] ». Dans des cerveaux d'Européens sont nées les idéologies les plus meurtrières : le colonialisme, le nazisme, le totalitarisme soviétique. Sur son sol a été perpétré le crime absolu, imprescriptible : l'extermination philosophiquement pensée, politiquement décidée, scientifiquement planifiée, industriellement organisée et bureaucratiquement exécutée du peuple juif – sa « destruction » pour reprendre le titre du livre de Raul Hilberg[80] – par l'Allemagne nazie : la Shoah.

En dépit de ces abominations et de son fardeau historique, l'Europe a définitivement partie liée avec l'humanisme et l'universalisme. Pour nous, Européens, « la civilisation, au-delà de tout, n'est pas une donnée qui nous serait extérieure, mais une création de nous-mêmes, elle est pour nous un "levain métaphysique" », écrit fort justement Carlo Curcio[81]. Consciente de ces tragédies, l'Europe se donne à elle-même la définition d'« un lieu de la mémoire » ; elle veut se souvenir et cultive le sens de l'Histoire, à laquelle elle croit, à l'inverse de son héritière, l'Amérique, marquée par une « amnésie créatrice » qui lui donne sa force et sa liberté[82]. Seul un Américain comme Henry Ford pouvait s'esclaffer d'un « l'Histoire, c'est de la blague ! », qui laisserait tout Européen interdit.

Quelles qu'aient pu être ses fautes au regard de l'Histoire, l'Europe est la civilisation capable d'en prendre conscience, d'exercer contre elle-même la liberté de penser et l'art de la critique qui sont le fonds de sa culture politique, capable également de s'interroger et de se remettre en cause. Ainsi, à propos des ravages écologiques provoqués par le mode de vie occidental, c'est un Français, un Européen, amoureux et défenseur des cultures les plus fragiles et les plus menacées, Claude Lévi-Strauss, qui, dès 1955, dans le magnifique et mélancolique *Tristes Tropiques* – autobiographie intellectuelle à la Rousseau, récit ethnographique à la Léry, méditation philosophique à la Montaigne, ses maîtres –, avec une intelligence et une sensibilité lui permettant de lire l'avenir, avertit sur la corruption du monde qu'il voyait venir : « Voyages, coffrets magiques aux promesses rêveuses, vous ne livrerez plus vos trésors intacts [...]. Cette grande civilisation occidentale, créatrice des merveilles dont nous jouissons, elle n'a certes pas réussi à les produire sans contrepartie [...]. Comme son œuvre la plus fameuse, pile où s'élaborent des architectures d'une complexité inconnue, l'ordre et l'harmonie de l'Occident exigent l'élimination d'une masse prodigieuse de sous-produits maléfiques dont la terre est aujourd'hui infectée. Ce que d'abord vous nous montrez, voyages, c'est notre ordure lancée au visage de l'humanité[83]. »

Paul Hazard a ainsi résumé l'idée d'Europe : « Qu'est-ce que l'Europe ? Une pensée qui ne se contente jamais. Sans pitié pour elle-même, elle ne cesse jamais de poursuivre deux quêtes : l'une vers le bonheur ; l'autre, qui lui est plus indispensable encore, et plus chère, vers la vérité[84]. » Or, quoi de plus universel que la recherche du bonheur et celle de la vérité ? Telle est sans doute la source de la force de notre civilisation et de l'admiration dont elle jouit de par le monde. De la haine, aussi, que lui vouent tous ceux que ces valeurs révulsent et qui, pour cela, nous combattent avec acharnement.

Et pourtant. On chercherait en vain la civilisation européenne dans la prose prolifique du discours européiste. Singulier paradoxe, qui renvoie, on l'a vu, à l'ambiguïté fondatrice de ce courant de pensée et à son rejet profond, passionnel en fait, de la Nation en général et des nations européennes en particulier, alors même que celles-ci sont et font l'Europe. Absente des vues de Jean Monnet, ignorée lors de la rédaction du traité de Rome, la civilisation européenne n'a pas même été seulement évoquée à aucun des grands moments de l'histoire de la construction de l'Europe : ni lors de la phase d'« approfondissement » – Acte unique, traité de Maastricht –, ni lors des divers élargissements, ni à l'occasion de l'ouverture des négociations en vue de l'adhésion de la Turquie.

Une seule fois, à l'issue du sommet de Copenhague, le 14 décembre 1973, les Neuf ont adopté une déclaration officielle sur l'« identité européenne », afin « d'assurer la survie d'une civilisation qui leur est commune », reconnaissant que celle-ci était caractérisée par la « diversité des cultures » la constituant. Mais ce fut, comme il fallait s'y attendre, pour « mieux définir leurs relations avec les autres pays du monde » et non pour affirmer le contenu de cette identité partagée, pour célébrer une construction communautaire « ouverte aux autres nations européennes qui partagent les mêmes idéaux et les mêmes objectifs », sans prendre le soin d'indiquer quelles étaient ces nations, ni quels étaient ces idéaux et ces objectifs, sans préciser « les valeurs et les principes communs », « les conceptions de la vie », « la conscience de posséder en commun des intérêts spécifiques » auxquels les États membres proclamaient leur attachement. Un exercice vain, et qui fut accueilli, pour cette raison, dans l'indifférence générale. Une magnifique occasion manquée. Quant à Jacques Delors, c'est seulement au passage, dans une déclaration de 1989, qu'il a évoqué un « défi », « celui de civilisation » ; et encore ne fut-ce que pour le ravaler au rang de « supplément d'âme » du grand marché[85]... Emmanuel Macron s'est montré plus clairvoyant lorsque, s'adressant, à l'occasion des élections européennes de 2019, à l'ensemble des citoyens de l'Union, il affirma que « c'est la civilisation européenne qui nous réunit, nous libère et nous protège[86] ».

De cette réticence persistante à assumer l'identité de l'Europe, témoigne encore la polémique née à l'occasion de la composition de la nouvelle Commission, lorsque fut choisi l'euphémisme « mode de vie européen » plutôt que « civilisation », comme intitulé du portefeuille de l'un de ses membres. Civilisation : un mot manifestement encore sulfureux pour les esprits bruxellois.

Et c'est de façon tout à fait remarquable – dans les deux acceptions de cet adjectif, celle de l'éclat et celle de la rareté – qu'après avoir souligné l'importance du récit en politique – « une stratégie qui ne s'appuie pas sur un récit n'en est pas une » – Luuk van Middelaar conclut : « la géopolitique européenne nécessite un récit ayant la civilisation européenne pour héros et dans lequel on pourrait considérer l'Union comme l'expression politique actuelle de celle-ci en tant qu'héritière du concert européen des débuts de la modernité ».[87]

L'Europe doit désormais assumer et revendiquer sa personnalité, comme avaient su le faire, en leur temps, Winston Churchill, dans son célèbre et trop souvent tronqué discours de Zurich (19 septembre 1946), où il évoqua « ce continent magnifique, qui comprend les parties les plus belles et les plus civilisées de la Terre [...] à l'origine de la plus grande partie de la culture, des arts, de la philosophie et de la science du passé et du présent » ; ou les participants au congrès fondateur de La Haye, du 7 au 10 mai 1948, qui l'avaient placé, outre « la paix » et « la prospérité », sous les auspices d'une « communauté spirituelle ». Il existe une identité de l'Europe qu'il convient de défendre.

Identité politique : la démocratie, la séparation des pouvoirs, les droits de l'homme – *id est*, les droits de tous les hommes : femmes, hommes, enfants –, les libertés publiques, la laïcité. Il existe un modèle démocratique européen, sur lequel nous ne devons pas transiger.

Identité sociétale : celle de l'équilibre entre l'économie et le social, la compétitivité et la solidarité, les entreprises et les salariés, le capital et le travail. Représentant seulement 5,9 % de la population mondiale, mais 18,6 % de la richesse produite, l'Union européenne est par conséquent un espace de haute productivité. Deuxième puissance économique de la planète, elle est la première au regard de la solidarité, puisque plus de 40 % des dépenses sociales dans le monde sont européennes.

Identité culturelle : celle d'une civilisation exceptionnelle, aux réalisations sans pareilles, aux ressources infinies, constituée par des cultures nationales admirables.

Les Européens doivent prendre conscience de la beauté et de la force de leur civilisation et la revendiquer hautement. Plutôt que le « patriotisme constitutionnel », sans consistance aucune, prescrit par Habermas, les responsables politiques de l'Union feraient mieux de défendre le « patriotisme civilisationnel » de l'Europe. Et les citoyens de cette même Union être fiers de leur histoire partagée, de leurs histoires respectives, de leurs cultures nationales et de leur civilisation commune, une civilisation qu'ils doivent aimer et protéger. L'Europe doit défendre ses valeurs et ses intérêts et, pour cela, définir ses frontières.

L'Europe aux temps du corona : mettre fin à l'idéologie « sans-frontiériste »

Pauvre frontière. Vouée aux gémonies par les européistes et les globalisateurs, car incarnant ces États-nations chargés à leurs yeux de tous les péchés, désignée aux peuples comme une des figures du Mal – celle du « repli », de l'« égoïsme », du « nationalisme qui conduit à la guerre » –, la frontière est surtout incomprise ; elle avait peu, jusqu'à la pandémie de Covid-19 qui l'a réhabilitée, mauvaise presse ; et il fallait bien du courage, celui de Régis Debray, pour oser faire son éloge.[88]

Si elle constitue, pour un être vivant comme pour une nation, une limite, physique et symbolique, qui permet de se différencier des autres, de distinguer un dedans d'un dehors et, ainsi, de se définir, elle ne se réduit pas à cela ; elle est aussi ce qui permet l'interaction – contacts, commerce, voyages – de façon rationnelle et maîtrisée ; elle est une interface. La frontière n'est pas qu'une barrière, elle est aussi un pont. Elle unit les hommes autant qu'elle les sépare. Ce n'est pas l'image architecturale du mur qui rend le mieux compte de sa vraie nature, mais celle, biologique, de la membrane, qui délimite chaque organisme vivant, certes, mais qui permet également les échanges, les organise, les régule, les module. Frontière naturelle, la peau humaine marque notre finitude corporelle et porte notre identité ; dans le même temps où elle est ce qui nous permet d'entrer en relation avec l'Autre. Voilà pourquoi, comme nous le rappelle opportunément Michel Foucher, « un monde sans frontières est un monde barbare[89] ».

Ce n'est évidemment pas ainsi que la frontière est envisagée par la doctrine européiste, pour laquelle la liberté de voyager, pas seulement au sein de l'UE ou de l'espace Schengen, mais dans le monde entier, d'une belle liberté conquise est devenue une espèce de droit de l'homme, ne sachant souffrir aucune entrave d'aucune sorte, et certainement pas celle d'une frontière, envisagée exclusivement comme un obstacle inhumain et cruel. Cette vision faussée a abouti à constituer une nouvelle idéologie, celle du « sans-frontiérisme ».

Idéologie pulvérisée sous les yeux de tous par la pandémie du coronavirus et, plus encore, par les mesures de protection des populations que les différents États membres ont finalement été amenés à adopter. Reste que, dans un premier temps, les réactions de nombre de responsables politiques « progressistes » se résumèrent à des formules pavloviennes et incongrues : « le virus ne connaît pas les frontières » et « il n'a pas de passeport » ; rétablir les frontières serait « totalement inutile et même dangereux », car témoignant d'un « repli nationaliste ».

Que le virus ne se déplace pas seul, qu'il ne puisse le faire que véhiculé par des hommes et que ceux-ci soient, eux, détenteurs de passeports et puissent, par conséquent, être bloqués aux frontières ; que rétablir les frontières nationales, ainsi que celles de l'espace Schengen, soit de plus un moyen élémentaire permettant de se donner du temps, celui de la réflexion, de l'élaboration d'une stratégie adaptée ; que cette mesure permette d'organiser, en interne, la circulation des matériels, des médecins, des patients ; que les « gestes barrières » soient, à leur échelle, celle de la personne, précisément fondés sur le principe de la frontière ; que le confinement d'une école, d'une ville, d'un département ou d'un pays participe de la même stratégie : autant de vérités enfantines auxquelles ces beaux esprits se refusèrent de prime abord. Bien entendu, quand l'impératif de sécurité sanitaire, face à une réalité épidémiologique implacable, s'imposa à tous, ces protestations mondialistes, européistes et « sans-frontiéristes » apparurent pour ce qu'elles étaient : des bavardages.

La France, dans un premier temps, a tenu à jouer le rôle du meilleur élève de la classe européiste. Alors qu'il aurait fallu fermer les frontières extérieures de l'UE et celles des États membres, de façon rapide et pragmatique, pour ralentir la progression du virus, notre pays a choisi de faire cavalier seul, sous le prétexte de refuser le « nationalisme sanitaire » qu'auraient représenté, selon ses dirigeants, de telles mesures. Et cela alors que l'Autriche, la Slovaquie, la Pologne, la République tchèque, le Danemark fermaient leurs frontières nationales dès le 13 mars 2020 ; dans le même temps où la Slovénie et la Hongrie opéraient des contrôles sanitaires à leurs frontières avec l'Italie. Quant à l'Allemagne, dès le 4 mars elle prit un décret interdisant les exportations de matériels médicaux, alors même que l'Italie avait cruellement besoin de ceux-ci, puis elle accrut ses contrôles à la frontière avec la France le 12 mars avant de fermer celle-ci le 15 mars – décision unilatérale et symbolique que de bloquer le pont de l'Europe, entre Strasbourg et Kehl –, ainsi qu'avec l'Autriche, la Suisse, le Luxembourg et le Danemark. Réticence idéologique qui n'empêcha pas la réalité sanitaire d'imposer sa loi : *in fine*, la France vira de bord le 17 mars et demanda la fermeture des frontières extérieures de l'UE. Lorsque, neuf mois plus tard, une souche mutante du virus, nettement plus contagieuse, apparue au Royaume-Uni, se répandit de par le continent, c'est bien ce réalisme politique et sanitaire qui prévalut, sans discussions ni hésitations : dès le dimanche 20 décembre 2020, la plupart des États membres décidèrent de suspendre leurs liaisons avec ce pays. Outre ses aéroports, la France ferma le tunnel sous la Manche, rendant momentanément à notre voisin son statut d'île. Même célérité à suspendre les vols entre la France et le Brésil (avril 2021) après l'apparition d'un « variant » estimé inquiétant dans ce pays.

Le jugement à porter sur ces palinodies nous est livré par un européiste insoupçonnable, Dominique Reynié : « Le mépris de la frontière est la grande faute politique et morale de nos gouvernants nationaux et européens. Sans frontière, aucune souveraineté n'est possible, ni populaire ni nationale ; plus encore, sans frontière, le contrat social devient impossible. Quels sont mes devoirs, quels sont mes droits, à quelle autorité dois-je allégeance ? Qui me protège ? C'est la question pertinente posée depuis le début par les souverainistes[90]. »

Abandonner l'« Europe sans rivages »

S'il existe des frontières naturelles – chaînes de montagnes, cours d'eau, mers et océans –, beaucoup sont établies par les hommes – politiques, diplomates ou guerriers –, leurs conflits et leurs guerres, fixées par des conquêtes, des victoires, des défaites et des invasions, des négociations, des traités de paix ou d'autres textes juridiques. Et puisque la géographie est autant politique que physique, donner une définition géopolitique d'un espace s'avère, à un moment ou à un autre, nécessaire, comme le fit le général de Gaulle, en 1962, lorsqu'il appela de ses vœux une Europe « allant de l'Atlantique à l'Oural ». Ce qu'un vrai Européen, amoureux de sa patrie, nationaliste ombrageux mais soucieux de l'unité du continent, sut ainsi énoncer, les chantres de chantres de l'européisme s'en montrent le plus souvent incapables : pour eux, l'Europe est si grande et si belle qu'ils la veulent offerte à tous.

Pauvre Europe. Alors qu'elle est historiquement le continent des frontières – elle recèle en son sein plus de 90 frontières entre États, représentant plus de 37 000 kilomètres, soit 25 % des frontières recensées de par le monde –, ses thuriféraires appointés n'ont eu de cesse d'en nier l'importance, même de celles qui auraient dû la protéger. Sans frontières, illimitée, elle reste indéfinie, sans substance, sans saveur, sans projet assumé, par conséquent sans identité, avec pour seul horizon celui d'une extension sans fin : on retrouve là l'« Europe sans rivages » de François Perroux, vision à la fois européiste et mondialiste, concevant la frontière de l'Europe comme « une onde vibratoire », pour reprendre la formule du même, s'éloignant inéluctablement du centre historique – l'Europe des Six – au gré des adhésions successives. Jusqu'où ? Peu se sont risqués à répondre à cette question, car cela aurait supposé au préalable de définir la visée finale de l'Europe en train de se construire – commerciale ? économique ? monétaire ? militaire ? politique ? civilisationnelle ? –, démarche considérée comme périlleuse, voire taboue. Seuls les États-Unis d'Amérique se sont avancés à proposer que les frontières de l'Europe coïncident avec celles de l'OTAN, incluant, par conséquent, la Turquie, avec des visées stratégiques cohérentes de leur point de vue, à défaut de l'être pour les Européens. Quoi qu'il en soit, pour être muette, la dynamique propre à l'Europe institutionnelle n'en fut pas moins celle d'un élargissement continu, au terme d'un processus d'adhésion à l'Union désormais inversé dans sa logique, régi non plus par la loi de l'offre, mais par celle de la demande – pour reprendre l'analyse de Pierre Manent[91]. Une dilatation synonyme de dilution.

Soit : six membres en 1957 (Italie, Allemagne, France, Benelux), neuf en 1973 (Irlande, Danemark, Royaume-Uni), dix en 1981 (Grèce), douze en 1986 (Espagne et Portugal), quinze en 1995 (Autriche, Finlande, Suède), vingt-cinq en 2004 (Slovaquie, Chypre, Malte, Pologne, Lituanie, République tchèque, Lettonie, Hongrie, Estonie, Slovénie), vingt-sept en 2007 (Bulgarie, Roumanie), et vingt-huit en 2013 (Croatie).

Un élargissement mené tambour battant dans les années 2000, avec l'arrivée de treize pays en moins de dix ans (entre 2004 et 2013), et sans justification officielle autre que la « réunification » d'une Europe qui n'avait jamais, historiquement, été unie. Une forme de précipitation qui poussa, plus tard, Jacques Delors à confier : « Lorsqu'on a fait le grand élargissement – j'étais pour –, on aurait dû le faire d'une manière plus progressive, prendre une dizaine d'années pour que ces pays se sentent vraiment volontaires pour continuer l'aventure[92]. » Une vision de l'extension permanente conduisant à justifier, pour ses tenants, au premier rang desquels ce même Delors[93], l'adhésion de la Turquie à l'Union européenne, candidate depuis le 14 avril 1987. Et cela alors que, dans cette hypothèse, les frontières orientales de ce pays – avec la Syrie, l'Irak, l'Iran, l'Azerbaïdjan, l'Arménie et la Géorgie – seraient devenues, *ipso facto*, celles de l'Europe tout entière. Quand on sait le choc politique qu'a représenté, pour la plupart des membres de l'Union européenne, la « crise des migrants » de 2015, on imagine ce qui se serait passé si la Turquie avait été l'un d'entre eux...

Selon Pomian, « l'histoire de l'Europe est celle de ses frontières »[94]. Reste que tout au long de la construction européenne, la question de la frontière extérieure de l'Europe – et celle, qui lui est consubstantielle, de l'identité de celle-ci – a constitué un impensé – pire : un refoulé. Le débat à son propos a été systématiquement escamoté. Ainsi, à l'issue du Conseil européen de Lisbonne (26 et 27 juin 1992), la Commission confessait que, pour elle, « le terme Européen ne peut être officiellement défini [...] il n'est ainsi ni possible ni opportun d'établir les frontières de l'Union européenne dont les contours seront encore redéfinis[95] ». Pour la mythologie européiste, seule la disparition des frontières intérieures à l'Union comptait. D'où la place centrale occupée, dans ce discours, par l'accord et la convention de Schengen (1985 et 1990), pas même des traités, devenus toutefois, avec l'euro, « le » symbole de l'Europe. Des textes organisant la libre circulation – sans entraves, sans passeports – des citoyens de l'Union au sein de celle-ci, mais ne prévoyant aucune mesure efficace pour garantir ses frontières extérieures. S'est ainsi mise en place une Europe « ouverte », en décalage complet avec les données géopolitiques et humaines de ce début de XXIe siècle, celles de la pression migratoire d'une bonne part du Moyen-Orient et d'une possible « ruée vers l'Europe » de la jeunesse africaine[96].

Sans frontières, l'Europe n'a pas de territoire à elle, et ne peut avoir d'identité. Sans frontières garanties, pas non plus de protection de ses valeurs, de ses populations, de ses intérêts. Définir et défendre celles-ci est donc un droit autant qu'un devoir.

Définir et défendre les frontières de l'Europe

Seule l'Histoire permet de résoudre l'énigme fondatrice, celle soulevée depuis l'Antiquité : qu'est-ce que l'Europe ? Où s'arrête-t-elle ?

Quelles sont ses limites ? Elle seule est en mesure de nous donner le tracé définitif des frontières de l'Union européenne.

Déjà, pour les Grecs anciens – Hésiode au VIIIᵉ siècle et Hérodote deux cents ans plus tard –, si l'Europe était une notion géographique indiscutable et indiscutée à l'ouest, et bien délimitée au sud, du Pont-Euxin aux Colonnes d'Hercule, il n'en allait pas de même au nord-est et à l'est. Indétermination inévitable, car l'Europe n'est pas un continent aux contours définis, mais une presqu'île, « un petit cap du continent asiatique », selon la célèbre formule de Paul Valéry. Dès lors, l'émergence d'une entité européenne, distincte de l'Asie, ne pouvait résulter que d'une construction de l'esprit humain et non des données de la seule Nature.

Si, à l'ouest, la géographie a déterminé sans difficulté les limites de l'Europe, à l'est cette tâche a incombé à l'Histoire, au gré de ses flux et reflux, le plus souvent par le fer et par le feu, tranchant ainsi entre les différentes thèses et armées en présence. Guerres, batailles, victoires, défaites, invasions : les ambitions politiques, les affrontements religieux et les confrontations culturelles ont modelé et remodelé la carte de l'Europe orientale. Ce fut en particulier le cas avec les poussées successives de l'Empire ottoman : conquête de la Bulgarie en 1390, de la Serbie et de la Bosnie en 1450, de la Hongrie en 1520, menace séculaire sur l'Autriche, jusqu'à l'échec du grand siège de Vienne en 1683. Au final, c'est l'Histoire qui a fait la géographie de l'Europe, qui l'a délimitée par une succession de dichotomies fondatrices : Occident/Orient ; islam/chrétienté ; Latins/Byzantins ; protestantisme/catholicisme. Cette succession de césures, constituant autant de blessures dans la chair de l'Europe, – l'Europe possède une « mémoire balafrée[97] », selon la formule frappante de Rémi Brague, gardant la trace de ces plaies infligées par l'Histoire –, lui a conféré des limites de nature exclusivement culturelle et religieuse. Aujourd'hui, l'enjeu est de fixer des frontières définitives à l'est et de mettre ainsi un terme, lui aussi définitif, à l'élargissement. C'est à l'Europe de dire quels nouveaux arrivants elle accepte, ou pas, et pourquoi.

Parmi les options envisageables, la solution la plus sage et la plus convaincante consiste à suivre le « paradigme civilisationnel » suggéré par Huntington et, ainsi, à retrouver « la grande frontière historique », « remontant à la création du Saint-Empire romain », « restée à peu près stable pendant au moins cinq cents ans », « la frontière culturelle de l'Europe », celle entre les Empires austro-hongrois et ottoman, entre chrétienté occidentale, d'un côté, islam et orthodoxie, de l'autre[98]. Conclusion à laquelle était parvenu, quelques années plus tôt, en 1990, un cénacle de spécialistes réunis à Londres au sein du Royal Institute of International Affairs[99]. Solution à laquelle, en dépit des arguties de toute nature, des réticences idéologiques et des atermoiements, l'Europe finit, sans le dire, sans le savoir même, par se rallier, *grosso modo*.

Déjà, la congruence des contours de l'empire de Charlemagne et des frontières de l'Europe des Six, pour être bien connue, n'en reste pas moins frappante. La superposition des limites de la chrétienté occidentale en l'an 1500 – Église orthodoxe byzantine exclue – et de la frontière orientale de l'Europe à vingt-sept est presque aussi concluante. Ainsi, c'est très logiquement que la Finlande (en 1995) et les États baltes (en 2004) ont été intégrés à l'UE. La Roumanie l'a été dans son intégralité territoriale, alors que seule la Transylvanie correspondait au critère retenu. Même largesse communautaire à l'endroit de la Bulgarie, admise en 2007, alors qu'elle ne fait pas partie, historiquement, du bloc de civilisation européenne. Selon cette approche, l'Union européenne devra dire « non » à l'Ukraine et à la Biélorussie, même si leurs parties occidentales, uniates, pourraient être incluses sur le fondement du critère civilisationnel, au contraire de leurs parties orientales, de tradition orthodoxe. Inenvisageable, un tel découpage de ces deux États ouvrirait un front majeur avec la Russie.

Une Russie qui, culturellement, participe de la civilisation européenne. Tolstoï, Moussorgski, Tchekhov, Diaghilev, Chostakovitch, Dostoïevski, Malevitch, Gogol, Rimski-Korsakov, Kandinsky, Prokofiev, Pouchkine, Scriabine, Tchaïkovski, Pasternak, Stravinsky, Maïakovski, Gorki, Rachmaninov, Soljenitsyne, Grossman ou Chalamov : énumérer ces noms et se remémorer la puissance et l'éclat de leurs œuvres suffit à se rappeler, si besoin était, la contribution russe à notre civilisation. Rappelons le jugement de Fernand Braudel : « La Russie fait partie de l'Europe. Elle est une Europe particulière[100]. » Une Russie que la géographie, l'histoire, la religion et, surtout, la politique ont néanmoins éloignée de nous : il semble révolu le temps où Mikhaïl Gorbatchev déclarait, à propos de la communauté de destin existant entre la CEE et ce qui était encore l'URSS, qu'il se proposait de bâtir « une maison commune européenne »...

Le temps est maintenant venu de fixer des frontières définitives à l'Union européenne. Et, pour cela, de procéder à son ultime élargissement.

Procéder au dernier élargissement

Dans les Balkans, zone où les trois civilisations en présence sont enchevêtrées, et historiquement ligne de contact avec l'Empire ottoman, la Slovénie (en 2004) et la Croatie (en 2013) ont déjà été admises. Reste à statuer sur le sort à réserver à encore six États de la région. Le principe de leur intégration a été entériné lors du sommet de Thessalonique (21 juin 2003) conclu par la déclaration éponyme. Deux pays des Balkans occidentaux ont entamé le processus d'adhésion : le Monténégro, en 2012, et la Serbie, en 2014. Les pays de l'UE ont approuvé, mardi 24 mars 2020, l'ouverture des négociations pour intégrer la Macédoine du Nord et, sous conditions, l'Albanie. Quant au Kosovo et à la Bosnie-Herzégovine, ce sont des candidats potentiels. L'entrée de ces six pays, appartenant à notre aire de civilisation, serait, de surcroît, géographiquement logique et comblerait le « vide » existant actuellement entre les trois États balkaniques, occidentaux (Slovénie et Croatie) et méridional (Grèce), déjà membres, et l'ensemble formé par la Roumanie et la Bulgarie constituant la limite orientale de l'Union : le « puzzle » européen serait ainsi complété dans cette région. Reste que ces adhésions soulèvent des questions politiques qui doivent être, dans cette perspective, résolues préalablement.

Grâce à son veto, opposé le 18 octobre 2019, la France a obtenu une nouvelle procédure d'adhésion plus stricte et réversible – la possibilité, notamment, de suspendre ou d'interrompre les négociations avec les candidats –, plus progressive et plus politique, aussi, perdant le caractère d'automaticité qui était le sien jusque-là. Cette réforme représente un progrès. Si ces six États remplissaient, au terme du processus, les critères nécessaires, la logique voudrait qu'ils deviennent les derniers membres d'une Union européenne qui en compterait alors trente-trois. Parmi ces critères, la question du rapport de ces pays avec la Chine est centrale. Les Balkans ne doivent plus constituer la porte d'entrée de l'infiltration chinoise en Europe : telle doit être la condition *sine qua non* pour concrétiser institutionnellement la règle géopolitique édictée par la déclaration de Thessalonique : « L'avenir des Balkans est dans l'Union européenne. »

Demeurerait posée, par principe, la question de l'entrée éventuelle au sein de l'UE de la Suisse et du Liechtenstein, deux pays membres de l'Association européenne de libre-échange (AELE) et de l'espace Schengen, enclavés au sein de l'Europe et d'ores et déjà alignés économiquement et commercialement avec elle. La logique politique conduirait à ce qu'ils se portent candidats et soient intégrés ; ou, tout du moins, à ce que la proposition leur soit faite.

Bien entendu, la procédure d'adhésion avec la Turquie devrait être interrompue définitivement. Une négociation en vue de la conclusion d'un accord de partenariat stratégique pourrait alors, éventuellement, être lancée, à condition que ce pays cesse de conduire une politique « néo-ottomane », en particulier en Méditerranée orientale. Médiéviste de renommée internationale, amoureux et défenseur de l'Europe, Jacques Le Goff avait, en mai 2004, tranché cette question de façon limpide : « Évoquer l'Histoire pour promouvoir une Europe culturelle n'est pas revenir à la religion. La Turquie est à maintenir en dehors de l'Europe, non pas parce qu'elle est musulmane, laïcisée d'ailleurs, mais parce qu'elle n'est pas européenne. La Bosnie, l'Albanie, musulmanes, sont européennes et feront partie de l'Europe dans un avenir plus ou moins proche[101]. »

Cette Europe, définitivement délimitée et limitée en nombre, serait-elle un « club chrétien », selon la formule consacrée ? Non, au regard de la religion, n'importe quel citoyen de l'UE pouvant être de confession musulmane – puisque c'est bien en pensant à l'islam que l'on formule cette critique –, ou embrasser cette foi. Non plus du point de vue de la démographie, puisque les populations respectives de l'Albanie, du Kosovo et de la Bosnie-Herzégovine sont en majorité musulmanes ; par ailleurs, la Bulgarie, la Grèce, la Serbie, le Monténégro, la Macédoine du Nord et la Roumanie sont principalement orthodoxes, seules la Croatie et la Slovénie étant de tradition catholique. Oui, si l'on considère l'Histoire et la culture, qui sont celles de la chrétienté occidentale. Racines chrétiennes de l'Europe, alors ? Oui, bien entendu, mais les branches de l'arbre peuvent porter des fruits de toute nature.

Ainsi arrêtées, ces frontières doivent être défendues. En particulier celle, terrestre – les quelque 200 kilomètres du fleuve Évros – et celle, maritime – en mer Égée – entre la Grèce et la Turquie, mais aussi celles entre ce pays et la Bulgarie, essentielle à la protection de l'Europe. Ce devrait être l'objectif d'un « nouveau Schengen », efficace, incluant tous les États membres de l'Union – à l'heure actuelle, ni la Bulgarie, ni la Roumanie, ni Chypre, ni la Croatie n'en font partie[102] –, à la hauteur des questions posées par la pression migratoire, garanti par l'engagement des pays situés aux frontières externes de l'Europe de défendre celles-ci sans relâche, avec l'appui de Frontex : ce serait là, pour eux, manifester, de façon tangible, leur engagement en faveur de l'Union. D'une action vigoureuse visant le démantèlement des réseaux de passeurs, aussi. D'un pacte stratégique avec le continent africain, pacte de développement économique et d'organisation commune des migrations, enfin et surtout. Élément indispensable de sa protection, ces frontières ne valent que si l'Europe développe un véritable esprit de défense. À cet égard, les positions qui seront prises, ou pas, dans les prochains mois et les années à venir, quant à la principale menace qui pèse sur elle – lointaine géographiquement, mais précise politiquement –, seront décisives.

La Chine aux temps du corona : « un Tchernobyl chinois à la puissance dix »

La crise du coronavirus a contraint la Chine à révéler sa vraie nature : celle d'une puissance agressive.

Avec un PIB de 13 600 milliards de dollars, à comparer à celui de la première économie mondiale, les États-Unis, environ 20 500 milliards de dollars, et sa population atteignant 1,4 milliard d'individus, elle est d'ores et déjà un géant économique. Plus significatif : sa part dans la valeur ajoutée de haute technologie a quadruplé en dix ans, passant de 7 % à 28 % entre 2003 et 2014, et le nombre de ses étudiants diplômés ne cesse d'augmenter, dépassant aujourd'hui 1,3 million par an[103]. Son économie singulière souffre toutefois de vulnérabilités structurelles. Son essor spectaculaire est principalement dû au rattrapage sans précédent qu'elle a opéré au cours de ses « Quarante faramineuses » (1979-2019), qui, inévitablement, voit ses effets s'épuiser. Cet essoufflement se fait déjà sentir et il est une des justifications au lancement de l'opération « routes de la soie ». Très dépendante sur le plan énergétique, notamment au regard de ses approvisionnements en pétrole, la Chine l'est de façon générale par rapport à l'extérieur, tant sa production est tirée par le niveau, considérable, de ses exportations (environ 20 % de son PIB), ce qui induit une grande sensibilité aux variations des échanges internationaux – que la « guerre commerciale » lancée par les États-Unis de Donald Trump a révélée. Les pratiques de culture intensive et la pollution des sols menacent la pérennité de sa sécurité alimentaire. En dépit des transferts forcés, voire des vols, de technologies dont elle est coutumière, elle demeure encore en retard dans l'innovation industrielle par rapport aux États-Unis. La hausse des salaires des travailleurs de la classe moyenne chinoise, quant à elle, mine progressivement la « compétitivité » de son industrie. L'économie de la Chine présente donc des faiblesses et quitte progressivement le statut d'exceptionnalité qui était jusque-là le sien ; un signe révélateur à cet égard : alors qu'elle n'avait pas connu de récession lors de la crise des *subprimes*, en 2007-2008, son PIB a chuté de près de 7 % au cours du premier trimestre de l'année 2020, comme l'ensemble des économies mondiales.

Son vrai visage, celui du cynisme, la Chine l'a montré lors de la crise du coronavirus.

Le pouvoir chinois a dissimulé les premiers cas de malades atteints par le Covid-19, apparus dès le 17 novembre 2019 et non le 31 décembre (date de communication par la Commission municipale de santé de Wuhan du premier cas confirmé le 8 décembre)[104]. Pendant tout le mois de décembre de cette année, de très nombreux cas de « grippe » auraient été recensés – vingt fois le chiffre enregistré en 2018 –, sans que les autorités chinoises réagissent officiellement ou informent l'OMS de cette situation tout à fait anormale. Le 1er janvier 2020, le marché aux fruits de mer et aux animaux sauvages vivants – marché dit « humide » – de Huanan, incriminé par ces mêmes autorités, fut fermé. À cette date, Taïwan, Hong Kong, la Corée du Sud et Singapour avaient déjà réagi. Jusqu'au 23 janvier 2020, date du confinement en Chine, plus de 5 millions de personnes auraient quitté la province du Hubei, y compris pour l'étranger, propageant ainsi le virus. Et, pendant toute la phase d'émergence de l'épidémie, période pendant laquelle il était possible d'éviter sa diffusion à l'ensemble de la planète, Pékin s'est tu et a même nié l'existence de la crise, réprimant les voix qui, telle celle du Dr Li Wenliang, courageux lanceur d'alerte, mort au début du mois de février, tentaient de prévenir le reste du monde. Après ce déni initial, en s'appuyant sur les instruments de sa dictature – le parti communiste et l'Armée populaire de libération (APL) –, le pouvoir chinois a réussi à cantonner la progression du virus sur son territoire. Sa responsabilité est d'autant plus accablante que ce pays avait déjà connu un épisode épidémique de SRAS, en novembre 2002, dans la province du Guangdong ; il n'a donc pas été pris au dépourvu. La Chine a caché l'émergence d'une épidémie domestique, qui, ainsi, est devenue une pandémie.

Elle a également menti quant au nombre réel de cas : 84 000, selon elle, et seulement 3 600 morts, tous résultats fantaisistes pour une population équivalant à celles de l'UE (448 millions), des États-Unis (332 millions), du Brésil (212 millions), du Nigeria (206 millions), de la Russie (145 millions) et de l'Afrique du Sud (59 millions) réunis, et, par conséquent, manifestement manipulés. Comme le confirme le sinologue François Godement : « Il est évident que le nombre de victimes a été sous-estimé. L'unique réévaluation statistique a consisté à augmenter de 50 % à l'unité près le nombre de morts à Wuhan sans changer les autres chiffres. Cela montre bien que les autorités ne font même pas semblant d'y croire[105]. »

Les dirigeants de Pékin ont, aussi, très probablement menti quant à l'origine du SARS-CoV-2. La transmission de ce virus de son hôte naturel, la chauve-souris, à l'homme, a été, dans un premier temps, imputée à la consommation d'un mammifère très prisé des Chinois, le pangolin, qui aurait servi d'hôte intermédiaire. Explication officielle, commode, si commode : alors qu'il existe dans ce pays des centaines de ces marchés « humides » – par ailleurs officiellement interdits, mais tolérés dans les faits, tant ces pratiques alimentaires et médicinales archaïques restent ancrées dans les traditions populaires chinoises –, pourquoi est-ce précisément dans la ville de Wuhan, siège de plusieurs laboratoires de virologie, dont un de niveau P4, qu'a surgi le SARS-CoV-2 ? Que s'est-il exactement passé au sein du *Wuhan Institute of Virology* (WIV), l'un des 4 ou 5 laboratoires de niveau P4 au monde, dont les chercheurs travaillaient depuis 2013 sur une souche virale très proche du SARS-CoV-2 ? Un laboratoire accordé à la Chine par Jacques Chirac en 2004, en dépit des avis contraires de tous les experts de la question, en particulier le secrétariat général de la défense et de la sécurité nationale (SGDSN) et qui a fonctionné dans la plus grande opacité, en violation du « contrat » passé avec notre pays ?[106] À ces questions, essentielles, compte tenu de l'impact sanitaire et économique de cette pandémie, Pékin, après avoir longtemps refusé de répondre aux demandes d'éclaircissements, n'a fini par accepter une mission d'enquête internationale qu'à ses conditions et en en entravant le déroulement. Rédigé sous la tutelle des autorités chinoises, son rapport final (30 mars 2021) a été remis en cause par le directeur général de l'OMS lui-même, qui a estimé nécessaire une investigation spécifique sur l'hypothèse d'un accident de laboratoire à Wuhan (avril 2021). En son temps, après la catastrophe nucléaire de Fukushima, le Japon, lui, avait accepté et même sollicité un contrôle de ce type sous l'égide de la « communauté internationale ». Dès lors, l'hypothèse de la responsabilité de Pékin dans ce qui serait « un Tchernobyl chinois à la puissance dix », selon la formule de François Heisbourg, ne saurait être écartée.[107]

Enfin, les responsables chinois ont pratiqué un violent et outrancier dénigrement des pays occidentaux – qui valut, en particulier, à l'ambassadeur chinois en France d'être rappelé à l'ordre par notre ministre des Affaires étrangères – et se sont livrés à une propagande grossière, à peine digne de l'URSS stalinienne, fondée à la fois sur la désinformation et la distribution de matériel médical, dans une opération de réécriture de l'histoire de la pandémie au service d'une réécriture plus large de l'Histoire.

Le temps de l'*hubris*

Au mensonge est venue s'ajouter la brutalité d'un pouvoir personnel désormais assumé et affiché : après que la « Constitution » chinoise a été modifiée en 2018, afin de supprimer la limitation à deux mandats de la fonction présidentielle, fut introduite dans ce même texte la « pensée Xi Jinping ». Régime totalitaire pervertissant sciemment le système international, ayant engagé depuis dix ans une entreprise discrète mais systématique de pénétration de l'ONU, poussant ses pions et plaçant ses hommes au sein de l'organisation ou de ses satellites dès que l'occasion s'en présente, ayant contribué à faire élire, grâce à ses alliés africains et asiatiques du « groupe des 77 », l'actuel directeur général de l'Organisation mondiale de la santé (OMS), la Chine n'a eu aucun mal à obtenir de celui-ci qu'il se refuse à prendre en compte une première alerte, dès décembre 2019, du ministère de la Santé de Taïwan, gâchant ainsi un temps précieux, qu'il retarde la déclaration de l'état de pandémie mondiale et même qu'il se fourvoie à saluer la « transparence » chinoise dans la gestion de cette crise sanitaire. Si l'OMS est sous influence chinoise, le problème de l'entrisme de ce pays au sein de l'institution onusienne est d'ordre général, on l'a vu.

L'absence totale de scrupules de Pékin se mesure d'abord et avant tout sur son territoire ou dans les zones qu'il considère comme siennes. Persécution odieuse de la minorité turcophone musulmane ouïghour – internement massif (depuis 2014, selon les ONG, plus d'un million de personnes seraient enfermées dans des camps au Xinjiang, en particulier à Hotan et dans le district de Karakash), travail forcé à grande échelle, éradication linguistique, culturelle et religieuse, stérilisations forcées, une politique d'État de type génocidaire ; « cynique Anschluss de Hong Kong », pour reprendre la formule de Jacques Julliard[108] (violation de la Loi fondamentale de Hong Kong datant d'avril 1990, pourtant adoptée par le parlement chinois, et de la déclaration conjointe Royaume-Uni-Chine de 1984, adoption de la loi dite de « sécurité nationale » du 30 juin 2020, mettant ainsi fin *de facto* au statut de « région administrative spéciale » de l'ancienne colonie britannique et lui imposant un régime de répression) ; pressions politiques constantes sur Taïwan ; déploiement généralisé de la reconnaissance faciale et surveillance féroce de l'Internet nationaliste – pas de Facebook, d'Instagram ni de Twitter en Chine… – qui font de ce pays la première cyberdictature ; contrôle social maximal de la population continentale par un parti communiste fort de 90 millions de membres et d'une Armée populaire de libération soumise à celui-ci et sans le moindre état d'âme : autant de preuves du mépris achevé du pouvoir chinois pour les libertés publiques et les droits de l'homme.

Il ne faut pas s'y tromper : ainsi que le signale, avec lucidité, Graham Allison, « la manière dont Pékin traite ses citoyens donne une bonne idée de la manière dont la Chine traitera les autres pays quand elle sera devenue la première puissance mondiale[109] ».

Quant aux relations de la Chine avec le reste du monde et, en particulier, avec les nations européennes et les États-Unis, elles n'obéissent qu'à une seule règle – le rapport de force –, poursuivent un objectif principal – la déstabilisation par la subversion –, et mettent en œuvre toute la palette des manœuvres illégales que le pouvoir dictatorial dont dispose l'« Empire céleste » lui rend si commodes : espionnage technologique, économique, politique et personnel à grande échelle, cyberattaques – comme celle dont a été victime l'Australie –, tentatives de désinformation et autres piratages informatiques.

Il convient de bien saisir ceci : de par son passé impérial long de cinq mille ans, auquel a succédé rapidement, après sa fin brutale en 1911, le totalitarisme communiste (depuis 1949) ; de par l'immensité de son territoire que seuls ceux de la Russie, du Canada et des États-Unis dépassent ; de par, enfin, la multitude humaine qui la peuple, du désert de la Mongolie et de l'Himalaya aux rives de la mer Jaune, la Chine est historiquement et culturellement étrangère à la démocratie, au mode de gouvernement et au type de société que celle-ci requiert : séparation des pouvoirs, État de droit, garantie des libertés fondamentales, suffrage universel, élections libres, multipartisme, liberté de la presse et, plus largement, liberté de pensée et de communication, séparation du politique et du religieux, liberté de culte et d'expression. Démocratie qu'elle n'a jamais connue et, à horizon humain, ne connaîtra pas. Dernier gouverneur anglais de Hong Kong et ancien commissaire européen, Chris Patten porte un jugement sans appel sur le danger que représente désormais le pouvoir de Pékin : « Sous les auspices de Xi Jinping, la Chine est devenue plus dangereuse, plus immorale et plus problématique pour l'Occident comme pour son propre peuple [...]. Il faut lui résister et ne pas abandonner nos propres valeurs démocratiques[110]. »

Les dirigeants de l'Europe feraient bien d'entendre cet appel à la résistance face à une puissance frappée d'*hubris*.

La proie européenne

Car, fort logiquement, l'Union européenne est perçue par les Chinois comme la cible principale de leur volonté de domination mondiale : les « routes de la soie » visent d'abord et avant tout à conquérir commercialement, puis à soumettre politiquement, l'espace eurasiatique. Une soumission attendue, au terme d'un encerclement opéré avec patience, certes, mais sans le moindre fléchissement. Comme le souligne Jean-François Billeter, un excellent connaisseur de la Chine et du pouvoir chinois, ce dernier « n'annonce plus de révolution. Il se réclame d'une tradition séculaire, qu'il présente comme pacifique. Il parle d'autre part au monde le langage de l'économie, propose des affaires et se crée des obligés qui deviennent des agents d'influence et se chargent d'étouffer la critique autour d'eux. Une fois qu'il est dans la place, il use d'avertissements, puis de menaces, puis de mesures de rétorsion quand ses volontés ne sont pas faites[111] ».

Trop souvent encore, les Européens ont une vision faussée de la Chine, celle d'une rivale, peut-être, mais lointaine, si lointaine, encore exotique ; alors qu'elle est une puissance proche, de plus en plus proche, économiquement et politiquement de plus en plus présente en Europe – avec laquelle elle partage un même continent –, et dont la flotte croise régulièrement en mer Méditerranée. Il existe une logique géographique à la guerre politique que la Chine mène contre une Europe qu'elle considère, par ailleurs, comme le « ventre mou » de l'Occident.

Pour parvenir à ses fins, Xi Jinping a décidé d'enfoncer un coin dans l'Union, jouant de la division et du ressentiment croissant entre l'est et l'ouest de celle-ci et mettant en place une structure dite de « dialogue et de coopération », le « Partenariat 17+1 », composé de la Chine et de dix-sept pays d'Europe centrale et orientale : douze sont déjà membres de l'UE – Estonie, Lettonie, Lituanie, Pologne, République tchèque, Slovaquie, Hongrie, Roumanie, Bulgarie, Slovénie, Croatie et Grèce –, et cinq aspirent à le devenir – Serbie, Bosnie-Herzégovine, Monténégro, Albanie et Macédoine. Un cheval de Troie pour investir l'Union européenne. D'ores et déjà, le port du Pirée est sous contrôle chinois depuis son rachat en 2016. Historiquement proche du régime de Pékin avec lequel elle partage un passé communiste, la Serbie a signé un partenariat stratégique avec la Chine en 2009 et concentre près de 60 % des investissements de ce pays dans la région, tout en profitant à plein de sa « diplomatie des masques » et de distribution du vaccin anti-Covid Coronavac de la firme pékinoise Sinovac Biotech. Mais la cible de la Chine dans cette partie de l'Europe reste – pour des raisons géographiques stratégiques – la Hongrie, qui représente pour elle la plateforme logistique dont elle a besoin pour réussir sa percée commerciale : tel est l'objet du terminal ferroviaire qu'elle construit à Fényeslitke et qui doit, à l'horizon 2025, être relié à Belgrade et, de là, au port du Pirée accueillant le flux des marchandises chinoises. Le sud de l'Europe, quant à lui – Italie, Espagne et Portugal –, fait montre d'une vraie fragilité et pourrait tomber dans l'escarcelle chinoise, en particulier Rome, qui semble séduite par les sirènes de Pékin et a signé, le 23 mars 2019, un *Memorandum of understanding*, un mémorandum d'entente, à propos notamment du port de Trieste.

Quelle réaction l'Europe oppose-t-elle à cette offensive planifiée ? Ou, plutôt, quelles réactions ? Face à la volonté hégémonique de la Chine, celle-ci se présente, en effet, en ordre dispersé. Certes, la France semble vouloir adopter une position ferme. En revanche, l'Allemagne reste bien trop dépendante de son niveau d'exportations – de voitures, en particulier – vers Pékin et a tendance à négliger les droits de la personne humaine et le respect des accords internationaux si cela doit menacer les ventes de ses Mercedes et autres Audi. Ainsi que le résume Chris Patten : « Il y a en Chine des grandes sociétés allemandes – Siemens, Volkswagen et autres – qui y ont des intérêts énormes. Or le seul moyen de convaincre un consommateur chinois d'acheter ces produits, c'est de rester discret sur les génocides, sur le non-respect des règles de l'OMC ou sur l'assaut sur les libertés à Hong Kong[112]. » Les États membres de l'Union doivent coordonner leurs attitudes respectives face à la Chine et, si possible, adopter une position commune, qui ne saurait être celle, indécise, dans laquelle la Commission, s'est réfugiée, désignant la Chine, dans la même déclaration officielle, à la fois comme un « partenaire », un « concurrent économique » et son « rival systémique »[113]... Deux de ces dénominations sont de trop ; cette naïveté communautaire devra cesser et il faudra choisir. La Chine, elle, a déjà choisi : pour elle, l'Europe est une proie.

De Trump à Biden

Le temps est venu d'une nécessaire prise de conscience collective de la menace pesant sur l'Union ; celui, aussi, de l'adoption d'une stratégie commune face à la Chine. Encore faudrait-il, pour cela, ne pas se tromper sur la nature du véritable danger et ne pas se laisser emporter par la passion.

Les élites dirigeantes européennes – politiques, gouvernementales, intellectuelles, médiatiques, nationales ou communautaires –, à l'instar de leurs homologues « progressistes » américaines, ont adoré détester l'ancien président américain Donald Trump. Beaucoup de leurs représentants, ayant considéré l'élection du milliardaire new-yorkais comme illégitime, avaient entamé, dès le lendemain de celle-ci, une véritable croisade contre le nouveau locataire de la Maison Blanche. Le moindre de ses fracassants tweets matinaux était décortiqué, commenté, raillé ou dénoncé avec une sorte d'acharnement jubilatoire. Voir disparaître le « diable roux » de la scène politique était devenu leur idée fixe, ce qui les conduisit à condamner, presque par principe, toute proposition ou toute initiative émanant de lui. Jusque-là quotidien de référence, s'efforçant à séparer le fait du commentaire, le reportage de l'éditorial, le *New York Times* en a ainsi oublié sa rigueur professionnelle pour devenir un organe militant pour lequel « l'autocensure est devenue la norme », ayant renoncé « au nom de valeurs prétendument progressistes, à des principes fondateurs du journalisme comme la liberté d'expression et le pluralisme[114] ».

Or il se trouve que Donald Trump pose un vrai problème politique. Outrancier et provocateur par inclination personnelle, sexiste et misogyne sans état d'âme, narcissique et impulsif de tempérament, imprévisible et déroutant autant par nature que par calcul, grossier souvent et vulgaire à l'occasion, confondant volontiers sphère publique et intérêts privés, mêlant fréquemment népotisme et clientélisme, jouant de son « populisme » assumé comme d'une arme de haute précision, l'ancien président des États-Unis, personnage repoussant et dangereux, avait tous les défauts, plus un, qui constituait son atout maître : il appartenait pleinement à notre temps nouveau, dans lequel il évoluait avec naturel, dont il avait saisi les ressorts et dont il savait lire la carte des lignes de force. Monstre politique surgi des entrailles de cet univers des réseaux sociaux, des infox, mais aussi de la crise du multilatéralisme et de la fin de l'hyperglobalisation, Trump, selon Henry Kissinger, aurait été « l'une de ces figures de l'Histoire qui apparaissent de temps en temps pour marquer la fin d'une époque et la forcer à abandonner ses vieilles prétentions[115] ».

Ainsi, face à la Chine, Trump a-t-il compris que le principal problème posé désormais au monde est celui de la compatibilité de l'identité chinoise avec les valeurs qui sont celles des Nations unies ; que la politique à l'égard de la Chine suivie avec constance par son pays, depuis Nixon jusqu'à Obama – faite de conciliation et de patience, de concessions et d'accommodements –, a été un magnifique échec ; que la « ChinAmérique » n'était qu'une illusion dont les États-Unis ont fait les frais industriels ; que le rapport de force – scientifique et technologique, énergétique, financier, monétaire, militaire, culturel aussi – joue, pour quelques années encore, peut-être une ou deux décennies, en faveur des États-Unis ; que le moment est donc propice pour agir et mettre un terme aux pratiques déloyales de la Chine, pour ne plus accepter ses violations systématiques du droit international, ni ses manœuvres d'intimidation, ni son espionnage industriel ; qu'il est encore temps de contenir les visées hégémoniques de Pékin ; que, pour ce faire, le *soft power* devra être complété par le *hard power*, la manière forte étant parfois la seule à même d'être comprise par le pouvoir chinois ; bref, qu'il faut prendre la Chine « telle qu'elle est », et non telle que nous aimerions qu'elle soit, afin de la traiter comme il se doit. Car, ainsi que le résume François Godement : « Les promesses de la Chine n'engagent que ceux qui les reçoivent[116]. »

Que Trump ait été incapable de bâtir une véritable stratégie internationale, que ses actes aient nui à ses paroles – et *vice versa* –, que ses manières aient souvent été odieuses, qu'il se soit montré éruptif et inconséquent, qu'il ait fait peu de cas de l'Alliance atlantique et qu'il ait bousculé inconsidérément les pays européens, ne change rien à l'affaire et ne devrait pas nous détourner de l'essentiel : imaginer que la Chine puisse être domptée par la politique du sermon est une vue de l'esprit, une faute contre l'esprit. Le « monstre de Frankenstein » veut soumettre le monde et le modeler à ses vues, nullement s'y plier. Il veut désoccidentaliser la globalisation et la faire chinoise. Quand il investit les institutions du multilatéralisme, qu'elles soient économiques – OMC – ou diplomatiques – ONU –, c'est pour les subvertir. La créature n'est pas « progressiste » et on ne l'apprivoisera pas avec des courbettes ni des sourires. Encore moins avec des bons sentiments. Voilà ce qu'avait compris Trump et que semblent encore sous-estimer trop de chefs d'État ou de gouvernement européens. On peut, certes, se faire plaisir en considérant, avec John le Carré, que Trump fut « le nettoyeur des chiottes de Poutine. Il fait tout ce que le petit Vlad ne peut pas faire lui-même : il pisse sur l'unité européenne, il pisse sur les droits de l'homme, il pisse sur l'OTAN[118] ». En rester à cette seule analyse, demeurer obnubilé par l'Ours russe comme on le fut – fort légitimement – au temps de la guerre froide, ignorer ainsi la nouvelle donne géopolitique et la menace première que représente désormais la Chine, constitue une double méprise : se tromper d'époque et se tromper d'ennemi.

La nouvelle politique américaine de *containment* de la puissance chinoise est la bonne ; elle est comprise et approuvée par une majorité de citoyens des États-Unis ; faisant désormais l'objet d'un large consensus à Washington, elle sera poursuivie par Joseph Biden, parce qu'elle correspond et répond à l'état du monde et aux intérêts américains. Le « trumpisme », dans ce domaine, survivra à la défaite de l'ancien président républicain. Ainsi que l'a admis Antony Blinken, le nouveau secrétaire d'État, auditionné le 19 janvier 2021 par le Sénat américain, Donald Trump « a eu raison » d'adopter une position « plus ferme face à la Chine ». Il n'y aura pas, comme l'espèrent certains, de retour au « temps d'Obama », en dépit de l'élection de son ancien vice-président. Un temps largement idéalisé, au demeurant, tant Obama est devenu l'icône d'un camp progressiste amoureux de l'homme et sans guère de lucidité sur le président qu'il fut.

Obama, quel Obama ? Celui qui, en août 2013, prenant prétexte des réticences du Congrès, recula, *in extremis*, une poignée d'heures seulement avant le moment prévu pour le déclenchement des opérations, devant l'intervention militaire en Syrie qui aurait pu à la fois châtier Bachar al-Assad pour l'abject gazage de la Goutha et le dissuader de poursuivre son œuvre de destruction ? Qui maintint, reniant ses engagements de candidat, le camp de torture de Guantanamo ? Qui continua, comme ses prédécesseurs et comme son successeur, à s'entourer à la Maison Blanche des représentants de Wall Street ? Qui, abdiqua devant les lobbies – la loi Dodd-Frank (21 juillet 2010) censée réglementer le pouvoir de la finance n'ayant servi que d'alibi ? Qui accepta de faire espionner les téléphones portables d'Angela Merkel et de François Hollande ? Qui ne trouva pas nécessaire de venir manifester à Paris, le 11 janvier 2015, son soutien au plus vieil allié de son pays, la France, ébranlée par l'abominable tuerie de *Charlie Hebdo* ? Qui, dans ses *Mémoires*, choisit de renvoyer, de façon indigne, l'ancien président Sarkozy à ses origines – « moitié hongrois et un quart juif grec » –, à sa petite taille et à sa couleur de peau « mate » ? Qui fut incapable de modifier la législation du port d'armes aux États-Unis ? Qui détourna son regard de l'Europe et engagea la stratégie du « pivot asiatique » ? Sous le mandat duquel, devant la perpétuation du racisme et de la violence d'une large partie de la police américaine, émergea le mouvement Black Lives Matter ? Un président décevant, on le mesure, qui a fait oublier le magnifique candidat qu'il fut, à l'allure à la fois hiératique et féline, à l'éloquence de prêcheur, aux discours justes et profonds prononcés de cette voix de bronze qui fit tant pour sa séduction et son aura ; un président hésitant, prudent, trop prudent, dont la main a toujours tremblé au moment de décider, et dont on peut toujours se demander, désenchantés, plus de dix ans après, pourquoi il reçut le prix Nobel de la paix en 2009, tout juste élu.

Ne pas se tromper d'ennemi

Pour fracassante qu'elle fût – retrait de l'Accord de Paris sur le climat, abandon de celui sur le nucléaire iranien, blocage de l'OMC en raison du différend commercial avec la Chine, arrêt du financement de l'OMS à cause de la complaisance de cette institution avec la Chine au début de la pandémie de Covid-19, prises de distance répétées et blessantes à l'égard de l'UE –, la position adoptée par Trump en matière de relations internationales, mélange d'isolationnisme – un peu – et d'unilatéralisme – beaucoup –, n'a représenté qu'un tournant et non une rupture. Un retour à une longue tradition, celle ouverte avec Andrew Jackson, président de 1829 à 1836, dont les mânes veillaient sur l'ancien occupant du Bureau ovale après que celui-ci y avait installé son portrait en 2016. Tradition revisitée de façon périodique par le pouvoir américain, y compris quand son détenteur est démocrate, comme en attestent la sentence bien connue de Bill Clinton : « L'Amérique se tient seule comme la nation indispensable du monde », ou celle, comparable, de Barack Obama : « Comme tout autre chef d'État, je me réserve le droit d'agir unilatéralement si la défense de ma nation l'exige[117]. » Vous avez dit multilatéralisme ?

Sans aucun doute, l'arrivée d'un nouveau président à la Maison Blanche va-t-elle apaiser la relation entre les États-Unis et les capitales européennes – et l'on ne peut que s'en féliciter. Déduire de ce réchauffement diplomatique un retour à une situation antérieure, largement idéalisée au demeurant, constituerait une erreur politique ; et il est probable qu'une forme de continuité s'établisse entre le *America First* de Trump et le *America is back* de Biden. Reste l'essentiel : les États-Unis sont et demeureront, *in fine*, nos alliés ; ils partagent nos valeurs, celles des Lumières, de l'universalisme et de l'humanisme qui en procèdent, à commencer par la liberté de penser et le respect des droits de l'homme – que Pékin foule aux pieds sans vergogne ; et ils participent de la même aire de civilisation que la nôtre. Il existe des intérêts et des valeurs proprement européens : il convient de les affirmer et de les défendre comme tels ; cela ne saurait toutefois conduire l'Europe à se tenir à égale distance des deux superpuissances du XXIe siècle, dont la confrontation va structurer durablement la vie internationale. L'Europe doit affirmer sa personnalité historique et politique, sans aucun doute ; refuser de se laisser entraîner dans la rivalité sino-américaine, certainement ; mais cela ne doit pas passer par l'adoption d'une voie « médiane » entre deux adversaires qui seraient considérés, dans le fond, comme comparables, faisant planer une menace de même nature sur notre continent.

La crainte d'un « alignement » sur les États-Unis ne doit pas amener l'Union européenne à se fourvoyer. Que ce soit à propos de l'avenir de l'OTAN, de l'exorbitante et insupportable extraterritorialité juridique que les États-Unis imposent à l'Europe et dont celle-ci doit s'affranchir, de la nécessité de transformer l'euro en une véritable devise internationale en mettant fin au privilège du dollar ou de l'indispensable taxation des géants du numérique, la relation transatlantique connaîtra dans les prochaines années des moments de grande tension : la responsabilité des États membres et de leur Union sera alors de tenir à l'allié américain le langage de la vérité et de la fermeté – et d'en assumer les conséquences –, et, néanmoins, celui de l'amitié, aussi. L'Europe doit apprendre à se tenir droite et à parler clair. Jamais vassale, toujours fidèle aux idéaux qui sont les siens et les rappelant sans cesse, lorsque nécessaire, au partenaire d'outre-Atlantique.

« L'impérialisme est le nom que le rival ou les spectateurs donnent à la diplomatie d'une grande puissance », selon Raymond Aron[119]. Si l'on retient cette définition sans emphase, le XXe siècle fut, sans aucun doute, celui de l'impérialisme des États-Unis, et le XXIe est déjà celui de l'impérialisme chinois. Face à ce « rival systémique » déclaré, adepte de la pensée longue, donc de l'analyse stratégique, l'Europe doit quitter la pusillanimité qui la caractérise, cesser de s'adonner au jeu de dames et s'initier, si ce n'est au jeu de go auquel excelle la Chine, à tout le moins à celui des échecs. Et ne jamais oublier l'enseignement de l'une de ses premières et plus hautes figures, Platon : l'ennemi n'est pas celui qui hait, mais celui qui est haï. C'est l'Autre, par sa détestation, qui vous désigne comme ennemi – que vous le souhaitiez ou non, que vous le refusiez ou que vous l'acceptiez.

Or il semble que ce soit là le choix de la Chine à l'égard de l'Europe comme du reste du monde ; comme le rappelle utilement Chris Patten : « Aucun de nous ne cherche la confrontation avec le Parti communiste chinois (PCC), que ce soit en Inde, dans le sud de la mer de Chine, au Japon, en Corée du Sud, en Australie ou au Canada. C'est le PCC qui cherche cette confrontation [...]. Nous savons tous que la Chine cible un pays après l'autre. La Chine a cherché la confrontation constamment. En tirant sur des soldats indiens dans l'Himalaya, en ne respectant pas sa parole, encore et encore [...][120]. » Il nous appartient dès lors d'affronter cette réalité politique sans passion et avec lucidité, de ne pas verser nous-mêmes dans la haine, mais de faire preuve de courage. Il ne s'agit en rien de nier à une civilisation millénaire et représentant 18 % de la population mondiale le droit de trouver une place à sa mesure sur la scène internationale, de reprendre son rang – un des premiers – dans le concert des nations. Cette ambition-là est légitime. Il s'agit de mettre un coup d'arrêt – dans l'intérêt même de la Chine, en vérité – à sa politique de déstabilisation de pays qui se pensaient jusque-là des partenaires et, ce faisant, de tenter de la ramener à la raison, tout en préservant la possibilité d'un dialogue et en recherchant les chemins d'une coexistence pacifique. Reste que, dans la situation actuelle, face au pouvoir de Pékin, la priorité doit être la fermeté.

Pour l'heure, tel n'est pas le cas ; la tragédie qui se prépare à Hong Kong le prouve. Alors que les États-Unis brandissent la menace de sanctions commerciales, que le Royaume-Uni a offert à 3 millions de citoyens hongkongais, détenteurs d'un « passeport britannique d'outre-mer » (*British National Overseas*) ou susceptibles de l'obtenir, la voie vers l'acquisition de la nationalité britannique et a dénoncé son accord d'extradition avec la cité-État, que le Canada a, de même, suspendu son traité d'extradition avec le territoire, l'Union européenne, sous l'influence de l'Allemagne – ligotée par l'intensité de ses relations commerciales avec la Chine –, se réfugie dans la passivité et le mutisme. La France aussi, qui se tait.

Mesurée à l'aune de l'enjeu de civilisation, la Russie pose des problèmes certes graves, de second rang néanmoins. Son cynisme, sa brutalité, sa politique du fait accompli, sa capacité de nuisance et sa volonté de déstabilisation de l'Europe sont réels et doivent être pris au sérieux. Reste qu'elle ne représente pas une puissance économique majeure – son PIB équivaut à celui de l'Espagne ou de la Corée du Sud – et que ses préoccupations géopolitiques sont d'abord et avant tout locales. Son obsession de disposer d'un « glacis » soulève de sérieuses tensions diplomatiques – en Crimée, en Ukraine –, et en soulèvera peut-être demain en Biélorussie ou en Moldavie, mais cela ne la conduit pas à affronter directement l'Europe et encore moins à chercher à la soumettre.

L'impossible « Europe puissance »

Un spectre hante le discours européiste : celui de la puissance. Régulièrement, l'injonction revient, dès qu'une crise surgit, en particulier : l'Europe devrait « enfin » devenir une « puissance ». Si l'on reprend la définition, désormais classique, qu'a donnée Raymond Aron de cette notion, « la capacité d'une unité politique d'imposer sa volonté aux autres unités[121] », alors il convient d'être net : cette perspective n'est ni possible ni souhaitable. L'Europe ne peut pas être une puissance, au sens plein de ce terme, ni le devenir. Car il n'existe pas de peuple européen et, sans peuple, pas d'État, pas de souveraineté, pas de pouvoir de contrainte sur un tiers, pas d'usage envisageable de la force, aucun moyen d'« imposer sa volonté » et, par conséquent, pas de puissance. Sans *demos*, pas de *kratos*. À la rudesse de ce rappel de philosophie politique élémentaire, les clercs de la « mystique européenne » cherchent à opposer des arguments sans consistance véritable.

L'Europe pourrait ainsi, selon eux, se hisser au rang de puissance par la dimension et le poids de l'espace économique et monétaire qu'elle a construit. Et il est exact qu'avec un PIB d'environ 13 500 milliards d'euros, l'UE à 27 représente la deuxième économie au monde, 18,5 % de la richesse mondiale produite pour seulement 6 % de la population du globe. Premier bémol à ce satisfecit, cette part de l'Union européenne dans l'économie mondiale se contracte : atteignant hier (2008) 25,6 %, elle devrait tomber en dessous de 15 % en 2030. Cause principale de ce recul : l'Europe se désindustrialise. Entre 2000 et 2017, la part de son secteur manufacturier a ainsi baissé de 16,8 % à 14,1 %[122]. S'il est vrai que son grand marché unique est le premier au monde par la taille, cet atout représente également une faiblesse, car, mal défendu, ouvert aux quatre vents de la concurrence sans entraves, il est trop souvent soumis aux appétits américains et chinois, qui en font et en feront encore davantage à l'avenir le terrain de jeux de leur affrontement. Comme tout élément d'ouverture économique et commerciale, ce grand marché est un *Janus bifrons*, à la fois élément de rayonnement et d'attraction, gage de prospérité et facteur de dépendance potentielle à l'égard de l'extérieur, donc de fragilité. Quant à l'euro, il reste la deuxième devise internationale, loin derrière le dollar américain, que ce soit au regard des paiements internationaux – 32 % et 46 %, pour leurs parts respectives – ou des réserves de change – 20 % contre 62 % pour le dollar[123].

Certes, l'Union pourrait faire un usage politique de la « puissance de marché » qui est la sienne, plutôt que de laisser, comme elle s'y résigne pour l'heure, son Grand marché ouvert aux quatre vents du libéralisme naïf, de l'extraterritorialité juridique américaine et de la prédation chinoise. Les éléments constitutifs classiques de toute puissance restent néanmoins plus que jamais d'actualité dans le monde tel qu'il est : peuplement et démographie, industrie et technologie, unité politique et État, influence et rayonnement, esprit de défense et capacité militaire – de protection, de projection et de destruction. Au regard de ces critères, qui doivent être considérés de manière cumulative, une conclusion s'impose : l'Europe ne peut accéder au rang de puissance.

Son poids démographique dans le monde se réduit et ne cessera de le faire. Représentant environ 25 % de la population mondiale en 1900, et à peine 6 % aujourd'hui, cette proportion n'atteindra même pas 5 % en 2050. À cette échéance, la population de l'Union à 27 passerait de 446 à 440 millions d'habitants, et même à 424 millions en 2070 ; aucun de ses États membres ne compterait pour plus de 1 % d'une population mondiale qui devrait atteindre 9,7 milliards en 2050 et 11,2 milliards vers 2100, selon les prévisions des Nations unies. D'ici à 2050, plus de la moitié de la croissance de la population mondiale se concentrera dans neuf pays : l'Inde – qui devrait devenir le pays le plus peuplé du monde en 2027 –, le Nigeria, le Pakistan, la République démocratique du Congo, l'Éthiopie, la Tanzanie, l'Indonésie, l'Égypte et les États-Unis. La Chine, quant à elle, devrait voir sa population baisser de 2,2 %, soit 31,4 millions d'habitants[124]. Second signe, grave, de ce déclin démographique européen : cette population en voie de contraction vieillit rapidement et l'espérance de vie y atteint des niveaux sans précédent. Avec un âge médian de 45 ans, l'Europe sera la région du monde « la plus âgée » dès 2030, alors que ce même indicateur n'atteindra que 40 ans pour les États-Unis, 35 pour la Chine, 21 pour l'Afrique et de 33 ans en moyenne dans le monde.

Sur le plan industriel, l'Europe a raté le coche de la révolution numérique, apanage des États-Unis, dont les GAFAM (Google, Amazon, Facebook, Apple et Microsoft) et les NATU (Netflix, Airbnb, Tesla et Uber) mènent la danse du monde et modèlent nos vies. Seule la remise en cause volontariste du dogme libéral de la « concurrence libre et non faussée » pourrait lui permettre de redresser le cours de la désindustrialisation qui l'affaiblit et de retrouver une place dans la course technologique mondiale.

Au regard du critère de l'unité politique, l'hypothèse d'un État fédéral européen devant être écartée, jamais l'Europe ne pourra accéder au statut de « puissance » proprement dit. Sans cette unification étatique du continent, « l'Europe puissance » demeure une chimère ou un slogan : il n'y a pas de puissance sans État, les deux notions sont indissociables. Cette notion, du reste, demeure une vision éminemment française, que le général de Gaulle avait, en 1959, à propos de l'Europe des Six, résumée d'une formule : « Faire des États qui touchent au Rhin, aux Alpes et aux Pyrénées [...] l'une des trois puissances planétaires[125] ». Formule que ses successeurs ont toujours faite leur, sans tenir compte des bouleversements géopolitiques survenus depuis : fin de la guerre froide, effondrement de l'URSS, réunification de l'Allemagne, élargissement de l'Union, Brexit. Vision que l'Allemagne ne partage pas – et qu'elle ne doit pas partager – en raison de son histoire irrévocablement marquée par la barbarie nazie. Ce que rappelle, se faisant la porte-parole de l'« État profond » allemand, la ministre de la Défense Annegret Kramp-Karrenbauer, lorsqu'elle assène : « Il faut en finir avec l'illusion d'une autonomie stratégique européenne », douchant ainsi les velléités macroniennes d'une « souveraineté européenne » en la matière[126]. Vision sans objet depuis le départ du Royaume-Uni, dans une Europe à vingt-sept incluant d'anciens pays de l'Est étrangers à cette perspective et attachés à l'OTAN. Si l'Europe n'est heureusement plus, en transposant le mot cruel de Metternich à propos de l'Italie, « une simple expression géographique », elle ne saurait pour autant accéder au statut d'acteur géostratégique, disposant d'une analyse de l'état du monde commune à tous ses membres, d'une capacité de décision politique et de la force armée nécessaire à traduire celle-ci.

Quant à la « puissance par la norme[127] », ce n'est qu'à des fins de consolation que l'on peut la convoquer. Consolation illusoire, tant le monde dans lequel est appelée à évoluer et à agir l'Union européenne est celui de la force et tant le multilatéralisme – enceinte privilégiée d'élaboration et d'application de « la norme » – y est remis en cause.

On le comprend : pour l'Europe, le « hard power » est impossible et le « soft power » insuffisant. Est-ce à dire qu'elle en serait réduite à l'impuissance ou à la marginalité sur la scène internationale ? Non. Dans l'enceinte politique légitime et efficace dont elle dispose – le Conseil européen –, elle doit dégager quelques positions communes fortes et durables : quant à la protection de ses frontières extérieures, la défense de ses intérêts essentiels (économiques, juridiques, commerciaux), l'affirmation de son identité culturelle et historique, la promotion des valeurs qui la définissent et fondent l'attraction qu'elle exerce sur le reste du monde.

Ainsi, plutôt qu'une inaccessible « puissance », l'Europe devrait revendiquer l'exemplarité. Celle de son modèle, unique, fait de libertés et de développement harmonieux, de démocratie, d'État de droit et de respect de la personne humaine. Revendiquer, en reprenant les mots du président Joseph Biden, non pas « l'exemple de la puissance », mais « la puissance de l'exemple »[128]. Ce qui n'est, au moins en partie, qu'une formule rhétorique pour les États-Unis, constitue pour l'Europe sa véritable force. Respect des droits et de la dignité de la personne humaine, maîtrise des excès de la finance, lutte contre le réchauffement climatique, recherche d'une prospérité mieux partagée : l'Europe doit parler au monde, montrer un chemin, son chemin. Ni « grande Suisse », ni décalque des États-Unis, l'Europe doit être elle-même : un espace de civilisation organisée et solidaire.

Une nouvelle Europe

Cette nouvelle Europe revendiquant son identité de civilisation a trois défis à relever si elle veut assurer sa pérennité et son rayonnement.

Primo : se donner quelques objectifs stratégiques, bien identifiés désormais.

Grâce à la coopération entre États membres volontaires pour le faire, il lui faut créer les conditions de l'apparition de quelques très grandes entreprises industrielles – des « champions » européens –, à l'image de ce qui a été entrepris et réussi avec Airbus, dans les secteurs du numérique, du spatial, de l'aéronautique, de l'environnement, de la santé, de l'intelligence artificielle (IA), surtout. « La puissance qui dominera l'IA dominera le monde » : le jugement est celui d'un expert en hégémonie, Vladimir Poutine. Si elles ne veulent pas être marginalisées dans le jeu économique mondial, l'effort que les nations européennes, ensemble, par la coopération, devront fournir, en matière de recherche et d'innovation, est à la mesure de l'enjeu : décisif. Dans cette nouvelle donne technologique qui se dessine, impliquant, pour éviter tout décrochage, des investissements à la fois importants et bien ciblés, l'Europe détient deux atouts : sa matière grise et son portefeuille. Les meilleurs mathématiciens et spécialistes de l'IA sont européens et, en particulier, français ; il faut se donner les moyens de les retenir sur le Vieux Continent et ne plus les laisser filer aux États-Unis. Quant à l'épargne européenne, abondante, elle doit désormais être mobilisée pour préparer la croissance de demain, et non plus pour acquérir des bons du Trésor libellés en dollars. Ainsi que le résume un ancien banquier d'affaires devenu président de la République : « Aujourd'hui, l'épargne nette des Européens finance les déficits américains. C'est absurde[129]. »

Cette priorité nouvelle donnée à l'industrie permettra également à l'Europe d'assurer son approvisionnement énergétique et de réussir la transition écologique du continent. Le « pacte vert », d'un montant de 1 000 milliards d'euros d'investissement sur la prochaine décennie, présenté par la présidente de la Commission, afin d'atteindre la neutralité carbone à l'horizon 2050, et cela alors même que l'UE n'est responsable que de seulement 9 % des émissions mondiales de carbone, ce qui suppose une réduction de ces émissions de CO_2 de 40 à 50 % d'ici 2030, représente une première étape.

L'Europe devra, après avoir défini une fois pour toutes ses frontières, construire des relations – géopolitiques et commerciales – avec ses grands voisins : la Russie, la Turquie, le Maghreb. Surtout, l'établissement d'un pacte de développement avec l'Afrique, dont, selon les estimations de l'ONU, la population devrait atteindre 2,5 milliards d'habitants en 2050 et 4,3 milliards d'habitants en 2100, contre 1,3 milliard actuellement, constitue à la fois un enjeu de justice et de maîtrise des vagues migratoires à venir. À cette fin, l'Europe doit continuer à plaider, au sein du G20, en faveur d'un moratoire sur les dettes du continent africain. Abandonner l'Afrique aux appétits chinois serait une grave faute morale et politique.

Secundo : bâtir la capacité d'action collective nécessaire afin de résister à l'assaut du pouvoir chinois, à la concurrence déloyale qu'il pratique, à la « guerre politique » qu'il mène, organisée au plus haut sommet d'un État dictatorial. L'Europe doit adopter une position concertée et lucide face à la puissance hostile de la Chine et à l'esprit de démesure qui la gouverne désormais. Le premier temps de cette indispensable réaction est celui de la fin de l'innocence : la prise de conscience de la gravité du danger qui la guette, la nécessité de quitter les analyses et les calculs exclusivement commerciaux, l'acceptation d'une relation et d'une politique qui ne peuvent plus faire l'économie du rapport de force. Car, pour donner une dernière fois la parole à Chris Patten : « La Chine n'est pas digne de confiance[130]. » Ce nécessaire esprit de résistance semble progresser au sein de l'UE, ainsi qu'en témoignent l'adoption (mars 2021) d'une série de « sanctions ciblées » contre des responsables chinois mis en cause dans la répression de la minorité ouïgoure et la suspension (mai 2021) de l'accord sur les investissements conclu avec Pékin le 30 décembre 2020, dans une précipitation regrettable et sur l'insistance de l'Allemagne. L'Union doit de même offrir un front commun, aussi large que possible, et refuser de se livrer pieds et poings liés à l'emprise technologique chinoise et à la volonté de domination que celle-ci ne dissimule même plus. S'inspirant de la décision de Londres, elle doit exclure de confier la 5G européenne à Huawei, enjeu stratégique quant à son indépendance économique et politique, cette technologie nouvelle n'étant pas une « 4G améliorée », mais un instrument de puissance. Or il n'existe aucune séparation entre les entreprises chinoises et le pouvoir politique. Aussi, la confier à Huawei reviendrait à offrir à Pékin la possibilité de contrôler ce qui est devenu vital pour un pays aujourd'hui : le réseau Internet. Ce serait pure folie. L'Europe doit également se prononcer sur la crise hongkongaise, condamner sans appel et sanctionner la reprise en main brutale de la Chine, en violation de tous les textes et accords internationaux signés par elle.

Elle doit s'inspirer de l'OTAN qui, lors de son sommet à Bruxelles, le 14 juin 2021, a pris nettement position en déclarant que la Chine représentait un « défi systémique » pour le monde.

Tertio : inventer et stabiliser une forme politique et institutionnelle lui permettant de respecter les nations qui la composent, de s'appuyer sur elles, au lieu de les contourner comme elle l'a trop souvent fait jusqu'à présent. Telle est pour elle la voie de la sagesse, celle que deux grands esprits, bien différents, ont dessinée, chacun à leur façon, mais avec une même exigence.

Fernand Braudel, l'immense historien, le père des *Annales*, le prisonnier de l'Oflag XII-B de Mayence, où il conçut et rédigea de mémoire sa thèse monumentale, *La Méditerranée et le monde méditerranéen à l'époque de Philippe II*[131] : « Or l'Europe ne sera pas si elle ne s'appuie pas sur ces vieilles forces qui l'ont faite, qui la travaillent encore profondément, d'un mot si l'on néglige tous ses humanismes vivants. Elle n'a pas le choix : ou elle s'appuiera sur eux, ou fatalement, un jour ou l'autre, ils la bousculeront et l'emporteront. L'Europe des peuples, un beau programme, mais qui reste à formuler[132]. »

Jorge Semprún, l'écrivain né espagnol, déporté au camp de Buchenwald, qui s'y récitait pour survivre des poèmes appris en français : « Les deux processus historiques – celui de l'intégration, celui de l'explosion identitaire –, qui semblent profondément contradictoires sur le court terme, peuvent être en réalité complémentaires sur le long terme, si nous sommes capables d'inventer une politique européenne audacieuse, qui ne pense pas l'Europe exclusivement comme marché unique, qui la pense aussi – et peut-être surtout – comme ensemble culturel, comme figure spirituelle ouverte sur l'universalisme d'une Raison critique et démocratique, convaincue que l'Europe ne peut pas se fonder sur l'exclusion de LA DIFFÉRENCE ; qu'elle doit se construire sur l'unité essentielle de sa diversité[133]. »

« Unité essentielle de sa diversité » : il n'est pas de meilleure invitation à rejeter la voie sans issue du fédéralisme.

CHAPITRE 3

Contre l'empire européen

Fédéralisme : trois versions de cette notion politique sont identifiables.

Classique, la première est celle des traités de droit : un système dans lequel un État de surplomb, l'État fédéral, partage les prérogatives politiques, législatives et juridiques avec une communauté d'États fédérés, lui seul disposant de la souveraineté. Dans cette perspective, l'Union européenne devrait, à terme, devenir les États-Unis d'Europe – en faveur desquels Jean Monnet, dès la création de la CECA, et tant d'autres avec et après lui, ont inlassablement plaidé[134].

La deuxième consacrerait une assomption européiste : l'apparition d'une « nation européenne », la « supernation » annoncée par Ortega y Gasset en 1929.[135] Produite par la fusion des peuples européens – au terme de leur « union sans cesse plus étroite », continûment invoquée dans les traités communautaires –, elle donnerait naissance à un État-nation d'une espèce inconnue jusqu'ici dans l'Histoire, puisque résultant de la disparition de nations existantes et de leur remplacement par une nouvelle nation, elle aussi d'un genre inédit, une sorte de « métanation ». Supposant l'existence d'un peuple européen qui n'existe pas, elle reste, pour le temps présent, une visée chimérique. Il n'y aura pas – à échelle humaine à tout le moins – de *We, the People of Europe*, l'équivalent continental du célèbre incipit du préambule de la Constitution des États-Unis d'Amérique, proclamée à Philadelphie le 17 septembre 1787.

Ayant le grand mérite de ne pas avancer masqués, ces deux projets ont été interrompus net par deux événements majeurs, l'un politique, l'autre juridique. Le rejet, en 2005, du projet de Traité constitutionnel européen (TCE) par les peuples français et néerlandais, a représenté, on le sait, un séisme démocratique. Plus discrète mais tout aussi importante, sa réplique a pris la forme d'un arrêt du Tribunal constitutionnel de Karlsruhe, la cour suprême allemande qui, dans sa décision du 30 juin 2009, rendue à l'occasion de la ratification du traité de Lisbonne, a ruiné les espoirs des fédéralistes. Les conclusions en étaient en effet limpides : il n'existe pas de « souveraineté européenne », la souveraineté demeurant la prérogative exclusive des États membres, le tribunal ayant précisé que l'Europe se construit « sur la base d'une union conventionnelle d'États souverains régis par des traités » ; quant à ceux-ci, n'ayant pas attribué à l'Union la « compétence de la compétence » (*Kompetenz-Kompetenz*), et n'ayant accepté que des transferts d'attributions toujours réversibles, ils restent « maîtres des traités » ; il ne saurait par conséquent exister d'État fédéral européen en dehors de leur volonté expressément exprimée[136].

Point à la ligne. Mais il en faut davantage que les peuples européens et la Constitution allemande pour décourager les partisans du fédéralisme. C'est pourquoi ils en proposent, le plus souvent insidieusement, mais, parfois, de façon explicite, une troisième et dernière déclinaison : l'empire. Historiquement, celui-ci consiste à agréger des nations autour d'un pouvoir central, qui s'impose à elles et qui délègue à des autorités locales le soin de les gouverner, en veillant à maintenir le nécessaire équilibre entre autonomie des entités soumises et cohérence politique de l'ensemble. Pernicieuse, cette formule l'est d'autant plus qu'elle fait écho aux histoires respectives de certains pays européens – au premier rang desquels l'Allemagne, dont on connaît l'empreinte laissée sur sa culture et ses institutions par le Saint-Empire romain germanique –, qui la connaissent et la reconnaissent entre les lignes des textes et des déclarations officiels.

Le fédéralisme, impossible et indésirable

État fédéral, « métanation », empire : la tournure prise importe peu ; le fédéralisme reste un seul et même projet, dangereux, oublieux qu'il est de « l'épaisseur anthropologique et historique » des nations européennes, comme le dit bien Emmanuel Todd[137]. Non seulement oublieux, mais attentatoire à ces identités nationales, quelles que soient les dénégations de ceux qui lui sont favorables.

Il existe en effet un lien indiscutable, et revendiqué comme tel par les fédéralistes conséquents, entre fédéralisme externe et fédéralisme interne, entre édification d'un État fédéral européen et évolution inéluctable vers des États membres eux-mêmes fédéralisés. Les deux mouvements sont politiquement liés, le premier entraînant le second. Engrenage qu'a très honnêtement rappelé le grand philosophe italien Norberto Bobbio, à propos du *Manifesto di Ventotene* (1941), texte fondateur de la doctrine fédéraliste, rappelant à dessein que, de manière significative et symbolique, l'éminent fédéraliste italien, Carlo Cattaneo, grand patriote et figure de proue du *Risorgimento*, luttait pour la constitution simultanée des États-Unis d'Italie et des États-Unis d'Europe[138]. Dans cette perspective, les États nationaux seraient voués à une déconstruction politique et institutionnelle, selon deux versions possibles : « dure », celle d'une véritable fédéralisation ; « douce », celle d'une décentralisation poussée, transférant nombre de leurs prérogatives à de grands ensembles infranationaux – on reconnaît là l'« Europe des régions ».

Toute son histoire l'explique aisément, cette évolution conviendrait fort bien à l'Allemagne, dont le passé impérial rend également compte de son choix, logique et même naturel, d'adopter, au moment de recouvrer une vie démocratique, en 1948, le statut de République fédérale, avec seize États fédérés – les *Länder*, aux larges compétences. Mais elle s'avérerait particulièrement dangereuse pour notre pays, dont l'édification patiente s'est faite par et autour de la figure de l'État. Faire l'Europe fédérale reviendrait alors à défaire la France, c'est-à-dire à revenir sur des siècles de persévérante construction nationale. Le président Georges Pompidou avait exprimé cette crainte et son refus de cette perspective, en 1974 : « L'expression "l'Europe des régions" non seulement me hérisse, mais constitue à mes yeux un étrange retour vers un passé révolu. Il y a déjà eu l'Europe des régions ; ça s'appelait le Moyen Âge ; ça s'appelait la féodalité. » Il aurait pu ajouter : « ça s'appelait le Saint-Empire ». Bien avant lui, à propos d'une autre époque historique et politique, celle de la Révolution, mais devant le même péril et avec la même fermeté, Michelet avait dénoncé le girondisme comme « une invention calomnieuse, le crime de vouloir démembrer la France, le crime qu'on appelait très mal : le fédéralisme[139] ».

Quelle que soit la sincérité de ceux qui, dès les années vingt, mais surtout au sortir de la Seconde Guerre mondiale, l'ont défendu, le projet fédéraliste est, à terme, incompatible avec l'existence des nations européennes et avec la pérennité de la France. Ne correspondant ni à leurs préoccupations, ni à leurs aspirations profondes, ni à leurs vœux, ni à leurs ambitions, qui restent ancrés dans le cadre des nations, ce projet a logiquement été rejeté par les peuples européens, ce qui n'a pas empêché les élites dirigeantes de ne pas tenir compte, au final, de leurs votes. On a ainsi, en France, fait ratifier par le Parlement, en 2008, le TCE, expurgé et rendu plus présentable, pourtant sèchement rejeté en 2005. On a également fait voter une seconde fois le peuple irlandais le 2 octobre 2009, afin qu'il fasse le « bon choix » quant au traité de Lisbonne, qu'il avait repoussé le 12 juin 2008. Toutes ces entorses à la volonté populaire ne sauraient occulter la conclusion politique qui s'impose : « il n'y a pas de chemin démocratique vers le fédéralisme, ni par le référendum, ni par les parlements[140] », selon le verdict d'Hubert Védrine. Cette désinvolture politique a provoqué le divorce d'une large part des citoyens de l'Union d'avec la construction européenne telle que conçue jusqu'à présent. Progressivement, un fossé entre élites européistes et peuples d'Europe s'est creusé, fragilisant l'édifice communautaire et l'idée européenne elle-même. Le fédéralisme européen est une voie à la fois impossible et indésirable.

L'urgence – vitale – pour l'Europe institutionnelle est de retrouver la confiance des peuples qui la composent, de respecter les nations qui la font vivre et d'adopter officiellement une nouvelle philosophie de l'Union. Or toutes les propositions faites, jusqu'à présent, par les tenants de l'orthodoxie européenne vont à rebours de cet impératif de démocratie et tendent à confier encore et toujours davantage de prérogatives à l'UE, au risque de vider les nations de leur substance.

Cesser la fuite en avant

Plus ultra ! Telle semble être la devise du camp européiste.

Toutes les circonstances lui sont autant de prétextes pour avancer ses pions, chaque événement d'importance étant mobilisé afin de justifier un accroissement du poids politique de l'Union. Reprise comme une antienne ou un mantra, la confidence de Jean Monnet illustre une obstination idéologique : « J'ai toujours pensé que l'Europe se ferait dans les crises, et qu'elle serait la somme des solutions qu'on apporterait à ces crises[141]. » L'Europe doit avancer, à toutes forces, quoi qu'il en coûte – *whatever it takes*... La version mécanique de cette injonction sollicite l'image de la « bicyclette », à laquelle l'Europe serait semblable, qui « chute si elle cesse d'avancer »... Pauvre et enfantine métaphore, pourtant censée frapper les esprits récalcitrants et les ramener à la raison. Curieuses omissions, aussi, de la part de ceux qui se commettent à l'utiliser : car qui est donc le pilote de ce vélocipède ? Et dans quelle direction se doit-il de ne jamais cesser de pédaler ? Vers quelle étape finale ?

Bien entendu, afin de faire diversion, plutôt que de désigner l'objectif ultime – le fédéralisme et le risque mortel qu'il représente pour les nations européennes –, on a recours à l'emphase et aux bons sentiments : attribuer davantage de prérogatives à l'échelon communautaire ne saurait être la remise en marche de l'engrenage fédéraliste, mais seulement faire preuve de « solidarité », de « sens de l'Histoire », d'« audace », d'« initiative », de « courage », d'« ambition » ; il ne s'agirait que de se montrer capable de saisir une « chance historique », de savoir « franchir une étape décisive », de « sortir par le haut » et de réaliser un « grand pas en avant ». Inspiré par la vue du Parthénon, le président de la République a lui aussi sacrifié à cette figure imposée de la rhétorique européiste, en déclarant : « Lorsque l'Europe s'arrête, elle se trahit elle-même et elle prend le risque de se démanteler[142]. » Installé dans le grand amphithéâtre de la Sorbonne, cette fois, son propos resta identique : il conviendrait, selon lui, de « reprendre la marche en avant dans la même direction, plus intensément et plus systématiquement[143] ».

En marche, donc, sans que la destination ultime, cette Terre promise aux peuples européens, soit jamais nommée. Car tous ces grands mots, ces beaux mots généreux, derrière lesquels on se retranche, ne sont sollicités qu'afin de faire oublier la seule parole à laquelle les « partisans de l'Europe » pensent toujours mais que, par précaution, ils ne prononcent jamais : fédéralisme. L'européisme ? Une visée ultime : l'État fédéral ; une stratégie : l'engrenage ; une tactique : le silence.

Comme si le mouvement valait pour lui-même, représentait en soi une valeur. En réalité, contrairement à ces apparences, les fédéralistes jamais ne perdent de vue leur objectif final, toujours inscrit à leur agenda politique et toujours tu aux peuples.

Cette perpétuelle fuite en avant signe l'appartenance de l'européisme à la famille politique du progressisme, cette idéologie du progrès sans fin, véritable « religion historique[144] », selon la formule de Pascal Ory, encline à justifier sa pertinence en recyclant ses propres échecs : plus de progrès pour neutraliser les effets pervers du progrès ; plus de croissance pour remédier aux dégâts provoqués par la croissance ; plus d'Europe pour résoudre les problèmes créés par l'Europe. Jamais l'idée d'une pause du projet européen, la perspective d'un examen critique de celui-ci, le souci de rendre compte démocratiquement de son avancement, n'effleurent les responsables de la sphère européiste. Ainsi, lorsque la Commission s'est aventurée – louable initiative – à rédiger un *Livre blanc sur l'avenir de l'Europe*, les cinq scénarios qu'elle a dégagés pour l'UE à l'horizon 2025 ne furent que des variations sur un thème identique – « en avant, toute ! » –, un camaïeu d'une seule couleur politique – le bleu du drapeau frappé des douze étoiles[145].

De même, alors que tous les pays de l'Union, y compris l'Allemagne, ont fait, à l'occasion de la pandémie de Covid-19, retour à l'État-nation et à ses vertus, la Commission de Bruxelles et ses partisans tentent d'accroître les compétences de celle-ci. Et d'agiter l'habituel épouvantail, celui du « nationalisme » – en l'occurrence le « nationalisme sanitaire » ou le « nationalisme vaccinal ».

Or la santé publique et, en particulier, la sécurité sanitaire, est non seulement une prérogative de l'État-nation, mais participe de la sphère régalienne de celui-ci. Dès lors, que les États membres aient été les acteurs décisifs de la lutte contre le coronavirus est chose parfaitement logique. De surcroît, afin de maîtriser au mieux la propagation du virus, les mesures pratiques prises par ces États – fermeture des bars, port du masque obligatoire, réglementation de l'accès aux restaurants… – sont parfois adaptées par les préfets aux réalités sanitaires locales, au niveau des départements et même des communes concernés. Quant à la supervision de la pandémie – détection, alerte, élaboration et diffusion des recommandations –, l'echelle mondiale est la bonne et l'OMS représente l'institution idoine. Entre ces deux niveaux de décision, l'Union européenne a sa place : celle d'une instance de coordination des choix nationaux, que ceux-ci soient stratégiques ou simplement logistiques. Ainsi aurait-elle dû jouer un rôle très utile de « centrale d'achat » du vaccin contre le SARS-CoV-2 pour l'ensemble des États membres ; or, après le fiasco et le gaspillage des fonds publics, enregistré dans l'affaire du Remdesivir, médicament antiviral dont des millions de doses ont été achetées par la Commission alors que cette molécule s'est révélée sans aucune efficacité thérapeutique, l'action de celle-ci dans l'approvisionnement de l'Union en vaccins a été caractérisée par l'idéologie – elle a exigé de se voir confier cette mission alors que l'Allemagne, la France, l'Italie et les Pays-Bas avaient constitué avec « Alliance inclusive » à cette fin –, l'incapacité à comprendre la radicalité du temps politique nouveau qui s'était ouvert, une interprétation erronée du principe de précaution, en faisant une principe de protection juridique alors qu'il est un principe politique de décision, un conformisme bureaucratique généralisé la conduisant à se polariser sur le prix des vaccins et non sur la rapidité et la fiabilité de leur mise à disposition effective. N'ayant tiré aucun enseignement de ses premiers déboires en matière d'acquisition de masques, de gants, de tests de dépistage, la Commission a accumulé les retards procéduraux et, ainsi que l'a souligné Luuk van Middelaar, n'a pas compris que « dans une pandémie, les lois de l'économie de guerre priment sur celles de l'économie de marché »[146]. Cet échec place l'Union dans une fâcheuse posture : alors qu'en avril 2021 elle n'avait vacciné pour au moins une première dose qu'un peu plus de 9 % de sa population, ce ratio était de 30 % aux États-Unis, 43 % au Royaume-Uni et 92 % en Israël. Face à ces États-nations ayant fait preuve de cette « agilité » tant vantée par l'européiste Emmanuel Macron, décidant seuls donc vite, la Commission s'est singularisée par sa lourdeur, son manque d'anticipation, sa lenteur, incapable d'assurer correctement le simple rôle de « centrale d'achat » qu'elle avait arraché aux États-membres. À tel point que, devant ses retards accumulés quant aux commandes et aux livraisons de vaccins, les chefs de gouvernement européistes Angela Merkel et Mario Draghi ont menacé de se tourner vers la Russie et son vaccin Spoutnik V. Fiasco qui ne l'empêche pas de réclamer que la santé devienne l'une de ses attributions officielles.

Le fédéralisme, encore et toujours, présenté comme la seule solution à tous les problèmes de l'Europe, quels qu'ils soient. Ou, pour le dire avec les mots d'Hubert Védrine : « Face au démenti des faits, le catéchisme paternaliste et autoritaire des européistes reste inébranlable : l'Europe ne peut qu'avancer, il faut toujours "plus d'Europe", avoir le courage de "faire un saut fédéral", dépasser les "égoïsmes nationaux"[147]. » Or c'est précisément le contraire de ce conformisme qui devrait inspirer la réflexion : il est temps de cesser de prétendre qu'il faudrait toujours « plus d'Europe » pour résoudre la crise européenne, temps d'interrompre la fuite en avant, politique et institutionnelle. Si les européistes continuent à vouloir « construire » l'Europe comme si de rien n'était, comme si la défiance des peuples n'existait pas, comme si la mutinerie de 2005 ou le Brexit de 2016 n'étaient que des accidents, fâcheux certes, mais qui ne sauraient interrompre ou seulement infléchir le cours de l'Union, alors celle-ci se défera ; s'il n'est pas réexaminé et redéfini, le projet européen court à sa perte. Plus que jamais, la sentence du général de Gaulle reste vraie : « Les "européens" professionnels ont été, par entêtement idéologique, l'obstacle majeur au progrès de l'Europe[148]. »

Paradoxaux, les partisans du fédéralisme européen tiennent continûment un double discours, vantant le caractère inéluctable de leur vision de l'Europe et, en même temps, se lamentant de la fragilité cristalline de l'édifice qu'ils bâtissent. Contradiction dans l'ordre de la logique, certes ; mais véritable habileté politique, leur permettant de lancer une double injonction aux sceptiques : il faudrait rejoindre leur combat puisque l'avènement de leur projet serait inscrit dans le « sens de l'Histoire » ; ou le soutenir sans faille car il serait sans cesse menacé...

Le temps est venu de stabiliser et de clarifier le système politique et institutionnel européen – ainsi que nous l'envisagerons au chapitre suivant : c'est là un préalable absolu, si l'on veut éviter une « fronde généralisée des peuples qui renverse tout », selon l'avertissement d'Hubert Védrine[149]. Et cela d'autant plus que cette fuite en avant fédéraliste s'est, historiquement, faite *sotto voce*, dans le dos des peuples.

Rejeter le « fédéralisme clandestin »

Depuis Jean Monnet et la création de la CECA en 1951, régulièrement, et en particulier à chaque « accélération » ou « retour » de l'Histoire, le parti fédéraliste est revenu à la charge, grâce à la technique de l'« engrenage », sans jamais assumer son objectif véritable, toujours en reprenant et en renouvelant l'argumentaire de l'« intérêt général » que, selon lui, représenterait, pour les nations européennes, la perspective d'une « Europe unie », seule à même d'affronter les défis du temps. En pratiquant aussi, parfois, la politique du fait accompli, au mépris de la démocratie et des souverainetés nationales.

Après la guerre de Corée, ce fut d'abord le cas avec le traité du 27 mai 1952, instituant à la fois une Communauté européenne de défense (CED) et une Communauté politique européenne (CPE), dont la ratification fut rejetée par l'Assemblée nationale française le 30 août 1954 ; tirant les leçons de cet échec, le camp européiste revit ses ambitions à la baisse et fit adopter, par une IVe République finissante, le traité de Rome (25 mars 1957) créant le Marché commun. Il fallut pourtant attendre peu de temps pour que fût lancée la deuxième offensive fédéraliste officielle, celle du « plan Hallstein » (31 mars 1965), du nom du président de la Commission européenne de l'époque. Un plan prévoyant une extension considérable des pouvoirs de la Commission – son président devenant une sorte de « Premier ministre » communautaire –, dotant le budget européen de ressources propres et attribuant à l'Assemblée parlementaire européenne les prérogatives d'un parlement national. Bref, une avancée décisive vers une Europe fédérale, à laquelle s'opposa de façon catégorique le général de Gaulle, en adoptant le 30 juin 1965 la politique « de la chaise vide », et obtenant, au final, gain de cause avec le « Compromis de Luxembourg » (30 janvier 1966), qui prévoyait le maintien de l'équilibre institutionnel et un droit de veto pour les États membres.

Après cet échec fracassant, et une longue phase de vingt années de *statu quo ante* (1966-1986), François Mitterrand et Jacques Delors revinrent à la charge, mais de manière dissimulée cette fois, faisant retour à la philosophie de Monnet, celle des « petits pas » et des grands mensonges. Ils renouèrent ainsi avec le « fédéralisme clandestin » que dénonçait déjà, en 1962, Raymond Aron : « La thèse que j'appellerai celle du "fédéralisme clandestin" ou du "fédéralisme sans douleur" me paraît illusoire. Le système d'obligations que tissent les institutions européennes n'absorbera subrepticement ni l'autorité de prendre les décisions par lesquelles une société humaine se pose en s'opposant, ni le pouvoir de recourir éventuellement à l'*ultima ratio*, il ne créera pas la volonté commune parmi les Français, Allemands, Italiens d'être autonomes désormais en tant qu'Européens et non plus en tant que membres des nations historiques[150]. » Après le tournant fédéraliste de mars 1983, vinrent l'Acte unique européen (1986) – étendant les occasions de vote à la majorité qualifiée et organisant une pluie de directives libérales pour faire naître le « Grand Marché » –, puis la mise en place du système maastrichtien (1992). Emportés par leur élan, et convaincus, comme toujours, d'aller dans le « sens de l'Histoire », les européistes crurent, après la création de l'euro en 2000, que le moment de consacrer l'édifice communautaire était venu : telle était la finalité du Traité constitutionnel européen (TCE) octroyé aux peuples et que les Français et les Néerlandais rejetèrent en 2005.

Les tenants du fédéralisme, confiants qu'ils sont dans l'efficacité de l'« engrenage » institutionnel et politique mis en place au sein de l'Europe – que la science politique américaine a baptisé effet *spill-over*, débordement, ou *spill-around*, déversement –, ont fait le choix de la stratégie du silence. Il aura ainsi fallu attendre 2015, soit plus de trente après les Ides de mars 1983, pour que Jacques Delors reconnaisse enfin sa vraie foi et, à la question de savoir s'il était ou non fédéraliste, que sa réponse fuse : « Oui. » Avant de préciser : « J'ai inventé la formule "la fédération des États-nations" [...] le terme de fédération permet, sur certains points, d'avoir un système où on décide ensemble, à la majorité absolue, ou à une forte majorité[151]. »

De cette progression clandestine du fédéralisme témoigne un autre coup de force, celui qui s'est déroulé dans le monde feutré des juristes.

Revenir sur l'« intégration secrète »

Six ans après la signature du traité de Rome, un événement considérable se produisit. Jusqu'alors, le droit « communautaire » n'était qu'une des branches du droit international et n'obligeait, par conséquent, que les États qui avaient fait le choix de s'y soumettre ; pour que les ressortissants de ces mêmes États en connaissent les effets, il fallait au préalable que ce droit fût transposé au sein de l'ordre juridique national – en général par une loi votée par le Parlement. La Cour de justice des communautés européennes – devenue depuis la Cour de justice de l'Union européenne (CJUE) – décida alors, par une jurisprudence passée à la postérité (arrêt Van Gend en Loos, 5 février 1963), que, désormais, le droit européen ne régirait plus seulement les relations entre États membres, mais produirait des effets *sur* et *pour* les citoyens, qui pourraient ainsi s'en prévaloir, y compris et même surtout auprès de leurs autorités politiques et juridictionnelles nationales.

Un an plus tard, en 1964, la CJUE poussa sa corne plus loin encore. Reprenant à son compte l'argumentation de la Commission européenne, à l'époque présidée par un fédéraliste acharné, l'Allemand Walter Hallstein, elle affirma, dans une nouvelle décision (arrêt Costa *vs* Enel, 15 juillet 1964), que le droit européen s'imposerait dorénavant de manière générale aux droits nationaux, soutenant qu'il possédait une forme de primauté intrinsèque sur les normes juridiques des États, s'étendant jusqu'aux plus hautes de celles-ci – les Constitutions. Dans cette perspective juridique qui devint une réalité, les traités européens acquéraient une valeur constitutionnelle.

Émancipation par rapport au droit international, applicabilité directe et supériorité sur les ordres juridiques nationaux : en rupture avec le traité de Rome qui l'avait instituée et qui ne lui avait en aucun cas dévolu une telle mission, la CJUE, dans un mouvement de jurisprudence inédit et sans aucune légitimité propre, décida d'ériger le droit européen en un droit autonome, d'un genre nouveau et unique – *sui generis*, comme aiment à le qualifier les juristes –, un droit de surplomb et s'imposant aux États. Un droit, pour le dire autrement, qui, sans avoir la consécration officielle du titre de « Constitution » – que seule l'onction du peuple peut conférer –, posséderait néanmoins un caractère constitutionnel, un droit « para-constitutionnel » en quelque sorte. Bien que leur nature juridique restât celle de traités de droit international, les traités européens et, à leur suite, une large part du droit européen secondaire, ont connu une forme de constitutionnalisation du fait de cette jurisprudence de la CJUE. Le système juridique européen est ainsi devenu une Constitution *de facto* à défaut de l'être *de jure*.

Cette construction prétorienne opérée par la CJUE représenta un véritable coup de force juridique. Quel texte avait autorisé cette institution à se lancer dans un tel renversement des ordres juridiques ? Aucun. Quels gouvernements nationaux avaient réclamé ce bouleversement ? Aucun. Quels peuples avaient été consultés avant d'enclencher un tel engrenage ? Aucun. Quelle était, par conséquent, la légitimité de la CJUE à se lancer ainsi dans une entreprise de constructivisme constitutionnel ? Nulle. Et, pourtant, c'est ce qu'elle fit en se mettant à « interpréter » les traités européens, comme si ceux-ci se trouvaient dépositaires d'une vérité que seuls les juges de Luxembourg étaient capables de révéler à coup d'arrêts. Une vérité qui, bien entendu, s'avéra être de nature fédéraliste ; et l'« interprétation » extensive des traités européens par la CJUE, au fil des années et de ses décisions, conduisit celle-ci à dessaisir progressivement les États membres de leurs compétences au bénéfice de la Commission européenne. Non seulement ceux-ci acceptaient de transférer certaines de leurs prérogatives afin de les exercer en commun, mais ils se voyaient dépossédés d'autres, sans l'avoir demandé cette fois, et toujours au bénéfice de Bruxelles.

Coup de force juridique, donc ; mais aussi révolution politique. D'abord, en ce que la constitutionnalisation des traités européens fut et reste un mouvement totalement anti-démocratique et même *a-démocratique*. Plutôt que de s'en tenir au rôle qui lui avait été conféré par les traités – arbitre des différends entre États membres et UE –, la CJUE s'est arrogé celui de moteur du fédéralisme. Et cela sans avoir à rendre compte de quoi que ce soit à qui que ce soit, et surtout pas aux peuples. Elle a ainsi procédé, au mépris des souverainetés et des démocraties nationales, à ce que le grand juriste allemand Dieter Grimm, ancien membre influent du Tribunal constitutionnel de Karlsruhe, a qualifié d'« intégration secrète »[152]. Des décisions de nature politique ont été, sans que les populations concernées y aient consenti, transférées des autorités politiques nationales qui auraient dû les prendre, vers des instances communautaires de nature administrative ou judiciaire – Commission européenne et CJUE –, sans la moindre légitimité politique : le « juge a dissous l'électeur[153] ».

Puis, la matière juridique européenne dont la CJUE s'est saisie – traités, mais aussi règlements et directives – étant le plus souvent très précise et intrusive, la « constitutionnalisation » ainsi effectuée par la cour de Luxembourg a abouti à figer et à rendre insusceptibles de révision une masse considérable de normes détaillées et qui auraient dû rester du ressort des parlements nationaux. Ce n'est donc pas à une constitutionnalisation du droit communautaire que l'on a assisté, mais, selon le néologisme du même Grimm, à une véritable « hyper-constitutionnalisation » de celui-ci[154].

Cette hyper-constitutionnalisation, enfin, a joué puissamment en faveur du libéralisme. L'objectif du traité de Rome – l'ouverture des frontières et l'établissement du Marché commun –, prolongé par celui de l'Acte unique – le Grand Marché –, a conduit la CJCE puis la CJUE à dicter aux gouvernements nationaux des politiques de libéralisation, de promotion de la concurrence, d'interdiction des aides d'État, de remise en cause des services publics, de privatisation d'entreprises aussi. Des politiques libérales, donc, et progressivement incluses dans l'espèce de « bloc de constitutionnalité » européen méthodiquement construit par la jurisprudence de la CJUE. Si l'on ajoute à cela l'interdiction qui fut faite aux gouvernements nationaux de toute régulation publique, toujours au nom du Grand Marché, on mesure l'ampleur du choc libéral provoqué par la licence juridique de la CJUE.

Conséquence de ce coup de force et de cette révolution juridique ? La création d'une Constitution européenne parallèle, mais bien réelle, une Constitution pléthorique et extensive, une Constitution ayant diffusé l'idéologie et les politiques libérales au sein de l'Union et des États qui la composent. D'où la solution de Dieter Grimm qui, à partir de son constat : « Le résultat est un état de l'intégration européenne qui n'a jamais reçu le consentement des citoyens et qu'ils ne peuvent changer même s'ils le rejettent », propose dès lors de « déconstitutionnaliser » le TFUE[155] afin de revenir sur la voie du respect des nations et de la démocratie.

La « souveraineté européenne », une souveraineté sans souverain

Ayant constaté l'impossibilité d'accéder au fédéralisme sous sa forme politique, le parti européiste s'est rabattu sur les différentes autres versions, bien plus discrètes, de celui-ci : économique – le Grand Marché unique ; monétaire – l'euro ; budgétaire – le TSCG, devenu *Six Pack* (2012), imposant la « règle d'or » aux budgets nationaux, deux règlements européens (*Two Pack*) de 2013, instituant un calendrier budgétaire commun aux États membres, le « semestre européen » ; et juridique – l'« hyper-constitutionnalisation » du droit européen. Autant de moyens, détournés et insidieux, mis au service de ce que le Tribunal constitutionnel de Karlsruhe, dans sa décision de 2009, qualifia de « fédéralisation rampante » de l'Union ; autant de figures de la formule politique à laquelle a fini par se rallier la famille européiste : l'empire.

La tentation impériale, on l'a vu, a toujours travaillé la pensée européiste. Si l'empire a remporté les suffrages des partisans du fédéralisme, c'est, répétons-le, en raison de sa profondeur historique – le Saint-Empire romain germanique, l'Empire austro-hongrois –, et de l'empreinte qu'il a ainsi laissée dans la conscience collective de bien des peuples européens ; de sa commodité, aussi et surtout, celle d'un « mot-valise », qui leur permet d'avancer lentement mais sûrement, en dissimulant leur véritable projet. Instituer un État fédéral *stricto sensu* ne peut se faire en catimini ; il faut une Constitution, un acte politique et juridique, une déclaration solennelle, cela se remarque et peut susciter le rejet ; constituer un empire est bien plus discret, se fait au fil du temps, par touches successives. Un État s'établit, un empire se constate. Le premier existe *de jure*, le second *de facto*.

Pour les tenants de l'empire, l'essentiel réside donc dans la durée, qui permet un travail de sape fédéraliste, entamant progressivement l'édifice des États-nations. Gagner du temps devient dès lors précieux, et désamorcer les critiques, indispensable : tous objectifs auxquels contribue la manipulation du langage. C'était là, en son temps, le but déjà recherché en créant la formule « fédération d'États-nations », à laquelle a succédé un nouvel oxymore : « souveraineté européenne ». Dans les deux cas, le substantif posant problème est prolongé par une épithète censée résoudre la difficulté politique soulevée. Dans la première occurrence, il s'agissait de lever les préventions en adjoignant à un mot du registre européiste – fédération – un complément jugé rassurant – États-nations. Dans la seconde, le procédé rhétorique est retourné : on reprend un mot appartenant au vocabulaire de l'adversaire politique et jusque-là honni – souveraineté –, et, en lui accolant un adjectif magique et rédempteur – européenne –, on vise simultanément à le délivrer du Mal – le nationalisme – et à couper l'herbe sous le pied des « eurosceptiques ». Désamorçage des critiques d'un côté, « triangulation » sémantique de l'autre : les ressources du sophisme sont toutes mobilisées au service de l'idéologie impériale.

Si l'on s'en tient à la philosophie et au droit, la coexistence du substantif « souveraineté » et de l'épithète « européenne » est impossible. La souveraineté se définit, en effet, comme une forme d'autorité suprême, de puissance indépendante de toute autre et ne souffrant aucune ingérence, ne connaissant pas de subordination et n'obéissant qu'à sa propre volonté, un pouvoir ne trouvant de limite qu'en lui-même. Ou, pour reprendre la célèbre formule de Jean Bodin, humaniste, jurisconsulte de la Renaissance et premier théoricien de la souveraineté moderne, la souveraineté n'est autre que « la puissance absolue et perpétuelle d'une République[156] ».

Tant le principe que l'exercice de la souveraineté supposent l'existence d'un corps politique légitime – le souverain – qui, en démocratie, ne peut être que le peuple, détenant, de façon exclusive, cette forme singulière de pouvoir. L'essence de la souveraineté ne consiste pas, ainsi que le pensait Marsile de Padoue, en ce « pouvoir hyperbolique d'accomplir volontairement tout acte possible et de faire n'importe quoi »[157], ni même comme on le croit trop souvent, à exercer soi-même l'ensemble des prérogatives que l'on détient, mais à toujours conserver la prérogative des prérogatives, celle de décider librement *en dernier ressort.* Cette considération capitale fut couchée noir sur blanc dès 1751 par le grand juriste Burlamaqui dans ses *Principes du droit politique* : « la souveraineté est le droit de commander en dernier ressort (...) Ce droit doit être en dernier ressort, de telle sorte que tous particuliers soient obligés de s'y soumettre (...) ».[158] Tant que cette liberté de trancher *in fine* subsiste, l'on est souverain ; dès qu'elle a disparu, on ne l'est plus. La délégation de l'exercice, sous contrôle, de certaines compétences participant de sa souveraineté ne saurait se confondre avec la renonciation à celle-ci ni avec son aliénation. C'est en cela que la souveraineté se distingue de la seule puissance et qu'elle relève à la fois de la politique, du droit, de la philosophie et de la morale. En l'absence d'un *demos* européen, seul légitime à la faire naître, il ne saurait donc exister de « souveraineté européenne ». La « compétence de la compétence » reste aux mains des États-nations membres de l'UE, et eux seuls peuvent, souverainement, décider, ou pas, de lui transférer une partie de leurs compétences. De transférer ou de récupérer lesdites compétences.

Sans surprise, les défenseurs de cette nouvelle pirouette sémantique qu'est la « souveraineté européenne » prennent leurs précautions. Ils brandissent l'argument, régulièrement remis au goût du jour, du changement d'échelle qui serait nécessaire pour continuer à détenir une capacité d'agir sur le cours de l'Histoire. Les européistes d'aujourd'hui, à l'instar de leurs aînés, le proclament sans cesse : atteindre une taille critique serait devenu indispensable pour peser dans les affaires du monde. Avançant ce qu'ils prétendent être un impératif catégorique, ils ne font que reprendre, avec les ajustements rendus nécessaires par l'air du temps de chaque époque, un argument éculé, et dont nous avons mis en lumière l'inanité.

À la fin des années quatre-vingt-dix, la plupart d'entre eux insistaient déjà sur la nécessité d'élever le pouvoir politique au niveau de la puissance nouvelle de l'économie, afin de lui opposer un contrepoids et de « maîtriser » la mondialisation. Ainsi de Jürgen Habermas : « Les fonctions de l'État social ne peuvent plus être remplies que si elles sont transférées de l'État-nation à des unités politiques qui se portent en quelque sorte à la hauteur d'une économie devenue transnationale[159]. » La version actualisée de ce sempiternel discours, que l'on trouvait déjà sous les plumes de Rougemont et de Monnet, prend, en 2020, une tournure géopolitique : dans un monde ensauvagé, sans foi ni loi, pour échapper à l'affrontement programmé entre les États-Unis et la Chine, tenir tête à la Russie et à la Turquie, et faire face aux menaces contemporaines – réchauffement climatique, pression migratoire, pandémies –, ou simplement pour exister, l'Europe devrait s'unir[160]. S'unir ou plutôt, pour être tout à fait précis, grossir. Les plus conséquents d'entre eux, à l'image de Bruno Le Maire, franchissent le pas et, tout en mesurant la « provocation » que leur préconisation représente, forment désormais le vœu que l'Europe devienne un empire, ne voyant « aucun autre mot pour désigner la volonté de nous rassembler et de conserver cette histoire longue et cette universalité qui ont toujours fait la force du continent européen[161] ». Emmanuel Macron n'avait rien dit de bien différent lorsqu'il proclama, à peine élu : « L'Europe doit retrouver le sel de la souveraineté [...] l'Europe est le niveau approprié pour recouvrer notre pleine souveraineté dans des domaines qui ne relèvent plus du seul champ national[162]. » Nous l'avons dit : ce qui fait la force, c'est le courage. Une union de couards n'a jamais constitué une force. Ce qui unit, c'est la conscience d'une identité, qui fonde la volonté de vivre et d'agir ensemble. Une addition ne fait pas une volonté. Ni une ambition.

Surtout, l'examen au fond de l'hypothèse d'une « co-souveraineté » des États membres soulève une difficulté insurmontable et illustre une ambiguïté savamment entretenue. Partager sa souveraineté est impossible : cela reviendrait à y renoncer. La souveraineté est indivisible : toute la philosophie politique l'affirme. Au XVIe siècle, avec Bodin : « le maistre pilote doit avoir en sa main le gouvernail pour le tourner à sa direction ; autrement le navire seroit plustot peri, qu'on n'auroit pris l'advis de ceux qu'il porte. »[163] Au XVIIe siècle, avec

Cardin Le Bret : « la souveraineté n'est pas plus divisible que le point en géométrie. »[164] Au XVIIIe siècle, avec Rousseau : « l'autorité souveraine est simple et une, et l'on ne peut la diviser sans la détruire. »[165] Quant à l'additionner avec d'autres pour n'en faire plus qu'une, nouvelle et commune, cela relève de l'aporie. On le comprend aisément en examinant quelles seraient les conditions concrètes de mise en œuvre de cette souveraineté *new look* : comment se déroulerait la délibération entre ses vingt-sept codétenteurs ? Quelle modalité de prise de décision serait retenue ? L'unanimité ? La majorité simple ? Qualifiée ? En cas de désaccord persistant, comment surmonter la division si la situation le nécessitait de façon urgente ? Ou, pour le dire simplement, qui trancherait *in fine* ?

Si personne ne détient le pouvoir de le faire, alors adieu la « souveraineté » promise… Que se serait-il passé si, le 11 janvier 2013, François Hollande, alors président de la République française, avait dû ouvrir une discussion avec ses partenaires européens avant de décider d'engager militairement les troupes françaises au Mali ? Ou, de façon générale et pour reprendre la formule, aussi juste que glaçante, de Régis Debray : « Combien de doigts sur le bouton nucléaire[166] ? » À l'inverse, si un détenteur de cette décision en dernier ressort apparaissait, la capacité d'agir serait, certes, au rendez-vous ; mais, alors, un nouveau souverain serait né, qui ne pourrait être, en l'occurrence, qu'une entité européenne supranationale – quelle qu'en serait la forme exacte. Les souverainetés nationales n'existeraient plus.

La « souveraineté européenne », le nouveau visage de l'empire

Ce raisonnement montre bien l'ambiguïté sous-tendant la proposition de « souveraineté européenne », due à la confusion délibérément entretenue entre compétences et souveraineté. On peut déléguer ou partager certaines compétences, sans aucun doute ; mais s'agissant de la souveraineté, cela est impossible : soit on la conserve – quelle que soit l'intensité de la coopération que l'on a nouée avec ses partenaires –, soit on y renonce. La logique en matière de souveraineté est binaire : c'est tout ou rien. Soit on choisit de travailler avec d'autres et de se coordonner avec eux pour dégager un surcroît de force commune, tout en conservant la liberté de ne plus le faire et de se retirer du jeu si, au bout du compte, *in extremis*, on le décide – et l'on reste alors souverain. Soit on choisit de transférer son pouvoir de décider en dernier ressort à un tiers, qui s'en saisit pour l'exercer, là aussi librement – et l'on n'est alors plus souverain. C'est bien là le sens du rappel à l'ordre qu'opéra le général de Gaulle à l'hiver 1965, lors de la crise « de la chaise vide », comme du droit de veto reconnu à chaque État membre qu'il fit entériner par le compromis de Luxembourg (29 janvier 1966)[167].

Dilemme que les européistes cherchent à contourner en usant de divers procédés.

En liant, d'abord, dans leurs discours, souveraineté nationale et souveraineté européenne, comme si leur coexistence était envisageable ou comme si la seconde pouvait venir prolonger la première[168]. Ainsi de Bruno Le Maire, faisant l'effort d'imaginer ce que serait cette articulation dans le cadre du « nouvel empire » européen qu'il appelle de ses vœux : « Les deux souverainetés, nationale et communautaire, ne s'opposent pas : elles se superposent et se complètent [...]. La souveraineté européenne sera double. Elle sera nationale *et* communautaire, communautaire *et* nationale. Elle empruntera à la nation pour la plupart des politiques de solidarité, comme les politiques sociales, mais elle découlera aussi de choix communautaires, pour la politique commerciale notamment. Elle laissera les nations choisir les ressortissants étrangers qui pourront venir sur son sol, mais elle définira des règles d'asile communes [...]. La souveraineté européenne tissera donc dans une même trame le fil national et le fil communautaire, pour fabriquer un nouveau tissu politique inédit mais solide, respectueux des cultures politiques nationales et soucieux de renforcer le continent européen[169]. » Louable mais vain effort, car, dans ces quelques lignes, ce n'est pas la « souveraineté européenne » dont il s'agit, mais la distribution des compétences entre nations et

Union jugée souhaitable par l'auteur ; et la seule forme de souveraineté qu'il y évoque – de façon paradoxale, mais significative – est celle des nations qui, pour reprendre l'exemple cité, conserveraient *in fine* la liberté de recevoir ou pas des migrants sur leur territoire ; demeureraient souveraines, en un mot.

En imaginant, avec Habermas, que la souveraineté pourrait être « partagée » entre les États membres et l'Union[170]. Or, même après l'adoption du traité de Lisbonne et les nouvelles procédures d'amendement des traités qu'il a introduites à l'article 48 du TUE, les États-nations restent maîtres de ces traités et sont les seuls détenteurs du pouvoir constituant au sein de l'Union ; la vision du philosophe allemand n'est donc qu'une construction théorique coupée de toute réalité politique et juridique, un vœu pieux, une profession de foi.

En entretenant, enfin et surtout, la confusion sémantique et politique entre la notion de souveraineté et celles de « puissance », d'« autonome stratégique », de « capacité d'action globale » ou de « dynamique permettant à l'Europe de s'affirmer, dans la concurrence mondiale, par ses propres forces » – confusion à laquelle cède entre autres Wolfgang Schäuble, l'ancien ministre des Finances allemand et actuel président du Bundestag[171]. Une confusion qui sert les intérêts de l'empire : en reprenant le vocabulaire de l'adversaire, en le détournant et en le manipulant, on vise à désamorcer les critiques et à faire la propagande de la formule impériale. Or la souveraineté n'est ni la puissance, ni la force, ni l'autonomie, ni l'indépendance, ni l'efficacité, ni l'action stratégique ; encore moins la seule « capacité à agir » ou « à exister dans le monde actuel pour y défendre nos valeurs et nos intérêts », ainsi que l'avance Emmanuel Macron[172]. Invoquer cette notion à tort et à travers ne vise qu'à préparer les peuples à des renoncements ultérieurs. La « souveraineté européenne » n'est qu'un nouvel avatar de l'« Europe puissance », c'est-à-dire du « fédéralisme clandestin » dénoncé en son temps par Raymond Aron. Le moyen de faire avancer le projet impérial en rognant encore les souverainetés nationales au nom d'une impossible souveraineté européenne.

La « souveraineté européenne » ne saurait exister en l'absence de peuple européen. C'est à cette pénible conclusion pour lui que le premier européiste d'Europe, Emmanuel Macron, a semblé récemment se résoudre en déclarant : « Peut-on aller jusqu'à parler de souveraineté européenne, comme je l'ai fait moi-même ? C'est un terme qui est un peu excessif, je le concède, parce que s'il y avait une souveraineté européenne, il y aurait un pouvoir politique européen pleinement installé. Nous n'y sommes pas encore. » Le naturel – l'idéologie – revenant au galop, il a tenu à se rattraper en rappelant dans le même entretien qu'il avait « beaucoup défendu l'idée de listes transnationales, c'est-à-dire l'émergence d'un véritable *demos* européen qui puisse se structurer, non dans chaque pays et dans chaque famille politique en son sein, mais de manière plus transversale. [...] Mais entre ce que font la Commission, le Conseil où siègent des dirigeants élus par leur peuple et le Parlement européen, émerge une forme de souveraineté nouvelle, qui n'est pas nationale, mais européenne[173] ». Faire fi des réalités au nom d'une conviction suprême : on retrouve là l'idéologie à l'état chimiquement pur.

Alors, pour aider le président à quitter la contradiction de son propos, livrons-lui la conclusion à laquelle est parvenu Dieter Grimm : « en dépit de certaines atteintes, les États membres peuvent être considérés comme souverains, alors que l'UE n'est pas souveraine [...]. Les détenteurs traditionnels de la souveraineté, les États, continuent d'exister et demeurent les unités élémentaires de l'ordre international post-westphalien émergent.[174] ».

« Souveraineté européenne » n'est qu'une habileté supplémentaire du discours européiste, le visage contemporain – souriant et amène, cela va de soi – de l'empire. Un empire sans empereur, sans pouvoir fort à l'égard de l'extérieur, un empire du Bien, la figure *soft* du fédéralisme de ce début de XXIe siècle. Tout fut dit, à ce sujet, il y a bien longtemps déjà, par Raymond Aron, encore lui : « La fédération, version civilisée ou volontaire de l'empire[175]. » On pourrait désormais renverser sa formule et soutenir que l'empire est devenu la forme acceptable, discrète, « civilisée ou volontaire » de la fédération.

Refuser l'engrenage impérial

Un des moyens privilégiés auquel les partisans de l'empire européen ont régulièrement recours consiste à proposer pour l'Union des évolutions institutionnelles apparemment dans la logique des choses, en masquant leur signification véritable comme leurs conséquences, redoutables, et à mettre ainsi le « bon sens » au service de l'idéologie. La méthode est celle de l'analogie et suggère de plaquer les mécanismes de l'État-nation sur ceux de l'Union européenne, afin de transformer celle-ci, insensiblement, dans les esprits et dans les faits, en un État fédéral.

Ainsi en va-t-il de la Commission européenne, qui aime à se qualifier d'« exécutif européen », ce qu'elle n'est pas : rappelons que ses principales attributions sont celles qui relèvent de l'initiative législative. Si l'on devait, dans le système européen actuel, désigner l'équivalent d'un « exécutif », ce serait alors les appareils administratifs et judiciaires des États membres, chargés de l'application de la législation communautaire. Quant à ses membres, puisqu'ils détiennent un portefeuille d'activités sectorielles – économie, finances, agriculture, commerce, affaires extérieures… –, pourquoi ne pas en faire des « ministres » d'un « gouvernement européen » – la Commission ? Bien entendu, ce « gouvernement » européen devrait rendre compte au Parlement européen : et voilà mis en branle un régime parlementaire au sein de l'Union. Une Union qui, dès lors, ferait un pas décisif vers le statut d'État fédéral.

Un épisode fort instructif illustre cette « technique du coup d'État » sémantique et institutionnel, pour paraphraser Malaparte. Lors d'une intervention à Bruges, Jacques Delors annonça, le 17 octobre 1989 : « L'Histoire accélère. Nous aussi devons accélérer », préambule habituel d'un discours européiste. Peu de temps après, le 17 janvier 1990, estimant les circonstances propices après la chute du mur de Berlin, il précisa sa pensée et préconisa « la transformation de la Commission en un véritable exécutif responsable […] devant les institutions démocratiques de la future fédération ». Fédération : le mot était lâché. Comme frappé d'*hubris*, il alla jusqu'à proclamer, six jours plus tard : « Mon objectif est que l'Europe soit une véritable fédération avant la fin du millénaire[176]. » Si cette sortie est restée sans conséquence immédiate – rappelé sèchement à l'ordre par François Mitterrand, Delors en rabattra et se tiendra coi pendant près de deux ans –, elle n'en est pas moins révélatrice des arrière-pensées comme des procédés du clan impérial.

Dans le même insidieux esprit d'appropriation, la nouvelle présidente de la Commission a-t-elle décidé de se prendre pour une sorte de présidente des « États-Unis d'Europe » en présentant un discours sur « l'État de l'Union » calqué sur celui que tient chaque année le président des États-Unis d'Amérique devant le Congrès.

Un scénario identique est souvent avancé à propos du Parlement européen : il conviendrait de renforcer ses pouvoirs. Ce serait là, nous assure-t-on, un vrai progrès démocratique : les citoyens européens élisant les députés européens, il serait bien normal, dès lors, que ces derniers contrôlent la Commission et « votent la loi » européenne. Là encore, les apparences sont trompeuses et le bon sens de mauvais conseil. Car la transposition d'un tel mécanisme démocratique, propre à la vie d'un État-nation, au niveau de l'Union, conduirait, mécaniquement, à un abaissement du Conseil européen et à la consécration de la Commission en gouvernement européen responsable devant le Parlement de Strasbourg. Seraient ainsi provoqués à la fois une fédéralisation de l'Union – effet recherché et inavoué par les promoteurs de la réforme –, mais aussi un recul démocratique. L'inexistence d'un peuple européen rendrait, en effet, un tel Parlement, coupé de toute réalité politique, « hors sol ». Dans un système politique tel que l'Union, qui n'est pas un État fédéral et qui ne doit pas le devenir, aller vers plus de démocratie n'est possible qu'en conservant ou en rapatriant les décisions politiques vers l'instance politique légitime à les exercer : le Conseil européen, composé, précisément, des représentants élus des peuples européens.

C'est dans cette perspective qu'il convient de replacer et de comprendre le débat, ouvert à l'issue des dernières élections européennes de 2019, sur le sort à réserver au principe des *Spitzenkandidaten*. Par ce vocable germanique, on désigne les chefs de file des groupes parlementaires européens, présentés comme les candidats « naturels » à la présidence de la Commission – renouvelée après chaque scrutin européen. Or ce dispositif institutionnel n'a précisément rien de naturel : il a été réclamé et obtenu par les parlementaires européens en 2014, afin de s'attribuer une prérogative qui est celle d'une chambre basse en régime parlementaire – où le leader du groupe le plus puissant devient normalement le chef du gouvernement. Il plaque artificiellement, sur un Parlement qui n'est pas le fruit du vote d'un peuple européen, mais de vingt-sept votes dans vingt-sept pays différents, un dispositif qui n'a de sens qu'en tant qu'expression de la vie politique d'une nation. Comme toujours avec la pratique européiste, il s'agit de « placer la charrue avant les bœufs ». Le refus, en 2019, du président Macron de souscrire au précédent de 2014 a permis d'interrompre cette nouvelle glissade dans l'univers impérial.

Dernier exemple de cette volonté d'annexion des mécanismes de l'État-nation à des fins fédéralistes : le budget européen. Ou plutôt l'accroissement de celui-ci, sujet de débats politiques récurrents. Non seulement les européistes ont avancé leurs pions sur le chemin du fédéralisme budgétaire – en encadrant de plus en plus strictement, en 2012 puis en 2013, les procédures d'élaboration des budgets nationaux –, mais ils cherchent à atteindre le seuil critique budgétaire qui ferait basculer l'Europe dans le fédéralisme. Certes, pour l'heure, fixé, dans le cadre pluriannuel d'une durée de sept ans, à environ 1 % du PIB européen, le budget de l'Union est loin d'atteindre les montants rencontrés dans un État fédéral : 12 % pour la Suisse, par exemple, 25 % dans le cas des États-Unis, ou environ 10 % dans le cas de l'Allemagne. Mais, à la suite de la crise du coronavirus, la Commission a réussi à accroître le budget 2021-2027 et, surtout, à cette occasion, à faire adopter le principe de futures ressources propres : pour parler clair, de lever l'impôt et, ainsi, de faire un pas de plus vers un État fédéral. Un nouveau coup de boutoir fédéraliste.

Mettre fin à la « doctrine Khrouchtchev »

Un des rouages essentiels de l'engrenage impérial consiste enfin dans l'utilisation dévoyée du principe de subsidiarité.

Ancienne règle de droit canon, issue de la pensée chrétienne, celle de saint Thomas d'Aquin, la « subsidiarité » consiste en une répartition juste des compétences entre autorité supérieure et entités inférieures : ne doivent ainsi revenir à la première que les prérogatives qu'elle serait à même d'exercer mieux que les secondes ne le feraient. Reprise par les théoriciens allemands du catholicisme social et du fédéralisme de la fin du XIXe siècle, cette règle fut toujours au centre des réflexions et des constructions théoriques des tenants d'une fédération européenne – en particulier les européistes « non-conformistes » des années cinquante (Brugmans, Marc ou Rougemont). Exhumé et rebaptisé par Jacques Delors à la fin des années quatre-vingt, le « principe de subsidiarité » fut présenté par celui-ci comme une modalité pragmatique de distribution des compétences entre États membres et Union européenne ; la transcription juridique d'une simple règle de management : « qui fait quoi ? » ; un moyen d'obtenir une action publique combinée, à la fois efficace et équitable ; la recherche du niveau d'intervention pertinent ; tout cela afin de dessiner les contours d'une organisation publique, nationale et européenne à la fois, au service des citoyens de l'Union. Derrière cet affichage, une autre réalité politique et institutionnelle s'est affirmée.

Introduit dans le droit européen par le traité de Maastricht en 1992, consacré par le traité de Lisbonne (2009), ce principe a été repris dans l'article 5 du TUE, qui mérite d'être cité : « Toute compétence non attribuée à l'Union dans les traités appartient aux États membres. En vertu du principe de subsidiarité, dans les domaines qui ne relèvent pas de sa compétence exclusive, l'Union intervient seulement si, et dans la mesure où, les objectifs de l'action envisagée ne peuvent être atteints de manière suffisante par les États membres, tant au niveau central qu'au niveau régional et local, mais peuvent l'être mieux, en raison des dimensions ou des effets de l'action envisagée, au niveau de l'Union. » Ainsi libellé, le principe de subsidiarité semble raisonnable et conforme tant aux intérêts de l'Union qu'à ceux, essentiels, des États membres : l'intervention de l'Union, légitime dans les domaines qui lui ont été explicitement et exclusivement conférés, ne saurait être étendue que par exception à la règle – « Toute compétence non attribuée à l'Union dans les traités appartient aux États membres » –, exception devant être dûment justifiée – « seulement si, et dans la mesure où ». Il se présente donc comme un mécanisme de régulation des compétences dites « partagées ».

On distingue, en effet, trois types de compétences de l'UE. Des compétences exclusives : politique commerciale, union douanière, règles de concurrence, monnaie et politique monétaire (zone euro), politique de la pêche et ressources halieutiques. Des compétences partagées : marché intérieur, environnement, cohésion sociale, économique et territoriale, politique sociale, protection des consommateurs, justice et affaires intérieures, santé publique, recherche, transports, énergie, coopération et développement, action humanitaire. Des compétences d'appui, enfin : culture, éducation, industrie, protection civile et coopération administrative, Politique étrangère et de sécurité commune (PESC).

Or, ni la lettre ni, encore moins, l'esprit de cet article n'ont été respectés.

D'abord, parce que, dans la pratique communautaire, la catégorie des « compétences partagées », consacrées par le traité de Maastricht, est devenue celle de droit commun. Les lignes de démarcation avec les compétences exclusives – celles de l'Union, mais, surtout, celles des États – ont été régulièrement franchies et, à force de l'être, ont fini par se brouiller. Tout est devenu, *de facto*, possiblement d'exercice commun et, par conséquent, objet d'un éventuel partage. Au lieu d'une répartition claire et lisible, un enchevêtrement inextricable règne entre compétences nationales et communautaires, dans une confusion qui sert les intérêts de la bureaucratie de Bruxelles. Qui plus est, dans le processus qui conduit à ce partage des compétences, les États membres, nombreux et souvent divisés entre eux, n'ont pas su défendre leurs intérêts en s'opposant à l'appétit insatiable de la Commission. Cohérente et déterminée, celle-ci, de son côté, a su appliquer à son profit la fameuse doctrine formulée en son temps par Nikita Khrouchtchev : « Tout ce qui est à nous est à nous. Tout ce qui est à vous est négociable. » Résultat ? Loin de protéger l'équilibre des compétences entre États membres et Union, le principe de subsidiarité a fonctionné à rebours et est devenu un instrument au service du fédéralisme et de l'empire européen.

S'est installée ainsi une asymétrie politique considérable. Initialement gardienne des traités, la Commission a quitté son statut administratif de secrétariat du Conseil et tenté, de façon récurrente, d'acquérir celui d'un organe politique comparable à un gouvernement européen : en 1965 avec Hallstein, on l'a vu ; dans les années quatre-vingt-dix avec Delors ; et, enfin, en 2015, avec Juncker, qui, à l'occasion de la crise des migrants, a outrepassé ses pouvoirs et essayé de forcer la main des États membres afin de leur faire accepter une répartition par « quotas » des demandeurs d'asile. De façon générale, la tentation d'accroître ses pouvoirs en dehors de tout traité est constante pour la Commission : ainsi, pendant la crise du coronavirus, la présidente von der Leyen a-t-elle, alors même que la santé publique est du ressort principal des États, et sans aucun mandat de ceux-ci en ce sens, recommandé le confinement des seuls Européens âgés de plus de 65 ans jusqu'à la fin de l'année 2020 !

Il n'est désormais que temps de poser des limites à l'inextinguible soif de compétences de la Commission européenne. Il s'agit de clarifier les attributions respectives des États et de l'Union, d'installer ainsi un vrai principe de subsidiarité, respectueux des nations, des États et des peuples, d'établir une répartition claire et viable du pouvoir politique au sein du système européen, ne conférant à l'UE que les seules compétences qu'elle exercerait mieux que ceux-ci, d'opérer une « subsidiarité massive et drastique », et de « ramener la Commission à sa véritable mission d'origine », comme le propose Hubert Védrine[177]. Le moyen ? Une « conférence refondatrice », convoquée par les chefs d'État et de gouvernement, qui procéderait à ce tri et poserait une règle simple : les compétences, à l'exception de celles attribuées exclusivement à l'Union, seraient réservées aux seuls États-nations. Ce serait là un renversement de la situation actuelle et le rétablissement d'un véritable principe de subsidiarité. Un tel rééquilibrage – un retour à la normalité politique, en réalité – est d'autant plus nécessaire que les ambitions de la Commission visent désormais les compétences régaliennes des États, qui sont et font la souveraineté des nations. Et il convient de le faire en gardant à l'esprit l'enseignement dégagé par Fernand Braudel à propos de l'Europe et de son aspiration séculaire à une plus grande cohésion : « À l'unité, la culture dit oui, l'économie dit à peu près oui, la politique, par contre, est réticente[178]. »

L'empire aux temps du corona : le plan de relance « historique »

« Historique » : unanime, la presse française et, plus largement, européenne, s'est précipitée, spontanément ou à l'invitation des autorités politiques – l'ayant elles-mêmes amplement utilisé –, sur cet adjectif, pour qualifier le plan de relance né de l'accord franco-allemand du 18 mai 2020, et adopté par le Conseil européen, le mardi 21 juillet à l'aube, après quatre jours et quatre nuits de débats. Le dispositif décidé à Bruxelles serait ainsi l'un de ces « pas en avant », « sauts qualitatifs » ou « nouvelles étapes », dont la rhétorique européiste est friande.

Pour la première fois de son histoire, afin de faire face à la récession et aux besoins de reconstruction économique générés par la crise du coronavirus, l'UE a été autorisée à emprunter, au nom de l'ensemble des Vingt-sept, la somme de 750 milliards d'euros, afin de la redistribuer aux États membres, sous forme de subventions directes (390 milliards) et de prêts (360 milliards), en fonction non de leurs contributions respectives, mais de leurs besoins particuliers. Cette manne financière, baptisée *Next Generation EU*, vient s'ajouter aux 1 074 milliards d'euros du budget communautaire pour la période 2021-2027, qui représentent environ 1 % du PIB de l'UE.

Si le montant global du « plan de relance » – 750 milliards – est bien celui prévu initialement par la Commission, son adoption a fait l'objet de tractations intenses afin de réunir la nécessaire unanimité du Conseil européen. Négociations ayant abouti à une reconfiguration sensible de la répartition entre subventions et prêts – les premières passant de 500 à 390 milliards et les seconds de 250 à 360 milliards d'euros – et à un rabotage de 26 milliards du budget de l'Union tel que proposé par la Commission – passé de 1 100 à 1 074 milliards d'euros sur sept ans –, qui s'est fait aux dépens de programmes d'investissement jusque-là jugés décisifs pour l'avenir de l'Union (santé, recherche et innovation, Fonds européen de défense, en particulier). Dans l'enveloppe intitulée « Plan européen de relance » prendront place des plans nationaux, devant être soumis à la Commission qui devra les examiner dans un délai de deux mois ; le Conseil, à la majorité qualifiée, approuvera la proposition de validation ou de rejet de la Commission.

Sans lui reconnaître un véritable droit de veto, un État membre pourra saisir, en cas de litige concernant l'un des plans nationaux, le président du Conseil, qui sera tenu de présenter le dossier en question lors du Conseil européen suivant. Une forme de conditionnalité de l'octroi de ces fonds a été introduite, puisque leur versement pourrait être suspendu en cas de violation des droits de l'homme par le pays attributaire, cette décision devant alors être prise à la majorité de 55 % des pays de l'UE représentant deux tiers de la population européenne. Enfin, alors même que leur disparition avait été programmée suite au Brexit, les « rabais » aux pays contributeurs nets à l'Union en bénéficiant déjà – s'étant, en l'occurrence, vigoureusement opposés, dans un premier temps, à ce plan – ont été, pour prix de leur ralliement, non seulement reconduits mais substantiellement revus à la hausse, de 46 à 53 milliards d'euros, au total, pour les sept années à venir : Autriche (+138 %), Danemark (+91 %), Pays-Bas (1,92 milliard, +22 %), Suède (1,07 milliard, +34 %) ; auxquels il convient d'ajouter l'Allemagne qui, bien qu'à l'origine de ce plan, retrouvera néanmoins les 3,67 milliards d'euros de sa « correction forfaitaire de réduction de contribution[179] ».

Afin de rembourser, à compter de 2027 environ, ces 750 milliards d'euros, il a été prévu que la Commission se dote de ressources propres, dont la nature précise et les montants respectifs seront arrêtés ultérieurement ; si un accord sur ce point ne survenait pas, ce serait alors aux États membres de le faire via leurs contributions au budget de l'Union. À cette première inconnue vient s'ajouter celle, décisive, concernant le contenu exact des différents plans nationaux qui viendront traduire en actes l'intention commune représentée par ce plan de relance. À cette fin, un certain nombre de priorités ont été énumérées par le Conseil et la Commission ; 30 % des sommes débloquées devront ainsi être allouées à la lutte contre le réchauffement climatique. Reste à savoir quelle sera la portée de cette « relance » européenne. D'ores et déjà, il convient de souligner que, si le calendrier qui semble se dessiner était confirmé – 10 % des 390 milliards de subventions décaissés en 2021, 15 % en 2022, le reste ensuite –, ce plan est décalé par rapport à l'urgence de la situation économique en Europe. Si l'on ajoute que son montant n'est que d'environ 2,9 % du PIB européen seulement, étalé sur une durée de trois ans *a priori*, une question s'impose : la montagne fédéraliste ne va-t-elle pas accoucher d'une souris « historique » ?

On touche là à l'interrogation essentielle, que l'on peut décliner ainsi : quelle est la vraie raison d'être de ce plan ? Quels sont ses tenants et aboutissants ? Qui est son véritable instigateur ? Quels effets en escompte-t-on réellement ? Et à quel point de vue ? Économique ? Ou idéologique ?

Provoqué par une décision politique inédite – mettre à l'arrêt, pour une raison sanitaire, les économies de la plupart des pays du monde et, pour ce qui nous concerne, ceux de l'UE –, le choc né de la pandémie du coronavirus a eu et aura des conséquences économiques et sociales très graves : récession de 6,4 % dans l'UE et de 8,3 % en France pour l'année 2020, explosion du nombre des faillites d'entreprises, hausse du chômage, plongée dans la pauvreté de millions de familles. La nécessité d'apporter une réponse adaptée à l'ampleur de la crise n'était donc pas discutable ; elle a légitimement conduit, dans un premier temps, à mobiliser les instruments financiers à la disposition de l'UE.

Ceux de la BCE pour l'essentiel, qui, après un premier faux pas de sa nouvelle directrice générale[180], s'est décidée, dès le 19 mars, à lancer un « programme de rachats d'urgence face à la pandémie » (*Pandemic Emergency Purchase Program*, PEPP, en anglais), pour une enveloppe de 750 milliards d'euros, complétée de 500 milliards supplémentaires le 10 décembre 2020, auxquels continuaient à s'ajouter 20 milliards par mois du programme QE (*Quantitative Easing*, inauguré en septembre 2019). Un dispositif financier pérennisé jusqu'en mars 2022 au moins, pour un total de 1 850 milliards d'euros.

Au-delà des montants en jeu, elle s'autorisait, pour la première fois de son histoire, à agir de façon souple et adaptée : en franchissant le seuil maximal de 33 % de rachat de dette d'un seul pays, afin de pouvoir aider de façon ciblée les États en ayant le plus besoin ; en incluant la Grèce dans ce programme de rachats d'actifs, alors qu'elle en était jusque-là exclue ; en procédant, enfin, à une diversification de ces achats lui permettant désormais d'acquérir des titres correspondant à de la dette d'entreprises hors secteur financier (*commercial paper*, ou billets de trésorerie d'entreprises), pour le compte de très grandes entreprises. Si l'on ajoute à cela les actions prévues par la Banque européenne d'investissement (BEI) – 200 milliards de nouveaux prêts –, le Mécanisme européen de stabilité (MES) – lignes de crédit préventives pouvant aller jusqu'à un total de 240 milliards – et la Commission européenne – autorisée à lever 100 milliards sur les marchés financiers –, soit un total de 540 milliards d'euros, on mesure à quel point cette réponse financière fut rapide et adéquate.

Rapide, adéquate et néanmoins insuffisante. D'abord, en raison de la gravité de la crise elle-même. Ainsi, sur les 750 milliards d'euros prévus dans le programme PEPP de la BCE, 234 avaient été consommés en avril et en mai… À ce rythme, l'enveloppe disponible aurait été épuisée dès octobre 2020, et une rallonge de 500 milliards avait dû être envisagée quelques semaines seulement après le lancement de ce programme. Difficile à concevoir sereinement lorsque l'on sait que le bilan de la BCE allait passer de 2 000 milliards début 2015 à 6 500 milliards fin 2020, soit la moitié du PIB de la zone euro. Ensuite, parce que les effets principaux de ce type d'interventions – stabilisation des marchés financiers et mutualisation des risques de taux entre pays européens –, tout à fait bénéfiques en eux-mêmes, ont un impact sur les économies réelles bien plus incertain et, de surcroît, se paient du prix de bulles financières et immobilières. Point de relance assurée de ce côté-là, par conséquent. À quoi sert-il d'injecter des liquidités supplémentaires dans le système financier si les entreprises ne produisent plus, si les ménages ne consomment plus, si les banques ne prêtent plus ?

Dès lors devenait-il parfaitement logique, sur le plan macroéconomique, de compléter cette politique monétaire très accommodante – « non conventionnelle », selon la novlangue libérale – par une relance budgétaire en bonne et due forme. Finis les tabous ! Adieu, l'orthodoxie monétariste et libérale ! Le samedi 21 mars 2020, l'Allemagne renonçait ainsi au dogme du *Schwarze Null*, l'équilibre budgétaire inflexible qu'elle s'imposait jusque-là. Deux jours plus tard, le lundi 23 mars, les ministres des finances de l'Union décidaient, à l'unanimité requise, de suspendre les règles budgétaires européennes en vigueur grâce à la mise en œuvre de la « clause de circonstance exceptionnelle », prévue par le Pacte de stabilité et de croissance, permettant de s'exonérer des fameux critères de Maastricht (3 % de déficit et 60 % de dette publique au maximum). Dans la foulée de cette décision rompant avec l'orthodoxie financière prévalant jusqu'alors, les États membres élaboraient une première série de plans nationaux de relance : l'Allemagne pour 123 milliards d'euros (3,6 %

de son PIB), la France pour 45 milliards (1,9 %), l'Italie pour 50 milliards (2,8 %), l'Espagne pour 17 milliards (1,4 %), soit, au total, un effort budgétaire moyen de 2 % du PIB pour les dix-neuf membres de la zone euro. Plans revus, pour la plupart, rapidement à la hausse ; ainsi de la France, qui porta le sien à 100 milliards d'euros.

On le mesure : dès le mois d'avril 2020, une stratégie complète de relance, combinant politiques monétaire et budgétaire expansionnistes, dessinant ainsi une *policy mix* de la plus belle obédience keynésienne, avait été mise en place tant par les institutions communautaires – Commission, BCE, BEI, MES – que par les gouvernements des États membres. Une stratégie cohérente et au niveau de l'enjeu. Elle aurait dû suffire, d'un point de vue macroéconomique. C'était compter sans la politique ni l'idéologie.

Un plan allemand et au service de l'Allemagne

Survint alors, véritable « coup de tonnerre dans un ciel bleu », l'événement majeur de la période, celui qui permet de révéler la vérité du plan de relance « historique ». Le 5 mai, le Tribunal constitutionnel de Karlsruhe – encore lui – rendait, à propos du programme de rachat de titres (*Public Sector Purchase Program* ou PSPP) lancé par la BCE en 2015 afin de combattre les conséquences de la crise financière de 2008, un avis tonitruant. Non seulement celui-ci remettait en cause la supériorité du droit européen sur les droits nationaux, mais, critiquant vertement l'insuffisance du contrôle de la CJUE sur la BCE, il demandait à cette dernière de lui apporter les preuves que son action passée avait bien respecté les limites de son mandat et n'avait pas lésé les intérêts des épargnants allemands ; faute de quoi, il enjoindrait à la Bundesbank, la banque centrale allemande, de ne plus racheter de titres pour son compte, ce qui reviendrait *de facto* à anéantir toute la politique monétaire européenne. En elle-même d'une portée juridique et politique considérable, cette décision était, de surcroît, de nature à vider de son contenu le programme de relance que venait tout juste de mettre en place la BCE.

Or les États membres les plus durement touchés par l'épidémie – l'Italie, l'Espagne et, dans une moindre mesure, la France – étaient précisément ceux dont les finances publiques étaient les plus dégradées, ceux aussi les plus sensibles à des hausses de taux d'intérêt que l'inquiétude quant à leurs situations économiques respectives pouvaient faire naître sur les marchés prêteurs (*spreads*). Dès lors, l'économie allemande, centrée sur la zone euro – vitale pour elle –, se trouvait menacée : les exportations contribuent pour près de la moitié au PIB de l'Allemagne et celles réalisées au sein de l'Union représentent, en effet, 60 % de leur volume total. De cette dépendance et de la vulnérabilité qui en résulte, la chancelière prit conscience brutalement, sous l'influence du patronat allemand et, en particulier, des représentants de l'industrie automobile. Ainsi que tranche Philippe Lamberts, président du groupe Les Verts au parlement européen : « Merkel, c'est la VRP de l'industrie allemande[181]. » Alors qu'après la crise de 2007-2008, la préservation de la zone euro, essentielle pour l'Allemagne, passait par le seul cantonnement du risque financier représenté par la situation grecque, cette fois c'est le cœur économique de l'Europe qui se voyait fragilisé, avec des conséquences potentiellement cataclysmiques pour l'industrie d'outre-Rhin, les PIB des trois pays concernés représentant 45 % du PIB de l'ensemble de la zone euro. Il ne s'agissait plus pour l'Allemagne, comme en 2011, de « punir » un mauvais élève de la classe libérale, mais de sauver le moteur de l'économie européenne – dont dépend la survie de son appareil productif. Ainsi que l'a souligné le grand sociologue allemand Wolfgang Streeck, « en Allemagne le gouvernement et l'opposition, en accord total avec l'industrie et les syndicats, ont érigé le maintien de l'Union monétaire en un sacro-saint intérêt national[182] ».

Telle est la raison profonde qui explique la « conversion » d'Angela Merkel, le 18 mai 2020 – treize jours seulement après la décision du Tribunal constitutionnel de Karlsruhe –, à une « mutualisation des dettes » et, pire encore, à une forme d'« union de transferts », auxquelles elle se refusait obstinément jusque-là. Ce n'est pas l'« intérêt général de l'Europe » qui a guidé le choix de la chancelière, mais l'intérêt national bien compris de l'Allemagne. Le prix à payer – fin du dogme budgétaire, acceptation du principe de solidarité financière, contribution finale au plan de relance de l'ordre de 40 milliards d'euros – fut réel, certes, mais sans commune mesure avec le danger qu'aurait représenté pour son pays un éventuel éclatement de la zone euro.

Politicienne madrée, Merkel a laissé le président français prendre la lumière médiatique et claironner le succès d'un plan de relance dont il pouvait revendiquer la paternité intellectuelle, mais dont elle avait, seule, décidé du déclenchement, après en avoir, seule, validé l'opportunité politique – sur le fondement de considérations principalement nationales. Sur le devant de la scène européenne, elle a soutenu sans faille Emmanuel Macron et a pesé de tout son poids politique pour faire valider ce plan par l'ensemble du Conseil européen, car le sort de l'économie allemande en dépendait ; dans les coulisses, en revanche, elle n'a pas manqué de batailler pour conserver son conséquent rabais – près de 4 milliards d'euros : la solidarité européenne s'arrête là où commencent les intérêts de son pays. Le plan de relance ? Un plan allemand, donc, largement créé pour répondre à un problème germano-allemand, celui provoqué par la décision du Tribunal constitutionnel de Karlsruhe ; un plan décidé par la chancelière et, au final, très favorable à l'Allemagne, puisqu'il sauve la zone euro dont celle-ci a impérativement besoin comme débouché pour son industrie, sans même que Berlin ait eu à rogner sur son « chèque », pour reprendre l'expression fétiche de Margaret Thatcher.

Quid de la France ? Notre pays devrait percevoir quelque 39 milliards d'euros au titre du plan de relance. L'« esprit de compromis », salué par Angela Merkel, a permis à l'Allemagne de conserver son rabais et à notre pays… de le financer, comme celui des autres pays « radins », par une augmentation de sa contribution. Au total, l'impact sur les finances publiques françaises devrait être négatif et de l'ordre de 20 milliards d'euros, en s'en tenant aux seules subventions et sans prendre en compte les prêts qui seraient accordés. Dans le même temps où le budget de la Politique agricole commune (PAC) – dont le principal bénéficiaire est la France – reculera de 10 %. Qu'importe. Très satisfait de sa « campagne européenne[183] », Emmanuel Macron s'en est allé à la télévision vanter les mérites de ce plan auprès de ses concitoyens ; tout cela lui permet de ressouder le bloc européiste l'ayant porté au pouvoir en 2017, dont il pense qu'il sera encore décisif lors de l'élection présidentielle de 2022 ; et lui offre, enfin, le moyen de provoquer la poussée fédéraliste pour laquelle il s'active depuis son élection, passant ainsi des discours – celui de la Pnyx, celui de la Sorbonne – et des entretiens accordés aux grands journaux anglo-saxons – le *Financial Times* ou *The Economist* – aux actes.

Là résidait l'essentiel : pour le président français comme pour tous les européistes, ce qui comptait dans cette affaire n'était pas tant de « relancer » l'économie européenne que de « relancer » le fédéralisme.

Vous avez dit « hamiltonien » ?...

Pour combattre la récession, les mesures financières prises dans un premier temps – d'ampleur, on l'a vu – auraient pu être complétées par des plans d'investissement nationaux coordonnés par la Commission, que la flexibilité budgétaire nouvellement autorisée comme les conditions d'emprunt historiquement favorables auraient permis de financer aussi aisément que par un emprunt communautaire. Il n'était pas, sur le plan économique, indispensable d'instaurer un mécanisme de mutualisation financière pour bâtir un plan de relance à la mesure de l'enjeu. L'avenir dira bientôt quelle efficacité aura été celle de la méthode fédéraliste retenue, au-delà des seuls effets d'annonce. D'ores et déjà, une chose est acquise : lourde et complexe, la procédure choisie aura entraîné un retard dans la mise en œuvre du plan de relance « historique », dont les premiers décaissements ont été effectués un an après son adoption (juillet 2021). Trop décalé dans le temps, son volume financier est de surcroît insuffisant pour tirer l'Europe de la zone de basse pression où elle est enlisée depuis près de trente ans. La comparaison avec le choix du président Biden de placer l'économie américaine sous un régime de « haute pression », grâce à un véritable « *new New Deal* » atteignant 5 000 milliards de dollars (3 100 milliards décidés par D. Trump, auxquels s'ajoutent 1 900 milliards de l'*American Rescue Plan Act* adopté le 11 mars 2021), est cruelle par l'Union européenne.

Mais le principal objectif recherché par les tenants du « plan » – au premier rang desquels le président français – était idéologique et non économique. Il s'agissait de faire oublier les mois de mars et d'avril 2020 et le spectacle d'une Union européenne totalement dépassée par l'irruption de la pandémie de Covid-19 – pis : ignorée par les peuples qui s'étaient tournés, pour assurer leur protection, vers leurs États-nations. Invoquant la nécessaire « solidarité » entre États membres, ils visaient en réalité à engager un processus devant conduire à terme – via l'emprunt commun, appelant lui-même des impôts communautaires nouveaux – à la mise en place d'un « Trésor européen » chargé de la gestion de la dette commune ainsi émise, une nouvelle pierre dans l'édification d'un État fédéral. En bons idéologues, leur préoccupation était, comme toujours, de gagner un cran supplémentaire dans l'engrenage mis en place depuis 1950. Et cela au prix même de la violation des traités européens : Paris vaut bien une messe et faire progresser l'empire pouvait bien justifier de fouler aux pieds les articles 310 et 311 du TFUE qui interdisent à la Commission de recourir à l'emprunt.

Convoquant l'Histoire, ils se délectent à rappeler que la jeune confédération américaine a basculé vers les États-Unis d'Amérique grâce à l'habileté d'un homme, Alexander Hamilton, premier secrétaire d'État au Trésor (1789-1795), qui sut convaincre les treize États fondateurs de créer une dette fédérale garantie et libellée dans une monnaie promise à un bel avenir, le dollar, afin de rebâtir leurs économies sorties, pour la plupart, exsangues de la guerre d'Indépendance, tout en instaurant des ressources fiscales propres au niveau fédéral. Confiants dans la mécanique par eux enclenchée, ils font mine d'ignorer que le plan de relance est qualifié de « ciblé et limité dans le temps » par le communiqué officiel du Conseil européen, ce que la chancelière, avec son laconisme habituel, a résumé d'une formule lapidaire – *Einmal*, une seule fois –, faisant clairement entendre qu'il s'agissait là, pour elle et pour son pays, d'une initiative unique et n'ayant pas vocation à être renouvelée. Tout à leur joie d'être parvenus à un accord, ils veulent croire que l'Union est en train de vivre un « moment hamiltonien ».

La vérité politique de ce moment est autre. Merkel a voulu sauver la zone euro pour préserver l'économie de l'Allemagne ; Macron, lui, était désireux d'enclencher une nouvelle étape de l'engrenage fédéraliste, quoi qu'il en coûte… Merkel a agi en héritière de Bismarck ; Macron, lui, s'est pris pour Jean Monnet.

Alors, comme à leur habitude, pour faire avancer leur projet caché, les européistes se réfugient dans le silence, ou bien, s'ils sont contraints de s'exprimer, se lancent dans la prophétie autoréalisatrice et la manipulation du langage, éludant le vrai débat – sur le fédéralisme et ses conséquences pour les nations européennes – et lui en substituant un autre – celui censé opposer les pays du Nord, recroquevillés sur leurs intérêts bassement financiers, à ceux, soucieux, eux, de la cohésion de l'Europe –, un leurre. Ainsi du président du Conseil européen, Charles Michel, qualifiant ce plan de « démonstration de crédibilité de l'Europe sur la scène extérieure », d'« évolution copernicienne. Une manière nouvelle d'appréhender les relations entre l'Union européenne et les États membres », et grâce auquel, selon lui, « nous renouvelons des vœux de mariage[184] ». Mais qui, lorsque la question lui est posée explicitement de savoir s'il ne s'agit pas d'un pas supplémentaire vers une Europe fédérale, esquive, n'ose pas répondre, se réfugiant derrière des propos dilatoires[185]. Comme toujours, les belles idées et les grands mots, ceux qui font vibrer la corde sensible – « solidarité », « union », « progrès », « audace », « sens de l'Histoire », « avenir commun », « générations futures », « vision pionnière », « responsabilité historique » –, ont été mobilisés pour dissimuler la vérité de l'enjeu[186]. Face aux « radins » ou aux « frugaux », se seraient donc providentiellement dressés les « généreux » et les « ambitieux » – on était prié de bien le comprendre et on nous le répéta assez pour cela. L'empire est pavé de bonnes intentions.

Le camp du Bien devrait toutefois réviser ses connaissances historiques et réfléchir à deux fois avant de persévérer dans son entreprise de torsion des réalités humaines et politiques – les nations européennes – au profit d'un artifice juridique – l'embryon d'État fédéral. Car le « moment hamiltonien », le vrai, ne s'est pas achevé de façon très « progressiste ». En 1835, les dissensions entre États fédérés n'ayant pas été aplanies par la seule émergence d'un Trésor commun, la dette de guerre fédérale fut intégralement remboursée, la First Bank of the United States, créée en 1791 pour gérer celle-ci, liquidée, et le retour à une dette propre à chaque État fédéré, opéré.

Vingt-six ans plus tard, le 12 avril 1861, éclatait la guerre de Sécession.

CHAPITRE 4

Entre le « chacun pour soi » et le fédéralisme, il y a l'union

« *On the edge of a precipice* » : recevant à l'Élysée l'équipe du magazine *The Economist*, le 21 octobre 2019, en choisissant cette image d'une Europe prête à basculer dans le vide, Emmanuel Macron dénonçait un danger, dont il se déclarait « très profondément convaincu », celui d'un « continent en péril » qui, « s'il ne se réveillait pas », pourrait « disparaître sur le plan géopolitique » ou, à tout le moins, devenir « incapable de contrôler sa destinée ». Soulignant aussi que, pour la première fois, l'allié américain, en la personne de Donald Trump, ne « partageait plus notre idée du projet européen » ; et proclamant, pour faire bonne mesure, la « mort cérébrale de l'OTAN ». De tout cela résultait, selon lui, « l'exceptionnelle fragilité de l'Europe[187] ». Ce faisant, le président de la République sacrifiait à un rite européiste établi de longue date, celui de la dramatisation ; afin, comme à l'accoutumée, d'impressionner les esprits et de justifier toutes les audaces fédéralistes. Très significative du mode de pensée des dirigeants européens actuels : la curieuse amputation du champ visuel dont semblait souffrir le locataire de l'Élysée ; car, si l'on peut reconnaître avec lui que l'Europe court effectivement le risque de se voir marginalisée sur la scène internationale, il convient, dans le même temps, d'avoir conscience de la seconde menace, mortelle, qui pèse sur elle : celle de la désarticulation, dont il n'est fait nulle mention dans cet entretien.

« Le train de la désintégration a quitté la gare de Bruxelles[188] » : métaphore pour métaphore, celle d'Ivan Krastev rend mieux compte de la question européenne contemporaine : « l'exceptionnelle fragilité » de l'Europe, qu'a soulignée le président français, est surtout un phénomène intrinsèque à celle-ci. Le « projet européen », si cher à Emmanuel Macron, est davantage remis en cause sur le Vieux Continent qu'à la Maison Blanche ou à Ankara, où se déploie la vindicative politique néo-ottomane du sultan Erdogan. Attaquée ou menacée de l'extérieur – par la Russie, la Turquie, la Chine surtout –, délaissée par le grand allié traditionnel – les États-Unis –, l'Europe est d'abord minée de l'intérieur : c'est en ce sens aussi qu'il convient – au-delà de ses spécificités nationales – d'interpréter le Brexit. Le départ volontaire de l'un de ses États membres les plus importants a donné quelque consistance à la perspective d'une désagrégation de l'Union et témoigne de ce que, après soixante-dix ans de « construction », la question posée reste la même : la signification substantielle de cette construction, sa nature réelle, sa finalité ultime.

Ni Pangloss, ni Cassandre

Trois chocs, exclusivement politiques, sont venus, de surcroît, ébranler l'édifice communautaire au cours des trente dernières années ; trois chocs précisément liés, dans une large mesure, à cette indétermination, voulue ou subie, quant au sens véritable à donner à l'Europe institutionnelle.

La réunification allemande (3 octobre 1990) a affecté l'équilibre de l'ensemble européen. Elle a reconstitué une nation industriellement puissante, commercialement dominatrice, forte de ses 83 millions d'habitants – la « Grande Allemagne » – et renforcée par l'adhésion de ses voisins de l'Est, qui constituent son hinterland. Alors qu'initialement sa frontière orientale constituait la limite extérieure de l'Union, l'Allemagne se trouve désormais au centre géographique d'une Europe dont elle représente, dans le même temps, le barycentre économique.

L'extension continue du périmètre de l'Union – et en particulier l'élargissement des années 2000 – a transformé le système européen. Carolingienne à sa naissance en 1957, harmonieuse et équilibrée encore à douze ou à quinze, l'Europe, à vingt-sept, a changé de nature : en intégrant des pays économiquement et culturellement éloignés de son noyau initial, elle a perdu de son homogénéité et de sa cohérence ; cet accroissement numérique l'entraîne, de manière logique, de plus en plus vers le modèle confédéral.

Le départ du Royaume-Uni, décidé par le peuple britannique le 23 juin 2016, à la surprise générale des élites européennes, représente pour l'Union un échec – symbolique, politique, économique et stratégique – majeur. Longtemps considérée comme inconcevable si ce n'était inconvenante, la possibilité pour un État membre de quitter le navire commun, introduite en 2008 par le nouvel article 50 du TUE, aura donc été mise en œuvre moins de dix ans après son inscription dans le droit de l'Union. Or le Brexit prive l'Europe d'un acteur international de premier plan, membre du Conseil de sécurité des Nations unies, disposant de l'arme nucléaire, abritant avec la City l'une des plus grandes places financières du monde ; il l'ampute aussi de 66 millions de citoyens européens – sa population passant de 512 à 446 millions –, de quelque 60 milliards d'euros de contribution au budget communautaire et de 15 % de son PIB, soit autant que celui des 18 plus petits pays européens : en ce sens, on pourrait aller jusqu'à dire que l'Union est passée de 28 à 10 membres…

Au vu de ce constat, il convient de l'admettre : le projet européen doit être redéfini ; on ne peut plus se contenter de répéter que la solution à ses difficultés et aux contestations récurrentes qu'il soulève résiderait dans « encore plus d'Europe », « encore plus d'intégration », c'est-à-dire « encore plus de fédéralisme ».

Face à cet impératif, l'enfermement actuel du débat sur la nature et l'avenir de l'Europe dans une série d'alternatives simplificatrices, entre « pro-européens » et « anti-européens », « partisans de l'Europe » et « eurosceptiques », « europhiles » et « europhobes »,

« progressistes » et « populistes », « européistes » et « nationalistes » – entre « gentils » et « méchants », pour le dire abruptement –, demeure le péché contre l'esprit qu'il a toujours représenté, mais est devenu désormais dangereux. Stérile, cette situation nourrit, par ailleurs, le développement de sentiments et de positions extrémistes : puisqu'il n'est pas recevable de s'opposer, par la discussion raisonnée et argumentée, à la manière dont la construction européenne a été conçue et mise en œuvre, ni aux politiques concrètes que l'Union européenne conduit depuis trente-cinq ans, alors ne reste plus qu'à réclamer la sortie de l'Europe, le Brexit ou le Frexit, la mise à bas de l'édifice. Le débat étant présenté comme interdit ou, pire, impossible, et l'appartenance à l'Europe s'apparentant à une camisole idéologique – enfilée pour le « Bien », mais empêchant néanmoins le moindre mouvement –, s'arracher à cet univers perçu comme carcéral devient pour certains une perspective salutaire. L'énergie de la contestation trouve là sa seule échappatoire, toute autre issue politique étant, *de facto*, disqualifiée. Et cela alors même que toute une palette de sensibilités politiques existent chez les citoyens, de l'hostilité – minoritaire – à l'enthousiasme – rare –, en passant par l'indifférence, le doute, le soutien, la déception, l'adhésion, l'attentisme, la méfiance.

Fréquemment, les mêmes qui déplorent la désaffection ou la défiance des peuples à l'égard de l'Europe récusent par avance toute véritable discussion et s'obstinent à ne pas admettre que seules la critique – au sens fort, philosophique, du terme – du projet européen et la pensée alternative permettront de sortir de cette impasse. Pour ceux-là, être partisan de la construction européenne n'est pas considéré comme une opinion politique – susceptible d'être contestée, par conséquent, ou même combattue –, mais comme la manifestation de l'exercice de la Raison et, à ce titre, *indiscutable*. Ce refus de la politique se mesure en particulier au vocabulaire employé : ainsi, les européistes désignent-ils dédaigneusement les peuples de l'Europe comme les « opinions publiques nationales » et remplacent le substantif « gouvernement », appartenant au registre politique et démocratique, par celui de « gouvernance », tiré, lui, du vocabulaire de la gestion des entreprises, et cela afin de dépolitiser l'appréhension de la question européenne.

Or, rien ne nous condamne à « l'alternative entre Pangloss et Cassandre » que récusa Tony Judt il y a déjà vingt-cinq ans[189]. Nous pouvons, et par conséquent nous devons, traiter la chose européenne de manière politique – c'est-à-dire nécessairement conflictuelle. Là où nous en sommes, s'offrent à nous trois options. Si l'on file la métaphore architecturale, il est envisageable de quitter la maison commune, de la ravaler ou de la refonder.

No Frexit

Sortir de l'Union : même si peu de peuples formulent expressément un tel désir, cette tentation existe, tant le malaise européen – fait de lassitude, de prise de distance, de rejet, de colère aussi, par bouffées et selon les crises du moment – est devenu une réalité tangible ; on ne peut plus, depuis le départ du Royaume-Uni, l'écarter d'un revers de main moralisateur ou d'une condamnation idéologique ; pas davantage non plus pour des raisons exclusivement économiques : il y a dix ans, au moment de la crise financière, l'impact, cumulé sur trois années, d'une telle sortie de la France de la zone euro avait été évalué à environ 10 % de son PIB – autant dire une broutille comparée aux conséquences de la « crise » du coronavirus. Des esprits aussi rigoureux et attachés à l'idée européenne que Joseph E. Stiglitz et Paul Krugman, tous deux prix Nobel d'économie, ont, devant l'échec patent de la zone euro et l'impossibilité de la réformer de l'intérieur, proposé de déconstruire celle-ci.

L'argument de l'« irréversibilité » est lui aussi irrecevable : sans aucun doute, l'exemple du Royaume-Uni l'illustre bien, se dégager d'un ensemble auquel on se trouve lié par d'étroites relations commerciales, comme par des centaines de textes juridiques accumulés au fil du temps, représente une opération longue et d'une grande complexité. Ainsi, pour nos voisins britanniques, cette sortie signifie-t-elle se défaire de 600 accords avec l'UE, puis renégocier 200 accords passés entre celle-ci et diverses organisations internationales. Sans parler des 50 % d'exportations britanniques réalisées avec l'UE – le ratio inverse n'atteignant que 6 %. Et presque cinq années auront été nécessaires pour finaliser, le 24 décembre 2020, la décision de quitter l'Union prise par référendum le 23 juin 2016. Il n'en reste pas moins que le choix d'un peuple, démocratiquement formulé, doit être respecté, quelle que soit la difficulté de sa mise en œuvre concrète. À cet égard, avancer, comme on l'entend parfois, qu'« une fois l'omelette cuite, il est impossible de reconstituer le blanc et le jaune de l'œuf », n'est rien de plus qu'une invitation irresponsable à jeter le contenu de la poêle aux ordures et à faire un sort au cuisinier... En ce sens, une fois la volonté populaire exprimée par voie référendaire, le Brexit était devenu indispensable ; ce que n'ont pas compris ou qu'ont refusé d'admettre nombre d'européistes, sur le continent et outre-Manche, à l'image du président du Conseil européen jusqu'en novembre 2019, Donald Tusk. Il en irait de même pour notre pays si les Français opéraient un tel choix. Hypothèse à la fois peu probable et inopportune.

Peu probable, car les raisons du départ du Royaume-Uni, profondes, ne peuvent se résumer à une « campagne mensongère » des partisans du *Leave* ou seulement témoigner d'une « vague europhobe », comme on s'est tant plu à le répéter ; elles sont, surtout, propres à cette grande nation et à son histoire : le Brexit vient de loin.

Dès l'origine de la construction européenne, l'attitude britannique à son endroit fut marquée du sceau de l'ambiguïté. Ainsi, dans son célèbre discours de Zurich (19 septembre 1946), présenté généralement comme une invitation faite aux nations du continent à se regrouper en des « États-Unis d'Europe », Winston Churchill exprima une opinion qui, loin d'être seulement personnelle, représentait la position de fond du Royaume-Uni, que l'on pourrait résumer comme suit : « Le fédéralisme, oui ; mais pour les autres, pas pour nous ! » Ces réticences de principe à une forme d'unification continentale, considérée comme étrangère au projet national britannique, se voyaient confortées par la singularité de la situation du Royaume-Uni au sortir de la Seconde Guerre mondiale : alors que, selon le célèbre jugement de Zbigniew Brzezinski, dans l'Europe, l'Allemagne cherchait « la rédemption » et la France « la réincarnation[190] », celui-ci avait tenu bon, seul, en 1940, face à la barbarie du nazisme allemand, était l'un des grands vainqueurs du conflit et disposait encore d'un vaste empire. De là son refus de participer du Marché commun en 1957 ; de là, aussi, la création, à son instigation, dès le 4 janvier 1960, de l'Association européenne de libre-échange (AELE), afin de concurrencer la jeune CEE.

Dernier élément, et non des moindres, de la spécificité britannique à l'égard de l'Europe : l'attachement historique à l'ancienne colonie, les États-Unis, comme la conviction, encore si vivement présente chez les partisans du Brexit, que la prospérité et l'avenir étaient à rechercher dans la relation transatlantique plutôt que dans l'union avec un continent jugé en déclin. Lors d'un échange orageux avec le général de Gaulle, le 4 juin 1944, l'avant-veille du débarquement en Normandie, Churchill avait déjà exprimé le fond de sa pensée et l'essentiel de cette vision en « criant de toute la force de ses poumons » : « Quand nous aurons à choisir entre les Français et les Américains, nous préférerons toujours les Américains ! Quand nous aurons à choisir entre le continent et le grand large, nous choisirons toujours le grand large[191] ! » On imagine sans peine comment il aurait traité les Allemands, les Portugais ou les Lettons… Et l'on comprend également pourquoi, à deux reprises, en 1961 et en 1967, ce même Charles de Gaulle opposa le veto de la France à l'entrée du Royaume-Uni dans la CEE, faisant mine de s'interroger : « Est-ce l'Angleterre qui entre dans le Marché commun, ou est-ce le Marché commun qui entre dans l'Angleterre, c'est-à-dire dans les États-Unis[192] ? » Fondamentalement, l'objectif de cette grande nation a toujours été de contenir l'Union dans les limites d'une vaste zone de libre-échange, afin de bénéficier du Marché commun, puis du Grand Marché, de refuser l'euro pour conserver sa monnaie – la prestigieuse livre sterling –, tout en cultivant sa relation privilégiée avec le géant américain – ce qu'illustra tristement, en 2003, la faute commise par Tony Blair de soutenir la guerre de Georges W. Bush en Irak.

Telles furent, par-delà les vicissitudes de la vie politique, les alternances gouvernementales et la sensibilité de chacun des *Prime Ministers* qui se succédèrent au 10 Downing Street, les constantes de la position britannique à l'égard de l'Europe.

On le comprend aisément : dès lors que le système maastrichtien fut enclenché et que son emprise s'accrut progressivement sur les nations européennes, le Royaume-Uni ne pouvait que se sentir de plus en plus mal à l'aise au sein de l'Union. Après la crise financière de 2007-2008, avec l'explosion des inégalités patrimoniales, de revenus, sociales, avec l'extension de la pauvreté, qui retrouvait le niveau des années quatre-vingt, avec la menace migratoire, tous phénomènes entraînant une forme de sécession des élites dirigeantes du pays – à la fois économique, sociale, territoriale, culturelle et psychologique –, à l'affrontement entre l'Angleterre et Bruxelles s'ajouta l'opposition entre Londres – l'opulente, la mondialiste, la cosmopolite, l'européiste, le siège de la City – et le reste du pays. Le Brexit devenait logique, si ce n'est inévitable, comme l'a si justement décrit Jonathan Coe dans son roman *Le Cœur de l'Angleterre*[193]. Il se produisit donc. Ainsi que l'a résumé Michel Barnier, qui fut le négociateur du Brexit au nom de l'Union : « le Brexit est l'expression d'un sentiment populaire qu'il faut comprendre car il a ses raisons. C'est une colère sociale qui s'exprime notamment contre la désindustrialisation, l'immigration mal maîtrisée, le sentiment de déclassement. Il faut lui répondre car elle existe ailleurs en Europe »[194]. Reste désormais à inventer et à stabiliser une nouvelle relation particulière entre le Royaume-Uni et l'Union, à même de préserver, dans la durée, l'essentiel : l'amitié.

Une telle rupture est-elle souhaitable dans le cas de la France ? Non, ne serait-ce que parce que ni le peuple français – selon les études d'opinion disponibles –, ni aucune force politique de quelque importance ne la réclament ; dès lors, un « Frexit » ne pourrait résulter que d'une désagrégation générale de l'Union européenne, à l'occasion d'une crise financière faisant éclater la zone euro, en particulier. L'intérêt de la France commande non de quitter l'Union, mais de la transformer ; non d'abandonner le projet européen, mais de le redéfinir ; non de sortir de la maison commune, mais de la refonder. À la fois parce que trop de sacrifices ont été consentis par la Nation, parce qu'il est encore possible de rectifier la trajectoire politique de l'UE et, enfin, parce que l'avenir de notre pays est irréductiblement inscrit dans cette Union.

Suivons l'exemple du général de Gaulle ; sa hauteur de vue et son dévouement à la France doivent continuer à nous inspirer. En 1958, alors qu'il s'était opposé au traité de Rome signé un an plus tôt, il a fait le choix pragmatique de le conserver – « je l'ai pris comme il était » – et de le mettre en œuvre – « pour en tirer le meilleur parti possible » –, tout en obtenant, à titre de contrepartie, la création de la Politique agricole commune (PAC), capitale pour notre pays – sans laquelle « le marché commun deviendrait une duperie[195] ». Mais il a su dire « non », en 1965, devant les visées fédéralistes de la commission Hallstein, afin de rétablir le cours de la construction européenne. Pour lui, l'Europe était vivante et incarnait l'avenir du pays, parce qu'il la concevait et la voulait comme une « Europe des nations ». Homme d'État pénétré du sens de l'Histoire – une Histoire qu'il connaissait et respectait –, avant toute chose soucieux de l'intérêt national, mais Européen sincère, il se refusait à séparer son « cher et vieux pays » de la toute jeune communauté. Comme il le résuma le 24 janvier 1963 : « La France est profondément attachée à la construction européenne. C'est dans un cadre européen que nous entendons désormais placer notre vie nationale. Nous bâtissons opiniâtrement le Marché commun […]. Nous souhaitons un système continental cohérent et resserré[196]. » La sortie de la France de l'UE doit donc être écartée du point de vue de la raison, au terme de l'analyse, et non être exclue dogmatiquement, par pétition idéologique de principe.

Sauver l'Europe

Il en va de même de la solution de facilité que représenterait la poursuite de la construction européenne telle que conçue et conduite depuis l'origine, même agrémentée de quelques réformes : ce replâtrage de l'édifice communautaire reviendrait à repousser l'heure des choix et, probablement, à aggraver le risque d'effondrement de la maison Europe. Ceux qui préconisent de continuer à « bruxelliser » en rond et se satisfont du conformisme politique actuel sont les vrais conservateurs. En persistant à œuvrer pour un État fédéral européen dont les peuples, qui tiennent à leur identité nationale, ne veulent pas, en plaidant sans relâche pour davantage d'« intégration » – c'est-à-dire pour un fédéralisme clandestin –, ils ne font qu'aggraver les tensions politiques qui traversent le continent et le principal résultat de leur action est d'éloigner de plus en plus de citoyens de l'Europe institutionnelle.

Les deux grandes familles politiques – démocratie chrétienne et social-démocratie – qui, historiquement, se sont engagées, depuis 1950, pour bâtir l'Europe, traversent une crise extrêmement grave et ont même, parfois, disparu : ainsi en est-il en France et en Italie, pays fondateurs. Partis « populistes » ou « eurosceptiques » progressent dans toute l'Union. Seuls les habitants des grandes villes, bénéficiaires de la globalisation, continuent à soutenir majoritairement le projet européen tel qu'il existe aujourd'hui. Parcouru, fracturé et ébranlé par la faille du « populisme », le continent voit nombre de ses États donner des signes inquiétants de malaise démocratique : en Allemagne, où le mouvement Alternative für Deutschland, AfD – qui comporte en son sein des fractions néonazies –, ne cesse de progresser électoralement depuis sa création en février 2013, il aura fallu sept mois pour composer un gouvernement de coalition après les élections de septembre 2017 ; en Italie – où l'alliance Lega-M5S a pris le pouvoir en 2018 avant de se défaire – et en Espagne – où le mouvement d'extrême droite Vox a effectué une percée en avril, puis en novembre 2019 –, quatre élections générales se seront tenues en quatre ans ; la Belgique a vécu plus de 300 jours sans gouvernement, record presque égalé par les Pays-Bas (200 jours). *A contrario*, les pays où le « populisme » est au pouvoir font montre de stabilité : Pologne, Hongrie, Autriche, Tchéquie. Or, une fois passé l'effet de sidération provoqué par la pandémie de Covid-19 et par les mesures sanitaires adoptées pour y faire face, il est à craindre que la récession économique profonde qui s'installe et la hausse inédite des faillites et du chômage qui s'annonce, n'aggravent le climat de défiance des peuples européens à l'encontre de l'Europe. L'enjeu demeure bien, comme l'avait posé Hubert Védrine, dès 2016, dans son essai éponyme, de « sauver l'Europe[197] ».

Sauver l'Europe ne consiste pas non plus à imaginer qu'elle puisse devenir une « Europe sociale ». Tel est le piège dans lequel la gauche française et européenne s'est laissé enfermer. « L'Europe pour le socialisme. Le socialisme pour l'Europe » : cette fière devise, qui présida aux travaux du congrès du PS de Bagnolet, les 15 et 16 décembre 1973, consacré à sa politique européenne, n'était que le miroir aux alouettes agité par François Mitterrand. Comment imaginer que l'Europe puisse devenir un chemin vers le socialisme, alors que son traité fondateur, celui de Rome, était d'essence libérale ? Et que ceux à venir, voulus par le premier secrétaire devenu président – l'Acte unique européen et le traité de Maastricht –, le seraient encore davantage ? Voilà pour la première proposition. Quant à mettre le socialisme au service de l'Europe, ce fut accompli, et au-delà de ce que les électeurs et les sympathisants du PS auraient pu imaginer, puisque, avec le tournant fédéraliste de mars 1983, Mitterrand a dissous le premier pour relancer la seconde. En vérité, le seul moyen de réaliser une « Europe sociale » consisterait à mener des politiques fiscales et sociales redistributrices et protectrices des droits des travailleurs au niveau de l'Union tout entière, ce qui supposerait un préalable institutionnel : pas seulement la révision des traités, si souvent évoquée, mais l'institution d'un État fédéral européen en bonne et due forme. Une perspective dangereuse et dont les peuples ne veulent pas – à juste titre.

Sauver l'Europe passe par un impératif démocratique : réconcilier les citoyens avec la démarche européenne et, pour cela, rétablir un équilibre politique entre nations et Union. Il s'agit d'une véritable refondation, qui doit revenir sur des décennies de fédéralisme rampant et qui doit le faire de manière claire, explicite et assumée publiquement : le rétablissement de la confiance populaire l'exige. Architecturalement, cela revient à reprendre les plans de l'édifice, ceux dessinés par Monnet et Schuman, complétés par Mitterrand et Delors, à casser certaines parties du bâtiment, à en construire de nouvelles, à ouvrir des portes, ménager des fenêtres, à revisiter la maison « de fond en comble », comme l'on dit. Les vrais « progressistes » sont ceux qui s'engageront dans cette voie. Sauver l'Europe, c'est dans une large mesure la sauver de l'européisme et de ses partisans les plus passionnés. C'est la sauver d'elle-même. Ou, pour le dire avec les mots d'Hubert Védrine : « Plus que jamais il faut, pour sauver le projet européen, le libérer du dogme européiste et le repenser[198]. »

À cet égard, d'encourageantes évolutions ont marqué la période récente. En un peu plus de dix ans, depuis 2008, comme l'a remarquablement montré Luuk van Middelaar, confrontée aux crises à répétition – crise financière, crise de l'euro et des dettes souveraines, crise grecque, crise des migrants –, l'Europe institutionnelle a entamé une première mue, passant d'une « politique de la règle » à une « politique de l'événement ». Une forme de métamorphose la conduisant, au gré d'« improvisations » successives, à entrer dans l'âge du politique et à quitter celui de la norme, à prendre des décisions et non plus à produire des textes[199]. Ce passage du droit à la politique, essentiel, a correspondu, fort logiquement, à la montée en puissance du Conseil européen, composé des chefs d'État ou de gouvernement, représentants élus des peuples, institution pour cette raison connue et reconnue par les citoyens de l'Union, institution démocratique et efficace. Preuve qu'en dépit des poussées fédéralistes successives, le système européen demeure déterminé et piloté par les États-nations. L'élaboration du « plan de relance » contre les conséquences économiques et sociales de la crise du coronavirus a ainsi confirmé que seul le Conseil européen incarnait l'autorité et détenait la légitimité pour prendre des décisions stratégiques, la Commission et sa présidente étant restées à la place qui doit demeurer la leur dans ce genre de circonstances : en retrait.

De même, des responsables européens de premier plan ont-ils pris des positions qui vont dans le bon sens, celui du réalisme politique et de la démocratie. Ainsi de Michel Barnier, le négociateur du Brexit : « Je ne suis pas fédéraliste et je pense depuis très longtemps que l'Europe est bien plus qu'un syndicat international. Mais c'est une communauté qui ne doit pas gommer les identités. C'est là toute la difficulté du projet européen. L'identité nationale n'est pas un gros mot[200]. » De l'ancien président du Conseil européen, Donald Tusk : « Il faut renoncer à l'alternative : fédéralisme ou désintégration. Il faut réfléchir à ce qui doit être amélioré[201]. » D'Ursula von der Leyen, enfin, la nouvelle présidente de la Commission : « Il [le projet européen] a mûri et est devenu plus réaliste. Au sein de l'UE domine l'unité dans la diversité. C'est quelque chose de différent du fédéralisme, et c'est le bon chemin, à mon avis[202]. » Le bon chemin, en effet. Et cela d'autant plus que les résultats obtenus par les éléments de fédéralisme introduits dans la construction européenne vont à l'encontre des buts qui leur avaient été assignés par leurs promoteurs : alors que le système maastrichtien devait susciter la convergence des économies et des sociétés européennes, la divergence prévaut désormais ; et au lieu de « l'union sans cesse plus étroite » prônée par la Commission depuis des décennies, la désunion grandit chaque jour.

Une Europe politiquement fracturée

Première dimension de la discorde européenne, désormais bien connue, car mise en lumière et en scène à l'occasion de l'élaboration du « plan de relance » de l'été 2020 : l'opposition entre pays du Nord, riches et créditeurs, et pays du Sud, pauvres et débiteurs, entre « fourmis » et « cigales », entre « frugaux » (ou « radins ») et « laxistes ». Les premiers – Pays-Bas, Finlande, Suède, Danemark, et les trois États baltes (Lettonie, Estonie, Lituanie) –, réunis dans le « club des Vikings » ou « Nouvelle Ligue hanséatique », rejoints par l'Autriche et l'Irlande, étaient, en cette circonstance, soutenus en sous-main par l'Allemagne jusqu'au retournement final de celle-ci. Attachés à l'équilibre des finances publiques et au respect des traités existants, ils se montrent hostiles aux dépenses nouvelles – fussent-elles « d'avenir » –, comme à la « solidarité financière » entre États membres ou à la mutualisation de leurs dettes. Les seconds – Italie, Espagne, Grèce, Portugal, Chypre et Slovénie –, appuyés par la France et le Luxembourg, étaient tenants de positions rigoureusement inverses. Dramatisé dans le contexte sanitaire de la pandémie, l'affrontement entre ces deux pôles de l'Union s'était révélé à l'occasion de la crise grecque et, plus généralement, de la « purge » imposée à l'Europe du Sud. À partir de ce désaccord économique et financier, il a pris, depuis, une tournure plus politique.

La fracture principale qui menace l'avenir de l'Union sépare l'est et l'ouest du continent, les « nouveaux membres » des pays fondateurs ou ayant adhéré dans le cadre de l'Europe des Quinze. On l'a rappelé : l'élargissement des années 2000 a été conduit avec légèreté. Opéré en trois vagues successives d'adhésions – Chypre, Estonie, Hongrie, Lettonie, Lituanie, Malte, Pologne, Slovaquie, Slovénie et Tchéquie en 2004 ; Roumanie et Bulgarie, en 2007 ; Croatie en 2013 –, il a concerné de petits pays, ayant, hormis Chypre et Malte, recouvré leur liberté et leur indépendance tardivement, à l'occasion de l'effondrement de l'URSS et du bloc soviétique dont ils étaient issus ; autant de nations, de ce fait, légitimement très attachées à leur souveraineté. Envisagés avec condescendance comme des « Européens de seconde zone », occupant le plus souvent, notamment comme travailleurs détachés, des fonctions subalternes au sein de l'ordre économique de l'empire européen – dans les secteurs du bâtiment et du transport routier, en particulier –, les citoyens de l'Est en ont conçu, logiquement, quelque dépit. Quant à leurs gouvernements, soucieux, pour des raisons historiques aisément compréhensibles, de garantir la sécurité de leurs populations par le respect d'une stricte obédience envers l'OTAN et les États-Unis, ils considéraient, de surcroît, leur appartenance à l'Union sans grand lyrisme ; devant faire face à des besoins de développement économique considérables, et n'ayant pas connu de transition d'une durée suffisante avant leur entrée dans le grand marché, ils attendaient – et reçurent – beaucoup des transferts communautaires. Tout cela provoqua rapidement un procès en déloyauté que nombreux, à l'image du président français, instruisirent : « Quand j'entends aujourd'hui certains dirigeants européens, ils trahissent deux fois. Ils décident d'abandonner les principes, de tourner le dos à l'Europe, d'avoir une approche cynique de l'UE qui servirait à dépenser les crédits sans respecter les valeurs. L'Europe n'est pas un supermarché. L'Europe est un destin commun[203]. »

Déjà dégradée, la situation avait en effet rapidement empiré, à mesure que le malentendu politique qui avait présidé à la « réunification » de l'Europe – pour reprendre l'expression aussi injustifiée qu'usitée, le continent n'ayant jamais été unifié – s'est dissipé et que la réalité – terrible pour les belles âmes qui avaient décidé des trois élargissements des années 2000 – est apparue aux yeux de tous : ces Européens-là étaient différents. Ils avaient d'autres préoccupations et, même, d'autres « valeurs ». Bien plus conservatrices que celles de l'Ouest, dotées de frontières récentes et, pour certaines d'entre elles, craignant leur disparition culturelle et même démographique – la Bulgarie et la Roumanie ont perdu, en dix ans, 20 % de leur population, en raison de l'émigration intra-européenne –, ne communiant pas dans le culte du « progressisme », mais dans celui d'un christianisme traditionnel, les sociétés d'Europe de l'Est se faisaient une conception assez sommaire de la notion d'État de droit, et leurs régimes furent, de ce fait, qualifiés, ou plutôt disqualifiés, par l'épithète « populistes ». Par goût de la polémique, le Premier ministre hongrois Viktor Orban revendiqua même leur qualité de « démocraties illibérales », prouvant par là que la propension à forger et à utiliser des oxymorons ne constituait pas l'apanage des seuls européistes.

Des européistes qui, après avoir longtemps pleuré sur le sort de la-pauvre-Europe-de-l'Est-que-les-affres-de-l'Histoire-ont-cruellement-séparée-de-sa-sœur-aînée et milité pour que l'Union lui fît toute sa place, reprochèrent ensuite à cette cadette d'être ce qu'elle était et avait toujours été, faisant ainsi preuve d'inconséquence politique autant que d'ignorance historique : avant Jaroslaw Kaczyński, ni Lech Walesa, ni Karol Wojtyla n'avaient été des « progressistes » ; et c'est précisément parce que cette condition leur était étrangère et, même, inconnue, qu'ils s'étaient montrés capables de conduire leurs combats pour la liberté et étaient devenus des figures emblématiques en Pologne et dans le monde. C'est par conséquent sans surprise, mais non sans convulsions, que le débat sur les valeurs de l'Union s'est cristallisé sur la reconnaissance des droits des personnes homosexuelles et transgenres, après le vote, en Hongrie, en juin 2021, d'une loi interdisant, notamment, « la promotion de l'homosexualité auprès des mineurs ». Il en était déjà allé de même à propos de la question des « migrants ».

Lorsque, en 2015, plus d'un million de personnes venant du Moyen-Orient ou d'Afrique, fuyant la guerre ou la pauvreté, décidèrent de venir s'installer en Europe, le hiatus politique entre Est et Ouest, déjà préoccupant, devint une fracture béante : comme le résume parfaitement Ivan Krastev, « la crise migratoire a démontré avec éclat que l'Europe de l'Est envisage les valeurs cosmopolites qui sont au fondement de l'Union européenne comme une menace, alors que pour de très nombreux citoyens de l'Ouest, ce sont précisément ces valeurs cosmopolites qui constituent le cœur même de la nouvelle identité européenne[204] ». Une fracture dont la ligne court bien entendu entre Est et Ouest, mais qui n'épargne, en réalité, aucun des pays de l'Union. Vécue comme « une forme d'invasion », cette crise migratoire a, en effet, déclenché une véritable « panique morale » au sein de bien des peuples européens, lesquels ayant, à cette occasion et à l'instar de l'Allemagne, compris que leur « bien le plus précieux » était « leur passeport », connaissent depuis une « révolte contre l'hypocrisie des élites libérales » tenues pour responsables de cette « situation ayant échappé à tout contrôle », toujours selon Krastev[205]. La gravité du constat le conduisant à envisager sérieusement la dislocation de l'Union, à l'image de l'empire des Habsbourg, comme une conséquence de ces deux phénomènes politiques majeurs travaillant une Europe que l'on voudrait unie et qui l'est de moins en moins : l'écartèlement entre Est et Ouest et le divorce entre les peuples européens et leurs élites.

Au-delà de leurs souverainetés, qu'ils souhaitent voir respectées, c'est l'identité propre à chacun d'eux, qui se voit, selon ces pays d'Europe centrale, remise en cause par le droit européen. Dans le même temps, l'Union européenne a le devoir de faire respecter par ses membres les principes juridiques essentiels qui la fondent. La résolution d'un tel conflit – éminemment politique – ne pourra être que politique ; elle passera par un débat – sincère – et nécessitera du temps. Ce serait l'honneur de l'Allemagne, qui, en son temps, fut le fer de lance de l'adhésion de ces États et qui a beaucoup gagné à leur arrivée, que de tisser cet indispensable dialogue et de travailler au rapprochement des positions en présence.

Une Europe économiquement divergente

Sur le plan économique et social, le tableau n'est guère plus réjouissant. Les divergences entre pays de l'Union, telles que les statistiques officielles permettent de les mesurer, demeurent très importantes, là encore entre Nord et Sud, Est et Ouest.

Ainsi du salaire minimum, qui connaît un écart allant de 1 à 7 (286 euros brut mensuels en Bulgarie contre 2 071 au Luxembourg), la France, avec 1 521 euros, se situant dans la fourchette haute, cette rémunération restant inférieure à 500 euros, en Roumanie, en Lettonie et en Hongrie[206]. En raison de systèmes éducatifs et sociaux sensiblement différents, les marchés du travail sont très duaux au sud de l'Europe, marqués par des niveaux d'éducation faibles, une proportion moyenne de personnes âgées de 15 à 64 ans disposant d'un niveau égal ou inférieur au baccalauréat atteignant 40 %, pour un taux moyen dans l'UE de 25,7 % (avec des chiffres parfois très élevés, comme au Portugal avec presque 48 %, alors que ces ratios ne sont que de 23,4 % en France et de 19,5 % en Allemagne). L'avenir ne semble guère souriant dans cette même Europe méridionale, les niveaux d'investissement en recherche et développement stagnant à 1,2 % en Grèce, 1,4 % en Italie, 1,24 % en Espagne et 1,36 % au Portugal[207]. Ce décalage entre Nord et Sud s'est aggravé avec le choc récessif provoqué par la crise du coronavirus, qui a entraîné en 2020 une contraction de 6,4 % du PIB en moyenne dans l'UE, mais de 8,3 % en France, 8,9 % en Italie et 10,8 % en Espagne, alors qu'elle n'atteint que 4,9 % en Allemagne et seulement 3,3 % au Danemark.

Or, et ce point est décisif, si ces différences économiques et sociales renvoient à la diversité de sociétés nationales ayant conservé leurs traits propres, hérités d'histoires, de cultures, de sociologies elles-mêmes diverses, elles ont été aggravées par les mécanismes « intégrateurs » qu'étaient censés être le Grand Marché unique et l'euro. Alors que leur vocation et leur justification officielle étaient de favoriser la prospérité de l'ensemble européen, tout en rapprochant les économies et les peuples qui le composent, ces deux institutions ont fonctionné à rebours et accru l'hétérogénéité de la zone euro au lieu de la réduire. Les économies de cette zone et, au-delà, de l'ensemble de l'Union, ont eu tendance à se spécialiser dans tel ou tel secteur productif, avec comme résultat paradoxal que, créés pour produire une convergence économique et sociale entre États membres, l'euro et le marché unifié ont, au bout du compte, provoqué une divergence entre ces pays : divergence des richesses, des niveaux de revenus, des dynamismes, des compétitivités, des niveaux de chômage. Ainsi que le résume le prix Nobel Joseph E. Stiglitz : « La conception du "projet de la monnaie unique" a été si influencée par l'idéologie et par les intérêts privés qu'il a échoué non seulement sur son objectif économique, apporter la prospérité, mais aussi dans son ambition de rapprocher les pays *politiquement*[208]. »

Paradoxe officiellement reconnu par la Banque centrale européenne (BCE), en décembre 2017 : comme elle le souligne, au bout de dix-huit ans (1999-2016), seule une très faible convergence a été enregistrée entre les onze pays fondateurs de l'euro, et l'établissement de la monnaie unique a creusé, au contraire, les écarts de richesse existants pour ce qui concerne l'Espagne, la Grèce et l'Italie, les seuls pays à avoir bénéficié de leur insertion dans la zone euro étant ceux de l'Est, entrés tardivement. Pire encore : les États membres ayant refusé la monnaie commune – Suède, Bulgarie, Hongrie, Tchéquie, Croatie, Pologne, Roumanie et Danemark – enregistrent des performances économiques meilleures que ceux de la zone euro[209]. Sans aller jusqu'à affirmer, comme Frédéric Lordon, que « l'Europe de la paix est en fait une machine à destructions sociales qui engendre de la guerre[210] », il n'en reste pas moins que cet approfondissement des divergences représente un échec – économique et social, bien entendu, mais aussi et d'abord politique – considérable pour les promoteurs du Grand Marché et de l'euro, deux institutions maastrichtiennes qui ont, au bout du compte, organisé la mise en compétition sociale et fiscale des économies européennes.

Échec prévisible, au demeurant. Car la « convergence des économies », dans une zone euro hétérogène, fut envisagée comme la résultante « spontanée » de la circulation de l'argent des pays « riches » vers les pays « pauvres », le fruit attendu de l'application aux États européens de la fameuse « théorie du ruissellement » – le *trickle down* de Ronald Reagan – selon laquelle, l'argent circulant de haut en bas de la société, l'enrichissement des riches finirait par rendre les pauvres moins pauvres. Or cette « théorie », si séduisante pour les riches, n'a qu'un seul défaut : elle n'a jamais connu de vérification pratique, ni pour les personnes physiques, ni pour les États. En réalité, tant que l'on en reste au seul jeu des forces du marché, tant qu'aucune action publique volontariste n'est entreprise pour corriger ces dernières, le seul résultat obtenu est que les riches deviennent effectivement plus riches, mais que les pauvres restent aussi pauvres…

La prospérité collective ne se construit pas de cette façon, ni dans un pays, ni dans une union de pays. Ainsi, selon une étude de la fondation Bertelsmann, datée de mai 2019, Zurich, Londres et Bruxelles – trois villes florissantes – sont les métropoles ayant tiré le plus grand bénéfice de leur insertion dans le Grand Marché unique[211], à l'instar, de façon plus large, des pays du nord de l'Union, en particulier l'Allemagne et les Pays-Bas. Selon une autre étude, l'Allemagne est le grand vainqueur de l'introduction de l'euro, avec 1 893 milliards d'euros supplémentaires de PIB, sur la période 1999-2017, soit un gain de 23 116 euros par habitant. Les Néerlandais ont gagné presque autant (21 003 euros par tête). Deux pays ont particulièrement pâti de la monnaie unique, la France et l'Italie, qui ont perdu respectivement 3 591 et 4 325 milliards d'euros sur vingt ans, soit 55 996 euros par Français et 73 605 euros par Italien[212]. Organisée par le système maastrichtien – l'Acte unique européen, les quelque 300 directives de libéralisation et de déréglementation des économies européennes, le Grand Marché, l'euro –, la concurrence fiscale et sociale entre États membres a conduit à une forme de désunion européenne. Encore aujourd'hui, l'Union comprend en son sein cinq paradis fiscaux selon la définition qu'en donne le Parlement européen : Chypre, Malte, Irlande, Luxembourg et Pays-Bas. Surtout, une puissance centrale y accumule les performances économiques et commerciales aux dépens de ses partenaires.

Une Chine au cœur de l'Europe

L'Allemagne assoit sa suprématie en Europe sur des performances industrielles et commerciales écrasantes. Depuis 2000, précisément depuis l'introduction de l'euro, elle accumule chaque année un excédent de sa balance commerciale de l'ordre de 260 milliards d'euros, représentant plus de 98 % de celui de l'ensemble de la zone euro. Acquis pour les deux tiers de son montant au détriment des autres pays de cette zone, cet excédent commercial atteint régulièrement, voire dépasse, 8 % de son PIB, la plaçant ainsi en infraction avec les règles européennes interdisant à un État membre d'enregistrer plus de 6 % d'excédent trois années de suite. Une « performance » que l'Allemagne réalise, elle, continûment depuis 2007, sans que jamais la Commission ait pris la peine d'évoquer la moindre sanction. Due à l'excellente spécialisation de son tissu industriel, constitué de grosses PME bénéficiant du soutien d'un secteur bancaire décentralisé et très concurrentiel, cette puissance commerciale tient aussi à l'élargissement de l'Union vers l'Europe centrale – la *Mitteleuropa* de nos livres d'histoire, qui n'est pas seulement celle de Kafka, Freud, Zweig ou Musil –, qui lui a permis de reconstituer un vaste hinterland industriel de 65 millions d'habitants et de bénéficier d'une main-d'œuvre à bas coût et à portée de main. Un hinterland ayant fait l'objet d'une importante vague d'implantations d'usines allemandes – en particulier en Tchéquie, en Pologne, en Hongrie et en Slovaquie –, dans des secteurs aussi décisifs pour l'industrie d'outre-Rhin que l'automobile, la chimie, les machines-outils, l'électronique. Autant de pays, aussi, où elle pratiquait la technique dite du « trafic de perfectionnement passif », autorisée par la Commission européenne en 1986, permettant l'exportation par un État membre d'un bien inachevé, dans un pays tiers d'où, après avoir été transformé, travaillé, façonné et finalisé, il peut être réimporté dans ce même pays de l'UE, tout en bénéficiant d'une exonération totale ou partielle de droits de douane : une sorte de « délocalisation de proximité », bien commode pour soutenir la « compétitivité » de l'industrie allemande. Une industrie qui aura également multiplié les rachats d'entreprises locales, telle Skoda par le groupe Volkswagen, dès 1991[213]. Autant de pays avec lesquels l'Allemagne échange 1,5 fois plus qu'avec la Chine, pourtant son premier partenaire commercial.

On comprend dès lors qu'elle se soit faite l'avocat dévoué de la cause de l'élargissement de l'Europe à son flanc oriental et qu'elle ait vigoureusement plaidé pour l'admission de ces quatre pays dans l'UE, obtenue dès 2004.

Surtout, l'excédent commercial de l'Allemagne s'explique, dans une large mesure, par l'existence même de l'euro. De par sa constitution – sous la forme d'un panier des monnaies nationales préalablement en circulation, chacune d'entre elles étant affectée d'un coefficient de pondération –, l'euro se trouve structurellement sous-évalué pour l'économie allemande, de l'ordre de 16 % à 20 %, selon les calculs du FMI en 2019, alors qu'il est, à l'inverse, structurellement surévalué pour la France, d'environ 6 %[214]. Cette forme de dévaluation permanente procure à l'Allemagne un avantage considérable sur le plan commercial, que traduit parfaitement l'empilement de ses excédents, apparus précisément à partir de la naissance de l'euro, en 2000. « Maintenir de tels excédents c'est exporter le chômage chez les autres, c'est s'obstiner à croire qu'ils font la force européenne et non pas, à de tels niveaux, sa faiblesse, c'est engendrer et encourager le protectionnisme, c'est refuser toute coopération, c'est-à-dire détruire le multilatéralisme[215] », s'insurge même un éminent européiste, Éric Le Boucher, dénonçant l'« égoïsme commercial et budgétaire » de notre voisin et ami. Rapporté à son PIB, un tel niveau d'excédent commercial représente environ deux fois celui que la Chine parvient à réaliser. L'Allemagne ? Une Chine au cœur de la zone euro.

Un choix idéologique

Comment une zone monétaire peut-elle perdurer quand son membre le plus important, l'Allemagne, dégage un excédent commercial annuel de plus de 250 milliards d'euros, alors que la France, deuxième économie de cette même zone, enregistre, elle, un déficit commercial de près de 50 milliards d'euros ? Cruciale, cette question renvoie aux conditions de naissance de cette monnaie.

La version officielle de cette genèse est connue : Mitterrand et Kohl se seraient entendus, en hommes d'État qu'ils étaient, pour conclure un accord politique historique : la France acceptait la réunification de l'Allemagne, tandis que celle-ci, pour prix de ses retrouvailles nationales, consentait à renoncer à son Deutsche Mark. Une version plus triviale, mais tout aussi flatteuse pour le président français, nous est contée par Jacques Delors : « Quand Mitterrand a plaidé pour l'Union économique et monétaire (UEM), il a voulu que la monnaie française ne soit pas dans une zone Deutsche Mark à perpétuité. Mais il a aussi donné : les Français ont accepté l'indépendance de la Banque centrale européenne[216]. » Et de nous rapporter les propos tenus à l'époque par François Mitterrand : « J'aime mieux gérer une monnaie unique dans laquelle se trouvera le franc que d'être dans un système dominé par la monnaie allemande[217]. » Non seulement celui-ci aurait compris « le sens de l'Histoire », qui rendait la réunification allemande inéluctable, mais il aurait aussi assuré la sauvegarde des intérêts de la Nation, en l'occurrence le sort du franc.

Cette belle histoire est malheureusement fausse.

Du 1er janvier 1999, date de création de l'euro, au 1er novembre 2011, qui vit l'accession de Mario Draghi à la tête de la BCE, celle-ci a certes bénéficié d'une « indépendance » à l'égard de tout pouvoir politique, garantie par le traité de Maastricht ; mais, au-delà de cette apparence juridique, elle s'est retrouvée sous tutelle allemande et la zone euro, elle, s'est révélée, *de facto*, une « zone Deutsche Mark ». Durant toute cette période, la monnaie unique a fonctionné à l'avantage principal, si ce n'est exclusif, de l'Allemagne. Seule la gravité du marasme économique et le réalisme de Draghi auront permis, à compter de 2012, d'échapper à cette emprise germanique.

Le choix de créer une monnaie unique, quant à lui, a été entériné les 26 et 27 juin 1989, lors du Conseil européen de Madrid, qui décida que « la première étape de la réalisation de l'UEM commencera le 1er juillet 1990[218] ». Décision prise donc cinq mois avant la chute du mur de Berlin, le 9 novembre 1989, événement qui souleva seulement alors publiquement la question de la réunification allemande. Une réunification que personne n'avait donc en tête en juin 1989 – ni Mitterrand ni Kohl –, et qui se produisit le 3 octobre 1990, soit seize mois après qu'a été lancé le processus de création de l'euro dans la capitale espagnole. Nous l'avons détaillé : la naissance de l'euro est le fruit d'un choix exclusivement politique, celui de relancer l'Europe fédérale. Emmanuel Todd se montre, pour une fois, trop indulgent lorsqu'il écrit : « Le traité de Maastricht est une œuvre d'amateurs, ignorants de l'histoire et de la vie des sociétés[219]. » Certes. Mais il s'agit surtout de l'œuvre de clercs, au service d'une religion séculière, l'européisme, justifiant à leurs yeux tous les sacrifices et toutes les entorses aux lois historiques et anthropologiques.

C'est le caractère idéologique de cette décision qui rend compte de l'une des principales tares de l'euro : une monnaie non seulement commune mais unique, pour un ensemble – onze membres au départ, en 1999, dix-neuf aujourd'hui – hétérogène, constitué de nations historiquement, culturellement, socialement et économiquement très diverses. Une monnaie unique, donc, pour dix-neuf peuples, dix-neuf démographies, dix-neuf États, dix-neuf systèmes de protection sociale, dix-neuf droits du travail, dix-neuf budgets, dix-neuf fiscalités, dix-neuf dettes publiques, dix-neuf taux d'intérêt auxquels emprunter sur les marchés financiers. À ce sujet, le grand sociologue germano-britannique Ralf Dahrendorf, ancien commissaire européen et ancien directeur de la London School of Economics, déclarait déjà en 1995 : « L'Union monétaire est une erreur énorme, un objectif risqué, hasardeux et condamné au ratage, qui n'unifiera pas l'Europe, mais la divisera [...]. Cela ne marchera pas, car les cultures économiques sont différentes[220]. » Dix-huit ans plus tard, le diagnostic posé par Wolfgang Streeck est identique : « L'Union monétaire est un programme d'uniformisation obligatoire des modes de vie des peuples européens, qui dresse ces derniers les uns contre les autres, et les divise politiquement en États-nations de première et deuxième classe[221] » ; elle équivaut à « la greffe d'un modèle économique et social uniforme sur tous les pays ayant adopté la monnaie unique[222] ». C'est à cette même conclusion que, dès décembre 1971, Pierre Mendès France était parvenu : « Il est fallacieux de vouloir doter d'une même monnaie des pays qui poursuivent des politiques économique, industrielle, fiscale, différentes, voire même contradictoires. Une pareille tentative, si elle était poursuivie, provoquerait des tensions graves qui n'auraient d'autres issues que l'éclatement de la Communauté ou son assujettissement au pays membre à la monnaie la plus puissante[223]. »

Cette incongruité constitutive – qu'on la trouve sublime ou absurde – est la marque du caractère fédéraliste du projet de Mitterrand et Delors : faire progresser l'Europe intégrée, quoi qu'il en coûte et en dépit de la diversité des nations, en les faisant entrer toutes dans un seul et même moule, en réduisant la variété de leurs sociétés et de leurs économies à une seule et même devise, l'euro. Cette « expérience irréfléchie[224] » a eu pour conséquence d'introduire une rigidité considérable dans le système de l'euro, rigidité que les peuples européens – à l'exclusion de l'Allemagne qui en tire, elle, le plus grand profit – paient au prix fort, celui de la dévaluation interne – baisse des salaires, flexibilité du travail, précarité –, et des plaies que celle-ci n'empêche néanmoins pas : désindustrialisation continue, déficit commercial structurel, chômage lui aussi structurel.

Parvenir à toute force à une monnaie unique n'était pas, d'un strict point de vue économique, indispensable : une monnaie commune pouvait suffire ; sociologiquement et historiquement, un tel constructivisme monétaire, contraignant dix-neuf nations à se donner une seule monnaie, revenait à forcer le cours des choses et à brutaliser les sociétés européennes. Ainsi que le résume le prix Nobel d'économie américain Joseph E. Stiglitz, avec plus de sens politique que les concepteurs de l'euro n'en ont eu : « utiliser la même monnaie n'est pas, ou ne devrait pas être, au cœur du projet européen[225] ». Car, répétons-le, la « monnaie unique » n'était en vérité pas un projet économique, comme on n'a cessé de nous le faire accroire depuis la fin des années quatre-vingt – celui de la prospérité par l'euro –, mais un choix idéologique : faire franchir à l'Union une étape nouvelle vers l'État fédéral. Le prix à payer pour cette « avancée » fut celui de l'incohérence entre l'unicité d'un euro qui, comme toute monnaie, bien plus qu'un simple instrument de fluidification des échanges, représente un pacte social, et la diversité des sociétés humaines partageant cette monnaie. Incohérence qui constitue désormais le principal problème d'une zone euro inachevée – sans budget commun, sans politiques de solidarité communes, sans État, pour le dire simplement –, car inachevable, les nations d'Europe ayant refusé – en 2005 – d'aller plus loin dans la voie de l'empire.

Il ne faut pas « achever l'euro »

Inachevée et, par conséquent, instable. Qu'on le désigne comme « malfaçon », avec Stiglitz[226] et Lordon[227], ou « vice de construction » avec Habermas[228] et Delors[229], ce défaut de conception perdure. Face au déséquilibre d'une zone euro bancale et, par conséquent, fragilisée, la proposition fédéraliste est claire : il faudrait « achever l'euro[230] ». Ayant pour elle l'apparence de la logique et l'attrait sempiternel du bon sens qui veut que « lorsque le vin est tiré, il faut le boire », elle avance qu'après le coup de force fédéraliste des années Mitterrand, il conviendrait de finir ce qui avait été alors engagé et, par conséquent, de franchir une étape supplémentaire sur la voie d'un État fédéral en donnant à la zone euro un budget et une fiscalité communs. Puisque la décision de créer l'euro fut, en son temps, politique et exclusivement politique, on supportera que la réponse à la situation actuelle le soit elle aussi : le prix à payer pour disposer d'une zone euro plus stable et plus cohérente étant cette étape supplémentaire vers l'empire européen, alors il faut la refuser. Il ne faut pas achever l'euro.

D'autres solutions existent, en particulier celles défendues par Joseph E. Stiglitz[231]. Considérant que la question d'« abandonner l'euro pour sauver l'Europe et le projet européen » ne peut être balayée par de seules objurgations européistes, il évoque la piste d'un « divorce à l'amiable », c'est-à-dire la « scission limitée de la zone euro », idéalement par la sortie de l'Allemagne, qui permettrait aux États membres de retrouver la voie de la croissance et à l'Union celle de la prospérité. Conscient de ce que celle-ci peut par trop paraître un constat d'échec de nature à briser l'élan commun, il avance aussi la proposition d'un « euro flexible » : *id est* la création de plusieurs petites zones d'union monétaire, plus souples et mieux adaptées aux réalités économiques et sociales des pays qui en seraient membres, disposant chacune de son propre euro, zones articulées entre elles par un système de changes flottants, et cela dans les limites d'une fourchette déterminée et contrôlée par la BCE. Une autre version de cette déclinaison de la zone euro, soutenue par

Jean-Pierre Chevènement, consisterait à y introduire la nécessaire flexibilité – absente jusqu'ici – sans modifier les traités. Les statuts respectifs des banques centrales nationales et de la BCE autorisent, en effet, la constitution de réserves obligatoires (article 19) et d'autres instruments de contrôle monétaire (article 20). Il suffirait, dès lors, de moduler ces instruments pays par pays, pour disposer d'une monnaie encore unique, mais gérée de façon nationale ; une étape ultérieure pouvant être la transformation de l'euro de monnaie unique en monnaie commune à usage externe, avec des « subdivisions nationales » ajustables en fonction des caractéristiques économiques et sociales de chaque État membre. Il en résulterait un dispositif à la fois commun et bien plus réaliste.

Le sens des réalités – humaines, historiques, culturelles, sociales, anthropologiques même –, celles que représentent les nations : tel est précisément ce qui fait défaut à la pensée européiste, aveuglée qu'elle est par la visée ultime de son projet – l'unification politique du continent. Une des conséquences de cette façon d'appréhender la chose européenne est la prétendue supériorité accordée à la méthode fédéraliste. Supériorité postulée *a priori* sans que les faits viennent la corroborer.

Une décennie perdue

On sait que cette méthode consiste soit à confier des compétences étatiques à une entité supranationale – telle que la CECA ou la Commission européenne –, soit, dans le cadre d'une organisation internationale – telle que l'est encore l'actuelle Union européenne –, à renoncer à la procédure de l'unanimité et à pratiquer le vote à la majorité, que celle-ci soit simple ou qualifiée. Ceux qui la défendent arguent de ce qu'elle serait plus rationnelle et fructueuse que la coopération classique entre États – fondée sur la décision prise à l'unanimité –, en permettant un gain substantiel de temps et en évitant les blocages pouvant survenir lors de la recherche d'un consensus. En particulier, ce type de plaidoyer fut celui employé par Jacques Delors lors de l'adoption de l'Acte unique européen, en février 1986, prévoyant le passage au vote à la majorité qualifiée dans des domaines jusque-là régis par la règle de l'unanimité. Texte capital dans l'histoire de la construction européenne, car correspondant à une véritable relance fédéraliste – raison pour laquelle il fut considéré par Delors comme son « traité favori ». Le vote à la majorité qualifiée fut alors présenté sous un angle « managérial », comme une simple réforme fonctionnelle devant apporter à la CEE un surcroît d'efficacité, et non sous l'angle politique, essentiel, qui était le sien, celui du franchissement d'un degré supplémentaire vers le fédéralisme. L'accent fut mis sur la rapidité du mécanisme de prise de décision ainsi obtenue, oubliant que la légitimité de la décision, elle, s'en trouverait affectée et qu'au final, l'extension de ce mode de gouvernement conduirait à un affaiblissement de la démocratie du système européen.

Or, même du strict point de vue de l'« efficacité » revendiquée, cette méthode n'est en rien la panacée décrite par ses tenants. Ainsi, lorsqu'on se tourne vers l'institution la plus fédérale de l'Union, la BCE, mettant en œuvre sa politique communautaire la plus fédéralisée, la politique monétaire, le bilan de celle-ci est très contrasté et, par bien des côtés, désastreux. De nombreux auteurs soulignent, à juste titre, que sa gestion de la crise financière entre 2007 et 2018 s'apparente à une « décennie perdue[232] ».

Si l'on compare l'action de la BCE à celle de la FED, la banque centrale des États-Unis, on constate la lenteur de sa réaction. Alors que la FED a abaissé son taux directeur dès septembre 2007 et, dès novembre 2008, engagé une politique monétaire accommodante de rachat massif de dettes d'État (baptisée *Quantitative Easing*, QE, ou « assouplissement quantitatif »), la BCE, elle, ne s'est convertie au QE qu'en mars 2015, accumulant un retard de sept ans par rapport à son homologue américaine, ayant choisi de s'obstiner à privilégier jusqu'à cette date le refinancement des banques commerciales (LTRO, VLTRO et TLTRO). Cette obstination et ce retard auront eu de graves conséquences économiques. Aux États-Unis, la récession, qui avait débuté en décembre 2007, a pris fin dès juin 2009 ; et, à compter de cette date, l'économie américaine a connu sa plus longue phase d'expansion depuis 1970, avec dix années de croissance soutenue et sans discontinuité. La zone euro, quant à elle, a enregistré, en comparaison, des résultats très médiocres : après une seconde récession, en 2012, due à la crise des dettes souveraines, elle n'a retrouvé son PIB d'avant crise, celui de 2007, qu'en 2015 et connaissait toujours le marasme en 2020, au moment de la survenue de la pandémie de Covid-19.

Cette faute de pilotage « technique » trouve son origine dans un entêtement de nature, lui, idéologique. Comme l'a bien montré l'historien anglais Adam Tooze, il s'est agi là d'une « stratégie délibérée », celle du président de la BCE jusqu'au 1er novembre 2011, Jean-Claude Trichet, fédéraliste acharné : « tordre le bras » des gouvernements nationaux, en les menaçant de ne pas les soutenir sur les marchés financiers, afin qu'ils adoptent des mesures budgétaires d'austérité. Son objectif était ainsi d'obtenir un véritable « changement de régime », de réaliser un nouveau « coup de force » fédéraliste et d'« exploiter la crise pour accélérer le rythme de la consolidation budgétaire ». Et cela, quelles que fussent les répercussions sur les économies de la zone euro : « La crise de la dette souveraine en 2011-2012 aurait pu être évitée si Trichet n'avait pas choisi, délibérément, de pousser l'Europe au bord de l'abîme[233]. » Trichet s'est comporté comme ce qu'il a, en réalité, toujours été, derrière le sourire patelin du haut fonctionnaire dévoué et « neutre » : un idéologue. Et il aura fallu toute l'habileté de Mario Draghi, qui lui succéda à la tête de la BCE et dirigea celle-ci jusqu'au 1er novembre 2019, pour parvenir, en rompant avec l'orthodoxie monétariste de son prédécesseur, et au prix d'une inondation des marchés par les liquidités de la BCE aboutissant à des taux d'intérêt négatifs, à sauver les banques commerciales et à éviter l'implosion de la zone euro. On passa ainsi de la gestion monétariste la plus bornée à une politique monétaire keynésienne sans limites – c'était bien là le sens du *whatever it takes*, la formule de Draghi du 26 juillet 2012 passée, depuis, à la postérité. Heureuse et indispensable transition, qui permit de sauver l'essentiel sans, toutefois, régler aucun des problèmes de fond de la zone euro.

Cet affligeant cas d'école l'a établi sans conteste : la méthode fédéraliste, par elle-même, ne garantit en rien l'efficacité, ni même la rationalité, des politiques communes conduites. *A contrario*, la coopération intergouvernementale, décriée constamment par les européistes, peut se révéler gage de succès, pour peu qu'elle soit menée avec discernement et volontarisme ; trois exemples, dans des domaines aussi divers que l'industrie, la science et la politique, l'illustrent.

Une solidarité organisée et organique

Face à la croissance du marché du transport aérien, et face surtout à la puissance des constructeurs américains de l'époque – Boeing, Lockheed, Douglas –, les gouvernements britannique, allemand et français décidèrent, en octobre 1966, de soutenir financièrement un projet d'avion moyen-courrier qui serait conçu et fabriqué en commun : l'Airbus A300. Après le retrait du Royaume-Uni, l'Allemagne et la France persévérèrent et, le 18 décembre 1970, créèrent officiellement Airbus Industrie, un GIE qui allait devenir, en trente ans, grâce au succès de l'A320, le premier constructeur aéronautique mondial, à égalité avec l'américain Boeing. Un groupe européen, employant 130 000 personnes dans le monde – principalement en Europe –, réalisant 64 milliards d'euros de chiffre d'affaires et organisé de façon à préserver les intérêts des pays membres. Consortium européen fondé sur le partenariat stratégique d'États ayant décidé d'associer leurs forces, et sur leur collaboration industrielle, Airbus est un magnifique succès de l'Europe des nations et non de l'Europe intégrée.

Il en va de même dans le domaine scientifique. En 1952, douze États européens lancèrent l'initiative commune qui aboutit à la naissance, le 29 septembre 1954, du Conseil européen pour la recherche nucléaire (CERN). Installé à la fois en France et en Suisse, doté du plus grand accélérateur de particules au monde, regroupant désormais vingt-trois membres européens et associant au total plus de cent nations, soit environ 13 000 chercheurs, le CERN est rapidement devenu le premier laboratoire d'études de physique des particules au plan international, jusqu'à parvenir à produire, pour la première fois, le 4 juillet 2012, un boson de Higgs, la dernière particule élémentaire manquant à notre connaissance de la matière. Extraordinaire découverte, obtenue par une organisation internationale classique, fondée sur une collaboration scientifique exemplaire, ayant signé de nombreux accords de coopération de par le monde, incarnant un remarquable exemple de ce que la volonté de travailler ensemble – en l'occurrence à l'exploration de l'Univers – peut réaliser, et portant au plus haut les valeurs de l'Europe – la science, la rigueur et l'inventivité qu'elle requiert, la recherche fondamentale, le travail désintéressé, l'amitié entre les peuples.

Venons-en enfin à la politique et, en l'occurrence, au plan de relance « historique » adopté le 21 juillet 2020. Nous avons souligné que celui-ci devait être compris comme le pas en avant fédéraliste qu'il était dans l'esprit de ses promoteurs. Or, ce pas en avant – qu'on le conteste ou qu'on le défende – a été obtenu, paradoxe des paradoxes, par la méthode intergouvernementale. C'est au sein du Conseil européen, et par la voie de l'unanimité, difficile à obtenir, certes, mais d'autant plus fructueuse, qu'a été acquise cette décision. Ainsi que le commente lucidement le président de ce même Conseil, Charles Michel : « L'unanimité nous oblige à déployer des efforts importants, mais c'est aussi une assurance que nous prenons en compte toutes les sensibilités, que tous les pays – petits, moyens ou grands – ont la capacité d'influencer la décision. Ce n'est pas seulement un désavantage car l'unanimité permet aussi une forme d'appropriation[234]. »

Appropriation : le mot est bien choisi. Il s'agit, pour l'Europe, non seulement de trouver la voie d'une solidarité accrue et nouvelle entre ses nations, mais d'une solidarité consciente d'elle-même, et non mécanique car seulement institutionnelle ; une solidarité consentie et, surtout, assumée, intégrée par tous les États membres, respectueuse de la spécificité et des intérêts de chacun d'entre eux. Une solidarité *organisée* et *organique*. Il est temps désormais, pour l'Union, de créer de l'esprit européen et de ne plus se satisfaire d'une « gestion » communautaire, apparemment si commode mais si périlleuse en réalité. Après de nombreuses années passées à Bruxelles en tant que commissaire européen, puis négociateur du Brexit au nom de l'UE, Michel Barnier parvient à cette même conclusion : « Dans cette négociation [le Brexit], l'unanimité obligatoire a été un levier d'unité, car chaque pays savait que les vingt-six autres devraient être d'accord (...) Il faut revenir aux principes du traité, et redonner la main aux États lorsque la réponse nationale est plus efficace.[235] » Dans le cas de la protection et de la défense des frontières communes, par exemple, il est plus important et plus utile à l'Union que chaque État membre soit, se sache et se sente garant de cette mission essentielle, pour ce qui le concerne, plutôt que de confier celle-ci à une agence bruxelloise – même si une telle formule peut se révéler utile dans un rôle d'appoint et de soutien. La solidarité ne signifie pas forcément intégration ; elle doit être recherchée d'abord dans la coopération et la coordination. Il faut rétablir de l'union au sein de l'Union ; pas par la contrainte, mais par l'adhésion ; pas par la technique, mais par la politique ; pas par l'harmonisation, mais par l'harmonie.

Des quotas de pêche aux quotas de migrants

Dans le projet européiste, l'harmonisation occupe une place centrale, dans l'ordre symbolique comme dans la réalité pratique : à la fois celle d'un moyen privilégié et d'une perspective finale, une technique administrative autant qu'une visée politique. Il s'agit à la fois de gommer les différences – considérées comme dangereuses et antinomiques avec la construction d'un ensemble uni – et de tendre vers une moyenne – censée refléter une forme d'unification.

Une place centrale, ayant toutefois évolué avec le temps. Initialement, il s'agissait, avec le traité de Rome, de récolter une harmonisation qui aurait été le fruit du jeu spontané de l'ouverture des économies nationales dans le cadre d'un « marché commun ». Avec la constitution du système maastrichtien, un nouvel âge de l'européisme a été ouvert : celui de la fabrication volontariste d'une harmonisation générée par la règle de droit – règlements, directives et jurisprudence européens. Ce mouvement représentait à la fois un retour au fédéralisme « à la Monnet » et un passage du libéralisme au néo-libéralisme, celui de l'École de Chicago, attribuant à la puissance publique la responsabilité d'instituer et de faire vivre la liberté de production, d'instaurer et de faire respecter les règles concurrentielles – de construire le marché, en un mot[236]. On allait ainsi glisser de l'utilitarisme traditionnel, du « laissez faire, laissez passer » et de l'apologie de la « Main invisible », bien connus, à une politique active de déréglementation. C'est cette nouvelle conception de l'harmonisation qui, avec l'Acte unique européen et les presque 300 directives de libéralisation active qu'il impliquait, sera mise en œuvre à compter de 1987. En ce sens, le « Grand Marché unique » fut conçu et construit comme un processus géant d'harmonisation, un processus largement bureaucratique, visant à l'établissement d'une forme de législation communautaire, identique pour tous les peuples de l'Union.

Emportée par sa passion fédéraliste, la Commission de Bruxelles s'est alors engagée dans une véritable « furie normalisatrice », selon l'expression d'Hubert Védrine, marquée par une série interminable de « réglementations abusives, intrusives, trop détaillées ou inopportunes[237] ». Pour comprendre l'exaspération que cette *hubris* technocratique a pu provoquer au sein des peuples européens, il suffit de se pénétrer, à propos des origines du Brexit, du jugement d'un esprit aussi peu suspect de « nationalisme » que Theodore Zeldin : « Ce qui a été crucial, c'est le pouvoir des fonctionnaires de Bruxelles. Quand ils ont décidé que les Britanniques devaient utiliser le système métrique et oublier les unités de mesure impériales, par exemple, cela a été ressenti comme une insulte. Du jour au lendemain, on disait à celui qui – comme son père et son grand-père – se servait de ce système, qu'il était stupide. Les bureaucrates n'ont pas compris que les individus ont des raisons fortes de se comporter de manière spécifique. On ne peut pas gouverner un large éventail de pays uniquement par des règlements. Pour porter un projet politique et économique, il faut susciter de l'amour et de l'émotion. Les nations le savent bien, c'est comme cela qu'elles se sont construites. Et l'Europe ne sait pas ce qu'est l'amour. Tous ses aménagements ont été faits par des juristes. Les Britanniques ne connaissaient pas ces fonctionnaires européens, qui ne leur demandaient pas leur avis. Alors, ils les ont chassés[238]. »

Cette volonté d'harmoniser est devenue pour la Commission une seconde nature ; face à toute difficulté, son réflexe est de chercher la péréquation entre États membres, comme si ceux-ci étaient interchangeables – de simples dossiers administratifs tout juste identifiables par leur nom et leur population. Ainsi, lors de la crise des migrants, en 2015, la première réaction de Bruxelles fut-elle de prévoir des « quotas » de personnes à accueillir par chaque pays – sur le modèle de la politique communautaire en matière de pêche... De même, devant la progression de la pandémie de coronavirus, certains européistes, à l'instar de l'ancien président du Conseil italien, Enrico Letta, ont pu imaginer que l'Europe pourrait se charger d'« optimiser la répartition des malades en fonction des capacités hospitalières respectives[239] ». Toujours la même approche comptable des choses et des événements ; toujours le même désintérêt pour les identités nationales ; toujours le même manque de sens des réalités ; toujours le même refus de ce qui constitue le fond du politique ; toujours la même propension irrésistible à ne considérer que l'intégration et l'harmonisation comme solutions.

Passer de l'harmonisation à l'harmonie

En tant que telle, l'harmonisation est une technique pouvant, en rapprochant des législations ou des politiques, se révéler utile et même précieuse ; à condition, toutefois, d'être maniée avec discernement.

En particulier, ce qui peut s'entendre dans les dimensions économique et sociale de la vie des États devient inacceptable à mesure que l'on envisage de se pencher sur des questions ayant trait au cœur de l'identité des nations. Aujourd'hui, le temps est venu de passer de l'harmonisation à l'harmonie. L'harmonisation s'obtient par une règle de trois, l'harmonie se conquiert grâce à la confrontation des positions. L'harmonisation se décrète *ex ante* ; l'harmonie se recueille *ex post*. À l'administration par les nombres que représente l'harmonisation, il faut substituer le gouvernement par le dialogue que constitue l'harmonie. À l'arithmétique doit succéder la politique. Se définissant comme la relation existant entre les parties d'un tout et qui fait que ces parties concourent à un même effet d'ensemble, l'harmonie est l'autre nom de l'union, de l'entente, de l'accord entre parties diverses, l'autre nom de la paix.

Gagner l'harmonie est chose plus difficile qu'appliquer une harmonisation ; mais une fois acquise, elle est plus durable – plus belle aussi –, et la démarche qui y conduit se révèle, au bout du compte, plus féconde : prenant en compte la diversité des nations et la singularité de chacune d'entre elles, elle permet de construire des positions communes bien plus solides que les « quotas » ou les injonctions sécrétées par les bureaux de la Commission. Communes, et non imposées ; une Europe harmonieuse est une union valorisant l'action à géométrie variable, en fonction des projets et des intérêts qu'ils suscitent chez les différents États membres. À la rigidité que suppose l'harmonisation, il faut préférer la souplesse qui fonde l'harmonie : c'est de souplesse que l'Europe a besoin, d'adaptation aux spécificités nationales, de débat politique et non de certitudes technocratiques, de coordination et non d'intégration. Répétons-le : nécessitant un investissement dans le dialogue et la confrontation des points de vue – qui peuvent être très divergents, voire s'opposer – la recherche de l'harmonie peut paraître ardue, à l'inverse d'une harmonisation décidée verticalement au nom d'une rationalité supposée. La vérité est pourtant autre : tenant compte de la force des États-nations existants et de la variété de leurs intérêts, cette démarche est réaliste et fructueuse ; à l'inverse, l'harmonisation – aveugle et sourde aux particularités des nations – se révèle souvent, au bout du compte, illusoire ou contre-productive.

Si l'harmonie se définit comme le dépassement des tensions et des contradictions, elle naît également de celles-ci, en est le produit, le résultat fécond. Comme l'a noté le philosophe Massimo Cacciari, ancien maire de Venise, l'harmonie est « connexion et conflit ; guerre et paix ; elle est l'unité de la connexion et la multiplicité de la différence. Dans l'harmonie, il est nécessaire de penser en même temps le contradictoire » ; et « si la paix est harmonie, elle est mouvement, et ce mouvement se détermine *selon la nécessité du conflit* »[240]. En ce sens, seule l'harmonie est conforme à la vocation de l'Europe. L'harmonie de celle-ci peut et doit naître du jeu de la diversité des nations qui la composent, avec leur histoire, leur culture, leur peuple, comme des conflits qui les opposent, qui doivent nécessairement les opposer, et de l'unité de civilisation qu'ensemble elles constituent néanmoins.

C'est pourquoi il convient d'accepter les conflits comme inhérents au projet européen, de ne pas les considérer comme une anomalie ou un danger systématique, ni comme une remise en cause du projet lui-même. Le projet européen est intrinsèquement un conflit et, dans le même temps, le moyen d'y répondre. Ainsi, lorsque, à l'occasion de la crise du coronavirus, Jacques Delors, commentant ce qu'il estimait être une forme de désunion, a déclaré, le 28 mars 2020 : « Le climat qui semble régner entre les chefs d'État et de gouvernement et le manque de solidarité européenne font courir un danger mortel à l'Union européenne », ajoutant, dans un étrange effet de miroir avec la situation sanitaire du continent, et en usant d'une métaphore fort douteuse, « le microbe est de retour »[241], c'est très lucidement que Valéry Giscard d'Estaing, quelques jours plus tard, a rétabli les choses : « L'Europe n'est pas décapitée par cette crise[242]. » Une crise qui, de nouveau, comme celles qui l'ont précédée au cours de ces quinze années passées, a illustré la capacité des États membres – au nombre de vingt-sept, rappelons-le – à s'entendre et à coopérer, à manifester leur solidarité. Certes, des tâtonnements et des hésitations ont marqué les premières semaines ; rapidement, toutefois, le dialogue l'a emporté, les matériels médicaux ont circulé au sein de l'Union, les patients aussi. Quant aux fermetures de frontières nationales, elles se sont faites – et défaites – finalement de façon concertée, en fonction de l'évolution de la pandémie et au gré des discussions entre membres du Conseil européen. Loin de représenter un quelconque « nationalisme sanitaire », elles étaient nécessaires, à un certain stade de la pandémie, pour contenir la propagation du coronavirus. Ainsi que le constate Pascal Ory, on a assisté à une « renationalisation des réponses » et « la figure de l'État-nation sort renforcée de la crise »[243]. Ce que regrettent en réalité les européistes dans cette crise, c'est que la Commission ait dû rester en retrait et que ce soient les États membres, dans leur enceinte politique de décision, le Conseil européen, qui se sont retrouvés en première ligne. Situation logique, mais qui a contrevenu aux pratiques fédéralistes de ces dernières décennies et aux aspirations inextinguibles de l'idéologie qui les sous-tend.

C'est cette même inspiration – recherche politique de la nécessaire harmonie et non définition technocratique d'une harmonisation illusoire et irritante – qui devra prévaloir dans le domaine de la politique étrangère. Il s'agit pour l'Union non de conduire en la matière une « politique commune », mais de rechercher des accords sur des points précis et une coordination des positions nationales, permettant ensuite des actions communes de politique étrangère.

L'Union doit méditer et faire sienne la profonde réflexion d'Héraclite : « Ce qui s'oppose coopère, et de la lutte des contraires procède la plus belle harmonie », autrement dit : « La plus belle harmonie naît des différences. » Le concert européen des nations est la seule formule à même de faire sonner l'harmonie politique du continent. A-t-on jamais entendu une mélodie naître de l'« harmonisation » des cuivres, des vents, des percussions et des cordes…

La famille européenne

Le débat ne doit plus être entre la poursuite d'une dangereuse chimère – l'État fédéral européen – et une option destructrice – l'abandon par la France de la participation au projet européen, qui signerait la mort de celui-ci ; pas même dans sa version simplette entre « plus d'Europe » et « moins d'Europe ». Le choix à faire aujourd'hui prend la forme d'une alternative politique nette, à défaut d'être assumée par le camp européiste : soit la poursuite de l'édification cauteleuse d'un empire européen, qui conduirait, très lentement, certes, mais inéluctablement, à l'affadissement, puis à l'affaissement et, enfin, à l'effacement de nos nations ; soit la réalisation d'une véritable union, réaliste, féconde, démocratique et durable, entre les peuples d'Europe. Le choix est donc entre la fuite en avant institutionnelle et une forme de stabilisation politique. La première option constituerait la conséquence mécanique d'un engrenage enclenché de longue date et serait, d'une certaine manière, subie comme une sorte de fatalité historique – c'est d'ailleurs là un attrait pour beaucoup. Face à cette force d'inertie, la seconde option suppose une décision réfléchie et représenterait une véritable rupture dans l'histoire de l'Europe telle qu'elle s'écrit depuis près de quarante ans. Car cette stabilisation doit également être le moment d'une redéfinition du projet européen, opérée, qui plus est, devant les peuples et non, comme à l'accoutumée, dans leur dos.

Il s'agit d'élaborer une formule politique et juridique qui permette aux États-nations de conserver leur souveraineté, tout en leur donnant les moyens d'agir ensemble, et cela afin de protéger leur civilisation. Instituer une union d'États-nations dans laquelle ceux-ci ne courent pas le risque de disparaître, où ils soient assurés de préserver leur identité. L'Europe ne peut se construire ni sans, ni contre les nations. « Le jour où il n'y aura plus de nations pour vouloir l'Europe, il n'y aura plus d'Europe », pour reprendre le jugement de Gauchet[244]. Promouvoir à toute force l'intégration revient à prendre le risque de la désintégration.

L'enjeu est d'arrêter une forme d'association politique préservant la personnalité et l'autonomie des nations y participant, à l'image d'une famille dont chaque membre construit et poursuit sa propre vie tout en étant solidaire de la maisonnée commune, à laquelle il est et se sent irrévocablement attaché. La famille européenne : déjà, lorsqu'en mai 1935 Edmond Husserl se prononça sur la « crise de l'humanité européenne », tel était le registre qu'il avait retenu : « Quelle que soit l'hostilité mutuelle des nations européennes, elles conservent sur le plan de l'esprit une parenté intérieure qui les pénètre de part en part et surmonte les différences nationales. C'est comme un lien entre frères et sœurs, qui suscite au sein de ce cercle la conscience d'un chez-soi[245]. » C'est cette même veine que suivit Winston Churchill, dans son fameux discours de Zurich (19 septembre 1946), en appelant à « reconstituer la famille européenne ». Équivalant à ce lien fraternel dans l'ordre du droit international, le pacte passé entre les États membres doit rester un pacte d'association et non se transformer en un pacte de sujétion. L'Union doit demeurer dans l'orbe de la confédération dont elle n'aurait jamais dû s'éloigner, et proscrire toute glissade supplémentaire vers le modèle de la fédération. Ou, pour reprendre la distinction posée par Emmanuel Kant, veiller à demeurer un *Völkerbund* – une alliance de peuples – et non se muer en un *Völkerstaat* – un État de peuples.

Alliance contractuelle nouée entre des États qui restent souverains, la confédération est la seule formule politique en mesure de concilier l'indispensable respect des nations et la nécessaire union politique. Ce serait là retrouver la vision de Rousseau qui, dès 1761, après avoir rappelé que « le Sacerdoce et l'Empire ont formé le lien social » de cette « collection idéale de peuples » qu'est l'Europe, cette « société réelle qui a sa religion, ses mœurs, ses coutumes et même ses lois », proposa aux peuples qui la composent de constituer « une confédération solide et durable ». Qualifiée de « Grande Alliance », elle représentait pour lui l'équivalent du contrat social, mais passé entre États cette fois, des États se donnant un certain nombre de lois communes, qu'ils choisiraient de respecter, et même une justice commune, tout en demeurant souverains[246]. Le

31 décembre 1989, au lendemain de la chute du mur de Berlin, présentant ses vœux aux Français, François Mitterrand plaida, de façon inédite mais sans lendemain, pour une telle confédération européenne. Réminiscence de ses lectures philosophiques de jeunesse ? Plutôt tentative pour exorciser la perspective d'une réunification allemande qui se dessinait alors et dont les conséquences sur l'Europe – tracé des frontières, avenir des alliances issues de la Seconde Guerre mondiale, nature de la coopération entre l'Est et l'Ouest – s'annonçaient considérables ; une Europe qui, comme il le dit ce jour-là, allait « comme on rentre chez soi, rentrer dans son histoire et sa géographie[247] ». Peut-être gardait-il aussi à l'esprit l'Histoire : les Confédérations helvétique et germanique de 1815, et la Confédération des républiques nord-américaines de 1776, établie à l'issue de la guerre d'Indépendance, avaient toutes trois fini par évoluer vers le fédéralisme…

Constituées de nations bien vivantes et singulières, et non de cantons sans réalité politique, comme en Suisse, ou d'entités très proches culturellement et linguistiquement, comme en Allemagne ou aux États-Unis d'Amérique, l'Union européenne confédérale ne courrait pas ce danger. D'autant moins que son pacte fondateur devrait être conclu de façon officielle et solennelle, devant les peuples européens et avec leur assentiment. Nul besoin de négocier et de ratifier un nouveau traité pour cela et encore moins d'élaborer une quelconque « Constitution » européenne. Les deux traités encadrant actuellement l'Union européenne – le traité sur l'Union européenne (TUE) et le traité sur le fonctionnement de l'Union européenne (TFUE) – permettent sans aucune difficulté cette évolution. L'essentiel est ailleurs : dans l'impératif démocratique qui impose d'exposer publiquement les raisons et les conséquences de cette alliance nouvelle, puis d'organiser le débat dans les vingt-sept États membres et, enfin, de recueillir l'approbation populaire. La méthode ainsi mise en œuvre serait rigoureusement l'inverse de celle pratiquée jusqu'ici, et notamment lors de la préparation du TCE en 2005 : le mouvement politique serait ascendant et non descendant, des peuples vers les gouvernements et non le contraire.

Il en résulterait une Union européenne régénérée, ayant réduit, en tout ou en partie, la fracture politique avec les nations qui la composent et les citoyens qui la peuplent, redéfinie dans ses finalités comme dans ses formes.

Entre le « chacun pour soi » et le fédéralisme, il y a l'Union

Cette confédération serait d'un genre inconnu jusqu'ici. De par sa composition même, on l'a vu : association de nations désireuses de le rester. De par son contenu, aussi. Ainsi comporte-t-elle d'ores et déjà deux substantiels éléments de fédéralisme : l'euro et son système de banques centrales européennes, mais aussi le droit communautaire. Le premier devrait être cantonné ; le second, ramené à une proportion raisonnable, c'est-à-dire « déconstitutionnalisé », selon la prescription de Dieter Grimm. La répartition des compétences entre le niveau confédéral et celui des États membres devrait faire l'objet d'une « opération vérité », une remise à plat exhaustive et publique, afin de repartir sur des bases politiques assainies, celles d'un véritable et sincère principe de subsidiarité : ne seraient confiées à l'échelon européen que les seules attributions pouvant y être assumées de façon indiscutablement plus efficace ; et cela par exception à la règle qui poserait clairement que le niveau d'action légitime est celui de l'État-nation. La confédération garantirait les souverainetés politiques de ses États membres, par opposition à une fédération définie par et fondée sur la disparition de celles-ci. Enfin, les États-nations appartenant à la confédération resteraient libres, bien entendu, de quitter l'Union – comme ils le sont depuis 2008. Une confédération originale, par conséquent ; une confédération tout de même. Une confédération qui permettrait d'« habituer progressivement » les États-nations la composant « à vivre ensemble et à agir ensemble », selon la formule du général de Gaulle[248].

Agir ensemble : davantage encore que par ces caractéristiques juridiques, capitales néanmoins, cette Union confédérale devrait se définir par son ou plutôt ses contenus concrets ; sa vérité résiderait dans ses réalisations. L'ambition nouvelle qui doit animer cette confédération est de devenir une « Europe des projets », fondée principalement sur la coopération entre États ; projets dans les domaines essentiels de la recherche, de l'enseignement, de la culture, de la science, de l'intelligence artificielle, de l'écologie, de l'industrie, des infrastructures ; projets et investissements d'avenir auxquels se rallieraient les pays intéressés, ceux qui se porteraient volontaires. Tel serait le visage de cette « Europe nouvelle et moderne, par réseaux, par objectifs, par capillarité, en plus du socle commun qui aura été conservé », qu'appelle opportunément de ses vœux Hubert Védrine[249].

Dans une Union ainsi redéfinie, la direction stratégique de l'ensemble doit être la prérogative du seul Conseil européen. Composé des chefs d'État et de gouvernement, incarnant chacun d'entre eux, devant leurs peuples respectifs, la légitimité d'un pouvoir exécutif responsable de ses actes, il est l'instance capable de produire une décision commune, concertée, partagée, assumée solidairement. La règle de l'unanimité qui y prévaut représente une difficulté apparente en termes de décision, mais constitue, en réalité, le gage de la force et de la pérennité des choix effectués. Surtout, le Conseil, par sa composition, représente l'institution la plus démocratique du système européen. Par le jeu de leurs échanges, de leurs discussions et de leurs affrontements, par celui, aussi, du retour devant leurs représentations nationales et, même, directement devant leurs citoyens, les présidents et Premiers ministres pratiquent cet « art du tissage » dans lequel Platon voyait l'essence du politique. Et c'est fort logiquement que, depuis que l'Europe a dû affronter les crises successives des quinze dernières années, le Conseil européen s'est imposé comme le lieu du pouvoir politique et démocratique de l'Union. Conséquence logique de cette nécessaire évolution bien engagée, la Commission doit désormais trouver sa juste place : « La Commission, qui est faite pour gérer, passe son temps à réclamer le pouvoir ; or ce n'est pas son rôle, le pouvoir ne peut pas être exercé par un groupe de vingt-sept ou vingt-huit personnes dont les membres sont choisis sans aucune compétition », comme le précisait fort justement Valéry Giscard d'Estaing, lui aussi favorable à une évolution vers la confédération[250]. La Commission doit redevenir ce qu'elle n'aurait jamais dû cesser d'être : un organe à la frontière de l'administratif et du politique, exerçant avec efficacité les attributions qui lui ont été dévolues par les traités – et elles seules –, coordonnant les positions des États-membres, respectant scrupuleusement les compétences de ces derniers, cessant de réclamer de nouvelles prérogatives dès que les circonstances lui semblent favorables pour le faire, ayant abandonné officiellement et définitivement toute visée fédéraliste. Son président, ou sa présidente, doit renoncer à se présenter comme le « Premier ministre » de l'Union qu'il n'est pas et ne sera jamais et s'en tenir au statut et aux fonctions – fort importants au demeurant – que les textes lui ont accordés. En ce sens, et au-delà de la perversité du personnage, l'humiliation infligée à Ursula von der Leyen par Erdogan lors de l'incident protocolaire connu sous le nom de « sofagate » (avril 2021), doit permettre de clarifier la situation institutionnelle de l'Union : seul le président du Conseil européen détient la légitimité pour représenter les États membres et parler en leur nom dans le domaine international ; seuls le Conseil européen et son président peuvent agir en termes géopolitiques et, à cet égard, la Commission ne doit jouer qu'un rôle d'appui et de suivi.

Un Conseil européen exerçant pleinement son pouvoir de décision stratégique, une Commission ramenée à son véritable métier : c'est en respectant cette distribution réaliste des pouvoirs, et non en cherchant à contourner ou à étouffer les volontés nationales, que l'Europe pourra devenir pour les États-membres le multiplicateur de puissance qu'elle n'a jamais réussi à être jusqu'ici.

La Conférence sur l'avenir de l'Europe, qui s'est ouverte au mois de mai 2021, devrait constituer un moment privilégié pour les peuples européens, celui de la reprise en main de leur destin comme de leur projet commun – l'union – qui, jusqu'ici, leur ont trop souvent été confisqués. Le moment de sceller le pacte fondateur de leur nouvelle alliance, celle de la confédération. Souhaitons que ses débats soient placés sous les auspices de trois grands esprits, dont les voix, chacune avec son timbre et sa musique, en descendant des cimes de la pensée, nous rappellent l'essentiel.

Charles de Gaulle, l'homme d'État : « Chaque peuple est différent des autres, incomparable, inaltérable, irréductible. Il doit rester lui-même, dans son originalité, tel que son histoire et sa culture l'ont fait, avec ses souvenirs, ses croyances, ses légendes, sa foi, sa volonté de bâtir son avenir. Si vous voulez que des nations s'unissent, ne cherchez pas à les intégrer comme des marrons dans une purée de marrons. Il faut respecter leur personnalité. Il faut les rapprocher, leur apprendre à vivre ensemble, amener leurs gouvernants légitimes à se concerter, et, un jour, à se confédérer, c'est-à-dire à mettre en commun certaines compétences, tout en restant indépendants pour tout le reste. C'est comme ça qu'on fera l'Europe. On ne la fera pas autrement[251]. »

Jean Jaurès, le prophète : « Ce n'est donc que par la libre fédération de nations autonomes répudiant les entreprises de la force et se soumettant à des règles de droit, que peut être réalisée l'unité humaine. Mais alors ce n'est pas la suppression des patries, c'en est l'ennoblissement. Elles sont élevées à l'humanité sans rien perdre de leur indépendance, de leur originalité, de la liberté de leur génie[252]. »

Ernest Renan, le théoricien de la Nation : « Mais les nations européennes telles que les a faites l'Histoire sont les pairs d'un grand sénat où chaque membre est inviolable. L'Europe est une confédération d'États réunis par l'idée commune de la civilisation[253]. »

L'Europe a déjà su, à la fin du Moyen Âge, inventer la Nation et l'État-nation. Pourquoi ne serait-elle pas capable de procéder à une nouvelle création, celle d'une forme politique inédite, une entité rassemblant dans la solidarité et l'effort commun des entités – les nations – conservant, non seulement leur spécificité et leur identité, mais leur liberté de décision, leur indépendance, leur *souveraineté* ?

Conscientes de leur parenté autant que de leurs différences, soucieuses de se donner les moyens de vivre et d'agir ensemble, désireuses de continuer à contribuer chacune à l'histoire du monde, ces nations s'engageraient dans un projet commun : une association politique caractérisée par une solidarité organisée et organique, œuvrant principalement par les voies de la coopération et de la coordination et, parfois, de façon maîtrisée et contrôlée, par la délégation de compétences à la Commission. Une Europe au service des nations et non qui cherche à les « dépasser ». Qui leur confère un surcroît de force, par le rapprochement des points de vue et la décision partagée ; et non un rabot qui les prive progressivement de leur personnalité et de leur liberté. Les « États-Unis d'Europe » ? Non, l'Europe des États, unis. Des États, et des peuples.

Entre le « chacun pour soi » et le fédéralisme, il y a l'union.

CHAPITRE 5

« La France peut supporter la vérité »

Parvenus au terme de ce voyage en France et en Europe, après avoir passé en revue certains des principaux événements de ces quarante dernières années et en avoir examiné les origines historiques, intellectuelles et idéologiques – personnelles aussi, parfois, lorsque cela s'avérait nécessaire –, le moment de conclure est venu. Conclusion : sont ici récapitulés les développements consacrés précédemment à l'évolution politique et diplomatique de notre pays comme de l'Union à laquelle il appartient. Conclusions : après avoir rappelé la teneur et la portée de ce diagnostic, viennent logiquement les remèdes qu'il conviendrait, selon moi, de prescrire. Indispensables enseignements tirés du passé et nécessaires leçons pour éclairer l'avenir. Comme l'écrivit André Gide dans *Les Nourritures terrestres* : « Le présent serait plein de tous les avenirs, si le passé n'y projetait déjà une histoire. »

Quelques pistes de réflexion essentielles se dégagent du constat dressé. Quel bilan tirer de soixante-dix ans de « construction européenne » – selon l'expression convenue ? Quelle direction suivre désormais, dans un monde ayant perdu nombre de ses repères et dont le mouvement s'accélère ? Comment se guider dans cette Histoire qui se montre impétueuse comme souvent ? Quelles orientations adopter alors que le temps presse et que les choix à faire s'avèrent lestés de conséquences considérables ? Et où aller ? Avec quelle garantie que les décisions prises le soient de façon légitime et démocratique ?

Comment concilier le besoin d'unité dans l'action et l'aspiration à rester soi-même ? Quel équilibre établir entre recherche de la solidarité et préservation de l'identité ? Questionnements décisifs pour le devenir de l'Europe, celui de la France et, également, à un niveau différent mais que l'on ne peut ni ne doit négliger, pour le politique et la politique. Plus particulièrement pour la gauche.

En un mot et en deux questions : où en sommes-nous ? Et où atterrir ? – pour reprendre la formule si juste de Bruno Latour[254]. À ces interrogations, je tenterai d'apporter des réponses qui, pour être l'expression d'une conviction et la marque de convictions – les miennes –, s'efforcent néanmoins d'être loyales.

De la « FrancEurope » en général et de la globalisation en particulier

« FrancEurope » : tel est le nom que je propose pour l'ensemble inédit constitué par l'interaction entre ces deux corps politiques, tant leurs destins sont désormais intriqués.

Une « FrancEurope » dont le père fut François Mitterrand, par le choix fondamental et fondateur qui fut le sien en mars 1983. Choix d'une relance fédéraliste de la construction européenne – qui en changerait de nature ; choix dont les principaux instruments furent la nomination de Jacques Delors à la tête de la Commission en juillet 1984 et la signature de l'Acte unique européen, les 17 et 28 février 1986 ; choix aux conséquences incalculables et qui allèrent loin dans le temps, choix marquant de son sceau la vie de la Nation jusqu'à aujourd'hui encore : ainsi que le résumait, en septembre 1996, l'un des principaux acteurs de l'époque, Hubert Védrine, « toute la suite, dans les années quatre-vingt et quatre-vingt-dix, au-delà même de la présidence mitterrandienne, en découlera[255] » ; choix qu'il confirma et amplifia, dans un second temps, avec le traité de Maastricht, ratifié par voie référendaire le

20 septembre 1992, remplaçant la CEE par l'Union européenne et engageant le passage à la monnaie unique.

Une « FrancEurope » dont l'acte de baptême peut être daté du 25 mars 1987, en pleine cohabitation et dans la perspective de sa prochaine candidature à la présidentielle, lorsque, dans la soirée, pour la première fois dans notre histoire nationale, le président Mitterrand s'adressa à ses compatriotes, dans une déclaration télévisée, debout devant les drapeaux français et européen plantés côte à côte. Une décision qu'il présenta de façon anecdotique, presque comme en passant, alors qu'il s'agissait d'une rupture symbolique, destinée à modifier notre imaginaire collectif – et qui le modifia –, qui aurait mérité une explication qui ne vint pas, ni ce soir-là ni jamais. Une rupture qu'il décida seul, sans mandat pour le faire, sans débat, sans consultation, sans contradicteur, que nul ne commenta ou ne critiqua et qui ne fut jamais discutée ou remise en question par quiconque. Et, au moment de conclure, il ne choisit pas seulement d'ajouter « Vive l'Europe ! » à la formule rituelle, mais effaça purement et simplement le « Vive la République ! » traditionnel : un aveu autant qu'un programme. Un programme qu'il avait annoncé quelques semaines plus tôt, le 31 décembre 1986, en proclamant lors de ses vœux aux Français : « La France est notre patrie, l'Europe est notre avenir. » Car comment ne pas entendre dans cette formule, ainsi que le relève Jean-Pierre Chevènement : « La France est notre passé ; l'Europe, demain, sera notre patrie[256] » ?

Une « FrancEurope » caractérisée par le rôle crucial joué par la France et les responsables politiques français dans le cours nouveau donné à l'Europe et, au-delà, au monde entier, à compter du tournant fédéraliste de mars 1983. Répétons-le : l'Europe n'a pas été la servante, mais la maîtresse de la globalisation financière et libérale – l'hyperglobalisation – qui a alors commencé de saisir la planète. Or, de cette Europe dérégulatrice et libératrice des forces de la finance, la France fut l'inspiratrice. À propos de cette considération cruciale, donnons encore une fois la parole à Rawi Abdelal : « Tous les observateurs français qui voient dans la mondialisation une conspiration des financiers de Wall Street, des fonctionnaires du

Trésor des États-Unis, et des multinationales américaines devraient regarder ailleurs. Les fondations institutionnelles de l'ère présente de la mondialisation, ces règles qui ont permis aux biens et à l'argent de circuler de plus en plus vite, ont été posées plus par les Français eux-mêmes que par qui que ce soit d'autre [...]. Le "Code de libéralisation des mouvements de capitaux" de l'OCDE s'ensuivit, et sur le même modèle : sous impulsion française et avec des négociations intra-européennes[257]. »

Pourquoi cette « impulsion française », cette « French Touch » ainsi que la nomme Abdelal ? Pourquoi avoir décidé de libérer les mouvements de capitaux au sein de l'Europe et, simultanément, de livrer celle-ci aux flux financiers du monde entier ? Cette « grande transformation » devait, dans l'esprit de ceux qui la voulurent – Mitterrand et Delors –, servir à faire franchir à ce qui n'était alors encore que la CEE une étape supplémentaire vers une Europe fédérale. Dans cette perspective, l'instauration de la liberté de circulation des capitaux en Europe représentait un jalon – décisif – de l'engrenage fédéraliste par eux enclenché. Ainsi que Delors l'a confessé à Abdelal : « Cela n'allait pas sans inquiétudes, mais j'ai alors compris que la libre circulation des capitaux était indispensable à la création du marché intérieur[258]. » À cette conviction, simultanément idéologique et intime, vint s'ajouter, chez lui, le sentiment de participer à l'Histoire : « Pour Delors, l'Union économique et monétaire (UEM) devint une priorité. Poser les fondations de cette union promettait d'être l'exploit le plus grandiose qu'un président de la Commission ait jamais accompli[259]. »

Cet « exploit grandiose », le président français de l'époque et l'homme-lige qu'il avait placé à la tête de la Commission européenne afin de relancer l'Europe fédérale, acceptèrent d'en payer le prix fort.

« Le thatchérisme à une échelle européenne »

Delors, membre d'un Parti socialiste auquel il n'adhéra en 1974 qu'à la demande expresse de François Mitterrand, représentant de son aile droite, pétri de culture catholique : un démocrate-chrétien, en vérité. Delors, seul membre du comité directeur du PS à avoir refusé de voter le projet socialiste de 1979, préférant démissionner de cette instance dirigeante plutôt que d'approuver ce texte. Delors, qui ne quittera pas pour autant « son » parti et qui se retrouvera, deux ans plus tard, par la grâce de François Mitterrand – qui savait ce qu'il faisait –, ministre de l'Économie et des Finances. Delors, initiateur, aux côtés du même Mitterrand, du tournant fédéraliste de mars 1983 et qui, dès sa mission achevée, s'en alla rejoindre le seul horizon qui comptât pour lui – l'horizon européen. Delors, qui refusera de se présenter au nom du PS à l'élection présidentielle de 1995, en dépit des exhortations du premier secrétaire de l'époque, Henri Emmanuelli, s'écriant en clôture du congrès de Liévin, le 20 novembre 1994 : « Jacques, fais ton devoir ! »

Delors, qui abdiquera trois semaines plus tard, le dimanche 11 décembre 1994, lisant sa déclaration aux Français à la télévision, arguant, avant même d'avoir été candidat, qu'il ne disposerait pas de la majorité lui permettant de conduire « sa » politique. Delors qui, une fois retiré de la vie publique, préfacera le manifeste social-libéral de Tony Blair, *La Troisième Voie*, paru en avril 2002, soulignant que la « ligne directrice » de celui-ci était identique à celle qui fut la sienne en tant que président de la Commission européenne[260].

Delors, qui plaça toute son intelligence et sa force de travail au service de la seule cause qui lui importait : l'Europe fédérale. Delors, et cela est souvent méconnu, qui, en raison de cet engagement, en vint à passer un accord politique avec l'incarnation du néo-libéralisme, Margaret Thatcher : en contrepartie de l'acceptation par celle-ci de l'Acte unique – un traité décisif, aux yeux de Delors, car il instituait le vote à la majorité dans un nombre important de domaines en lieu et place de l'unanimité et constituait ainsi un cran supplémentaire dans l'engrenage fédéraliste –, il lui concédait la mise en place d'un Grand Marché dérégulé, livré aux seules forces de la concurrence, revendication de la « Dame de fer ».

Une *Prime Minister* adepte d'un bruyant discours boutiquier – « *I want my money back* » – et en réalité ambiguë, moins eurosceptique qu'elle voulait bien le proclamer : n'avait-elle pas bataillé pour le maintien du Royaume-Uni dans la CEE lors du référendum de juin 1975 ? Entre les deux personnages, le courant passa car leurs intérêts convergeaient : Thatcher « faisait confiance » à Delors, selon le témoignage de ce dernier[261] et, précise-t-il, « lorsque je lui ai parlé du grand marché et de l'Objectif 92, elle était tout à fait d'accord »[262]. Un Delors qui nomma donc, au poste clé de commissaire européen chargé de la rédaction du *Livre blanc sur le Grand Marché* – « Objectif 92 » –, Lord Francis Arthur Cockfield, un homme très proche de cette dernière, avec lequel régnerait une « entente totale[263] », et qui préparerait avec lui les 297 directives qui provoqueraient la libéralisation complète de l'Europe.

Alliance apparemment contre nature que celle de Delors l'européiste et de Thatcher la « nationaliste » ; alliance en réalité logique entre deux parties obtenant chacune l'essentiel – le fédéralisme pour Delors, le libéralisme pour Thatcher –, et ne concédant que peu – le Royaume-Uni n'étant pas concerné par la dimension principale de ce fédéralisme, à savoir l'euro ; la mise en place d'un grand marché dérégulé ne heurtant guère le « socialisme » de Delors ; alliance par conséquent conclue et solide, comme en attestent l'enchaînement des décisions prises, autant que le témoignage du regretté Hugo Young, qui, dans sa passionnante somme consacrée aux relations du Royaume-Uni et de l'Europe[264], éclaire utilement cet aspect essentiel du mandat de Jacques Delors. L'objectif de Thatcher était clair : la déréglementation du marché européen. Afin de l'atteindre, elle passa un accord avec Delors et désigna « Cockfield comme la personne la mieux qualifiée » pour accomplir cette mission. Un accord qui se réalisa d'autant plus aisément que, comme l'écrit Young, Delors, « bien que parlant à gauche, agissait à droite ». Et, sans surprise, doit-on constater que « l'Acte unique européen représente une fusion entre les visions de Margaret Thatcher et de Jacques Delors quant à l'avenir de l'Europe » ou, pour le dire plus simplement, le « thatchérisme à une échelle européenne » ; soit « le triomphe de Delors et Cockfield [...] mais aussi le triomphe de Mme Thatcher ». Un triomphe européiste et néo-libéral, donc, que l'on ferait gober au peuple de gauche en invoquant avec une régularité aussi métronomique que stérile la perspective d'une « Europe sociale » introuvable car inconcevable.

Satisfait de ce premier *deal* fédéralo-libéral, Delors doublerait la mise quelques années plus tard, avec le traité de Maastricht et avec le successeur de Thatcher, John Major : la monnaie unique – sans le Royaume-Uni – contre le maintien de la règle de l'unanimité en matière sociale et fiscale, ainsi que la liberté offerte à Londres de faire valoir une option de retrait (*opting out*). Un second « bond en avant » fédéraliste contre la consécration de la concurrence entre économies et sociétés européennes. Ou de l'« exception anglaise » comme l'un des beaux-arts de l'européisme. On prétend souvent, du côté de Bruxelles, que le simple fait d'être nommé commissaire européen ferait descendre sur le récipiendaire l'« intérêt général » communautaire – à l'image de l'Esprit saint – et qu'il se verrait de ce fait libéré de toute attache nationale. Mais nul n'a jamais prétendu que cette transsubstantiation pouvait s'opérer au prix de la priorité accordée à un autre État membre ; c'est pourtant ce qui advint avec Jacques Delors et le Royaume-Uni, objet de toutes ses attentions ; l'essentiel, pour lui, ayant été, à l'époque, de « faire avancer l'Europe », quoi qu'il en coûte. Attitude retorse, dictée par la foi séculière qui l'habitait, et qui fit de lui le plus grand dérégulateur de l'Histoire.

Dix petits articles...

Cinq ans après le tournant fédéraliste que Mitterrand et Delors avaient fait prendre à la France (mars 1983), un an à peine après l'entrée en vigueur de l'Acte unique (1er juillet 1987) qui en permit l'adoption, fut en effet signée la directive 88/361/CEE du 24 juin 1988, instituant la libéralisation complète des mouvements de capitaux au sein de la CEE, mais également entre celle-ci et le reste du monde, selon le principe juridique dit *erga omnes* : les capitaux en provenance des pays tiers et vers eux devaient circuler aussi librement que les flux intra-européens. La finance se voyait donc dérégulée en Europe, mais aussi, par contrecoup, dans le reste du monde : la globalisation financière était née.

Événement capital dans l'histoire économique mondiale, cette directive, élaborée par Delors, Lamy et les équipes de la Commission, fut prise « pour la mise en œuvre de l'article 67 du traité de Rome », texte prévoyant, dès sa signature le 25 mars 1957, la suppression de toute entrave à la libre circulation des capitaux au sein du Marché commun[265]. Une directive qui, en dix brefs articles – renvoyant eux-mêmes à de longues annexes techniques énumérant les différents types de mouvements de capitaux désormais affranchis de toute règle –, allait changer la face du monde. Dix petits articles pour changer d'univers, en faisant entrer le capitalisme dans l'âge de la globalisation. Un nouvel âge qui serait marqué par la récurrence de crises financières, n'épargnant aucun continent, se propageant à tous les pays et finissant par menacer l'équilibre de la planète entière : Amérique latine (Mexique, en 1994), Asie (Thaïlande, en 1997), Russie (en 1998), Turquie (en 2000), « bulle Internet » (2001-2002), Brésil (en 2002), Amérique du Nord (*subprimes* en 2007), Europe (dettes souveraines en 2011), pour ne citer que les plus notables.

L'adoption de cette directive fut le tribut à acquitter par la France pour que l'Allemagne – en la personne d'Helmut Kohl – acceptât la création d'un comité chargé d'étudier la mise en place de la monnaie unique. Le « rapport Delors » qui en résulta devint, sans aucune modification ou presque, la partie du traité de Maastricht correspondante.

À cette transaction politique, il fallait trouver un habillage, une façon de travestir une série de décisions, délibérées et idéologiques, en un faisceau d'innovations technologiques et économiques que l'on présenterait comme irrésistibles : ce serait le thème de la-mondialisation-qui-s'impose-à-tous-et-à-laquelle-nous-devons-tous-nous-adapter. Contre les faits historiques eux-mêmes, les globalisateurs – au premier rang desquels Pascal Lamy – iraient jusqu'à prétendre que ce furent la révolution des technologies de l'information et de la communication et celle du transport maritime qui auraient mis en branle la globalisation ; faisant ainsi mine d'ignorer que la directive européenne libéralisant la finance date de juin 1988, alors que l'usage du porte-conteneur n'a connu son essor spectaculaire qu'au cours des années quatre-vingt-dix, et que l'Internet est entré dans la vie quotidienne durant cette même période – le premier navigateur public pour le *World Wide Web* a été disponible en 1993. Omettant opportunément de rappeler que, sans finance dérégulée, pas de globalisation.

Mieux encore : nos européistes français se feraient passer pour des « résistants », des hommes engagés dans une lutte titanesque contre des forces « hénaurmes » qu'ils avaient en réalité eux-mêmes libérées afin d'accomplir l'objectif politique qu'ils s'étaient assigné. On inventa donc la formule « maîtrise de la mondialisation » comme slogan de cette propagande. Ainsi que le précise Rawi Abdelal : « Le concept et l'expression "mondialisation maîtrisée" sont tous deux français à l'origine. L'expression a pénétré la rhétorique européenne pour la première fois en septembre 1999, lorsque le socialiste Pascal Lamy l'employa dans son discours devant le Parlement européen lors de sa nomination au poste de commissaire européen au commerce et déclara qu'il en ferait son objectif principal à ce poste [...]. Bien que la doctrine fût française à l'origine, elle en vint à définir le projet européen. Après avoir défini la nature de la construction européenne pendant des années, les élites technocratiques françaises se mirent à influencer les autres institutions de l'économie mondiale[266]. »

Une « maîtrise de la mondialisation » censée passer par le multilatéralisme et les institutions – ONU, OCDE, OMC, OIT, OMS – qui le font vivre, traduction d'une vision du monde propre à notre pays, à son histoire marquée par l'esprit des Lumières et la poursuite du gouvernement de la Raison ; une nouvelle figure de l'« exception française », en quelque sorte. « La “mondialisation maîtrisée” est en effet un concept de la Communauté française des affaires étrangères. Elle s'oppose nettement à la mondialisation “au coup par coup” à l'américaine ou à l'anglaise [...]. Du fait de la domination écrasante des États-Unis sur les marchés financiers, ni Wall Street ni le Trésor américain ne voient de raison de mettre noir sur blanc des règles qui pourraient un jour leur être opposées. [...] L'approche américaine d'une mondialisation *ad hoc*, qui convient à une hyperpuissance aux ambitions économiques étroites, contraste fortement avec l'approche française de la “mondialisation maîtrisée”, stratégie qui convient à une puissance moyenne dotée d'ambitions mondiales[267]. »

Pour les États-Unis, première puissance économique mondiale, la globalisation « à la française » était non seulement contraire à leur tradition de négociation bilatérale, en face à face, mais, dans le fond, sans véritable intérêt, aucun pays ne pouvant faire l'impasse sur le commerce avec ce géant industriel et financier servi par la principale monnaie d'échange – le dollar. Sans intérêt et même embarrassante, en raison des règles que cette forme nouvelle de multilatéralisme rendait inévitables. Pourquoi discuter lorsqu'on peut trancher ? Pourquoi accepter d'être entravé quand on est le plus puissant ? Pourquoi partager le pouvoir si l'on est en situation de suprématie ? La vérité de ce rapport de forces rend compte de l'indifférence manifestée par les Américains à l'égard d'un processus dont ils n'avaient que faire et que d'autres – des Français, des Européens – avaient lancé ; réalité qu'a rappelée Donald Trump dès son élection, en revenant avec fracas à une forme d'unilatéralisme dans les relations économiques internationales. Il en allait de façon rigoureusement inverse pour la France et, plus largement, pour une CEE alors à dix ; la globalisation pouvait être envisagée par ses promoteurs comme un instrument pour hisser celles-ci au premier plan. Fille des noces de la dérégulation financière et du fédéralisme, la globalisation est devenue, avec l'entrée de la Chine à l'OMC en 2001, l'hyperglobalisation. Voilà comment l'Europe est devenue « le laboratoire mondial de l'expérience néo-libérale dans son extension la plus vaste et la plus brutale », selon la formule de Marcel Gauchet[268].

Une Europe façonnée par des Français – Mitterrand et Delors –, mais qui se sera faite au bénéfice de l'Allemagne.

L'Europe allemande

« Qu'est-ce que l'Union européenne ? Le concept le plus proche qui vient à l'esprit est celui d'empire libéral ou, mieux, néo-libéral : un bloc hiérarchiquement structuré et composé d'États nominalement souverains dont la stabilité se maintient grâce à une distribution du pouvoir d'un centre vers une périphérie[269]. » Ainsi le grand sociologue allemand Wolfgang Streeck, ancien directeur de l'Institut Max-Planck de Cologne, définit-il l'Europe institutionnelle, telle qu'elle se donne à voir, dans les faits, après soixante-dix ans d'édification. Autrement dit : un système où les apparences – les souverainetés nationales – sont préservées, mais dans lequel la réalité du pouvoir est concentrée dans le « noyau dur » du dispositif – *Kernraum* ou *Kerneuropa* selon la terminologie en vigueur outre-Rhin –, les pays placés aux limites de celui-ci ne participant que de façon résiduelle à la prise de décision – comme le cas de la Grèce l'a sinistrement illustré. Forme douce, molle, *soft*, « post-moderne » et, disons le mot, hypocrite, du fédéralisme, ses partisans le décrivant comme un « empire volontaire et respectueux[270] » – nouvel oxymoron européiste…

Dans cette perspective, l'évolution impériale de l'Europe ramènerait progressivement les nations européennes actuelles à la condition qui était celle des « nationalités » au XIXe siècle au sein de l'Empire austro-hongrois : des collectivités humaines auxquelles on concéderait le droit de vivre leur singularité linguistique et culturelle, mais au prix de leur soumission politique. Le centre de ce nouvel empire européen ? L'Allemagne. Une nation forte de sa géographie – l'élargissement des années 2000 l'a placée au cœur de l'Europe –, de son industrie – de nombreuses PME jouissant d'une forte compétitivité structurelle et quelques secteurs où la « marque Allemagne » joue à plein, comme l'automobile –, et de l'existence de l'euro qui lui confère un avantage comparatif structurel sur les autres économies de l'Union – l'excédent commercial qu'elle dégage depuis que l'euro a vu le jour, le 1er janvier 1999, quelque 250 milliards d'euros chaque année, en atteste. Sur ce point s'accorde un autre ponte de l'université allemande, pourtant militant et héraut du projet impérial, Ulrich Beck : « Tout le monde le sait mais l'affirmer revient à briser un tabou : l'Europe est devenue allemande [...]. L'élève docile est devenue le tuteur de l'Europe[271]. » Un tuteur – une tutrice, plutôt – qui exerce sa férule sur l'Union en lui inculquant les trois éléments essentiels de son identité politique nationale, autant de piliers sur lesquels s'est opérée la refondation de l'Allemagne contemporaine, démocratique.

Instituée par la Loi fondamentale du 8 mai 1949 pour la seule RFA et étendue à l'Allemagne réunifiée le 3 octobre 1990, sa constitution fédérale tend à devenir une référence, explicite ou implicite, pour l'Europe entière. Censé régir les rapports entre l'Union et les États membres, le « principe de subsidiarité » a ainsi été tiré de la pensée fédéraliste allemande. On connaît la raison profonde de cette importation : pour être accomplie, et l'être sans trop de heurts, une Europe fédérale – sur le schéma impérial, en particulier – suppose que les États-nations membres soient eux-mêmes fédéralisés. D'ores et déjà, outre la RFA, la Belgique et l'Autriche sont des États fédéraux ; quant à l'Espagne et à l'Italie, leur décentralisation – *comunidades autonomas* ou *regioni e province* – est poussée à un point tel que beaucoup les considèrent comme des États *de facto* fédéralisés. Face à cet ensemble, la France persiste à incarner la figure d'un État unitaire, même s'il est de moins en moins centralisé. Si elle cédait sur ce point, essentiel, l'édifice séculaire de son unité serait mis à bas et elle se déferait. L'avertissement de Fernand Braudel résonne encore : « La France, ce sont des Frances différentes qui ont été cousues ensemble [...]. Il y a donc dans l'identité de la France ce besoin de concentration, de centralisation, contre lequel il est dangereux d'agir[272]. »

Créé le 20 juin 1948, le Deutsche Mark a d'abord écrasé de sa suprématie les autres devises européennes du SME (mars 1979-été 1993) : ce fut alors le règne de ce que Habermas qualifia de « nationalisme du Deutsche mark »[273]. La France dut ainsi pratiquer des dévaluations successives et même voir sa politique économique dictée par le mark : époque du « franc fort », entre 1993 et 1997, que notre pays paya d'un million de chômeurs supplémentaires. Puis, il a inspiré la monnaie unique européenne, dans laquelle il s'est si commodément lové, transformant la zone euro en zone mark (2001-2012). Une zone euro qui a permis à l'Allemagne d'asseoir son emprise sur l'Union, en particulier par l'accumulation d'excédents commerciaux hors de toute proportion – en valeur relative deux fois plus élevés même que ceux de la Chine… – et acquis pour les deux tiers aux dépens de ses partenaires économiques de cette zone.

Cette monnaie à laquelle sont si attachés nos voisins d'outre-Rhin participe de la troisième composante de l'identité politique allemande : l'ordolibéralisme. Contrairement au libéralisme classique du XIXe siècle – celui de Smith, Ricardo, Walras et Pareto –, et même au néo-libéralisme du XXe siècle – celui de Ludwig von Mises et de son élève Friedrich Hayek –, ce courant de pensée ne considère pas le marché comme un mécanisme spontané, mais comme le résultat d'une construction humaine, politique donc, et devant, par conséquent, être institué et conforté. Ainsi, il revient à l'État de rétablir la concurrence si celle-ci se révèle faussée et de veiller au maintien d'un environnement favorable au libre jeu de l'économie de marché ; une monnaie stable et forte faisant partie de ces conditions nécessaires. C'est dans cette vision libérale de l'économie qu'il faut resituer et interpréter la notion de *Soziale Marktwirtschaft*, la fameuse « économie sociale de marché », qui a tant abusé la gauche européenne. « Sociale », cette économie ne saurait l'être, en effet, que par le seul fonctionnement du marché, censé produire au meilleur prix tous les biens nécessaires au bien-être des citoyens, considérés ici comme des consommateurs ; et en aucun cas par une intervention quelconque de la puissance publique. S'inscrivant dans un mouvement international de renouveau de la pensée libérale, l'ordolibéralisme a trouvé en Allemagne sa terre d'élection, avec la figure de Ludwig Erhard, ministre de l'Économie de Konrad Adenauer de 1949 à 1963, puis chancelier de 1963 à 1966 et, à ce titre, père des réformes « structurelles » associées, dans l'esprit public allemand, au « miracle économique » connu par ce pays. Un ordolibéralisme devenu la « cage de fer » de l'Union européenne et que le TCE visait, en 2005, à « graver dans le marbre ».

Désormais au centre géographique d'une Europe qu'elle domine économiquement, l'Allemagne cherche à imposer son « modèle » à l'Union. Ainsi, depuis qu'elle est redevenue une, en 1990, et que, réunifiée, elle s'est affirmée en tant que puissance continentale, la plupart des choix structurants de l'Europe ont été dictés par elle, validés et repris par les institutions de Bruxelles, avant d'être entérinés par les autres États membres : l'élargissement des années 2000 ; la gestion de l'euro jusqu'à l'arrivée de Mario Draghi à la tête de la BCE le 1er novembre 2011 ; « la politique d'austérité que l'Allemagne, grâce à ce rôle dirigeant, a pu imposer aux pays du Sud membres de l'Union, et ce, à son propre avantage écrasant[274] », selon le jugement de Habermas ; le pacte budgétaire européen (TSCG) signé le 2 mars 2012 ; l'adoption du « plan de relance historique » du 21 juillet 2020, enfin. Tous ces choix ont été faits au nom de l'« intérêt général européen », mais au service, en réalité, de l'intérêt national allemand. Dans le même temps, l'Allemagne s'est emparée de nombre des postes clés communautaires – l'épisode indécent de la nomination de Martin Selmayr au poste de secrétaire général de la Commission ayant joué le rôle de révélateur de cette emprise. Une Commission que préside aujourd'hui l'ancienne ministre fédérale de la Défense de ce pays – une forme de consécration.

À cette forme de diktat tranquille qui a commencé de s'installer avec la réunification en 1990, est venu s'ajouter plus récemment, à compter de l'accession d'Angela Merkel à la Chancellerie, en 2005, l'attentisme propre à sa personnalité, qui a régulièrement entravé le fonctionnement de l'Union, l'engluant dans une forme d'immobilisme dicté par la volonté de préserver les intérêts de son pays, un pays profitant pleinement du *statu quo ante* européen ; mais aussi, paradoxalement, les brusques secousses qu'elle a, sans aucune concertation, décidé d'imprimer au système européen, au nom d'une politique du « cavalier seul » exclusivement guidée, là encore, par la défense des intérêts allemands : la gestion par l'austérité de la crise financière de 2007-2008 ; la sortie du nucléaire après la catastrophe de Fukushima en mars 2011 ; l'accueil d'un million de migrants en 2015. Autant de comportements qui ont donné corps à l'avertissement lancé par Helmut Kohl, le 2 octobre 1982, à l'Élysée : « Je suis le dernier chancelier allemand pro-européen[275]. » Tous ceux qui se cachent derrière cette perspective d'un empire allemand en voie de reconstitution insidieuse, qui s'en satisfont ou s'en félicitent, ne devraient pas crier victoire trop tôt et se rappeler l'avertissement de Jacques Le Goff : « L'Europe est allergique à l'idée d'empire. Toutes les tentatives d'en constituer un ont échoué[276]. »

Comment en est-on arrivé là ? Pourquoi l'Union se voit-elle aujourd'hui menacée par cette dérive politique et institutionnelle – la lente émergence de cet empire dont personne n'a jamais débattu publiquement ? On retrouve là, au-delà de celui – substantiel – de son contenu libéral et atlantiste, deux problèmes centraux de la « construction européenne » : sa méthode et son tempo.

De la diplomatie secrète à la nécessaire démocratie

La méthode est celle du contournement. Contournement affiché des États-nations lorsque le fédéralisme se voit assumé par ses promoteurs : avec la CECA en 1951, le projet de CED et de CPE en 1954, l'offensive de Walter Hallstein en 1965. Contournement insidieux des peuples quand, devant les résistances qu'ils soulèvent, les mêmes se voient contraints de pratiquer les « petits pas », vantés et théorisés par Monnet, et de faire retour au « fédéralisme rampant », dénoncé en son temps par Raymond Aron : tel fut le cas, en particulier, lors du tournant fédéraliste de mars 1983. Mitterrand et Delors avancèrent alors masqués et n'annoncèrent pas où ils comptaient emmener la France et les Français.

Ainsi, un traité aussi crucial que l'Acte unique n'a pratiquement pas été discuté. Jean-Pierre Chevènement s'en souvient : « Roland Dumas, nouveau ministre des Affaires étrangères, fit avaler à un Conseil des ministres de décembre 1985 un épais document de 300 à 400 pages, bizarrement dénommé "Acte unique". Placée devant chaque ministre à dix heures du matin, cette impressionnante liasse représentait le projet de traité, négocié à Luxembourg par le Conseil européen des 2 et 3 décembre 1985. "De quoi s'agit-il ?" demanda pédagogiquement Roland Dumas [...]. "Eh bien, il s'agit tout simplement de faire le marché unique à l'horizon 1992. Et le marché unique n'est rien d'autre que la perfection du marché commun" [...]. C'est ainsi que le gouvernement adopta, comme une lettre à la poste, l'Acte unique à l'unanimité et sans débat[277]. » Il en alla de même, quelques mois plus tard, en 1987, en pleine cohabitation, au Parlement où la droite était alors majoritaire : seuls les députés communistes s'opposèrent à ce texte capital, qui allait faire déferler sur l'Europe une vague de déréglementation sans précédent.

Cinq ans plus tard, on réédita tranquillement l'opération qui avait si bien réussi avec l'Acte unique, afin, cette fois, de libéraliser la finance en Europe. Découvrant, lors d'un Conseil des ministres, en 1990, le projet de loi transcrivant la directive du 24 juin 1988 sur la déréglementation des mouvements de capitaux en Europe, Chevènement fut alors stupéfait de constater qu'une nouvelle fois, ni lui ni la plupart de ses collègues présents autour de la table n'avaient eu connaissance de ce texte d'une importance pourtant capitale, puisque représentant « un pas décisif accompli vers l'avènement d'un capitalisme financier mondialisé[278] ». Non seulement l'Europe n'opposait aucune résistance à la vague de dérégulation financière, mais elle l'organisait et la promouvait : « C'est ainsi que ce qu'on appelle la "construction européenne", c'est-à-dire la dérégulation à l'échelle de l'Europe, a pu progresser dans la plus totale opacité, mais sous l'impulsion constante et quasi obsessionnelle de François Mitterrand. C'était son grand pari, celui qui lui permettrait de passer à la postérité[279] », selon le jugement de Chevènement, pourtant compagnon de route de Mitterrand.

Deux illustrations édifiantes de la complète déconnexion entre la politique européenne du président de la République et la vie politique intérieure qui caractérisa ces années décisives du second septennat de

Mitterrand. « Il y avait sur l'Europe une diplomatie qu'on aurait pu qualifier de “secrète”, si elle n'avait été, d'abord et surtout, opaque. Elle unissait la gauche qui signait et la droite qui ratifiait, traversait les gouvernements, survivait à la cohabitation [...].Sous l'invocation lyrique de l'Europe, se cachait l'implacable mécanique de la dérégulation », dénonce à juste titre le même Chevènement[280]. Et c'est malheureusement selon la même logique qu'à Maastricht, le 11 décembre 1991, « le choix de répondre à l'unification allemande par l'accélération de l'intégration européenne est tranché en dehors de tout débat public et même sans aucun débat au sein du gouvernement [...]. Face à un bouleversement politique majeur, on ne se donne pas le temps de réfléchir : on continue comme avant, le pied sur l'accélérateur[281] ».

Le problème ainsi soulevé est toutefois plus large et plus profond que la seule incrimination de la méthode mitterrandienne. Ce qui est en cause, c'est la vision politique prédominant depuis cinquante ans qui considère les questions européennes comme relevant des « affaires étrangères ». Or l'évolution de l'Union est indissociable de la vie de la Nation et séparer l'une de l'autre relève de l'artifice politique. Les « affaires européennes » font partie des « affaires intérieures ». L'imbrication entre les deux catégories est telle, la réalité de ce corps politique nouveau qu'est la FrancEurope est telle, également, que continuer à rattacher l'action européenne de la France au domaine de la diplomatie est absurde. Absurde, mais fort commode pour le pouvoir exécutif, puisque cela lui permet de se dispenser de tout débat public et de contourner les procédures démocratiques. Alors que le Parlement est appelé à se prononcer sur quantité de points en réalité secondaires et à voter des lois dont nombre d'entre elles sont déclaratoires ou sans contenu juridique substantiel – ce que les juristes appellent l'« inflation législative » –, il se voit mis devant le fait accompli en matière européenne, sommé de ratifier des textes déjà signés par le chef de l'État au nom de la France.

Ce dévoiement démocratique a commencé réellement avec le tournant fédéraliste de Mitterrand, en mars 1983, et le déploiement de sa diplomatie européenne opaque et secrète. À partir de ce moment clé de l'Histoire, les décisions, et leur préparation, ont été centralisées à l'Élysée, au sein de la cellule diplomatique du président, le cas échéant avec le concours d'un sherpa. Dès lors, le processus politique a non seulement exclu la représentation nationale, mais encore marginalisé de fait le reste de l'appareil d'État. Certes, le travail quotidien en matière européenne est confié à un organe administratif – le Secrétariat général des affaires européennes (SGAE) – rattaché au Premier ministre ; mais il s'agit là d'une mission d'exécution de choix faits ailleurs, de la mise en musique d'une politique conçue plus haut, au sein du cabinet du président de la République. Certes, il existe un ministre délégué aux affaires européennes placé sous l'autorité du ministre des Affaires étrangères ; mais son rôle se réduit, dans le meilleur des cas, à celui d'un chevau-léger du chef de l'État ou, le plus souvent, à celui d'une courroie de transmission de la politique européenne de la France, politique voulue et actée par le seul président de la République. Avec une conséquence décisive : considérée comme relevant de la « haute diplomatie » – ce qui est le cas, par ailleurs –, et appartenant à ce qu'il est convenu de désigner, depuis qu'en 1959 Jacques Chaban-Delmas forgea l'expression, le « domaine réservé » du chef de l'État, elle échappe à toute véritable discussion démocratique, alors même qu'elle entraîne les plus lourdes conséquences sur la vie de la Nation. Ce fut le cas en mars 1983 avec le tournant fédéraliste. Ce fut le cas aussi en 1985 avec la négociation de l'Acte unique. Ce fut le cas encore lors de l'accord Kohl-Mitterrand de 1988, qui ouvrit la voie à la libéralisation de la finance en Europe et lança le processus qui aboutirait à la monnaie unique. Ce fut toujours le cas avec Emmanuel Macron, à l'occasion du plan de relance européen, le 21 juillet 2020, qui affirma que « le plan de relance est un changement historique de notre Europe et de notre zone euro[282] », et qui put le faire sans être incommodé par un débat national préalable à l'adoption de ce plan. Or, si celui-ci est bien « historique » pour l'Europe, il l'est également pour la France. Dès lors, c'était *avant* son adoption qu'un tel plan aurait dû être débattu publiquement et non *après*. En explicitant toutes ses dimensions et toutes ses conséquences, dont la première : le degré supplémentaire de fédéralisme qu'il introduirait.

Le sens des réalités

La Ve République et l'institution « monarchique » que serait la présidence ne sauraient à elles seules rendre compte de cette dérive. Ainsi, le général de Gaulle, qui se faisait pourtant une conception très « verticale » du pouvoir d'État, a, lui, régulièrement informé les Français des objectifs, des difficultés ou des succès de la grande politique européenne qu'il conduisait au vu et au su de tous les citoyens : de nombreuses conférences de presse en témoignent[283]. Et cela alors même que la FrancEurope était encore dans les limbes. De même, la campagne présidentielle de 1965, dont l'Europe en pleine crise « de la chaise vide » fut un des thèmes centraux, le conduisit à consacrer un long entretien télévisé à la seule question européenne, le 14 décembre de cette année-là, entre les deux tours de l'élection. Si on a pu lui reprocher avec quelque raison son « exercice solitaire du pouvoir[284] », reste que l'homme se faisait « une certaine idée » de sa fonction, de son rapport au peuple comme de la souveraineté inaliénable du peuple français – et le démontra avec éclat en démissionnant le 28 avril 1969 à la suite de l'échec du référendum sur la régionalisation et la participation. Solitaire peut-être, dissimulé, en aucun cas.

La « diplomatie secrète » a permis aux européistes d'imprimer un rythme beaucoup trop rapide au cours de l'Europe. Alors même qu'ils n'ont jamais cessé de proclamer le caractère inéluctable de l'intégration européenne, les doctrinaires des États-Unis d'Europe ont toujours voulu accélérer le mouvement devant, selon eux, y conduire. Ainsi, la création d'une monnaie unique pour dix-neuf nations si diverses aurait dû suivre le conseil de Pierre Mendès France et représenter « non un commencement, mais un couronnement[285] ». De même, l'élargissement de l'Union à l'est s'est opéré de façon précipitée, treize pays y adhérant en moins de dix ans, entre 2004 et 2013, l'Europe renouant alors avec cette « hâte subite » que dénonçait déjà, en 1957, ce même Mendès France à propos de la ratification du traité de Rome, précisant : « Le chemin de l'unification est donc difficile : il est certain qu'on ne peut y avancer que lentement ; c'est l'évidence[286]. »

Cette façon de forcer le cours des choses – qui est la marque de l'idéologie fédéraliste – a donné son caractère artificiel à la construction européenne, marquée par la déconnexion d'avec la vie des peuples, comme si elle était « plaquée » sur celles-ci. Car les nations ne sont pas choses légères ; elles sont inscrites dans l'Histoire, l'Histoire dans sa profondeur – celle des siècles de leur formation et de leur existence –, l'Histoire dans son épaisseur – celle de leurs cultures et de leurs mentalités. Le temps des nations est un temps long ; l'ambition autant que la prudence commandent de le respecter, afin de réussir comme pour ne pas s'y casser les dents. Alexandre Dumas, historien admiré de Michelet autant que romancier de la liberté et de l'amitié, nous l'a enseigné : « On ne presse ni ne retient la marche des nations ; on la suit[287]. » Nul ne sait si un jour les nations européennes s'effaceront et si apparaîtra une nation européenne, ni la date d'un tel prodige politique. Aussi est-il sage de garder en mémoire le jugement d'Ernest Renan, en mars 1882 : « Les nations ne sont pas quelque chose d'éternel. Elles ont commencé, elles finiront. La confédération européenne, probablement, les remplacera. Mais telle n'est pas la loi du siècle où nous vivons. » Ni du nôtre. Travailler à l'avenir ne saurait revenir à bousculer le présent ni à nier le passé. Les nations de l'Europe ne sont pas les treize anciennes colonies britanniques qui décidèrent, quelques années après une guerre d'Indépendance, de se fédérer pour donner le jour aux États-Unis d'Amérique.

On l'a compris : les affaires européennes doivent quitter le champ de la diplomatie et se soumettre aux lois de la démocratie ; et, ainsi, passer du secret et de l'opacité à la lumière et au débat.

Produit de la géographie et de l'Histoire, l'Europe, en tant que civilisation et projet d'unité, est indissociable des nations qui la composent et lui donnent substance et vitalité. Le général de Gaulle résuma cette donnée essentielle : « La politique n'est rien d'autre que l'art des réalités. Or, la réalité, c'est qu'actuellement l'Europe se compose de nations. C'est à partir de ces nations qu'il faut organiser l'Europe[288]. » Pour avoir négligé cette vérité humaine et politique, les européistes ont commencé d'arracher l'Union du cœur des citoyens européens ; la question posée désormais étant de savoir s'ils finiront par faire de même avec l'idée européenne. Déjà, la défiance et la distance se sont installées, en particulier en France, après le référendum du 20 septembre 1992 qui marqua « le soudain réveil des peuples », selon la formule de Jacques Delors[289]. Des peuples anesthésiés par le silence organisé des fédéralistes ou hypnotisés par la rhétorique du Bien déployée par l'européisme. Mais qui se dressèrent en 2005 pour refuser l'empire et qui, depuis, ne cessent de marquer leurs réticences quand ce n'est pas leur hostilité – le Brexit en témoigne. Et cela dans le même temps où la divergence économique – entre le Nord et le Sud – et la discorde politique – entre l'Ouest et l'Est – écartèlent l'Union. Ayant décidé de « faire l'Europe » à marche forcée, Delors et ses héritiers ont pris le risque de défaire l'Union. Celui, également, de défaire la France.

Un malheur né d'un mensonge

Avec l'Angleterre, la France est la plus ancienne nation au monde ; longtemps, ces deux-là se sont opposées l'une à l'autre autant qu'elles se sont définies l'une par rapport à l'autre ; et l'on retient d'ordinaire la guerre de Cent Ans – la lutte contre « l'Anglois » – comme date fondatrice du sentiment national dans notre pays, même si l'on pourrait le faire remonter au « dimanche de Bouvines », le 27 juillet 1214, à l'adoption de l'Oriflamme en 1124, au couronnement de Capet en 987, au baptême de Clovis en 496, voire à l'élection de Faramond en 420. « Le sentiment national s'est construit lentement durant tout le Moyen Âge. Chaque époque y a contribué, les périodes de crises plus que les autres », selon Colette Beaune[290]. Vieille nation, donc, très vieille, dont la vie est intimement liée à celle de son État, qui a contribué à l'instituer autant qu'elle a favorisé son essor : conscience nationale et appareil d'État marchent de conserve. Nation la plus politique, aussi. Ayant inventé et instauré la laïcité – notamment par la grande loi du 9 décembre 1905 –, elle a néanmoins consacré une religion nationale, celle de la politique.

« En France, la conscience de soi est liée au pouvoir, à l'État, et elle est, à ce titre, fondamentalement politique », comme en a jugé le grand historien Pierre Nora[291]. Ancrage historique de la France, place centrale de la politique dans la vie de celle-ci, rôle de l'État comme ciment de la Nation : tels sont les principaux éléments constitutifs de ce que les libéraux et les globalisateurs se plaisent à appeler – pour la dénoncer – l'« exception française » : exception au regard du monde anglo-saxon, s'entend. Toucher à l'État, remettre en question le politique, revient dès lors, dans notre pays, à saper l'identité nationale.

Or, précisément, la globalisation financière – conçue et décidée par des Français à compter de 1983 – s'est attaquée avec constance à l'État – son périmètre, son rôle, ses missions, ses serviteurs –, mettant en scène l'impuissance du politique et l'indifférenciation de la politique, aggravant ainsi le malaise français.

L'élite européiste qui gouvernait alors a réussi l'exploit de faire passer la France du statut d'« exception » à celui de pionnière du libéralisme et de la dérégulation de la finance sur le continent. En dix-huit mois (19 juillet 1984-20 mars 1986), le paysage bancaire et financier français a été bouleversé, « modernisé », selon le vocable de l'époque. Pierre Bérégovoy, ministre de l'Économie, des Finances et du Budget, cornaqué par son directeur de cabinet, Jean-Charles Naouri, déclencha le « Big Bang » de la place financière de Paris, résumé par « les 3 D » : déréglementation, désintermédiation, décloisonnement, auxquels il conviendrait d'en ajouter un quatrième, celui de la dématérialisation. Ce furent la loi n° 84-46 du 24 janvier 1984 de dérégulation des activités de banque, dite « loi bancaire », la loi n° 85-1321 du 14 décembre 1985 sur « les valeurs mobilières, les titres et créances négociables, les sociétés et opérations de bourse » et, surtout, la loi n° 85-695 du 11 juillet 1985, dite « loi Naouri », qui, sous le libellé anodin de « portant diverses dispositions d'ordre économique et financier », créa les instruments du nouveau capitalisme financier qui émergea alors (MATIF, MONEP, Caisse de refinancement hypothécaire, en particulier). Surtout, une rafale de décrets, d'arrêtés ou de règlements[292] pris « à un rythme ininterrompu de l'automne 1984 au début de 1986 », a provoqué un « changement radical » de l'économie française, créant un « grand marché unifié des capitaux » et transformant profondément « la gestion de la dette publique et la régulation de la masse monétaire »[293].

Une véritable révolution, menée au pas de charge, dans le silence et l'opacité propices des cabinets ministériels, sans discussion publique ni débat politique, puisque, conduite par voie réglementaire, elle a permis à ses auteurs de contourner le Parlement. « La tactique est de faire les choses sans les dire [...]. De fait, l'ensemble passe inaperçu du grand public jusqu'à la publication du *Livre blanc* en 1986[294] », selon le jugement de la revue *Vingtième siècle*. Une révolution que n'auraient pas pu imaginer les rédacteurs successifs des programmes socialistes (janvier 1972 et 1979), du « Programme commun de gouvernement » (27 juin 1972), ou des « 110 Propositions » du candidat Mitterrand (24 janvier 1981). Une révolution décidée par un homme, le président, et exécutée par un de ses fidèles, Pierre Bérégovoy, passé du secrétariat général de l'Élysée au ministère de l'Économie et des Finances, entouré d'une poignée de technocrates – Naouri, donc, Claude Rubinowicz et André Gauron –, sous la houlette de Laurent Fabius à Matignon. Une révolution libérale, que l'ancien maire de Nevers qualifia néanmoins de « symbole de progrès », n'hésitant pas à revendiquer le « socialisme démocratique » et les « valeurs » de « la Révolution française » – le cœur se serre en lisant sa préface au fameux *Livre blanc sur la réforme du financement de l'économie* de 1986 –, mais que d'autres avaient élaborée pour lui[295]. Une révolution dont le peuple français n'a jamais été informé, ni directement – pas d'allocution télévisée officielle du président pour les en prévenir –, ni indirectement – l'essentiel de cette rupture a été provoqué par des actes réglementaires, sans consultation ni vote de la représentation nationale. Une révolution qui ne sera officialisée qu'une fois réalisée, avec la publication, *a posteriori*, du *Livre blanc*. Une révolution néanmoins : en quelques années, notre pays s'est retrouvé à la pointe du libéralisme financier en Europe et dans le monde. Une révolution opérée avant même l'adoption de l'Acte unique européen en février 1986, comme une préparation à celui-ci, une forme de répétition générale.

Dans le même temps, à Bruxelles, une autre révolution se préparait, dans la plus grande discrétion là encore : la relance fédéraliste de l'Europe, décidée par Mitterrand et conduite par Delors, qui se traduira par 297 directives prises en application de l'Acte unique européen afin de préparer le Grand Marché unique. Elle allait profondément transformer notre vie économique, mais aussi bouleverser l'équilibre identitaire de la France en tant que Nation.

Secteur après secteur, on a assisté à un vaste mouvement de dérégulation économique imposé par Bruxelles. Le bal fut ouvert avec les télécommunications en 1990[296] : démantèlement des PTT, donnant naissance à France Télécom et à La Poste, France Télécom dont le capital sera ouvert en 1997, qui sera privatisé en 2004 et deviendra Orange en 2013. Suivit le « paquet ferroviaire » de 1991[297], qui transforma de façon rampante la vénérable SNCF en entreprise privée. Enfin, le « paquet énergie », succession de directives s'étalant entre 1996, 2003 et 2009, qui entreprirent de libéraliser les secteurs du gaz et de l'électricité[298]. Autant de services publics importants, associés historiquement à la vie du pays, presque à son identité politique et culturelle dans le cas du train, ayant dû non seulement faire face à la concurrence d'entreprises privées mais, dans le même temps, précisément avec l'alibi d'affronter ces nouveaux compétiteurs, se soumettre aux règles de fonctionnement et aux modes de gestion du secteur privé. Cette mise au pas libéral ne se fit pas sans soubresauts, dans un pays si attaché à l'État et aux services publics ; dans cette perspective, le grand mouvement social de l'automne 1995 représenta un moment de prise de conscience collective, de résistance également, face à la volonté manifestée de faire passer la France sous la toise. Mise au pas dans laquelle persévère la Commission de Bruxelles, dont le projet est désormais de démanteler EDF afin de satisfaire son idéologie libérale.

Avec l'euro, une étape supplémentaire fut franchie : sur le plan macroéconomique, la politique budgétaire s'est vue téléguidée par les critères de Maastricht ; la politique monétaire, elle, ayant été purement et simplement transférée à la BCE qui, jusqu'en 2012, s'est donné pour seul et unique objectif la lutte obsessionnelle contre une inflation pourtant éradiquée du continent. Dans le même temps, la Commission européenne, exaltant une « concurrence pure et parfaite » qui n'a jamais existé que dans les manuels, a refusé avec obstination la constitution de champions industriels nationaux ou européens. Obstination payée au prix de délocalisations, pointe émergée du phénomène plus général de désindustrialisation.

Tout cela aura eu des conséquences politiques majeures. La souveraineté nationale a été entamée par des coups de rabot successifs. L'indifférenciation entre « gauche » et « droite » a crû parallèlement à la démonstration d'impuissance à laquelle se sont livrés, à des degrés divers, les gouvernements successifs depuis 1983. Progressivement, le poison de la dépolitisation, de l'abstention, de la coupure d'avec les élites dirigeantes – majoritairement gagnées à l'idée européiste –, du désintérêt, voire du rejet de la démocratie, s'est installé dans l'esprit public, et tout particulièrement dans celui des classes populaires : à quoi bon voter, si cela ne conduit plus à aucun changement de politique, mais seulement à des changements de politiciens ? Quelle valeur accorder à la parole des candidats quand, une fois élus, ils pratiquent tous les mêmes « réformes » ? S'il n'y a plus d'alternance possible, si le règne de la « démocratie conforme aux marchés » – la *Marktkonforme Demokratie* préconisée par Merkel en 2011 – est advenu, si Margaret Thatcher a eu raison dès 1997 et si son *There is no alternative* a triomphé, si l'« alternance unique » dénoncée par Jean-Claude Michéa est devenue l'horizon indépassable de nos démocraties européennes, alors pourquoi ne pas tout envoyer promener, se réfugier dans le silence électoral ou, à l'inverse, protester bruyamment en accordant sa voix au parti ayant réussi à apparaître comme le principal opposant à la dérive fédéraliste de l'Union, le Front national devenu Rassemblement national ? Nul besoin d'être grand clerc pour saisir que ce désabusement-là fut un des meilleurs fourriers de ce que l'on désigne communément et paresseusement sous le nom de « populisme ».

En tant que Nation, la France a commencé de se défaire. Il faut voir là une des principales raisons au « malheur français[299] », pour reprendre la formule de Gauchet. Un malheur qui constitue la figure actuelle de cette « exception française » qui a tant fait couler d'encre et tant fait gloser. Exception désormais du pessimisme, de l'inquiétude, du ressentiment, de la peur du déclin, de la colère aussi, exception d'un malheur collectif. Un malheur né d'un mensonge.

« Le rejet final de 2017 »

Le tournant de mars 1983, prolongé par la relance fédéraliste conduite par Mitterrand à compter de 1984 – avec l'accession de Delors à la tête de la Commission européenne en janvier 1985 et l'adoption de l'Acte unique en février 1986 –, a constitué ce que Pierre Rosanvallon a qualifié de « top départ d'une rupture historique à l'échelle mondiale[300] ». Celle-ci s'est vue approfondie par le traité de Maastricht, puis par le passage à l'euro. Congédié par celui qui avait été le premier premier secrétaire du nouveau PS né lors du congrès d'Épinay (11-13 juin 1971), le socialisme fut remplacé dans les discours et les actes par l'européisme et, de façon plus large, par le « progressisme », l'idéologie de substitution que Mitterrand avait accordée à la gauche. « Le principal est que l'Europe avance[301] » : telle était l'eschatologie de la nouvelle religion que le président de tous les Français leur avait concédée en 1988.

Or, tout cet enchaînement de décisions, qui représenta un véritable bouleversement pour la France, mais aussi pour l'Europe et, à travers elle, le monde entier, s'est produit avec une aisance qui ne peut manquer de sidérer encore, près de quarante ans après les événements. Comment une telle « rupture historique » a-t-elle pu survenir sans soulever le large débat qu'elle aurait dû justifier et qu'elle méritait ? Quelle(s) explication(s) donner à une telle apathie démocratique ?

Il y eut des mensonges qui, pour être peut-être « pieux » dans l'esprit de leurs auteurs, n'en étaient pas moins avérés. Ainsi de François Mitterrand qui, s'adressant par écrit à ses concitoyens aux fins de se faire réélire, n'hésita pas à affirmer : « la réalisation du grand marché augmentera de 1 400 milliards de francs la richesse de la Communauté (une somme supérieure au budget français) et provoquera, selon l'importance des mesures d'accompagnement, la création de deux à cinq millions d'emplois en quelques années. La croissance augmentera de plus de 4 %, les prix fléchiront de 6 % et le chômage régressera. » Tout en reconnaissant dans la même missive que l'espace social européen n'avait alors « pas encore franchi le premier degré de la réalité »[302]. C'était en 1988 et le camp européiste ferait encore mieux quatre années plus tard pour faire ratifier par le peuple français le traité de Maastricht : Jean-Pierre Chevènement a consacré un livre entier à recueillir ce « bêtisier[303] ». Le Bien était en marche, nous disait-on, l'arrivée de l'« Europe sociale » imminente ; il fallait taire les impatiences citoyennes et les questionnements intempestifs ; et peu importait si c'était la compétition entre les économies et les sociétés européennes que l'on installait. Rosanvallon a bien résumé le fond de l'air idéologique de cette époque : « Tout s'était ainsi passé comme si s'était formée une bulle spéculative d'espérance, c'est-à-dire, en langage politique et moral, un mensonge[304]. »

Du mensonge, il y eut, surtout, cette forme singulière qu'est le silence. Pas un silence gêné, qui laisse entendre ce que l'on s'efforce de celer, et que l'on qualifie pour cette raison d'éloquent. Non, un silence méthodique, organisé, celui de ceux qui connaissent le dessous des cartes et qui choisissent de se taire. Le silence du maître qui savait ce qu'il faisait ; le silence, aussi, de la petite troupe de ceux qui le servaient – Roland Dumas, Jean-Louis Bianco, Élisabeth Guigou, Jacques Attali – et qui, fascinés par l'homme auquel ils obéissaient autant que par la mission qu'il leur avait attribuée, finirent par ne même plus percevoir l'utilité d'une parole publique : tous ceux-là participèrent de ce « despotisme éclairé » qui caractérisa l'époque, comme le reconnut plus tard Hubert Védrine[305]. Le non-dit est aussi un mensonge.

Alors que la responsabilité d'un homme politique consiste à expliquer les choses à ceux qu'il prétend représenter et gouverner – à les déplier, étymologiquement, c'est-à-dire les ouvrir afin d'en examiner le contenu, en montrer les raisons comme les conséquences –, Mitterrand fit le choix inverse. À cette manœuvre, hypnotisée, la gauche, et le PS en particulier, acquiesça, aveugle, sourde, et surtout muette. Ce mutisme et cette cécité ont également trouvé des motifs « sonnants et trébuchants » ; comme le résume toujours Chevènement : « François Mitterrand a fait – il faut le dire – un superbe cadeau au Parti socialiste : il l'a installé dans la durée. Il lui a procuré une rente institutionnelle qui a fonctionné pendant plus d'un tiers de siècle, de 1981 à 2017 : sur une durée de trente-six ans, le Parti socialiste a été au pouvoir pendant vingt-quatre ans, soit les deux tiers du temps. Mais le cadeau n'était-il pas empoisonné ? Le social-libéralisme a été le prix de cette longévité au pouvoir du Parti socialiste mais aussi la source profonde de son rejet final en 2017[306]. » Les deux tiers du temps : au-delà de cette seule proportion, c'est la gauche qui a fait les choix de la libéralisation et de la financiarisation, des choix que la droite n'aurait osé assumer et que, heureuse de cette aubaine, elle a ratifiés sans barguigner. Comme l'avoua plus tard Pascal Lamy : « Quand il s'agit de libéraliser, en France on ne peut pas compter sur la droite. La gauche devait libéraliser, parce que la droite ne l'aurait pas fait[307]. » Choix faits par la gauche, donc, et *au nom* de la gauche – rebaptisée « Europe » pour l'occasion –, sans énoncer publiquement le sens de ceux-ci, engageant ainsi sa responsabilité politique et morale dans cette dérive qui provoqua le « rejet final en 2017 ».

La débâcle de cette année-là – abdication de François Hollande, élimination dès le premier tour de Benoît Hamon – ne fut pas seulement, en effet, la sanction logique d'un quinquennat marqué tant par l'impéritie du président sortant que par ses reniements

– un « bureaucrate des coulisses dépourvu de la moindre conviction », un homme qui n'était « tout simplement pas un président de la Vᵉ République digne de ce nom », selon l'ancien directeur du *Financial Times*[308] ; elle représenta, d'abord et avant tout, la clôture du long « cycle européiste » ouvert trente-quatre ans plus tôt, en mars 1983, par François Mitterrand.

Un cycle marqué par la suprématie accordée à l'objectif de la relance d'une Europe fédérale – rupture issue de la volonté du seul Mitterrand. À cet objectif politique de remplacement, le président avait décidé que tout devrait dorénavant être assujetti : les valeurs qui avaient jusque-là défini le socialisme – l'égalité des chances et des conditions, le progrès social, l'efficacité économique, la recherche de la croissance, la hausse du pouvoir d'achat, la création d'emplois, la rationalité industrielle, la maîtrise du destin collectif de la Nation, la justice sociale, la priorité accordée aux plus pauvres, aux « gens de peu » ; mais aussi celles de la République, inséparables des premières – primauté de l'Éducation nationale et de la transmission du savoir, laïcité, assimilation des immigrés à la collectivité nationale, défense des services publics et respect de ceux qui les servent, à commencer par les fonctionnaires, autorité de l'État, sécurité pour tous les citoyens, partout où ils vivent.

Un cycle pendant lequel, hormis l'exception notable de la « parenthèse » Jospin (1997-2002), le PS a conduit une politique de droite agrémentée d'un discours de gauche. Un décalage entre les paroles et les actes de plus en plus insupportable pour le « peuple de gauche », précisément, qui, devant cet éloignement inédit et silencieux de ceux qui auraient dû agir en son nom et à son bénéfice, a fini par lui-même rompre les amarres et voguer vers d'autres cieux : environ 50 % des ouvriers votent désormais pour le RN (aussi bien aux élections européennes de 2019 qu'à la présidentielle de 2017). Un cycle marqué par une dissolution progressive du lien entre les classes populaires et l'élite socialiste, sous l'effet d'un européisme semblable à un acide à action lente. Un cycle du mensonge qui aura donc provoqué un schisme sans précédent : la gauche sans le peuple – le moralisme –, puis le peuple sans la gauche – le populisme.

Retour à la case 1969

Un cycle dont la conséquence ultime aura été de désintégrer le « cycle d'Épinay ». Ouvert en 1971 et achevé en mars 1983, celui-ci aura vu François Mitterrand inventer le PS avec le concours idéologique de Jean-Pierre Chevènement – « le Poing et la Rose » et le programme socialiste, avec son mot d'ordre rimbaldien « Changer la vie », furent parmi les apports décisifs de ce dernier et de son mouvement, le CERES –, puis le porter au pouvoir grâce à son talent de stratège et l'aide d'une poignée d'hommes – Mauroy, Jospin, Joxe, Poperen, Mermaz, Fabius, Quilès –, et enfin, décider, froidement, de le liquider et de le remplacer par l'européisme, secondé cette fois dans cette besogne par Delors.

Le 17 mai 1995, revenant pour la dernière fois au siège du PS, rue de Solférino, afin d'y faire ses adieux aux responsables et militants rassemblés, Mitterrand leur déclara : « Le Parti socialiste est désormais le Parti de l'alternance. Lorsque les Français désireront changer de politique, c'est vers vous qu'ils se tourneront, et c'est peut-être l'un des grands progrès de ces dernières années, de ce qui a suivi 1971, Épinay, puis 1981 (...) ». C'est exactement l'inverse qui se produisit, lorsque les derniers effets de la « rente institutionnelle » se furent évanouis. Les Français se détournent dorénavant du PS et ne le considèrent plus comme un parti de gouvernement crédible, encore moins comme une force pouvant incarner l'alternance.

Un cycle européiste qui aura donc ramené le PS à son point de départ : en 1969, Gaston Defferre, le candidat de la gauche non communiste, obtenait 5,01 % des voix au premier tour de l'élection présidentielle et Jacques Duclos, le représentant du PCF, 21,27 % ; en 2017, Benoît Hamon, le candidat du PS recueillait 6,36 % des suffrages, alors que Jean-Luc Mélenchon, incarnant la sensibilité communiste et soutenu par la place du Colonel-Fabien, atteignait, lui, 19,58 %. La boucle fut ainsi bouclée, dans une symétrie politique et électorale parfaite. Avec une différence considérable, toutefois. Deux ans après la présidentielle de 1969, naissaient le parti d'Épinay et la dynamique d'union de la gauche ; quatre ans après celle de 2017, le PS est toujours exsangue et la gauche des partis toujours en morceaux, mais a surgi le mouvement social des « gilets jaunes ». Tout un symbole, toute une logique politique à l'œuvre, ceux du retour du peuple.

Un peuple que, après l'avoir trahi, la gauche « de gouvernement » a ensuite renié : en niant trop souvent son existence politique – « le peuple, au singulier, cela n'existe pas », « il n'y a que des peuples au pluriel » –, en acceptant que l'on salisse son nom pour forger celui du nouveau Mal : le populisme. Ainsi vont et font les « progressistes ». Des « progressistes » dont la mission historique était de représenter ce peuple et de le défendre, et qui se complaisent aujourd'hui à ne lui adresser la parole que pour le sermonner – coupable qu'il serait, à leurs yeux, d'être « xénophobe », « raciste », « homophobe », « islamophobe », pas assez accueillant à l'immigration ni « à l'Autre », « europhobe ». Un peuple « populiste », en quelque sorte… Et pour lequel ils ne conçoivent qu'un seul programme, cette « politique de la réprimande » dont « ils se délectent », pour reprendre la formule juste de Thomas Frank[309].

Le 21 avril 2022, le vingtième anniversaire de l'accession de Jean-Marie Le Pen au second tour de l'élection présidentielle précédera de trois jours la désignation du prochain chef de l'État. Sinistres et inquiétants auspices, qui devraient conduire ceux qui escomptent une répétition à l'identique du scénario de 2017 à se montrer moins présomptueux et moins imprudents. Présomptueux, car la configuration du premier tour n'est pas encore acquise. Imprudents, car, même si celle-ci se reproduisait, la victoire de la fille du père ne saurait, par principe, être exclue. Certes, cette perspective ne semble pas, à l'heure où ces lignes sont écrites, la plus probable. Toutefois, rien n'est définitivement figé. L'Italie a toujours été le laboratoire politique de l'Europe. Là-bas, contre toute attente et contre toute logique politique classique, s'est nouée en juin 2018 l'alliance entre le « populisme d'extrême gauche » – celui du M5S – et le « populisme d'extrême droite » – celui de la Lega. Or, il faut bien le comprendre, compte tenu de l'étroitesse du socle électoral de l'actuel président (environ 25 %), de la faiblesse politique qui sera celle de son bilan et de la détestation d'une partie des Français cristallisée sur sa personne, Emmanuel Macron pourrait être considéré, dans une élection à venir où le niveau et la répartition de l'abstention joueront un rôle décisif, comme un excellent candidat pour faire élire Marine Le Pen. C'est pourquoi, entre autres raisons, il convient de desserrer cet étau qui écrase la vie politique nationale et de travailler à rassembler une majorité de nos concitoyens autrement que par la résignation et une forme de chantage démocratique. Que faire ? Comment agir pour éviter ce face-à-face mortifère ? Dire la vérité.

La vérité est l'oxygène de la démocratie

Telle est la condition première, indispensable, à remplir. Quiconque voudra, pas même susciter la confiance des Français, mais seulement être entendu d'eux, devra souscrire à cette exigence. La source principale du malaise et du malheur français, en effet, réside dans le mensonge qui s'est installé au cœur de notre vie nationale depuis 1983 et dont la traduction la plus tangible est la décomposition politique qui, après avoir rongé notre vie démocratique, s'étale aux yeux de tous depuis 2017. À cet égard, mesurons l'avantage dont disposent les deux finalistes annoncés de 2022.

Une des forces principales d'Emmanuel Macron, qui a déterminé son succès inaugural, est d'avoir osé, en 2017, dire la vérité et sa vérité. La vérité : oui, le système politique se défait, il n'est plus qu'un théâtre d'ombres et « une recomposition » s'avère nécessaire – entendez : la décomposition a atteint son paroxysme. Sa vérité : oui, je suis européiste et mondialiste, oui je suis libéral et oui, je l'assume maintenant, pendant cette campagne, la politique que j'appliquerai une fois élu est celle pour laquelle je vous demande de m'élire : la politique du « oui ». On comprend que ce singulier discours, prenant à rebours une tradition, trop bien établie, voyant dans le mensonge le seul moyen de conquérir le pouvoir, ait impressionné un grand nombre de ses concitoyens, même ceux insensibles à ses talents de jeune prodige. Cette rupture-là valait et vaut toujours de l'or.

Quant à Marine Le Pen, s'étant débarrassée des remugles fascisants, racistes, négationnistes et antisémites de son paternel, elle a continué, à la tête d'un parti « dédiabolisé[310] », à se saisir de tous les maux qui taraudent notre pays ; c'est en ce sens qu'elle dit la vérité. C'est ce qu'avait souhaité signaler, en son temps, Laurent Fabius, par une formule – « le Front national pose les bonnes questions mais y apporte de mauvaises réponses » – passée à la postérité en même temps qu'à la trappe. Et si elle ment, car elle ment, son mensonge réside ailleurs : dans son instrumentalisation du peuple, qu'elle ne défend pas et n'a jamais voulu défendre, dont elle se pare comme d'un viatique, qui ne lui sert qu'à progresser, étape après étape, vers l'Élysée. Un mensonge au-delà de la vérité – un méta-mensonge, en quelque sorte.

On ne conquerra plus le pouvoir en France par le mensonge, ni même par le silence. La tactique de la dissimulation – dissimulation de son identité politique, dissimulation de ses intentions véritables – élevée au rang des beaux-arts par François Mitterrand, celui que le général de Gaulle qualifiait de « prince des politichiens » de la IVe République[311], aura été reprise par tous ses successeurs, convaincus de tenir là la martingale suprême, ne comprenant pas qu'il ne s'agissait que d'une manœuvre dont l'efficacité politique s'évanouirait avec le temps. Dans cette perspective, le choix fait par François Hollande, en 2012, en prononçant le « discours du Bourget », de se faire passer pour l'héritier de Franklin Roosevelt alors qu'il n'était que l'avatar d'Henri Queuille, aura représenté une marque d'immaturité politique davantage encore que de cynisme : il signifiait que l'homme n'avait pas saisi que ce qui avait « réussi » en 1981 et dont les effets s'étaient épuisés au fil des élections – 1988,

1995 et 2007 – ne pourrait aboutir, en 2012, qu'à l'échec et, pire, à la déchéance.

Il avait oublié, à supposer qu'il l'ait connue, la leçon limpide d'Abraham Lincoln : « On peut tromper une partie du peuple tout le temps, et tout le peuple une partie du temps ; mais on ne peut pas tromper tout le peuple tout le temps. » Plus surprenant chez un politicien chevronné, il avait également tenu pour quantité négligeable l'avertissement que tant d'électeurs lui avaient adressé lors de la campagne présidentielle : « Le PS nous a terriblement déçus, on veut bien vous faire confiance encore une fois et voter pour vous, mais c'est la dernière. Ne nous trahissez pas. » Froidement, il avait décidé de les trahir ; il pensait sûrement démontrer ainsi sa supériorité politique en croyant imiter celui qu'il se désignait comme seul maître – François Mitterrand –, alors qu'il ne faisait que réserver sa place dans les livres d'histoire, qui tiendrait en une ligne : « le seul président de la Ve République n'ayant pas même été en mesure de se représenter ». Un détail lui avait échappé : nous n'étions plus en 1983, mais en 2012, trente années s'étaient écoulées, les temps avaient changé, les yeux étaient dessillés. Ne serait-ce que pour cette raison de basse politique, dire la vérité est devenu un impératif catégorique.

L'enjeu de la réhabilitation de la vérité est cependant bien plus grand. Seule la vérité permettra à la France de se ressaisir, de retrouver la confiance qui lui manque tant. Chacun devra dire sa vérité, pour le passé – expliquer ce qui s'est produit et pourquoi –, et pour le futur – prendre position clairement sur les sujets cruciaux, au premier rang desquels l'Europe. En tant que Nation, nous devons dire, clairement et après un débat collectif, ce que nous voulons pour la France et ce que nous voulons pour l'Europe, définir quelle forme et quel contenu donner à la FrancEurope. Il nous faut, et les deux efforts sont liés, engager un sursaut national et arrêter un projet européen – dans les deux acceptions du terme « arrêter » : définir et délimiter. Toutes les forces politiques qui aspirent à diriger le pays doivent se convaincre de cette nécessité et engager le long travail de reconquête du peuple ; elles commettraient un péché impardonnable en se résignant à l'installation d'une « démocratie d'abstention » dans notre pays : la France n'y survivrait pas.

Dire la vérité est « le premier devoir d'un homme politique » : cette conviction de Pierre Mendès France, affirmée lors de l'un de ses discours les plus importants, le 23 juillet 1955 à Évreux, est davantage que cela. Un précepte moral, à l'évidence : mentir, en politique, peut s'avérer parfois nécessaire ; mais il ne faut recourir à un tel procédé qu'en dernier recours, seulement quand le mensonge est rendu inévitable par le cours de l'Histoire, lorsque, face à la nudité de l'événement, pour sauver ce qui doit l'être, l'homme d'État est amené à l'endosser, tel le général de Gaulle à Alger, levant les bras au ciel pour assener un « Je vous ai compris ! » que chacun pouvait comprendre à sa guise. Hormis ces cas extrêmes, et en particulier lorsqu'il n'est employé que pour conquérir le pouvoir, ou le conserver, le mensonge politique reste une vilenie, doublée d'une inhabileté. Aveu de faiblesse, le mensonge est aussi une maladresse, il ne permet que de gagner du temps et, s'il autorise quelques petits gains momentanés, il se paie ultérieurement – et au prix fort.

Car dire la vérité est également un impératif politique : rien de solide ni de durable ne se construit sur le mensonge. Si Jonathan Swift avait raison quand il écrivait que « le mensonge vole et la vérité ne le suit qu'en boitant », cet avantage ne dure en effet pas et, telle la tortue de la fable, la vérité finit toujours par l'emporter. Quels que soient les trésors d'intelligence dans lesquels il pioche et en dépit de toute l'énergie déployée, vient inévitablement le moment où le menteur est rattrapé par son mensonge : le moment de l'Histoire. Ceux qui ricanent de la candeur supposée des partisans de la vérité sont ainsi les vrais jocrisses : ils ignorent que ce cynisme dont ils se flattent *in petto* est le second nom de la naïveté. Une large partie des politiciens français reste fascinés par l'« exemple » de François Mitterrand et persistent à penser que l'habileté du politique consiste à savoir « bien » mentir au peuple : pour ceux-là, la mystification de 1983 représente le talisman qui ouvrirait les portes du pouvoir. Leur inconséquence a conduit le pays dans l'impasse. En réalité, la volonté de réussir autant que le respect du peuple commandent de parler vrai, et même, parfois, de parler dru. Dans ce même discours d'Évreux, Mendès ajoutait : « le pays est majeur, le pays est courageux, le pays n'est pas lâche[312] ». La vérité représente la première force politique. La vérité, seule, est porteuse d'avenir. La vérité est l'oxygène de la démocratie et aucun pays ne peut vivre très longtemps en apnée…

Se ressourcer à Mendès France

À cet égard, pour le PS, la tâche est vitale. C'est peu de dire que la « rente institutionnelle » léguée par Mitterrand, et dont il a tant joui, a été dilapidée. Le parti de Jaurès est à terre et les Français passent tous les jours devant son corps étendu, inanimé, sans un regard pour lui. Faire face à son passé, avec lucidité et honnêteté, tel est désormais pour lui le préalable politique à toute tentative de se tourner de nouveau vers les citoyens. Assumer ainsi sa *responsabilité*. L'étymologie – le latin *respondere* – le signe : la responsabilité, c'est répondre *de*, répondre *à*. Répondre de ses actes, de ses politiques, de ses discours, de ses silences, de ses non-dits aussi. Répondre à l'appel du peuple, à sa demande de représentation, de protection, et de respect, sans cesse réitérée. Faire dégonfler le populisme, ramener nombre d'actuels électeurs du RN dans le giron qu'ils n'auraient jamais dû quitter, en apaisant leur colère et en éteignant leur ressentiment, en réconciliant le peuple avec les politiques et la politique et, au fond, avec lui-même.

Déjà, le 1er décembre 2004, lors de son référendum interne, les quelque 120 000 militants de ce parti avaient approuvé à 58 % le projet de « Constitution européenne », alors que les Français allaient le rejeter à près de 55 %, le 29 mai 2005, cette proportion atteignant environ 65 % dans l'électorat de gauche. À la manœuvre d'appareil, les Français de gauche avaient répondu par un avertissement politique. Rien n'y fit. En 2007, à l'occasion de l'élection présidentielle, deux années seulement après ce « non » retentissant du peuple français et cette mise en garde solennelle, la question européenne fut à peine évoquée lors des débats ; la candidate désignée par le PS, Ségolène Royal, n'en pipa mot, comme si le double ébranlement survenu quelques mois plus tôt ne s'était jamais produit : mutisme cohérent avec un programme ne consacrant que cinq propositions (numéros 88 à 92) à l'Europe sur les cent constituant son « pacte présidentiel », présenté le 11 février 2007 à Villepinte. Quelques mois plus tard, après sa victoire, Nicolas Sarkozy décida de contourner la volonté populaire nettement exprimée, faisant adopter par le Parlement, le 8 février 2008, le traité de Lisbonne qui reprenait l'essentiel du TCE, et cela grâce à la complicité des députés du PS : tout rentrait ainsi dans l'ordre entre européistes de bonne compagnie, « gauche » et « droite » confondues... À cette occasion, le divorce du PS d'avec les classes populaires, de patent, était devenu insolent. Quatre ans plus tard, conscient de la gravité de cette situation, et désireux de remporter à tout prix une élection qu'il savait à sa portée, François Hollande décida de consacrer de vigoureux passages de son discours fondateur du Bourget (22 janvier 2012) à l'établissement d'une « nouvelle relation de vérité et d'égalité » avec l'Allemagne, à la « renégociation du pacte budgétaire » et à la « réorientation de l'Europe vers la croissance ». Autant de mensonges eux aussi « fondateurs » ; on connaît la suite. Et la fin.

Renouer avec le peuple en lui disant la vérité, à commencer par celle concernant mars 1983 et tout ce qui s'ensuivit : tâche indispensable autant que considérable, d'autant moins aisée que les forces d'inertie demeurent puissantes. La « génération Mitterrand » a occupé et savouré le pouvoir. Elle doit tout à cet homme supérieur du point de vue de la tactique politique. Elle tient encore bien des leviers, se refuse à quitter la scène, se serre les coudes et se battra avec la dernière énergie pour préserver ses intérêts. Elle fera bloc autour de la statue mémorielle de son maître. Un maître qui, avec le cynisme et le goût de la mise en scène qui le caractérisaient, avait fini par confier, entre les lignes et en son temps, sa « part de vérité ». Quand il choisit un autre Charentais, ayant vu le jour à

Cognac, pas loin de son Jarnac natal, pour entrer au Panthéon de la République, le 9 novembre 1988, à l'occasion du centième anniversaire de sa naissance : Jean Monnet. Quand, peu avant de s'éteindre, il assuma crânement devant Jean Lacouture la continuité de son identité personnelle et politique, déclarant qu'il n'y avait pas eu de « tournant » en mars 1983[313]...

Un autre homme, Pierre Mendès France, avait affirmé, lui aussi, sa vérité, une autre vérité, le 18 janvier 1957, en montant à la tribune de l'Assemblée nationale, pour s'opposer à l'adoption du traité de Rome. Avec lucidité et caractère, il refusa alors la philosophie de ce texte, celle du « libéralisme classique du XIXe siècle selon lequel la concurrence pure et simple règle tous les problèmes. Dix crises graves, tant de souffrances endurées, les faillites et le chômage périodique nous ont montré le caractère de cette théorie classique de résignation », philosophie dont il souligna l'inadaptation aux enjeux économiques et sociaux de l'époque, refusant de « construire l'Europe dans la régression au détriment de la classe ouvrière et, par contrecoup, au détriment des autres classes sociales qui vivent du pouvoir d'achat ouvrier. Il faut faire l'Europe dans l'expansion et dans le progrès social et non pas contre l'une et l'autre [...]. Pas un travailleur ne doit être condamné au sous-emploi ou au chômage ». Visionnaire, il annonça ce qui se produirait, inexorablement, au cours des décennies suivantes : « L'abdication d'une démocratie peut prendre deux formes, soit le recours à une dictature interne par la remise de tous les pouvoirs à un homme providentiel ; soit la délégation de ces pouvoirs à une autorité extérieure, laquelle, au nom de la technique, exercera en réalité la puissance politique. » Nous y sommes.

Un an avant d'accéder à la présidence du Conseil, Mendès France avait secoué une IVe République enlisée et bientôt agonisante, et frappé les esprits par un coup d'éclat, sa première grande interview dans le premier numéro de *L'Express* (16 mai 1953), en déclarant : « la France peut supporter la vérité ». Avec la lucidité qui caractérisait son intelligence, nul doute qu'il s'exclamerait aujourd'hui : « la France doit entendre la vérité ».

Continuer à vénérer Mitterrand ou se ressourcer à Mendès France : le PS devra choisir.

La République n'est pas négociable

Choix décisif, car, à gauche, c'est encore à lui qu'incombera la tâche du redressement idéologique et du rassemblement politique, les autres forces politiques en présence n'étant pas en mesure d'assumer cette mission.

La France insoumise et son leader, Jean-Luc Mélenchon, ne sauront sortir de la fonction tribunicienne, que celui-ci a remplie avec brio en 2017, mais dans laquelle il s'enferre depuis. Or le peuple a besoin d'un consul plus que d'un tribun, d'un responsable en mesure non seulement de réclamer le pouvoir, mais d'y parvenir et de l'exercer. Qui plus est, les positions de ce mouvement à propos de la construction européenne se focalisent sur la thématique de l'« Europe sociale », le conduisant à réclamer la « sortie des traités[314] ». Il s'agit là d'un piège politique, lui faisant perdre de vue l'essentiel, à savoir qu'une telle « Europe sociale » nécessiterait un État fédéral européen – perspective irréaliste à échelle humaine et, surtout, dangereuse pour l'existence même de la Nation française. Et puis, à quoi bon réclamer désormais de sortir de traités ordolibéraux quand ceux-ci ont été volatilisés par la crise du coronavirus ? Quand, ainsi, démonstration a été faite qu'en dépit de l'écroulement de ce qui nous était présenté jusque-là comme un horizon indépassable, le monde, et l'Europe, continuent néanmoins de tourner et le soleil de se lever ?

Version sociale et environnementale du conformisme européiste, Europe-Écologie-Les Verts (EELV) partage avec La France insoumise une même impasse politique, celle de l'impossible constitution d'un État fédéral européen. Cette formation pose toutefois un problème supplémentaire. Sous des apparences souvent bon enfant – circuler à vélo, faire ses achats en vrac, manger des légumineuses, trier ses déchets et les composter, éteindre la lumière avant d'aller se coucher, fermer les robinets afin d'économiser l'eau, faire réparer ses appareils électriques et lutter contre l'obsolescence programmée –, son projet politique se révèle à la fois moralisateur et radical. Devant l'accumulation de prises de position d'élus « Verts » témoignant, jusqu'au dernier ridicule, de cette radicalité et de ce moralisme, on pourrait se rassurer en considérant qu'il ne s'agit là que de faits isolés ; ou se contenter de plaisanter que, décidément, l'écologie est une chose trop sérieuse pour être confiée aux écologistes – les dirigeants de cette sensibilité politique sont en train de faire la démonstration publique que l'on peut transformer l'or en plomb... Mais la question soulevée est d'importance, grave même : ainsi définie, cette écologie politique, ciblant la frange la plus éduquée et urbaine de la société française, se coupant *de facto* des classes populaires, est vouée à l'échec électoral.

Aucune de ces deux formations ne devrait être en situation d'obtenir la confiance du pays et d'accéder au pouvoir. Et cela d'autant moins qu'elles entretiennent, l'une comme l'autre, une bien regrettable ambiguïté à l'égard de la laïcité et de la défense de la République. Alors que la priorité de la Nation est de lutter implacablement contre l'islamisme politique et le terrorisme qu'il génère, mais également de rappeler très fermement à certains de nos concitoyens musulmans qu'au-dessus de leur foi, il y a la République et ses lois, donner prise, par des déclarations, certains comportements et des décisions prises localement – telle l'attribution par la maire de Strasbourg d'une subvention de 2,5 millions d'euros à une association ayant refusé de signer la « Charte des principes de l'islam de France », aux fins de construire la plus grande mosquée de notre pays –, à la suspicion d'une éventuelle mansuétude, voire d'une complicité intellectuelle, avec l'idéologie islamiste, représente une faute politique inacceptable. La République n'est pas négociable. Pour aucun Français. Et encore moins pour quiconque envisage de la présider.

« Le courage, c'est de chercher la vérité et de la dire »

À l'approche d'une élection présidentielle proclamée comme l'affrontement programmé entre un candidat qui ignore le peuple et un autre qui l'instrumentalise, le sursaut est nécessaire. Dans cette perspective, la France pourrait encore avoir besoin du PS. Un PS régénéré, décidé à renouer avec sa vocation première – défendre le peuple – et sincèrement désireux de faire utilement entendre la voix de celui-ci ; s'attelant à la tâche de reprendre au RN les voix populaires s'y étant égarées ; sachant, pour cela, revenir à la question économique et sociale et ne se réfugiant plus derrière les seules problématiques sociétales ; reprenant donc le combat politique pour encadrer le capitalisme – une force qui va, mais qui ne sait pas où elle va – et favoriser, en le régulant, le jeu nécessaire de l'économie de marché ; défendant une écologie s'adressant à tous les citoyens et bénéficiant à eux tous ; retrouvant l'ambition d'accomplir la République et refusant tout accommodement avec quelque communautarisme que ce soit ; sortant de la nasse fédéraliste pour promouvoir une nouvelle Europe, ne contournant pas les nations, mais s'appuyant sur elles pour construire une solidarité entre les peuples ; faisant retour à la belle idée de Nation pour défendre un nouvel internationalisme ne se confondant plus avec le mondialisme ; ayant pris conscience que « la mondialisation ne produit aucunement du mondialisme[315] ». Un PS ayant la force de revisiter son passé, capable « de chercher la vérité et de la dire », pour reprendre la définition du courage qu'en donna Jean Jaurès[316]. Un PS conduisant enfin ce « droit d'inventaire » revendiqué par Lionel Jospin et resté jusqu'ici lettre morte pour ce qui concerne l'essentiel du bilan des deux septennats de François Mitterrand : son « grand dessein » européen. Il s'agit même, désormais, en regard de la gravité de sa situation, d'un *droit* d'inventaire.

Cinquante ans après le congrès fondateur d'Épinay, il ne s'agit pas tant de « reconstruire » ou de « réinventer » le Parti socialiste, que de le repenser à nouveaux frais, de le redéfinir, de savoir et d'assumer *à quoi* il doit servir et *qui* il doit servir, de retrouver son inspiration originelle tout en rénovant ses méthodes et son fonctionnement, de procéder ainsi à son réarmement politique et moral. Faut-il, pour cela, changer de nom ? Si l'option était retenue, il conviendrait de se rappeler que ce parti, autrefois central, s'est déjà fait, sans sourciller, dépouiller de la Nation (FN puis RN), de la République (LR), de la rébellion (LFI), du progrès (tous les – nombreux – « progressistes ») et même du mouvement (LREM)… Plus important est de faire retour à l'esprit de la synthèse que sut réaliser, en son temps, Jean Jaurès – encore lui –, celle entre humanisme et marxisme, République et luttes sociales, patriotisme et internationalisme, et de le faire, bien entendu, pour agir et transformer le monde globalisé où nous nous débattons.

À l'âge d'un capitalisme financiarisé et numérique, asseyant sa domination sur la puissance nouvelle des réseaux sociaux et, demain, de l'intelligence artificielle, fondé sur la notion d'échelle (*scale*), les algorithmes et les plates-formes, l'analyse critique de ce « capitalisme de surveillance » s'impose ; pour des raisons économiques, à l'évidence, mais également politiques, tant ce nouvel avatar de la « dynamique du capitalisme » se révèle être une « force sociale profondément antidémocratique[317] ». Il faut renouer avec la méthode – à la fois philosophique et technique – de l'auteur du *Manifeste du parti communiste*, afin que la protection des travailleurs – à vélo, dans un entrepôt, derrière un volant, au lit d'un malade, devant une caisse enregistreuse ou dans une usine – connaisse une redéfinition et un renouvellement inédits. Et, dans le même temps, reprendre l'inlassable combat pour la République, le respect de ses lois et de l'esprit qui les anime, une République indissociable de la Nation, espace de l'exercice de la démocratie et lieu politique de l'intégration – Nation que la gauche doit à nouveau faire sienne. La voie est étroite ; à défaut de l'emprunter, toutefois, le parti de Jaurès et de Blum mourra d'avoir été celui de Mitterrand et de Hollande.

L'indispensable débat européen : rendez-vous en 2022

Soixante et onze ans après l'acte inaugural que fut la déclaration de l'Horloge de Robert Schuman, le 9 mai 1950, assurément, ainsi que l'a écrit Krzysztof Pomian, « un vrai débat sur l'Union européenne reste encore devant nous[318] ». À deux reprises seulement, au cours de ces sept décennies, une telle discussion publique a pu être ouverte : en 1992 et en 2005. La première fois, l'essentiel de la relance fédéraliste de l'Europe provoquée par Mitterrand et Delors – l'Acte unique européen de 1986 – était déjà entré dans les faits et, en dépit du talent de Philippe Séguin, la situation était alors par trop inégale, avec une presse et une classe politique acquises à la ratification du traité de Maastricht, avec aussi un président de la République malade, affaibli, que Séguin n'osa pas, pour cette raison, bousculer. La seconde, la France s'est intéressée et parfois passionnée au projet, pourtant aride, de TCE ; le choix des Français, on le sait, a été foulé aux pieds par le président Nicolas Sarkozy, avec la complicité de François Hollande. En dehors de ces deux exceptions, la règle reste qu'en matière européenne, il ne s'agit pas de délibérer, mais d'acquiescer. Ce temps-là est révolu. Un vrai débat devra avoir lieu en 2022. Ce sera le moment juste.

Juste, parce que l'élection présidentielle représente par principe – *doit* représenter, en tout cas – le moment privilégié où la Nation est saisie des grandes orientations à prendre et parmi lesquelles elle doit choisir. L'Europe représente, à cet égard, un enjeu national aussi décisif que peu abordé pour l'heure. D'ores et déjà, le chef de l'État consacre une part importante de son agenda – un tiers de son temps environ – aux conseils européens – à raison de deux par mois, sans compter ceux rendus nécessaires par les soubresauts de l'actualité –, aux réunions politiques – avec les membres de son cabinet ou les ministres – qui les préparent, aux négociations diplomatiques que les travaux d'un cénacle de vingt-sept chefs d'État ou de gouvernement imposent ; implication justifiée tant l'intrication de notre vie nationale et du fonctionnement de l'Union est poussée.

Juste aussi, parce que, cette fois-ci, il lui faudra se prononcer sur une dimension inédite de la « construction européenne », car menaçant l'identité même de la France. Jusqu'ici, l'Europe a concerné directement l'économie, le commerce, la monnaie ; indirectement, elle a entraîné de substantielles conséquences fiscales, budgétaires, industrielles, sociales. Dorénavant, les européistes visent la sphère politique de la vie des nations et même les prérogatives régaliennes des États membres : en particulier la défense et les affaires étrangères. L'alibi à ce qui serait une atteinte sans précédent aux souverainetés nationales et à la démocratie ? La géopolitique.

Arguant de la dureté des temps et de la violence du monde, de la menace de la Chine en particulier, ceux-là soutiennent, toujours au nom de « la taille nécessaire », qu'il serait bienvenu de transférer ces prérogatives à l'échelon communautaire. Le discours accompagnant cette revendication étant celui de la « souveraineté européenne ». Ainsi, Ursula von der Leyen s'est-elle présentée comme à la tête d'une « Commission géopolitique ». Ainsi voit-on fleurir outre-Rhin des demandes insistantes d'« abandon par la France de son siège au Conseil de sécurité des Nations unies au profit de l'Union », en particulier celle formulée par le vice-chancelier allemand, Olaf Scholz[319], et, avant lui, par Angela Merkel, lors de son discours au sommet du Parti populaire européen (PPE), le 6 juin 2018, voire du partage pur et simple de ce siège avec l'Allemagne. D'autres responsables allemands évoquent même une mise en commun de la force de frappe nucléaire dont dispose notre pays, notamment un député proche de la chancelière[320] et Annegret Kramp-Karrenbauer, la ministre de la Défense allemande.

Nous voilà donc parvenus à un moment de vérité : après avoir limité la souveraineté économique des États membres, la Commission européenne et ses soutiens envisagent de s'attaquer cette fois à leur souveraineté politique. L'enjeu est dès lors décisif pour la France : il s'agit de son avenir en tant que nation. Sans souveraineté politique, sans un État unitaire assuré de la plénitude de ses prérogatives régaliennes, la France ne serait plus la France, mais l'une de ces « grosses régions » du nouvel empire européen appelé de leurs vœux par les fédéralistes – Habermas, Beck, Le Maire. La France n'est ni l'Allemagne, ni l'Italie, ni l'Espagne, ni la Pologne, encore moins le Benelux. Comme le Royaume-Uni, elle entretient avec la puissance et la souveraineté un rapport forgé par l'Histoire et constitutif de son identité nationale. Or la tentation, constante, du camp fédéraliste est, nous le savons, de faire peu de cas de la démocratie et d'avancer masqué. Avant toute réforme de l'Union européenne il faudra donc exiger un débat politique sincère, devant les citoyens. La Conférence sur l'avenir de l'Europe, ouverte en mai 2021, doit servir à cela. Elle doit être une véritable consultation populaire, sincère et complète, et non se résumer à un exercice de communication si ce n'est de propagande. La vigilance sera de mise : dès son lancement, le 9 mai 2021, l'exercice s'est ainsi trouvé placé sous le signe d'incantations désormais bien connues – celles du président Macron, en particulier, appelant l'Europe à « décider plus vite et surtout décider plus fort » – qui sont autant de slogans fédéralistes. Cependant, répétons-le, c'est lors de la prochaine élection présidentielle, en 2022, que l'avenir de la France et celui de l'Europe devront être éclairés et tranchés, et d'autant plus que la France présidera l'Union européenne à compter du 1er janvier 2022 et pour six mois. Ce sera l'occasion de plaider pour la réhabilitation d'un souverainisme raisonné et raisonnable, donnant naissance à une nouvelle Union européenne.

Notre Europe

Une Europe consciente et fière de sa personnalité, de la civilisation qu'elle constitue et qu'elle doit dorénavant revendiquer et protéger. Une Europe sachant qui elle est, ayant délimité ses contours tant politiques que géographiques, assurée de son identité et défendant ses frontières.

Une Europe indépendante, faisant valoir ses valeurs et ses intérêts, refusant aussi bien l'extra-territorialité du droit américain que la prédation technologique chinoise. Une Europe alliée des États-Unis et non alignée sur eux. Une Europe lucide sur la nature et la dangerosité du régime de Pékin. Une Europe européenne.

Une Europe confédérale, ayant définitivement tourné le dos à toute perspective supranationale, ne cherchant plus à contourner les nations qui lui donnent sa chair, mais à les valoriser et à les faire travailler en commun. Une Europe ambitieuse et gardant le sens des réalités – celles de ces nations, précisément –, ayant abandonné les chimères d'un peuple et d'un État fédéral européens.

Une Europe démocratique, construite sur l'assentiment explicite des peuples, respectant les prérogatives des États membres et n'exerçant plus que celles qui lui auront été explicitement confirmées. Une Europe centrée sur la seule instance politique exprimant la volonté de ces peuples : le Conseil européen.

Une Europe politique, une Europe de la coopération et de la coordination, apprenant à ses États membres à « établir entre eux des liens particuliers », et à les « resserrer », à rapprocher leurs points de vue, à décider en commun, à acquérir « l'habitude de vivre et d'agir ensemble », selon les mots du général de Gaulle lors de sa grande conférence de presse du 15 mai 1962. De Gaulle qui, en son temps, avait, avec le plan Fouchet (19 octobre 1961), proposé une telle Europe politique de la coopération et de la coordination, que les cinq partenaires de la France d'alors ont repoussée le 17 avril 1962, ne la jugeant pas assez supranationale. Résultat de cette intransigeance idéologique ? Hormis la création du Conseil européen par Valéry Giscard d'Estaing en 1974, décalque de la proposition gaullienne de conseil des chefs d'État et de gouvernement au cœur du plan Fouchet, rien, depuis soixante-dix ans, n'a été entrepris dans le domaine politique. Un Giscard d'Estaing ayant estimé, lui aussi, qu'une armée européenne n'était « pas souhaitable », « pas réalisable », « pas réaliste » et qui proclama, à propos des questions diplomatiques : « Pas question pour la France de transférer sa souveraineté[321]. » Une Europe ne cherchant donc pas à établir une politique étrangère commune, unique, mais des accords entre États sur des points précis, permettant des actions communes de politique étrangère dans ces domaines-là.

Une Europe de l'esprit, de l'intelligence, de la pensée, de la recherche, de la culture, du patrimoine, de l'éducation, du savoir et de sa transmission, avec un programme Erasmus renouvelé et d'envergure décuplée, concernant cette fois autant les enseignants que les étudiants. Une Europe de la matière, aussi, des infrastructures, des réseaux, des transports, de l'industrie.

Une Europe écologique, capable de mettre en place à ses frontières une taxe carbone, de renégocier les accords commerciaux conclus par le passé afin de lutter simultanément contre le dumping social et le réchauffement climatique. Une Europe cultivant son modèle d'équilibre, refusant le « turbo-capitalisme » d'outre-Atlantique, technologique et financier, inégalitaire et destructeur de la Nature, autant que celui de la Chine, dictatorial et même totalitaire, fondé sur le vol de technologie et l'exploitation brutale de la force de travail humaine, aux tendances hégémoniques, et tout aussi dangereux pour l'environnement.

Une Europe industrielle, capable de faire naître, par la coopération, les entreprises du numérique et de l'intelligence artificielle indispensables pour garantir son indépendance et sa prospérité. Une Europe sortant de sa posture défensive actuelle – « Les Américains ont les GAFA, les Chinois ont les BATX et les Européens ont la RGPD », ainsi que l'a souligné avec ironie Emmanuel Macron[322] –, et passant à l'offensive. Elle en a les talents scientifiques et humains, la volonté seule lui manque pour l'heure.

Une Europe de projets, donc, concrets, mobilisant les États membres qui s'engageraient dans chacun d'entre eux, principalement dans le domaine scientifique, militaire, industriel, écologique, culturel, éducatif. Une Europe à géométrie variable, par conséquent, passant par la coexistence, la juxtaposition, la superposition de structures de coopération d'objets, de statuts et de nombres variables, selon le projet auquel elles sont dédiées.

Une Europe souple, se moquant du serpent de mer que représente le débat sur la révision des traités européens. Il serait, certes, dans la perspective d'une Europe confédérale, plus logique que les trop nombreux textes européens abusivement élevés au rang de « Constitution *de facto* » par la jurisprudence de la Cour de justice de l'Union européenne (CJUE) soient juridiquement rétrogradés ; mais cette « déconstitutionnalisation » pourrait être obtenue par des révisions constitutionnelles opérées dans chacun des États membres, rétablissant une hiérarchie des normes conforme à la souveraineté des États-nations, sans obligatoirement recourir à un « nettoyage » des traités européens eux-mêmes. De façon plus générale, la question des traités ne doit pas être surestimée : aucun d'entre eux n'a jamais résisté à la réalité et encore moins à la nécessité de prendre en compte celle-ci. Ainsi, les trop fameux « critères de Maastricht » ont-ils été pulvérisés par la décision politique d'arrêter les économies européennes lors de la crise du coronavirus. De même, le plan de relance « historique » de juillet 2020 contrevient-il avec la lettre des traités européens ; toutefois, la situation l'exigeant, leur « interprétation » souple a été non seulement acceptée, mais soutenue par la Commission, pourtant gardienne de ces mêmes traités. Aucune des crises européennes n'a par ailleurs trouvé sa solution dans le cadre des traités existants : ni celle « de la chaise vide » – qui a débouché sur le « compromis de Luxembourg » de janvier 1966, sur le fondement duquel l'Union vit toujours ; ni, plus près de nous, celle des dettes souveraines – qui a entraîné la conclusion du « pacte budgétaire » de mars 2012 ; ni celle des « migrants », en 2015 – qui a donné naissance au traité de Dublin : autant de textes qui sont venus se surajouter aux traités existants. Plus que jamais, la saillie du général de Gaulle sonne juste : « Les traités sont comme les jeunes filles et les roses : ça dure ce que ça dure[323]. »

Démocratique et confédérale, ambitieuse et réaliste, politique et respectant les nations, spirituelle et industrielle, concrète et souple :

telle serait « notre Europe ». Une Europe qui ferait sienne la pensée de Pascal : « La multitude qui ne se résout point à l'unité est confusion. L'unité qui ne dépend pas de la multitude est tyrannie.[324] » Une Europe dans l'émergence de laquelle notre pays devra jouer un rôle clé.

La France aux temps du corona : l'indispensable sursaut

La responsabilité, première, de la France dans l'édification passée de l'Europe lui confère un rôle primordial pour l'avenir.

L'idée européenne doit beaucoup à la France : le souci de rationalisation et d'organisation – avec Saint-Simon –, la recherche d'un système politique se donnant la paix comme objectif ultime – avec l'abbé de Saint-Pierre –, le principe des nationalités et celui de libre consentement des peuples – avec la Révolution française –, le projet de confédération – avec Rousseau –, la perspective messianique des « États-Unis d'Europe » – avec Victor Hugo –, l'européisme qui trouva en la France, dès les années vingt, sa terre d'élection – avec Jules Romains, Julien Benda et Denis de Rougemont.

L'Europe politique porte elle aussi l'empreinte – pour le meilleur et le pire – de l'influence de notre pays : le Conseil de l'Europe, après le congrès de La Haye, en 1949, est une initiative française ; de même la CECA (1951), œuvre de Schuman et Monnet, ouvrit la voie au traité fondateur de Rome (25 mars 1957) ; Émile Noël occupa le poste clé de secrétaire général de la Commission pendant trente ans (1957-1987), à la tête d'une bureaucratie façonnée par la France et avec des objectifs « français » ; Charles de Gaulle mena une grande politique européenne, dont les principaux jalons auront été la mise en œuvre du traité de Rome, la réconciliation franco-allemande avec le traité de l'Élysée (22 janvier 1963), la création et l'entrée en vigueur de la PAC (30 juillet 1962), le coup d'arrêt à l'offensive fédéraliste extravagante de Walter Hallstein, grâce à la crise de « la chaise vide » (juillet 1965-janvier 1966) et au compromis de Luxembourg qui la conclut ; Valéry Giscard d'Estaing prit, en 1974, l'initiative, décisive, de créer le Conseil européen ; François Mitterrand et Jacques Delors, quant à eux, firent le choix dissimulé de relancer l'Europe fédérale (1983-1992), avec ténacité mais sans le dire.

Or, dans la période ouverte avec la crise du coronavirus – qui, comme toute crise, a réactivé la rhétorique fédéraliste –, alors que s'est ouverte en mai 2021, la Conférence sur l'avenir de l'Europe, la France court deux risques graves et liés : les revendications de réforme du fonctionnement politique de l'Union, dans le sens de plus de fédéralisme ; la pression de ceux – en Allemagne, pour l'essentiel, mais disposant de relais dans notre pays – qui suggéreront de s'attaquer aux attributions régaliennes de l'État-nation français. Seul parmi les Vingt-sept, après le Brexit, à disposer de l'arme nucléaire et d'un siège au Conseil de sécurité des Nations unies, notre pays aiguise les appétits de tous ceux qui rêvent depuis longtemps de sa « normalisation » et d'accaparer ses prérogatives de puissance afin de les mettre au service de l'empire européen. Ainsi, la CJUE a-t-elle, dans un arrêt rendu le 15 juillet 2021, jugé que la directive 2003/88/CE relative au temps de travail s'appliquait aux forces armées. Au-delà du caractère grotesque de cette décision – comment concevoir que les sous-mariniers, les aviateurs, les fantassins ou les marins de l'Armée française puissent être considérés comme des « travailleurs » ordinaires et accomplir leur devoir dans des conditions elles aussi « ordinaires » ? –, le message politique adressé par la Cour est limpide : enterrement du principe de subsidiarité, agression des souverainetés nationales, affirmation du projet impérial de l'UE. Derrière la provocation, une déclaration de guerre, juridique et politique, en bonne et due forme. Et, bien entendu, c'est la France qui est visée, désormais seule nation européenne à disposer d'une armée puissante, entraînée, capable d'assurer – y compris au service de l'Europe tout entière – des missions de sécurité au Sahel, au Levant ou ailleurs. Révélateur de l'enjeu politique décisif des années à venir, cet épisode indigne appelle une seule conclusion que nous laisserons à deux européistes insoupçonnables. L'ancien ministre d'État Jean-Louis Borloo : « La Cour commet une incroyable et insupportable erreur. Elle s'arroge un pouvoir qui n'est pas le sien (...) Il serait irresponsable que les autorités publiques françaises se laissent imposer, sur un tel sujet, la sentence européenne (...) en la matière, il ne saurait y avoir d'abdication. Il y va de la souveraineté non négociable de la France et de l'intérêt bien compris de l'Union européenne. »[325] L'ancien Premier ministre Édouard Philippe : « Cette décision de la plus haute juridiction européenne (...) touche au cœur de la souveraineté et de la sécurité de la France. Elle n'est pas acceptable. »[326]

L'heure a donc sonné d'un sursaut national, qui passe par la redéfinition de notre projet européen. Il est temps de revenir au contrat politique passé entre les nations européennes et l'Union et de le faire respecter. Après presque quarante ans de glissade fédéraliste, la « FrancEurope » doit être redéfinie, afin de retrouver un équilibre politique désormais perdu. La conception gaullienne de l'Europe des Six envisageait celle-ci comme l'instrument privilégié de la France pour continuer sa politique de grandeur : tel était le sens de la métaphore du « levier d'Archimède[327] ». Toutefois, le général de Gaulle considérait qu'en retour, la France contribuerait ainsi à construire une véritable « Europe européenne », s'affirmant politiquement entre les deux géants de l'époque. Tel était l'équilibre qui a été rompu avec la relance fédéraliste décidée par Mitterrand et mise en œuvre par Delors. Avec eux, après le tournant fédéraliste de mars 1983, l'Europe est devenue un projet *en soi* et *pour soi*, justifiant tous les abandons et tous les sacrifices, la France ne pouvant plus espérer mieux que « passer entre les gouttes[328] » – selon la formule résignée de Mitterrand.

Déjà, en août 1943 à Alger, dans le même esprit, Jean Monnet avait écrit au général de Gaulle que « de la solution du problème européen, dépend la vie de la France[329] », exprimant là le fond de la pensée européiste. L'inverse est rigoureusement vrai : la pérennité de l'Europe est conditionnée par la présence en son sein d'une France assurée de son identité nationale, sereine, apaisée dans sa relation à l'Union, ayant clarifié et assaini son rapport à elle, ne la considérant plus comme un bouc émissaire, encore moins comme un totem ou un tabou, et, ainsi, capable d'assumer sa vocation européenne. Sans cette présence, sans cette action, que deviendrait l'Europe ? Quittée par le Royaume-Uni, lestée d'une Allemagne apparemment forte, mais minée par de graves problèmes – division persistante entre Est et Ouest, entre *Wessies* et *Ossies*, démographie déclinante, dépendance commerciale à l'égard de la Chine et politique à l'endroit de la Turquie, inquiétante résurgence de l'activisme néo-nazi – et ne pouvant assurer la direction politique de l'ensemble, l'Europe a plus que jamais besoin de la France. Ainsi, face à la Turquie et ses menaces, ce n'est pas l'Allemagne – otage de sa forte minorité turque – qui peut réagir ; c'est la France, et elle l'a fait. Le leadership politique de l'Europe ne peut pas être, ne doit pas être, pour des raisons morales et historiques, assumé par l'Allemagne. C'est à la France que doit incomber cette responsabilité. Une France s'impliquant pleinement dans l'œuvre commune, mais devant conserver sa liberté d'analyse et de mouvement.

« Il nous faut réveiller la France »

Or l'état de la France est grave et inquiétant. Depuis quarante ans, notre pays a connu une désindustrialisation sans précédent : de 22,3 % du PIB en 1970, la part du secteur secondaire a dégringolé à 11,2 % en 2015 et à environ 10 % aujourd'hui. La comparaison avec nos voisins laisse pantois : cette proportion est encore de 14 % en Italie et, surtout, atteint 20 % en Allemagne. Nous avons ainsi perdu 2 millions d'emplois dans l'industrie en vingt ans : une véritable saignée. C'est donc un pays dévitalisé que les décisions prises pour affronter la pandémie de Covid-19 sont venues encore affaiblir. Une récession de l'ordre de 8,3 % en 2020, provoquant une hausse du chômage à environ 12 % de la population active et entraînant la destruction de près d'un million d'emplois. La pauvreté progressant considérablement – un million de personnes supplémentaires, plus de 10 millions de Français vivant ainsi sous le seuil de pauvreté monétaire, fixé à 1 063 euros par mois –, les bénéficiaires de l'aide alimentaire passant de 5,5 à 8 millions[330]. La France est désormais au bord du déclassement économique et menacée de relégation internationale.

Pour l'heure désemparé, comme sidéré par la crise du coronavirus, le pays est néanmoins travaillé en profondeur par la montée du ressentiment. Nous sommes passés, sans transition ou presque, du fracas et du tumulte de la crise des « gilets jaunes » au silence et à la paralysie d'une France confinée ou sous couvre-feu ; sous la glace l'eau reste vive et agitée de remous. Les inégalités n'ont cessé de croître depuis 2017 : la transformation de l'ISF en impôt sur la fortune immobilière (IFI) et la création d'un prélèvement forfaitaire unique sur le capital à hauteur de 30 % – une *flat tax* à la française – ont provoqué une explosion des dividendes distribués – plus de 60 %, passant de 14,3 milliards d'euros en 2017 à 23,2 milliards en 2019 – et, conséquemment, une augmentation sensible des revenus des 0,1 % des Français les plus riches[331]. La « fracture sociale » a connu un nouvel âge avec la révélation de la coexistence d'une France « en première ligne » – exposée au virus, obligée de prendre les transports en commun pour aller travailler, occupant les fonctions qui, pour être les plus essentielles à la vie de la Nation, n'en sont pas moins les plus mal rémunérées et les moins bien considérées – et d'une France à l'abri – bien payée, bien logée, bien traitée et pouvant se préserver de la contagion virale grâce au télétravail. En ces circonstances, les « premiers de cordée », autant de « gens de partout », ont pu quitter Paris et les grandes agglomérations pour se confiner au bon air, tandis que les « gens de quelque part » y sont restés, cloués dans leurs quartiers ou leurs campagnes, en bons « premiers de corvée » qu'ils sont.

Vient s'y ajouter la « fracture morale » entre peuple et gouvernants, citoyens et élites. Avec l'hyperglobalisation, dont le règne commence seulement de s'achever, s'est installée dans le monde occidental, et en

Europe en particulier, une forme nouvelle de défiance, qui conduit ceux que George Orwell désignait comme les « gens ordinaires » à reprocher aux membres de l'élite dirigeante leur manque de « loyauté », leur « sécession » d'avec le reste de la société, leur vie « à part » et « à côté » d'un peuple qu'ils ne connaissent plus et ne veulent plus connaître[332]. Une élite composée de « tous ceux dont le cœur est à Paris ou à Londres, le portefeuille à New York ou à Chypre et la sympathie politique à Bruxelles », comme les épingle justement Ivan Krastev[333]. Avec d'autres mots, le politologue bulgare retrouve la critique féroce que faisait Rousseau du cosmopolitisme des élites européennes de son temps – les *people of anywhere* d'alors –, dont il dénonçait la cupidité et l'esprit de jouissance, le manque de patriotisme et d'esprit national : « Que leur importe à quel maître ils obéissent, de quel État ils suivent les lois ? Pourvu qu'ils trouvent de l'argent à voler et des femmes à corrompre, ils sont partout dans leur pays[334]. »

Cette question de la loyauté perdue des élites – politiques et gouvernementales, économiques et financières, intellectuelles et médiatiques – est devenue un enjeu central, à la fois moral, politique et électoral, de nos sociétés. Moral : puisque, ainsi que nous l'a rappelé Aron, « la fonction d'une élite est d'assurer la grandeur d'un pays[335] », dès lors c'est la survie même de cette élite nationale en situation d'échec qui est en jeu ; elle devrait garder à l'esprit l'avertissement lancé par Pareto : « L'Histoire est un cimetière d'élites », une longue succession d'aristocraties luttant pour accéder au pouvoir, y parvenant, en jouissant, puis chassées au profit d'une autre. Politique : à la sécession des élites a commencé de répondre celle du peuple ; « le populisme est la réponse du peuple à l'élitisme des élites », ainsi qu'en juge fort justement Jacques Julliard[336] ; or, aucune démocratie ne saurait subsister longtemps à un tel écartèlement ni à une telle confrontation. Électoral, enfin : à laisser cette décomposition perdurer, le risque d'une embardée amenant l'extrémisme au pouvoir.

Appréciée à cette aune, la France souffre d'une pathologie démocratique singulière. En Europe, les élites françaises – et en particulier celles de gauche – sont, en effet, parmi les plus mondialistes, les plus européistes, les plus conformistes, les plus méprisantes à l'égard du peuple, aussi. Globalisées, dans leur mode de vie comme de pensée, elles adhèrent au discours de l'impuissance nationale, celle de la France surtout. Cultivant une forme de « haine de soi » bien propre à notre pays, elles ressassent la dénonciation de l'« exception française », sans pour autant s'intéresser réellement à la vie intellectuelle et politique de l'étranger, se contentant, à cet égard, d'un mince vernis de culture anglo-saxonne, baragouinant un semblant de *globish* et incapables de former une phrase en italien, en espagnol ou en allemand. Idéologiquement universalistes, elles se sont perdues dans une globalisation qu'elles imaginaient naïvement « heureuse[337] » et qu'elles ont cru tout aussi naïvement pouvoir « maîtriser ». Politiquement résignées, ayant considéré « l'Europe » comme la solution à tous les maux qui, selon elles, accableraient la France, elles sont adeptes de la fuite en avant fédéraliste et versent dans l'idéologie post-nationale. Ainsi qu'en juge à bon escient Christopher Soames, ancien vice-président de la Commission européenne : « Dans une organisation internationale, il faut toujours mettre des Français car ils sont les seuls à ne pas défendre les intérêts de leur pays[338]. » Soulignant la responsabilité du « camp de la défaite », de l'« esprit de capitulation » et de l'« immense trahison des clercs » dans le « malaise français », Emmanuel Macron lui-même en est venu à dénoncer « l'élite économique » qui s'est « mondialisée », « nomadisée » et est « devenue de nulle part[339] ». Désormais dépassées, les élites dirigeantes françaises se montrent incapables d'affronter le nouveau monde, de prendre à bras-le-corps le relèvement de notre pays et la clarification européenne que ce dernier impose. Bref, pour reprendre le jugement de Jean-Pierre Chevènement, « il faut aussi savoir prendre congé en Europe de Jacques Delors et Pascal Lamy[340] ».

Posé en d'autres temps, ceux d'une autre crise, celle de la décolonisation, le constat de Pierre Mendès France reste d'actualité : « Il semble, par moments, qu'un grand sommeil se soit emparé de la Nation, coupé de rêves pleins de nostalgie à l'égard d'un passé révolu et de cauchemars remplis de craintes à l'égard d'un avenir qui paraît sombre. Il nous faut réveiller la France. C'est là une belle tâche ; c'est une tâche difficile ; c'est une tâche possible[341]. » Ce réveil nécessitera le remplacement de la vieille génération européiste, la montée d'une sève nouvelle, l'affirmation de responsables n'opposant plus Europe et Nation. La condition *sine qua non* au redressement de la France et au déploiement du nouveau projet politique dont l'Europe a besoin est la restauration du patriotisme au sein des élites françaises dont Jacques de Larosière de Champfeu, lui-même ancien inspecteur général des Finances, ancien directeur du Trésor et ancien directeur général du FMI, a pu dire : « En contribuant à l'affaiblissement de la France, nos élites ont nourri le populisme[342]. » Des élites régénérées qui, parce que redevenues patriotes, sauront s'emparer de la question européenne. Il ne faut plus abandonner l'Europe aux seuls européistes.

« Une expérimentation hasardeuse ?... »

« Redressement », « reconquête », « refondation », « renaissance », et même « révolution » : tel fut précisément le vocabulaire de la prise du pouvoir par Emmanuel Macron, en 2017. Quatre mois après son élection, il déclarait encore : « La France doit redevenir une grande puissance tout court [...] notre responsabilité est inédite [...]. La France doit permettre à l'Europe de devenir leader du monde libre. J'assume ce discours de grandeur, car il est à la hauteur du moment que nous vivons[343]. » Ouvert sous les auspices de la jeunesse, de l'audace, du sourire, de l'énergie et de l'optimisme, son quinquennat a rapidement glissé dans l'univers de la prise de distance – avec les premières mesures fiscales et sociales –, de l'arrogance et du népotisme – avec l'affaire Benalla –, de la colère et de la révolte – avec le mouvement des « gilets jaunes », puis le mouvement de grève contre la réforme des retraites –, de l'incompétence et de l'incohérence – avec la gestion de la crise du coronavirus –, pour basculer, enfin, dans celui de la barbarie et de la haine – avec le retour du terrorisme islamiste. Clio, à laquelle Emmanuel Macron avait fait de fiévreuses déclarations d'amour, s'est rappelée à son souvenir et lui a réservé son baiser brûlant : après avoir assené, en 2018 : « Paradoxalement, ce qui me rend optimiste, c'est que l'Histoire en Europe redevient tragique[344] », le voilà maintenant tenu d'affronter le retour du tragique en Europe et en France.

Véritable coup de cymbale, sa victoire a, depuis, donné cours à un mandat dont nul ne s'aventure à imaginer la fin, tant il a pris un tour crépusculaire. Le fringant président vantant les vertus du capitalisme entrepreneurial – il voulait faire de la France une *start-up nation* – a dû abdiquer son credo libéral et s'est vu contraint de « nationaliser les salaires », de fermer les petits commerces et d'organiser administrativement une récession inédite (– 8,3 % du PIB en 2020). L'européiste de conviction, amoureux de l'Europe et attaché à ses traités, constate, impuissant, l'explosion de nos finances publiques et la pulvérisation des critères de Maastricht – en 2020, le déficit budgétaire atteindra 9,2 % du PIB, soit trois fois la limite autorisée ; la dette publique culminera à 116 % du PIB, deux fois le plafond admis. Le chantre de la « société ouverte » a dû se résoudre à déclarer l'état d'urgence sanitaire, restreindre les libertés publiques, décréter trois confinements successifs et imposer un couvre-feu au pays, un pays que l'hebdomadaire allemand *Die Zeit* a qualifié, avec quelque raison, d'« Absurdistan autoritaire[345] ». Le candidat qui se voulait celui de la confiance retrouvée est devenu un président devant affronter l'ensauvagement de la société et l'aggravation de l'insécurité. Le partisan d'un multiculturalisme à la française – il avait osé déclarer en février 2017 : « Il n'y a pas de culture française. Il y a une culture en France. Elle est diverse » – et qui, encore candidat, fustigeait l'existence d'une « laïcité revancharde » à propos d'une éventuelle interdiction du voile à l'Université[346], est acculé par l'islamisme radical à demander au Parlement de voter une loi « confortant les principes républicains », se faisant même le défenseur de « l'identité nationale », rendant hommage à « l'intuition de Nicolas Sarkozy » sur cette question qui « taraude notre peuple » et dénonçant « l'insécurité culturelle » qui « conduit à se demander ce que signifie être français[347] ». Ayant construit sa candidature sur la dénonciation de l'« Ancien Monde », il en a repris les recettes les plus éculées et se livre à des manœuvres polititiennes sans âge et peu reluisantes. Ambitionnant de refonder notre vie politique, notamment en créant de toutes pièces un parti « anti-partis », LREM, il a lui-même dressé le constat de décès de cette formation et voit la marée de l'abstention monter à chaque scrutin : après une participation ayant atteint l'étiage historique de 41,6 % lors du second tour des élections municipales des 15 mars et 28 juin 2020 – 20 points de moins qu'en 2014 –, les élections régionales des 20 et 27 juin 2021 ont éclairé d'un nouveau jour la décomposition politique française. Avec le niveau extrêmement élevé alors atteint – 66,72 % au premier tour, 62,31 % au second, soit 28 et 17 points de hausse par rapport respectivement à 2004 et 2015 – s'est ouverte une profonde crise de notre démocratie, marquée par un passage des citoyens de la défiance à l'égard de la politique à une forme de rupture avec celle-ci.

Concernant prioritairement les jeunes, les personnes les moins diplômées, les classes populaires dans leur ensemble et les ouvriers en particulier, cette abstention, qu'on la qualifie « d'abyssale » ou « d'himalayesque », a touché toutes les formations même si elle a particulièrement pénalisé les listes du RN. Elle a favorisé les équipes sortantes et a signé la marginalisation du parti du président, LREM, dont l'ambition initiale – remplacer des partis existants afin de recomposer notre paysage politique – a été balayée et qui n'aura jamais réussi qu'à devenir un parti supplémentaire, aggravant d'autant la fragmentation et la décomposition françaises.

Indifférence irréductible à la vie de la République de ceux qui n'ont « plus rien à faire, plus rien à foutre »[348] ? Nouvelle poussée de la colère froide qui travaille le pays en profondeur ? Sécession du peuple répondant à celle des élites ? Basculement définitif de notre société dans « l'américanisation », l'individualisme consumériste et le repli sur la sphère privée ? Signe inquiétant annonciateur du déclin civique et moral de la Nation ? Une étude de la Fondapol réalisée au lendemain du premier tour de ces élections régionales livre un élément de réponse à ces interrogations. En mesurant à 76,5 % le potentiel de vote protestataire qui animait les Français le 20 juin 2021, alors que, pourtant déjà très élevé, celui-ci n'atteignait que 60,9 % en 2017 et 30,8 % en 2007, elle nous indique à la fois la violence du rejet par nos concitoyens de ce qu'est devenue la vie politique française et la gravité de la menace qui pèse sur la présidentielle de 2022. Ce silence du peuple ne présage rien de bon. Lorsque l'océan se retire anormalement au loin : tel est le premier signe du tsunami à venir.

Marquée par la convergence des crises sanitaire, économique, financière, politique et morale, la situation intérieure, sans précédent, tend, pour l'heure, à conforter l'emprise du duo Macron-Le Pen sur notre vie politique – les oppositions, comme en apnée, ne parvenant ni à exprimer une forme d'alternative, ni même à être entendues. Persister à vouloir incarner l'extrême centre face à l'extrême droite est à la fois moralement condamnable et politiquement hasardeux. Et cela d'autant que dans la perspective de l'élection présidentielle de 2022, l'homme et le président Macron souffrent de faiblesses réelles : « Il ne manque, en somme, à Macron que le personnage : il a l'autorité, il n'a pas la majesté ; il a la familiarité, il n'a pas le contact ; il a le prestige, il n'a pas le charisme », comme le note avec finesse Jacques Julliard[349]. Plus grave : le pouvoir s'isole chaque jour davantage, se coupant de la représentation nationale – y compris de sa majorité parlementaire – comme des citoyens, donnant le sentiment de ne vouloir gouverner que par la peur et par décret, comme fasciné par la forme d'unilatéralisme politique que lui a ouvert l'état d'urgence, le Conseil de défense ayant supplanté le Conseil des ministres et le Parlement étant réduit à l'état de chambre d'enregistrement. En 1967, pour épingler Charles de Gaulle en monarque républicain, Jean-François Revel le décrivit tel un « curieux roi élu qui à la fois sollicite l'opinion et ne l'écoute pas, en requiert l'approbation sans en suivre les avis, ni l'informer de ses intentions, repose sur le corps électoral tout en s'isolant de lui[350] ». Qu'écrirait-il, en 2021, d'Emmanuel Macron ?

Au bout du compte, la présidence de celui-ci pourrait n'avoir été qu'une simple expérience – une « expérimentation hasardeuse[351] »... –, celle d'une démarche s'étant voulue, à l'instar de celle conduite en son temps par Tony Blair, centrale et non centriste – c'est-à-dire radicale et non incarnant un simple « juste milieu » –, ayant rêvé d'introduire un changement politique profond, et qui n'aurait représenté, au final, qu'un épisode de plus de l'enlisement français, un nouveau « quinquennat pour rien », un ultime intermède avant la dernière glissade. Saluée par le camp « progressiste » comme celle d'un homme providentiel face à la menace « populiste », son élection virera-t-elle à la déconfiture suprême, celle d'un mandat ayant ouvert la voie au RN ? Lucide quant aux raisons et à la portée de son élection, la presse anglo-saxonne avait tôt prévenu, dès l'automne 2017 : Macron pourrait certes devenir le leader de l'Europe, à condition toutefois d'être capable de gouverner la France ; à défaut de quoi, son nom pourrait venir s'ajouter à la trop longue liste de présidents français ayant échoué[352]. Encore il y a peu, la revue *Foreign Affairs* soulignait que les « tensions domestiques menacent le leadership et l'héritage de Macron » et pourraient « alimenter les extrêmes dans la perspective de la présidentielle de 2022 »[353].

Qui est Emmanuel Macron ?

Avertissement bienvenu. Encore faudrait-il être en mesure, pour en saisir toute la portée, de répondre à une question décisive : qui est Emmanuel Macron ? Qui se cache derrière le masque du *condottiere* ? Que pense réellement cet acteur de théâtre aux tirades trop longues et au ton quelque peu grandiloquent ? Que veut réaliser cet homme aux mille tours, incarnation de la Ruse ? Quels buts poursuit celui qui fut élu grâce au « dégagisme du centre », ayant su « enfourcher le tigre » du « populisme » tout en le condamnant officiellement ? Est-il idéaliste ou réaliste ? Libéral ou étatiste ? Fédéraliste ou souverainiste ? Multilatéraliste ou protectionniste ? Cosmopolite ou patriote ? Communautariste ou républicain ? Machiavélien ou kantien ? Quelle conception se fait-il de la Nation ? Où se propose-t-il de l'emmener ? Vers quel horizon politique ? Saura-t-il défendre la République, son histoire, son modèle, ses valeurs, ses lois, ou cédera-t-il à la tentation « progressiste » du déboulonnage de statues ? Aura-t-il le courage de conduire le combat contre le « séparatisme », ou se résignera-t-il à voir la France se défaire ?

Quelle est sa vision de la construction européenne ? Veut-il une Europe fédérale ou une union, lui qui fit résonner l'*Ode à la joie* le soir de sa victoire pour déclarer, un an plus tard, « croire au retour des peuples »[354] ? Quelle réponse apportera-t-il à la question par lui-même posée : « l'Europe nous rend-elle plus grands ou est-ce une machine qui nous oppresse[355] » ?

À ces interrogations essentielles, la réponse présidentielle consiste à entonner toujours la ritournelle du « en même temps », autre nom de l'ambiguïté ou de l'indécision. Conscient des traits de la psychologie collective française exacerbés par la crise du coronavirus, il fait désormais l'éloge de la « souveraineté nationale » et vante « notre volonté farouche, absolue, de reprendre le contrôle de notre vie, de notre vie intime et de la France comme nation » ; mais ces paroles sans actes servent jusqu'ici d'alibi à une politique d'inspiration fédéraliste, se dissimulant derrière des appels à une « Europe géopolitique » ou à « une autonomie stratégique européenne[356] ». Après presque quatre années de présidence, de Macron on ne sait en réalité que peu de chose, tant les envolées lyriques du début de son mandat – celles d'Athènes, celles de la Sorbonne – semblent déjà appartenir à un passé lointain, celui des « jours heureux », enfuis depuis. Le président doit se dévoiler et, lui aussi, livrer sa part de vérité : le temps presse – peut-être est-il déjà trop tard. Nécessaire, indispensable même, cette vérité doit concerner avant toute chose l'avenir de la FrancEurope. Seul un débat démocratique clair, ouvert aux partis et aux citoyens, n'esquivant aucune des difficultés de ce sujet majeur ni aucun de ses enjeux, permettra de rétablir la distinction gauche-droite dans ses droits, de retrouver le chemin de la confiance et, peut-être, à terme, celui de la fierté collective. À cet égard, jusqu'ici, la seule solution européiste politiquement cohérente et démocratique, honnête et formulant ses propositions de façon publique et transparente, consiste dans le projet soutenu par Thomas Piketty, qu'il désigne comme le « social-fédéralisme en Europe[357] », c'est-à-dire la constitution d'un État-providence européen – ni plus ni moins.

Alors qu'il va présider, au nom de la France, l'Union européenne à compter du 1er janvier 2022 et pour six mois, Macron comprendra-t-il l'immense portée de ce qui est en jeu – le relèvement de la France et la survie de l'Europe, les deux choses étant liées et appelant un même sursaut ? Ne doutons pas de son intelligence. Le voudra-t-il, alors ? En sera-t-il capable ? Comme tout homme, il est le produit d'une culture, d'une éducation, d'une formation intellectuelle, d'amitiés et de compagnonnages, de choix aussi, ceux de sa première carrière – l'inspection des Finances et la banque d'affaires. En restera-t-il prisonnier ? Parviendra-t-il à s'affranchir des dogmes et des certitudes faussées qui ont façonné sa jeunesse ? Parviendra-t-il à s'extraire de la pensée étriquée et moutonnière, pour voir les choses « en grand » ? Fera-t-il preuve de ce « sens des réalités », de cette « forme d'intelligence des faits », qui fondent « l'art de gouverner et de transformer les sociétés », dans lesquels Isaiah Berlin distinguait « la marque des hommes d'État »[358] ?

Charles de Gaulle ou Jean Monnet

En Europe, beaucoup de ce qui sera fait, ou pas, dépendra de la capacité à comprendre, à proposer, à convaincre, à entraîner, de l'homme ou de la femme qui présidera aux destinées de la France. Un président à l'abri des institutions de la Vᵉ République, disposant d'une majorité parlementaire stable, d'un réseau diplomatique de qualité – le troisième au monde par son étendue –, de la force de frappe nucléaire, de son siège au Conseil de sécurité de l'ONU, de la capacité de projection et d'intervention de ses armées – configuration unique dans l'Union après le Brexit –, et à la tête d'une communauté francophone en pleine expansion, qui passera de 300 millions de membres actuels à 700 millions en 2050. Rien ne viendra de l'Allemagne, grande gagnante du fonctionnement actuel de l'Union. Ni d'une Italie affaiblie économiquement, au gouvernement de coalition fragile ; ni d'une Espagne paralysée par l'épidémie de Covid-19, dont la gravité tend à faire oublier la crise politique qu'elle traverse. L'impulsion salvatrice ne viendra pas non plus de la Commission européenne, ni de ses soutiens européistes, tous partisans de la fuite en avant fédéraliste. Seule autorité détenant à la fois la légitimité démocratique et l'incarnation politique et humaine pour agir, il reviendra au Conseil européen de proposer la mise à plat du système actuel, la clarification des compétences respectives entre États membres et Commission, le lancement de projets communs. Au sein de celui-ci, le rôle du président de la République française sera déterminant.

Politique intérieure et politique extérieure forment un tout : ce sont les deux faces de la vie d'une nation. Le « dedans » et le « dehors » interagissent constamment. La prospérité comme le malheur d'un pays ignorent ses frontières : ses valeurs doivent fonder son action internationale et, en retour, le cours du monde influe sur les priorités de son gouvernement. Lors du Conseil des ministres qui suivit le premier tour des élections législatives, le 8 mars 1967, le général de Gaulle fit une observation qui laissa les membres du gouvernement médusés : « C'est la question ouvrière qui, avec le désarmement atomique, conditionne désormais les grandes questions de notre temps[359]. » Ce lien entre domestique et international, entre social et stratégique, économique et diplomatique, établi de façon saisissante, à une époque désormais lointaine où la souveraineté des États était pleine et entière, et la construction communautaire seulement à ses débuts, est devenu, dorénavant, avec l'essor de la FrancEurope, organique et permanent.

La France devra se montrer éloquente pour convaincre ses partenaires de redresser avec elle la trajectoire de l'Europe. Il y faudra de la lucidité, de la méthode, de la vision stratégique, de la volonté politique, de la ténacité, du courage personnel aussi, tant les questions soulevées sont redoutables. Qui paiera, et quand, et comment, et avec quel esprit de justice, l'Himalaya de dettes financières accumulées par les États membres de l'Union et, si le plan de relance « historique » aboutissait, par celle-ci également ? Comment sortir de la crise économique inédite déclenchée par la pandémie de Covid-19 et tracer un nouveau chemin vers une prospérité qui ne soit plus le privilège d'une poignée ? Avec quels arguments persuader les partenaires de la France de la nécessité de réviser les « critères de Maastricht » désormais dépassés et que ne respectent pas

24 États membres sur 27 pour ce qui est du déficit budgétaire et 13 sur 27 pour le ratio de dette publique ? Comment construire un nouvel espace de Schengen, efficace, protégeant les frontières extérieures de l'Europe ? Quelle méthode et quel calendrier adopter pour mettre en œuvre la réforme confédérale dont l'Union a tant besoin et sans laquelle les peuples continueront à s'éloigner d'elle ? Comment affronter la question allemande – cruciale –, celle posée désormais par une nation économiquement trop puissante pour ne pas être tentée de dominer un ensemble européen qui, lui, ne saurait accepter durablement cette emprise, une Allemagne par ailleurs trop marquée par le poids de l'Histoire pour pouvoir jouer un vrai rôle politique en son sein ? Et toujours prompte à privilégier ses seuls intérêts nationaux, en se tournant vers la Russie pour son approvisionnement énergétique (gazoduc Nord Stream 2), ou en faisant des concessions à la Chine afin de protéger son industrie, comme la signature au forceps, le 30 décembre 2020, de l'accord européen sur les investissements, négocié depuis 2013, l'illustre, ayant offert une victoire diplomatique à Pékin alors qu'aucune garantie sérieuse sur le travail forcé ou l'ouverture réelle des marchés chinois n'a été obtenue. Par quels moyens rassurer militairement nos partenaires tentés d'en rester à la seule protection américaine via l'OTAN, sans obérer pour autant l'indépendance stratégique de la France ? Quelle voie réaliste suivre pour construire une Europe indépendante des États-Unis et de la Chine, sans renier notre amitié séculaire avec le partenaire américain ? Un partenaire ayant désormais à sa tête un président proclamant que « l'Amérique est de retour prête à guider le monde et pas à s'en retirer[360] ». La France devra chercher à rassembler le plus largement possible, en commençant par l'Allemagne, mais sans exclusive, en sachant construire des alliances. Consciente de l'atout que représente une union politique de vingt-sept États, la France doit se réserver toutefois la liberté d'agir seule si la situation le requiert. Son engagement européen ne doit plus représenter une figure imposée, mais une puissance retrouvée ; il faut se déprendre de la tromperie selon laquelle, sans l'Europe, la France ne pourrait plus rien, ne serait plus rien. Notre projet européen ne doit plus s'apparenter à la poursuite d'une forme de « servitude volontaire », mais

redevenir une action qui serve simultanément nos intérêts nationaux et ceux de l'Union. La France ne doit plus passer après l'Europe.

La France a encore des choses à dire au monde. L'histoire de France n'est pas finie. La France n'est pas finie. *Non finis Franciae*, pour retourner l'argument de Renan. Laïcité – dans un monde déchiré par le retour du fait religieux –, égalité – alors que jamais les écarts de fortune et de condition n'ont été aussi insolents –, respect des peuples et de leur libre choix – en réponse à tous ceux qui se satisfont d'une « gouvernance » oligarchique de l'Europe –, maîtrise d'une finance dont l'*hubris* menace chaque jour la stabilité de l'économie mondiale, réalisme dans l'analyse et l'action diplomatiques, une diplomatie mise au service de la paix, de la diversité des cultures, du développement harmonieux de la planète et du combat écologique : tels sont les éléments principaux du nouvel humanisme que notre pays pourrait proposer. Plutôt que raillée, l'« exception française » devrait être chérie : sa voix singulière représente une chance. La France peut encore ouvrir la voie. Rien ne la condamne à la résignation ou à l'insignifiance. Les élites libérales françaises ont toujours regretté que la France ne fût pas une autre : l'Angleterre, d'abord, à partir du XVIIIe siècle ; puis, après 1870 et le choc de la défaite face à la Prusse, l'Allemagne. Il faut en finir avec cette idée, qui fut celle du président – l'est-elle encore ? –, selon laquelle il conviendrait de « germaniser » la France, afin de résoudre ses problèmes internes. La France n'est pas le problème ; la France est la solution.

Évoquant, en 1964, la puissance alors encore ensommeillée de la Chine, le général de Gaulle eut cette pensée particulièrement actuelle, dans notre monde plus que jamais gouverné par les symboles et toujours mené par les idées : « Les moyens de la France sont eux aussi immenses, parce qu'ils sont moraux[361]. » C'est en ce sens que la France ne sera jamais une « puissance moyenne ». Vérité profonde qui a toujours échappé aux européistes, à commencer par le premier d'entre eux, Jean Monnet. Monnet, « ce petit financier à la solde de l'Angleterre[362] », comme le qualifia un jour du printemps 1943 le géant de Colombey ; de Gaulle animé, lui, par une conviction inébranlable : « Il ne faut jamais désespérer de la France[363]. » Dans le fond, l'européisme n'est qu'une des formes – polie, policée, raisonneuse, mais tout aussi résignée et vaine que les autres – du déclinisme ; et c'est pourquoi il convient de s'en débarrasser.

Charles de Gaulle ou Jean Monnet : tel sera le choix du prochain président de la République.

NOTES

1. Francis Fukuyama, « The End of History ? », *The National Interest*, été 1989. C'est moi qui traduis.

2. Samuel P. Huntington, « No exit. The errors of endism », *The National Interest*, automne 1989. C'est moi qui traduis.

3. Thomas Friedmann, *La Terre est plate. Une brève histoire du XXIe siècle*, Saint-Simon, 2006.

4. Dani Rodrik, *The Globalization Paradox. Democracy and the future of the world economy*, W.W. Norton, 2011.

5. Ivan Krastev, *Le Destin de l'Europe*, *op. cit.*, p. 28.

6. John Maynard Keynes, « L'autosuffisance nationale », in *La Pauvreté dans l'abondance*, Gallimard, coll. Tel, 2002, p. 207.

7. Cité par Julien Bouissou, « Une nouvelle ère de protectionnisme se profile. Les défis de la relocalisation 5/5 », *Le Monde*, 7-8 juin 2020.

8. Gaël Giraud, « Cette crise pourrait dégonfler nos mythologies économiques », propos recueillis par Rémi Noyon, *L'Obs*, n° 2890, 26 mars 2020.

9. Alain Supiot, *Mondialisation ou globalisation ? Les leçons de Simone Weil*, *op. cit.*, p. 11.

10. Pour reprendre le titre du livre éponyme d'Alice Ekman, *Rouge vif. L'idéal communiste chinois*, Éditions de l'Observatoire, 2020.

11. Graham Allison, *Vers la guerre. L'Amérique et la Chine dans le piège de Thucydide ?*, traduit par Patrick Hersant et Sylvie Kleiman-Lafon, Odile Jacob, 2019 pour l'édition française, p. 26.

12. Ainsi par exemple à Parme en novembre 2005, en déclarant : « L'Europe peut être définie comme le projet du XXIe siècle à partir de trois éléments d'une grande banalité, mais qu'il faut rappeler : l'Europe comme facteur de paix, l'Europe comme contribuant à la maîtrise de la mondialisation, l'Europe comme projet de société » (Jacques Delors, *L'Europe tragique et magnifique*, *op. cit.*, p. 178).

13. Rawi Abdelal, « Le Consensus de Paris et les règles de la finance internationale », *Critique internationale*, n° 28, 2005/3, p. 87-115.

14. *Ibid.*

15. *Ibid.*

16. Hubert Védrine, « La mondialisation à l'heure des comptes », note pour la fondation Terra Nova, 31 mars 2020.

17. Montesquieu, *De l'esprit des lois*, 4e partie, livre XX, chap. 1 et 2, Garnier-Flammarion, 1979, tome II, p. 9 et 10.

18. Albert O. Hirschman a consacré des développements pénétrants sur la « doctrine » de Montesquieu en la matière dans *Les Passions et les intérêts. Justifications politiques du capitalisme avant son apogée*, traduit de l'anglais par Pierre Andler, Presses universitaires de France, 1980, coll. Quadrige, 1997, p. 58-60 et 67-75.

19. Et le titre de son livre éponyme, *Les Armes de la paix*, Denoël, 1970.

20. John Maynard Keynes, « L'autosuffisance nationale », *op. cit.*, page 198.

21. Hubert Védrine, entretien accordé au quotidien *Le Figaro*, 23 mars 2020.

22. Propos tenus sur l'antenne de France Inter, en réponse à une question de Léa Salamé, 1er juillet 2019.

23. Phil Hogan, propos recueillis par Virginie Malingre, *Le Monde*, 8 mai 2020.

24. « Slowbalisation. The steam has gone out of globalisation », *The Economist*, 24 janvier 2019.

25. Joseph E. Stiglitz, *Le Triomphe de la cupidité*, Les liens qui libèrent, 2010.

26. Philippe Aghion, « Il faut clairement rejeter le modèle américain, et se tourner vers le modèle scandinave », propos recueillis par Simon Blin, *Libération*, 27 mai 2020.

27. Pascal Lamy, « Le Covid-19 va accélérer le passage du protectionnisme au précautionnisme », propos recueillis par Julien Bouissou, *Le Monde*, 10 avril 2020.

28. Hubert Védrine, « Le choc du coronavirus est en train de pulvériser des croyances très enracinées », *Le Figaro*, 23 mars 2020.

29. Jean-Jacques Rousseau, *Émile ou de l'Éducation*, livre premier.

30. Tidjane Thiam, « La démondialisation serait une formidable régression », *Le Figaro*, propos recueillis par Bertille Bayart, 4 mai 2020.

31. Emmanuel Macron, président de la République, allocution radiotélévisée aux Français, 12 mars 2020.

32. Citations extraites de l'entretien accordé par Emmanuel Macron, « Coronavirus : the World after the Pandemic. France's president believes the coronavirus pandemic will transform capitalism – but leaders need to act with humility », propos recueillis par Victor Mallet à Paris et Roula Khalaf à Londres, *Financial Times*, 16 avril 2020. C'est moi qui traduis.

33. Jean-Pierre Chevènement, « Il faut un gouvernement de salut public », *Le Figaro*, 9 avril 2020.

34. Josep Borrell, haut représentant de l'UE pour les affaires étrangères, « Avec la Chine, nous avons été un peu naïfs », propos recueillis par François Clemenceau, *Le Journal du Dimanche*, 3 mai 2020.

35. John Maynard Keynes, « L'autosuffisance nationale », *op. cit.*, p. 200-201.

36. Pascal Ory, *Un monde moins mondial que jamais*, Gallimard, « Tracts de crise, n° 12 », 24 mars 2020.

37. Dani Rodrik, « Who needs the nation-state ? », Roepke Lecture in Economic Geography, 25 février 2012, *Economic Geography*, 2013, vol. 89, n° 1.

38. À ce sujet, lire Norberto Bobbio, « La paix perpétuelle et la conception kantienne de la fédération internationale », in *L'État et la démocratie internationale*, Complexe, coll. Études européennes, 1998, p. 143-158.

39. Raymond Aron, *Paix et guerre entre les nations*, Calmann-Lévy, coll. Liberté de l'esprit, 1962, 8e édition 1984, p. 17-18 pour les citations.

40. Baruch Spinoza, *Traité théologico-politique*, in *Œuvres III*, édition publiée sous la direction de Pierre-François Moreau, PUF, coll. Épiméthée, 1999, chap. XVI : « Par exemple, les poissons sont déterminés par la nature à nager, les gros à manger les petits ; et c'est donc par un droit naturel souverain que les poissons sont maîtres de l'eau et que les gros poissons mangent les petits » (p. 505).

41. Baruch Spinoza, *Traité politique*, in *Œuvres V*, PUF, coll. Épiméthée, 2005, chap. I, 1/1.

42. Pierre Hassner, *op. cit.*, p. 256.

43. Graham Allison, *Vers la guerre*, *op. cit.*

44. Samuel P. Huntington, « The clash of civilizations ? », *Foreign Affairs*, été 1993, p. 22-49 : « *The great divisions among humankind and the dominating source of conflict will be cultural. Nation states will remain the most powerful actors in world affairs, but the principal conflicts of global politics will occur between nations and groups of different civilizations. The clash of civilizations will dominate global politics. The fault lines between civilizations will be the battle lines of the future.* » C'est moi qui traduis.

45. Bertrand Badie, *Un monde sans souveraineté. Les États entre ruse et responsabilité*, Fayard, coll. L'espace du politique, 1999. Citations extraites respectivement des p. 293, 287 et 288.

46. Stanley Hoffman, « Obstinate or obsolete ? The fate of the nation-state and the case of Western Europe », *Daedalus*, 1966, n° 95, p. 862-915. Diagnostic confirmé ultérieurement dans *The European Sisyphus. Essays on Europe. 1964-1994*, Boulder, Westview Press, 1995.

47. Eric Hobsbawm, *Nations et nationalismes depuis 1780*, Gallimard, coll. Bibliothèque des histoires, 1992, citations extraites des p. 242 et 243.

48. Pascal Ory, propos tenus lors de l'émission « Le Cours de l'Histoire », animée par Xavier Mauduit, France Culture, 20 novembre 2020.

49. Cité par Dani Rodrik, « Who needs the nation-state ? », *op. cit.*

50. Charles de Gaulle, cité par Alain Peyrefitte, *C'était de Gaulle*, *op. cit.*, respectivement p. 306 et 1091.

51. *Ibid.*, p. 293.

52. *Le Figaro*, 15 février 2019.

53. Pour reprendre la formule de François Heisbourg dans son livre éponyme, *Le Temps des prédateurs. La Chine, les États-Unis, la Russie et nous*, Odile Jacob, 2020, excellent tour d'horizon de la situation géopolitique actuelle et à venir.

54. « Les nouvelles routes de la soie », *Trésor-éco*, lettre de la direction générale du Trésor, ministère de l'Économie et des Finances, octobre 2018, n° 229. Document d'où sont tirées les données et les considérations qui suivent.

55. À propos de la Chine et de la civilisation chinoise, on se référera, en première approche, à deux ouvrages classiques qui abordent de façon concise ces sujets : Fernand Braudel, *Grammaire des civilisations*, *op. cit.*, p. 234-252, et Samuel Huntington, *Le Choc des civilisations*, *op. cit.*, p. 245-255. L'arrière-plan intellectuel de la civilisation chinoise peut être appréhendé grâce à Anne Cheng, *Histoire de la pensée chinoise*, Seuil, 1997 ; et François Jullien, *Un sage est sans idée. Ou l'autre de la philosophie*, Seuil, coll. L'Ordre philosophique, 1998.

56. Fernand Braudel, *Grammaire des civilisations*, *op. cit.*, p. 248.

57. Graham Allison, *Vers la guerre*, *op. cit.*, p. 140.

58. *Ibid.*, p. 280.

59. Voir sur ce point Samuel Huntington, *Le Choc des civilisations*, *op. cit.*, p. 246-247.

60. Lee Kuan Yew, cité par Graham Allison, *Vers la guerre*, *op. cit.*, p. 262.

61. Expression reprise à Jean-François Billeter, et employée par lui dans son excellente mise au point : *Pourquoi l'Europe. Réflexions d'un sinologue*, Allia, 2020, p. 62.

62. À ce sujet, voir Graham Allison, *Vers la guerre*, *op. cit.*, p. 260-262.

63. Selon l'ONG Australian Strategic Policy Institute (ASPI), *La Croix*, 2 mars 2020, et *Le Figaro*, 3 mars 2020.

64. Selon 180 ONG et syndicats de 36 pays, *Libération*, 27 juillet 2020.

65. Propos tenus lors de la Conférence sur la sécurité de Munich, 15 février 2020.

66. Propos rapportés par Graham Allison, *Vers la guerre*, *op. cit.*, p. 257.

67. Ivan Krastev, *Le Destin de l'Europe. Une sensation de déjà-vu*, *op. cit.*, p. 16.

68. Denis de Rougemont, « L'État-nation contre l'Europe », *Le Monde diplomatique*, mars 1974.

69. Luuk van Middelaar, « France-Allemagne : l'incompréhension », *Le Débat*, novembre-décembre 2015, n° 187, p. 14.

70. Pascal Ory, *Qu'est-ce qu'une nation ?, op. cit*, p. 34-50.

71. Charles de Gaulle, conférence de presse du 15 mai 1962.

72. Sigmund Freud, *Introduction à la psychanalyse*, 1916, Payot & Rivages ; rééd. Petite bibliothèque Payot, 2001, p. 343 et 344.

73. Ernst-Robert Curtius, *La Littérature européenne et le Moyen Âge latin*, traduction française par M. Bréjoux, Presses universitaires de France, 1956.

74. Une présentation magistrale de cette naissance a été faite par Fernand Braudel, *La Dynamique du capitalisme*, Arthaud, coll. Champs-Histoire, 1985 ; rééd. Flammarion, 2008.

75. Edmund Husserl, *La Crise des sciences européennes et la phénoménologie transcendantale*, Gallimard, coll. Tel, 2016, p. 353-354.

76. Claude Lévi-Strauss, *Race et histoire*, Unesco, 1952 ; rééd. Gonthier, 1987, p. 51-52.

77. Claude Lévi-Strauss, « L'ethnologue devant la condition humaine », in *Le Regard éloigné*, Plon, 1983, p. 52.

78. Paul Valéry, *La Crise de l'esprit*, *op. cit.*, p. 40.

79. Emmanuel Todd, *L'Invention de l'Europe*, Seuil, 1990, p. 9.

80. Raul Hilberg, *The Destruction of the European Jews*, Chicago, Quadrangle, 1961. Traduction française, *La Destruction des Juifs d'Europe*, Fayard, 1988.

81. Carlo Curcio, *Europa. Storia di un'idea,* Vallechi Editore, 1958, p. 908. « *la civiltà, oltre tutto, non è un dato a noi estraneo, ma è una creazione di noi stessi, è un "lievito metafisico"* ». C'est moi qui traduis.

82. George Steiner, *Une certaine idée de l'Europe*, traduit de l'anglais par Christine Le Bœuf, Actes Sud, coll. Un endroit où aller, p. 33 et 35.

83. Claude Lévi-Strauss, *Tristes Tropiques*, Plon, coll. Terre humaine/Poche, 1955, p. 36.

84. Paul Hazard, *La Crise de la conscience européenne*, *op. cit.*, p. 416.

85. Jacques Delors, Déclaration sur les orientations de la Commission des communautés européennes, Strasbourg, 17 janvier 1989.

86. Emmanuel Macron, « Pour une renaissance européenne », *op. cit.*

87. Lors de sa conférence du 14 avril 2021 au Collège de France.

88. Régis Debray, *Éloge de la frontière*, éditions Gallimard, 2010.

89. Michel Foucher, *Le Retour des frontières*, CNRS Editions, coll. Débats, 2016, p. 7. Du même auteur, et à propos des frontières en Europe, lire *Fronts et frontières. Un tour du monde géopolitique*, nouvelle édition entièrement refondue, Fayard, 1991, p. 471-512 et 513-529.

90. Dominique Reynié, « La crise sanitaire que nous vivons pourrait être fatale à l'Union européenne », propos recueillis par Eugénie Bastié, *Le Figaro*, 23 mars 2020.

91. Pierre Manent, *La Raison des nations*, *op. cit.*, p. 61-62.

92. Cécile Amar, *L'Homme qui ne voulait pas être roi. Conversations avec Jacques Delors*, *op. cit.*, p. 181-182.

93. Jacques Delors a toujours été favorable à l'entrée de ce pays dans l'UE. Voir sur ce point *ibid.*, p. 145.

94. Krzystof Pomian, *L'Europe et ses nations*, *op. cit.*, p. 7.

95. Gilles Pécout, « Europe, que doit-on faire de ton histoire et de ta géographie ? » in *Penser les frontières de l'Europe du XIXe au XXIe siècle. Élargissement et union, approches historiques*, sous la direction de Gilles Pécout, Les Rencontres de Normale Sup, Éditions Rue d'Ulm, Presses universitaires de France, 2004, p. 25.

96. Pour reprendre le titre éponyme de l'excellent essai de Stephen Smith, *La Ruée vers l'Europe*, Grasset, 2019.

97. Rémi Brague, *La Voie romaine*, *op. cit.*, p. 23.

98. Samuel P. Huntington, *Le Choc des civilisations*, *op. cit.*, p. 230.

99. William Wallace, « The Transformation of Western Europe », Chatham House Papers, *The Royal Institute of International Affairs*, Londres, Pinter Publishers, 1990, p. 15-21.

100. Fernand Braudel, « Il faut réinventer les États-Unis d'Europe », entretien avec Didier Éribon, *Le Monde*, 13 décembre 1983.

101. Jacques Le Goff, « L'Europe n'est pas vieille, elle est ancienne », *op. cit.*

102. Le cas de l'Irlande, elle aussi membre de l'UE mais non signataire des accords de Schengen, pose une difficulté singulière : celle du Brexit.

103. Voir Graham Allison, *Vers la guerre*, *op. cit.*, p. 37.

104. On trouvera une chronologie de ces événements et une analyse comparative des politiques publiques suivies en Asie orientale dans une excellente note de la fondation Montaigne, « Covid-19, l'Asie orientale face à la pandémie », par Mathieu Duchâtel, François Godement et Viviana Zhu, avril 2020.

105. François Godement, « La diplomatie des masques a échoué », *Libération*, 8 mai 2020.

106. Lire, à ce sujet, l'enquête de Tristan Veg, « Covid : l'hypothèse de l'accident de laboratoire prend de l'épaisseur », *Le Figaro*, mardi 4 mai 2021.

107. François Heisbourg, *Le Figaro*, mercredi 3 mars 2021.

108. Jacques Julliard, *Le Figaro*, 6 juillet 2020.

109. Graham Allison, *Vers la guerre*, *op. cit.*, p. 179.

110. Chris Patten, « Il faut résister à la Chine », propos recueillis par Marc Roche à Londres, *Le Point*, 30 avril 2020.

111. Jean-François Billeter, *Pourquoi l'Europe*, *op. cit.*, p. 64-65.

112. Chris Patten, « La situation à Hongkong prouve que la Chine n'est pas digne de confiance », entretien accordé à *La Repubblica, El País,* la *Neue Zürcher Zeitung, Le Monde* et *Libération*, 23 juillet 2020.

113. Communiqué de presse de la Commission européenne, 12 mars 2019 : « La Chine est à la fois un partenaire de coopération dont les objectifs concordent largement avec ceux de l'UE, un partenaire de négociation avec lequel l'UE doit parvenir à un équilibre d'intérêts, un concurrent économique qui ambitionne d'être au premier plan technologique et un rival systémique qui promeut d'autres modèles de gouvernance. »

114. Selon les termes de la lettre de démission fracassante de Bari Weiss, le 15 juillet 2020, et de l'entretien accordé par elle à l'hebdomadaire *Le Point*, propos recueillis par Laetitia Strauch-Bonart, 19 novembre 2020.

115. Propos de Henry Kissinger rapportés par Edward Luce Lunch, « *We are in a very very grave period* », *Financial Times*, 20 juillet 2018. C'est moi qui traduis.

116. François Godement, « Les promesses de la Chine n'engagent que ceux qui les reçoivent », *Libération*, 7 janvier 2021.

117. Voir, à ce sujet, la mise au point de Jussi M. Hanhimäki, « Les États-Unis et le multilatéralisme depuis le 11 septembre », *Politique étrangère*, 2011 (automne), p. 507-519.

118. John le Carré, *Retour de service*, traduit de l'anglais par Isabelle Perrin, Seuil, 2020, p. 155.

119. Raymond Aron, *Études politiques*, Gallimard, Bibliothèque des sciences humaines, 1972, p. 506.

120. Chris Patten, entretien accordé à *Libération*, *op. cit.*

121. Raymond Aron, *Paix et guerre entre les nations*, *op. cit.*, p. 58.

122. Données tirées du *Livre blanc sur l'avenir de l'Europe. Réflexions et scénarios pour l'UE-27 à l'horizon 2025*, Commission européenne, COM (2017) 2025 du 1er mars 2017.

123. *Ibid.*

124. Rapport *Perspectives de la population dans le monde 2019 : Principaux résultats*, publié par la Division de la population du Département des affaires économiques et sociales des Nations unies, 17 juin 2019.

125. Charles de Gaulle, *Mémoires de guerre*, Plon, 1959, tome III, p. 179-180.

126. Annegret Kramp-Karrenbauer, « Europe still needs America », *Politico*, 2 novembre 2020. La citation exacte est : « *Illusions of European strategic autonomy must come to an end : Europeans will not be able to replace America's crucial role as a security provider.* »

127. Ainsi que le fait, notamment, Zaki Laïdi, dans son travail, par ailleurs intéressant, *La Norme sans la force. L'énigme de la puissance européenne*, 3e édition augmentée d'une postface, Presses de la Fondation nationale des sciences politiques, 2013.

128. Joseph R. Biden, Jr, « Rescuing U.S. Foreign Policy After Trump », *Foreign Affairs*, mars-avril 2020. Sa formulation exacte est la suivante : « *As a nation, we have to prove to the world that the United States is prepared to lead*

again – not just with the example of our power but also with the power of our example. »

129. Propos d'Emmanuel Macron recueillis par Nicolas Barré, *Les Échos*, 8 et 9 novembre 2019.

130. Chris Patten, entretien accordé à *Libération*, *op. cit.*

131. Fernand Braudel, *La Méditerranée et le monde méditéranéen à l'époque de Phillipe II*, 1ère édition 1949, rééd. LGF/Livre de poche, 1993.

132. Fernand Braudel, *Grammaire des civilisations*, *op. cit.*, p. 453.

133. Jorge Semprún, *Une tombe au creux des nuages. Essais sur l'Europe d'hier et d'aujourd'hui*, Flammarion, coll. Climats, 2010, p. 128. Les majuscules sont de Semprún.

134. Notamment dans *Les États-Unis d'Europe ont commencé. La Communauté européenne du charbon et de l'acier*, Robert Laffont, 1955.

135. José Ortega y Gasset, *La Révolte des masses*, *op. cit.*, p. 256.

136. Tribunal constitutionnel de Karlsruhe, décision du 30 juin 2009, 2 BvE 2/08, en particulier le § 249 pour la citation.

137. In *L'invention de l'Europe*, *op. cit.*, p. 11.

138. Norberto Bobbio, « Il federalismo nel dibattito politico e culturale della Resistenza », in *L'idea dell'unificazione europea dalla prima alla seconda Guerra mondiale. Relazione tenute al convegno di studi svoltosi presso la Fondazione Luigi Enaudi*, Turin, 25-26 octobre 1974, sous la dir. de Sergio Pistone, Fondazione Luigi Enaudi, 1975, p. 221-236.

139. Jules Michelet, *Journal* (1849), GF-Flammarion, 1992, p. 69.

140. Hubert Védrine, *Sauver l'Europe !*, Liana Levi, 2016 ; 2e édition revue et augmentée, *Face au chaos, sauver l'Europe !*, 2019.

141. Jean Monnet, *Mémoires*, *op. cit.*, p. 488.

142. Emmanuel Macron, discours dit de la Pnyx, Athènes, 7 septembre 2017.

143. Emmanuel Macron, discours dit de la Sorbonne, Paris, 27 septembre 2017.

144. Pascal Ory, *Qu'est-ce qu'une nation ?*, *op. cit.*, p. 23.

145. *Livre blanc sur l'avenir de l'Europe. Réflexions et scénarios pour l'UE-27 à l'horizon 2025*, *op. cit.*

146. Luuk van Middelaar, conférence au Collège de France, le 30 mars 2021.

147. Hubert Védrine, *Sauver l'Europe !*, *op. cit.*, p. 11.

148. *In* Alain Peyrefitte, *C'était de Gaulle*, *op. cit.*, p. 885.

149. Hubert Védrine, *Sauver l'Europe !*, *op. cit.*, respectivement p. 39 et 79.

150. Raymond Aron, *Paix et guerre entre les nations*, *op. cit.*, p. 733.

151. Cécile Amar, *L'Homme qui ne voulait pas être roi*, *op. cit.*, p. 179.

152. À ce sujet, capital, on peut écouter la conférence du 29 mars 2017, donnée par Dieter Grimm au Collège de France.

153. Dieter Grimm, « Quand le juge dissout l'électeur », *Le Monde diplomatique*, juillet 2017.

154. *Ibid.*

155. Dieter Grimm, « L'Europe par le droit : jusqu'où ?, Les limites de la dépolitisation », *Le Débat*, novembre-décembre 2015, n° 187, p. 112-113.

156. Jean Bodin, *Les Six Livres de la République, De Republica libri sex*, 1576, Livre premier – *Liber I*, chapitre 8, classiques Garnier, Bibliothèque d'histoire de la Renaissance, Paris 2013, p. 444.

157. Marsile de Padoue, *Defensor pacis, Le défenseur de la paix*, Paris, Librairie philosophique J. Vrin, 1968, p. 434.

158. Jean-Jacques Burlamaqui, *Principes du droit politique*, chapitre V, § III, Amsterdam, chez Zacharie Chatclain, 1751, Bibliothèque de philosophie politique et juridique. Textes et documents, Université de Caen, 1984, p. 43.

159. Jürgen Habermas, *Après l'État-nation. Une nouvelle constellation politique*, Fayard, 2000, p. 32.

160. À titre d'exemple, on peut se référer à l'éditorial de Dominique Moïsi, « Pourquoi il est essentiel de toujours croire en l'Europe », *Les Échos*, 28 janvier 2019 : « À l'heure de Trump et de Xi Jinping, du réchauffement climatique et des défis migratoires, sans oublier bien sûr la lutte contre le terrorisme, l'Europe ne peut exister dans le monde que si elle est unie. »

161. Bruno Le Maire, *Le Nouvel Empire. L'Europe du vingt et unième siècle*, *op. cit.*, p. 99-100.

162. « Macron, Le grand entretien », *Le Point*, n° 2347, 31 août 2017.

163. Jean Bodin, *op.cit.*, p. 492-494.

164. Cardin Le Bret, *Œuvres, de la souveraineté du Roy*, I, IX, C. Osmont, 1689.

165. Jean-Jacques Rousseau, *Du contrat social, Œuvres complètes III*, op. cit., p. 427.

166. Régis Debray, *L'Europe fantôme*, *op. cit.*, p. 38.

167. À propos de cet accord politique décisif, il convient de lire les pages passionnantes que lui consacre Luuk van Middelaar, *Le Passage à l'Europe*, *op. cit.*, p. 99-126.

168. Ce que fait régulièrement le président de la République, par exemple le mardi 31 mars 2020, en déclarant, visitant, lors de la crise du coronavirus, une usine de production de masques FFP2 et chirurgicaux, qu'il nous fallait « rebâtir notre souveraineté nationale et européenne ».

169. Bruno Le Maire, *Le Nouvel Empire. L'Europe du vingt et unième siècle*, *op. cit.*, p. 50-51.

170. Jürgen Habermas, *La Constitution de l'Europe*, traduit de l'allemand par Christian Bouchindhomme, Gallimard, 2012, p. 99 *sq.*

171. Wolfgang Schäuble, *Frankfurter Allgemeine Zeitung*, 6 juillet 2020.

172. Formules utilisées, pour la première, pendant la campagne présidentielle, lors de son discours à l'université Humboldt de Berlin, le 10 janvier 2017 ; pour

la seconde, le 26 septembre suivant, à la Sorbonne, une fois président, où il appela à la « refondation d'une Europe souveraine, unie et démocratique ».

173. Emmanuel Macron, entretien accordé au site Le Grand Continent, le 12 novembre 2020.

174. Dieter Grimm, *The Constitution of European Democracy*, Oxford University Press, 2017, 3. *Sovereignty in Europe*, p. 55. C'est moi qui traduis.

175. Raymond Aron, *Paix et guerre entre les nations*, *op. cit.*, p. 738.

176. Luuk van Middelaar, in *Le Passage à l'Europe*, *op. cit.*, p. 288-290.

177. Hubert Védrine, *Sauver l'Europe !*, *op. cit.*, respectivement p. 43 et 58.

178. Fernand Braudel, *Grammaires des civilisations*, *op. cit.*, p. 445.

179. Données chiffrées tirées de Derek Perrotte, « Plan de relance européen : un accord historique arraché au prix fort », *Les Échos*, 22 juillet 2020.

180. N'ayant pas pris la mesure de l'événement, Christine Lagarde avait fait tanguer les marchés financiers en déclarant, le 12 mars, que « la BCE n'est pas là pour resserrer des spreads », alors que l'existence de ces écarts entre les taux auxquels les pays membres peuvent se financer (*spreads*) non seulement ruine l'idée de solidarité européenne, mais menaçait alors la survie même de l'euro. Rectifiant son propos initial, Christine Lagarde fit amende honorable en déclarant, le mercredi 18 mars : « Nous ferons tout ce qui est nécessaire dans le cadre de notre mandat pour aider la zone euro à surmonter cette crise, car la BCE est au service des Européens. » Son *whatever it takes* à elle…

181. Virginie Malingre, « Angela Merkel, européenne par raison plutôt que par passion », *Le Monde*, 19 janvier 2021.

182. Wolfgang Streeck, *Du temps acheté. La crise sans cesse ajournée du capitalisme démocratique*, traduit de l'allemand par Frédéric Joly, Gallimard, coll. Folio Essais, 2014, p. 277-278.

183. Pour reprendre le titre de l'hebdomadaire *Paris-Match*, n° 3716, du 23 au 29 juillet 2020.

184. Charles Michel, « Une évolution copernicienne », propos recueillis par Virginie Malingre, *Le Monde*, 26-27 juillet 2020.

185. Charles Michel, entretien avec Yaël Gosz, France Inter, 28 juillet 2020.

186. Afin de prendre connaissance de ce type de phraséologie, on peut, à titre d'exemple, se reporter à Ursula von der Leyen et Thierry Breton, « Faire rimer avenir de l'Europe et vision pour les générations futures », *Le Figaro*, 29 juillet 2020.

187. « On the edge of a precipice. Macron's stark warning to Europe », *The Economist*, 9-15 novembre 2019. C'est moi qui traduis.

188. Ivan Krastev, *Le Destin de l'Europe. Une sensation de déjà-vu*, *op. cit.*, p. 18.

189. Tony Judt, « A Grand illusion ? An essay on Europe », *The annual New York review of books and Hill and Wang lecture series*, n° 3, 1996, p. 129.

190. Zbigniew Brzezinski, *Le Grand Échiquier. L'Amérique et le reste du monde*, préface de Gérard Chaliand, traduit de l'anglais par Michel Bessière et Michel

Herpe-Voslinsky, Bayard Éditions, 1997, p. 91 : « À travers la construction européenne, la France vise la réincarnation, l'Allemagne la rédemption. »

191. Cité par Alain Peyrefitte, *C'était de Gaulle*, *op. cit.*, p. 675.

192. *Ibid.*, p. 1481.

193. Jonathan Coe, *Le Cœur de l'Angleterre*, traduit de l'anglais par Josée Kamoun, Gallimard, coll. Du monde entier, 2019.

194. Michel Barnier, « L'Europe n'est pas à l'abri d'un nouveau séisme », *Le Figaro*, vendredi 7 mai 2021.

195. Général de Gaulle, entretien avec Michel Droit, le 14 décembre 1965.

196. Cité par Alain Peyrefitte, *C'était de Gaulle*, *op. cit.*, p. 820.

197. Hubert Védrine, *Sauver l'Europe !*, *op. cit.*

198. *Ibid.*, p. 40.

199. Luuk van Middelaar, *Quand l'Europe improvise. Dix ans de crises politiques*, traduit du néerlandais par Daniel Cunin, Gallimard, coll. Le Débat, 2018.

200. Michel Barnier, « L'Europe ne manque ni d'audace ni de courage », *Le Figaro*, 6 juin 2020.

201. Donald Tusk, « Ne succombons pas au défaitisme », *Le Monde*, 11 mai 2019.

202. Ursula von der Leyen, « L'Europe doit être consciente de sa force », *Le Monde*, 20 juillet 2019.

203. 22 juin 2017, entretien accordé à la presse européenne (*Le Figaro, Le Soir, Le Temps, The Guardian, Il Corriere della sera, El País, Süddeutsche Zeitung, Gazeta Wyborcza*).

204. Ivan Krastev, *Le Destin de l'Europe*, *op. cit.*, p. 67.

205. *Ibid.*, c'est le thème central de ce puissant essai ; voir p. 41, 59, 43, 37 et 59 pour les citations.

206. Sources Eurostat, citées par Virginie Malingre, « Bruxelles relance le chantier du smic européen », *Le Monde*, 16 janvier 2020.

207. Chiffres cités par Marie Charrel, « Les handicaps persistent en Europe du Sud », *Le Monde*, 23 juillet 2020.

208. Joseph E. Stiglitz, *L'Euro. Comment la monnaie unique menace l'avenir de l'Europe*, Les liens qui libèrent, 2016, p. 12. C'est Stiglitz qui souligne.

209. « Real convergence in the euro area : a long-term perspective », *ECB Occasional Paper Series*, n° 203, décembre 2017, p. 23 et 24 en particulier.

210. Frédéric Lordon, *La Malfaçon. Monnaie européenne et souveraineté démocratique*, Les liens qui libèrent, coll. Babel, 2014, p. 129.

211. Cécile Ducourtieux, « L'Europe profite d'abord à Zurich et Londres », *Le Monde*, 10 mai 2019.

212. Alessandro Gasparotti et Matthias Kullas, « 20 Jahre euro : Verlierer und Gewinner. Eine empirische Untersuchung », *CEP Studies*, février 2019.

213. À ce sujet, lire Pierre Rimbert, « Le Saint Empire économique allemand », *Le Monde diplomatique*, février 2018.

214. *International Monetary Fund*, « External Sector Report, Global imbalances and the Covid-19 crisis », Washington, 2020.

215. Éric Le Boucher, « "L'Allemagne first", la plaie de l'Europe », *Les Échos*, 28-29 septembre 2018.

216. Jacques Delors, *L'Europe tragique et magnifique*, *op. cit.*, p. 158.

217. *Ibid.*, p. 373.

218. Conclusions des sessions du Conseil européen, Madrid, 26 et 27 juin 1989.

219. Emmanuel Todd, *L'Invention de l'Europe*, *op. cit.*, préface à la 2e édition, 1995, p. 11.

220. Ralf Dahrendorf, entretien accordé à *Der Spiegel*, le 11 décembre 1995, cité par Wolfgang Streeck, *Du temps acheté. La crise sans cesse ajournée du capitalisme démocratique*, *op. cit.*, p. 401.

221. *Ibid.*, p. 288.

222. *Ibid.*, p. 252.

223. Pierre Mendès France, « Pour un nouvel aménagement monétaire international », *Le Monde*, 10, 11 et 12 décembre 1971, repris in *Œuvres complètes : Préparer l'avenir (1963-1973)*, tome V, Gallimard, 1989, p. 507.

224. Pour reprendre la formule de Karl Polanyi, citée par Streeck, *Du temps acheté*, *op. cit.*, p. 252.

225. Joseph E. Stiglitz, *L'Euro. Comment la monnaie unique menace l'avenir de l'Europe*, *op. cit.*, p. 338.

226. *Ibid.*, IIe partie, « Malfaçons au départ », p. 111-209.

227. Frédéric Lordon, *La Malfaçon. Monnaie européenne et souveraineté démocratique*, *op. cit.*

228. Jürgen Habermas, *La Constitution de l'Europe*, *op. cit.*, p. 51.

229. Jacques Delors, cité par Cécile Amar, *L'Homme qui ne voulait pas être roi*, *op. cit.*, p 161.

230. Selon le titre du livre de Jean Quatremer, *Il faut achever l'euro. Tout ce que vous avez toujours voulu savoir sur l'euro (sans oser le demander)*, Calmann-Lévy, 2019.

231. Joseph E. Stiglitz, *L'Euro. Comment la monnaie unique menace l'avenir de l'Europe*, *op. cit.*, chap. 10 : « Peut-il y avoir un divorce à l'amiable » et chap. 11 : « La piste de l'euro flexible ».

232. À propos de cette question, décisive, on se reportera avec beaucoup d'intérêt à Jézabel Couppey-Soubeyran et Fabien Tripier, « Après dix ans de politique monétaire non conventionnelle, un retour à la normale est-il possible ? », *in* CEPII, *L'Économie mondiale 2020*, La Découverte, coll. Repères, 2019, p. 89-103 ; à « "Europe 2008-2018 : une décennie perdue", Série en cinq volets », *Le Monde*, mai 2018 ; et, surtout, à Adam Tooze, « La BCE face à la crise financière. Bilan d'une gestion », *Le Débat*, n° 203, janvier-février 2019, p. 141-148. À noter également Lucrezia Reichlin, « La BCE face à sept années de crise de la zone euro. Leçon inaugurale de la chaire européenne au Collège de France, version

condensée », *Le Monde*, 30 novembre 2018. Pour lire une tentative pathétique de plaidoyer *pro domo*, Jean-Claude Trichet, « L'euro et la zone euro : une remarquable résilience dans la crise », *Le Débat*, n° 203, janvier-février 2019, p. 149-158.

233. Adam Tooze, « La BCE face à la crise financière », *op. cit.*

234. Charles Michel, « Une évolution copernicienne », *op. cit.*

235. Michel Barnier, « L'Europe n'est pas à l'abri d'un nouveau séisme », *Le Figaro*, vendredi 7 mai 2021.

236. L'emprise du néo-libéralisme sur notre monde a été mise en lumière, dans son histoire et ses manifestations, dans l'essai de référence de Pierre Dardot et Christian Laval, *La Nouvelle Raison du monde. Essai sur la société néolibérale*, La Découverte, 2009.

237. Hubert Védrine, *Sauver l'Europe !*, *op. cit.*, p. 37 et 38.

238. Theodore Zeldin, « Le Brexit, indice d'une crise de civilisation », *Le Figaro*, 1er-2 février 2020.

239. Enrico Letta, « L'attitude des Pays-Bas et de l'Autriche est irresponsable », *Le Figaro*, 28-29 mars 2020.

240. Massimo Cacciari, *Déclinaisons de l'Europe*, traduit de l'italien par Michel Valensi, coll. Philosophie imaginaire, L'Éclat, 1996, p. 142 et 136-137. C'est l'auteur qui souligne.

241. Jacques Delors, déclaration à l'AFP, 28 mars 2020.

242. Valéry Giscard d'Estaing : « L'Europe n'est pas décapitée par cette crise », propos recueillis par Romain Gubert, *Le Point*, 2 avril 2020.

243. Pascal Ory, *Qu'est-ce qu'une nation ? Une histoire mondiale*, *op. cit.*, p. 430.

244. Marcel Gauchet, *La Condition politique*, *op. cit.*, p. 484.

245. Edmund Husserl, *La Crise de l'humanité européenne et la philosophie*, avec un essai critique sur la grammaire de Husserl par Jean-Marc Guirao, édition bilingue, traduction de Paul Ricœur, Aubier Montaigne, 1977, p. 31.

246. Jean-Jacques Rousseau, *Extrait du projet de paix perpétuelle de Monsieur l'Abbé de Saint-Pierre*, in *Œuvres complètes III*, *Du Contrat social. Écrits politiques*, Gallimard, coll. Bibliothèque de la Pléiade, 1964, citations extraites respectivement des p. 567, 573 et 576.

247. Allocution de François Mitterrand, président de la République, à l'occasion de la présentation de ses vœux aux Français, 31 décembre 1989.

248. Charles de Gaulle, entretien avec Michel Droit, 14 décembre 1965.

249. Hubert Védrine, *Sauver l'Europe !*, *op. cit.*, p. 81.

250. Valéry Giscard d'Estaing, « Il faut retrouver le projet initial de l'Europe, pour aboutir à une confédération », propos recueillis par Isabelle Marchais, *L'Opinion*, 11 avril 2018.

251. Charles de Gaulle, propos rapportés par Alain Peyrefitte, *C'était de Gaulle*, *op. cit.*, p. 77.

252. Jean Jaurès, *L'Armée nouvelle*, présentation par J.-N. Jeanneney, Imprimerie nationale, coll. Acteurs de l'Histoire dirigée par Georges Duby, 1982, 2 vol., vol. II, p. 486.

253. Ernest Renan, « Lettre du 15 septembre 1871 à M. Strauss », in *Qu'est-ce qu'une nation ? et autres essais politiques*, textes choisis et présentés par Joël Roman, Presses Pocket, 1992, p. 156.

254. Dans son passionnant essai éponyme, *Où atterrir ? Comment s'orienter en politique*, La Découverte, 2017.

255. Hubert Védrine, *Les Mondes de François Mitterrand*, *op.cit.*, p. 275.

256. Jean-Pierre Chevènement, *Qui veut risquer sa vie la sauvera. Mémoires*, Robert Laffont, 2020, p. 296. Il s'agit là d'un témoignage exceptionnel.

257. Rawi Abdelal et Sophie Meunier, « Mondialisation : la French Touch », *Telos*, 12 octobre 2007.

258. Rawi Abdelal, « Le consensus de Paris : la France et les règles de la finance mondiale », *Critique internationale*, n° 28, juillet-septembre 2005.

259. *Ibid.*

260. Anthony Giddens et Tony Blair, *La Troisième Voie. Le renouveau de la social-démocratie*, préface de Jacques Delors, Seuil, 2002. Il avait été précédé dans cette « voie » par sa fille : cf. Tony Blair, *La Nouvelle Grande-Bretagne. Vers une société de partenaires*, préface de Martine Aubry, L'Aube, 1996.

261. Jacques Delors, *Mémoires*, *op. cit.*, p. 190.

262. *Ibid.*, page 191.

263. *Ibid.*, p. 204.

264. Hugo Young, *This Blessed Plot. Britain and Europe from Churchill to Blair*, Macmillan, 1998. Les citations qui suivent sont tirées respectivement des p. 328, 327, 332, 333 et 334. C'est moi qui traduis.

265. Cet article dispose précisément : « Les États membres suppriment progressivement entre eux, pendant la période de transition et dans la mesure nécessaire au bon fonctionnement du marché commun, les restrictions aux mouvements des capitaux appartenant à des personnes résidant dans les États membres, ainsi que les discriminations de traitement fondées sur la nationalité ou la résidence des parties, ou sur la localisation du placement. »

266. Rawi Abdelal et Sophie Meunier, « Mondialisation : la French Touch », *op. cit.*

267. *Ibid.*

268. Marcel Gauchet, avec Éric Conan et François Azouvi, *Comprendre le malheur français*, Stock, 2016, p. 335.

269. Wolfgang Streeck, « Un empire européen en voie d'éclatement », *Le Monde diplomatique*, mai 2019.

270. Ainsi de Marion Van Renterghem, « L'Europe vue de ma Mini », *L'Express*, 30 juillet 2020.

271. Ulrich Beck, *Non à l'Europe allemande. Vers un printemps européen*, traduit de l'allemand par Nathalie Huet, Autrement, coll. Haut et fort, 2013, citations tirées respectivement des p. 21 et 27.

272. Entretien avec Michel Kajman, *op. cit.*

273. Jürgen Habermas, *Dic Zeit*, 30 mars 1990.

274. Jürgen Habermas, « Ce fascinant Monsieur Macron », *L'Obs*, n° 2764, 26 octobre 2017.

275. Propos cités par Hubert Védrine, *Les Mondes de François Mitterrand*, *op. cit.*, p. 290.

276. Jacques Le Goff, « L'Europe n'est pas vieille, elle est ancienne », *op. cit.*

277. Jean-Pierre Chevènement, *Qui veut risquer sa vie la sauvera. Mémoires*, *op. cit.*, p. 273-274.

278. *Ibid.*, p. 294.

279. *Ibid.*, p. 295.

280. *Ibid.*, p. 297.

281. *Ibid.*, p. 313.

282. Déclaration à la presse d'Emmanuel Macron, président de la République française, Bruxelles, mardi 21 juillet 2020.

283. En particulier celles du 5 septembre 1961 sur la PAC, du 15 mai 1962 consacrée à l'échec du plan Fouchet, du 23 juillet 1964 sur le traité de l'Élysée, ou encore celle du 9 septembre 1965 à propos de la crise « de la chaise vide ».

284. La formule est de Valéry Giscard d'Estaing, le 18 août 1967, à la suite de l'allocution radiotélévisée que le général de Gaulle avait consacrée, le 10 août précédent, à la défense des ordonnances sur la Sécurité sociale.

285. Pierre Mendès France, « L'Europe économique et monétaire : un problème de volonté politique », intervention devant le colloque de la gauche européenne, le 6 février 1971 à Suresnes, in *Œuvres complètes : Préparer l'avenir (1963-1973)*, *op. cit.*, p. 479.

286. Pierre Mendès France, *Pour une République moderne*, *op. cit.*, citations extraites des pages 269 et 57.

287. Alexandre Dumas, *Les Mille et Un Fantômes*, p. 474, cité par Jean-Yves Tadié, préface, *Le Vicomte de Bragelonne*, tome I, Gallimard, coll. Folio classique, p. 10.

288. Charles de Gaulle, conférence de presse du 25 février 1953 à propos de la CED, in *Discours et messages*, tome II : *Dans l'attente (1946-1958)*, Plon, 1970, p. 564-575.

289. « Jacques Delors, le moment et la méthode », entretien accordé à la revue *Le Débat*, janvier-février 1995, n° 83, p. 8.

290. Colette Beaune, *Naissance de la nation France*, Gallimard, Bibliothèque des histoires, p. 339.

291. Pierre Nora, *Recherches de la France*, *op. cit.*, p. 544.

292. Citons ici les textes essentiels : le décret du 7 août 1985 sur la Caisse de refinancement hypothécaire, du 16 décembre 1985 sur l'ouverture des marchés financiers, du 9 octobre 1985 (décret n°85-1074) sur le MATIF, le décret n° 85-1312 du 12 décembre 1985 sur le développement des activités de contrepartie, le décret n° 86-116 du 27 janvier 1986 sur la gestion de la dette de l'État ; les règlements du Comité pour la réglementation bancaire du 1er mars 1985 (n° 85-06) sur les certificats de dépôt, n° 85-07 du 30 avril 1985 sur les billets de trésorerie, accompagné de trois mesures réglementaires du 24 janvier 1986, les règlements du 17 décembre 1985 sur l'ouverture des marchés financiers ; les « réformes de novembre », rassemblées dans l'instruction n° 2-84 du 5 décembre 1984 de la Banque de France, supprimant l'encadrement du crédit. Et de nombreux arrêtés ministériels.

293. Selon l'appréciation même des auteurs de cette révolution, *Livre blanc sur la réforme du financement de l'économie*, préface de Pierre Bérégovoy, ministre de l'Économie, des Finances et du Budget, La Documentation française, 1986, introduction, p. 9-12, dont sont extraites ces citations.

294. Laure Quennouëlle-Corre, « Les réformes financières de 1982 à 1985. Un grand saut libéral ? », *Vingtième siècle*, avril-juin 2018, n° 138, p. 65-78, citations extraites de la page 72.

295. *Livre blanc sur la réforme du financement de l'économie*, *op.cit.*, préface, p. 7 et 8.

296. Directive 90/388/CEE du 28 juin 1990.

297. Directive 91/400/CEE du 29 juillet 1991.

298. Avec les directives 96/92/CE de 1996 et 98/30/CE, prolongées le 26 juin 2003 par les directives 2003/54/CE pour l'électricité et 2003/55/CE pour le gaz, puis le 13 juillet 2009 (directive 2009/72/CE pour l'électricité et 2009/73/CE pour le gaz.

299. Marcel Gauchet, *Comprendre le malheur français*, *op. cit.*

300. Pierre Rosanvallon, *Notre histoire intellectuelle et politique (1968-2018)*, Seuil, coll. Les livres du nouveau monde, 2018, p. 237.

301. François Mitterrand, *Lettre à tous les Français*, 7 avril 1988, p. 14.

302. *Ibid.*, respectivement p. 15 et 18.

303. Jean-Pierre Chevènement, *Le Bêtisier de Maastricht*, Arléa, 1997.

304. Pierre Rosanvallon, *Notre histoire intellectuelle et politique (1968-2018)*, *op. cit.*, p. 219.

305. Hubert Védrine, *Les Mondes de François Mitterrand*, *op.cit.*, p. 298-299.

306. Jean-Pierre Chevènement, *Qui veut risquer sa vie la sauvera. Mémoires*, *op. cit.*, p. 160.

307. Rawi Abdelal, « Le Consensus de Paris et les règles de la finance internationale », *op. cit*, p. 62-63.

308. « Le monde selon Lionel Barber », propos recueillis par Marc Roche, *Le Point*, 19 novembre 2020.

309. Thomas Frank, « L'Amérique saisie par la folie », *Le Monde diplomatique*, octobre 2020.

310. Les principales étapes institutionnelles de ce processus de « dédiabolisation » auront été le remplacement de Jean-Marie Le Pen par sa fille à la tête du FN le 16 janvier 2011, l'expulsion du FN de celui-ci le 20 août 2015 et le changement de nom de ce parti qui devient le Rassemblement national (RN) le 11 mars 2018.

311. Cité par Alain Peyrefitte, *C'était de Gaulle*, *op. cit.*, p. 699.

312. *Ibid.*, p. 87-88.

313. Jean Lacouture, *François Mitterrand. Une histoire de Français*, *op. cit.*, p. 64.

314. À ce sujet, voir Jean-Luc Mélenchon, « Sortez des traités, stupides ! », *Libération*, 11 mars 2019.

315. Pascal Ory, *Qu'est-ce qu'une nation ?*, *op. cit*, p. 430.

316. Lors de son célèbre discours de remise des prix au lycée d'Albi, le 30 juillet 1903.

317. Shoshana Zuboff, *L'Âge du capitalisme de surveillance. Le combat pour un avenir humain face aux nouvelles frontières du pouvoir*, Zulma, 2020, pour la traduction française. La citation est tirée de la p. 679.

318. Krzysztof Pomian, « L'Europe : un débat à venir », *Le Débat*, mai-août 2020, n° 210, p. 36.

319. Olaf Scholz, à l'occasion d'un discours à l'université Humboldt de Berlin, 28 novembre 2018. La chancelière s'était prononcée dans le même sens, sous des formes différentes, au mois de juin de la même année.

320. Johann Wadephul, député de la CDU, le lundi 3 février 2020.

321. Valéry Giscard d'Estaing, propos recueillis par Muriel Pleynet et Henri Vernet, *Le Parisien*, 6 avril 2019.

322. Emmanuel Macron, entretien accordé à Niklas Zennström, à l'occasion de la publication du rapport « State of European Tech 2020 », 8 décembre 2020, sur le site officiel de l'Élysée.

323. Charles de Gaulle, cité par Alain Peyrefitte, *C'était de Gaulle*, *op. cit.*, p. 826.

324. Blaise Pascal, *Pensées. Opuscules et lettres*, édition de Philippe Sellier, Paris, Classiques Garnier, 2011, pensée 501, p. 415.

325. *Le Figaro*, samedi 17-dimanche 18 juillet 2021.

326. *Le Monde*, dimanche 18-lundi 19 juillet 2021.

327. Telle que la rapporte Alain Peyrefitte, *in C'était de Gaulle*, *op. cit.*, p. 173.

328. Confidence de François Mitterrand faite à Jean-Pierre Chevènement en avril 1979, in *Passion de la France*, Robert Laffont, coll. Bouquins, 2019, p. 273.

329. « Note stratégique » du 5 août 1943, citée par Jean Monnet, *Mémoires*, *op. cit.*, p. 264.

330. « Un million de nouveaux pauvres d'ici à fin 2020 », *Le Monde*, 7 octobre 2020.

331. Selon les estimations du deuxième rapport du Comité d'évaluation des réformes de la fiscalité de France Stratégie, 8 octobre 2020, cité dans « ISF : les revenus des 0,1 % les plus riches ont explosé », *Le Monde*, 10 octobre 2020.

332. Déjà ancienne, la critique de ce « séparatisme » des élites a été formulée par le sociologue américain Christopher Lasch dans *La Révolte des élites et la trahison de la démocratie*, Climats, 1996.

333. Ivan Krastev, *Le Destin de l'Europe*, *op. cit.*, p. 79 pour la citation et p. 122-125 pour les développements correspondants.

334. Jean-Jacques Rousseau, *Considérations sur le gouvernement de Pologne et sur sa réformation projetée*, in *Œuvres complètes III*, p. 960.

335. Raymond Aron, *Une histoire du XXe siècle*, in *Anthologie*, tome I, Plon, coll. Tempus, 2012, p. 219.

336. Voir à ce sujet, décisif, Jacques Julliard, *La Faute aux élites*, Gallimard, 1997.

337. À l'instar d'Alain Minc, leur représentant emblématique avec son essai *La Mondialisation heureuse*, Plon, coll. Tribune libre, 1997.

338. Cité par Éric Anceau in *Les Élites françaises. Des Lumières au grand confinement*, Éditions de l'Observatoire/Humensis, 2020, p. 323.

339. Emmanuel Macron, « Ce qu'il n'a jamais dit des Français », *L'Express*, 23 décembre 2020.

340. Jean-Pierre Chevènement, entretien accordé au *Figaro*, 10 avril 2020.

341. Pierre Mendès France, *Gouverner c'est choisir. 1954-1955*, in *Œuvres complètes III*, Gallimard, 1986, p. 210.

342. Jacques de Larosière, « Les politiques ont sacrifié la jeunesse », *Le Figaro*, 11 janvier 2021.

343. Emmanuel Macron, « Macron, le grand entretien », *op. cit.*

344. Emmanuel Macron, « L'Europe redevient tragique », *La Nouvelle Revue française*, 2018, n° 630.

345. Annika Joeres, « Corona-Regeln in Frankreich. Autoritäres Absurdistan », *Die Zeit*, 12 novembre 2020.

346. Emmanuel Macron, « La République est ce lieu magique qui permet à des gens de vivre dans l'intensité de leur religion », propos recueillis par Renaud Dély, *Marianne*, 1er octobre 2016.

347. Emmanuel Macron, « Ce qu'il n'a jamais dit des Français », *op. cit.*

348. Selon le livre éponyme de Brice Teinturier, Robert Laffont, 2017.

349. Jacques Julliard, « Le malaise français », Le Carnet, *Le Figaro*, 3 février 2020.

350. Jean-François Revel, *Les Origines de la France contemporaine*, préface à Ernest Renan, *La Réforme intellectuelle et morale*, UGE, 1967, p. 12.

351. On se souvient que c'est ainsi que Jacques Chirac, alors président de la République, avait qualifié, le 20 novembre 1997, l'instauration des 35 heures ; s'attirant en retour une réplique cinglante de Lionel Jospin, lui rappelant qu'avec sa dissolution de l'Assemblée nationale, le 21 avril précédent, il s'était montré orfèvre en la matière.

352. Selon la une du magazine *Time* du 9 novembre 2017 : « *Next leader of Europe… if only he can lead France* » ; et l'avertissement du *New York Times* (7 septembre 2017) : « *Emmanuel Macron will be yet another failed French President.* »

353. Justin E. H. Smith, « France's President stands on principle but stumbles in practice. Emmanuel Macron confronts islamist violences the Yellow Jackets and Covid-19 », *Foreign Affairs*, 4 novembre 2020.

354. Emmanuel Macron, entretien accordé au *Journal du Dimanche*, 30 septembre 2018.

355. Emmanuel Macron, « Ce qu'il n'a jamais dit des Français », *op. cit.*

356. *Ibid.* La même rhétorique est employée lors des vœux présidentiels du 31 décembre 2020 : « Notre souveraineté est nationale et je ferai tout pour que nous retrouvions la maîtrise de notre destinée et de nos vies. Mais cette souveraineté passe aussi par une Europe plus forte, plus autonome, plus unie. »

357. Thomas Piketty, *Capital et idéologie*, *op. cit.*, « De la possibilité du social-fédéralisme en Europe », p. 1026-1029 et, plus largement, p. 1029-1061.

358. Isaiah Berlin, *Le Sens des réalités*, préface de Gil Delannoi, Éditions des Syrtes, 2003, citations tirées des p. 49, 59 et 75.

359. Charles de Gaulle, cité par Alain Peyrefitte, *C'était de Gaulle*, *op. cit.*, p. 1434.

360. Propos tenus par le président élu Joseph Biden le mardi 24 novembre 2020 lors de la présentation de son équipe diplomatique.

361. Charles de Gaulle, cité par Alain Peyrefitte, *C'était de Gaulle*, *op. cit.*, p. 1093.

362. Julian Jackson, *De Gaulle. Une certaine idée de la France*, traduit de l'anglais par Marie-Anne de Béru, Seuil, 2019, p. 308.

363. Charles de Gaulle, le 18 décembre 1963, cité par Alain Peyrefitte, *C'était de Gaulle*, *op. cit.*, p. 852.

TABLE DES MATIÈRES

I
DÉCOMPOSITION FRANÇAISE

II
DÉCONSTRUCTION EUROPÉENNE

III
FRANCEUROPE

Cet ouvrage a été imprimé
par CPI Brodard & Taupin
pour le compte des éditions Grasset
à La Flèche (Sarthe)
en août 2021

Mise en pages Nord Compo à Villeneuve-d'Ascq

PAPIER À BASE DE FIBRES CERTIFIÉES

Grasset s'engage pour l'environnement en réduisant l'empreinte carbone de ses livres. Celle de cet exemplaire est de : 1,8 kg éq. CO_2 Rendez-vous sur www.grasset-durable.fr

N° d'édition : 21883 – N° d'impression : 3041892
Dépôt légal : septembre 2021
Imprimé en France